民國文化與文學 研究文叢

十六編

李 怡 主編

第 1 冊

作家書信日記與新文化運動的發生

吳 辰 著

國家圖書館出版品預行編目資料

作家書信日記與新文化運動的發生／吳辰 著 -- 初版 -- 新北市：花木蘭文化事業有限公司，2023〔民112〕

目 2+272 面；19×26 公分

（民國文化與文學研究文叢 十六編；第1冊）

ISBN 978-626-344-523-9（精裝）

1.CST：書信 2.CST：五四運動 3.CST：中國文學史

820.9　　　　　　　　　　　　　　　　　112010615

特邀編委（以姓氏筆畫為序）：

ISBN-978-626-344-523-9

9 786263 445239

丁　帆	王德威	宋如珊
岩佐昌暲	奚　密	張中良
張堂錡	張福貴	須文蔚
馮　鐵	劉秀美	

民國文化與文學研究文叢
十六編 第一冊　　　　　　ISBN：978-626-344-523-9

作家書信日記與新文化運動的發生

作　者	吳 辰	
主　編	李 怡	
企　劃	四川大學中國詩歌研究院	
總 編 輯	杜潔祥	
副總編輯	楊嘉樂	
編輯主任	許郁翎	
編　輯	張雅淋、潘玟靜 美術編輯 陳逸婷	
出　版	花木蘭文化事業有限公司	
發 行 人	高小娟	
聯絡地址	235 新北市中和區中安街七二號十三樓	
	電話：02-2923-1455 ／傳真：02-2923-1452	
網　址	http://www.huamulan.tw 信箱 service@huamulans.com	
印　刷	普羅文化出版廣告事業	
初　版	2023 年 9 月	
定　價	十六編 18 冊（精裝）台幣 45,000 元	版權所有‧請勿翻印

作家書信日記與新文化運動的發生

吳辰 著

作者簡介

吳辰，男，1988 年 9 月出生於河南省鄭州市，博士，曾於南京師範大學從事博士後科研工作。現為海南師範大學文學院副院長、副教授、碩士生導師。主要從事中國現當代文學作家作品研究。在 CSSCI 來源刊物發表論文 10 餘篇。

提　　要

　　本書以作家書信、日記為中心，對有關新文化運動發生的史料進行了深入的挖掘，通過作家在其書信、日記中展示的心理細節來探究獨立的作家個體對於新文化運動發生的歷史意義。著作有較強的學理性，立場正確，史論結合，著力還原歷史現場。

鬱結、盤桓與頓挫：中國現代文學中的國家—民族敘述——《民國文化與文學研究文叢·十六編》引言

李　怡

　　1921 年 10 月，「新文學運動以來的第一部小說集」由上海泰束圖書局推出〔註1〕，這就是郁達夫的《沉淪》。從 1921 年至 1923 年，這部小說集被連續印刷十餘次，銷量累計至 20000 餘冊，在新文學初創期堪稱奇觀。「對於他的熱烈的同情與感佩，真像《少年維特之煩惱》出版後德國青年之『維特熱』一樣」〔註2〕，因為，「人人皆可從他作品中，發現自己的模樣。……多數的讀者，由郁達夫作品，認識了自己的臉色與環境」〔註3〕。當然，小說中能夠引起讀者共鳴的應該有好幾處，包括性愛的暴露、求索的屈辱等等，但足以令讀者產生一種普遍的情緒激昂的還是其中那種個人屈辱與家國命運的相互激蕩和糾纏，這樣的段落已經成為了中國現代文學史引證的經典：

　　　　他向西面一看，那燈檯的光，一霎變了紅一霎變了綠的，在那裡盡它的本職。那綠的光射到海面上的時候，海面就現出一條淡青的路來。再向西天一看，他只見西方青蒼蒼的天底下，有一顆明星，在那裡搖動。

　　　　「那一顆搖搖不定的明星的底下，就是我的故國，也就是我的

〔註1〕成仿吾：《〈沉淪〉的評論》，《創造》季刊 1923 年 2 月第 1 卷第 4 期。
〔註2〕匡亞明：《郁達夫印象記》，載《郁達夫研究資料》，北京：知識產權出版社，2010 年，第 52 頁。
〔註3〕賀玉波編：《郁達夫論》，上海：光華書局，1932 年，第 84 頁。

生地。我在那一顆星的底下，也曾送過十八個秋冬。我的鄉土嚇，我如今再不能見你的面了。」

他一邊走著，一邊盡在那裡自傷自悼的想這些傷心的哀話。走了一會，再向那西方的明星看了一眼，他的眼淚便同驟雨似的落下來。他覺得四邊的景物，都模糊起來。把眼淚揩了一下，立住了腳，長歎了一聲，他便斷斷續續的說：

「祖國呀祖國！我的死是你害我的！」

「你快富起來，強起來吧！」

「你還有許多兒女在那裡受苦呢！」〔註4〕

在這裡，一位在異質文明中深陷焦慮泥淖的中國青年將個人的悲劇置放在了國家與民族的普遍命運之中，並且在自己生命的絕境中發出了如此石破天驚般的吶喊，一瞬間，個人的生存苦難轉化為對國家與民族的整體控訴，鬱積已久的酸楚在這一心理方式中被最大劑量地釋放。這也就是作者自述的，「眼看到的故國的陸沉，身受到的異鄉的屈辱」〔註5〕，「我的消沉也是對國家，對社會的。現在世上的國家是什麼？社會是什麼？尤其是我們中國？」〔註6〕所以，在文學史家看來，這部作品的顯著特點就在於「性、種族主義、愛國主義在他心底裏全部纏結在一起」〔註7〕。

《沉淪》主人公于質夫投海之前的這一段激情道白擊中的是近代以來中國人的普遍心理與情緒，1921 年的「《沉淪》熱」、百年來現代中國文學與現實人生的不解之緣從根本上都與這樣的體驗和情緒緊密相關：在中國現代文學的普遍主題中，國家觀念和民族意識的凸顯格外引人注目，或者說，個人命運感受與國家、民族宏大問題的深刻聯繫就是我們文學的最基本構型。

在很大的程度上，我們的中國現代文學研究自始至終都沒有否認過這一基本事實。1922 年，胡適寫下新文學的第一部小史《五十年來中國之文學》，就是以「國」定文學，是為「國語的文學」。1923 年，瞿秋白署名陶畏巨發表新文學概觀，也是以「西歐和俄國都曾有民族文學的先聲」為參照，將新文學

〔註4〕郁達夫：《沉淪》，《郁達夫文集》第一卷，廣州：花城出版社，1982 年，第 52 ～53 頁。

〔註5〕郁達夫：《懺餘獨白》，《郁達夫文集》第七卷，廣州：花城出版社，1982 年，第 250 頁。

〔註6〕郁達夫：《北國的微音》，《郁達夫文集》第三卷，廣州：花城出版社，1982 年，第 91 頁。

〔註7〕李歐梵：《李歐梵自選集》，上海：上海教育出版社，2002 年，第 38 頁。

視作「民族國家運動」的一部分，宣布「他是民族統一的精神所寄」〔註8〕。王瑤的《中國新文學史稿》奠定了新中國現代文學的學科基礎，在以「新民主主義革命」為核心話語的歷史陳述中，「外爭國權，內除國賊」、「民族解放」的政治背景十分清晰。唐弢主編《中國現代文學史》繼續依託「新民主主義革命時期」的階級狀況展開，反對帝國主義對中華民族的侵略、挽救民族危機也是這一歷史過程的重要組成部分。新時期以降，被稱作代表「新啟蒙」思潮的二十世紀中國文學觀更是將國家民族的現代化進程作為文學探索的基本背景，明確指出：「爭取民族的獨立解放，民族政治、經濟、文化，民族意識的全面現代化，實現民族的崛起與騰飛，是本世紀全民族的中心任務，構成了時代的基本內容，社會歷史的中心，民族意識的中心，對於這一時期包括文學在內的整個意識形態起著一種制約作用，決定著這一時期文學的性質、任務、歷史內容，以及歷史特徵，等等。」〔註9〕新時期影響中國現代文學研究的思想，在內有李澤厚《中國現代思想史論》的「啟蒙／救亡雙重變奏」說，在外則有夏志清《中國現代小說史》的「感時憂國」說，它們的思想基礎並不相同，但卻在現代文學的國家民族意識上有著高度的共識。直到新世紀以後，儘管意識形態和藝術旨趣的分歧日益加大，但是平心而論，卻尚未發現有誰試圖根本否認這一基本特徵的存在。

在我看來，《沉淪》主人公于質夫將個人的悲劇追溯到國家民族的宏大命運之中，於生存背景的揭示而言似乎勢所必然，不過，其中的心理邏輯卻依然存在許多的耐人尋味之處：于質夫，一個多愁善感而身心孱弱的青年在遭遇了一系列純粹個人的生活挫折之後，如何情緒爆發，在蹈海自盡之際將這一切的不幸通通歸咎於國家的弱小？這是羸弱者在百般無奈之下的洗垢求瘢、故入人罪，還是被人生的苦澀長久浸泡之後的思想的覺悟？一方面，我不能認同徐志摩當年的苛刻之論：「故意在自己身上造些血膿糜爛的創傷來吸引過路的人的同情」〔註10〕，那是生活優渥的人的高論，顯然不夠厚道，但是，另一方面，從1920年代的爭論開始，至今也有讀者無不疑惑：「『零餘人』不僅逃避承擔時代的重任，而且自身生活能力低下，在個人情慾的小圈子裏執迷不悟，一旦

<hr>

〔註8〕陶畏巨：《荒漠裏》，《新青年》季刊1923年12月20日第2期。

〔註9〕陳平原、黃子平、錢理群：《二十世紀中國文學三人談——民族意識》，《讀書》1985年第12期。

〔註10〕見郭沫若：《論郁達夫》，載《回憶郁達夫》，長沙：湖南文藝出版社，1986年，第3頁。

得不到滿足，連生命也毫不猶豫地捨棄。這樣的人物是時代的主旋律上不和諧的音符，他的死是一種歷史的必然。郁達夫在作品主人公自殺前加上這麼一條勉強的『尾巴』，並不能讓主人公的思想高尚起來。」〔註11〕郁達夫恐怕不會如此的膚淺，但是《沉淪》所呈現的心理邏輯確有微妙隱晦之處，至少還不曾被小說清晰地展開，這就如同現代文學史上的二重組合——個人悲劇／國家民族命運的複雜的鏈接過程一樣，其理昭昭，其情深深，在這些現象已經被我們視作理所當然的歷史事實之後，我們是不是進一步仔細觀察過其中的細節？究竟這些「國家觀念」和「民族意識」有著怎樣具體的內涵，有沒有發生過值得注意的重要變化，它們彼此的結構和存在是怎樣的，是不是總是被奉為時代精神的「共主」而享有所向披靡的能量，在它們之間，內在關聯究竟如何，是不容置辯的相互支撐，一如我們習以為常的「國家民族」的關聯陳述，還是暗含齟齬和衝突？

這就是我們不得不加以辨析和再勘的理由。

一

中國現代文學在表達個人體驗與命運的時候，總是和國家與民族的重大關切緊密相連，然而，「國家」與「民族」這兩個基本語彙及其現代意涵卻又是近代「西學東漸」的一部分，作為西方思想文化的複雜構成，其本身也有一個曲折繁蕪的流變演化歷史。所以，同一個「國家觀念」與「民族情懷」的能指，卻很可能存在著千差萬別的所指。

大約是從晚清以降，中國知識界開始出現了越來越多的「國家」與「民族」的表述，以致到後來形成了大家耳熟能詳的名詞、概念、主義和系統的思想。自1960年代開始，當作為學科知識的「民族學」等需要進一步理性建設的時候，人們再一次回過頭來，試圖深入追溯「民族」理念的來源，以便繪製出清晰的知識譜系，這樣的追溯在極左年代一度中斷，但在新時期以後持續推進；新時期至今，隨著政治學、社會學、文化學領域對中外文明史、國家制度史的理論思考的展開，「國家」的概念史、意義史也得到了比較充分的總結。

百餘年來中國知識分子對「民族」的理解來源複雜，過程曲折，我們試著將目前學界的考證以圖表示之：

〔註11〕吳文權：《感性縱情與理性斂情——從〈沉淪〉和〈遲桂花〉看郁達夫前後期的創作風格》，《重慶工學院學報》2005年第7期。

考證人	時間結論	來源結論	最早證據	學界反應
林耀華《關於「民族」一詞的使用和譯名問題》（《歷史研究》1963年第2期）	不晚於1900年	可能從日文轉借過來	章太炎《序種姓上》	1980年代以後不斷更新中國學者的引進、使用時間
金天明、王慶仁《「民族」一詞在我國的出現及其使用問題》（《社會科學輯刊》1981年第4期）	1899年	從日文轉借過來	梁啟超的《東籍月旦》	韓錦春、李毅夫等考證《東籍月旦》作於1902年；此前梁啟超已經使用該詞
彭英明《中國近代誰先用「民族」一詞？》（《社會科學輯刊》1984年第2期）	1898年6月	近代中國開始使用	康有為的《請君民合治滿漢不分摺》	經過多人考證，最終確認康有為此摺乃是其1910年前後所偽造
韓錦春、李毅夫《漢文「民族」一詞的出現及其初期使用情況》（《民族研究》1984年第2期）	1895年	從日文引入	《論回部諸國何以削弱》（《強學報》第2號）	新世紀以後開始被人質疑
韓錦春、李毅夫編《漢文「民族」一詞考源資料》，（中國社會科學院民族研究所民族理論研究室1985年印）	近代中國人開始使用	在中國古代典籍中未曾出現，近代以前「民」、「族」是分開使用的		新世紀以後開始被人質疑
彭英明《關於我國民族概念歷史的初步考察》（《民族研究》1985年第2期）	1874年前後使用	可能來自英語	王韜《洋務在用其所長》	
臺灣學者沈松僑《我以我血薦軒轅——皇帝神話與晚清的國族建構》（《臺灣社會研究季刊》第二十八期，1997年12月）	20世紀中國知識分子	從日文引入		新世紀以後開始被人質疑

【英】馮客《近代中國之種族觀念》(楊立華譯)，江蘇人民出版社 1999 年	1903 年，晚清維新派，梁啟超首次使用		
茹瑩《漢語「民族」一詞在我國的最早出現》(《世界民族》2001 年第 6 期)	唐代	與「宗社」相對應，但與現代意義有差別	李筌所著兵書《太白陰經》之序言：「傾宗社滅民族」
黃興濤《「民族」一詞究竟何時在中文裏出現？》(《浙江學刊》2002 年第 1 期)類似觀點還有方維規《論近代思想史上的「民族」、「Nation」與中國》(香港《二十一世紀》2002 年 4 月號)	1837 年或之前出現；1872 年已有華人在現代意義上加以使用	很可能是西方來華傳教士的偶然發明	《論約書亞降迦南國》(1837 年 10 月德國籍傳教士郭士臘等編撰《東西洋考每月統記傳》)
邱永君《「民族」一詞見於〈南齊書〉》(《民族研究》2004 年第 3 期)	南齊	中國自身的語彙，意義與當今相同	道士顧歡稱「諸華士女，民族弗革」(《南齊書》卷 54《高逸傳·顧歡傳》)
郝時遠《中文「民族」一詞源流考辨》(《民族研究》2004 年第 6 期)	就詞語而言至少魏晉以降即有；古漢語「民族」一詞在 19 世紀 70 年代或之前傳入日本	古漢語「民族」一詞在中國有早於日本的且接近現代的含義；國人對「民族」對應的西文 nation、volk 及其含義的理解，無疑主要來自日本翻譯的西學著作；中國現代民族（nation）觀念受到日譯西書的影響	從魏晉以降至清，作為詞語使用不絕，總體傾向於各種具體的族群分類，現代抽象的意義概念屬於近代產物；日文「民族」為中文輸入的結果，與近代中國的西書漢譯有關

　　此表列出了新中國成立至今學界所考證的概念史，以考證出現的時間為序。從中，我們大體上可以知道這樣一些基本事實：

1. 在近現代中國的思想之中，雙音節詞彙「民族」指的是經由長期歷史發展而形成的穩定共同體，它在歷史、文化、語言等方面與其他人群有所區別，「血緣、語言、信仰，皆為民族成立之有力條件」〔註12〕。相對而言，在古代中國，「民」與「族」往往作為單音節詞彙分開使用，「族」更多的指涉某一些具體的人群類別，近似於今天所謂的「氏族」、「邦族」、「宗族」、「部族」等等，所以在一個比較長的時間裏，我們從「民族」這個詞語的近現代含義出發，傾向於認定它的基本意義源自國外，是隨著近代域外思潮的引進而加進入中國的外來詞語，大多數學者認為它來自日本，原本是日本明治維新之後對西方術語的漢譯，也有學者認為它可能就是對英文的中譯。

2. 漢語詞彙本身也存在含義豐富、歷史演變複雜的事實，所以中國學者對「民族」的本土溯源從來也沒有停止過。雖然古代文獻浩若煙海，搜索「民族」一詞猶如大海撈針，史籍森森，收穫艱難，然而幾經努力，人們還是終有所得，正如郝時遠所總結的那樣，到新世紀初年，新的考證結論是：在普遍性的「民」、「族」分置的背景上，確實存在少數的「民族」合用的事實，而且古漢語的「民族」一詞，已經出現了近似現代的類別標識含義，在時間上早於日本漢文詞彙。在日本大規模地翻譯西方思想學術之前，其實還出現過借鑒中國語彙譯述西方書籍的選擇，日本漢文中的「民族」一詞很可能就是在這個時候從中國引入的。「『民族』一詞是古漢語固有的名詞。在近代中文文獻中，現代意義的『民族』一詞出現在 19 世紀 30 年代。日文中的『民族』一詞見諸 19 世紀 70 年代翻譯的西方著述之中，係受漢學影響的結果。但是，『民族』 詞在日譯西方著作中明確對應了 volk、ethnos 和 nation 等詞語，這些著作對 nation 等詞語的定義及其相關理論，對清末民初的中國民族主義思潮產生了直接影響。『民族』一詞不屬於『現代漢語的中—日—歐外來詞。』」〔註13〕

3. 「民族」一詞更接近西方近代意義的廣泛使用是在日本，又隨著其他漢文的西方思想一起再次返回到了中國本土，最終形成了近現代中國「民族」概念的基本的含義。

總而言之，「民族」一語，從詞彙到思想，都存在一個複雜的形成過程，這裡有歷史流變中的意義的改變，也有中國／西方／日本思想和語言的多方

〔註12〕梁啟超：《中國歷史上民族之研究》，《飲冰室合集》第 8 冊，北京：中華書局，1989 年，第 860 頁。

〔註13〕郝時遠：《中文「民族」一詞源流考辨》，《民族研究》2004 年第 6 期。

對話與互滲。從總體上看，現代中國的「民族」含義與西方近代思想、日本明治維新後的思想基本相同，與古代中國的類似語彙明顯有別。1902 年，梁啟超在《論中國學術思想變遷之大勢》一文中，第一次提出了「中華民族」的概念，五年後的 1907 年，楊度《金鐵主義說》、章太炎《中華民國解》又再次申述了「中華民族」的觀念，雖然他們各自的含義有所差異，但是從一個大的族群類別的角度提出民族的存在問題卻有著共同的思維。民族、中華民族、民族意識、民族主義、民族復興，串聯起了近代、現代、當代中國思想發展的重要脈絡，儘管其間的認知和選擇上的分歧依然存在。

與「民族」類似，中國人對「國家」意義的理解也有一個複雜的演變過程，所不同的在於，如果說在民族生存，特別是中華民族共同命運等問題上現代知識分子常常聲應氣求的話，那麼在「國家」含義的認知和現實評價等方面，卻明顯出現了更多的分歧和衝突。

「國家」一詞在英語裏分別有 country、nation 和 state 三個詞彙，它們各有意指。Country 著眼於地理的邊界和範圍，側重領土和疆域；nation 強調的是人口和民族，偏向民族與國民的內涵；state 代表政治和權力，指的是在確定的領土邊界內強制性、暴力性的機構。現代意義上的國家概念就是政治學意義的 state。作為政治學的核心術語，state 的出現是近代的事，在這個意義上說，古代社會並沒有正式的國家概念。這一點，中西皆然。

就如同「民」與「族」一樣，古漢語的「國」與「家」也常常分置而用。早在先秦時期，也出現了「國」與「家」的合用，只是各有含義，諸侯的封地謂之「國」，卿大夫的封地謂之「家」，這是不同等級的治理區域；然而不同等級的治理區域能夠合用為「國家」，則顯示了傳統中國治理秩序的血緣基礎。先秦時代，周天子治轄所在曰「天下」，周天子的京師曰「中國」，「禮崩樂壞」之後，各諸侯國的王畿也稱「中國」，再後，「中國」範圍進一步擴大，成了漢族生存的中原地區具有「德性」和「禮義」的文明區域的總稱，最早的政治等級的標識轉化為文化優越的稱謂，象徵著「華夏」（「以德榮為國華」〔註14〕）之於「夷狄」的文明優勢，是謂「中國有文章光華禮義之大」〔註15〕。「天下」與「中國」相互說明，構成了一種超越於固定疆域、也不止於政治權力的優越

〔註14〕上海師範大學古籍整理組校點：《國語》，上海：上海古籍出版社，1978 年，第 183 頁。
〔註15〕（漢）孔安國傳，（唐）孔穎達等正義：《尚書正義》，上海：上海古籍出版社，1990 年，第 43 頁。

的文明自詡。隨著非漢族統治的蒙元、滿清時代的出現，「中國」的概念也不斷受到衝擊和改變，一方面，蒙古帝國從未被漢人同化，「中國」一度失落，另一方面，在清朝，原來的「四夷」（滿、蒙、回、藏、苗）卻被重新識別而納入「中國」，而夷狄則成了西洋諸國。儘管如此，那種文明的優越感始終存在。到了晚清，在「四夷」越來越強大的威懾下，「中國」優越感和「天下」無限性都深受重創，「近代中國思想史的大部分時期，是一個使『天下』成為『國家』的過程」〔註16〕，這裡的「國家」觀念就不再是以家立國的古代「國家」了，而是邊界疆域明確、彼此獨立平等的國際間的政治實體，也就是近現代主權時代的民族國家。1648 年《威斯特伐利亞和約》的簽訂，標誌著歐洲國家正式進入主權時代。到 19 世紀，一個邊界清晰、民族自覺的民族國家成為了國際外交的主角。國家外交的碰撞，特別是國際軍事衝突的失敗讓被迫捲入這一時代的中國不得不以新的「國家」觀念來自我塑形，並與「天下」瓦解之後的「世界」對話，一個前所未有的民族—國家的時代真正到來了。現代中國的民族學者早就認識到：「民族者，裏也，國家者，表也。民族精神，實賴國家組織以保存而發揚之。民族跨越文化，不復為民族；國家脫離政治，不成其為國家。」〔註17〕

然而，正如韋伯所說「國家」（state）是「到目前為止最複雜、最有趣」的概念〔註18〕，一方面，「非人格化」的現代國家觀念延續了古羅馬的「共和」理想，國家政治被看作超越具體的個人和社會的「中立」的統治主體，一系列嚴謹、公平的社會治理原則成為應有之義，另外一方面，從西方歷史來看，現代意義的國家的出現與十七、十八世紀絕對王權代替封建割據，與路易十四「朕即國家」（L'État, c'est moi）的事實緊密相關，這些原本與中國歷史傳統神離而貌合的取向在有形無形之中進入了現代中國的國家理念，成為我們混沌駁雜的思想構成，那些巨大的、統一的、排他性的權力方式始終潛伏在現代國家的發展過程之中，釋放魅惑，也造成破壞。此外，置身普遍性的現代民族國家的歷史進程，中國的民族—國家的聯結和組合卻分外的複雜，與西方世界主

〔註16〕【美】約瑟夫·列文森著、鄭大華、任菁譯：《儒教中國及其現代命運》，桂林：廣西師範大學出版社，2009 年，第 84 頁。

〔註17〕吳文藻：《民族與國家》，《人類學社會學研究文集》，北京：民族出版社，1990 年，第 35～36 頁。

〔註18〕Max Weber, "'Objectivity' in Social Science and Social Policy," in The Methodology of Social Sciences, trans. & ed., Edward A. Shils & Henry A. Finch, Glencoe: The Free Press, 1949, p. 99.

流的單一民族的國家構成，多民族的聯合已經是中國現代國家的生存基礎，在我們內在結構之中，不同民族的相互關係以及各自與國家政權的依存方式都各有特點，當然從「排滿革命」到「五族共和」，也有過齟齬與和解，民族主義作為國家政治的基礎，既行之有效，又並非總能堅如磐石。

二

西方馬克思主義的重要代表弗雷德里克·詹姆森有一個論斷被廣泛引用：「所有第三世界的本文均帶有寓言性和特殊性：我們應該把這些本文當作民族寓言來閱讀，特別當它們的形式是從占主導地位的西方表達形式的機制——例如小說——上發展起來的。」「第三世界的本文，甚至那些看起來好像是關於個人和利比多趨力的本文，總是以民族寓言的形式來投射一種政治：關於個人命運的故事包含著第三世界的大眾文化和社會受到衝擊的寓言。」〔註19〕魯迅的小說就是這一論斷的主要論據。拋開詹姆森作為西方學者對魯迅小說細節的某些誤讀，他關於中國現代文學與國家民族深度關聯的判斷還是基本準確的。中國現代文學史上的幾乎每一場運動都與民族救亡的目標有關，而幾乎每一個有影響的作家都有過魯迅「我以我血薦軒轅」式的人生經歷和創作衝動，包括抗戰時期的淪陷區文學也曾經以隱晦婉曲的方式傳達著精神深處的興亡之歎。即便文學的書寫工具——語言文字也早就被視作國家民族利益的捍衛方式，一如近代小學大家章太炎所說：「小學」「這愛國保種的力量，不由你不偉大。」〔註20〕晚清語言改革的倡導者、切音新字的發明人盧戇章表示：「倘吾國欲得威振環球，必須語言文字合一。務使男女老幼皆能讀書愛國。除認真頒行一種中國切音簡便字母不為功。」〔註21〕

只是，詹姆森的「民族寓言」判斷對於千差萬別的「第三世界」來說，顯然還是過於籠統了。對於這一位相對單純的現代民族國家的學者而言，他恐怕很難想像現代的中國，既然有過各自不同的「國家」概念和紛然雜陳的「民族」意識，在真正深入文學的世界加以辨析之時，我們就不得不追問，這些興亡之

〔註19〕 【美】弗雷德里克·詹姆森：《處於跨國資本主義時代中的第三世界文學》，見張京媛主編《新歷史主義與文學批評》，北京：北京大學出版社，1993 年，第234、235 頁。

〔註20〕 章太炎：《我的生平與辦事方法》，《章太炎的白話文》，瀋陽：遼寧教育出版社，2003 年，第 74 頁。

〔註21〕 盧戇章：《中國第一快切音新字》原序，《清末文字改革文集》，北京：文字改革出版社，1958 年，第 2 頁。

慨究竟意指哪一個國家認同，這民族情懷又懷抱著怎樣的內容？現代中國知識分子所經歷的複雜的國家—民族的知識轉型，因為情感性的文學的介入而愈發顯得盤根錯節、撲朔迷離了。

在中國新文學史的敘述邏輯中，近現代中國的歷史進程就是一個義無反顧的棄舊圖新的過程。

王瑤《中國新文學史稿》一開篇就認定了五四新文學的「徹底性」與「不妥協性」：「反帝反封建是由『五四』開始的中國現代文學的基本特徵，這裡『徹底地』、『不妥協地』兩個形容詞非常重要，這是關係到對敵鬥爭的重大課題。」〔註22〕

唐弢主編《中國現代文學史》這樣立論：「清嘉慶以後，中國封建社會已由衰微而處於崩潰前夕。國內各種矛盾空前尖銳，社會危機四伏。清朝政府極端昏庸腐朽。」「為了挽救民族危亡的命運，從太平天國到辛亥革命，中國人民進行了一次又一次的革命鬥爭。」「在這一歷史時期內，雖然封建文學仍然大量存在，但也產生了以反抗列強侵略和要求掙脫封建束縛為主要內容的進步文學，並且在較長的一段時間裏，不止一次地作了種種改革封建舊文學的努力。」「『五四』文學革命運動的興起，乃是近代中國社會與文學諸方面條件長期孕育的必然結果。」〔註23〕

嚴家炎主編《二十世紀中國文學史》的最新表述：「歷史悠久的中國文學，到清王朝晚期，發生了前所未有的重大轉折：開始與西方文學、西方文化迎面相遇，經過碰撞、交匯而在自身基礎上逐漸形成具有現代性的文學新質，至五四文學革命興起達到高潮。從此，中國文學史進入一個明顯區別於古代文學的嶄新階段。」〔註24〕

這都是中國現代文學研究的經典性論述，它們都以不同的方式告訴我們，自晚清以後，中國的社會文化始終持續進步，五四新文學展開了現代國家—民族的嶄新的表述。從歷史演變的根本方向來說，這樣的定位清晰而準確，這就如同新文化運動領袖陳獨秀在當時的感受：「我生長二十多歲，才知道有個國

〔註22〕王瑤：《中國新文學史稿》上冊，《王瑤文集》第 3 卷，太原：北嶽文藝出版社，1995 年，第 7 頁。

〔註23〕唐弢主編：《中國現代文學史》，北京：人民文學出版社，1979 年，第 1～2 頁、6 頁。

〔註24〕嚴家炎主編：《二十世紀中國文學史》，北京：高等教育出版社，2010 年，第 1 頁。

家，才知道國家乃是全國人的大家，才知道人人有應當盡力於這大家的大義。」〔註25〕換句話說，是在歷史的進步中我們生成了全新的國家—民族意識，而新的國家—民族憂患（「盡力於這大家的大義」）則產生了新的現代的文學。

但是，這樣的棄舊圖新就真的那麼斬釘截鐵、一往無前嗎？今天，在掀開新文學主流敘述的遮蔽之後，我們已經發現了歷史場域的更多豐富的存在，在中國現代文學（而不僅僅是現代的「新文學」）的廣袤的土地上，歷史並非由不斷進化的潮流所書寫，期間多有盤旋、折返、對流、纏繞……現代的民族國家——中華民國雖然結束了君主專制，代表了歷史前進的方向，但卻遠遠沒有達到「全民認同」的程度，在各種形式的理想主義的知識分子那裡，更是不斷遭遇了質疑、批評甚至反叛，而「民族」所激發的感情在普遍性的真誠之中也隱含著一些各自族群的遭遇和體驗，何況在中國，民族意識與國家觀念的組合還有著多種多樣的形式，彼此之間並非理所當然的融合無隙。這也為現代文學中民族情感的轉化和發展留下了豐富的空間。

1933 年 8 月，上海世界書局出版了錢基博的《現代中國文學史》。這部早期的中國現代文學史著也是最早標舉「現代」之名的文學論著。然而，有意思的是，與當下學者在「現代性」框架中大談「民族國家」不同，錢基博的用意恰恰是借「現代」之名表達對彼時國家的拒絕和疏離：「吾書之所為題現代，詳於民國以來而略推跡往古者，此物此志也。然不題民國而曰現代，何也？曰『維我民國，肇造日淺，而一時所推文學家者，皆早嶄然露頭角於遜清之末年；甚者遺老自居，不願奉民國之正朔；寧可以民國概之！』」〔註26〕「不願奉民國之正朔」就必須以「現代」命名？錢基博的這個邏輯未必說得通，不過他倒是別有意味地揭示了一個重要的事實：「一時所推文學家者」成長於前朝，甚至以前朝遺民自居，缺乏對這個新興的民族國家——中華民國的認同。近年來，隨著現代文學研究空間的日益擴大，一些為「新文化新文學」價值標準所不能完全概括的文學現象越來越多地進入了文學史家的視野，所謂奉「民國乃敵國」的文學群體也成了「出土文物」，他們的獨特的感受和情感得以逐漸揭示，中國現代作家的精神世界的多樣性更充分地昭示於世。正如史學家王汎森所說：「受過舊文化薰陶的讀書人在面對時代變局時，有種種異於新派人物的

〔註25〕陳獨秀：《說國家》，《陳獨秀著作選》第一卷，上海：上海人民出版社，1993年，第 44 頁。

〔註26〕錢基博：《現代中國文學史》，上海：上海世界書局，1933 年，第 8～9 頁。

回應方式，包括與現代截然迥異的價值觀和看法。以往我們把焦點集中在新派人物身上，模糊或忽略了舊派人物。」「儘管我們無須同意其政治認同，可是的確值得重新檢視他們的行為與動機，以豐富我們對近代中國思想文化脈絡的瞭解。」〔註27〕這樣一些拒絕認同現實國家的知識分子還不能簡單等同於傳統意義上的「遺民」，因為他們的焦慮不僅僅是對政權歸屬的迷茫，更包含了對現代社會變遷的不適，和對中西文化衝突的錯愕，這都可以說是現代文化進程中的精神危機，是不應該被繼續忽視的現代文學主流精神的反面，它包含了歷史文化複雜性的幽深的奧秘。「清遺民議題呈現豐富的意涵，除了歷史上種族與政治問題外，也跟文化層面有著密切的關聯。他們反對的不單來自政治變革，更感歎社會良風善俗因而消逝，訴諸近代中國遭受西力衝擊和影響。」「充分顯現了忠清遺民的遭遇及面對的問題，固然和過去有所不同，非但超乎宋元、明清易代之際士人，而且在心理與處境上勢將愈形複雜。」〔註28〕在「現代文學」的格局中，他們或以詩結社，相互唱酬追思故國，「劇憐臣甫飄零甚，日日低頭拜杜鵑」〔註29〕；或埋首著述，書寫「主辱臣死」之志，吟詠「辛亥濺淚」之痛〔註30〕，試圖「託文字以立教」；或與其他文學群體論爭駁詰，一如林紓以「清室舉人」自居，對陣「民國宣力」蔡元培，反對新文化運動，增添了現代文壇的斑斕。在這一歷史過程中，一些重要代表如王國維的文學評論，陳三立、沈曾植、趙熙、鄭孝胥等人的舊體詩，辜鴻銘的文化論述，都是別有一番「意味」的存在。

中華民國是推翻君主專制而建立起來的「民族國家」，然而，眾所周知的史實是，這個國家長期未能達成各方國民的一致認同，先是為創立民國而流血犧牲的國民黨人無法接受各路軍閥對國家的把持，最後是抗戰時代的分裂勢力（偽滿、汪偽）對國民政府國家的肢解，貫穿始終的則是左翼知識分子對一切軍閥勢力及國民黨獨裁的抨擊和反抗，雖然來自左翼文學的批判否定還

〔註27〕 王汎森：《序》，林誌宏著《民國乃敵國也：政治文化轉型下的清遺民》，北京：中華書局，2013 年，第 2 頁。

〔註28〕 王汎森：《序》，林誌宏著《民國乃敵國也：政治文化轉型下的清遺民》，北京：中華書局，2013 年，第 3、4 頁。

〔註29〕 丁仁長：《為杜鵑庵主題春心圖》，《丁潛客先生遺詩》，第 32 頁，廣州九曜坊翰元樓刊行 1929 年刻本（轉引自 110 頁）。

〔註30〕 「主辱臣死」語出清末湖北存古學堂經學總教習曹元弼，晚清經學家蘇輿著有《辛亥濺淚集》（長沙龍雲印刷局石印本），作於辛亥年間，凡四卷，收錄七言絕句 33 首。

不能說他們就是「民國的敵人」，因為在推翻專制、走向共和、反抗侵略等國家大勢上，他們也多次攜手合作，並肩作戰，但是，關於現代國家的理想形態，左翼知識分子顯然與國家的執政者長期衝突，形成了現代史上最為深刻的無法彌合的信仰分裂。另外，數量龐大的自由主義知識分子群體，其思想基礎融合了近代以來的西方啟蒙思想和中國傳統士人精神，作為現代社會的公民，民主、自由、科學的理念是他們基本的立世原則，雖然其中不乏溫和的政治主張者，甚至也有對社會政治的相對疏離者，但都莫不以「天下大任」為己任，他們不可能成為現實國家秩序的順從者，常常表達出對國家制度和現狀的不滿和批評，並以此為自我精神的常態。在民國時代，真正不斷抒發對現實國家「忠誠無二」的只有三民主義、民族主義文學運動的參與者以及國家主義的信奉者。但是，問題在於，與國民黨關聯深厚的三民主義、民族主義文學運動卻始終未能成為文學的主導力量，至於各種國家主義，本身卻又與國民黨意識形態矛盾重重，在文學上影響有限，更不用說其中的覺悟者如聞一多等反戈一擊，在抗戰結束以後以「人民」為旗，質疑「國家」的威權。

總而言之，在現代中國的主流作家那裡，國家觀念不是籠統的一個存在，而是包含著內部的分層，對家國世界的無條件的憂患主要是在族群感情的層面上，一旦進入現實的政治領域，就可能引出諸多的歧見和質疑，而且這些自我思想的層次之間，本身也不無糾纏和矛盾，于質夫蹈海之際，激情吶喊：「祖國呀祖國！我的死是你害我的！」在這裡，生死關頭的情感依託是「祖國」，說明「國家」依舊是我們精神的襁褓，寄寓著我們真誠的愛，然而個人的現實發展又分明受制於國家社會的束縛，這種清醒的現實體驗和篤定的權利意識也激發了另外一種不甘，於是，對「國家」的深愛和怨憤同時存在，彼此糾結，令人無以適從。

關於民國，魯迅也道出過類似的矛盾性體驗：

我覺得彷彿久沒有所謂中華民國。

我覺得革命以前，我是做奴隸；革命以後不多久，就受了奴隸的騙，變成他們的奴隸了。

我覺得有許多民國國民而是民國的敵人。

我覺得有許多民國國民很像住在德法等國裏的猶太人，他們的意中別有一個國度。

我覺得許多烈士的血都被人們踏滅了，然而又不是故意的。

我覺得什麼都要從新做過。〔註31〕

在這裡，魯迅對「民國」的失望是顯而易見的：它玷污了「革命」的理想，令真誠的追隨者上當受騙。然而，當魯迅幾乎是一字一頓地寫下「中華民國」這四個漢字的時候，卻也刻繪了對這一現代國家形態的多少的顧惜和愛護，猶如他在《中山先生逝世後一週年》中滿懷感情地說：「中山先生逝世後無論幾週年，本用不著什麼紀念的文章。只要這先前未曾有的中華民國存在，就是他的豐碑，就是他的紀念。」〔註32〕從君主專制的「家天下」邁入現代國家，民國本身就是這樣一個「先前未曾有」的時代進步的符號，也凝聚著像魯迅這樣「血薦中華」的知識人的思想和情感認同，所以在強烈的現實失望之餘，他依然將批判的刀鋒指向了那些踏滅烈士鮮血的奴役他人的當權者，那些污損了民國創立者的理想的人們，就是在「從新做過」的無奈中，也沒有遺棄這珍貴的國家認同本身。在這裡，一位現代作家於家國理想深深的挫折和不屈不撓的擔當都躍然紙上。

民族認同通常情況下都是與國家觀念緊緊聯繫的。但是，近現代中國，卻又經歷了「民族」意識的一系列複雜的重建過程，而這一過程又並不都是與國家觀念的塑造相同步的，這也決定了現代中國文學民族意識表達的複雜性。在晚清近代，結束帝制、創立民國的「革命」首先舉起的是「排滿」的旌旗，雖然後來終於為「五族共和」的大民族意識所取代，實現了道義上的多民族和解。但是，民族意識的整合、中華民族整體意識的形成並沒有取消每一個具體族群具體的歷史境遇，尤其是在一些特殊的歷史時期，這些細微的民族心理就會滲透在一些或自然或扭曲的文學形態中傳達出來。例如從穆儒丐到老舍，我們可以讀到那種時代變遷所導致的滿人的衰落，以及他們對自己民族所受屈辱的不同形式的同情。老舍是極力縫合民族的裂隙，在民族團結的嚮往中重塑自身的尊嚴，「老舍民族觀之核心理念，便是主張和宣揚不同民族的平等和友好。他的全部涉及國內、國際民族問題的著述，都在訴說這一理念。他一生中所有關乎民族問題的社會活動，也都體現著這一理念。」〔註33〕穆儒丐則先是書寫著族人命運的感傷，在對滿族歷史命運的深切同情中批判軍閥與國民黨

〔註31〕 魯迅：《忽然想到》，《魯迅全集》3 卷，北京：人民文學出版社，2005 年，第 16～17 頁。

〔註32〕 魯迅：《中山先生逝世後一週年》，《魯迅全集》7 卷，北京：人民文學出版社，2005 年，第 305 頁。

〔註33〕 關紀新：《老舍民族觀探賾》，《中國現代文學研究叢刊》2015 年第 4 期。

政治，曲曲折折地修正「愛國」的含義：「我常說愛國是人人所應當做的事，愛國心也是人人所同有的，但是愛國要使國家有益處，萬不能因為愛國反使國家受了無窮的損害。國民黨是由哄鬧成的功，所以雖然是愛國行為，也以哄鬧式出之。他們不能很沉著的埋頭用內功，只不過在表面上瞎哄嚷，結局是自己殺了自己。」〔註 34〕到東北淪陷時期，他卻落入了日本殖民者的政治羅網，在意識形態的扭曲中傳遞著被利用的民族意識。同為旗人作家，老舍與穆儒丐雖然境界有別，政治立場更是差異甚巨，但都提示了現代民族情感發展中的一些不可忽略的複雜的存在。

除此之外，我們會發現，作為一種總體性的民族意識和本族群在具體歷史文化語境中形成的人生態度與生命態度還不能劃上等號。例如作為「中華民族」一員的少數民族例如苗族、回族、蒙古族等等，也有自己在特定生存環境和特定歷史傳統中形成的精神氣質，在普遍的中華民族認同之外，他們也試圖提煉和表達自己獨特的民族感受，作為現代中國精神取向的重要資源，其中，影響最大的可能就是沈從文對苗文化的挖掘、凸顯。在湘西這個「被歷史所遺忘」的苗鄉，沈從文體驗了種種「行為背後所隱伏的生命意識」，後來，「這一分經驗在我心上有了一個分量，使我活下來永遠不能同城市中人愛憎感覺一致了」〔註 35〕。沈從文的創作就是對苗鄉「鄉下人」生命態度與人生形式的萃取和昇華，為他所抱憾的恰恰是這一民族傳統的淪喪：「地方的好習慣是消滅了，民族的熱情是下降了，女人也慢慢的像中國女人，把愛情移到牛羊金銀虛名虛事上來了，愛情的地位顯然是已經墮落，美的歌聲與美的身體同樣被其他物質戰勝成為無用的東西了」〔註 36〕。

三

國家觀念與民族意識的多層次結合與纏繞為中國現代文學相關主題的表達帶來了層巒疊嶂的景象，當然也大大拓展了這一思想情感的表現空間。從總體上看，最有價值也最具藝術魅力的國家—民族表現，最終也造成了中國現代作家最獨特的個人風格。

〔註 34〕穆儒丐：《運命質疑》（6），《盛京時報 · 神皋雜俎》1935 年 11 月 21、22 日。
〔註 35〕沈從文：《從文自傳》，《沈從文全集》第十三卷，太原：北嶽文藝出版社，2002 年，第 306 頁。
〔註 36〕沈從文：《媚金、豹子與那羊》，《沈從文全集》第五卷，太原：北嶽文藝出版社，2002 年，第 356 頁。

在中國現代文學中，雖然對國家、民族的激情剖白也曾經出現在種種時代危機的爆發時刻，但是真正富有深度的國家—民族情懷都不止於意氣風發、高歌猛進，而是纏繞著個人、家庭、地域、族群、時代的種種經歷、體驗與鬱結，在亢奮中糾結，在熱忱裏沉吟，在焦灼中思索，歷史的頓挫、自我的反詰，都盡在其中。從總體上看，作為思想—情感的國家民族書寫伴隨著整個中國現代文學跌宕起伏的歷史過程，在不同的歷史關節處激蕩起意緒多樣的聲浪，或昂揚或悲切，或鏗鏘或溫軟，或是合唱般的壯闊，或是獨行人的自遣，或是千軍萬馬呼嘯而過的酣暢，或是千廻百轉淺吟低唱的婉曲，或者是理想的激情，或者是理性的思考，可以這樣說，現代中國的國家—民族書寫，絕不是同一個簡單主題的不斷重複，而是因應不同的語境而多次生成的各種各樣的新問題、新形式，本身就值得撰寫為一部曲折的文學主題流變史。在這條奔流不息的主題表現史的長河沿岸，更有一座座令人目不暇給的精神的雕像，傲岸的、溫厚的、孤獨的、內省的……

從晚清到新中國建立的「現代」時期，中國文學的國家—民族意識的演化至少可以分作五大階段。

晚清民初是第一階段。在國際壓迫與國內革命的激流中，國家—民族意識以激越的宣言式抒懷普遍存在，改良派、革命派及更廣大的知識分子莫不如此。正如梁啟超所概括的，這就是當時歷史的「中心點」：「近四百年來，民族主義，日漸發生，日漸發達，遂至磅礴鬱積，為近世史之中心點。」〔註37〕從革命人于右任的「地球戰場耳，物競微乎微。嗟嗟老祖國，孤軍入重圍。」（《雜感》）「中華之魂死不死？中華之危竟至此！」（《從軍樂》）到排滿興漢的汗血、愁予之「振吾族之疲風，拔社會之積弱」〔註38〕，從魯迅的《斯巴達之魂》、《自題小像》到晚清民初的翻譯文學乃至通俗文學都不斷傳響著保衛民族國家的豪情壯志。亦如《黑奴傳演義》篇首語所說：「恐怕民智難開，不知感發愛國的思想，輕舉妄動，糊塗一世，可又從哪裏強起呢？作報的因發了一個志願，要想個法子，把大清國的傻百姓，人人喚醒。」〔註39〕近現代中國關於民族復興的表述就是始於此時，只是，雖然有近代西方的民族—國家概念的傳入，作為

〔註37〕梁啟超：《論民族競爭之大勢》，《飲冰室文集》之十第10頁，中華書局1989年版。
〔註38〕《崖山哀》，《民報》1906年第二號。
〔註39〕彭翼仲：《黑奴傳演義》篇首語，1903年（光緒二十九年）3月18日北京《啟蒙畫報》第八冊。

文學情緒的宣言式表達有時難免混雜有中國士人傳統的家國憂患語調。

五四是第二階段。思想啟蒙在這時進入到人的自我認識的層面，因而此前激情式宣言式的抒懷轉為堅實的國家—民族文化的建設。這裡既有作為民族文化認同根基的白話文—國語統一運動，又有貌似國家民族意識「反題」的個人權力與自由的倡導。白話文運動、白話新文學本身就是為了國家的新文化建設，傅斯年說得很清楚：「我以為未來的真正中華民國，還須借著文學革命的力量造成。」〔註40〕胡適說：「我的『建設新文學論』的唯一宗旨只有十個大字：『國語的文學，文學的國語』。我們所提倡的文學革命，只是要替中國創造一種國語的文學。」〔註41〕這裡所包含的是這樣一種深刻的語言—民族認識：「事實上，因為一個民族必須講一種原有的語言，因此，其語言必須清除外來的增加物和借用語，因為語言越純潔，它就越自然，這個民族認識它自身和提高其自由度就越容易。……因此，一個民族能否被承認存在的檢驗標準是語言的標準。一個操有同一種語言的群體可以被視為一個民族，一個民族應該組成一個國家。一個操有某種語言的人的群體不僅可以要求保護其語言的權利；確切而言，這種作為一個民族的群體如果不構成一個國家的話，便不稱其為民族。」〔註42〕後來國語運動吸引了各種思想流派的參與，國家主義者也趕緊表態：「近來有兩種大的運動，遍於全國，一種是國家主義，一種是國語。從事這兩種運動的人不完全相同，因此有人疑心主張國家主義者對於國語運動漠不關心，甚至反對，這就未免神經過敏，或不明了國家主義的目的了。國家主義的目的是什麼，不外『內求統一外求獨立』八個大字，現在我要借著這次國語運動的機會，依著國家主義的目的，說明他與國語運動的密切關係，並表示我們國家主義者對於國語運動的態度。」〔註43〕而在近代中國，對「國家主義」的理解有時也具有某些模糊性，有時候也成為對普泛的國家民族意識的表述，例如梁啟超胞弟、詞學家梁啟勳就認為：「國家主義與個人主義，似對待而實相乘，蓋國家者實世界之個人而已。」〔註44〕陳獨秀則說：「吾人非崇拜國家主義，而作絕對之主張。」「吾國國情，國民猶在散沙時代，因時制宜，

〔註40〕傅斯年：《白話文學與心理的改革》，《新潮》1919 年 5 月第 1 卷第 5 期。

〔註41〕胡適：《建設的文學革命論》，胡適選編《中國新文學大系・建設理論集》，上海：上海良友圖書印刷公司，1935 年，第 128 頁。

〔註42〕【英】埃里・凱杜里著、張明明譯：《民族主義》，北京：中央編譯出版社，2002年，第 61～62 頁。

〔註43〕陳啟天：《國家主義與國語運動》，《申報》1926 年 1 月 3 日。

〔註44〕梁啟勳：《個人主義與國家主義》，《大中華雜誌》1915 年 1 月第 1 卷第 1 期。

國家主義，實為吾人目前自救之良方。」「近世國家主義，乃民主的國家，非民奴的國家。」〔註45〕五四的思想啟蒙雖然一度對個人／國家的關係提出檢討和重構，誕生了如胡適《你莫忘記》一類號稱「只指望快快亡國」的激憤表達，表面上看去更像是對國家—民族價值的一種「反題」，但是在更為寬闊的視野下，重建個人的權力與自由本身就是現代民族國家制度構建的有機組成，我們也可以這樣認為，在五四時期更為宏大而深刻的文化建設中，個人意識的成長其實是開闢了一種寬闊而新異的國家—民族意識。劉納指出：「陳獨秀既將文學變革與民族命運相聯繫，又十分重視文學的『自身獨立存在之價值』，他的文學胸懷比前輩啟蒙者寬廣得多。」〔註46〕

1920 中後期至 1930 後期是第三階段。伴隨著現代國家民族的現代發展，中國文學所傳達的國家—民族意識也在多個方向上延伸，不同的文學思潮在相互的辯駁中自我展示，三民主義、民族主義、國家主義、自由主義、左翼無產階級、無政府主義對國家、民族的文學表達各不相同，矛盾衝突，論爭不斷。其中，值得我們深究的現象十分豐富。三民主義、民族主義對國家、民族的重要性作出了最強勢的表達，看似不容置疑：「我們在革命以後，種種創造工作之中，要創造一種新文藝，要創造出中華民族的文藝，三民主義的文藝。因為文藝創造，是一切創造根本之根本，而為立國的基礎所在。」〔註47〕然而，國家—民族情懷一旦被納入到政治獨裁的道路上卻也是自我窄化的危險之舉，三民主義、民族主義文學的強勢在本質上是以國民黨的專制獨裁為依靠，以對其他文學追求特別是左翼文藝的打壓甚至清剿為指向的，在他們眼中，「民族文藝最大的敵人，是普羅毒物，與頹廢的殘骸，負有民族文化運動的人，當然向他們掃射。」〔註48〕這恣意「掃射」的底氣來自國家的政治權威，例如委員長的宣判：「要確定，總理三民主義為中國唯一的思想，再不好有第二個思想，來擾亂中國」〔註49〕。這種唯我獨尊的文學在本質上正如胡秋原當年所批評的那樣，是「法西斯蒂的文學（？），是特權者文化上的『前鋒』」，是最醜陋的警犬，他巡邏思想上的異端，摧殘思想的自由，阻礙文藝之

〔註45〕陳獨秀：《今日之教育方針》，《青年雜誌》1915 年 1 月 15 日第 1 卷第 2 號。
〔註46〕劉納：《嬗變》修訂版，北京：中國人民大學出版社，2010 年，第 19～20 頁。
〔註47〕葉楚傖：《三民主義的文藝底創造》，《中央週報》1930 年 1 月 1 日。
〔註48〕劉百川：《開張詞》，《民族文藝月刊》創刊號，1937 年 1 月 15 日。
〔註49〕蔣介石：《中國建設之途徑》，《先總統蔣公全集》第 1 冊，臺北：中國文化大學出版社，1984 年，第 557 頁。

自由創造」〔註 50〕。國家主義在思維方式上與三民主義、民族主義如出一轍，只不過他們對國民黨的文藝政策尚有不滿，一度試圖獨樹旗幟，因而也曾受到政府的打壓；在文學史的長河中，國家主義最終缺少自己獨立的特色，不得不匯入官方主導的思潮之中。在這一時期，內涵豐富、最有挖掘價值的文學恰恰是深受官方壓迫的左翼無產階級文學、自由主義文學，甚至某些包含了無政府主義思想的文學。左翼文學因為其國際共產主義背景而被官方置於國家─民族的對立面，受到的壓迫最多；自由主義、無政府主義因為對個人權力與自由的鼓吹也被官方意識形態視作危險的異端。但是，平心而論，在現代中國，共產主義、自由主義和無政府主義本身就是思想啟蒙的有機組成，而思想啟蒙的根源和指向卻又都是國家和民族的發展，因此，在這些個人與自由的號召的背後，依然是深切的國家─民族情懷，正如自由主義的領袖胡適所指出的那樣：「民國十四五年的遠東局勢又逼我們中國人不得不走上民族主義的路」，「十四年到十六年的國民革命的大勝利，不能不說是民族主義的旗幟的大成功」〔註 51〕。換句話說，在自由主義等文學思潮的藝術表現中，存在著國際／民族、國家／個人的多重思想結構，它們構織了現代國家─民族意識的更豐富的景觀。

抗戰時期是第四階段。因為抗戰，現代中國的民族復興意識被大大地激發，文學在救亡的主題下完成了百年來最盪氣迴腸的國家─民族表述，不過，我們也應該看到，由於區域的分割，在國統區、解放區和淪陷區，國家─民族意識的表達出現了較大的差異。在國統區，較之於階級矛盾尖銳的 1920～1930年代，國家危亡、同仇敵愾的大勢強化了國家認同，民族意識更多地融合到國家觀念之中，「抗戰建國」成為文學的自然表達，不過，對國家的認同也還沒有消弭知識分子對專制權力的深層的警惕，即便是「戰國策派」這樣自覺的民族主題的表達者，也依然自覺不自覺地顯露著民族情懷與國家觀念的某些齟齬〔註 52〕。在解放區，因為跳出了國民黨專制的意識形態束縛，則展開了對「民族形式」問題的全新的探索和建構，其精神遺產一直延續到當代中國，

〔註 50〕 胡秋原：《阿狗文藝論》，《文化評論》1931 年 12 月 25 日創刊號，參見上海文藝出版社編輯《中國新文學大系 1927～1937 第 2 集文藝理論集 2》，上海：上海文藝出版社，1987 年，第 503 頁。

〔註 51〕 胡適：《個人自由與社會進步》，《獨立評論》1935 年 5 月 12 日第 150 號。

〔註 52〕 參見李怡：《國家觀念與民族情懷的齟齬──陳銓的文學追求及其歷史命運》，《文學評論》2018 年第 6 期。

成為了二十世紀下半葉中國國家—民族文學表達的重要內容。在淪陷區，文學的國家表達和民族表達曖昧而曲折，除了那些明顯「親日媚日」的漢奸文學外，淪陷區作家的思想複雜性也清晰可見，對中華民族的深層情懷依然留存，只不過已經與當前的「國家」認同分割開來，因為滿漢矛盾的歷史淵源，對自我族群的記憶追溯獲得鼓勵，卻也不能斷言這些族群的認同就真的演化成了中華民族的「敵人」。總之，戰爭以極端的方式拷問著每一個中國作家的靈魂，逼迫出他們精神深處的情感和思想，最後留給歷史一段段耐人尋味的表達。

抗戰勝利至新中國成立是第五階段。抗戰勝利，為國家民族的發展贏來了新的歷史機遇，如何重拾近代以後的國家—民族發展主題，每一個知識分子都在面對和思考。然而，歷經歷史的滄桑，所有的主題思考也都有了新的內容：例如，近代以來的民族復興追求同時還伴隨著一個同樣深厚的文藝復興或曰文化復興的思潮，兩者分分合合，協同發展，一般來說，在強調國家社會的整體發展之時，人們傾向以「民族復興」自命，在力圖突出某些思想文化的動態之時，則轉稱「文藝復興」，相對來說，文藝復興更屬於知識界關於國家民族思想文化發展的學術性思考。抗戰勝利以後，國家—民族話題開始從官方意識形態中掙脫出來，民族復興不再是民族主義的獨享的主張，它成為了各界參與的普遍話題，因為普遍的參與，所以意義和內涵也大大地拓展，不復是國民黨政治合法性的論證方式，左翼思想對國家—民族的表述產生了更大的影響，這個時候，作為知識界文化建設理想的「文藝復興」更加凸顯了自己的意義。這是歷史新階段的「復興」，包含了對大半個世紀以來的國家—民族問題的再思考、再認識，當然也包含著對知識分子文化的自我反省和自我認識。早在抗戰進行之時，李長之就開始了對五四新文化運動的反思，試圖從發揚本民族文化精神的角度再論文藝復興，掀起「新文化運動的第二期」，1944 年 8 月和1946 年 9 月，《迎中國的文藝復興》一書先後由重慶與上海的商務印書館推出「初版」，出版的日期彷彿就是對抗戰勝利的一種紀歷。新的民族文化的發展被描述為一種中西對話、文明互鑒的全新樣式：「近於中體西用，而又超過中體西用的一種運動」，「其超過之點即在我們是真發現中國文化之體了，在作徹底全盤地吸收西洋文化之中，終不忘掉自己！」〔註 53〕這樣的中外融通既不是陳腐守舊，又不是情緒性的激進，既不是政治民族主義的偏狹，又不等同於一般「西化」論者的膚淺，是對民族文化發展問題的新的歷史層面的剖解。

〔註53〕李長之：《迎中國的文藝復興》，上海：上海商務印書館，1946 年，第 58 頁。

無獨有偶，也是在抗戰勝利前後，顧毓琇發表了多篇關於「中國的文藝復興」的文章，1948 年 6 月由中華書局結集為《中國的文藝復興》，被視作「戰後『復員』聲中討論中華民族復興問題的比較系統、全面的論著」〔註54〕。在顧毓琇看來，文藝復興才是民族復興的前提，而「創造精神」則是文藝復興的根本：「中國的文藝復興乃是根據於時代的使命，因此不能不有創造的精神。中國的文藝復興，乃是根據於世界的需要，因此不能違背文化的潮流。以文化的交流培養民族的根源，我們必定會發揮創造的活力，貫徹時代的使命。」〔註55〕1946 年初，誕生了以《文藝復興》命名的重要文學期刊，「勝利了，人醒了，事業有前途了。」〔註56〕《文藝復興》的創刊詞用了一連串的「新」，以示自己創造歷史的強烈願望：「中國今日也面臨著一個『文藝復興』的時代。文藝當然也和別的東西一樣，必須有一個新的面貌，新的理想，新的立場，然後方才能夠有新的成就。」「抗戰勝利，我們的『文藝復興』開始了；洗蕩了過去的邪毒，創立著一個新的局勢。我們不僅要承繼了五四運動以來未完的工作，我們還應該更積極的努力於今後的文藝復興的使命；我們不僅為了寫作而寫作，我們還覺得應該配合著整個新的中國的動向，為民主，絕大多數的民眾而寫作。」〔註57〕創造和新並不僅僅停留於理想，《文藝復興》在 1940 年代後期發表了一系列對個人／國家／民族歷史命運的探索之作：小說《寒夜》、《圍城》、《引力》、《虹橋》、《復仇》，戲劇《青春》、《山河怨》、《拋錨》、《風絮》，以及臧克家、穆旦、辛笛、陳敬容、唐湜、唐祈、袁可嘉等人的詩歌；求新也不僅僅屬於《文藝復興》期刊一家，放眼看去，展開全新的藝術實踐的不只有解放區的「大眾化」，1940 年代後期的中國文學都努力在許多方面煥然一新，中國現代作家的自我超越也大都在這個時期發生，巴金、茅盾、沈從文、李廣田⋯⋯

此時此刻，思想深化進入到了一個新的歷史階段，一些基於國家、民族現狀的新的命題出現了，成為走向未來的歷史風向標，例如「民主」與「人民」，解放區的政治建設和文化建設是對這兩個概念的最好的詮釋。不過，值得注意

〔註54〕《顧毓琇全集》編輯委員會：《顧毓琇全集・前言》，《顧毓琇全集》第 1 卷，瀋陽：遼寧教育出版社，2000 年，第 3 頁。

〔註55〕顧一樵：《中國的文藝復興》，原載《文藝（武昌）》1948 年 3 月 15 日第 6 卷第 2 期。

〔註56〕李健吾：《關於〈文藝復興〉》，《新文學史料》1982 年第 3 期。

〔註57〕鄭振鐸：《發刊詞》，《文藝復興》1946 年 1 月 10 日創刊號。

的是，這兩大主題也不僅僅出現在解放區的語境中，它們同樣也成為了戰後中國的普遍關切和文學引領。前者被周揚、馮雪峰、胡風多番論述，後者被郭沫若、茅盾、艾青、田漢、阿壟、聞一多熱烈討論，也為穆旦、袁可嘉、朱光潛、沈從文、蕭乾深入辨析，現實思想訴求與藝術的結合從來還沒有在藝術哲學的深處作如此緊密的結合〔註58〕。「人民」則從我們對國家—民族的籠統關懷中凸顯出來，成為一個關乎族群命運卻又拒絕國民黨專制權力壓榨的強有力的概念，身在國統區的郭沫若與聞一多等都對此有過深刻的闡發。左翼戰士郭沫若是一如既往地表達了他對專制強權的不滿，是以「人民」激活他心中的「新中國」：「文藝從它濫觴的一天起本來就是人民的。」「社會有了治者與被治者的分化，文藝才被逐漸為上層所壟斷，廟堂文藝成為文藝的主流，人民的文藝便被萎縮了。」「一部文藝史也就是人民文藝與廟堂文藝的鬥爭史。」「今天是人民的世紀，人民是主人，處理政治事務的人只是人民的公僕。一切價值都要顛倒過來，凡是以前說上的都要說下，以前說大的都要說小，以前說高的都要說低。所以為少數人享受的歌功頌德的所謂文藝，應該封進土瓶裏把它埋進土窖裏去。」〔註59〕曾經身為「文化的國家主義者」的聞一多則可謂是經歷了痛苦的自我反省和蛻變。激於祖國陸沉的現實，聞一多早年大張「中華文化的國家主義」〔註60〕，但是在數十年的風雨如晦之後，他卻幡然警悟，在《大路週刊》創刊號上發表了《人民的世紀》，副標題就是：「今天只有『人民至上』才是正確的口號」。無疑，這是他針對早年「國家至上」口號的自我反駁。這樣的判斷無疑是擲地有聲的：「假如國家不能替人民謀一點利益，使失去了它的意義，老實說，國家有時候是特權階級用以鞏固並擴大他們的特權的機構。」「國家並不等於人民。」〔註61〕倡導「人民至上」，回歸「人民本位」，這是聞一多留在中國文壇的最後的、也是最強勁的聲音，是現代中國國家—民族意識走向思想深度的一次雄壯的傳響。

〔註58〕參見王東東：《1940年代的詩歌與民主》，臺北：政治大學出版社，2016年。
〔註59〕郭沫若：《人民的文藝》，1945年12月5日天津《大公報》。
〔註60〕聞一多：《致梁實秋》(1925年3月)，《聞一多全集》第12卷，武漢：湖北人民出版社，1993年，第214頁。
〔註61〕聞一多：《人民的世紀》，原載於1945年5月昆明《大路週刊》創刊號，《聞一多全集》第2卷，武漢：湖北人民出版社，1993年，第407頁。

目

次

緒　論

一、新文化運動：作為現代中國文學的開端

　　作為現代中國文學比較公認的邏輯起點之一，[註1]新文化運動幾乎出現在任何一本對現代中國文學進行歷時性敘述和研究的著作之中，其所起到的作用和所佔的位置也是其他文學現象所無法替代的。王瑤所著的《中國新文學史稿》中，在緒論中就開宗明義地對新文化運動的作用及意義下了一個定論：「中國新文學的歷史，是從『五四』的文學革命開始的。它是中國新民主主義革命三十年來在文學領域中的鬥爭和表現，用藝術的武器來展開了反帝反封建的鬥爭，教育了廣大的人民」。[註2]王瑤對於新文化運動的觀點實際上代表了一個以革命話語為主導的年代，在這個年代中，新文化運動的重要性通過其與新民主主義革命的關係而展現出來，成為革命話語主導之下的文學發生的必然起點。而在反思革命的年代裏，新文化運動的意義仍然重大，在錢

〔註1〕所謂「之一」是由於對現代中國文學的邏輯起點的界定實際上是有著許多其他意見的，如丁帆所提出的「民國文學」的理論構架以及其實踐、王德威等人所提出的「沒有晚清，何來『五四』」的觀點、嚴家炎等人所實踐著的「20世紀中國文學史」的觀點等。這些不同的觀點在其所構建的理論框架內都有著充分的合理性和可操作性，但是，由於本文實際上是對於新文化運動的發生做出研究，並不涉及對於具體文學史書寫的範疇，所以，對每一種文學史建構方式的優勢和侷限並不做具體的評議，而是傾向於綜合利用和分析各種文學史書寫背後對於歷史書寫的認知和觀念。但是，在總體的敘述上，由於以新文化運動作為現代中國文學的邏輯起點的著述和資料目前較多，也較為成熟，所以，姑且以其作為一種線索。

〔註2〕王瑤：《王瑤全集・第三卷》，石家莊：河北教育出版社，1990年，第34頁。

理群、溫儒敏、吳福輝所著的《中國現代文學三十年》中，新文化運動的發生被稱作「在中國文學史上樹起了一個鮮明的界碑，表示著古典文學的結束，現代文學的起始」，〔註3〕即使是以現代性或者文學性為標準，新文化運動對於中國文學和文化的發展依然是有著重大的作用。這也從側面說明了一個問題，即新文化運動是多層面、多視角、多維度的。

　　即使是那些對「新文化運動是現代中國文學開端」持有不同意見的研究者，也並沒有否定新文化運動對於整個現代中國文學的意義。倡導「民國文學」的丁帆發現了1912年～1919年的中國文學對於新文化運動的建構和生成作用，將現代中國文學的上限提早了七年。但同時丁帆也認為，將現代中國文學的上限提前，其目的在於「研究這七年文學的作家作品、文學現象和文學思潮，並且釐清它們與『五四』新文學直接和間接的內在關聯性」，〔註4〕而這正說明了即使是在「民國文學」的研究框架內，新文化運動仍然具有一種類似於座標系和地標一樣的意義，對於在「民國文學」的大框架下所呈現的一些文學景觀，很大程度上還是要回到新文化運動的時代語境中去進行參照和考量。王德威所提出的「沒有晚清，何來『五四』」的論點，實際上更是離不開新文化運動對於一種話語體系和文學史言說範式的建構，在王德威的理論設想中，「『五四』運動以石破天驚之姿，批判古典，迎向未來，無疑可視為『現代』文學的絕佳起點。然而如今端詳新文學的主流『傳統』，我們不能不有獨沽一味之歎。……文學與政治的緊密結合，是現代中國文學的主要表徵，但中國文學的『現代性』卻不必化約成如此狹隘的路徑。」〔註5〕雖然王德威一再聲明這一理論構想的提出本是無意做翻案文章的，但其字裏行間所帶有的「翻案」的味道還是很濃的。在王德威的理論設想中，通過以晚清文學對於新文化運動起點性意義的否定和顛覆，就可以建構一套告別革命的現代中國文學研究體系，從而對源自革命時代的文學敘事倫理做出整體性和全面性的顛覆。拋開王德威這套理論設想中對立意識形態操控的可能性不談，單就其理論設想本身而言，其對研究新文化運動的意義則顯得尤為重要。因為他若是想「沽」得

〔註3〕錢理群、溫儒敏、吳福輝：《中國現代文學三十年》，北京：北京大學出版社，1998年，第3頁。

〔註4〕丁帆：《新舊文學的分水嶺——尋找被中國現代文學史遺忘和遮蔽了的七年（1912～1919）》，《當代文壇》，2011年，第s1期。

〔註5〕〔美〕王德威著，宋偉傑譯：《被壓抑的現代性——晚清小說新論》北京：北京大學出版社，2005年，第5頁。

其他「味」，就需要對目前所「獨沽」的這「一味」有著全面而細緻的考察，而且，對於其他「味」的「沽」，也要建立在對這「一味」的「獨沽」的基礎上。也就是說，王德威對於現代中國文學邏輯起點的大幅度提前，並不能對新文化運動的意義構成絲毫的損害，反之，其話語體系的構建還要大量依靠於新文化運動所帶來的一套價值觀念作為其立論的起點，這反而從側面證明了新文化運動的重要與不可代替。

研究是要有固定角度的，而研究對象卻有著多重角度和多個側面，對於新文化運動這樣一個重要的研究對象，在現代中國文學領域，研究者所對其進行研究的切入角度是不一而足的。

首先，是對於史料本身的研究。新文化運動自發生以來，其所積累的各種文獻檔案、作家作品、書信、日記、出版信息以及回憶錄等浩如煙海，由於時間推移和種種歷史原因，許多史料都處於尚待被整理發掘的境地，有一些史料甚至因某些原因被當事人或後來人有意無意地篡改，所以，對史料去偽存真則成為新文化運動研究中最為基礎，也是至關重要的一方面。這需要研究者對原始文獻進行大量閱讀，並且具備文獻學的基本素養。此外，新史料的發掘和舊史料在不同側面上的重新整理，對於文學史某一部分的書寫以及作家文學面貌的構建都起著至關重要的作用。例如，魏建在《〈創造〉季刊的正本清源》中就敏銳地指出，對於現代中國文學史上頗具盛名的《創造》季刊，研究者不但沒有弄清楚其辦刊性質、發刊時間，甚至連該刊物的刊名都一度有謬誤；〔註6〕而在1975年，廣州中山大學圖書館在協助中文系重新注釋魯迅《而已集》時，對於魯迅佚文《慶祝滬寧克復的那一邊》的發現，〔註7〕則更是為研究大革命前後魯迅的思想動態找到了切實的依據，其意義之重大毋庸贅言。這種基於史料的發掘而做出的帶有基礎性研究性質的探尋有著重要的意義，它承接著新文化運動產生以來對現代中國文學研究的優良傳統，使現代中國文學研究更具有學理性和科學性。近年來，史料的發掘越發地被人重視，這意味著一種「學風的改善」和「學術研究的重大進步」，〔註8〕而現代中國文學史料的發掘與整理也成了一門正在發展中的學問，並越來越帶有「顯學」的味道。馬良春、朱金順兩位老一輩學者所做的開拓性的貢獻是顯而易見的，近

〔註6〕魏建：《〈創造〉季刊的正本清源》，《文學評論》，2014年，第4期。

〔註7〕參見魯迅：《慶祝滬寧克復的那一邊》，《中山大學學報（社會科學版）》，1975年，第3期。

〔註8〕魏建：《〈創造〉季刊的正本清源》，《文學評論》，2014年，第4期。

年來劉增傑編著的《中國現代文學史料學》則集前輩學者研究之大成，〔註9〕系統性、理論性地闡釋了史料整理的方法和作用。值得注意的是，對於新文化運動研究領域中的史料，仍存在著諸多的問題：首先，正如樊駿在論及現代中國文學的史料工作時所指出的那樣，「它本身就是一項宏大的系統工程，一門獨立的複雜的學問；那麼就不難發現迄今所做的，無論是就史料工作理應包羅的眾多方面和廣泛內容，還是史料工作必須達到的嚴謹程度和科學水平而言，都還存在許多不足」。〔註10〕其次，史料的發掘還面臨著一種瑣碎化和過度闡釋的問題。新文化運動所能產生的史料數量是一定的，隨著一些具有根本性意義的史料被逐漸的發掘，其對現代中國文學所產生的影響也必將從宏觀走向微觀，那些足以決定現代中國文學史走向的史料未被發掘的可能性是很低的。而那些正在發現過程中的史料也未必一定要放在重寫文學史的框架下去加以運用，其發現和整理本身已經蘊含了很大的價值。把一些過於瑣碎的史料置於改寫文學史的宏大願景下加以考量，不但牽強，而且對於史料本身的價值也有所損害。

第二，是對於新文化運動及其產生的文學實績進行思想性的研究。這類研究的數量相對較多，其基本思路是通過對一部或多部作品的解讀，來分析作品背後所蘊含著的某些思想以及對當時與當下的價值。這種研究有一定的時代侷限性，其中，較為有代表性和啟發性的著作多產生於 20 世紀 80 年代和 90 年代。在當時特定的語言環境中，開掘新文化運動對於新民主主義革命話語之外的意義和價值成為一種普遍的追求，於是，對新文化運動時期作家作的再發現與再發掘就成了一個十分重要的學術增長點。尤其是在「文化大革命」之後，隨著海外漢學研究界將張愛玲、錢鍾書、沈從文等作家重新「介紹」給國內，

〔註 9〕關於現代中國文學史料工作的系統性的動議，最早出現在馬良春所著《關於建立現代史料學的建議》（《中國現代文學研究叢刊》，1985 年第 1 期）；而朱金順於 1986 年出版的《新文學資料引論》（北京：北京語言大學出版社，1986 年出版）則可以看做是較早的一本關於現代中國文學史料整理工作的專著；樊駿在其著名的《這是一項宏大的系統工程——關於中國現代文學史料工作的總體考察》（《新文學史料》，1989 年第 1 期）中也對現代中國文學的史料工作多有涉及，並站在文學史研究的大的立場上對其提出了一些頗有指導性意義的意見；而劉增傑則是始終堅持著「中國現代文學史料學」的具體學科建構，其專著《中國現代文學史料學》（上海：中西書局，2012 年出版）一書可謂是該領域的集大成之作。

〔註10〕樊駿：《這是一項宏大的系統工程——關於中國現代文學史料工作的總體考察（上）》，《新文學史料》，1989 年，第 1 期。

一種基於本土意識而對新文學以及新文化運動作出新發掘和闡釋就成為擺在研究者眼前的重中之重了。在當時特殊的時代背景下，產生了大量通過具體作家作品而對新文化運動的思想性做出的分析，它們也通常帶有很大的超越性。其中，可供參考的代表性著作有王富仁所著的《中國反封建思想革命的一面鏡子：〈吶喊〉〈彷徨〉綜論》，其意義正如李何林所作的序中所言，「能運用馬列主義的立場、觀點、方法和中國『五四』實際相結合；能運用比較廣博的中外歷史、文學史和有關哲學的知識，從思想革命這個角度闡發了《吶喊》《彷徨》的革命意義。並且說明了這個思想革命是政治革命的折射，是政治革命的先決問題。」〔註 11〕李何林這番話說得比較晦澀，但是，從中仍然可以看出這本著作的主要價值就在於把魯迅從一個政治人物的枷鎖中解脫出來，還原了魯迅作為一位文學家和思想家的本來面貌，而更重要的是，王富仁在其著作中所提供了一套以文學作品本身為中心的研究範式，這為此後很長一段時間的文學研究提供了思路。錢理群、溫儒敏、吳福輝等人編著的《中國現代文學三十年》從本質上也是這類研究的一個範例，書中對於作家作品的研究和敘述往往是由作品切入，通過對作品的分析和考察，進而對作家的思想脈絡進行梳理，並勾勒出一條清晰的線索。例如在該書對於巴金的研究中，帶動整體論述過程的就是巴金的創作，全章分為三節：「青春的讚歌：巴金前期小說創作」「《家》的傑出成就」以及「深沉的悲劇藝術：巴金後期小說創作」，各部分均以作品為主體，通過對具體作品的分析來論述作家各個時期思想上的不同，從而還原一個比較真實的巴金，而不是一個符合政治敘事需要的被抽象了的符號。〔註 12〕這種傾向文學作品思想性的研究對現代中國文學整體研究的發展是至關重要的，但是，它也具有明顯的過渡階段的性質。首先，現代中國文學領域內的作家或者作品的總數是一定的，經過一段時間的研究，大部分作品的解讀已經經過了多種嘗試，在現有方法論體系下進行再解讀的可能性逐漸變小。其次，在 1980 年代末大量西方思想資源湧入中國的情況下，如果對研究方法缺乏正確的理解，就會使研究陷入單就作品而論作品的誤區之中，這樣就很容易使文學研究成為理論的注腳，失卻其學理性意義，這也是 1990 年代現代中國

〔註11〕　王富仁：《中國反封建思想革命的一面鏡子：〈吶喊〉〈彷徨〉綜論》，北京：北京師範大學出版社，1986 年，第 4 頁。

〔註 12〕　參見錢理群、溫儒敏、吳福輝：《中國現代文學三十年》，北京：北京大學出版社，1998 年，第 199～208 頁。

文學研究領域大量出現諸如「XX 視角下的某作品」，或者「XX 主義對某作品的解讀」這樣並不深入的研究的原因之一。

最後，是對新文化運動具體過程的研究。這類研究的聚焦點不在於具體文本，而在於文本產生時所面臨的宏觀政治文化環境。研究者通過某種特定的價值取向或者多種價值取向的結合，使現代中國文學的作家作品、文學現象等被一種更加宏觀和有廣泛意義的理念所統御，形成了一種通過當時的社會語境反觀文學的研究方式。這類研究強調社會語境與文學現象的雙向互動，較為真實地還原了歷史語境以及其內在的精神面貌。這種研究方式較之前面兩種研究方式，更注重一種機制性和生成性的內容，強調多種理論和價值觀的互動，旨在還原一種多側面、多維度的生態性的內容，並將作家作品以及各種文學現象置於這種生態性的大環境中做出考量，從而使研究更加立體、全面。同時，在還原歷史語境與文學生態的過程中，大量史料的運用也使得研究成果更具有說服力和學理性。這類研究的代表有姜濤所著的《公寓裏的塔：1920 年代中國的文學與青年》，此書以「代際」這一客觀事實出發，並以之為視角對新文化運動前後「文學青年」這一群體的出現做出考察。對於「代際風貌」這一較為主觀的研究對象，姜濤在著作中採用了大量的史料作為支撐，並製成了表格，使數據的呈現更加明晰。姜濤在前言中對其研究有過一個方法論層面上的總結：「『大文學史』構想的提出與實施，表明原有學科規範的打破與重構，中國現代文學研究已經從一門審美性的歷史學科，轉變為一門綜合性的歷史文化學科。……然而，在滿足學科自身展開和知識積累的需要之外，要想保持某種研究中的內在緊張感，保持一種對歷史認識再問題化的能力和意願，怎麼理解『返回』『打通』一類方法，可能十分關鍵。如果『現場』僅僅指向某種抽象、靜態的歷史客觀，『返回』只是為了釋放豐富性和差異性，為既定的文學史圖像增添更多的細節或『花邊』，那麼研究的歷史性可能恰恰會被暗中抹擦。能夠回到一種動態的具體情境中，而非從後設的認識出發，去把握事件、人物、觀念的生成邏輯，去鍛造一種在情境中提出問題的能力，去把握歷史理解中價值思考的契機，應該是『返回』的本意所在。」〔註13〕姜濤所提出的這一系列理論構想對現代中國文學研究的走向有著較為重要的參考意義，也顯示出了這種聚焦政治文化環境的生成與流變的研究方式與其他類型研究之間

〔註13〕姜濤：《公寓裏的塔：1920 年代中國的文學與青年》，北京：北京大學出版社，2015 年，第 22～23 頁。

的不同。王曉明主編的《二十世紀中國文學史論》則是這種類型研究中較早出現的一本著作，王曉明預言「當社會的巨變走到如此深遠叵測的地步，當這巨變毫不在意地踩破二十年來我們獲得的幾乎所有理論的時候，現代文學研究就必須自我蛻變，在基本的理論預設上，也因此在整個學科的範圍、對象和方法上，都做出重大的改變。」〔註14〕由於時代的侷限性，在 21 世紀前後，王曉明等倡導文學研究轉型的研究者並未看到一部再現代文學研究自我蛻變之後所產生的真正成熟的著作。而他們的預想在姜濤等人那裡得到了回應和實踐，也從另一個方面說明了這一理論預想，在正確性和可行性背後的複雜。從王曉明的《二十世紀中國文學史論》的編著上，可以看出，其觀察和研究現代中國文學的視角是多維度的，而且每一個維度都是動態的，強調歷時和共時互相結合，更重要的是，觀察現代中國文學的各維度之間都是可以互相打通的，研究者更傾向於將現代中國文學所處的話語場域看作一個完整的體系，牽一髮而動全身，在各部分、各角度的不斷生成與建構中來使現代中國文學不斷地被完型。這種研究類型還有一個重要的優勢，就是其研究重點是現代中國文學生成的機制，而正因為機制內在的生成性，使得它可以在不同的歷史語境下顯示出指導意義和獨特價值。也就是說，這類研究最終的價值取向是一種對當下歷史語境的反思與重構，它始終保持著文學史研究與當下社會構建之間的良好互動，尋找已經逝去的文學史現象和正在發生的新的歷史事實之間的對話。這或許正是現代中國文學尋求自身突破和不斷保持生機的重要途徑。

　　在對新文化運動進行研究的過程中，無論採用上述哪一類研究方法，歷時性的研究和梳理都是必要的。新文化運動的每一個階段以其內容的豐富性以及明顯的時代特徵，可以被抽出來做單獨的研究和論述。所謂正本清源，新文化運動的開端中也蘊含了現代中國文學在之後幾十年中發展過程中將面臨的種種問題與可能性，故此，對新文化運動做發生學意義上的研究是一件十分重要的工作。

　　就目前的研究成果來說，幾乎每一本與新文化運動有關的著作都會對新文化運動的開端進行簡要的描述。《中國現代文學三十年》提供了一種有關新文化運動發生的較為通用的觀點，即新文化運動的發生「確有其歷史背景，並在相當程度上利用了晚清以來文學變革的態勢與思想資源」，「清末民初域外

〔註14〕王曉明主編，羅崗、倪偉、倪文尖、薛毅編選：《二十世紀中國文學史論·上卷》，上海：東方出版中心，2003 年，第 2 頁。

小說翻譯大盛，更是刺激和啟迪了新舊時代交接中的中國作家」，再加上先驅們以「整體性歧化」的策略引入西方的話語資源，以北京大學和《新青年》雜誌為核心的所謂「一校一刊」的人事資源的聚合，一系列的文學現象共同構成了文化運動的開端。〔註15〕朱德發在其所著的《中國五四文學史》中直接點明了新文化運動興起的背景是十分複雜的，他較早地發現了一個重要的事實，即新文化運動「決非是單因子決定的，它有著複雜的背景，即具有深刻的歷史根據和現實根據」。〔註16〕這看似簡單的一句話背後所蘊含著的洞見和對於新文化運動的研究所起到的指導性意義是巨大的，多因子決定的新文化運動意味著多個側面與多個層次，可以說，朱德發關於新文化運動研究的論述為此後的研究打下了良好的基礎。但是，在對新文化運動進行歷時性或者總體性研究的同時捎帶論及其發生或開端的研究成果，其著眼點畢竟不在於「開端」或「發生」本身。在不溢出整體論述框架的原則下，雖然許多研究成果對新文化運動發生的原因都有著較為精闢的論述，但是畢竟無法充分展開，所以，一種單單聚焦於新文化運動發生本身的研究也是十分必要的。

現有研究成果已經客觀而雄辯地向研究者展示了新文化運動的發生可能存在著多種維度和多種層次。學術界對新文化運動在發生學維度上的集中關注始於 2000 年前後，在新文化運動研究領域的整體上算是比較晚的，但其成果卻十分豐富，迄今為止已經有不少的研究者從不同的側面，用不同的方式來闡釋這段歷史，並獲得了引人矚目的成績。其中，陳方競的《對五四新文化、新文學運動發生根基的再認識》是這類研究中比較早的一篇。這篇論文通過對魯迅、周作人等曾經求學於章太炎門下的浙江籍知識分子在新文化運動初期種種行跡的考察來證明章太炎及其學說對「五四」新文化、新文學運動的發生所起到的「根基性」的作用，〔註17〕並指出「五四」新文化和新文學運動的發生和進展是在北京大學這個所謂「變革的中心」內部經由「眾聲喧嘩」而產生的深層次的多重對話而形成的。〔註18〕而陳廷湘在《重釋五四運動發生的觀念基礎》

〔註15〕 參見錢理群、溫儒敏、吳福輝：《中國現代文學三十年》，北京：北京大學出版社，1998 年，第 1～7 頁。

〔註16〕 朱德發：《中國五四文學史》，濟南：山東文藝出版社，1986 年，第 56 頁。

〔註17〕 參見陳方競：《對五四新文化、新文學運動發生根基的再認識（上）》，《海南師範大學學報（社會科學版）》，2003 年，第 5 期。

〔註18〕 參見陳方競：《對五四新文化、新文學運動發生根基的再認識（下）》，《海南師範大學學報（社會科學版）》，2003 年，第 6 期。

一文中一改通常研究中聚焦於某件歷史事件或文學現象而對新文化運動的發生進行研究的範式，運用新史學的研究方法，從觀念的構建開始，將新文化運動還原到了一種觀念史的維度，並指出巴黎和會的中國方面的失敗不但使中國民眾對於山東主權的收復等具體問題大失所望，而且還摧毀了中國知識分子心中對「公理和人道」的認知，而由新文化運動走向「五四」運動的根本原因則蘊藏其中。在研究者看來，「當這種共同理想（至少是運動參與者的共同理想）和樂觀情緒遭遇到巴黎和會傳來的山東問題不公處置消息的衝擊時，一場早已被賦予偉大意義的民眾運動不可避免地發生了。」〔註19〕這種以觀念史來研究文學史以及社會運動史的方法，大大拓展了研究的空間，呈現出了一種多元的新文化運動時期的歷史畫面，以一段歷史時間內社會心態的必然性來代替具體歷史事件的偶然性，使研究成果更具有說服力。與陳廷湘的研究成果類似的還有熊玉文的《巴黎和會、謠言與五四運動的發生》，其主要論點為「巴黎和會期間，中日之間的外交衝突和中國南北政府及各種力量圍繞和會展開的爭鬥催生出眾多謠言，它們所製造出來的緊張和壓力，既把親日派推到輿論的風口浪尖，又與真實的外交危機信息一道把國人的心理推向崩潰的邊緣。在此信息環境下，梁啟超一封平常的電報激起了五四運動的發生。」〔註20〕

　　更多的研究者則更傾向於以一種或多種情感來統籌新文化運動的發生，其中有代表性的是周仁政的《情感表現與五四文學——中國現代文學發生史研究》，他認為「情感表現作為與『文以載道』相對立的觀念範疇，是現代文學秩序確立的基礎」，〔註21〕該研究從現代中國文學發生過程中出現的種種情感模式入手，分析新文化運動起源時期所面臨著的種種情感類型，從而獲得了一種對於現代中國文學的新的言說維度。這類研究歸根結底是要把歷史事件還原為「人」所參與的歷史事件，以人的經歷、情緒以及人所處的時代語境和文化場域來帶動文學研究，朱鴻召的《在人的旗幟下——論五四文學的背景、發生和發展》在開掘「人」之於新文化運動的意義的方面，則顯得十分突出。作者認為「中國現代社會歷史、人生的複雜性、豐富性和嚴峻性，使當事者難以保持對自身歷史狀況的清醒理性認知，甚至政治功利，世俗觀念或者道德意識，總

〔註19〕參見陳廷湘：《重釋五四運動發生的觀念基礎》，《中國現代社會心理和社會思潮學術研討會論文集》，2004 年。

〔註20〕熊玉文：《巴黎和會、謠言與五四運動的發生》，《民國檔案》，2012 年，第 4 期。

〔註21〕周仁政：《情感表現與五四文學——中國現代文學發生史研究》，《文學評論》，2010 年，第 3 期。

是自覺不自覺地騷擾侵襲著作家審美意識的確立。從審美創作論的角度看，這種文學絕大多數是不成熟的。但恰恰是這種歷史所給予的不成熟的文學，從內容到形式，從風格到缺陷的各個方面，都顯示出豐富具體的人生歷史內容和藝術表現特徵，真實地記述了我們民族從『東亞病夫』到『東方巨人』的精神心理，為人類社會走出封建中世紀，邁進近現代社會歷史提供了新鮮生動的『這一個』人生範例。」〔註22〕由以上論述中不難看出，只有將人從抽象的「類」中剝離，還原成為具體的「個」，才能將文學研究還原到「人」的維度。

人的精神集中體現於其信仰上。譚桂林所著的《〈新青年〉的信仰觀念與五四新文學傳統建構》一文以《新青年》為中心，對新文化運動前後各個歷史階段中社會及知識界的信仰狀況、信仰資源及信仰觀念進行考察，發掘了新文化運動以國民信仰建構為主題的另一條重要線索，考察了一種國民信仰觀念的生成對新文化運動前後的話語場域產生影響的過程，並以魯迅為例，探討了「信仰純粹性」對於魯迅信仰形成的重要結構性作用，對當下中國國民的精神走向有著一定的指導意義。〔註23〕

除此之外，更多的研究者則傾向於通過一些更加細節性的問題來切入對新文化運動發生的研究。雖然這類研究在有關新文化運動研究的整體意義上來看略微偏於片面化，但是它們所呈現出的新文化運動中的種種側面卻共同構成了一個立體的和發展中的新文化運動。其中比較有代表意義的研究列舉如下：〔註24〕岳凱華的《五四激進主義的緣起與中國新文學的發生》注意到了新文化運動產生時所面臨的激進主義社會文化氛圍，並以之為起點，深入挖掘了這種激進主義產生的理論根基、革命策略、內在的民主精神、科學觀念、民間追求以及激進主義偏激的限度等問題，將對一種社會情緒的解讀擴展為對新文化運動的全面而細緻的分析。〔註25〕張冀的研究則與岳凱華呈現出了一種邏輯上的緊密聯繫，在《晚清民初尚武思潮的緣起與五四激進主義發生》一文中，張冀向上追溯了新文化運動激進主義的中國根源，將新文化運動發

〔註22〕 朱鴻召：《在人的旗幟下——論五四文學的背景、發生和發展》，《社會科學研究》，1992 年，第 5 期。

〔註23〕 參見譚桂林：《〈新青年〉的信仰觀念與五四新文學傳統建構》，《中國現代文學研究叢刊》，2016 年，第 7 期。

〔註24〕 在對此類研究做出綜述的時候，部分參考了陳建守所編著的《德／賽先生：五四運動研究書目》（臺北：中華新文化發展協會，2011 年出版）。

〔註25〕 參見岳凱華：《五四激進主義的緣起與中國新文學的發生》，長沙：嶽麓書社，2006 年。

生的內因向著歷史的更深處推進。〔註26〕陳方競的《魯迅與浙東文化》一書則從地域文化入手，以魯迅為主要考察對象，細緻梳理了浙東文化與新文化運動生成之間的關係，〔註27〕張夢陽在評價這本著作時說：「五四新文學究竟是在什麼背景下發生的？歷來是中國現代文學研究界關注的問題。慣常的看法，是認為這場新文化革命是受西方文明影響、批判中國傳統文化的胡適等先進知識分子引發的。這雖然說明了一方面的道理，但是如僅限此論，則未免以偏概全，不能全面反映歷史的本來面目。陳方競先生的近著《魯迅與浙東文化》一書從新的視角對這一問題進行了新的理性透視，認為五四新文學發生的重要背景之一，來自魯迅故鄉的浙東文化，令人耳目一新。」〔註28〕這個評價不僅是對陳方競著作的肯定，更是對之前所流行的過於宏觀和籠統的新文化運動研究狀況的反思。楊早的著作《清末民初北京輿論環境與新文化的登場》則力求還原新文化運動發起之前北京一地的文化場域、輿論環境和傳媒生態，以外部研究的視角切入新文化運動，努力建構一種重新描述新文化運動產生時的可能性圖景，為重建新文化運動發生時北京一地的社會心態起到了很大的作用。〔註29〕欒梅健的《二十世紀中國文學發生論》則從一個較為宏大的視野去描繪新文化運動發生前後的社會圖景，著作從經濟、文化和人才三個方面入手，對諸如傳播媒介、稿費制度、社會形態、文學主題、作家代際等具體方面做了細緻入微的分析。由於著作時代較早以及史觀的保守，該著作對於新文化運動的研究並未將具體的人置於中心位置，但是其中所包含的線索性的內容卻為後來的研究者提供了很大的思考空間。〔註30〕

在關於新文化運動發生的研究中，數量最多的是西方文化對新文化運動發生的影響。這類研究中值得一提的是趙稀方的《翻譯現代性：晚清至五四的翻譯研究》，該著作以堅實的理論功底帶動對於新文化運動進程中翻譯的研究，提出了「翻譯現代性」的觀點，為新文化運動的起源與發展在理論高度上找到了新的

〔註26〕 參見張冀：《晚清民初尚武思潮的緣起與五四激進主義發生》，《華中科技大學學報（社會科學版）》，2010 年，第 4 期。

〔註27〕 參見陳方競：《魯迅與浙東文化》，長春：吉林大學出版社，1998 年。

〔註28〕 張夢陽：《五四新文學發生背景的理性透視》，《中華讀書報》，2000 年 10 月 25日，第 011 版。

〔註29〕 參見楊早：《清末民初北京輿論環境與新文化的登場》，北京：北京大學出版社，2008 年。

〔註30〕 參見欒梅健：《二十世紀中國文學發生論》，桂林：廣西師範大學出版社，2006年。

依據。〔註31〕不過，綜觀這類研究，存在著兩個具體的問題：第一是過於顯在，新文化運動受到西方文化的影響是顯而易見的，導致此類研究很多只停留在現象本身而無法深入；第二是過於宏觀，強大的理論支持的代價就是犧牲一些文學現象背後的具體細節，這導致此類研究中的大多數停留在宏觀而表象的程度，從方法論意義上，可深入的餘地頗為有限。在這類研究中還有一篇頗為有意思的論文，即周倫佑的《五四新文學發生史的一種理解——意象主義詩歌的中國源頭及其對五四新文學的反哺式影響》，作為 20 世紀 80 年代第三代詩的代表人物和「非非主義」的發起者，周倫佑將其先鋒態度導入了對於學術的研究和探尋之中。他提出，五四新文學運動從本質上屬於一種「移置式變構」，關於「移置式變構」的內涵，周倫佑這樣界定：「這裡所說的『移置式變構』指橫向移置，即從別的國家或民族的文學一書中移置一種文學藝術形式過來，藉以變構本國、本民族業已僵化的文學藝術形式，並把這種從國外移置來的文學藝術形式發展成一種新的文學藝術形式。」在周倫佑看來，這種形式上的「移置性變構」內在是一種「反哺式變構」，即「五四文學對於中國傳統文學，就不完全是胡適等人通過移置西方文學觀念、方法和形式而促成的一次『移置性變構』，而是從中國古典詩歌吸取養料的西方意象主義詩歌，再通過對胡適的反影響而對中國傳統文學實行的一次反哺式變構。五四新文學革命的變構基因和動力原本就存在於作為變構對象的中國傳統文學內部。」〔註32〕周倫佑以其詩人的身份做出這樣的論斷，雖然顯得有些武斷和天馬行空，但卻為研究者提供了一種新的思考空間，促使研究者重新審視新文化運動的發生與傳統文化之間的關係。

在對新文化運動的發生進行研究的學者之中，李宗剛自 2005 年開始，就對這一領域的各個側面展開了研究，並一直持續到現在。李宗剛的研究涉及新文化運動與戰爭語境規範、〔註33〕新文化運動與新式教育、〔註34〕新文學運動與父權缺失〔註35〕等多個方面，其中關於新文化運動與父權缺失、新文化

〔註31〕 參見趙稀方：《翻譯現代性：晚清至五四的翻譯研究》，天津：南開大學出版社，2012 年。

〔註32〕 參見周倫佑：《五四新文學發生史的一種理解——意象主義詩歌的中國源頭及其對五四新文學的反哺式影響》，《暨南學報（哲學社會科學版）》，2016 年，第 5 期。

〔註33〕 李宗剛：《在戰爭語境規範下發生的五四文學》，《東方論壇》，2006 年，第 4 期。

〔註34〕 李宗剛：《新式教育與五四文學的發生》，濟南：齊魯書社，2006 年。

〔註35〕 李宗剛：《父權缺失與五四文學的發生》，《文史哲》，2014 年，第 5 期；李宗剛：《父權缺失與五四文學的發生》，北京：人民出版社，2016 年。

運動與新式教育的研究尤其值得稱道。在研究父權缺失對新文化運動發生的影響時，李宗剛敏銳地發現了新文學運動的倡導者身上普遍存在父權缺失的現象，並通過大量的史料對此進行分析和考辯，研究了父權缺失與五四文學創建主體的確立之間的內在聯繫，並重新對「精神導師」之於新文化運動倡導者們的意義進行研究，從而得出了一種對現代中國文學的發展有著普遍性意義的結論。〔註36〕新式教育與新文化運動之間的緊密關係雖然是一個顯而易見的內容，但是長久以來，卻少有研究者涉足其中。李宗剛通過對新式教育的發生、發展以及新文化運動是如何產生於新式教育並利用新式教育形成的一套新的話語和宣傳空間來達到自身的建構等方面進行研究，從北京大學的建立、科舉制度的廢除、課程設置與學生構成以及公共領域的教育想像為線索，找尋出了一條新式教育與新文化運動之間聯繫的新紐帶，使學界對新文化運動的研究又向著一個更新的領域前進。〔註37〕

　　從既有研究的概述中可以看出，對新文化運動發生的研究雖然較之新文化運動其他方面的研究起步略微遲緩，但是近年來已經成為一種新的研究趨勢和方向。要想更加深入和透徹地理解和研究新文化運動以及「五四」新文學，這種對於其發生學意義上的正本清源顯然是非常必要的。同時，由於新文化運動的發生是一個機制性的東西，其所具有的側面、維度以及生成過程中因與當時乃至當下不斷對話而形成的空間是巨大的，目前的研究無論是從廣度或是深度上還有著繼續深入發掘的可能性與空間。尤其是對於新文化運動的發生的一些更加細緻和微觀的研究，目前還比較欠缺。如對新文化運動的發生與作家書信、日記之間的關係之研究，雖然多數現有的著作已經有所提及，但目前專門性的研究只有劉克敵的《從蔡元培日記看其人際交往與新文化運動發生之關係》一篇，「論文運用『西馬』日常生活批判理論中有關日常交往活動的論述，通過對蔡元培日記等私人材料的分析，嘗試釐清浙籍文人群體與新文化運動發生演變的複雜關係，指出僅僅從政治思想和社會變革角度審視新文化運動發生演變的不足之處。」〔註38〕劉克敵的研究十分深入，為此後從日記、書信角度對新文化運動進行的相關研究打下了很好的基礎，提供了

〔註36〕李宗剛：《精神導師與五四文學的發生》，《中山大學學報（社會科學版）》，2015年，第2期。

〔註37〕參見李宗剛：《新式教育與五四文學的發生》，濟南：齊魯書社，2006年。

〔註38〕劉克敵：《從蔡元培日記看其人際交往與新文化運動發生之關係》，《海南師範大學學報（社會科學版）》，2013年，第6期。

豐富的理論借鑒。但是，從蔡元培一人的角度來觀察新文化運動的發生只是一個開端，隨著以書信、日記這個角度對新文化運動發生的研究漸漸地起步，更多作家的書信和日記將被重新審視，而一種更加微觀和細緻的對新文化運動的研究也將為更多研究者所借鑒和運用。

二、書信日記：研究新文化運動的一個途徑

關於書信和日記的研究，在研究方法、理論基礎以及研究進展狀況等方面，存在著一些細微的差別。

日記研究有著其特殊的理論。就國內而言，自古以來就有日記研究的傳統。嚴格意義上的日記可以遠溯到唐代李習之的《來南錄》，清代李慈銘的《越縵堂日記》、翁同龢的《翁同龢日記》、王湘綺的《湘綺樓日記》、葉昌熾的《緣督廬日記》甚至有著「四大日記」之稱，可見中國傳統文化界對日記這一特殊的文本的重視。但是現代中國的日記並不是完全承續了古代日記的發展道路，和新文學相似，現代中國的日記更多地將對於外部世界和日常生活的描摹內化，更加直白的面對自己的內心，也融入了更多個人對時代、個人對現代民族國家建設的思考。可以說，借由新文化運動而產生的新文學和現代中國的日記是兩個異構而同質的文本呈現形式，甚至，新文學的開端就有著日記的影子：從晚清小說界革命中出現的薛福成的《出使日記》和梁啟超的《新大陸遊記》；到新文化運動的開篇之作《狂人日記》，再到郁達夫和創造社諸君習慣使用的日記體筆法，不難看出，在現代中國文學中，作家對於日記有著在文體意義上的高度自覺。民國時期，關於日記的理論和經驗俯拾即是，如 1933 年上海南強書局出版的阿英所編《日記文學叢談》、夏丏尊在《文章做法》中對於日記這一文體的強調、周作人所作《日記和尺牘》、郁達夫的《日記文學》《再論日記》等。

新文化運動發生時，正值新舊時代的交接。在這樣一個時代中，作家的日記不僅是對於已經發生了的事情的回顧和梳理，更是參與者對於現代民族國家建構想像的具體表現。日記中所展現出的作家不為人知的另一面，對於研究新文化運動發生階段的歷史真實非常重要。通過日記能夠看到當時整個文學生態的繽紛和複雜，這與通常經典的文學史的宏觀表述有著很大不同。從 20 世紀 80 年代開始，《新文學史料》有計劃地刊出一些日記。雖然一些參與者的日記明顯能看出後期加工過的痕跡，但仍具有極其重要的文獻價值。20 世紀 90 年代之後，日記的價值隨著上文所述一系列出版行為和研究思路的轉向而

日漸凸現出來，日記在研究中的利用率漸漸上升，但是這一時期對於日記的利用往往是工具性的，是作為文本分析的佐證使用的，日記本身的主體地位並沒有很好地被凸現出來。90 年代末，隨著《天涯》雜誌持續至今的「民間語文」專欄對於接近「原生」狀態的日記和口述等資料的收錄，日記作為文學研究對象的主體性地位開始受到研究者的關注。程韶榮的《中國日記研究百年》〔註39〕和錢念孫的《論日記和日記體文學》〔註40〕是眾多研究中較早對日記的主體性地位展開探索的論文，隨後趙憲章的《日記的私語言說與解構》〔註41〕更是將日記研究的理論上升到了一個較高的程度，日記中所承載的思想內容和文學價值也越來越為研究者所重視，日記作為社會思想史的一個側面，其中所包蘊的巨大價值正在為研究界所發現。在這些前期研究成果的基礎上，出現了一些關於日記研究的碩士和博士論文，如山東師範大學鄧渝平 2009 年的碩士學位論文《五四文學家日記研究》、〔註42〕東北師範大學劉玲玲 2009 年的碩士學位論文《民國時期教授的生活研究——以〈吳宓日記〉為個案》、〔註43〕東北師範大學白雪 2013 年的碩士學位論文《葉聖陶日記中的語文教育思想研究》〔註44〕等，博士論文主要有蘭州大學畢業的張高傑 2008 年所著的《中國現代作家日記研究——以魯迅、胡適、吳宓、郁達夫為中心》，〔註45〕此外，人民日報出版社四卷本「書脈日記文叢」和濟南大學創辦的同人性刊物《日記報》也是對於這一領域的積極探索，而虞坤林編訂的《二十世紀日記知見錄》〔註46〕更是為這一領域的進一步的研究提供了寶貴的工具。

從整體上看，現代中國作家的日記研究在新時期以後起步較晚，其主體性地位也一直沒有得到很好的確認。但是一旦起步，其起點卻較高，研究也較為深入，對於資料的編訂也有很多值得稱道的地方。不足之處在於：少有新的研

〔註39〕程韶榮：《中國日記研究百年》，《文教資料》，2000 年，第 2 期。

〔註40〕錢念孫：《論日記和日記體文學》，《學術界》，2002 年，第 3 期。

〔註41〕趙憲章：《日記的私語言說與解構》，《文藝理論研究》，2005 年，第 3 期。

〔註42〕鄧渝平：《五四文學家日記研究》，山東師範大學，碩士論文，2009 年。

〔註43〕劉玲玲：《民國時期教授的生活研究——以〈吳宓日記〉為個案》，東北師範大學，碩士論文，2009 年。

〔註44〕白雪：《葉聖陶日記中的語文教育思想研究》，東北師範大學，碩士論文，2013 年。

〔註45〕該論文已由中國社會科學出版社編輯出版。張高傑：《中國現代作家日記研究——以魯迅、胡適、吳宓、郁達夫為中心》，北京：中國社會科學出版社，2014 年。

〔註46〕虞坤林編訂：《二十世紀日記知見錄》，北京：國家圖書出版社，2014 年。

究理論產生和譯介，中國古代對於日記的研究方法和西方的研究理論並未很好的介入日記的研究領域之中，這使現有研究相較於現代中國文學的其他領域呈現出了一種理論性的欠缺。日記的研究需要一種理論的指導，尤其是面對「反右運動」、「文化大革命」等新中國成立後所經歷的獨特命運，日記的保存和原狀都會產生較大的改變，產生一種適合於中國語境的日記研究和編訂理論是勢在必行的。

　　書信之於現代中國文學的情況與日記的情況相似。晚清林則徐、彭玉麟、張之洞、李鴻章四人的家書並稱「四大名人家書」，而新文學發軔時期的許多有份量的作品，如淦女士的《隔絕》、冰心的《一封信》都以書信體的形式呈現。在新文學的領域中，書信承載了語體文的部分功能，並可以直接將讀者帶入與作者心靈溝通的氛圍中去，而建立在新文學基礎上的現代中國文學作家的書信更是有著獨特的意義。許多作家都保存有大量的書信，這些書信中最有價值的是家書和與某些親歷事件當事人的通信。通過對這些信件進行解讀，可以進一步還原歷史事件的真相，更重要的是，書信呈現的是一種心靈真實。人是一切社會關係的總和，人與人之間所形成的交往關係中不可避免地有著親疏遠近和層級關係，通過研究作家與不同身份的他者之間的書信，可以大致整理出一條新文化運動參與者之間關係的脈絡。對現代中國文學作家書信的研究始於 20 世紀 50 年代，這一時期主要是對一些在政治上有著方向性意義的作家日記的整理和考釋，其中關於魯迅、郭沫若、茅盾等人書信的研究佔了很大比重。這種重點研究個別作家書信而忽視對同一個文化語境之下作家書信的整體性把握的狀況一直延續到 21 世紀前後，1999 年漢語大詞典出版社出版了《現代作家書信集珍》〔註47〕一書。書中收錄作家往來書信 400 餘封，是當時書信研究所參考的重要輯錄材料，稍後嘉應大學學報發表了賴賢傳的《書信、日記魅力管窺》〔註48〕更是較早地以主體地位對書信之於文學研究的意義做出了詳細的評述。

　　2004 年黑龍江大學吳源的碩士學位論文《第一人稱敘事：書信體與非書信體》〔註49〕與書信有關，屬於這一領域涉足較早的一篇，作者注意到人稱變

〔註47〕劉衍文、艾以主編：《現代作家書信集珍》，北京：漢語大詞典出版社，1999年。

〔註48〕賴賢傳：《書信、日記魅力管窺》，《嘉應學院學報》，2001 年，第 2 期。

〔註49〕吳源：《第一人稱敘事：書信體與非書信體》，黑龍江大學，碩士論文，2004年。

換在書信中的重要意義，有著一定的理論高度；2006 年暨南大學牛繼華的碩士學位論文《近百年來私人書信中稱呼語的社會語言學考察（1919～2006）》〔註50〕中，作者將書信中的稱呼語作為考察對象，來探尋其中所蘊含的人事、社會變遷。目前博士論文關於這方面的研究較少，代表性著作有南京師範大學萬宇於 2007 年所著的《中國現代學人論學書信研究》〔註51〕。關於現代中國文學中作家書信的研究，其主體性並沒有真正確立，大多數書信還是作為研究中的佐證材料，書信研究的對象大多還是「書信體小說」。21 世紀以後，尤其是近年來，關於書信的研究漸漸開始豐富，研究質量也有較大提升，書信作為一種文本之外的重要的「副文本」，其意義正在被研究者漸漸地發掘。

　　關於日記與書信的研究，還涉及手稿和版本的問題。手稿的研究在西方是思想研究領域中十分重要的組成部分，如馬克思的《巴黎手稿》等。在現代中國文學研究領域中，對於手稿的挖掘和整理也有著十分卓著的成就，2002 年上海展出了上百名作家的手稿，中國現代文學館也在下大力氣去收集手稿。手稿中的修改、塗抹，甚至是筆跡的顏色等都可以從側面反映出作者當時的心緒。由於手稿的利用對專業性和知識儲備的要求較高，一般研究者無法達到，所以目前對手稿的研究較少。但是近年來陸續出版的魯迅、郭沫若、錢鍾書、周作人等一些文學大家的手稿，至少為研究者保存了一種歷史的真實，以俟後人繼續發掘。版本學一直是古典文獻學的重要內容，古文經書和今文經書之間的版本問題甚至成為了儒家思想的根本性的問題。現代中國文學中版本的問題被注意的比較晚，對於原始版本的校對工作進行的並不是很順利，再加上如一些新文化運動的參與者們在不同年代中對自己的書信和日記進行了塗毀和修改，導致研究中經常出現記錄與時代不相符合的情況。目前，版本問題在現代中國文學中也較少有人涉及，但是能夠預見的是，它正在逐漸地為研究者所重視。

　　在現代中國文學發展的過程中，新文化運動是一個不能被繞過的重要階段，無論是將其作為邏輯起點或是置於整個發展過程的中間，新文化運動對現代中國的政治、經濟、文化的影響都是巨大的。長久以來，研究者都在試圖用各種不同的方法來探索和闡釋新文化運動，新文化運動並不是一個平面的

〔註50〕牛繼華：《近百年來私人書信中稱呼語的社會語言學考察（1919～2006）》，暨南大學，碩士論文，2006 年。
〔註51〕萬宇：《中國現代學人論學書信研究》，南京師範大學，碩士論文，2007 年。

存在,它的立體和多元使它有著無盡的闡釋空間;在新文化運動中所形成的對信仰的建構與堅守、對國家的關懷、對真理與科學的追求,都使得它在不同的時代始終保持著一種能動性,它能夠與不同時代產生充分的互動,並對當下現實起到指導和借鑒作用:無論是革命的,或是審美的,都可以在新文化運動的發展與實績中找出可供借鑒的東西。

由於革命思維和戰爭話語的延宕,對於新文化運動的研究總是處於某種宏大的敘事之下,研究者更傾向於發現其中的「意義」,以便尋求一種革命勝利的「歷史必然性」依據,對於大量存在於歷史進程之中的細節,乃至有所齟齬的地方,則選擇了遺忘和忽視。尤其是作為新文化運動中非常重要的新文學,更是被納入了革命歷史書寫的大框架之中,只留其主幹,至於那些逸出的旁枝,在一段時間內基本被清理乾淨。

隨著 20 世紀 80 年代後期「重寫文學史」的文學研究思路在學界盛行,研究者將對新文化運動的研究納入了「現代性」的範疇進行整合,對一些曾經被埋沒在革命歷史脈絡之中的作家作品進行了發掘和整理,給新文化運動研究注入了新的活力。但是,以現代性為研究基點在方法論上並沒有超越革命歷史敘述,她以一種告別革命的姿態進行著對「革命」的「革命」,從而導致其研究的視角也被侷限於一元之內,對新文化運動的立體和駁雜並無法很好地表述。

20 世紀 90 年代之後,批評家們通過結合封閉式閱讀和考究歷史「元敘述」這兩種研究方法,試圖通過譜系學、原型批評、解構主義等具有深刻哲學意味的現代性目光,去審視曾經被認為不兼容於新時期的作品,對其文學編碼的機制性進行解構。批評家試圖在對個別文本以重新闡釋的基礎上,以文學作品生產和消費過程中所產生的裂隙來探尋對被大敘述所設想的出的歷史忽視的部分進行重新的解讀的可能性。即使是「再解讀」,其使用的視域仍然是一種接近「宏大」的敘述策略,是一種以理論帶動批評的方式,站在理論高度,很容易俯瞰全景,卻不容易發現其中的微景觀,而且潛意識中所預設的對前一個時代的反撥也成了不可迴避的「意識形態」,其中解構有餘而建構不足,這也就是在「再解讀」最為轟轟烈烈的時候,其主要參與者卻一再反思這種方式能否建構起整體性文學圖景的原因。

隨著中國現當代文學學科漸漸走向成熟,史料的重要意義也隨之凸顯出來,特別是對於新文化運動時期產生文學而言,想要盡可能地還原與再現當時

語境中生活著的作家們的創作心態和社會活動動機，對史料的發掘和運用更是必不可少的。目前，隨著大量史料被發掘，學術界對於新文化運動以及新文學的研究已經十分深入，並且取得了令人矚目的成績。但是，由於史料所涉及的是一個極為寬泛的範疇，在一些史料被重視的同時，另一些史料卻往往被研究者忽視，作家書信和日記正是這些容易被忽視的史料中重要的組成部分。近年來，從歷史研究領域開始，一種新的歷史觀越來越為研究者所重視，這種新的史學觀念重新定義了空間，將地理空間、社會空間和個人空間同時納入了研究視野，其中，研究者更重視的是「個人空間」，即在歷史大潮中的個人化的體驗以及其對於整個歷史進程所具有的生成性作用。與在公眾面前表現出的具有表演和自居性質的敘事相比，個人空間中所具有的真實性和史料價值要高出很多。文學史對於文學生態的描述也同樣需要一種將鏡頭拉近後的微視角觀察，挖掘活生生的人在歷史的建構過程中所起到的作用，還原一種個人和時代之間的生成性的互動關係。目前在對於新文化運動以及五四新文學的研究中，作家書信和日記的史料價值往往僅被當做歷史事件的注腳，其主體性並未得到很好地發掘。而實際上，書信和日記與新文化運動以及五四新文學在很人程度上可以被視作是同質異構的，其中包含的情緒解放、思想解放以及真誠的主題所形成的互文性是值得研究者進行深入研究的。

總的來說，以參與者的書信和日記為中心去研究新文化運動的發生是一項比較有意義的工作，其合理性和可行性都較高。在樊駿、劉增傑等倡導下，對史料的重視也成了現代中國文學研究的共識。書信、日記作為第一層級的史料，其重要意義也不斷地被認識和發現。但是到目前為止，對書信和日記的綜合利用還不是很多，所以本書試圖在前人研究的基礎上有所推進，通過參與者的書信和日記對新文化運動前後的文學和文化場域進行建構，以細節和個人化的方式對文學史的「宏大敘述」進行一種補充和注釋。

第一章　現代民族國家意識下的
　　　　　新文化運動

　　新文化運動不僅僅是停留在文學或者狹義的文化層面的運動，它是一場關乎社會各個層面的全面的運動，正是由於新文化運動帶有很強的社會實踐性，它與 1910 年代中國社會之間的關係不應是單向度的因果聯繫，而更應是一種互相生成的關係：一方面，雖然必須正視一些偶然性社會因素對於新文化運動產生的意義，但是就其最主要的原因來說，1910 年代的社會經濟文化語境才是造就新文化運動的主要原因；另一方面，新文化運動的發生大大地改變了 1910 年代的社會經濟文化語境，新文化運動在進行中所產生的一系列變化對當時的社會產生了一定的影響，推動著歷史的前進。總之，1910 年代的政治、經濟、文化等種種因素一起造就的環境導致了新文化運動的發生，並在其產生前後呈現出種種社會景觀。本章擬引用「政治文化」這一概念來對1910 年代的社會與新文化運動之關聯進行解讀。「政治文化」的內涵較為寬泛，除了涉及認知和意識形態之外，還關乎情感或者價值取向；更重要的是，「政治文化」這一概念可以較好地將 1910 年代社會上對於某一事件所產生的種種一過性的反映整合進一種長期的、穩定的、生成中的政治心理傾向當中，使對其的闡釋更具有合理性。用「政治文化」這一範疇來對作家書信、日記中所呈現出的一些內容進行闡釋，也更有利於將作家一時一地的心態整合進對於現代民族國家的微觀觀察之中。

第一節　文學與民國初年政治文化語境

一、中華民國的意義

　　興起於 1910 年代的「新文化運動」並不像其名稱中所顯示的那樣，是一場完全立足於「文化」的運動，事實上，這場運動的興起與其所處的「中華民國」這樣一個大的環境有著密不可分的關係。作為新文化運動發生的大的歷史環境，中華民國及其內部發生的一些帶有政治意味的事件對文化發展的影響是巨大的。而「中華民國」這一概念本身則可以被看作一個帶有明顯政治文化意味的存在，在其所構設的框架下，參與其中的每一個人在一定的時間段中，對於這個影響著自己生存狀況的共同體有著相對穩定的認知，這也正是新文化運動之所以能夠在短時間內團結和吸收大量文化資源的原因所在。按照政治文化這一概念的提出者給出的定義，「政治文化是一個民族在特定時期流行的一套政治態度、信仰和感情。這個政治文化是由本民族的歷史和現在社會、經濟、政治活動進程所形成。人們在過去的經歷中形成的態度類型對未來的政治行為有著重要的強制作用。」〔註1〕不難看出，中華民國這一民族共同體的存在實際上為新文化運動的參與者提供了一個可供對話和研討的平臺，也為其在這一平臺中所開展的一系列文化活動提供了反思的對象，客觀上為新文化運動提供了物質保證。如果細查新文化運動發軔時期的參與者，就會發現，無論是從他們的年齡、籍貫，還是從他們之前的履歷或是家庭條件來看，其中的差異都是十分明顯的。胡適和陳獨秀之間，不僅有著十餘歲的年齡差距，而且在家庭條件和留學經歷上也都無法等量齊觀。在這種情況下，正是中華民國及其所提供的那一套有關新的民族國家想像的政治文化才使得他們得以為著一個相近的目標走上一條相同的道路。從這個意義上來看，中華民國就像是一面旗幟，在這面旗幟下，參與其中的每一個具體的行動主體之間的差異得以在最大程度上得到彌合，進而在新文化運動的初期呈現出一種「和而不同」的文化景觀。

　　作為一個現代民族國家，維繫中華民國政治文化的根本是其憲法。事實上，在中華民國剛剛建立的時候，由於國內外紛亂複雜的局勢，其對於憲法

〔註1〕〔美〕加布里埃爾·A·阿爾蒙德、小 G·賓厄姆·鮑威爾著，曹沛霖、鄭世平、公婷、陳峰譯：《比較政治學——體系、過程和政策》，上海：上海譯文出版社，1987 年，第 30 頁。

的修訂始終未能真正令人滿意過。有研究者對中華民國初期的立憲情況有過這樣的評價：「民國肇造，首訂臨時政府組織大綱，……乃未幾而贛寧禍作，黨獄大興，政治會議既開，而停止議員職務之令繼下，於是制憲大業，遂致中輟，豈不惜哉？袁政府於解散國會之後，乃實行其毀法造法之政策，另定新約法，擴大總統職權。袁氏殂落，黃陂繼任，國會繼續其制憲之工作，不幸又因解散國會及地方制度兩章，擾攘經年，卒召督軍團之禍，而國會乃再度被解散矣。」〔註 2〕上文所述的歷史基本包含了從民國初年到新文化運動之前中華民國憲法的修訂情況，在這段時間之內，所謂的憲法經歷了多次大的變更，而由於憲法變更造成的軍閥混戰、政局不穩等狀況更是深深地影響了國民的日常生活。作為一個政治文化的共同體，執政者對於憲法的頻繁修改無疑會削弱其在民眾中的公信力，更為嚴重的是，許多人認為民國憲法是因總統而變，袁世凱、黎元洪（黃陂）等人是國會背後的操縱力量，對於民國憲法而言，修憲最注重就是「總統職權」。與總統職權相對應的則是國民的權利，從孫中山提出的三民主義中「民權」一項開始，國民權利就成為中華民國在法律表述上的重中之重。在新文化運動之前的幾乎所有憲法中，其第一條和第二條通常都是「中華民國由中華人民組成之」和「中華民國之主權本於國民之全體」，隨後還在其中規定了諸如各種「自由權」「情願權」「申訴權」等權利，〔註 3〕然而，在新生國家的具體運營過程中，憲法規定的國民權利普遍都沒有真正得以保證和實行。而這也成為新文化運動產生的一個重要動因。1919 年陳獨秀在《本志罪案之答辯書》中歷數《新青年》雜誌「破壞孔教」「破壞禮法」等數宗「罪狀」，並總結到「但是追本溯源，本志同人本來無罪，只因為擁護那德英克拉西（Democracy）和賽因斯（Science）兩位先生，才犯了這幾條滔天的大罪。要擁護那德先生，便不得不反對孔教，禮法，貞節，舊倫理，舊政治。要擁護那賽先生，便不得不反對舊藝術、舊宗教。要擁護德先生又要擁護賽先生，便不得不反對國粹和舊文學。」〔註 4〕可以看出，陳獨秀等人關於儒教、道統和時局的一切討論和針砭，其立足點還在於維護自己心中對於「中華民國」這樣一個政治概念的想像。所以，考察新文化運動時期活躍著的作家對於「中華民

〔註 2〕張耀曾、岑德彰編：《中華民國憲法史料》，臺北：文海出版社，1981 年，第 2 頁。

〔註 3〕參見張耀曾、岑德彰編：《中華民國憲法史料》，臺北：文海出版社，1981 年。

〔註 4〕陳獨秀：《本志罪案之答辯書》，《新青年》，1918 年，第六卷，第一號。「英」字應為「莫」字的錯訛。

國」這一名詞的認知和想像，有助於更全面地瞭解為什麼在民國誕生多年之後，會發生這樣一場旨在改造國民性的運動。

時隔十餘年後，魯迅在一封給許廣平的信件中回憶：「說起民元的事來，那時確是光明得多，當時我也在南京教育部，覺得中國將來很有希望」，在魯迅看來，民國政治走向「壞」的一面，是在二次革命之後。即使在二次革命之後，魯迅也不覺得中華民國是完全不可救藥的，只是「漸漸壞下去」。〔註5〕甫一建國，民國政府即北遷北京，魯迅也隨著教育部一同赴北京任職。對於魯迅來說，這是一般的工作調動，雖然有著種種來自故鄉的「情結」，但是在理想和職業面前，遠赴他鄉也並不是什麼大問題。此時的魯迅還有其他可供選擇的出路，而他仍然隨著政府前往北京的行動，足以見得他對新政府有著一定的信心。

早在前清的時候，在浙江從事教育事業的魯迅就因著對越中教育文化的諸多不滿，尋思著要往異地去謀求更好地實現自己的理想。在一封寫給許壽裳的信件中，魯迅力陳越中教育界之亂象：一些學校「所入甚微，不足自養」，且學校負責人員「去如脫兔」，甚至連教學進度的「時間表亦復無有」。在這種情況下，魯迅向許壽裳提出了意圖前往北京的想法：「北京風物何如？暇希見告。……他處有可容足者不？僕不願居越中也，留以年杪為度。」〔註6〕魯迅的這一次北京之行並未實現，原因是在陳濬接任紹興府中學堂監督之後，魯迅又看到了實現教育理想、中興越學的希望。他甚至少見地以意氣風發地語氣寫信給許壽裳：「惟奠大山川，必巨斧鑿，老夫臣樹人學殖荒落，不克獨勝此負荷，固特馳書，乞臨此校，開拓越學，俾其曼衍，至於無疆，則學子之幸，奚可言議。」〔註7〕當陳濬及其在紹興的教育改革遭遇困境的時候，魯迅又立即寫信給人脈關係較廣的許壽裳：「中學事難財絀，子英方力辭，僕亦決擬不就，而家食既難，它處又無可設法，京華人才多於鯽魚，自不可入，僕頗欲在它處得一地位，雖遠無害，有機會時，尚希代為圖之。」〔註8〕可見，在此時的魯迅眼中，

〔註5〕魯迅、許廣平：《兩地書·八》，《魯迅全集·第11卷》，北京：人民文學出版社，2005年，第31頁。

〔註6〕魯迅：《致許壽裳100815》，《魯迅全集·第11卷》，北京：人民文學出版社，2005年，第333頁。

〔註7〕魯迅：《致許壽裳101221》，《魯迅全集·第11卷》，北京：人民文學出版社，2005年，第337頁。

〔註8〕魯迅：《致許壽裳110731》，《魯迅全集·第11卷》，北京：人民文學出版社，2005年，第337頁。

到哪裏並不是問題，成就自己心中教育「樹人」的理想才是重中之重，決定自己去留的最重要條件是當地教育發展的狀況。在紹興光復之後，魯迅立即作書給時任紹興縣議會議長的張琴孫，闡釋了首先發展教育的重要性：「側惟共和之事，重在自治，而治之良否，則以公民程度為差。故國民教育，實其本柢。上論學術，未可求全於凡眾。今之所急，惟在能造成人民，為國柱石，即小學及通俗教育是也。」〔註9〕從民元前後魯迅與友人的書信中不難看出，中華民國對於魯迅而言，與其說是一種政治的進步，倒不如說是看到了一種發展國民普及教育的希望。這裡的原因主要有兩個：第一，雖然在光復會時期，浙江籍人士多有壯烈的義舉，但是在各省自治的過程中，越中並沒有發生像川內以及北方一樣的流血革命。據《申報》記載：「紹興、湖州兩府均於十六日晚十句鐘同時克復。萬眾歡呼，雞犬不驚。」〔註10〕這使得教育事業具有了得以優先發展的可能性。第二，魯迅在日本留學期間，有過棄醫從文的經歷，魯迅在自傳中說：「我偶然在電影上看見一個中國人因做偵探而將被斬，因此又覺得在中國醫好幾個人也無用，還應該有較為廣大的運動……先提倡新文藝。」〔註11〕這段經歷顯然和魯迅由日本回國之後一直圍繞教育領域開展其工作是息息相關的。

　　既然民國的建立對教育改良而言是一件有利的事情，魯迅自然會覺得它是「光明」的。在民初的很長一段時間內，魯迅都沒有過多地關注政治體制方面的事情，即便是袁世凱恢復帝制這樣的大事件，在其日記中也未曾記載。此時的魯迅在袁世凱政府的框架下是一名十分合格甚至優秀的教育部官員。在日記中，魯迅有關袁世凱的起於 1912 年「上午得袁總統委任狀」，〔註12〕終於 1916 年「上午部派總統府弔祭」，〔註13〕值得注意的是，魯迅對於周邊人物的稱呼是極有講究的，大致上「舊日或近來所識的朋友，舊同學而至今還在來往的，直接聽講的學生，寫信的時候我都稱『兄』；此外如原是前輩，或較為生疏，較需

〔註 9〕 魯迅：《致張琴孫 1111○○》，《魯迅全集·第 11 卷》，北京：人民文學出版社，2005 年，第 350 頁。

〔註10〕 《杭州光復記（三）》，《申報》，1911 年，11 月 9 日。文中「句」字疑為「點」字錯訛；「十六日」用的是舊曆，當日為辛亥年九月十九日。

〔註11〕 魯迅：《魯迅自傳》，《魯迅全集·第 8 卷》，北京：人民文學出版社，2005 年，第 342 頁。

〔註12〕 日記 19121102，《魯迅全集·第 15 卷》，北京：人民文學出版社，2005 年，第 28 頁。

〔註13〕 日記 19161615，《魯迅全集·第 15 卷》，北京：人民文學出版社，2005 年，第 231 頁。

客氣的，就稱先生，老爺，太太，少爺，小姐，大人……之類。」〔註14〕如此看
來，魯迅對袁世凱始終以「總統」稱之，則應屬於第二種情況。不僅如此，按照
魯迅的習慣，即使是同一個人，魯迅在不同時期對其稱呼也是有所變化的。以曾
經做過教育部社會教育司司長的「魯迅的上司，也是他所佩服的前輩之一人」
〔註15〕的夏曾佑為例，其名字在魯迅日記中多以「夏司長」〔註16〕出現，而在
1913 年，由於他提議主持祭孔，魯迅在當日日記中記載到：「聞此舉由夏穗卿主
動，陰鷙可畏也」〔註17〕可見，魯迅是絕不憚為看不入眼的人物或者事情避諱
的。由此觀之，魯迅在日記中始終稱袁世凱為總統，就意味著他在袁氏持國時期
對其政治舉措並沒有太多的不滿。細查魯迅日記，在袁世凱宣布稱帝的 1915 年
12 月、袁世凱正式稱帝的 1916 年元旦和袁世凱去世的 1916 年 6 月 6 日，都沒
有出現任何與袁氏有關的記錄，對於袁世凱政權，魯迅所持的是一種無視的態
度：成為教育部僉事也好、「進敘四等」〔註18〕也好、「部派赴總統府弔祭」〔註
19〕也好，這些都只不過是公事公辦而已，這和後來為人們所熟知的魯迅的性格
是完全不同的。再者，即便是魯迅以其犀利的筆鋒奠定了在現代中國文學上的
地位之後，他對袁氏政權的批評也並不算嚴厲。在一些雜文中，他對於這段復辟
歷史，一般採取了描述性的語句，如「袁世凱也如一切儒者一樣，最主張尊孔。
做了離奇的古衣冠，盛行祭孔的時候，大概是要做皇帝以前的一兩年。」〔註20〕
這些語句並不是針對袁世凱的，魯迅根本就沒有將所謂的民國總統或是洪憲皇
帝放在心上。在此時的魯迅心中，剛剛建立的中華民國由誰來主持並不重要，重
要的是改造國民性的問題，而這需要以「教育」的方式來解決。

〔註14〕魯迅、許廣平：《兩地書·四》，《魯迅全集·第 11 卷》，北京：人民文學出版
　　　　社，2005 年，第 19～20 頁。

〔註15〕周作人：《夏穗卿》，周作人著，止菴校訂：《魯迅小說裏的人物》，石家莊：河
　　　　北教育出版社，2002 年，第 41 頁。

〔註16〕如日記 19121116，《魯迅全集·第 15 卷》，北京：人民文學出版社，2005 年，
　　　　第 30 頁。

〔註17〕日記 19131028，《魯迅全集·第 15 卷》，北京：人民文學出版社，2005 年，第
　　　　30 頁。

〔註18〕日記 19140818，《魯迅全集·第 15 卷》，北京：人民文學出版社，2005 年，第
　　　　129 頁。

〔註19〕日記 19160615，《魯迅全集·第 15 卷》，北京：人民文學出版社，2005 年，第
　　　　231 頁。

〔註20〕魯迅：《從鬍鬚說道牙齒》，《魯迅全集·第 1 卷》，北京：人民文學出版社，
　　　　2005 年，第 264 頁。

魯迅在一封信中寫道：「大同的世界，怕一時未必到來，即使到來，像中國現在似的民族，也一定在大同的門外。所以我想，無論如何，總要改革才好。……中國國民性的墮落，我覺得並不是因為顧家，他們也未嘗為『家』設想。最大的病根，是眼光不遠，加以『卑怯』與『貪婪』，但這是歷久養成的，一時不容易去掉。」〔註21〕可見，對於民國代替大清這一事件來說，魯迅的眼光顯然比那些執著於政治革命的人要更加長遠：對於一個新生的現代民族國家而言，政體和政權只是表面上、形式上的問題，更重要的是對於這個「共同體」的「認知」和「想像」，〔註22〕為這種認知或想像賦型和找到傳承的最好方式則是教育。教育、學校等對於當時的中國青年而言，不但是民族國家意識最行之有效的推廣方式，也是最經濟的方式，相對於政體、權力而言，教育、認識等深植於意識形態的內容才是現代民族國家想像中最具有建構性意義的元素。魯迅對這個問題有著深入和明確的認知。早在中華民國誕生之前，魯迅就一直在浙江省內為教育事業奔走操勞，在與許壽裳的往來信件中，重點討論的都是教育界的事宜。他希望越中教育界能夠「蕩滌」，使「邪祟略盡，厥後倘有能者治理，可望復興」。〔註23〕此時大多數學生和教員專注於學校政策以及校長人選，而魯迅關心的是教育本身，他希望越中教育界「內既堅實，則外界之九千九百九十九種惡口，當亦如秋風一吹，青蠅絕響」。在他看來，興辦教育的原因乃是「心不愧怍，亦可告無罪與裴斯泰洛齊先生」，而對於發展教育過程中其他人物上演的「魚龍曼衍之戲」，魯迅非但不參與，甚至根本不屑於在其中耗費精力，對於「外界」如蜮一般的「射人」，魯迅只是堅持「苟餘情之洵芳」，其真正在意的，還是「百餘學生，亦尚從令」。〔註24〕對於此時的魯迅而言，中國文化界的希望在於青年，而對於青年，魯迅顯然並不滿意：「少年處蕭條之中，即不誠聞其好音，亦當得先覺之詮解」，〔註25〕

〔註21〕魯迅、許廣平：《兩地書・一〇》，《魯迅全集・第11卷》，北京：人民文學出版社，2005年，第40頁。

〔註22〕參見〔美〕本尼迪克特・安德森著，吳叡人譯：《想像的共同體——民族主義的起源與散佈》，上海：上海人民出版社，2005年，第8頁。

〔註23〕魯迅：《致許壽裳101115》，《魯迅全集・第11卷》，北京：人民文學出版社，2005年，第335頁。

〔註24〕參見魯迅：《致許壽裳101221》，《魯迅全集・第11卷》，北京：人民文學出版社，2005年，第337頁。

〔註25〕魯迅：《摩羅詩力說》，《魯迅全集・第1卷》，北京：人民文學出版社，2005年，第103頁。

相對於其他方面來說，魯迅認為只有先發出摩羅之聲，才能夠拯救中國的時弊，達成中華民族在精神上的真正統一，正像他在《摩羅詩力說》中所互為比照的俄羅斯、意大利兩國：「有但丁者統一，而無聲兆之俄人，終支離而已。」〔註26〕由此不難推斷，民國成立伊始，魯迅接到教育部官員的委任狀的時候，其心情一定是興奮而激動的，對於久感於越中教育怪象的魯迅而言，這無疑是一個可以大展拳腳實現教育抱負的絕好機會。這種有著現代民族國家作為支撐的平臺顯然要比在晚清鄉治或者辛亥地方自治框架下的掣肘要好得太多。查閱魯迅剛赴北京就職時的日記就會發現，此時的魯迅不但積極參加各種教育方面的研討、舉辦各種「講會」，還時常與陳子英等越中教育界人士通信。這是魯迅對自己所堅持的事業極有信心的一種表現。他常在日記中記錄自己對於教育事業的心情：「聞臨時教育會議竟刪美育，此種豚犬，可憐可憐！」〔註27〕「上午九時至十時在夏期講會述《美術略論》，初止一人，中乃得十人，是日講畢。」〔註28〕這些中條目，魯迅的心情或是激憤或是自得，皆躍然紙上。

中華民國在政治理念表述與政治行動的不一致，使得魯迅對在國家意識形態之下發展教育的構想徹底失望。在《〈吶喊〉自序》中，魯迅曾經提到了自己「鈔古碑」的經歷：「客中少有人來，古碑中也遇不到什麼問題和主義，而我的生命卻居然暗暗的消去了，這也就是我惟一的願望。」〔註29〕對照魯迅日記，不難發現，魯迅開始集中鈔古碑是在 1915 年前後。此前，魯迅雖然對古籍也頗有興趣，但是其主要關注點在於搜集整理故郡先賢的遺作以及滿足自己的興趣愛好，正如其 1912 年日記書帳末尾所批註的那樣，「今人處世不必讀書，而我輩復無購書之力，尚復月擲二十餘金，收拾破書冊以自怡說，亦可笑歎人也。」〔註30〕然而到了 1915 年，在魯迅的書帳中，一些與之前所記載

〔註26〕魯迅：《摩羅詩力說》，《魯迅全集·第 1 卷》，北京：人民文學出版社，2005 年，第 66 頁。

〔註27〕日記 19120712，《魯迅全集·第 15 卷》，北京：人民文學出版社，2005 年，第 11 頁。

〔註28〕日記 19120717，《魯迅全集·第 15 卷》，北京：人民文學出版社，2005 年，第 11 頁。

〔註29〕魯迅：《〈吶喊〉自序》，《魯迅全集·第 1 卷》，北京：人民文學出版社，2005 年，第 440 頁。

〔註30〕書帳 1912 年，《魯迅全集·第 15 卷》，北京：人民文學出版社，2005 年，第 41 頁。

書目關聯不大的「古碑」漸漸多了起來。不難得知，魯迅對於自己在教育領域所做的工作開始懷疑和反思，應當是在這個時間節點之後。這恰好與魯迅對於自己在民國初年的心路歷程的記載吻合：在這段時間裏，魯迅感到了一種曾經經歷過的寂寞，這種寂寞來源於「無聊」：「凡有一人的主張，得了贊和，是促其前進的，得了反對，是促其奮鬥的，獨有叫喊於生人中，而生人並無反應，既非贊同，也無反對，如置身毫無邊際的荒原，無可措手的了」，「這寂寞又一天一天的長大起來，如大毒蛇，纏住了我的靈魂了。然而我雖然自有無端的悲哀，卻也並不憤懣，因為這經驗使我反省，看見自己了：就是我絕不是一個振臂一呼應者雲集的英雄。」〔註31〕魯迅所說的「經驗」指的是其在日本所辦的《新生》雜誌的夭亡，在兩廂對比之下，就會發現魯迅在這兩個時間點上所經歷的心路歷程何其相像。在魯迅的日記中，對其在日本留學時期所辦的《新生》只是輕描淡寫地記下了一筆，但是從「創始時候既已背時，失敗時候當然無可告語，而其後卻連這三個人也都為各自的運命所驅策，不能在一處縱談將來的好夢了，這就是我們的並未產生的《新生》的結局」〔註32〕一段話中能夠感覺到魯迅對於當時理想難酬的抱憾。在周作人的回憶中，那時的魯迅對於自己的能力以及自己所要做的事情有著充分的自信：「其時留學界的空氣是偏重實用，什九學法政，其次是理工，對於文學都很輕視，《新生》的消息傳出去時大家頗以為奇，有人開玩笑說這不會是學臺所取的進學新生麼。又有人（彷彿記得是胡仁源）對豫才說，你弄文學做甚，有什麼用處？答云，學文科的人也知道學理工也有用處，這便是好處。客乃默然。」〔註33〕1907 年籌劃創辦《新生》雜誌前後，《河南》雜誌連續刊載了魯迅的《人間之歷史》《摩羅詩力說》《科學史教篇》《文化偏至論》等多篇文言論文，魯迅這時候的心情用意氣風發來形容恐怕也不足為過。民國建立之前，魯迅的心態大抵與此類似：雖然越中學界亂象頻出，但是魯迅並不認為這和自己暗自定下的以教育改造國民精神的路徑是違背的，相反在陳子英主持學府的時候，他看到了一種希望。於是，魯迅便努力地尋求打開局面的方式，民國政府的聘用正好實現他的理想。而當魯迅隨著新政府進

〔註31〕 魯迅：《〈吶喊〉自序》，《魯迅全集・第 1 卷》，北京：人民文學出版社，2005 年，第 439～440 頁。

〔註32〕 魯迅：《〈吶喊〉自序》，《魯迅全集・第 1 卷》，北京：人民文學出版社，2005 年，第 439 頁。

〔註33〕 知堂：《關於魯迅之二》，《宇宙風》，1936 年 12 月，第 30 期。

入北京之後，同僚的昏庸、學界的保守使他再一次感覺到了創辦《新生》時的寂寞，力挽狂瀾的熱情也被潑了冷水，同時，魯迅也在兩次失敗中認識到了自己在認知上的侷限，即「振臂一呼應者雲集」的設想在無論是晚清還是民國的意識形態體系下都是無法實現的，從晚清到民國，只不過是從一個鐵屋子到了另外一個鐵屋子，而聽「將令」，毀壞這鐵屋子才有可能達到設想的目標。

對於魯迅來說，中華民國的意義有兩個方面：其一，中華民國的現代民族國家政體給了魯迅的教育夢以施展的空間。雖然魯迅投身教育的設想最終以失敗告終，但這次親身的經歷使魯迅認識到了教育的急迫性，即雖然已經進入了民國，許多人的思維卻並沒有從數千年的帝制中走出來，去喚醒這些人，僅靠國家主導的教育是遠遠不夠的。其二，魯迅在清末和民國的希望與失望也證明了清朝和民國在本質上沒有任何不同，改造國民精神的根本途徑不在於政權組織形式，而在於國民靈魂的狀態，依託於意識形態去改變中國國民的精神無異於緣木求魚。這樣，1918 年前後在錢玄同等人的鼓動與建議下，魯迅終於走上了小說創作的道路，開始了其改造國民性的大工程。對於魯迅而言，中華民國與清朝是一對互相參照的存在，中華民國及其政權的先進性與保守性給予了魯迅正反兩方面的參考，這也是魯迅後來堅定不移地走上文學創作道路的前提和重要保證。

二、公與私：駁雜的心態

和魯迅類似，被胡適稱為「中國思想界的一個清道夫」「『四川省隻手打孔家店』的老英雄」〔註34〕的吳虞，在民元前後對於這個新生現代民族國家的認知也和自身的遭遇息息相關。但是相對魯迅來說，吳虞對於新政權的態度中摻雜了太多的「私」的成分，顯得十分駁雜。

吳虞年少時即與其父不睦，在 1906 年遠赴日本求學歸來之後，與其父及繼母的關係更是日趨惡化，乃至於對簿公堂。在其學生范朴齋所寫的傳略中，提到「歸國後，再遭家庭之變，述《家庭苦趣》送親友，白冤苦。『離經叛道』之行，因此幾招奇禍。」〔註35〕吳虞對孔教的猛烈批判與發生在他自己身上的

〔註34〕胡適：《〈吳虞文錄〉序》，歐陽哲生編：《胡適文集・第 2 卷》，北京：北京大學出版社，1998 年，第 608、610 頁。
〔註35〕范朴齋：《吳又陵先生事略》，趙清、鄭城編：《吳虞集》，成都：四川人民出版社，1985 年，第 484 頁。

變故有著極大的關係。從吳虞的師承及此前對於儒學的態度來看，雖然對儒學有著諸多微詞，但是發生家庭變故之前，吳虞的思想也未見得十分「離經叛道」。其在四川「初從華陽張星平泰階學，繼受業名山吳伯竭之類。稍長，從井研廖平遊，以為師傅，頗窺樸學門徑。」〔註36〕張星平為當時蜀中名師，吳伯竭、廖平等人皆為一時的經學大家，可見，吳虞做學問的底子還是源自「舊學」；在其遊學日本期間寫給家人的一份訓誡書中，吳虞專門提到了宋代儒學著作《朱子語錄》，認為其雖然「不能全看」，但「亦可看」，因為其與「立身處世有關」；〔註37〕而在與父親決裂的《家庭苦趣》一文中，吳虞也較為平和地引述孔子的話來批評其父的所作所為，如「己不能事其親，而欲責其子不孝」「父子主恩」「所求乎子以事父，未能也」等。〔註38〕與後來胡適總結的吳虞「非孔文章大體都注意那些根據孔道的種種禮教，法律制度，風俗……先證明這些禮法制度都是根據儒家的基本教條的，然後證明這種種禮法制度都是一些吃人的禮教和一些坑陷人的法律制度」〔註39〕不同，此時的孔教禮法非但不是吳虞駁論的對象，反而是其立論的根本，孔家禮法對此時的吳虞而言，無異於其與父親相抗衡的武器。而由《家庭苦趣》一文所述的吳虞與其父之間的離隙無疑構成了一個具有裝置意義的事件，在這件事情發生前後，吳虞開始了其頗具個人風格的對於孔教的批判。創作於《家庭苦趣》發表之前不久的《辯孟子闢楊墨之非》是他較早的一篇向孔教發起攻擊的文章，在文末吳虞總結到：「韓愈以為孟子距楊、墨，功不在禹下，亦可謂陋矣。蓋孟子不明論理學，而自尊之心特甚，故自一二政論而外，皆淺薄粗雜。」〔註40〕雖然此前吳虞也創作過一些諸如「孔尼空好禮」〔註41〕這樣的詩句，但對於孔教的批評主要還是停留在感性認知上，真正成體系、有系統地批判禮教，

〔註36〕范朴齋：《吳又陵先生事略》，趙清、鄭城編：《吳虞集》，成都：四川人民出版社，1985 年，第 484 頁。

〔註37〕吳虞：《遊學瑣言》，趙清、鄭城編：《吳虞集》，成都：四川人民出版社，1985年，第 8 頁。

〔註38〕吳虞：《家庭苦趣》，趙清、鄭城編：《吳虞集》，成都：四川人民出版社，1985年，第 20 頁。

〔註39〕胡適：《〈吳虞文錄〉序》，歐陽哲生編：《胡適文集·第 2 卷》，北京：北京大學出版社，1998 年，第 608、609 頁。

〔註40〕吳虞：《辯孟子闢楊墨之非》，趙清、鄭城編：《吳虞集》，成都：四川人民出版社，1985 年，第 17 頁。

〔註41〕吳虞：《中夜不寐偶成八首》，趙清、鄭城編：《吳虞集》，成都：四川人民出版社，1985 年，第 284 頁。

還是在上文所述的事件之後。不但如此，在《家庭苦趣》發表一年之後，由於傳揚反孔非孝的言論而被清政府通緝的吳虞隱居在青城山中，開始反思自己的知識構成。在日記中，吳虞清算了經由老師廖平所傳授的儒學知識：「天冷如冬，一人枯坐，真不知生人之趣，然後知老莊楊墨所以不並立之故，而中國之天下所以僅成一治一亂之局者，皆儒教之為害也。如廖平者乃支那社會進化之罪人，其學不足取也。」〔註42〕稱其老師廖平為「支那社會進化之罪人」，與稱其父為「魔鬼」、「老魔」〔註43〕等如出一轍，吳虞清算了其老師的學說，同時也意味著對自己往日思想與行動的否定。此時的吳虞稱自己為「孔教專制野蠻國民」，〔註44〕從這個稱號中，一方面可以感覺到他對於孔教和專制的仇恨，但另一方面，雖然吳虞已經意識到了滿清政府存在的問題及本源，但是他仍將自己看作是大清國的國民。在1911年武昌起義建立軍政府之後，各地也紛紛相應，宣布自治，四川由於特殊的地方政治原因，光復過程顯得尤其血腥和混亂，〔註45〕對此，思想傾向於立憲一派的吳虞在日記中表達了隱憂：「忽聞槍聲，詢知巡防軍變，遂歸。夜各處火起大擾亂，人心惶然，儼如法蘭西革命時代矣。」〔註46〕「聞昨夜西御街數家被劫，槍炮有聲，可歎也。」〔註47〕對於暴力革命，吳虞是很不贊成的，作為蜀中名士，他更傾向穩定。無論是清政府、大漢軍政府或是後來的民國政府，對吳虞而言並不重要，此時的他樂得作壁上觀，而他對某一政權的好感取決於是否能夠維護自己的財產。

從此時吳虞的行跡中可以看出，雖然革命正在如火如荼地進行，但是與革命進展相比，他更加在意的是如何撰寫與其父對簿的狀詞。成都城內波動不定，吳虞對此不但無動於衷，反而還「借《大清律》一冊。卷九田宅條例云：

〔註42〕 日記19110927，中國革命博物館整理，榮孟源審校：《吳虞日記·上冊》，成都：四川人民出版社，1984年，第4頁。

〔註43〕 參見中國革命博物館整理，榮孟源審校：《吳虞日記·上冊》，成都：四川人民出版社，1984年，第6頁。

〔註44〕 日記19111119，中國革命博物館整理，榮孟源審校：《吳虞日記·上冊》，成都：四川人民出版社，1984年，第13頁。

〔註45〕 參見邱權政、杜春和主編：《辛亥革命史料選輯·下冊》，長沙：湖南人民出版社，1983年。

〔註46〕 日記19111018，中國革命博物館整理，榮孟源審校：《吳虞日記·上冊》，成都：四川人民出版社，1984年，第6頁。

〔註47〕 日記19111106，中國革命博物館整理，榮孟源審校：《吳虞日記·上冊》，成都：四川人民出版社，1984年，第8頁。

告爭家財、田產但係五年之上，並雖未及五年驗有親族寫立分書已定，出賣文約是實者，斷令照舊營業，不許重分，再續告詞立案不行。」〔註48〕甚至當川內軍政府由於權限之爭而焦頭爛額的時候，吳虞仍不斷地要求軍政府的案件負責人吳慶熙盡快處理其家庭私事：「午飯後同意如過吳統領處晤李武泉，則言軍界政界近多權限之爭，不便移案。不如依統領原批，由親族街臨存案。軍法裁判軍事巡警並稟軍政府，申明如各處調案，再由統領處移去為妥。」〔註49〕在此階段吳虞的日記中，有關四川軍政府的讚美之詞，也大多與其個人利益相關：「聞李醮婦因窩贓被同志會查出，搜取一空，人皆快之。」〔註50〕一條中的「李醮婦」乃是其繼母；「子華又出城被劫，子休為學生界所不公認。小人害人究何益哉。」〔註51〕一條中所述的「子華」「子英」二人之前與吳虞也有矛盾；「余觀吳統領聽斷精明，意極斬截宜有將才，勝於王人文、陶思曾諸人遠矣。」〔註52〕盛讚新政府負責相關工作的吳慶熙，也是應為吳慶熙主政後對吳虞父子對簿一案的態度是傾向於吳虞一方的。不僅如此，吳虞還把這種新政府成立後往日仇人紛紛落難的情況歸結於天意：「尹嫂言：十九日，子華同其一妻一妾偕尹嫂出南門，藏銀元於被褥內令人負之，各人手攜包袱步行，至草堂寺側，被劫一空，妻、妾、妹周身皆由匪人搜索後乃放行。惟尹嫂以年老襤褸僅免，其實尹嫂尚身藏二十元也。小人不但失敗而女眷累累受辱，天道又似非無知矣。早飯後聞趙季鶴、王寅伯已就戮。周孝懷正在逮捕中，此人上半年欲殺余，不意今日竟不能免，此亦積惡之報也。」〔註53〕這一條日記讀起來多少有一些幸災樂禍的意味，對於曾經與自己有過衝突的「子華」一家以及「趙季鶴」、「王寅伯」、「周孝懷」等人，吳虞對其落難非但不予以同情，反而玩味再三，並不認為他們的下場在四川獨立自治的大語

〔註48〕日記 19111107，中國革命博物館整理，榮孟源審校：《吳虞日記·上冊》，成都：四川人民出版社，1984 年，第 9 頁。

〔註49〕日記 19111208，中國革命博物館整理，榮孟源審校：《吳虞日記·上冊》，成都：四川人民出版社，1984 年，第 16 頁。

〔註50〕日記 19111024，中國革命博物館整理，榮孟源審校：《吳虞日記·上冊》，成都：四川人民出版社，1984 年，第 6 頁。

〔註51〕日記 19111025，中國革命博物館整理，榮孟源審校：《吳虞日記·上冊》，成都：四川人民出版社，1984 年，第 6 頁。

〔註52〕日記 19111111，中國革命博物館整理，榮孟源審校：《吳虞日記·上冊》，成都：四川人民出版社，1984 年，第 11 頁。

〔註53〕日記 19111103，中國革命博物館整理，榮孟源審校：《吳虞日記·上冊》，成都：四川人民出版社，1984 年，第 6 頁。

境下有著必然性，而是將之歸結於報應和命運。可見，對於吳虞來說，「民國」與否相對於其家事來說並不重要，他之所以對這個新生的政權有著極大的好感，很大程度上是由於它解決了吳虞一直無法解決的家事，吳虞曾經為了這些事情改換名字、被清政府通緝，而到了大漢軍政府的框架下，所有問題都迎刃而解了，至於新政權背後蘊含著的時代進步、民族解放等更為深刻的問題，此時的吳虞是根本無意去詳查的。正如吳虞與軍政府領袖蒲殿俊同遊成都內城時所討論的那樣，「伯英言有公是非，有真是非。公是非不必即為真是非，而公是非常勝，則所謂社會力也。公是非與真是非欲求相合不謬，恐尚在數百年後矣。」〔註54〕此時的吳虞最關心的是那個「公是非」而不是「真是非」。

以這種姿態進入中華民國的吳虞，在不久之後為成都府中學生所組織的「國民黨」〔註55〕撰文以示祝賀，但是他的意識卻始終停留在晚清。在他看來，革命的本質不過是「至海通以來，世界大勢以雷霆萬鈞之力相迫相壓」而使中國「應天順人」地發明出的「一治不亂之法」，〔註56〕而不亂，則是吳虞此時對於民國真正的期盼。在日記中，吳虞寫道：「昨見南京電，清帝退位，中華民國統一。十五日慶祝。滇軍交涉亦辦好。此後但平土匪矣。甚慰。」〔註57〕可見，吳虞此時的思想並沒有走出中國封建社會傳統的王朝更迭怪圈；他在川中大力宣傳破除孔教的原因，自然也必須被放置在這個思維方式中進行考察，顯然，這和吳虞與父親之間緊張的關係有關。他致力宣傳打倒儒教，實際上並非是為了某一特定的革命目標，而是為自己和同時代人找到一個其必須與其父對簿公堂的確據。反孔與反父在吳虞那裡形成了一個同質異構的情結，使吳虞獲得了一種來自道德上的優越感，反孔即與其父「老魔」鬥法，反父則是其身體力行地在反孔，家事和國事在中華民國誕生前後交織纏繞，而在這種纏繞中漸漸獲得自己想要的聲名和利益的吳虞無意也無力將之分開，進而，他也常以反孔的英雄自居起來。吳虞曾經在日記裏寫道：「《公論日報》今日登孫逸仙『孔教批』及『如是我聞』一段。反對孔丘，實獲我心。四川反

〔註54〕日記 19111115，中國革命博物館整理，榮孟源審校：《吳虞日記‧上冊》，成都：四川人民出版社，1984 年，第 12 頁。

〔註55〕此「國民黨」並非後來的國民黨，而是一個四川省內的小型政治團體。

〔註56〕吳虞：《國民黨序》，趙清、鄭城編：《吳虞集》，成都：四川人民出版社，1985 年，第 21 頁。

〔註57〕日記 19120105，中國革命博物館整理，榮孟源審校：《吳虞日記‧上冊》，成都：四川人民出版社，1984 年，第 22 頁。

對孔子，殆自余倡之也。」〔註58〕文中那種得意的情緒溢於言表。

　　從吳虞日記的記載中可以發現，儘管吳虞在四川獨立之後長期在言論界和政界任職，但是，其對於改元之後蜀中教育界種種亂象的態度與其說是憤懣，倒不如說更像是玩味：「劉意如來，言學部與廖用之所下聘，軍政府取銷，另聘邵明叔。並言此後各學堂監督皆當由軍政府聘，學部不得過問，滿清時代所無也。」〔註59〕「王紹鳳來函言：『《政進報》停報有二原因，一由政府痛惡由少正卯之目，……』余回一柬索束脩。」〔註60〕「蒲殿俊都督推倒，總政處交涉使皆取銷。葉茂林宣慰使取銷。徐炯師範監督、宣慰使、教育長皆取銷；顧伯泰各報醜詆；周擇教育會會長、學部總務司長皆取銷；劉彝銘各報醜詆；龔道耕各報醜詆；朱昌時各報醜詆；李德芳各報醜詆；賃溶各報醜詆。」〔註61〕在 1912 年元旦之後，由於民國政府領導人的更迭，四川政界和教育界有了較大的波動。與吳虞交往緊密的蒲殿俊、廖用之等人紛紛被撤銷職位，他們的形象也遭人有計劃的詆毀，而此時的吳虞除了在日記裏譏諷時局以及索要因政局變易而無法發表的文章之稿酬之外，也並無其他積極舉措。不但如此，在川內風雲變幻的日子裏，吳虞依舊每日優游，經常與友人「飯後遊公園」。〔註62〕與吳虞對公事的倦怠相比，他對自己的私事卻顯得十分在意。1915 年春節，吳虞有感時事日艱，歎息道：「時事至此，……晚同香祖、長倩、楷、桓諸女小飲，完結今年，聊亦相慰，明年今日，又未知何如耳！」〔註63〕有歎如此，但是吳虞並未用自己在四川的政治影響力為改變這種境況做出多少努力，反之，在這一天之後，由於其舊體詩集《秋水集》的出版，其在詩文酬和方面又進入了一個情緒高漲的時期，在之後很長一段時期裏，向親朋好友派送《秋水集》成為吳虞全部活動的中心。吳虞對自己的詩集自視甚高，在一日贈予友

〔註58〕日記 19120315，中國革命博物館整理，榮孟源審校：《吳虞日記·上冊》，成都：四川人民出版社，1984 年，第 35 頁。

〔註59〕日記 19120121，中國革命博物館整理，榮孟源審校：《吳虞日記·上冊》，成都：四川人民出版社，1984 年，第 24 頁。

〔註60〕日記 19120301，中國革命博物館整理，榮孟源審校：《吳虞日記·上冊》，成都：四川人民出版社，1984 年，第 31 頁。

〔註61〕日記 19120303，中國革命博物館整理，榮孟源審校：《吳虞日記·上冊》，成都：四川人民出版社，1984 年，第 32 頁。

〔註62〕日記 19120312，中國革命博物館整理，榮孟源審校：《吳虞日記·上冊》，成都：四川人民出版社，1984 年，第 34 頁。

〔註63〕日記 19150213，中國革命博物館整理，榮孟源審校：《吳虞日記·上冊》，成都：四川人民出版社，1984 年，第 174 頁。

人《秋水集》之後，稱「近來社會流行之書，以小說遊戲文字為最」，〔註64〕言下之意即是自己的詩集絕非上述的遊戲之文，而是有思想、有見地的文章。然而，即使吳虞的詩句都是珠璣文字，但是對於現代報刊傳媒已經興起的中華民國文化市場來說，傳統文人墨客式的酬贈相和之作傳播能力畢竟有限，對於人們思想的啟迪則更是少之又少。通過查考吳虞日記中這段時間內所做的文字，大多數是與蜀中友人的舊體詩唱和，這種形式的詩歌是很難進入公共傳媒領域的。吳虞選擇這一形式作為其文學創作的載體並不是沒有原因：在民國肇始的一兩年裏，吳虞也熱衷於做一些文字投向各類雜誌，但是當其得知曾經被撤職以至於似乎是萬劫不復的老仇家徐炯又一次鹹魚翻身的時候，便在第二日的日記中稱：「以後不作文字投報館，以免生事。」〔註65〕這種情況一直保持到了袁世凱去世，在袁氏去世次日的日記中，吳虞兩次記錄下這個消息：「出街晤劉雅爵，言袁世凱死矣」「高生歸，攜有《群報》號外，袁六號已時死，黎今日午前十時接事。余為之大喜。」〔註66〕不僅如此，他還寫詩六首以示慶賀，其詩句有「星辰遙望如平日，漁父從今不避秦」，結合此前其日記所云，可以斷定，此句意在宣示其要再次向報館投稿的希望，但是從其自詡為隱居避世的「漁父」就可以看出，吳虞的這種希望並非源自於對現代傳媒啟迪民眾的信心，而是處於讓更多人知道蜀中還有一位早就反對帝制、反對儒教的名士的動機。吳虞對於社會的責任感是很難和魯迅等人相提並論的，在他身上更多的還是那種「達則兼濟天下，窮則獨善其身」的名士風氣，他很難改變傳統文士因襲下來的對名聲和對個人利益的追求，由於自己對反孔和反父的認知都來自自身的經驗，其對於封建文化只有破壞之功、而無建設之力，更遑論能夠提出一個前瞻性的文化願景來。

而就在這時，吳虞恰逢其時地遇到了《新青年》雜誌，《新青年》雜誌正好在宣傳反對儒教，在寄給陳獨秀的投稿信中，吳虞說：「讀貴報《孔子平議》，……不佞丙午遊東京，曾有數詩（題為《中夜不寐偶成》，載《飲冰室詩話》），注中多『非儒』之說。……章行嚴曾語張重民曰：『《辛亥雜詩》中『非

〔註64〕日記 19150619，中國革命博物館整理，榮孟源審校：《吳虞日記‧上冊》，成都：四川人民出版社，1984 年，第 195 頁。

〔註65〕日記 19150530，中國革命博物館整理，榮孟源審校：《吳虞日記‧上冊》，成都：四川人民出版社，1984 年，第 189 頁。

〔註66〕日記 19160607，中國革命博物館整理，榮孟源審校：《吳虞日記‧上冊》，成都：四川人民出版社，1984 年，第 189 頁。

儒」諸詩，思想之超，非東南名士所及。」不佞極愧其言。然同調至少，如此間之廖季平丈，及貴報通信之陳恨我君之見解，幾塞宇內。讀貴報大論，為之欣然。故不揣冒昧，寄塵清監，教之為幸。」〔註67〕吳虞的這封信頗有自賣自誇之嫌，全篇除了引陳獨秀、易白沙等人為同儕之外，幾乎都是在列舉自己「非孔」的歷史，他對於陳獨秀及其行跡此前並無一點瞭解，甚至連年齡、籍貫等都是由潘力山等人介紹的。〔註68〕但是，事有偶然，正好作為《新青年》主編的陳獨秀在早年參與《甲寅》雜誌編輯的時候對吳虞有所瞭解，在回覆吳虞的信中，陳獨秀說：「久於章行嚴、謝无量二君許，聞知先生為蜀中名宿。《甲寅》所錄大作，即是僕所選載，且妄加圈識。欽仰久矣！茲獲讀手教並大文，榮幸無似。」〔註69〕這才促成了吳虞與新文化運動的一段佳話。可以說，吳虞的思想還停留在清末民初「三界革命」的範圍之內，只是「反孔」這一元素將其帶入了新文化的門檻。而新文化也和之前吳虞所一直傾心的「新學」，即晚清西學一樣，只不過是其作為蜀中名士身份的象徵，與其說吳虞想用這種方式來達到什麼社會目的，倒不如說其試圖一直來樹起自己在文化界的招牌，正如 1920 年吳虞致胡適的信中所寫的一樣：「成都風氣閉塞，頑陋任事。弟二十年中與之宣戰，備受艱苦。《新青年》初到成都，不過五份，弟與學生孫少荊各購一份，為之鼓吹。由與少荊諸人組織《星期日》，及外國語學校學生鄧奎皋、楊銘諸人（皆弟之學生）組織《威克烈週刊》，銷行頗廣。近一、二年風氣漸開，而崇先生及仲甫之學說者尤多。」〔註70〕吳虞自稱首推《新青年》、帶領弟子辦新式雜誌，言下之意即成都城內推行與宣傳新文化的頭功應推於吳虞本人，而後來胡適對其「隻手打孔家店」的評價也在很大程度上與此相關。這種自薦的現象，在舊式文人中比較常見，以反孔教著稱的吳虞在思想深處終究沒有走出孔教的束縛，這也是其在 20 世紀 20 年代以後在婚娶方面重蹈其父的覆轍以至於受人嘲諷、父女反目的根本原因。然而，即使像吳虞這樣舊積習較重的文化人物，也意識到了新的文化必將代替舊的文化，這點需要有時代語境的支撐，而其根本就在中華民國。在清政府的文化體系下，孔教及其背後的一套道統運作方式是其帝位合法性的

〔註67〕吳虞：《致陳獨秀》，《新青年》，1917 年，第 2 卷第 5 號。

〔註68〕日記 19170121，中國革命博物館整理，榮孟源審校：《吳虞日記・上冊》，成
　　　　都：四川人民出版社，1984 年，第 281 頁。

〔註69〕陳獨秀：《致又陵先生足下》，《新青年》，1917 年，第 2 卷第 5 號。

〔註70〕吳虞：《致胡適 19200321》，趙清、鄭城編：《吳虞集》，成都：四川人民出版
　　　　社，1985 年，第 390 頁。

保證,而中華民國以共和破壞了帝制,使得孔教對政權而言不再具有那麼大的意義,吳虞的「非孔」言論才能夠成為一種可以被公開的聲音,這在清朝滅亡前的一兩年間都是無法想像的。同理,中華民國的成立使吳虞從一個被以徐炯為代表的四川教育界所驅逐的公認的異端變成了馳名四川的文化名人,可以說,吳虞能夠成為吳虞,沒有中華民國作為制度保證是根本不可能的。

魯迅和吳虞是較早參與新文化運動的兩位悍將,但是從行動和思想上,他們兩人卻各把住了新文化的一端:魯迅很超前,在新文化運動興起之前,就早已看到了作為現代民族國家的中華民國在開啟人民心靈的方面所能達到的深度和廣度,並在不斷的探索中研究如何改造中國國民的國民性,雖然一度失望,乃至度過了漫長的「隱沒十年」,但是到了最後,魯迅還是發現了小說這種形式,並以之承載自己對於國家和國民的期望與想像;而吳虞無疑是落後的,他將自己對於孔教的非議強行捆綁進中華民國這樣一個想像的共同體中,以為進入了民國,隨著國家的穩定,晚清的一些腐朽就會被蕩滌,在這個過程中,新文化運動及《新青年》等刊物的出現,成為他找尋同志以及揚名立萬的好機會,然而吳虞畢竟是一箇舊式文人,他始終走不出由儒學所構成的中國傳統文化場域,其源自於儒家的淑世意識畢竟無法與魯迅、胡適等人對於現代社會的責任感相比,更重要的是他忽視了深植於包括自己在內的中國國民精神深處的劣根性是宏觀意義上的政權交替所無法解決的。於是,吳虞漸漸迷失在名譽與利益當中,成為一個夾在新舊之間的人物,有關禮法,對待別人和對待自己的兩重標準讓吳虞無法在新文化運動之後產生的更新的人物之中立足,也造成了他一生遠離文化中心的悲劇命運。

無論如何,從魯迅和吳虞的事例中,不難體察到中華民國對於新文化運動的意義,對於民國的過高期望成為後來對於民國政府不滿的重要來源。而這種不滿不僅僅是走在時代風口浪尖上的人物才能覺察到,保守的舊式文人同樣深有所感。所以,在這種社會各界對於民國政府的文化建設已經不抱有信心的前提下,如何達成中國國民在文化領域的自救成為文化界有識之士重點關心的事項,新文化運動沒有在民國政府執政之初就興起,其原因也在於此:即雖然文化自救對於當時的主流意識形態是有著很強的破壞性和反思性的,但是,在當時的歷史語境下,文化也需要一個統一的現代民族國家作為承載,只有先保證了文化的存在才可以談自救,所以中華民國這面旗幟,在整個新文化運動的過程中始終是高高飄揚的。

第二節　國家：作為一種想像

一、強權政治與國家想像

　　從 1914 年開始，郭沫若自遠在中國腹地的四川樂山一路東行，漂洋過海來到了日本，開始了他長達十年的留學生涯，正如有研究者所概括的那樣，「這十年，正是中國革命史上風雲變幻的十年，也是郭沫若思想發展史上決定性的十年」。〔註71〕在這十年中，郭沫若從一個「初出夔門」的年輕學生成長為蜚聲文壇的新詩詩人，其思想的軌跡和其旅日期間所經歷、所思考的事情是密不可分的。可以說，踏上東行的道路是郭沫若與文學結緣的重要事件，在這段時間內郭沫若的際遇則無論是從時間上或是從邏輯上都可以視作 1919 年前後郭沫若在文學方面的令人矚目的成就的「史前史」。

　　文學，在很大程度上可以被認為是現實生活的折射，而相對於現實中發生的種種具體事件而言，作家生活環境中所彌漫著的那種政治文化的氛圍則對他們的思想及創作有著更為深遠的影響，它至少從「認識的、感情的和評價的」三個方面在影響著個人對政治對象的態度，並在很大程度上在個人對於政治對象的態度上達成一種「一致性」。〔註72〕就郭沫若留學日本的十年而言，對其產生重大影響的政治文化體系的基礎則是中華民國這樣一個新生的政治共同體中希望與混亂之間所蘊含著的張力。郭沫若曾經回憶：「二三十年前的青少年差不多每一個人都可以說是國家主義者」，〔註73〕郭沫若在這裡所謂的「國家主義」當然不是那種成為體系的、需要嚴格辨析的「國家主義」或者「民族主義」（nationalism），而是指一種「國家意識」，國家意識本身是一種身份的認同，即如何想像和建構一套關於「共同體」的敘述機制。郭沫若遠赴東瀛的十年間，中國國民國家意識的發展實際上還處於晦暗未明的狀態。有研究者認為，在「五四」新文化運動發生之前，「由於中國社會和文化秩序尚未完全解體」，人們對「某些傳統的價值和信念仍然認為是理所應當的」，而同時，「現

〔註71〕唐明中、黃高斌編著：《櫻花書簡》，成都：四川人民出版社，1981 年，第 180 頁。
〔註72〕參見〔美〕加布里埃爾・A・阿爾蒙德、小 G・賓厄姆・鮑威爾著，曹沛霖、鄭世平、公婷、陳峰譯：《比較政治學——體系、過程和政策》，上海：上海譯文出版社，1987 年，第 29～31 頁。
〔註73〕郭沫若：《創造十年》，郭沫若：《郭沫若全集・文學編・第 12 卷》，北京：人民文學出版社，1992 年，第 65 頁。

代中國第一代知識分子中某些人在 19 世紀 90 年代就已經開始抨擊中國社會
和文化傳統的某些成分了」，〔註74〕就中國社會和文化秩序的解體速度而言，
從東南沿海到內陸客觀上存在著很大的差距，郭沫若少年時代所生活的四川
盆地更是如此。這樣看來，郭沫若的日本留學生活不僅是一個知識體系生成的
過程，還是一個國家意識產生並發展的過程。

　　郭沫若對於其旅日生活的記載是比較詳細的，在《我的學生時代》《創造
十年》等文章中，郭沫若以自傳的形式對這段影響了他一生的歲月進行了還
原。但是，這種還原背後也存在著很大的問題，由於距事發時間已經過去了十
餘年，其在書寫過程中不免摻雜了一些失實的內容，而此時的郭沫若的思想已
經轉向了馬克思主義，故而其以馬克思主義來統攝自己敘述的內在邏輯時就
不免將本來零散的生活痕跡體系化，以便為自己的敘述服務，這樣一來，其留
學生活的原貌就會受到或多或少的遮蔽。1981 年，有研究者將郭沫若這段時
間內與家人的通信彙編成集，以《櫻花書簡》為名出版，這為研究郭沫若留學
十年的思想發展提供了很重要的史料，以書信這種特殊的文本形式彌補了郭
沫若文學創作「史前」的空白，也為研究郭沫若留學日本期間國家意識的生成
與演變提供了共時性的依據；另外，郭沫若在四川讀書和在日本留學期間，與
友人多有詩詞酬和，並將此一時期與田漢、宗白華等人的通信彙集成《三葉
集》，這也為學界研究郭沫若這段時間的心路歷程提供了重要支撐。將上述兩
種材料和郭沫若後來對自己經歷的回憶文字結合比照，可以勾勒出其留學日
本期間對於國家認知的基本輪廓。

　　自晚清趙爾巽主政四川以來，省內的局勢就不甚穩定，尤其是保路運動興
起以後，「全省大中小資產階級乃至無產者可以說七千萬人都全部參加了」，
「各地保路同志會的暴動，攻打各地的府縣城池，圍攻成都，有一個時期把成
都圍得幾乎水泄不通」，〔註75〕甚至直到「反正」之後，大漢軍政府內部的矛
盾依然激烈，蒲殿俊、尹昌衡等軍政府領導人互相攻訐，輪番坐殿，一度使四
川事實上處於一種無政府的狀態。此時的郭沫若正身處四川的漩渦中心成都，
他甚至直接目睹了一次試圖推翻蒲殿俊的政治陰謀。曾經幻想著「蜀道傳光

〔註74〕　參見〔美〕林毓生著，穆善培譯，蘇國勳、崔之元校：《中國意識的危機──
　　　　　「五四」時期激烈的反傳統主義》，貴陽：貴州人民出版社，1986 年，第 281
　　　　　頁。
〔註75〕　郭沫若：《反正前後》，郭沫若：《郭沫若全集·文學編·第 11 卷》，北京：人
　　　　　民文學出版社，1992 年，第 230 頁。

復，豺狼慶剗除」〔註76〕的郭沫若在不久之後就開始感慨「眈眈群虎猶環視，炁炁醒獅尚倒懸」〔註77〕了，而造成這一現象的原因正是「群鶩趨逐勢紛紜，肝膽竟同楚越分」，如果不及時地改變這種情況，那麼中國的命運就會像曾經飽受奧地利、普魯士和沙俄欺凌的波蘭一樣，郭沫若感歎道：「敢是瓜分非慘禍，波蘭遺事不堪疊。」〔註78〕可以看出，在此時郭沫若的心中，國家的意義在於統一，曾經攜手推翻滿清政府的各路軍閥本是肝膽相照的兄弟，無奈在利益的驅使下競逐不已，讓中華民國這頭剛剛蘇醒的獅子在西方列強的虎視眈眈之下隨時可能四分五裂。從另一個角度來看，郭沫若期待著一個更加強勢的力量能夠整合各方面的勢力，維持一個國家在形式上的完整，這在他看來，是中華醒獅得以崛起的前提。

　　郭沫若不僅是從理念上認為應有一個強勢的力量來結束中華大地上的分裂，其自身在生活上也飽受國家分裂、諸省自治所帶來的不便。1913 年 6 月，郭沫若第一次北上，計劃由重慶前往天津就讀天津陸軍軍醫學校，然而由孫中山領導的二次革命的烽火卻將北上的路徑隔斷，使之不得不返回成都，〔註79〕而此時，袁世凱當選人總統一事卻成為郭沫若能夠繼續北上的前提和保障。隨著二次革命的失敗，孫中山遠逃日本，袁世凱則在形式上重新統一了中華民國，郭沫若得以安全地抵達天津，在旅途中，他寫信給家中的父母說：「正式大總統業已舉定袁世凱，歐美各國俱各承認矣。似此則吾中華民國尚有一線生機矣，無任慶幸。」在袁世凱重新統一各地獨立政府之後，雖然經過戰爭「城外焚毀民房數千家，慘不忍睹」，但是「兵業已退完」，「居民漸就安靜」，並且在郭沫若等學生經過各縣的時候，每個縣中均有「兵勇護送」，這樣才使得他們在「初經戰事，伏莽猶多」的情況下「並無驚擾情形」；不僅如此，袁世凱當選大總統還能夠使環伺於中華民國四周的列強在國家層面上承認這個新生

〔註76〕郭沫若：《舟中聞雁哭吳君耦逖八首·之三》，郭沫若著，王繼權、姚國華、徐培軍等編：《郭沫若舊體詩詞繫年注釋·上》，哈爾濱：黑龍江人民出版社，1984 年，第 30 頁。

〔註77〕郭沫若：《感時八首·之七》，郭沫若著，王繼權、姚國華、徐培軍等編：《郭沫若舊體詩詞繫年注釋·上》，哈爾濱：黑龍江人民出版社，1984 年，第 75 頁。

〔註78〕郭沫若：《感時八首·之二》，郭沫若著，王繼權、姚國華、徐培軍等編：《郭沫若舊體詩詞繫年注釋·上》，哈爾濱：黑龍江人民出版社，1984 年，第 67 頁。

〔註79〕參見郭沫若：《初出夔門》，郭沫若：《郭沫若全集·文學編·第 11 卷》，北京：人民文學出版社，1992 年，第 321～322 頁。

的政權，從而有結束群虎包圍醒獅的危機的可能性，故而郭沫若稱為「福星照臨」，〔註80〕很顯然，在此時郭沫若的信中，袁世凱無疑就是那顆「福星」，是中華民國得以穩定的重要條件。在另一些信件中，郭沫若對袁世凱因「在京吞食中央解款二十萬」而處罰尹昌衡一事明顯是喜聞樂見的，並稱「中國自反正以來，一般得志青年，糊塗搗蛋，蠹國病民，禽荒沉湎，忘卻兄臺貴姓，袁氏此次振救，頗快人意，一棒當頭，喝醒癡頑，亦復不少也。」〔註81〕關於尹昌衡虧空公款一事，不但當下的歷史研究界普遍認為是袁世凱為了強化自己對於西南地區的統治而布下的一個騙局，〔註82〕即使是當時的輿論界，也普遍認為此事背後有著袁氏不可告人的目的，以在當時影響力頗大的《順天時報》為例，其態度明顯就是站在尹昌衡一邊的，並分多日在報刊上連載了《尹昌衡無罪之證明書》。〔註83〕而多年後，郭沫若本人也承認尹昌衡被捕一事背後存在著政治角力「幕後一定還有什麼經緯的，我不知道當時的內幕是怎樣」。〔註84〕郭沫若當時之所以對尹昌衡的態度如此刻薄，除了尹昌衡在四川主政期間斥資讓商會為他本人撒花等舉動引起郭沫若不滿之外，〔註85〕最重要的則是在當時的郭沫若看來，袁世凱才是那個真正能夠在中國開萬世太平的強權政治的代表，只有像袁世凱這樣足夠強勢的政治人物，才能在中華民國的版圖上壓制和平衡各省相對獨立的政治勢力，在最大程度上保證國家的利益。郭沫若支持袁世凱，不但在於其拘捕了尹昌衡，還在於他通過這件事情教訓了「一般得志青年」，迫使他們服從於袁政府的命令，而這一點在郭沫若看來才是最重要的。正因為如此，郭沫若一度對袁世凱的政治主張抱有希望，甚至在其稱帝之後，郭沫若的情感還是偏向袁氏一方的。在洪憲稱帝後的1916年初，李烈鈞、熊克武、蔡鍔等人在雲南通電討袁，身在日本岡山的郭沫若得知消息後給家中

〔註80〕 郭沫若：《初出夔門三封‧一九一三年十月十七號》，唐明中、黃高斌編著：《櫻花書簡》，成都：四川人民出版社，1981年，第1、2頁。
〔註81〕 郭沫若：《東京和第一高等學校二十七封‧一九一四年二月》，唐明中、黃高斌編著：《櫻花書簡》，成都：四川人民出版社，1981年，第11、12頁。
〔註82〕 參見譚繼和主編，劉平中、張彥副主編：《尹昌衡研究概覽》，成都：四川人民出版社，2013年。
〔註83〕 《尹昌衡無罪之證明書》，《順天時報》，大中華民國三年，8月2、4、5、6、7、9、11日。
〔註84〕 郭沫若：《反正前後》，郭沫若：《郭沫若全集‧文學編‧第11卷》，北京：人民文學出版社，1992年，第316頁。
〔註85〕 參見郭沫若：《反正前後》，郭沫若：《郭沫若全集‧文學編‧第11卷》，北京：人民文學出版社，1992年，第313頁。

寫信道：「雲南變故家中想受影響，然吾家深居山僻，或者當無可虞。現在中央軍隊已陸續進發，想小小變故，亦不難蕩平也。」〔註86〕不難看出，郭沫若所說的「變故」指的就是討伐袁世凱的聯軍出征，從郭沫若的語氣來看，他不但從感情上是支持袁世凱政府的「中央軍隊」，而且還相信中央軍隊必然會戰勝西南地區討袁的軍隊。對於此時的郭沫若而言，袁世凱和中央軍隊是這個新生國家的代表，而討袁的軍隊則為這個新生國家帶來了許多不穩定性，故此，在郭沫若眼中，這些反對袁世凱稱帝的革命者才是破壞民國統一的兇手。

不難看出，「國家」這樣一個想像的共同體對於郭沫若而言是十分重要的，而如何建構這個國家則並未被納入郭沫若的思考範圍。此時的郭沫若對於中華民國的認知僅僅停留在國中之「民」上，他認為自己是國家的一份子，國家的興衰和自身命運息息相關，而並未曾提升到中華民國應是民眾之「國」上。對於此時的郭沫若而言，新生的中華民國是不能被質疑和反思的，作為中華民國的國民，對國家最好的支持就是跟著中華民國的領導者亦步亦趨。造成郭沫若這種想法的原因是多方面的，其一，郭沫若生長於四川，連年的戰亂使其內心趨向於一個穩定國家，中華民國的建立給了郭沫若以希望，但是同時又帶來了許多焦慮與隱憂，面對中華民國甫一建立就紛爭不已的局勢，郭沫若時常作詩喟歎：「頻來感觸興衰事，極目中原淚似麻」〔註87〕「傷心國勢飄搖甚，中流砥柱伏阿誰」；〔註88〕其二，四川深居大陸腹地，在民國初期，其文化的發展要遠落後於東南沿海各地，而其政治文化意識的發展則更為落後，在辛亥革命之後，川內思想界也是新舊雜陳，投機之風大熾，據郭沫若回憶「最可注意的是一座成都城有四五十座私立法政學校！三月速成，六月速成，愈快的班數，學生也愈見多。那時候真可以說是做官欲的洪水時代！」〔註89〕在這種文化語境下，郭沫若自然不能明確地辨析民主和專制之間的區別；更重要的是其三，郭沫若的留學生身份要求其背後有一個穩定統一的政府來作為其經濟和精神上

〔註86〕郭沫若：《岡山第六學校二十七封·一九一六年二月》，唐明中、黄高斌編著：《櫻花書簡》，成都：四川人民出版社，1981 年，第 89 頁。

〔註87〕郭沫若：《感時八首·之一》，郭沫若著，王繼權、姚國華、徐培軍等編：《郭沫若舊體詩詞繫年注釋·上》，哈爾濱：黑龍江人民出版社，1984 年，第 67 頁。

〔註88〕郭沫若：《感時八首·之八》，郭沫若著，王繼權、姚國華、徐培軍等編：《郭沫若舊體詩詞繫年注釋·上》，哈爾濱：黑龍江人民出版社，1984 年，第 76 頁。

〔註89〕郭沫若：《反正前後》，郭沫若：《郭沫若全集·文學編·第 11 卷》，北京：人民文學出版社，1992 年，第 310 頁。

的保障和支柱。郭沫若留學時代的留日學生日常經費有官費和自費兩種，正如同時代的留日學生鄭伯奇所說的，「留日學生既不像留美學生那樣多屬達官富商的子弟，也不像留法的勤工儉學生那樣經過勞動鍛鍊，絕大多數是沒落地主和城市小資產階級出身。」〔註90〕郭沫若正是出身於一個沒落的地主家庭，在他的記憶裏「家裏雖然成了一個中等地主，但在我有記憶的時候，我記得我們母親還背著小我三歲的弟弟在親自洗他的尿布。由我以上的二兄二姐的鞠育，不消說都是我們母親一人一手的工作了。我們是一個大家庭，母親初來的時候，聽說所過的生活完全和女工一樣，洗衣、漿裳、掃地、煮飯是由妯娌三人（那時我們的九叔還小）輪流擔任。一手要盤纏，一手還要服務家庭，令人倍感著貧窮人的一生只是在做奴隸。」〔註91〕可見，郭沫若遠赴日本留學這一事件，會使其本身就不甚富裕的家庭雪上加霜，所以，在到達日本之後，郭沫若積極地爭取留學官費，正如其信中所言：「懸的在官費」，「為希圖博得官費到手，則萬無一說」，而其對於就讀學校的選擇，也是以能否獲得官費作為重要衡量標準的：「將來應考學校，以東京四校為準。四校即師範、高工、謙葉醫校、第一高等，此四校乃政府與日人特為立約官費，較為可靠故也。」〔註92〕此時的郭沫若不但自己積極爭取官費，來到日本半年後還勸導其弟郭開運也赴此留學，而其勸說的主要理由還是在於能夠爭取官費，他寫信說：「元弟近已歸家否？今歲畢業後，可急行東渡，考上官費，便是好算盤；國內無此便宜，而學科不良，校風確劣無論矣。」〔註93〕當袁世凱去世之後，郭沫若所擔心的首要問題也是官費問題，在黎元洪接任中華民國大總統之後不久，郭沫若給家中寄去信件，內有「國事似稍就緒，學費停止事，想不至實現矣。」〔註94〕袁世凱的稱帝、退位及去世對民國內部帶來了很大的不確定性，隨之而來的內政、外交等各方面的變化都可能對留日學生的生活造成影響，從郭沫若的信件中可以得知當時

〔註90〕鄭伯奇：《憶創造社》，《鄭伯奇文集》編委會編：《鄭伯奇文集・第三卷》，西安：陝西人民出版社，1988年，第1227頁。

〔註91〕郭沫若：《少年時代》，郭沫若：《郭沫若全集・文學編・第11卷》，北京：人民文學出版社，1992年，第24頁。

〔註92〕郭沫若：《東京和第一高等學校二十七封・一九一四年二月》，唐明中、黃高斌編著：《櫻花書簡》，成都：四川人民出版社，1981年，第19頁。

〔註93〕郭沫若：《東京和第一高等學校二十七封・一九一四年七月》，唐明中、黃高斌編著：《櫻花書簡》，成都：四川人民出版社，1981年，第19頁。

〔註94〕郭沫若：《岡山第六學校二十七封・一九一六年九月》，唐明中、黃高斌編著：《櫻花書簡》，成都：四川人民出版社，1981年，第97頁。

的日本留學界早已是流傳著風言風語，當得知自己的官費並不會受到影響的時候，郭沫若心中的石頭才算落地。可見，對於郭沫若等遠在日本而家庭又不甚富裕的留學生而言，「國家」的穩定是其可以生活和繼續學業的重要保障。

直到袁世凱去世之後，郭沫若也並未對其稱帝和退位有過太多的反思，相反，民國政府準備對德國宣戰一事讓郭沫若看到了國家新的希望，「但今次政府，處置如此勇決，必確有見地把握，又國中名士多積極的主張與德宣戰，大有全國一致之勢云。」〔註95〕然而，在歡欣鼓舞的背後，郭沫若也看到了中華民國參戰的隱憂：「我國不久亦將參戰，此次參戰，決無大害，惟一面參戰，一面仍當銳意鎮頓內治，雙方並進，方可無虞。然據現刻國內情形觀察，內亂紛紛，弊竇百出，戰與不戰，皆自取敗亡之道耳。」〔註96〕從上面兩段文字的比照中不難看出郭沫若的態度和立場，死去的袁世凱或是活著的黎元洪對郭沫若而言並不重要，其看重的是中華民國這塊金字招牌。一方面，對德宣戰使郭沫若看到了一個新生國家的實力和在國家的名義下中華民族屹立於世界民族之林的種種可能性。另一方面，袁世凱去世後黎元洪和段祺瑞之間相互齟齬而發生的「府院之爭」，郭沫若第一次從內部開始懷疑中華民國內部存在的體制性問題。此後不久，張勳擁護廢帝溥儀稱帝，改中華民國為大清宣統九年，這一事件使郭沫若真正地看到了新生民國背後存在的危機，看似牢固的國家卻會因為政治體制的因素於瞬息之間被顛覆。在一封家書中郭沫若在分析局勢後寫道：「段氏近已就總理之職，總統現係馮國璋代理，此人首鼠陰險，聞頗與段氏不甚相契，亦非國家之福也。」可見，郭沫若已經認識到了民國總統府和國務院兩者由於分權問題所帶來的一系列不穩定性，但是此時的郭沫若由於知識結構的限制卻無力深究其內在原因，而是簡單地將之歸結於領導人物的自身問題：「張勳造反，破壞民國，奈有段祺瑞一人奮起義師，十日之內，削平打亂。近閱時報，北京已經恢復，張勳已脫逃，段公已入京，黎總統已救出；從此以來，我國其可望小康乎！」在此時的郭沫若看來，張勳復辟的責任應該由黎元洪一人承擔，而段祺瑞則是挽救民國大廈於將傾的英雄，「此次大亂，實則全係黎總統一人，庸懦不明之過所致。張逆之入京，黎氏召之也；召寇啟戎，真是第二何進」。「段氏功業甚偉，眾望所歸，如天佑中華，使段氏得安於位者十年，

〔註95〕郭沫若：《岡山第六學校二十七封・一九一七年二月》，唐明中、黃高斌編著：《櫻花書簡》，成都：四川人民出版社，1981年，第116頁。

〔註96〕郭沫若：《岡山第六學校二十七封・一九一七年五月》，唐明中、黃高斌編著：《櫻花書簡》，成都：四川人民出版社，1981年，第121頁。

國家其庶幾有起色乎！」〔註97〕從郭沫若的此時信件中的言論可以看出，郭沫若此時對府院之爭問題所設想的解決辦法是以一個足夠強勢的人來收編與整合「府」和「院」，從而達到中華民國在思想和行動上的一致，避免張勳復辟事件再次發生。他並沒有認識到這一問題的根源是民國政體的限制和北洋軍閥內部錯綜複雜的利益紛爭，根本不是更換民國總統能夠解決的問題。

對強權政治的認同和崇拜不能不說是郭沫若早期思想中的一個侷限，這個侷限並沒有那麼容易消除，事實上，在郭沫若後來的一些如《請看今日之蔣介石》等文章裏，將政治人物與政體形式混淆並將國家命運寄託於一個強權政治人物身上的意識仍然時有浮現，其文中第一段話「蔣介石已經不是我們國民革命軍的總司令，蔣介石是流氓地痞、土豪劣紳、貪官污吏、賣國軍閥、所有一切反動派——反革命勢力的中心力量了。」〔註98〕雖然對蔣氏竭盡貶責，但是究其本質來說，這仍未能超越將一個領導人物等同於一個國家的認知。這甚至在很大程度上已經固化為郭沫若心中的一個「情結」，然而，也正是這個「情結」，使得郭沫若的國家意識變得複雜和富有時代性，也使得郭沫若成為中國文學史和思想史上那獨特的一個。

二、國家意識：文化選擇的底色

實際上，在郭沫若看來，其對於醫學選擇以及對文學的熱愛都和他心中那個有關民族國家的設想有著不可分割的聯繫。對郭沫若而言，醫學、文學都和中華民國是一體的。對於中國早期的留日學生而言，學習法政、工科、醫學等是存在於其內部的一個可以被稱為「傳統」的東西。許壽裳在回憶留日生活時曾經說過：「一九〇二年的夏天，留日學生的人數還不過二三百，後來『速成班』日見增多，人數達到二萬，真是浩浩蕩蕩，他們所習的科目不外乎法政，警察，農，工，商，醫，陸軍，教育等，學文藝的簡直沒有，據說學了文學將來是要餓死的。」〔註99〕郭沫若則正是許壽裳文中的「後來」者。民國初開，學習法政，本來就是陞官發財的捷徑，在那個百廢待興的年代裏，這是一條改

〔註97〕 郭沫若：《岡山第六學校二十七封·一九一七年七月十六日》，唐明中、黃高斌編著：《櫻花書簡》，成都：四川人民出版社，1981年，第130頁。

〔註98〕 郭沫若：《請看今日之蔣介石》，郭沫若：《郭沫若文集·文學編·第13卷》，北京：人民文學出版社，1992年，第129頁。

〔註99〕 許壽裳：《魯迅的生活——在北平大學女子文理學院魯迅座談會講》，魯迅博物館、魯迅研究室、《魯迅研究月刊》選編：《魯迅回憶錄（上）》，北京：北京出版社，1999年，第457頁。

換門庭的捷徑。據郭沫若回憶，當時他並非沒有看出學習法政一科存在的問題，在遠赴日本留學之前，大哥郭開文就曾經對其說過「學法政也真是沒有著落，天下大亂實在是病在於學法政者之多」，〔註100〕所以，當郭沫若踏上旅日的路程時，其心中對於未來所從事的職業乃至於心嚮往之的志業都沒有一個較為清晰的規劃。在初到東京之時，其在給家人的信件中只是說「當痛自刷新，力求實際學業成就」，〔註101〕聯繫郭沫若赴日本之前大哥郭開文對他的勸誡，可以得知郭沫若這番話並非沒有指向性。在此後不久，郭沫若在給三哥郭開成的一封信箋中還表達了與郭開文類似的看法：「吾國獵官運動，適自捉亡，明眼人自能見到，不多談。」〔註102〕可見，郭沫若表示自己要選擇「實際學業」，其實是在明確地告訴家人法政一門並非自己的選擇，但是至於具體是學習哪一門類，初到日本的郭沫若也並沒有一個明確的答案。在 1914 年 3 ～9 月，郭沫若的選擇從「師範、高工、謙葉醫校、第一高等」四所學校縮小至「第一高等及千葉醫學」兩所，又在考上第一高等後「立志學醫，無復他顧」，其原因在於「醫學一道，近日頗為重要。在外國人之研究此科者，非聰明人不能成功，且本技藝之事，學成可不靠人，自可有用也。」〔註103〕郭沫若的這番話是耐人尋味的，「學成技藝」自然是一個理由，而與之並列的另一個原因卻說得含含糊糊。在多年以後，郭沫若在自傳中稱「我在初，認真是想學一點醫，來作為對於國家社會的切實貢獻，然而終究沒有學成，這確是一件遺憾的事」，〔註104〕將兩個時間點上郭沫若對於其學醫目的比照來看，就很容易發現其在家信中「且」字之前所語焉不詳的「非聰明人不能成功」一句的含義，再加上此時郭家多位成員都為病逝死亡而煩惱，如六妹的孩子早夭等，這都成了郭沫若立志學醫的重要動因。而在後續的家信中，郭沫若又常以「蘇武牧羊」自況，並說「長受國家培植，質雖魯鈍，終非干國棟家之器，要思習

〔註100〕郭沫若：《初出夔門》，郭沫若：《郭沫若文集・文學編・第 11 卷》，北京：人民文學出版社，1992 年，第 348 頁。

〔註101〕郭沫若：《東京和第一高等學校二十七封・一九一四年二月》，唐明中、黃高斌編著：《櫻花書簡》，成都：四川人民出版社，1981 年，第 13 頁。

〔註102〕郭沫若：《東京和第一高等學校二十七封・一九一四年九月廿九日》，唐明中、黃高斌編著：《櫻花書簡》，成都：四川人民出版社，1981 年，第 13 頁。

〔註103〕郭沫若：《東京和第一高等學校二十七封・一九一四年三月十四日、六月六日、六月二十一日、九月六日》，唐明中、黃高斌編著：《櫻花書簡》，成都：四川人民出版社，1981 年，第 18～33 頁。

〔註104〕郭沫若：《我的學生時代》，郭沫若：《郭沫若文集・文學編・第 12 卷》，北京：人民文學出版社，1992 年，第 15 頁。

一技，長一藝，以期自糊口腹，並籍報效國家」，〔註105〕「習一技」是為了國家，「長一藝」是為了自己，而其家書上常有「現在國家弱到如此地步，生為男子，何能使不學無術，無一籌以報國也」〔註106〕這樣的感歎，如此看來，在《我的學生時代》中，郭沫若對於其學醫理由的闡釋實際上是基本可信的。

郭沫若對於文學的關注也正是從對國家的熱忱這一點上起步的。在 1915年郭沫若寫給弟弟郭開運的一段話可以看作他對於這一問題較早的系統表述：「元弟在家，不可虛耍，新學問自是無從下手，然吾國舊書，不可不多讀也。一國文學，為一國之精神，物質文明，固不可缺少，而自國精神，終不可使失墜也。近世學子，通者無幾人矣；而究之物質方面，智識仍僅膚淺，實是自欺欺人事。」〔註107〕從這段話中可以看出郭沫若在這一時期對「文學」這樣一個有著廣泛能指性的範疇的基本看法。可以確認的是，在此時的郭沫若心中，對於「文學」是什麼並沒有一個明確的態度，「文學」和「學問」在郭沫若的眼中甚至是等同的，這一觀點頗有一些中國明清之際所提倡的學問文章要「經世致用」的味道。〔註108〕與同一時期胡適、任鴻雋等留美學生在通信中已經開始討論「文之文字」和「詩之文字」之間的差別相比，郭沫若對於文學的認知未免有點守舊，但是雙方對於文學內部存在著的「精神」方面的因素都是相當的重視的。較之胡適提出的「今日欲救舊文學之弊，須先從滌除『文勝』之弊入手。……其病根在於重形式而去精神，在於以文 form 勝質 matter。詩界革命，與文界革命正復相同，皆當從三事入手：第一、須言之有物，第二、須講求文法（大家之詩無論古詩、律詩皆有文法可言），第三、當用『文之文字』時，不可故意避之。」〔註109〕的帶有文化重建性質主張，郭沫若更傾向於從中國傳統文學中吸收「自國之精神」，兩者看似殊途，然則同歸，此時遠隔重洋、並不相識的郭沫若和胡適，都在思考如何振興中國精神

〔註105〕 郭沫若：《岡山第六學校二十七封‧一九一六年九月十六日》，唐明中、黃高斌編著：《櫻花書簡》，成都：四川人民出版社，1981 年，第 97 頁。

〔註106〕 郭沫若：《東京和第一高等學校二十七封‧一九一五年四月十二日》，唐明中、黃高斌編著：《櫻花書簡》，成都：四川人民出版社，1981 年，第 61 頁。

〔註107〕 郭沫若：《東京和第一高等學校二十七封‧一九一五年三月十七日》，唐明中、黃高斌編著：《櫻花書簡》，成都：四川人民出版社，1981 年，第 58 頁。

〔註108〕 參見楊緒敏：《明代經世致用思潮的興起及對學術研究的影響》，《江蘇社會科學》，2010 年，第 1 期。

〔註109〕 參見胡適：《致任鴻雋》（19160202），耿雲志、歐陽哲生整理：《胡適全集‧第 23 卷》，合肥：安徽教育出版社，2003 年，第 94 頁。

這一問題。但是胡適是以文學呈現形式的革新來帶動文學精神的發展，而郭沫若則是期待郭開運經由讀「吾國舊書」來達到與傳統精神的溝通，從而在中國傳統文化這樣一個體系之下提升自己的文化水平。與這一時期胡適等人對西方文化的全面學習和接受相比，郭沫若此時對西方文化，尤其是物質文明，顯得十分警惕。之所以讓郭開運多讀舊書，其中一個很重要的原因就是郭沫若認為近世學子由於對中國傳統文化的「不通」，導致了雖處在物質文明之中，但仍是知其然不知其所以然，不能夠很好地領受物質文明為中國社會帶來的進步的契機。不僅如此，更嚴重的是這些迷失在物質文明海洋中「不通」的「學子」們不但向前看不到出路，回頭看也發現自己已經失掉了中國精神的根基，成了無根的浮萍。至於郭沫若本人，在夔門之內就已經有著較好的傳統文化修養，並且一直在進行著潛在的寫作，少年時代所作「呼天不語頻搔首，經國無人怕囓臍。獲教英才良樂事，他年蒸蔚就黔黎。」〔註 110〕等詩，其中意境和立意都和寫於留日時期著名的「哀的美頓書已西，衝冠有怒與天齊。問誰牧馬侵長塞，我欲屠蛟上大堤。此日九天成醉夢，當頭一棒破癡迷。男兒投筆尋常事，歸作沙場一片泥。」〔註 111〕一詩是一致的。在他眼中，文學是一種精神領域的、對於國家的情緒化的表露，文學創作也是自己國家意識一種折射。與此時已經開始尋求在《甲寅》《青年雜誌》等公眾媒體領域上打開一片新天地的胡適、陳獨秀等人相比，郭沫若的這種文學觀念更接近中國傳統文士，他更強調的是文學以及文學背後承載的民族精神對個人的給養，而非一種對於社會的直接干預。由於沒有先入為主的政治理念左右，在郭沫若以舊體詩為主的潛在創作中，國家意識或者說對中華民國的國土觀念顯得更加直豁和真誠。

對於郭沫若而言，學醫和從事文學活動都是在其國家意識統御之下的報國行動，兩者內在有著一致性，所以在郭沫若的留學經歷上，並沒有真正出現象魯迅那樣的「棄醫從文」。據郭沫若回憶，雖然有一段時間他確實「是想轉學」進「文科大學」，也曾經「在二三兩月間竟至狂到了連學堂都不願意進了。一天到晚踞在樓上只是讀文學和哲學一類的書」，〔註 112〕但是，在日本留學期

〔註 110〕郭沫若：《寄先夫愚八首之四》，樂山市文管所編：《郭沫若少年詩稿》，成都：四川人民出版社，1979 年，第 94 頁。

〔註 111〕郭沫若：《七律》，王繼權、姚國華、徐培軍等編：《郭沫若舊體詩詞繫年注釋·上》，哈爾濱：黑龍江人民出版社，1984 年，第 105 頁。

〔註 112〕郭沫若：《創造十年》，郭沫若：《郭沫若文集·文學編·第 12 卷》，北京：人民文學出版社，1992 年，第 83 頁。

間的郭沫若始終都知道自己的出路在於醫學而非文學。不同於魯迅心中認為
的「醫學並非一件緊要事，凡是愚弱的國民，即使體格如何健全，如何茁壯，
也只能做毫無意義的示眾的材料和看客，病死多少是不必以為不幸的。所以我
們的第一要著，是在改變他們的精神，而善於改變精神的是，我那時以為當然
要推文藝，於是想提倡文藝運動了」，〔註113〕郭沫若即使是在其與創造社眾人
在積極地籌備文學活動的時候，也沒有放棄對醫學的興趣。1921 年 8 月 2 日，
身為泰東圖書局負責人的趙南公在與郭沫若進行了一番對話之後，在日記中
寫道：「沫若言仍需返福岡入醫學校，再半年即卒業。現所研究者精神科與小
兒科，近世文學實與此兩科有密切之關係，再入醫學非卒業觀念，實研究學問
非在學校不可。比如到滬以來，日見墜落，其明驗也。」〔註114〕據趙南公回
憶，此時的郭沫若甚至還謀劃過畢業回國在上海籌辦一家醫院：「沫若言福岡
同學約廿餘人，擬將來集合滬上，創一醫院，附設一醫學專門學校，為中國醫
學界放一異彩。予言此非一時所能辦到，統候君卒業來滬，再從長計議也。」
〔註115〕可見，郭沫若也清楚地看到了文學與醫學之間的聯繫與分野，文學雖
然能夠啟民心智，拯救一個國家的精神，但是醫學卻是一門更為實在的學問，
它能夠直接作用於國民的肉體本身。這和郭沫若留學日本之初基於報效民國
而為自己定下的學習目標是不無關係的，在很大程度上，郭沫若在留日期間一
直堅持學習醫學，正是他此時國家意識的具體呈現。

　　造成郭沫若和魯迅在棄醫從文這條路上選擇不同的原因可能是多方面
的，但是，對於文學功用的不同認知是其中十分重要的一個原因。簡而言之，
對於魯迅來說，文學是外向型的，它所要解決的是社會領域裏中國民眾精神方
面所出現的問題；而對於郭沫若來說，文學是內向型的，它所要解決的更多是
自己在面對社會現象時所產生的種種情緒，以及為這種情緒產生的合理性找
到一種確證。魯迅在決定棄醫從文後不久，就在《河南》等留日學生所興辦的
新式雜誌上刊登了諸如《科學史教篇》《摩羅詩力說》《破惡聲論》《文化偏至
論》等數篇長篇論文，這些論文雖然側重不一，行文各異，但是這些可以被看

〔註113〕 魯迅：《〈吶喊〉自序》，《魯迅全集‧第 1 卷》，北京：人民文學出版社，2005
　　　　年，第 439 頁。

〔註114〕 陳福康：《郭沫若回憶不完全可信？——趙南公日記摘選評賞》，《中華讀書
　　　　報》，2016 年 9 月 7 日，第 005 版。（此段日記引文中「墜落」一詞應為「墮
　　　　落」之誤。）

〔註115〕 陳福康：《郭沫若回憶不完全可信？——趙南公日記摘選評賞》，《中華讀書
　　　　報》，2016 年 9 月 7 日，第 005 版。

作是魯迅最初的「吶喊」的文字背後，一條以科學的進化論和摩羅詩力組織起來的啟蒙線索是從始至終貫穿下來的。無論是從內容上還是從作品傳播的途徑上來看，魯迅的早期啟蒙工作都有著自己內在的邏輯和計劃，魯迅有意識地借助清末民初勃興的公共媒體將自己的思想傳播給讀者，從而達到播布啟蒙的效果。而留學日本時期的郭沫若，則有著與魯迅完全不同的一套文學觀念。在郭沫若的家書中，不少信件都有關於如何進行文學創作的論述。郭沫若的《女神》詩集名揚中國文壇之後，他在改弟弟郭開運的詩歌時，講述了自己創作的心得，即「要做舊詩，就要嚴守韻律，要做新詩，便要力求自然。詩是表情的文字，真情流露的文字自然成詩。新詩便是不假修飾，隨情緒之純真的表現而表現以文字。打個比喻如像照相。舊詩是隨情緒之流露而加以雕琢，打個譬比如像畫畫。」並提出了做詩的幾點原則，其中就有「要有純真的感觸，情動於中令自己不能不『寫』」一條。〔註116〕不難看出，郭沫若之於文學的本質就是一種情緒的釋放，在與當時剛結識的詩友田漢、宗白華往來的信件中，郭沫若將這一點說得更為透徹，並列出了「詩＝（直覺＋情調＋想像）＋（適當的文字）」〔註117〕的公式。也就是說，在郭沫若留學日本階段，他心中的詩實際上就是此時此景的情緒，這也造成了《女神》詩集在內容上的駁雜，常常是前一首詩還沉浸於對報效國家的熱忱之中（《無煙煤》），下一首就變成了對工業文明的詠歎（《日出》）。在留學日本的這段時間內，郭沫若情緒的基調卻是其告誡郭開運的「國家積弱，振刷須材，年少光陰，瞬間即逝，殊為可惜也」〔註118〕的國家意識，由於此時日中關係緊張，在家信中，郭沫若多斥日本為「倭奴」、「鬼國」，換句話說，這種國家意識已經成為郭沫若在此時創作的政治文化底色，它是郭沫若內在情緒的自然流露，並在文學生產過程中不斷強化。同時，有研究者注意到郭沫若在此階段的創作有著明顯的「潛在寫作」〔註119〕的性質，即其寫作並非借助新興公共傳媒來進行傳播，而是通過一種詩歌唱和的方式。這一傳播方式將其文學的受眾侷限於一個相對封閉的圈子內，在這個圈子內，往往成員們也會有著相似的主張，郭沫若的愛

〔註116〕郭沫若：《福岡帝國醫大九封・一九二一年十二月》，唐明中、黃高斌編著：《櫻花書簡》，成都：四川人民出版社，1981 年，第 165〜166 頁。

〔註117〕郭沫若。田壽昌、宗白華：《三葉集》，郭沫若：《郭沫若文集・文學編・第 15 卷》，北京：人民文學出版社，1992 年，第 16 頁。

〔註118〕郭沫若：《東京和第一高等學校二十七封・一九一六年十二月》，唐明中、黃高斌編著：《櫻花書簡》，成都：四川人民出版社，1981 年，第 106 頁。

〔註119〕參見周文：《郭沫若〈櫻花書簡〉研究》，山東師範大學，碩士論文，2012 年。

國情緒在轉化成文字之後，會得到來自詩友方面的進一步確證。也就是說，雖然郭沫若並不像魯迅那樣有意識地將文學轉化成拯救中國國民精神的資源，但是在郭沫若那裡，文學卻是他在情緒上溝通國家與自身的重要途徑，這也使得郭沫若留日期間更傾向於以文學的方式來表達自己的愛國情緒，卻準備以學醫行動來實現自己愛國抱負。

三、交友與國家意識的生成

　　所謂「道不同不與為謀」，在這一時期，交友對郭沫若國家意識的生成也有著較為明顯的影響。曾琦，作為中國最早的國家主義者群體的領導人物，其名字在郭沫若的文字中時常提及。曾琦與郭沫若之間很早就有同學之誼，在郭沫若從日本回國之後，已經身為中國青年黨領袖的曾琦對他也多有扶植幫助。但是在郭沫若的回憶文字中，卻一再迴避自己與曾琦的關係，聲稱與曾琦不甚相熟，雖然同為四川人，並且在四川高等學堂的分設中學時就是上下級的同學，因此也稱得上是「先後同班」，但是兩人之間的關係僅為「他比我早一年來插班，在我進去的時候，他剛好廢了學」，「我在成都只和他會過一兩面，沒有打過招呼」。郭沫若的言下之意是自己與曾琦並無太多交集，甚至他還在文中大肆揭發曾琦上學時的一些滑稽的舊事：「他的綽號叫『曾補人』，這是成都的一種新方言，凡是滑稽的事物便稱為『補人』」，「聽一些老學生說，他除掉文章有些根底之外，一切都很『補人』。他學了一年的英文連 abcd 都記不清。他學體操是出左足擺左手，出右足擺右手，就跟木製的機械一樣。」不僅如此，郭沫若在描述完曾琦的種種窘態之後，還加以分析點評：「你想，像這樣一位早熟的老夫子公然會以克來曼梭、麥索里尼自命，你說究竟補人不補人呢？補人之老，我看是出自天成。他的年紀其實和我不相上下，然而先生之氣橫秋也，實足以上咸五而下尊三，自比克來曼梭，自比吾家國藩，或許還是他的客氣罷？」〔註120〕郭沫若寫這段話的時候，其思想已經開始向著馬克思主義的方向轉變，而國家主義和馬克思主義之間在基本立場和政治構思上都有著不可調和的矛盾，這也成為他刻意不談與曾琦之間關係的一個原因。但是即使是這樣，其對曾琦的挖苦也是令人費解的，究其原因，則是其與曾琦之間舊日交往並不像後來補敘的那樣淺薄。郭沫若的《尋死》一詩最早的讀者就是曾琦，

〔註120〕郭沫若：《反正前後》，郭沫若：《郭沫若文集·文學編·第 11 卷》，北京：人民文學出版社，1992 年，第 205～206 頁。

而且郭沫若還曾經對宗白華說過「慕韓兄他知道我」。〔註 121〕作為一名在當時頗有號召力的青年政治人物，曾琦在郭沫若身邊的活動實際上對郭沫若的影響是很大的，這就造成了郭沫若在後來補敘的時候雖然已經和曾琦等人分道揚鑣，但是在其潛意識中還是無法完全將其洗刷，故而他試圖通過著力貶抑曾琦來抹煞他在自己思想上留下的痕跡。

　　辛亥革命之後，四川省內結黨結社風氣大熾，這種風氣甚至在學生中也十分盛行。1912 年，作為四川省內知名文化人士，吳虞就曾經為成都府中學學生組織的「國民黨」寫過一篇序言，其中就提到了「吾國四千年之歷史，或豪傑之競爭，或鄰邦之蹂躪，不過以禹域為中心，興亡治亂，略如循環，前事不忘，即可為後車之鑒。……二十世紀競爭時代之國家，不能不有待於國民，而斷非徒恃政府，遂足以濬發國民之思想能力，提挈之以從事與政治，此政黨之發生，所以不容復緩也。政黨者，當國民思想渾沌之時，而與之以明燈以燭幽昏之玄夜，使人心知所趨向，而共同以致力於國家者也。……故政黨首貴保持統一之精神，無漢滿蒙回藏苗，無川東西南北，凡在主權統治之地域，悉合其賢豪俊傑冶之於一爐，而以國家為中心，則國家之前途庶有賴矣。」〔註 122〕作為辛亥革命後川內新文化的代表人物之一，吳虞的這篇序言反映的問題有一定的代表意義。面對新誕生的中華民國，政黨組織的出發點和歸結點都是「國家」，站在國家的角度，要在被稱作「競爭時代」的 20 世紀立於不敗之地，就必須結束領土內部的紛爭，政黨存在的目的就是作為國家的象徵，以其主張來燭照國民的心智，讓所有人都服從於國家的意識形態訴求。吳虞對於政黨和國家的看法實際上刻畫了此時川內的政治文化氛圍，郭沫若在回憶其少年同學的時候，就曾經說過「二十年後國家主義派的健將差不多都出在那兒」。〔註 123〕就郭沫若在川內求學的年代而言，民國初立，亂極思定，以國家為中心的思潮廣泛存在於知識界內部。這種思潮並不能被稱作「國家主義」，但是這種對待國家的態度實際上已經成為一種帶有場域性質的存在，它影響了大量四川省內學生的思想和行動。郭沫若在成都求學時的同學還有王光祁、

〔註 121〕郭沫若。田壽昌、宗白華：《三葉集》，郭沫若：《郭沫若文集・文學編・第 15 卷》，北京：人民文學出版社，1992 年，第 18 頁。

〔註 122〕吳虞：《國民黨序》，趙清、鄭城編：《吳虞集》，成都：四川人民出版社，1985 年，第 22～23 頁。

〔註 123〕郭沫若：《反正前後》，郭沫若：《郭沫若文集・文學編・第 11 卷》，北京：人民文學出版社，1992 年，第 205 頁。

魏嗣鑾、李劫人、周太玄等，郭沫若對這些同學讚賞有加，他稱王光祁、魏嗣
鑾、李劫人為「同學中的佼佼者」，稱周太玄為「翩翩出世的一位佳公子」。
〔註124〕這些人在離開四川之後，曾與曾琦等「國家主義派的健將」一起創辦
了少年中國學會。只不過曾琦在思想偏向國家主義後與這四人漸行漸遠，故
而郭沫若在思想轉變之後將曾琦剔除在外。實際上，在當時的文化場域之下，
包括郭沫若和曾琦在內，青年們的思想上必然會存在著很強的共鳴，尤其是曾
琦作為在辛亥革命之前就廣有言論並在學生群體中有一定威望的人物，其對
於郭沫若學生時代的影響就更大了。

　　郭沫若在日本留學期間，通過投稿和書信的形式認識了《學燈》的主編宗
白華以及在日本東京高等師範讀書的田漢，輯錄他們三人往來信件的《三葉
集》雖然主旨在於討論文學問題，「大體以歌德為中心；此外也有論詩歌的；
也有論近代劇的；也有論婚姻問題的，戀愛問題的；也有論宇宙觀和人生觀
的」，〔註125〕但是在其中，郭沫若受到其在四川上學期間曾琦、魏嗣鑾、周太
玄等諸位同學影響的痕跡是明顯的。郭沫若新結識的這兩位朋友，和之前的同
學一樣，都是少年中國學會會員，郭沫若稱他們為「五四運動後所產生出的新
人」，〔註126〕其書信往來之間也多有談及《少年中國》及「少年中國學會」之
事，田漢甚至曾經為「等《少年中國》二月號看，總總不到，心裏非常惆悵」，
〔註127〕還提議讓郭沫若將「你前給白華的信，及白華給你的信，我給你的三
封信，你回我的二封信，或你再回我一封信」寄往《少年中國》「集在一塊兒
發表」，「去餉真生活的愛好者」。〔註128〕此時的三人意氣相投，在《三葉集》
中所提到的刊物也以《學燈》和《少年中國》為主，而由於《學燈》的主編是
宗白華，《少年中國》此時就成了三人之間展開問題討論的一個重要媒介，郭沫
若也願意將自己的往來信件在《少年中國》上公之於眾，這也可以看出其對於

〔註124〕 郭沫若：《反正前後》，郭沫若：《郭沫若文集·文學編·第11卷》，北京：人
　　　　 民文學出版社，1992年，第206頁。
〔註125〕 郭沫若。田壽昌、宗白華：《三葉集》，郭沫若：《郭沫若文集·文學編·第15
　　　　 卷》，北京：人民文學出版社，1992年，第3頁。
〔註126〕 郭沫若：《創造十年》，郭沫若：《郭沫若文集·文學編·第12卷》，北京：人
　　　　 民文學出版社，1992年，第68頁。
〔註127〕 郭沫若。田壽昌、宗白華：《三葉集》，郭沫若：《郭沫若文集·文學編·第15
　　　　 卷》，北京：人民文學出版社，1992年，第72頁。
〔註128〕 郭沫若。田壽昌、宗白華：《三葉集》，郭沫若：《郭沫若文集·文學編·第15
　　　　 卷》，北京：人民文學出版社，1992年，第97頁。

這份雜誌的信任以及其在思想上對圍繞著這份雜誌集聚起來的那些舊日同學們的接近。郭沫若甚至一度感歎:「我讀《少年中國》的時候,我看見我同學底少年們,一個個如明星在天。」「慕韓,潤嶼,時珍,太玄,都是我從前的同學。我對著他們真是自慚形穢,真是連 amoeba 也不如了!」〔註 129〕他們的行動和精神在此時深刻的影響了郭沫若對於自身如何與國家產生聯繫的看法,郭沫若曾經在信件中告訴宗白華,「我們現在正在組織一個『醫學同志會』,想把我國底不合理的舊醫學(至少有一大部分是不合學理的),迷信舊觀念,積病舊社會來打破,推翻,解放,改造;發行一種《醫海潮》底雜誌,把新醫學底精神來闡明,宣傳,公開,普及;以達我們救濟全人類社會的目的,以營文化運動底一項『分功』。」〔註 130〕這與《少年中國》雜誌發刊伊始所提出的「本科學的精神,為社會的活動,以創造少年中國」〔註 131〕的宗旨是一致的,只不過郭沫若基於其所學習的醫學將《少年中國》的宗旨更加具體化了:弘揚「新醫學的精神」對應「本科學的精神」,創辦《醫海潮》雜誌對應「為社會的活動」,「救濟全人類」和「營文化運動底一項『分功』」對應「以創造少年中國」。對於曾經在國內求學期間所做出的如擾亂學堂紀律等舉動,此時的郭沫若也是多有悔意,並稱之為「舊惡」,他對宗白華說:「你同時珍更肯不念我的舊惡,我今後唯有努力自奮,以期自蓋前愆,以期不負我諸至友之厚愛。」〔註 132〕鑒於宗白華和魏時珍都是少年中國學會的會員,郭沫若的這番話在表露自己痛改前非的決心的同時,還有一層意思,就是使自己的思想努力朝著少年中國學會中的舊日同學們靠攏,這也正是其信中「自奮」一詞的含義。

由上可見,在留學日本之前,郭沫若就與曾琦、魏時珍、王光祈等同學在思想領域有著諸多的共通之處。尤其是曾琦,無論日後郭沫若如何迴避,曾琦作為當時四川學生界的領軍人物,其對郭沫若的潛在影響是十分深刻的。在民國初年四川省內大的學習氛圍中,青年們對時事的認知不可避免地存在一定的趨同性和一致性。而在到了日本之後,由於新朋友田漢和宗白華的緣故,

〔註 129〕郭沫若。田壽昌、宗白華:《三葉集》,郭沫若:《郭沫若文集·文學編·第 15 卷》,北京:人民文學出版社,1992 年,第 18 頁。

〔註 130〕郭沫若。田壽昌、宗白華:《三葉集》,郭沫若:《郭沫若文集·文學編·第 15 卷》,北京:人民文學出版社,1992 年,第 26 頁。

〔註 131〕《本學會的宗旨》,《少年中國》,1919 年,第 1 卷,第 1 號。

〔註 132〕郭沫若。田壽昌、宗白華:《三葉集》,郭沫若:《郭沫若文集·文學編·第 15 卷》,北京:人民文學出版社,1992 年,第 45 頁。

郭沫若又遠遠地與容納了諸多舊時同學的少年中國學會同聲共氣，少年中國學會對於國家的認知在很大程度上塑造了此時郭沫若的國家意識。此時的少年中國學會雖然有著已經開始在中國傳播馬克思主義的李大釗等人的領導，但是在 1910 年代末的歷史語境中，包括李大釗在內的眾人無力去剖析國家、民族等複雜的政治範疇與馬克思主義之間的關係，李大釗在解釋布爾什維主義的時候就曾經說過「Bolshevism 就是俄國 Bolsheviki 所抱的主義。這個主義，是怎樣的主義，很難用一句話解釋明白。」〔註 133〕所以對於此時的郭沫若而言，其國家意識中的含混與複雜就在所難免的了。

郭沫若在留學日本期間，其國家意識較之在川內讀書時有了較大的改變。由於 20 世紀早期交通訊息的不發達，辛亥革命後四川省內的政治文化語境相比作為全國政治經濟文化中心的北京、上海等地要落後很多，這導致了郭沫若在赴日之前與這些地方的學生及文化界內部並無很充分的交流。到了日本之後，郭沫若又走上了一條試圖以實業救國的路子，而這條路子背後需要一個統一的、強有力的國家政權來作為保障。在結識田漢、宗白華之後，郭沫若逐漸意識到了文學對人的精神的巨大作用，他此時雖然沒有看到文學對於改造國民精神的可能性，卻意外地將自己對於國家、對於自身的種種情緒置於其中，並獲得了詩壇的大名，而有著其眾多友人加入的少年中國學會從名稱上就可以感覺到一種強大的民族情緒，這些都使得郭沫若對國家主義或者民族主義產生了進一步的認同。這樣看來，郭沫若從日本留學回國之後，在一段時間內與向著國家主義轉向的曾琦所領導的「醒獅派」和以何公敢、林靈光等信奉「國家社會主義」、試圖以法理的道路來嚴明國紀，從而建立起來一個強權政府〔註 134〕的《孤軍》雜誌同人們〔註 135〕有著緊密的往來並不是一種偶然，而

〔註 133〕 李大釗：《BOLSHEVISM 的勝利》，《新青年》，1918 年，第 5 卷，第 5 號。

〔註 134〕 參見郭沫若：《創造十年續篇》，郭沫若：《郭沫若文集・文學編・第 12 卷》，北京：人民文學出版社，1992 年，第 275～276 頁。這裡的「國家社會主義」和後來希特勒所提出的「國家社會主義」其內涵並不相同，後者更合理的稱呼應是「民族社會主義」。（參見宋鍾璜、方生：《國家社會主義，還是民族社會主義——從〈辭海〉關於國家社會主義的詞條談起》，《人民日報》，1982 年 1 月 12 日，第 005 版。）

〔註 135〕 通常所說的「孤軍派」實際上被稱為「《孤軍》雜誌同人」會更準確一些，因為其無論是在思想或是在組織形式上，都很難稱作是「派」。（參見周文：《郭沫若與「孤軍派」——兼論其對國家主義的批判》，《新文學史料》，2016 年，第 2 期；周文：《文藝轉向與「革命文學」生成——郭沫若赴廣東大學考》，《四川大學學報》（哲學社會科學版），2016 年，第 4 期。）

是一種來自於對國家和政府認知的必然結果。無疑地，在留學日本階段的郭沫若，其心中的國家意識是混亂與複雜的，有些甚至與其思想朝著馬克思主義轉向之後的情況是完全相反的，但正是因為如此，才見得郭沫若在 20 世紀 20 年代中葉選擇馬克思主義時精神的可貴。這種早期留下的精神印記也長久地影響了郭沫若，或許其在留學日本期間並不完全成熟的國家意識能夠成為解開其後來一些思想或行為上波動的一把鑰匙。

從 1914 年起，郭沫若開始了長達十年的留學日本的生涯，在這個時間段內，郭沫若從一個醫學學生成長為了一個聞名中國文壇的詩人，其思想上的變化是巨大的。在這段可以被稱作郭沫若文學生涯的史前史的歲月中，郭沫若對國家、政府等宏觀意識形態的態度與後來為人所熟知的郭沫若是不同的。由於地緣、文化、政治生態等因素的影響，郭沫若在這段時間內在很大程度上表現出了對國家主義和強權政治的認同和嚮往。而郭沫若在之後的歲月裏能夠對這段時間裏自己的思想進行揚棄，也正是他得以成為中國文學史乃至文化史中那獨特的一個的重要原因。郭沫若在民國初期對中華民國這樣一個新生的現代民族國家所抱有的一系列符合或者不符合實際的想像實際上代表了新文化運動的主要參與者在這一時期的一個具有共同性的心理情結。面對晚清中國的積貧積弱，中華民國至少在形式上將中國人的心聚攏在一起，雖然這種情況在後來大革命的烽火中被證明是一個美麗的假象，但是在當時的歷史語境下，這種民族主義帶來的應許和誘惑無疑是令這些新文化運動的先驅頗為心動的，正如郭沫若所察覺的那樣，新文化運動中「國家主義」成分的混雜也是不可避免的。

第三節　域外的張力

一、從想像到體驗

對產生於 20 世紀初葉的現代中國文學而言，「域外」作為一個邊界十分模糊的概念，其影響力是巨大的。幾乎所有新文化運動的參者在回憶中都有「域外」的影跡。魯迅就曾經說過，他之所以走上小說創作的道路「大約所仰仗的全在先前看過的百來篇外國作品和一點醫學上的知識，此外的準備，一點也沒有」；〔註136〕郭沫若也聲稱其「最初的創作欲」是在日本九州帝國大學醫學部

〔註136〕魯迅：《我怎麼做起小說來》，魯迅：《魯迅全集·第 4 卷》，北京：人民文學出版社，2005 年，第 526 頁。

解剖室中的那種「奇怪的氛圍氣中」誕生的；〔註137〕胡適在主編《中國新文學大系》的首卷「建設理論集」的時候，更是將「域外」這樣一個大而化之的概念當作新文化運動發生的「序幕」，在「建設理論集」中，胡適所收錄的文章第一組就是「記文學革命在國外怎樣發生的歷史」，胡適將這些「史實的記載」和後來國內新文化運動的參與者所提出的種種主張等量齊觀，甚至在某種程度上還將前者的意義置於後者之上，這更是從一個具有理論性的高度確證了「域外」資源對現代中國文學的影響。

　　然而，「域外」到底是什麼？關於這一問題，新文化運動的參與者似乎並未有意識地進行深刻的思考，而後來以沈從文為代表的對新文化運動的質疑性反思也多因為當時中國國內緊張的戰爭局勢而沒能得到響應和重視，〔註138〕進而這一問題成了一個被「懸置」的問題。事實上，「域外」對於現代中國文學而言，不但是一個客觀上的存在，更是一種想像。在20世紀初葉中國的政治文化語境中，這種想像在很大程度上與薩義德關於東西方之間的論述有著相似之處，即「作為一個地理的和文化的——更不用說歷史的——實體，『東方』和『西方』這樣的地方和地理區域都是人為建構起來的。因此，像『西方』一樣，『東方』這一觀念有著自身的歷史以及思維、意象和詞彙傳統，正是這一歷史與傳統使其能夠與『西方』相對峙而存在，並且為『西方』而存在。」〔註139〕如果將上述文字中的「西方」換作「中國」，將「東方」換作「域外」，就基本能夠反映在新文化運動前夕，中國知識界對於「域外」這一詞語的認知：「域外」是一個有別於中國國內政治文化語境的存在，它的存在成為了中國知識界反思自身存在問題的起點和重要參照，它為中國新文化運動提供了一個想像的空間，給探索中的中國文學提供了一個可能性的發展方案。

　　在20世紀初葉的中國大地上，文言文所寫就的文學以及其背後所承載的那一套文學創作理念因為與社會現實漸行漸遠，早已失去了其機能性，成為僵化的「死文學」。同時，由梁啟超、黃遵憲等人發動的「三界革命」而產生的文學又無法從根本上改變這一局面，於是，在國內文學經驗已經無法為中國文學及文

〔註137〕郭沫若：《創造十年》，郭沫若：《郭沫若全集‧文學編‧第12卷》，北京：人民文學出版社，1992年，第57頁。

〔註138〕如沈從文：《白話文問題——過去當前和未來檢視》，《戰國策》，1940年，第2期。

〔註139〕〔美〕愛德華‧W‧薩義德著，王宇根譯：《東方主義》，北京：生活‧讀書‧新知三聯書店，2010年，第6～7頁。

化找到一條出路的時候,「域外」就成了此時新文化運動的發起者唯一可以師法的對象。陳獨秀在為《青年雜誌》第一卷第一期所撰寫的「社告」中就明確寫道:「今後時會,一舉一措,皆有世界關係。我國青年,雖處蟄伏研求之時,然不可不放眼以觀世界。本志於各國事情、學術、思潮盡心灌輸,可備攻錯。」〔註140〕在陳獨秀的心中,「域外」是一個用來「攻錯」的存在,「域外」並不必要有所區別,而是一個被整體性移植進中國語境的東西,其目的是以一種異質性的經驗來為中國文學及文化的發展尋求一條新的道路。而幾乎是同一時期,魯迅對「域外」的認知卻是有選擇性的,在回憶自己翻譯《域外小說集》的時候,魯迅稱其注意點主要是在「被壓迫的民族中的作者的作品。因為那是正在盛行著排滿論,有些青年,都引那叫喊和反抗的作者為同調的。」魯迅對域外作品的譯介不但較之陳獨秀更具有選擇性,其介紹的方式也更為細緻,不僅介紹域外文學作品,而且連「作者的為人和思想」也一併介紹進國內。在魯迅的眼中,「域外」不僅不是一個值得中國去效法和借鑒的對象,相反的,域外也和中國一樣面臨著許多問題,這些問題在深層結構上甚至和中國面臨的問題是相似。在魯迅對域外文學作品的譯介中,更多的是「叫喊和反抗」,也「勢必至於傾向了東歐」,所以在魯迅的《域外小說集》中,其作品多來自於「俄國,波蘭以及巴爾幹諸小國」。〔註141〕從魯迅和陳獨秀對「域外」理解的差異中不難看出,在這些新文化運動的參與者與倡導者的眼中,「域外」作為一個重要的思想資源,其對於中國何去何從的重要性已經為他們所注意。但是,關於「域外」到底是什麼,能夠做什麼,將以一種什麼樣的姿態被利用等一系列問題,他們並沒有一個明確的答案,域外對他們來說,更多的是一種經驗式的存在,而非理論式的。對於這類經驗性的存在,一種共時性的資料顯然要比歷時性的補敘要可靠得多,從這些新文化運動參與者的日記和書信中發掘共時性的資料,可以更加貼近歷史現場地還原他們「域外」想像的生成以及「域外」對他們的不同意義。

　　20 世紀初,在世界範圍內,現代性開始萌芽。美國作為一個新興的資本主義國家,其工業發展的速度是超出人們想像的,同時,由工業發展而產生的現代性也在這片土地上表現得異彩紛呈。按照研究者的概述,「現代性」中的「現代」「主要指的是『新』,更重要的是,它指的是『求新意志』——基於對

〔註140〕《社告》,《青年雜誌》,1915 年,第 1 卷第 1 期。
〔註141〕魯迅:《我怎麼做起小說來》,魯迅:《魯迅全集‧第 4 卷》,北京:人民文學
　　　　出版社,2005 年,第 525 頁。

傳統的徹底批判來進行革新和提高的計劃，以及以一種較過去更嚴格更有效的方式來滿足審美需求的雄心。」〔註 142〕對在民元之前就已經留學美國的胡適而言，顯然是非常認同上述觀點的。胡適在決定出國之前，對域外及其文化缺乏一定的瞭解。胡適在自傳中回憶道：「那一年（庚戌，1910）是考試留美賠款官費的第二年。聽說，考試取了備取的還有留在清華學校的希望。我決定關起門來預備去應考試。」〔註 143〕此時胡適對域外的瞭解多來自於王雲五所提出的「每日以課餘之暇多譯小說，限日以千字，則每月可得五、六十元，且可以增進學識。」〔註 144〕從胡適的表述中可以看出，他開始將目光投向域外，主要目的還是在於經濟方面，「增進學識」只是翻譯小說換取經費後的副產品。而在對域外文化有了一定瞭解之後，胡適不由得對西方文明的源遠流長發出了感慨，「希臘史如吾國春秋戰國時代，其間人才輩出，如亞歷山大父子，皆不世之英傑，惜皆不永其年，抱恨以沒。又如 Solon，Pycurgus，如商君管子，為國家立法，遂躋強盛，皆人傑也。」〔註 145〕不難看出，在胡適眼裏，亞歷山大、梭倫等人在很大程度上並不具有其借鑒意義，雖然胡適承認他們是「不世之英傑」，但是也同時認為，這樣的英傑在中國歷史上比比皆是。可以說，此時的胡適在閱讀希臘史的時候，更多的是一種知識性的瞭解，其內心對域外的文明還是持一定的質疑態度。在接觸了福爾摩斯系列探案小說之後，胡適認為：「讀者無以吾國偵探學為不如西國小說之探賾索隱精妙入微也。西國文明日進，民智益巧，而其人作奸犯科之術亦登峰造極，故非有福司莫斯之徒，不足以摘奸發覆。而吾國物質文明尚未發達，民智尚淺，混沌未鑿，故臨之以神權，申之以鈎距，已足以摘奸發覆而有餘，又安用此探賾索隱造精詣微之書，而導吾民以奸宄之方哉。然則吾國偵探小說之不若西國，不可謂非吾國之大幸也，嗟夫！」〔註 146〕胡適在比照中國文明與西方文明的時候，態度是

〔註 142〕〔美〕馬泰·卡林內斯庫著，顧愛彬、李瑞華譯：《現代性的五副面孔》，北京：商務印書館，2002 年，第 2 頁。

〔註 143〕胡適：《四十自述》，歐陽哲生編：《胡適文集·第 1 卷》，北京：北京大學出版社，1998，第 101 頁。

〔註 144〕胡適：《庚戌年正月十三日》，曹伯言整理：《胡適日記全編（1910～1914）》，合肥：安徽教育出版社，2001 年，第 18 頁。

〔註 145〕胡適：《庚戌年五月十九日》，曹伯言整理：《胡適日記全編（1910～1914）》，合肥：安徽教育出版社，2001 年，第 38 頁。

〔註 146〕胡適：《藏暉室筆記之一小說叢話》，曹伯言整理：《胡適日記全編（1910～1914）》，合肥：安徽教育出版社，2001 年，第 47 頁。「嫡奸發覆」原文作此，「嫡」疑似「摘」字訛誤；「福司莫斯」原文作此，「司」疑似「爾」字訛誤。

頗耐人尋味的：一方面，胡適承認中國「民智尚淺」「混沌未鑿」，而這正是在中國大地上君權和神權得以昌盛的原因，在對民眾的啟蒙上，西方要比中國做的更好，域外的文明也要比中國更加進步；另一方面，胡適又認為西方的犯罪手段的高超與其文明的進步有著密不可分的聯繫，文明的發展導致了犯罪的高發，發達的民智導致了人性的衰敗，而中國落後的神權和君權卻在很大程度上抑制了人性的敗落，所以胡適在歎息中國民智未開的同時還多了幾分的慶幸。可見，在踏上留美之旅以前，胡適對於域外實際上持有一種較為辯證的態度，在他的想像中，域外是一片文明的所在，同時也是罪惡的淵藪，西方文化對中國文化而言，只不過是那塊能「攻玉」的「他山之石」，而「玉」終究是「玉」，「石」則永遠是「石」。這種觀念在胡適留美早期一直沒有改變過，這也成為他對威爾遜教授關於「世界氣象學上有許多問題所以不能解決，皆由中國氣象學不發達，缺少氣象測候記載，是亞洲大陸之氣象至今尚成不解之謎」〔註147〕的論斷始終耿耿於懷的原因。

　　從 1911 年 3 月開始，胡適的日記裏出現了大量的有關黍離之悲的記載，胡適在此時「頗多感喟之言，實以國亡在旦夕，不自覺其言之哀也」，「連日日所思維，夜所夢囈，無非亡國慘狀，夜中時失眠，知『黎不恤其緯，而憂宗周之隕』，是人情天理中事」。〔註148〕甚至在面對美國友人關於國際形勢的討論時，胡適也表現的十分自卑，「有某君謂余，吾美苟令菲人自主，則日本將攘為己有矣。余鼻酸不能答，頷之而已。」1911 年年初，大清帝國風雨飄搖，已經走到了崩潰的前夕，即使是遠在美國的胡適，也能夠從新聞和書信中感受到這種凝重的氣氛，故土已經積重難返，而現在生活著的土地卻是一個新興的強盛的國家，胡適因而有感歎道：「亡國人寧有言論之時哉！如其欲圖存也，惟有力行之而已耳。」〔註149〕在這個時候，胡適參加了中國基督教學生會的夏令會，在聽了數日講道之後宣稱「自今日為始，余為耶穌信徒矣。」〔註150〕在美中兩國現狀的客觀比照以及基督教思想的浸染下，胡適開始對之前所持

〔註147〕　胡適：《19110215》，曹伯言整理：《胡適日記全編（1910～1914）》，合肥：安徽教育出版社，2001 年，第 68 頁。

〔註148〕　胡適：《19110323、24》，曹伯言整理：《胡適日記全編（1910～1914）》，合肥：安徽教育出版社，2001 年，第 79 頁。

〔註149〕　胡適：《19110423》，曹伯言整理：《胡適日記全編（1910～1914）》，合肥：安徽教育出版社，2001 年，第 88 頁。

〔註150〕　胡適：《19110618》，曹伯言整理：《胡適日記全編（1910～1914）》，合肥：安徽教育出版社，2001 年，第 106 頁。

的有關君權與神權的看法做出了反思，再加上好友但怒剛等人在廣州起義中犧牲，〔註151〕更是將胡適的思想推至了帝制的反面。此時，胡適已經不顧「國破」與否，在武昌起義之後，他一直追蹤著革命的動態，並堅定地站在革命黨人一邊。胡適在日記中記載：「下午《神州日報》到，讀川亂事，見政府命岑春萱赴川之諭旨，有『岑某威望素著』，又『岑某勇於任事』之語，讀之不禁為之捧腹狂笑。」〔註152〕岑春煊於1907年發動「丁未政潮」，失敗後蟄居滬上，此次清政府啟用這位老臣，實在是萬般無奈，本已無計可施，卻又要為自己的行為找尋藉口，遙在海外的胡適遠遠地看著清末官場和政壇上的種種亂象，「捧腹狂笑」也是在情理之中。辛亥革命爆發一年之後，胡適在日記中記下這樣的語句：「今日，為我國大革命週年之紀念，天雨濛籠，秋風蕭瑟，客子眷顧，永懷故國，百感都集。欲作一詩寫吾悠悠之思，而苦不得暇。」〔註153〕胡適作為一名遠在異鄉的遊子，對新生的中華民國之嚮往躍然紙上，與此同時，胡適對西方的態度發生了較大的變化。

在美國居住了近兩年以後，胡適對以前讀過的一本書有了新的理解：「昔E・A・Ross 著 The Changing Chinese，其開篇第一語曰，『中國者，歐洲中古之復見於今也』（China is the Middle Ages made visible）。初頗疑之，年來稍知中古文化風尚，近讀此書，始知洛史氏初非無所見也。」〔註154〕這意味著胡適對域外和中國的對比已經開始由較為皮相的事件性的對比轉向了有著一定深度的文化層面上的對比，在文化的異同中，胡適認為中國的文化只是在蹈西方文化的覆轍，這一思想理路也為其後來在政治制度層面上考慮中國和域外的關係打下了基礎。在不久之後與許怡蓀討論宗教問題的時候，胡適提出了以下幾點疑問：「立國究須宗教否」，「中國究須宗教否」，「如不當有宗教，則將何以易之？（一）倫理學說耶？東方之學說耶？西方之學說耶？（二）法律政治耶？」〔註155〕這些疑問實際上就把胡適的思考引入了意識形態的領域。

〔註151〕 但怒剛後來證明沒有犧牲。

〔註152〕 胡適：《19111019》，曹伯言整理：《胡適日記全編（1910～1914）》，合肥：安徽教育出版社，2001年，第145頁。「岑春萱」之「萱」應為「煊」字訛誤。

〔註153〕 胡適：《19121010》，曹伯言整理：《胡適日記全編（1910～1914）》，合肥：安徽教育出版社，2001年，第162頁。

〔註154〕 胡適：《19131009》，曹伯言整理：《胡適日記全編（1910～1914）》，合肥：安徽教育出版社，2001年，第203頁。

〔註155〕 胡適：《19140123》，曹伯言整理：《胡適日記全編（1910～1914）》，合肥：安徽教育出版社，2001年，第215～217頁。

在同一天，胡適還嘲笑袁世凱政府擬為播布孔教的「大總統命令」為「非驢非馬」，〔註156〕可見，此時胡適對孔教能否成為中華民國「國教」的問題有著明確的看法。隨後，胡適針對中國未來發展的需要提出了其著名的「起死之神丹」，即「一曰歸納的理論，二曰歷史的眼光，三曰進化的觀念」，胡適認為「今日吾國之急需，不在新奇之學說，高深之哲理，而在所以求學論事觀物經國之術。」〔註157〕此三點除了「歸納的理論」之外，其餘兩點皆由中國與域外文明比較而得出，雖然此時的胡適沒有直言，但是在其潛臺詞中，中國文明的缺陷和弱點已經呼之欲出，即缺乏歷史的、發展的眼光以及進化的意識，這兩點實際上是相輔相成的，共同導致了中國政治的視野一直向孔子的方向投去，而沒有一種前進的意識，袁世凱接管中華民國之後大談孔教也與此不無關係。胡適認為，中華民國之所以在建國之後未能改變積貧積弱的現狀，主要原因是其對待政治的態度就是根本錯誤的，而想要改變這種狀況，形式上的變化是沒有意義的，必須從內容上來做出改變，諸如「大總統郊天祀孔法案」等政策，只不過是「舍本逐末，天下本無事，庸人自擾之耳」。〔註158〕經由對中國文化在意識形態領域的缺點的反思，胡適對中國的態度開始發生了轉折，曾經高漲的、近乎國家主義的愛國情緒開始逐漸地消解，在一次讀到「Ithaca Journal」刊物有關「美墨交釁」的「吾國乎，吾願其永永正直而是也，然曲也，直耶，是耶，非耶，終為吾國耳」的言論時，胡適就明確地亮出了自己的觀點，他認為，這種「但論國界，不論是非」的態度是不可取的，對「此等極端之國家主義」，胡適是深惡痛絕的，〔註159〕這與胡適此前一聽聞國之將亡就潸然淚下的情景大相徑庭，這也意味著胡適對祖國的態度已經由無條件地贊成轉為了批判。對於自己曾經的一些有關中國與域外差別的看法，此時的胡適也轉而站在了域外的一方：「吾常語美洲人士，以為吾國家制度，子婦有養親之責，父母衰老，有所倚依，此法遠勝此邦個人主義之但以養成自助之能力，而對於家庭不負養贍之責也；至今思之，吾國之家族制，實亦有大害，以其養成一種依賴性也。」

〔註156〕 胡適：《19140123》，曹伯言整理：《胡適日記全編（1910～1914）》，合肥：安徽教育出版社，2001年，第219頁。

〔註157〕 胡適：《19140125》，曹伯言整理：《胡適日記全編（1910～1914）》，合肥：安徽教育出版社，2001年，第219頁。

〔註158〕 胡適：《19140204》，曹伯言整理：《胡適日記全編（1910～1914）》，合肥：安徽教育出版社，2001年，第244頁。

〔註159〕 胡適：《19140515》，曹伯言整理：《胡適日記全編（1910～1914）》，合肥：安徽教育出版社，2001年，第273～274頁。

　　一度曾經篤定中國家庭制度更勝西方的胡適，在此時卻突然轉變了自己的態度，認為中國的家族制度是有「大害」的。中國的家庭制度壞在何處？難道如胡適所說「兄弟相倚依，以為兄弟有相助之責。再甚至一族一黨，三親六戚，無不相倚依。一人成佛，一族飛昇，一子成名，六親聚曬之」的家族模式不能使身在其中的每一位成員都獲得最大的利益嗎？從表面上看來確實是這樣的，但是胡適通過中西對比，更多地看到了這種表象之下潛伏的危機，這個危機的源泉就是「依賴性」。胡適認為「吾國家庭，父母視子婦如一種養老存款（Old age pension），以為子婦必須養親，此一種依賴性也。子婦視父母遺產為固有，此又一依賴性也」，這些「依賴性」在胡適看來是「亡國之根」，它的存在導致了民族性的衰敗。這種依賴性的本源在於一種個人主義，但是「西人之個人主義以人為單位，吾國之個人主義則以家族為單位，其實一也。吾國之家庭對於社會，儼若一敵國然，曰揚名也，曰顯親也，曰光前裕後也，皆自私自利之說也；顧其所私利者，為一家而非一己耳。西方之個人主義，猶養成一種獨立之人格，自助之能力，若吾國『家族的個人主義』，則私利於外，依賴於內，吾未見其善於彼也。」〔註 160〕也就是說，西方的個人主義其目的是自身人格的完善，而中國家族式的個人主義只不過是個人自私的思想在另一種形式上的表現，西方世界因著個人主義而蓬勃發展的時候，中國社會卻由於個人主義造成的個人或家庭與社會的嚴重對立而停滯不前。通過胡適對中國與域外對比後而對中國文化做出的批判可以看出，與剛到美國時域外只是一個以資借鑒的對象不同，經過在美國深入的學習和瞭解，此時胡適的立場已經站在美國一端了。正如他本人所說：「吾於家庭之事，則從東方人，於社會國家政治之見解，則從西方人」，〔註 161〕美國在胡適心中已經不再是一個「他者」，而是內化成自己的一種思想資源，胡適不再以一種散點式的目光來管窺美國的文化，而是可以靈活熟練地運用美國文化中的一些資源來填補自己由中國原生文化帶來的文化基因上的缺陷。胡適已經不再像曾經那樣，以一個中國人的視角去思考中國能夠從美國那裡學到什麼，而是在考慮美國文化對中國文化意味著什麼，其目光也從曾經的事件性學習、制度性學習投向了精神領域的民族性學習。

〔註 160〕胡適：《19140607》，曹伯言整理：《胡適日記全編（1910～1914）》，合肥：安徽教育出版社，2001 年，第 292～293 頁。

〔註 161〕胡適：《19141103》，曹伯言整理：《胡適日記全編（1910～1914）》，合肥：安徽教育出版社，2001 年，第 516 頁。

　　胡適意識到，要改變中國人的精神狀態，最根本的是要改變中國傳統的經濟秩序，這種經濟秩序影響了幾千年來中國人的精神生活，導致了近代中國國勢一再的頹敗和落後。胡適的主張有兩點，「一曰無後，一曰遺產不傳子孫」，這兩點的提出，正是對中國傳統思想的反叛。胡適對這點顯然有著充分的自覺，他提出的兩點，其指向性就在於中國的傳統文化。在胡適眼中，中國人精神領域的「流弊」之根源在於「吾國家族制度以嗣續為中堅」，「吾國二千年來，無論文學、哲學、科學、政治，皆無有出類拔萃之人物，其中最大原因，得毋為『不孝有三，無後為大』一言歟」，此時的胡適已經不認為中國缺少的是「自由平等之說」，而是認為由於傳統文化的蒙蔽，中國人已經「不知此諸字之真諦」，正因為如此，胡適認為』中國思想界需要有一種諸如「無後」這樣的具有徹底顛覆性的聲音來「振聵發聾」，〔註162〕使中國人能自覺意識到深植於自己精神深處的種種文字，進而識得「自由平等」諸字。可以看出，此時胡適對於如何拯救中華民族的設想與陳獨秀等人有關啟蒙的設想是不謀而合的，胡適的觀念甚至還走在了國內新文化先驅的前邊。在稍後創刊的《青年雜誌》上，陳獨秀在社告中明確寫出了這份雜誌辦刊的目的是「灌輸」，而胡適則認為「灌輸」西方思想只不過是「拾人牙慧」，根本的辦法是從精神上斬斷時下中國人與傳統中國文化的血脈聯繫，這一過程必須由反抗中國人精神中的自私的個人主義開始。能夠讓中國人自覺進入對自身缺點反思的最好途徑就是文學，胡適在日記中引用「裴倫《唐璜》」中的話「語言是看得見的東西，一滴墨水像露珠滴在思想之上它使無數人展開了思維的翅膀」，〔註163〕進而，胡適提出了他的文學主張：「余作文字不畏人反對，惟畏作不關痛癢之文字，人閱之與未閱之前同一無影響，則真覆瓿之文字矣。今日作文字，須言之有物，至少亦須值得一駁，愈駁則真理愈出，吾惟恐人之不駁耳」，〔註164〕可以看出，胡適對於文學的主張和改造國民精神的主張其邏輯理路是一致的，即讓中國人自覺進入一種文化反思的語境中，以域外文化的內在精神來使自己真正瞭解「平等自由」的含義，而非將「平等自由」當作一種口號，打著它的

〔註162〕胡適：《19140913》，曹伯言整理：《胡適日記全編（1910～1914）》，合肥：安徽教育出版社，2001年，第465～468頁。

〔註163〕胡適：《191502》，曹伯言整理：《胡適日記全編（1915～1917）》，合肥：安徽教育出版社，2001年，第42頁。

〔註164〕胡適：《19150127》，曹伯言整理：《胡適日記全編（1915～1917）》，合肥：安徽教育出版社，2001年，第18～19頁。

旗號來行一些滿足私欲的事體。從此時起，在胡適心中，一條以文學拯救中國國民精神的道路就已經鋪就了。1915 年年初章士釗寄給胡適的信，更是把遠在美洲的這位新文化的同道者拉回到了中國國內的文化場域中來，章士釗建議胡適「能作通訊體隨意抒寫時事，以諷示國人」，〔註165〕而《青年雜誌》主編陳獨秀試圖以文藝之力來改變中國人的精神狀況的設想更是與胡適不謀而合，當胡適看到陳獨秀信件中「文學改革，為吾國目前切要之事。此非戲言，更非空言，如何如何？《青年》文藝欄意在改革文藝，而實無辦法。吾國無寫實詩文以為模範，譯西文又未能直接喚起國人寫實主義之觀念，此事務求足下賜以所作寫實文字，切實作一改良文學論文，寄等《青年》，均所至盼」〔註166〕的文字時，雖然人不能親臨中國國內新舊文化的戰場，但是其一篇篇的有關文學改良的論文則成為這場革命的一大亮點和一大助力。

可以看出，胡適之所以能夠參與新文化運動，和他在域外的親身經歷和思考有著很大聯繫：域外的經歷使美國從一個想像中的世界變成了活生生的生活經驗，更新了胡適的知識結構。胡適也希望中國人能夠以一種和自己類似的自覺態度來參與進自身精神世界的改造過程，在這種思路的驅使下，胡適在中國國內的文化領域反覆「嘗試」，孜孜不倦地試圖探索出一條新文化突圍的途徑。

二、對域外的反思與批判

與胡適相反，另一些新文化運動的參與者在經歷過域外生活後，更多體會到的是現代文明對人性的扭曲以及弱國子民在面對西方話語霸權時的無力，這使得他們不像胡適那樣奉西方文化及其內在精神為圭臬，而是走向了反面，開始對西方文化進行深刻的反思，聞一多的域外生活就是這樣的。聞一多赴美國留學是在新文化運動之後，而他在留美歸來之後才成為被後世所熟知的文學家，這足見域外生活經歷對聞一多的意義。早在 1912 年，聞一多就進入清華大學學習，親身經歷了五四運動的他，屬於從新文化運動走出的那一代青年人中的一員，但是與那些在新文化運動中言必稱西方的健將們比起來，聞一多對於中國文化的態度相對要溫和得多。在一次閱讀《新潮》雜誌之後，聞一多

〔註165〕 章士釗：《致胡適（19150314）》，耿雲志、歐陽哲生編：《胡適書信集（上）》，北京：北京大學出版社，1996 年，第 1 頁。
〔註166〕 陳獨秀：《致胡適（19161015）》，耿雲志、歐陽哲生編：《胡適書信集（上）》，北京：北京大學出版社，1996 年，第 5 頁。

在日記中寫道：「讀《天演論》，辭雅意達，興味盎然，真迻譯只能事也。《新潮》中有非議嚴氏者，謂譯書不僅當譯意，必肖其詞氣、筆法而後精，中文造句破碎，不能達蟬聯妙邃之思，欲革是病，必摹西文云云。要之嚴氏之文，雖難以上追諸子，方之蘇氏，不多讓矣。必謂西文勝於中文，此又蛄蜣丸轉，癖之所鍾，性使然也。吾何辯哉？」〔註167〕可以看出，聞一多不僅對以嚴復所譯的《天演論》為代表的新文化運動主要攻擊的文體對象抱著一種欣賞的態度。而聞一多對那些言必稱西方的所謂文學革命的推崇者的譏諷也是十分嚴苛的，他援引《莊子》中的語句，將這些人比作是「蛣蜣」，並認為以白話文一統天下只不過是他們低俗的個人趣味罷了。

面對這種由新文化運動而產生的新的文化景觀，聞一多雖然有所不滿，卻也無可奈何。在一次《學報》編輯會議上，聞一多感歎道：「某先生提倡用白話文學，諸編輯率附和之，無可如何也。」〔註168〕此時的聞一多雖然在清華大學的學生群體中以文藝頗負盛名，還「因為喜歡弄弄文墨，而在清華學生會裏當文書」，〔註169〕出任《清華學報》的編輯，但事實上，他與當時的中國新文化界並沒有太多的聯繫。在其赴美留學之前，聞一多雖然有《黃昏》《電影是不是藝術》等文字刊登在《清華學報》和《清華週刊》等刊物上，但是這些刊物有著學生刊物與同人刊物的性質，內容並不以文學為主，也較少有文壇人士專門關注，其作者群體也多是本校學生，所以流傳範圍並不是十分廣泛。此時的聞一多並不身處文壇，就不需要在新舊文學之間站隊。當時，新文化與舊文化之間的交戰已經勝負分明，以文言為代表的舊文學已經無力回天，而以白話為代表的新文學則走上了「悍化」的道路。胡適、陳獨秀等新文化運動的倡導者在強大的文化慣性的作用下，常常以自己之是為「絕對之是」，在日漸走向極端的新文化運動的倡導者和追隨者眼中，文言和舊文學已經一點意義也沒有了；但是之於聞一多而言，文言文並不是一個已經死亡的東西，文言文以及中國傳統的歌詩傳統一直都是其追尋中華民族精神的重要途徑。不過，聞一多也知道，在這個新的時代裏，新文化在宏觀上取代舊文

〔註167〕聞一多：《儀老日記（19190220）》，《聞一多全集（第12卷）》，武漢：湖北人民出版社，1993年，第423頁。

〔註168〕聞一多：《儀老日記（19190227）》，《聞一多全集（第12卷）》，武漢：湖北人民出版社，1993年，第424頁。

〔註169〕聞一多：《五四歷史座談》，《聞一多全集（第2卷）》，武漢：湖北人民出版社，1993年，第366頁。

化是一個大的趨勢，也是一個不可被改變的事實。他雖然對那些新文化運動的弄潮者有著諸多不滿，並且還提倡在一些領域繼續使用文言文體，但作為新青年中的一員，聞一多對新文化運動本身並無太多異議。以至於在有人攻擊《清華學報》的時候，聞一多在日記中寫道：「《學報》用白話文，頗望成功。余不願隨流俗以來譏毀。」〔註170〕此時的聞一多，由於並不是文學界中的一員，其對新文化運動的態度和觀點有著很強的獨立性，對中國傳統文化與新文化運動的看法也較之陣營中的人要更加複雜。這在其遠赴海外之後，都影響著他對異域文化的選擇與接受。

聞一多一生對中國傳統文化喜愛有加，早在就讀清華留美預備學校的時候，他就在寫給弟弟聞家駟的一封信中深入地探討過中國傳統文化之於自己的意義，「經、史務必多讀，且正湛思冥鞫，以通其義，勿蹈兄之覆轍也。兄近每為文，非三四日稿不脫，此枯澀之病，根柢脆薄之故爾。今課程冗雜，惟日不足，嘗求閒暇稍讀經、史，以補昔之不逮，竟不可得，因動私自咎悔」。〔註171〕此時的聞一多在清華校園裏頗有文名，除了課堂練筆之外，還常常為《清華學報》等雜誌撰稿，在進行文學實踐的過程中，聞一多發現自己寫作時常常由於筆鋒不夠穩健而需要反覆修改，究其原因，是由於少年赴北京求學而沒有認真的積累經、史等中國傳統文化知識。在聞一多眼中，不深入地探究經、史中藏匿著的奧秘，就無法寫出優秀的文章，而清華校園裏所學的英語、代數等學科只不過是一些「冗雜」的東西，之所以學習它們，是為了準備赴美國留學。聞一多認為，這些學科並不能對自己的學養和人格有所塑造，也改變不了自己傳統文化根底薄弱的現實，其所佔用的大量時間也使得聞一多在清華校園中「讀經、史終以暑假為宜」，其他時間卻不得閑暇。〔註172〕聞一多告誡尚在家鄉的聞家駟，不要走自己的老路，要趁接受系統而繁雜的新文化學習之前，將自己的傳統文化底子做紮實，以免今後出現言不達意的情況。可見，對聞一多來說，在清華校園學到的西方系統性的知識只是一種工具，它們雖然在學科領域有著不可替代的作用，但是之於個人的修養和學問來說，這些知識

〔註170〕聞一多：《儀老日記（19190304）》，《聞一多全集（第12卷）》，武漢：湖北人民出版社，1993年，第425頁。

〔註171〕聞一多：《致聞家駟（1918年陽十一月廿五日）》，《聞一多全集（第12卷）》，武漢：湖北人民出版社，1993年，第13頁。

〔註172〕聞一多：《致父母親（1919年陽三月八日）》，《聞一多全集（第12卷）》，武漢：湖北人民出版社，1993年，第16頁。

卻是無事於補的。源自於中國傳統文化的給養對聞一多而言不僅僅是一種知識性的構成，更是一種有著根基意義的存在，以中國經史文化為代表的舊文化與在清華所學的諸學科為代表的新文化之間並不存在孰優孰劣的問題，而是誰是第一性、誰是第二性的問題，域外而來的西方文化即使再深奧精邃，也無法與對自身有著塑造意義的中國傳統文化相提並論。

　　此時的聞一多對於國家與個人關係的看法，也與其他新文化運動的參與者大相逕庭。聞一多本人親身經歷了 1919 年 5 月 4 日發生在北京的學生運動，還被清華學生陣營推舉為「清華學生代表團」成員，負責文書工作，並出席在上海召開的全國學聯成立大會。但是這些頭銜和行動是出於「公」心的，就聞一多本人而言，五四運動中學生們對曹汝霖、章宗祥、陸宗輿等政府官員的攻擊雖然是情之所至，但卻是他不願意看到的。他認為，「毆國賊時，清華不在內」對清華而言是一件好事。雖然他也認為「國家至此地步，神人交怨，有強權，無公理，全國蒼然如夢，或則敢怒不敢言。賣國賊罪大惡極，橫行無忌，國人明知其惡，而視若無睹，獨一般學生敢冒不韙，起而抗之，雖於事無大濟，然而其心可悲，其志可嘉，其勇可佩！」但是真正妥當的做法還是以「穩健」為宜，在五四運動中，「清華作事，有秩序，有精神」才是聞一多心中真正嚮往的革命的樣式。在聞一多看來，五四運動中學生貿然地懲戒國賊，內在動機雖然值得欽佩，但是學生們取得的勝利只是暫時性的，並不能對大局構成強有力的影響。要真正地改變中國的現狀，則需要像清華學生這樣的行動方式。清華學生在這次運動中，井井有條的秩序讓聞一多看到了學生運動的希望。聞一多對於如火如荼的五四學生運動，其內心實際上是不滿意的；甚至對這場運動所能達到的效果以及作用，也是頗為質疑的。促使聞一多奮不顧身地投身這場運動並擔任重要職務的原因，是他心中所堅守的「愛國思想」。

　　對聞一多而言，「二十世紀少年」的本質並不是陳獨秀在《敬告青年》中說的那樣，是「自主的而非奴隸的」「進步的而非保守的」「進取的而非退隱的」，「世界的而非鎖國的」「實利的而非虛文的」「科學的而非想像的」，〔註 173〕而是「當有二十世紀人之思想，即愛國思想也」。此時聞一多的眼中，國家是第一位的，這個國家指的不是自成立以來一再令人失望的中華民國，而是在現代民族國家框架下一直生生不息的中國傳統文化之象徵。在面對「強權」之時，聞一多已經做好了「明大義」而「犧牲」的準備，這種犧牲並不是生命上的犧

〔註 173〕陳獨秀：《敬告青年》，《青年雜誌》，1915 年，第 1 卷第 1 號。

牲，而是「擬輟業一年，正以為讀書之機會方多，此事誠千載一時矣」。這種犧牲產生的基礎卻是「每至古人忠義之事，輒為神往，嘗自詡呂端大事不糊塗」「忠孝而途，本非相悖，盡忠即所以盡孝也」，〔註174〕這與其說是「五四」新文化運動的影響，倒不如看作中國傳統文化基因在聞一多身上的延續。與那些「見威壓過甚，仍將出洋，置前言於不顧」的同學們相比，此後數年時間裏，聞一多曾因參與多項進步活動而屢遭相關人員威脅取消其留學機會，但是聞一多並不以之為意，在當時管理清華事宜的外交部取消對聞一多等人的懲戒命令之後，聞一多不僅自己「現在決定仍舊做我因罷課自願受罰而多留一年之學生」，〔註175〕還質問「諸君啊！天下底事還有比出洋更要緊的沒有？」〔註176〕這從另一個側面也可以看出，聞一多對於留學一事看得並不是很重，與其出國去接受新思想、新資源，他更願意保存從中國傳統文化而來的氣節。

在這種思想的統御下，聞一多的留學生涯從一開始就顯得十分惆悵。在前往美國的輪船上，聞一多寫信給朋友們：「我在這海上漂浮的六國飯店裏籠著，物質的供奉奢華極了……但是我的精神乃在莫大的壓力之下」，「我預想既至支加哥後底生活更該加倍地乾枯，我真不知怎麼才好」。〔註177〕此時的聞一多對於被物質包圍充滿了警惕，作為新興的資本主義強國，美國物價之高也讓聞一多不得不時時刻刻為經濟之事費心。在一封家書裏，聞一多向其父母親訴苦道：「在國時每賤視金錢以為不足吝惜，來此竟以日計囊中尚餘多少，明日當耗多少，戰戰兢兢惟恐浪費……在清華無飲食之憂，有錢一日可揮十數金，無錢鎮月不用，亦常晏如。今在此一日無錢即為餓莩矣。嗚呼，肉體生活之真經驗從茲始矣。」〔註178〕可以說，聞一多的留學生涯是伴隨著物質的貧乏進行的。聞一多在國內就對從西方傳來的物質文明充滿了戒備，在清華校園內播放美國電影《毒手盜》之後，聞一多曾經怒不可遏地在《清華週刊》上

〔註174〕聞一多：《致父母親（1919 年陽三月八日）》，《聞一多全集（第 12 卷）》，武漢：湖北人民出版社，1993 年，第 18 頁。

〔註175〕聞一多：《致父母親（1922 年陽四月十三日）》，《聞一多全集（第 12 卷）》，武漢：湖北人民出版社，1993 年，第 28～29 頁。

〔註176〕聞一多：《取消留級部令之研究》，《聞一多全集（第 2 卷）》，武漢：湖北人民出版社，1993 年，第 336 頁。

〔註177〕聞一多：《致吳景超、顧毓琇、翟毅夫、梁實秋（1922 年七月廿九日）》，《聞一多全集（第 12 卷）》，武漢：湖北人民出版社，1993 年，第 43～44 頁。

〔註178〕聞一多：《致父母親（1922 年 8 月）》，《聞一多全集（第 12 卷）》，武漢：湖北人民出版社，1993 年，第 49 頁。

刊登了《黃紙條告》一文，認為這些電影將「水木清華」的「平淡的世界」打破了，並將「五花十色，光怪陸離」的「地獄底風光」帶給了原本專心學業的清華學子，〔註179〕並對其進行了嘲諷和斥責。本就對西方文化有成見的聞一多剛到美國，就感受到了來自美國文化所獨有的種族歧視：「美國政府雖與我親善，彼之人民忤我特甚（彼稱黃、黑、紅種人為雜色人，蠻夷也，狗彘也）」，聞一多感慨道：「嗚呼，我堂堂華胄，有五千年之政教、禮俗、文學、美術，除不嫻製造機械以為殺人掠財之用，我有何多後於彼哉，而竟為彼所藐視、蹂躪，是可忍孰不可忍！」〔註180〕細讀聞一多所感慨的內容，就會發現，此時的聞一多對中國傳統文化有著很強的自信，相對域外近百年來的發達，聞一多並不認為中國的衰落是文化的落後造成的，中國之所以落後挨打，全在於西方國家掌握了一套專門用來殺伐的工具。在聞一多看來，這種打打殺殺的工具才是真正應該被唾棄的。從聞一多的信件中，不難看出他對中國傳統政教、儀禮的鍾情，面對同時期其他青年都看作糟粕的中國舊式文化，聞一多卻表現出了濃烈的懷舊情緒；在多數人從域外文化找尋資源的時候，聞一多卻直接看透了域外文化中值得批判的一面。聞一多對美國文化中物質性和侵略性一面的反思，構成了新文化運動中對西方文化全盤性吸收的反面，也顯示出了中國傳統文化作為一種傳統而具有的強大生命力。

聞一多對中國文化的熱愛並不是毫無原則的。在美國生活了一段時間之後，聞一多發現「從前攻擊的誨淫誨盜的長片，在這裡見不著。這裡最好的片子都是一次演完的。並且最大的戲園裏每次的會序中電影不過是一小部分。那裡最好的還是音樂同跳舞。美國人審美底程度是比我們高多了。」同時，作為身在海外的留學生，脫離了中國本土的社會語境，更容易看到中國人國民性中隱藏著的不好的一面。「這裡的學生政治惡於清華。派別既多，各不相容，四分八裂，不可收拾。有一人講得很對：處處都可以看見一個小中國，分裂的中國。清華同學會內容大概也差不多，處處都呈一種悲觀的現象。我觀察這裡的中國學生，真頹唐極了。大概多數人是嬉嬉笑笑，帶著女伴逛逛而已，其餘捉不到女伴，就談論品評，聊以解嘲而已。高一點的若談到正當的 serious 的事，也都愁眉歡氣，一籌莫展。」此時的聞一多捕捉到了中國與域外在精神領

〔註179〕聞一多：《黃紙條告》，《清華週刊》，1920年，第198期。

〔註180〕聞一多：《致父母親（1922年8月））》，《聞一多全集（第12卷）》，武漢：湖北人民出版社，1993年，第49頁。

域差異的實質，即無論是中國政治還是中國留學生，「他們沒有一點振作的精神」。〔註181〕可見，聞一多在謳歌中國傳統文化的同時，也對中國人的國民性進行著批判，他認為正是這種不振作導致了中國的落後和挨打，而不振作的根源還在於「分裂」。對聞一多來說，身體和國土一直是緊密聯繫在一起的，國土的分裂導致了留學生在異鄉的土地上找不到歸屬感，進而造成了學生政治的分裂，也正是這種雙重的分裂導致了留學生更傾向沉迷於聲色犬馬之中，即使談論正經事也情緒不高，頹廢而不振作。聞一多「所想的是中國的山川，中國的草木，中國的鳥獸，中國的屋宇——中國的人」，但是「現實的生活時時刻刻把我從詩境拉到塵境來」，雖然沉浸在詩歌的世界可以使聞一多「認定上帝——全人類之父，無論我到何處，總與我同在」，一旦「坐在飯館裏，坐在電車裏，走在大街上的時候，新的形色，新的聲音，新的臭味，總在刺激我的感覺，使之倉皇無措，突兀不安」。聞一多認為「感覺與心靈是一樣的真實。人是肉體和靈魂兩者合併而成的。」〔註182〕也就是說聞一多雖然肉體在感受著美國的眾生百態，心靈卻始終嚮往著一種詩境，這種詩境的基礎則是中國傳統的文化。聞一多對中國傳統文化的偏執以及對西方現代社會的批判，與其對國家的認知結合在一起。從新文化運動中激進一派的角度看，聞一多的思想顯得保守和落後，但正是聞一多這樣一批對西方文化有著質疑的青年人的參與，新文化運動才會不斷地在時代中調整自己的方向，從而在 20 世紀 30 年代中華民族遭受外敵入侵時爆發出強大的機能性，從這個角度來說，聞一多等人構成了新文化運動所要塑造新人形象中自我質疑和自我否定的一面，有了這一面，「五四」新人的形象才完整。

之於新文化運動的產生和發展，域外一直都是多面的，它是一種認知，更是一種想像；它是一種正面資源，更是一種否定性資源，新文化運動正是在這種正與反的張力中不斷調整自己對時代和對外界的認知。胡適看到了域外的優長，聞一多看到了域外的醜惡，每一個人看到的域外都只是他自己所體會到的，充滿了主觀性和想像性，每一個人的域外都是一個「散點」。這些散點，在回到國內社會之後，以文學為語境聯繫了起來，其構成的畫面雖然可能不甚

〔註181〕 聞一多：《致吳景超、顧毓琇、翟毅夫、梁實秋（1922 年 8 月 14 日）》，《聞一多全集（第 12 卷）》，武漢：湖北人民出版社，1993 年，第 52 頁。
〔註182〕 聞一多：《致吳景超（1922 年 9 月 24 日）》，《聞一多全集（第 12 卷）》，武漢：湖北人民出版社，1993 年，第 77~78 頁。

真實，但是卻能形成國內文學語境中對域外想像的最大公約數，引領青年在反思中尋找中國前進的道路。從很大程度上說，這要比新文化運動早期陳獨秀等人全盤照搬西方文化資源要可行得多。

本章小結

　　新文化運動在思想領域產生並且得以發展的土壤和語境是清末民初日漸蓬勃的現代民族國家意識，換句話說，這種現代民族國家意識就構成了這一時期具有「生態」意義文化場域。按照布爾迪厄的觀點，「場域」是一個「位置間客觀關係的一個網絡或一個形構，這些位置是經過客觀限定的」〔註183〕對出現在 1910～1920 年代的中國新文化運動而言，對其加以「限定」的「客觀」就是剛剛誕生不久的中華民國。作為一個在中國歷史上前所未有的民主政體，中華民國至少在形式上保證了生活在其中的人民可以以之為模板來想像現代民族國家的樣子。在 1910～1920 年代中國的歷史語境下，強烈的民族主義情緒對於作家本身有著明顯的鼓動力，在新文化運動中，參與者們無論是啟蒙一方或是被啟蒙的一方，都能很自覺地選擇站在中華民國這面大旗幟下進行各種活動。

　　在中華民國的旗幟之下，參與者首先要做的，就是將自己身上從上個時代帶來的具有慣性色彩的思維方式剔除。參與者一方面在歡慶著新的時代來臨，另一方面卻沒有完全從舊的時代走出，他們的思想和行動上表現出十分明顯的分裂。許多人並沒有意識到這種分裂的存在，從而導致行動不斷地背離思想，重蹈了上個時代知識分子的覆轍；而那些意識到這種分裂人，其痛苦無疑更加深刻，也正是這種痛苦驅使著他們以一種更加廣泛性和普遍性的方式將啟蒙的聲音傳播到民眾中。他們將目光投向了教育，試圖以一種動員的方式發出聲音，去警醒教育界，然而舊的形式已經裝不下新的思想，這些先行的參與者必須找尋一種新的載體以便與日益更新的思想相匹配。於是，新文學的誕生就成為了最終的結果。

　　作為一個新生的現代民族國家，在滿足國民對其的種種想像的過程中，最重要的一點是實現國力的強盛。自甲午中日海戰以來，中國一直處於戰爭的

────────────

〔註183〕李全生：《布迪厄場域理論簡析》，《煙臺大學學報（哲學社會科學版）》，2002年，第 4 期。

氛圍之中，〔註184〕民族主義的情緒在社會上彌漫開來。由於戰爭的持久性，戰爭的種種元素已經滲入了民眾的生活當中，戰爭話語對於日常生活的改造是十分明顯的；在這種語境下，「國家主義」的氛圍就成了此時知識分子的一種精神底色，國家整體的不成熟與知識分子對國家認知的不成熟互相纏繞，導致此時有關民族國家的想像顯得十分含混。但是，「民族國家」中所包含的「民族主義」畢竟是一個有著豐富內涵的範疇，對於一個場域性的存在來說，僅從國運昌盛這樣一種單一的角度去理解，容易導致極端和偏執的思想出現。那些來自於域外的思想不加消化就被引入國家建設層面來進行討論，導致了新文化運動初期思想領域的異彩紛呈，但其背後隱藏的諸如各說各話、不合實際等種種問題也成為了後來思想界紛爭的伏筆。

新的國家帶給知識分子以希望，同時，更多的知識分子在新的國家的保護下，走出了國門，看到了更為廣闊的世界。在看到世界上其他國家政治、經濟、文化的發展之後，積貧積弱的中華民國在政治建設領域的侷限性更加明顯。此時，許多知識分子都經歷了一種痛苦的掙扎，一方面，他們不得不面對域外各國比中華民國強大繁榮的事實；另一方面，現代民族國家意識帶給他們的國家自豪感卻使其很難爽快地承認這個事實是出自於中華民國政治體制本身。他們一方面意識到了國家在創立伊始就已經出了問題，另一方面卻不願從根本上尋找問題的起源，這使得有過海外生活學習經歷的新文化運動的參與者在自我肯定的同時還有這自我質疑、自我否定的一面。這些富有矛盾性的因素匯聚在起，成為新文化運動中的張力，它始終在維護和反思中華民國政治、經濟、文化體制之間徘徊，並保持著一種相對的平衡。

〔註184〕參見房福賢：《百年歷史視野中的中國抗戰文學——有關抗戰文學問題的再認識》，《文藝爭鳴》，2013 年，第 8 期。

第二章　文化生產與新文化運動的發生

　　生產機制作為一種現象背後的重要推力，在很大程度上決定著新文化運動的發生和走向，但是目前對於生產機制的研究大多數停留在宏觀制度的層面上，對作用於具體個人身上的效果和反饋較少有人涉及。本章擬通過對較為個人化的敘述中關於傳媒的記載，來進一步探尋新文化運動時期的文學生產機制對於作家的具體影響。

　　在新文化運動時期，文學生產機制的作用主要反映在以下幾個層面上：第一是輿論與傳媒，輿論與傳媒形成了一個話語場域，它對文化的生成以及具體人物的命運有時候甚至具有決定性作用，尤其是在新文化運動前後，輿論對於個人的作用十分明顯；第二是新文化運動的策略，新文化運動的先驅們在實踐這場運動的時候常常依託一些具體的刊物，在刊物辦刊期間，從編輯到銷售實際上有著自己的安排和一定的策略，這背後蘊含的是不同個體或刊物間理念上的區別；第三是對於這種自晚清才產生的新的輿論和文化生產方式，新文化運動的先驅一方面在利用它，另一方面也對其有所反思；第四是書信和日記是如何參與新文化運動的整體構架當中的。總之，生產機制對於新文化運動發生的影響是巨大的，通過作家書信、日記對生產機制進行還原，將會發現一些不同於宏觀敘述的文學史細節。

第一節　契約的毀棄與重建

一、兩種契約

正如王國維所說，「凡一代有一代之文學：楚之騷，漢之賦，六代之駢語，唐之詩，宋之詞，元之曲，皆所謂一代之文學，而後世莫能繼焉者也。」〔註1〕就文學而言，在其身上所能顯示出的時代特徵是十分明顯的。雖然不宜以一種本質化的方式去對文學進行研究和觀察，但不可否認的是，無論在形式還是在內容方面，文學都與其所處的時代有著分不開的關係。這一點尤其表現在文學創作的體裁上，應該說，文學體裁作為文學創作所呈現出的外在形式，和其所處時代與時代精神是有著較為密切聯繫的。

就現代中國文學〔註2〕而言，在宏觀上，隨著新文化運動的興起，白話文學成為貫穿其整個發展的主要文學形式。而小說，在這個「文學革新之時代」〔註3〕以其「有不可思議之力支配人道」〔註4〕的原因，更是成為新文化運動的倡導者紛紛投入實踐的重要領域。但若將鏡頭拉近至小說這一文體本身，就會發現，在不同的歷史時期，小說作為一種有著豐富表現形式的文學體裁，其所呈現出的外在面貌也有很大區別，尤其是在新文學誕生的頭三十年裏，面對著風雲變幻的歷史語境，小說並非是以一種固化的姿態去應對時代的變遷，相反的，它幾乎是變動不居的，每一次變動背後都有著深深的時代的烙印：如20世紀20年代的日記體小說和書信體小說、20世紀30年代的家族小說等。其中，在20世紀20年代前後產生並迅速發展的日記體小說可以稱得上是這一時期的「時代之文學」之一，在它產生和發展的背後，是這一個時代複雜的社會心理機制。

事實上，日記文體在小說中的運用並非新文化運動倡導者們的首創，早在1914年，民初言情小說創作的代表人物徐枕亞就曾經在《小說叢報》上發表了小說《雪鴻淚史》，其下注有「何夢霞日記」字樣。何夢霞是徐枕亞成名作

〔註1〕王國維撰、葉長海導讀：《宋元戲曲史》，上海：上海古籍出版社，1998年，第1頁。

〔註2〕「現代中國文學」這一概念參見朱德發：《現代文學史觀的探索及其意義》，朱德發：《現代文學史書寫的理論探索》，濟南：山東人民出版社，2010年，第184頁。

〔註3〕陳獨秀：《文學革命論》，《新青年》，1917年，第2卷第6號。

〔註4〕梁啟超：《論小說與群治之關係》，《新小說》，1902年，第1號。

《玉梨魂》中的男主人公，其人物形象在當時的小說閱讀界有著較為廣泛的知名度。為了造成一種真實的藝術效果，作者刻意追求形式上的逼真，在小說的開頭，徐枕亞以一種筆記的語調寫道：「玉梨魂出世後，余乃得識一人，其人非他，即書中主人公夢霞之兄劍青也。劍青寶其亡弟遺墨，願以重金易《雪鴻淚草》一冊。余慨然與之，曰：『此君家物也，余烏得而有之？』劍青喜，更出《雪鴻淚史》一巨冊示余。余受而讀之，乃夢霞親筆日記。」〔註5〕可以看出，徐枕亞對這篇小說顯然是精心設計過的，他努力讓自己隱藏在何夢霞的日記敘事背後，託名何夢霞所寫，而自己只是負責對其中關鍵部分做一些解釋，並署名「評校」。更令人拍案叫絕的是徐枕亞不但在每一部分之前署上具體日期，使之更像日記，還努力地使這部小說在具體事件上與現實產生互文，徐枕亞在正文之前的「評校」中寫道：「惜篇未絕筆於東渡。夢霞抵東以後、武昌起義之前，中間相距年餘，必尚有詳細之日記。今不知流落何處，是亦讀此書者之一缺恨也。」〔註6〕看似不經意的一筆，不但為小說中留下的敘事空白點做出了合理解釋，而且使小說在形式上更加貼近真正的日記，消除了小說與現實之間的間隔感，徐枕亞設計這樣的敘述方式可謂用心良苦。而徐枕亞對於文本的這一設計影響是深遠的，事實上，即使是在被稱作「中國現代文學史上第一篇用現代體式創作的白話短篇小說」〔註7〕的《狂人日記》中，仍不難發現魯迅對這種「評校」形式的借鑒和運用。和《雪鴻淚史》相似，在《狂人日記》的日記部分之前，魯迅也用一段「評校」或是「按語」交代了這本「日記」的來歷。「某君昆仲，今隱其名，皆余昔日在中學校時良友；分隔多年，消息漸闕。日前偶聞其一大病；適歸故鄉，迂道往訪，則僅晤一人，言病者其弟也。勞君遠道來視，然已早愈，赴某地候補矣。因大笑，出示日記二冊，謂可見當日病狀，不妨獻諸舊友。」〔註8〕同時，在《狂人日記》中，魯迅也刻意在小說與現實之間尋找一種互文性：「語頗錯雜無倫次，又多荒唐之言；亦不著月日，惟墨色字體不一，知非一時所書。間亦有略具聯絡者，今撮錄一篇，以供醫家研究。記中語誤，一字不易；惟人名雖皆村人，不為世間所知，無關大體，

〔註5〕古吳徐枕亞評校：《雪鴻淚史》，《小說叢報》，1914年，第1期。原文標點為句讀。

〔註6〕古吳徐枕亞評校：《雪鴻淚史》，《小說叢報》，1914年，第1期。

〔註7〕錢理群、溫儒敏、吳福輝：《中國現代文學三十年（修訂本）》，北京：北京大學出版社，1998年，第30頁。

〔註8〕魯迅：《狂人日記》，《新青年》，1918年，第4卷第5期。

然亦悉易去。至於書名，則本人愈後所提，不復改也。」〔註9〕雖然徐枕亞和
魯迅二人所處的文化立場不同，《雪鴻淚史》和《狂人日記》這兩篇小說在寫
作時所要面對的想像讀者各異，但是伴隨著日記體小說出現而產生的這種充
滿了設計感的「評校」卻並非偶然，它代表了日記體小說在誕生之際就存在著
的一個根本性問題。

有文藝理論家將文學活動用「讀者」「作品」「世界」「作家」四個元素來
概括，〔註10〕其中作品處於文學活動的中心位置，通過「作品」這一元素，其
他三個元素才能進行溝通和交互，作品的結構與形態直接決定了「作者」「讀
者」「世界」等三者之間的關係；從另一個角度來講，作品甚至可以被視作其
他三個元素之間的「中保」，只有通過作品，其他三個元素才能相互認知和有
效對話。所以說，作品內部結構中本身就存在著一種「契約」性質的東西，〔註
11〕通過這種契約，文學世界才能和現實世界產生交集，在「虛構的」和「歷
史的」之間形成一種張力，以至於讓讀者能夠充分地領略到作者在創作之時所
想要達到的藝術效果。如果從這個角度來看，無論是徐枕亞還是魯迅，在進入
「日記」正文之前的「按語」或「評校」性質的補充說明正是在簽訂一種契約。
有學者在關於自傳文體的研究中發現了這類具有契約性質的文本的重要性：
「在書名中，在『請予刊登』中，在獻詞中，最常見的情況是在成為俗套的前
言中，但有時也在一個結論性的注解中（紀德），甚至在出版時所接受的採訪
中（薩特），但這一聲明是無論如何不可或缺的。」〔註12〕之於剛剛進入公眾
視野的日記體小說而言，以一個在形式上游離於正式文本之外的部分來對這
一契約來進行著重強調，可以讓讀者迅速進入作者想要為之構建的文學世界
中，將小說的虛構性想像成為歷史的事實性，從而達到一種消除作品與世界之
間間隔的審美效果。

雖然有著相近的形式，《雪鴻淚史》與《狂人日記》在創作心理上卻是同
質異構的，也就是說，在使用這種契約性文本的時候，徐枕亞和魯迅兩人有著

〔註 9〕魯迅：《狂人日記》，《新青年》，1918 年，第 4 卷第 5 期。
〔註10〕〔美〕M・H・艾布拉姆斯著，酈稚牛、張照進、童慶生譯：《鏡與燈：浪漫主
　　　　義文論及批評傳統》，北京：北京大學出版社，2004 年，第 6 頁。
〔註11〕關於「契約」這一概念，參見姚丹：《「事實契約」與「虛構契約」：從作者角度
　　　　談〈林海雪原〉與「歷史真實」》，《中國現代文學研究叢刊》，2003 年，第 3 期。
〔註12〕〔法〕菲力浦・勒熱納著，楊國政譯：《自傳契約》，北京：三聯書店，2001 年，
　　　　第 14～15 頁。

完全不同的心理動機。

　　1915 年,《雪鴻淚史》出版了單行本,在單行本中,徐枕亞為之前在《小說叢報》上的連載做了一篇總序,序中提及「輓近小說潮流,風靡宇內,言情之書,作者夥矣。或豔或哀,各極其致,以余書參觀之,果有一毫相似否?……抑余豈真肯剪綠裁紅,搖筆弄墨,追隨當世諸小說家後,為此旖旎風流悱惻纏綿之文字,聳動一時庸眾之耳目哉?余所言之情,實為當時興高采烈之諸小說家所吐棄而不屑道者,此可以證余心之孤,而余書之所以不願以言情小說名也。余著是書,意別有在,腦筋中實並未有『小說』二字,深願閱者勿以小說眼光誤余之書。使以小說視此書,則余僅為無聊可憐、隨波逐流之小說家,則余能不擲筆長籲、椎心痛哭!」〔註13〕在自序中,徐枕亞對之前的種種小說做了批判,並極力地將自己的作品排除在這些所謂「小說」之列,其原因是多方面的。首先,這是徐枕亞自視甚高的一種表現,在他眼中,之前各路小說家的作品中出現之「情」太過於平庸泛濫,不足以入其法眼,而自己的小說無論在商業價值還是在娛樂價值上都要更勝於之前的小說一籌;其次,小說中主人公的一些行動,確有和徐枕亞本人的經歷相同之處:徐枕亞自稱是「多情種」,而其婚姻卻很不自由,與陳佩芬的感情雖一波三折,卻也無疾而終,〔註14〕徐枕亞在創作《雪鴻淚史》的時候,也確實融入了自己大量的真情實感,這樣一來,作者自然不願意將自己所經歷的感情貫之以「豔」「哀」等字眼來吸引讀者眼球;更重要的是,面對著這種以日記的形式來結構的小說,徐枕亞確實沒有想到一種恰當的命名方式來為之定義。

　　徐枕亞在《雪鴻淚史》單行本序言中所謂的「意別有在」「腦中並無小說」等言辭實際上和連載時那段「評校」中所謂「此篇雖未合小說體裁,而其中實無所不備:非止言情,乃闔家庭、社會、教育、英雄、俠義、警世等各種性質融化於一爐者,無以名之,因名之以『別體小說』」〔註15〕的意思其實是一樣的。晚清以降,隨著小說界革命的興起,為了方便讀者在閱讀時的選擇,這些新小說的作者和文學雜誌的編輯習慣於以作品內容為小說分門別類,如「政治小說」「警世小說」「教育小說」「家庭小說」等,但是徐枕亞認為自己的小說別開生面,以日記的形式將各個門類的內容悉數囊括,不一而足,連作為小說

〔註13〕南沙徐枕亞:《雪鴻淚史》,上海:清華書局,1916 年,第 1 頁。
〔註14〕參見曹家俊:《「鴛鴦蝴蝶派」開山鼻祖徐枕亞》,蘇州市政協文史委員會編:《蘇州近現代人物·第二輯》,蘇州:古吳軒出版社,2008 年,第 244~246 頁。
〔註15〕古吳徐枕亞評校:《雪鴻淚史》,《小說叢報》,1914 年,第 1 期。

作者的自己也無法為《雪鴻淚史》歸類，所以姑且稱為「別體小說」。由此可見，從表面上看來，徐枕亞的《雪鴻淚史》雖然在形式上做出了較大的突破，但是實際上，徐枕亞對小說的批判僅僅停留在小說內容的取材上，對其內在所承載的種種實質性內容並無太多的反思。徐枕亞對於小說形式的突破，主要目的和關注點在於迎合市場與讀者，從本質上講，它仍然是一種建立在一定事實基礎上的虛構，其思想指向還是傾向於消遣娛樂，而並未涉及諸如思想改造等更深一層的內容。所以，雖然徐枕亞在小說中和讀者簽訂了一種契約，但是這種新的契約實際上並未打破讀者和作者在閱讀舊小說時所持有的一種既定的固有契約，作者並不想通過作品與讀者進行交流，讀者對於文學作品的認知還停留在虛構表面。正如徐枕亞在單行本序言中所說的：「《雪鴻淚史》出世後，余知閱者將分為兩派：愛餘者為一派，訾餘者又為一派。愛餘者之言曰：此枕亞之傷心著作也。訾餘者之言曰：此枕亞之寫真影片也。愛餘者之言，余不能不感；訾餘者之言，余亦不敢不承。何也？無論其為愛為訾，皆認余為有情種子也。余之果為有情種子與否，余未敢自認，而人代余認之，則余復何辭？」〔註16〕可以看出，在這種文學作品的框架下，讀者和作者之間是一種單向度的聯繫，他們自成一套體系，而無意於互相溝通。

魯迅的《狂人日記》則截然不同，在新文化運動的大背景下，這部小說在寫作之初就顯示出了一種試圖與讀者溝通的特質。在寫作《狂人日記》之前，魯迅恰好處於那個被稱為「第一次絕望」的十年隱默時期，〔註17〕《新生》雜誌的夭折以及《域外小說集》在市場營銷方面的失敗給了魯迅莫大的打擊，以至於他後來回憶這段渴望與人溝通而不得的日子的時候，遣詞造句是如此觸目驚心：「我感到未嘗經驗的無聊，是自此以後的事。我當初是不知其所以然的；後來想，凡有一人的主張，得了贊和，是促其前進的，得了反對，是促其奮鬥的，獨有叫喊於生人中，而生人並無反應，既非贊同，也無反對，如置身毫無邊際的荒原，無可措手的了，這是怎樣的悲哀呵，我於是以我所感到者為寂寞。這寂寞又一天一天的長大起來，如大毒蛇，纏住了我的靈魂了。」〔註18〕感到這種寂寞的人，遠不止魯迅一個，新文化運動的倡導者在這一時期也有著和魯迅相似的際遇，「他們正辦《新青年》，然而那時彷彿不特沒有人來贊

〔註16〕南沙徐枕亞：《雪鴻淚史》，上海：清華書局，1916年，第1頁。
〔註17〕汪衛東：《十年隱默的魯迅》，《理論學刊》，2009年，第12頁。
〔註18〕魯迅：《自序》，《魯迅全集·第1卷》，北京：人民文學出版社，2005年，第439頁。

同，並且也還沒有人來反對，我想，他們許是感到寂寞了。」〔註19〕事實上，在魯迅以《狂人日記》來打破這長達十年的隱默之前，《新青年》雜誌在經營上正處於十分危急的關頭，在一封寫給許壽裳的信件中，魯迅寫道：「《新青年》以不能廣行，書肆擬中止；獨秀輩與之交涉，已允續刊，定於本月十五出版云。」〔註20〕正是在與讀者溝通的無能為力中，誕生了那個著名的「鐵屋子」的比喻：「『假如一間鐵屋子，是絕無窗戶而萬難破毀的，裏面有許多熟睡的人們，不久都要悶死了，然而是從昏睡入死滅，並不感到就死的悲哀。現在你大嚷起來，驚起了較為清醒的幾個人，使這不幸的少數者來受無可挽救的臨終的苦楚，你倒以為對得起他們麼？』『然而幾個人既然起來，你不能說決沒有毀壞這鐵屋的希望。』」〔註21〕可以說，魯迅《狂人日記》的寫作背後，潛藏著的正是這種對溝通的期待與焦慮，而溝通之所以能夠成立，前提則在於一種認同，按照社會學家們的研究，「認同歸於相互理解、共享知識、彼此信任、兩相符合的主觀實際相互依存。認同以對可領會性、真實性、真誠性、正確性這些相應的有效性要求的認可為基礎。」〔註22〕也就是說，此時的魯迅等人如果想要喚醒青年人，打破鐵屋子，就必須尋找一種能夠和這些青年人們產生共鳴的真實。這就要求小說在創作時將由「小說界革命」以來所產生的原有的文學契約毀棄，重新建立一種新的契約來代替它，來重新構建種讀者和作者之前的關係。這樣一來，像《雪鴻淚史》一樣「建立在一定事實基礎上的虛構」的文本肯定是無法滿足新文化運動的倡導者的要求，相對的，在此時的契約體系裏，真實與真誠成為其內在精神中最重要的元素，正如胡適所說，「近世文人沾沾於聲調字句之間，既無高遠之思想，有無真摯之情感，文學之衰微，此其大因矣……而惟實寫今日社會之情狀，故能成真正之文學。」〔註23〕

　　新文化運動的參與者意識到與其刻意營造出一種真實的氛圍，倒不如以虛構本身去反映一種內心和精神上的真實。魯迅的《狂人日記》正是這樣一部

〔註19〕　魯迅：《自序》，《魯迅全集‧第 1 卷》，北京：人民文學出版社，2005 年，第 441 頁。

〔註20〕　魯迅：《致許壽裳（180104）》，《魯迅全集‧第 11 卷》，北京：人民文學出版社，2005 年，第 357 頁。

〔註21〕　魯迅：《自序》，《魯迅全集‧第 1 卷》，北京：人民文學出版社，2005 年，第 441 頁。

〔註22〕　〔聯邦德國〕哈貝馬斯著，張博樹譯：《交往與社會進化》，重慶：重慶出版社，1989 年，第 3 頁。

〔註23〕　胡適：《文學改良芻議》，《新青年》，1917 年，第 2 卷第 5 號。

作品，雖然魯迅在小說中以加入「按語」的手法來增強其真實性，這種狂人囈語式的日記終究不會在事件的真實性上和讀者產生共鳴，但文中狂人在精神向度上的追問與迷茫卻直指當時歷史語境下青年人們精神世界的深處，進而與他們在內心產生極強的共鳴，達到了一種較好的交流和溝通。這種溝通的普遍性和廣泛性甚至超出了魯迅和錢玄同等人當初的預計。孫伏園在 1924 年的一則文章中記載道：「魯迅先生所以對於《吶喊》再版遲遲不准許的原因，最重要的一個是他聽說有幾個中學堂的教師，竟在那兒用《吶喊》做課本，甚至有給高小學生讀的。這是他所極不願意的，最不願意的是竟有人給小孩讀《狂人日記》。」〔註24〕雖然這與魯迅在寫《狂人日記》時所設想的傳播效果有著很大的出入，但是這部小說的受眾之廣，可見一斑。另外，日記本身作為一種特殊的文本形式，其對於讀者的內心有著一種天然的親和力，這也使得《狂人日記》發表之後在青年讀者群體中得到了較為廣泛的反響，更加有助於這種新的文學契約產生其預定的效果。

日記體小說之所以能在新文化運動初期得到青年人的廣泛關注和共鳴，其原因還在於「日記」這種獨特的文本形式中所包含的特殊屬性：從本質上來說，日記是一種非常私人化的文體。正如研究者所言：「日記的主要特點就是面向自己進行創作，它是一種最純粹、最隱秘的私人著述，其本意不僅無心傳世，而且擔心別人窺探。」〔註25〕作為較早地從理論上來探索日記和文學之間關係的作家，郁達夫則認為「在日記裏，無論什麼話，什麼幻想，什麼不近人情的事情，全可以自由自在地記敘下來，人家不會說你在說謊，不會說你在做小說，因為日記的目的，本來就是在給你自己一個人看，為減輕你自己一個人的苦悶，或預防你一個人的私事遺忘而寫的。」〔註26〕可見，無論是在文學的研究者還是在作家眼中，日記最大的價值在於面對內心時的真誠，這種真誠又是新文化運動的倡導者所極力倡導的。

胡適在新文化運動中曾經將其文學主張概括為四點：「要有話說，方才說話」「有什麼話，說什麼話；話怎麼說，就怎麼說」「要說我自己的話，別說別人的話」「是什麼時代的人，說什麼時代的話」。〔註27〕綜觀這四點，其內在要

〔註24〕孫伏園：《五四運動和魯迅先生的〈狂人日記〉》，《新建設》，1951 年，第 4 卷第 2 期。

〔註25〕錢念孫：《論日記和日記體文學》，《學術界》，2002 年，第 3 期。

〔註26〕郁達夫：《日記文學》，《洪水》，1927 年，第 3 卷第 32 期。

〔註27〕胡適：《建設的文學革命論》，《新青年》，1918 年，第 4 卷第 4 號。

求是一致的，即在文學創作時要注重作家內心的真實，作品要能折射出一種真實的生存狀態，而這種生存狀態又與當時歷史語境下的青年人息息相關。在新文化運動初期，這種在創作方面的主張卻極少得到響應，這才有了陳獨秀、錢玄同等人的寂寥和「鐵屋子」的比喻。

　　導致這種情況的一個原因，就是在新文化運動初期，新文化運動的倡導者由於對理論建設的要求和焦慮，忽視了以文學本身來對讀者心靈進行一種觀照。僅就《新青年》而言，從創刊伊始，雖然在新文化的理論建設上有著不菲的成就，但是其自身的定位一直是一份「政論雜誌」。魯迅在為《中國新文學大系》小說二集作序的時候，曾經對於這一情況有過一個總結：「凡是關心現代中國文學的人，誰都知道《新青年》是提倡『文學改良』，後來更進一步而號召『文學革命』的發難者。但當一九一五年九月中在上海開始出版的時候，卻全部是文言的。蘇曼殊的創作小說，陳嘏和劉半農的翻譯小說，都是文言。到第二年，胡適的《文學改良芻議》發表了，作品也只有胡適的詩文和小說是白話。後來白話作者逐漸多了起來，但又因為《新青年》其實是一個論議的刊物，所以創作並不怎樣著重，比較旺盛的只有白話詩；至於戲曲和小說，也依然大抵是翻譯。在這裡發表了創作的短篇小說的，是魯迅。從一九一八年五月起，《狂人日記》，《孔乙己》，《藥》等，陸續的出現了，算是顯示了『文學革命』的實績，又因那時的認為『表現的深切和格式的特別』，頗激動了一部分青年讀者的心。……從《新青年》上，此外也沒有養成什麼小說的作家。」[註28] 不難看出，《新青年》一直以來所堅持的是一條「說理」的路線，而非「主情」。為了說理，極力倡導新文學的《新青年》同人甚至不惜沿用文言文的舊形式來闡發自己的新觀點。小說作為一種間接傳達理念的方式，自然不會為新文化運動的先驅所重視，以至於在《狂人日記》之前，《新青年》在創作上幾乎沒有什麼「實績」，僅僅憑几篇翻譯的屠格涅夫或托爾斯泰的小說也很難觸及青年人的內心。這也成為早期《新青年》雖常常發表驚世之語卻一直打不開銷路的重要原因之一。

　　對於這一時期的青年來說，《新青年》的這種「說理」的方式已經不足以觸動其內心，他們時常處於一種被「隔絕」的境地，由之而來的種種焦慮和困擾使他們無心去從理論上來探討文化建設的必要性和可能性。事實上，在《狂

〔註28〕魯迅：《〈中國新文學大系〉小說二集序》，《魯迅全集‧第 6 卷》，北京：人民文學出版社，2005 年，第 246～247 頁。

人日記》為青年讀者展示了一種以「真誠」為核心的文學契約體系之後，類似於「隔絕」這樣的心理狀態幾乎成為一種青年人的「時代病」。僅以「隔絕」一詞為例，在新文化運動前後，就出現過許多篇以之為題小說，甚至還有同題的譯作等，〔註29〕可見這種心態在當時的普遍。一名讀者在讀了淦女士的《隔絕》之後，曾經有過這樣的感慨，「當友人告我這件隔絕的事實時，——那是我還未讀到隔絕，——我還說：『真想不到這樣的事實會發生在淦女士的生命裏。』因為淦女士是我們向來崇拜為道學夫子的哩！啊，我現在才發現了，真實的情感，只能附著在真實的人們的靈魂裏。這兩篇作品所告訴我們的，不只是愛情的神聖，這有裸露的真誠。這是真的人格的表現。我相信這種作品的打動青年們的心，給與青年們的印象，遠甚於十部倫理學史。」〔註30〕在這段話中，作者不僅表達了對建立在新的文學契約上的文學作品的期待，更描述了一種「隔絕」的事實：作者原本以為十分瞭解的淦女士，也有著不為人知的情感，而這種情感居然和作者本人的感情是一致的，原本以為是「道學夫子」的淦女士，在靈魂深處居然能與自己產生共鳴。

二、隔絕的青年與溝通的渴望

事實上，對於這一時期處於「隔絕」狀態下青年而言，普遍性地有一種尋求共鳴的衝動。隨著 20 世紀初的經濟飛速發展，原先在空間上的障壁被打破，地理上的隔離已經不再成為問題，尤其是在北京、上海等經濟文化中心城市，匯聚了來自全國各地的青年學生，他們在文化上的互相交流使得彼此的認知空間不斷擴大。然而，這種認知空間的擴大終究是建立在一種想像之上的，那種真正意義上的生活空間的重疊和認知隔膜的溶解其實並不存在，正如顧頡剛在 1924 年參觀北京妙峰山進香之後所得出的結論一樣，「我們所知道的國民的生活只有兩種：一種是做官的，一種是作師的：此外滿不知道（至多只有加上兩種為了娛樂而聯帶知道的優伶和娼妓的生活）；」〔註31〕而葉聖陶在用直半耕半讀時所品味到的苦澀也多半是源於此。〔註32〕一方面由於客觀地理

〔註29〕 如淦女士的《隔絕》與《隔絕之後》，孫俍工的《隔絕》等。

〔註30〕 萍霞：《讀〈隔絕〉與〈旅行〉》，《京報副刊》，1924 年，第 3 期。

〔註31〕 顧頡剛：《妙峰山進香專號引言》，李文海主編：《民國時期社會調查叢編·宗教民俗卷》，福州：福建教育出版社，2004 年，第 53～54 頁。

〔註32〕 參見姜濤：《「菜園」體驗與五四時期文學「志業」觀念的發生——葉聖陶的小說〈苦菜〉及其他》，《勵耘學刊（文學卷）》，2010 年，第 2 期。

因素所產生的隔離漸漸消除，一個新的世界漸漸向著青年敞開；另一方面卻是精神領域幾乎完全沒有被解除的障壁。面對兩者之間的張力，青年的心中不禁會有一種渴望交流的衝動。正如在新文化運動早期影響力頗大的《三葉集》序言中所說的：「我們刊行這本小書的動機，並不是想貢獻諸君一本文藝的娛樂品，做諸君酒餘茶後的消遣。也不是資助諸君一本學理的參考品，做諸君解決疑問的資料。我們乃是提出一個重大而且急迫的社會和道德問題，請求諸君作公開的討論和公開的判決！」〔註33〕田漢、宗白華、郭沫若等人是幸運的，他們身邊至少還有一眾志同道合的友人可以通信，通過對信件的討論來瞭解自己人際交往圈子之外的世界。但此時的大多數青年人卻沒有這樣的得天獨厚的條件，他們被自己生活的空間所拘囿，很難找到與外界溝通的機會。

隨著20世紀以來出版業的迅速發展，書籍和雜誌成為青年得到外界信息最便捷的方式，這樣一來，「讀書」這一行動在青年群體中就佔有了及其重要的位置。正如當時陝西在京學生所創辦的報刊所言：「『我們為什麼要讀書』？我的解答是：『讀書為求知識，為明理』。……讀書可以辨別萬事萬物真正的是非善惡，什麼事是當作的，什麼事是不當作的；什麼事是有作的價值，什麼事是沒有作的價值。……杜威博士曾經說過：『知識思想，是人生應付環境的工具』。我們承認這個真理，所以我們要讀書。」〔註34〕可見，對於這些青年人來說，通過讀書，他們可以獲取對外部世界的基本價值評判，並以此來指引自己未來將要走的路徑。可是，即使是通過閱讀一般性的書籍和作品，青年們所能得到的幫助仍然是非常有限的。在當時影響力頗大的《晨報副刊》上，常常能見到諸如下面的文字發表：「我自己的事，應該我自己解決，為什麼要寫出來佔領這寶貴的篇幅呢？唉！這何嘗是我自己的事，這是現在人類一部分的事，我既感到了，我就應該為一部分的人類訴苦，求社會的全體來設法解除這個苦痛。」〔註35〕可見，讀書雖然能夠讓青年瞭解外部的世界，但這個世界和讀者之間還隔著一層紙，它可以開啟讀者們的理性，但是卻無力達到一種情感上的共鳴。

這樣一來，日記體小說的優長就顯示出來，作為一種文學體裁，日記體小

〔註33〕宗白華：《宗序》，田壽昌、宗白華、郭沫若：《三葉集》，上海：亞東圖書館，1920年，第1頁。
〔註34〕自勵：《我們為什麼要讀書？》，《共進半月刊》，1923年，第53期。
〔註35〕蕉村：《我應該怎麼辦呢》，《晨報附刊》，1923年10月8日。

說的第一人稱敘述角度和近乎直白的剖露心跡可以和青年讀者的內心發生最直接、最迅速的交流。青年讀者也願意看到這樣的文本出現，因為在當時的歷史語境下，個人的問題實際上是和社會的普遍問題交織在一起的，僅憑一己之力，幾乎無路可走，他們迫不及待地想找人傾訴或者從別人的經驗中尋求一個答案。日記體小說中所包含著的真實性的契約使得它成為讀者和作者溝通的最好的橋樑，正是這種真實性才使得讀者通過作品對作者內心的「窺探」成為可能。郁達夫在從發生學的角度來談到日記體小說的創作時就認識到了這一點：「而我們的讀者，因為第一我們所要求的，是關於旁人的私事的探知（這是一種好奇〔curiosity〕是讀小說心理的一個最大動機），所以對於讀他人的日記，比較讀直敘式的記事文，興味更覺濃厚。」〔註36〕對於當時的讀者而言，日記體小說帶給他們的意義並不僅僅是一種好奇心的滿足，更重要的是通過對於「旁人的私事」的窺視，讀者可以看到自己身存在著的種種問題和迷茫，達到一種心理的認同，甚至還可以得到一些針對這類問題和迷茫的具體解決方法以及對自己目前所走的道路正確性的證明。例如在丁玲的《莎菲女士的日記》問世之後，竟然有人用「莎非女士」作為筆名進行創作，〔註37〕這也從側面證實了這類日記體小說對於當時青年讀者影響的深度和廣度。

在 1920 年代產生的眾多日記體小說中，沈從文的《不死日記》是一個極有意思的文本。1928 年，沈從文自北京到上海，在這一階段裏，他有意識地寫下了一組日記，後來當做小說發表。在文中，作者記錄下了這一階段他的所聞所想。雖然沈從文自稱「這裡所有的，只是一點愚人的真……我不因為怕人輕視就省略了一些要說的話，也不因為傷我自己的自尊心情就抹除了些已寫在日記上的言語。稍稍疏忽與有意忘卻，是有的，但這個不是我生活的重要成分，所以缺去了。……從七月一日開始，到八月底止，這兩月我的生命，除了在另一些紙上留下些東西，其餘就全個兒在此了。」〔註38〕正是這種在記錄上的下意識，使沈從文在《不死日記》中不但被讀者所窺視，也透過文本在揣測著讀者的心理，作者以日記的形式不斷地窺視著文本外部正在不斷變化著的世界，並在小說中不斷地就一些時下青年人中關注度比較高問題發表自己的

〔註36〕郁達夫：《日記文學》，《洪水》，1927 年，第 3 卷第 32 期。
〔註37〕莎非女士：《給——清華週刊》，1931 年，第 35 卷第 3 期。
〔註38〕沈從文：《不死日記·不死日記》，《沈從文全集·第 3 卷》，太原：北嶽文藝出版社，2002 年，第 399 頁。

意見。他在文中看魯迅，說魯迅「對於女人的要求，總有之，像他這樣的年齡，官僚可以娶小老婆，學者們亦不妨與一個女人戀愛：他似乎趕不上這一幫，又與那一幫合不來，這個真苦了這人了；」〔註39〕看劉天華，說：「聽到一個朋友說劉天華非常窮，這音樂家真是蠢人。但是中國蠢人終於太少了，寂寞之至。心想有錢倒可以送這人一筆款子，讓他去開一個大規模國樂學校，擴大的向國際上去宣傳；」〔註40〕提及文學青年的稿費問題：「各事各業到近來，似乎都可以用罷工一事對抗資產代表者了，卻尚不聞文學的集團將怎樣設法來對付榨取自己汁血的老闆。真是到了義憤填膺那類時節，一同來與這些市儈算一總帳，也許可能吧。但這要到什麼時節才能有這樣的大舉呢？」〔註41〕他甚至在小說的第二部分裏大談自己已經發表的第一部分：「看到了在中央副刊發表的不死日記，就得哭。想不到是來了上海以後的我，心情卻與在北京時一樣的。」〔註42〕其中令人印象最深刻的，便是沈從文對於女人，尤其是女學生的窺視，「一個早上用到看女人事上去，一個中午寫了一篇短文，上半日是這樣斷送了。……我穩定的又看看這方面女人，女人是七個。其中兩個就長得非常美。她們雖見了我望她們，卻仗了人多，且斷定於我無害於人，也正對我望。這樣一來我不免有點羞慚了，我是這樣無用這樣不足損害於人，為我的土氣，真想跑了。」〔註43〕沈從文的這些文字或狂妄，或僭越，或義憤，或低落，他關於窺視女人的記錄甚至可以說是卑劣和猥瑣，但是，誰又能否認這正是普遍存在於當時文學青年之中的精神現象呢？不僅僅是此時孑然飄零的沈從文，在同一時期，已經對馬克思主義信仰有了初步接觸的柔石也在日記中寫道：「一回想我這半月來的生活，我就不覺淚珠的流出眼中了！我的身陷入墮落破壞的生活之網裏，我竟成被擒之魚了！完全反理想而行，沒半絲的成績在目前可現出希望，引到真正的人生的軌道上。……夜裏簡直無從說起，不知做些什麼事，

〔註39〕沈從文：《不死日記・不死日記》，《沈從文全集・第3卷》，太原：北嶽文藝出版社，2002年，第407頁。

〔註40〕沈從文：《不死日記・不死日記》，《沈從文全集・第3卷》，太原：北嶽文藝出版社，2002年，第417頁。

〔註41〕沈從文：《不死日記・中年》，《沈從文全集・第3卷》，太原：北嶽文藝出版社，2002年，第430頁。

〔註42〕沈從文：《不死日記・中年》，《沈從文全集・第3卷》，太原：北嶽文藝出版社，2002年，第438頁。

〔註43〕沈從文：《不死日記・善鍾里的生活》，《沈從文全集・第3卷》，太原：北嶽文藝出版社，2002年，第444～447頁。

大概和黑暗之氣同化而同去了。然而刺激性和興奮性異常強烈，同房異床計也破壞了，反而夜夜要求她。……竟之，我是個溝渠中的孑孑，墮落青年了。」〔註44〕對於大多數 1920 年代初期的青年來說，他們在筆墨和思想上指點江山，卻無力擺脫精神上的孤寂，他們在不斷地找尋出路，卻常常為經濟與感情所羈絆，在精神領域困守在自己的世界裏。日記體小說所包含著的真實性契約使他們找到了一扇窗戶，通過它，青年讀者可以對自己的精神狀態做出一個觀照；同時，這個屬於他人的故事還有一定的排他性，其以日記的形式出現就意味著它並不旨在迎合讀者的閱讀品味，讀者在閱讀的時候不但會看到自己的影子，還會多了一種客觀上的思考。在兩者之間張力的作用下，讀者不會輕易地陷入主觀情感的泥潭，只是顧影自憐，而是更多地對文中主人公的生存狀態做出理性的批判，從而對自己在這個變化莫測的時代裏何去何從做出規劃與設計。可見，借由日記體小說所持有的真實性契約，在文本內外，作者和讀者實際上已經置身於同一場域，作者以文本的真實行來交換讀者的信任，作者和讀者互相的窺視，實際上都有著一種「反觀」的性質，在不斷變更的日期中，雙方分享著相似的行動和相似的心理，他們從對方的一舉一動裏，尋求一種對於目前生存境遇進行變更的可能性和動力。

20 世紀 20 年代日記體小說勃興的背後實際上隱藏著這個時代的文學作者和讀者之間渴望溝通的心態。正是在這種心態下，閱讀行為的雙方都將自己客體化，並借由文學所形成的具有真實性的契約來不斷在對方身上實踐一種具有可能性的新生活，從而探索一種突破時代困局的方式。

20 世紀 20 年代蔚然興起的日記體小說給無數讀者提供了一種出路，為相同或相似際遇的青年人構建了生活的想像空間，但也存在著一個明顯的缺陷。這個缺陷的產生是「日記體」這一小說形式本身所造成的，這也導致了日記體小說作為一種寫作潮流從 20 世紀 30 年代開始在文學寫作中逐漸退隱。日記體作為一種結構小說的方法，其本身就是一種「有意味的形式」，〔註45〕它側重於共時性的社會現象描述，對於這些現象背後所隱藏的種種深層原因或更本質性的因素卻缺乏分析，或者說，在 20 世紀 20 年代，這些習慣於以日記與讀者溝通的作家本就無力或無意去探究造成當下精神困境的更為本真的原因。

〔註44〕趙帝江、姚錫佩編：《柔石日記》，太原：陝西教育出版社，1998 年，第 50 頁。
〔註45〕〔英〕克萊夫·貝爾著，薛華譯：《藝術》，南京：江蘇教育出版社，2005 年，第 8 頁。

　　就日記體小說的形式而言，小說中不斷出現的日期本身就顯示了作者在寫作時的一種焦慮：隨著時間的不斷變化，環境催促著主人公必須採取某種行動才能達到自己心中對環境突破的祈願，但是這時，作者卻和小說的主人公一樣，並不確定其何去何從，只能靜靜地等待環境的變化並隨波逐流。正如丁玲在《莎菲女士的日記》寫的那樣：「太陽照到紙窗上時，我是在煨第三次的牛奶。昨天煨了四次。次數雖煨得多，卻不定是要吃，這只不過是一個人在颶風天為免除煩惱的養氣法子。這固然可以混去一小點時間，但有時卻又不能不令人更加生氣，所以上星期整整的有七天沒玩它，不過在沒想出別的法子時，是又不能不藉重它來像一個老年人耐心著消磨時間。」〔註46〕莎菲女士的這種行為並不完全像是之前有評論者所說的是一種「出身於沒落的地主階級底青年知識分子」的「享樂的頹廢的」〔註47〕表現，事實上，此時的莎菲女士除了自己消磨時間這一條道路之外，對於改變自身生存境遇別無他法。小說中莎菲女士的肺病可以被看作一個隱喻：莎菲女士因為肺病被拘囿與一個又一個諸如醫院、西山、公寓等封閉的環境中，極少與外界往來，她所唯一能做的反抗，就是在自己的肉體上做文章，「浪費生命的餘剩」，「悄悄地活下來，悄悄地死去」，〔註48〕這幾乎成了她唯一能走的道路；正如莎菲女士同時代的青年們的際遇一樣：通過新文化運動帶來的啟蒙，他們已經認識到了這個社會所存在的種種問題，他們知道這個社會「病」了，但是卻對於這一事實缺乏有效的應對方式，於是乎，只能顧影彷徨，徒然消耗著自己的生命。和莎菲女士同時代的青年，普遍存在著這樣一種情況：隨著20世紀早期的中國現代化的進程，傳統的城鄉互動關係被打破，從鄉土中國走出的知識青年在城市的「水門汀森林」裏已經無路可退，只能「用筆寫出他的胸臆」，在文字中「隱現著鄉愁」；〔註49〕同時，這些回不去鄉村的青年在城市裏的生活也是隔絕的，「公寓」所形成的社交空間使這些青年對社會、對彼此都十分陌生，有研究者注意到「創作領域的狹小、封閉，曾是新文學初期的一個基本困境。……相對於民國初年對於光怪陸離社會生活的表現，五四新文學的社會視野大大收束，更多集中於個體內在的精神世界。這種『收束』與新文學作者的身份多少有關，大部分作

〔註46〕丁玲：《莎菲女士的日記》，《小說月報》，1928年，第19卷第2號。
〔註47〕王淑明：《丁玲女士的創作過程》，《現代》，1934年，第5卷第2號。
〔註48〕丁玲：《莎菲女士的日記》，《小說月報》，1928年，第19卷第2號。
〔註49〕魯迅：《〈中國新文學大系〉小說二集序》，《魯迅全集‧第6卷》，北京：人民文學出版社，2005年，第255頁。

者出身學生社會，生活世界本身就構成了限制，而報紙、雜誌構成的文學消費、生產與再消費循環，又進一步強化了這種封閉。」〔註50〕這一層一層的「封閉」使這些知識青年漸漸變成了一種「原子化的個人」，他們之間雖然有類似於日記體小說中真實性契約這樣的「形式的共同體」作為擔保，〔註51〕但是失去共同價值觀和共同紐帶的青年還是無法將所他們所共同經歷過的生活當作一個整體去看待。在他們的認知世界裏，能按照時間線索來記錄下種種事件在其內心投射出的真實就已經達到了寫作的目的，而對於這些事件背後所折射出的更本質的東西，這些文學青年們卻是無力把握的。

所以，在《莎菲女士的日記》中，較為個人化的愛情、傷感等元素幾乎充斥了整篇小說，而外部世界在莎菲的眼中卻是缺席的，她甚至對自己之外的空間充滿了恐懼：「為要躲避一切的熟人，深夜我才獨自從冷寂寂的公園裏轉來，我不知怎樣的度過那些時間」；〔註52〕同樣的，公寓中的沈從文雖然已經認識到市儈的出版商們對自己小說稿子的層層盤剝，但也無力改變已成結論的事實，曾經有勇氣從湘西鳳凰走出的沈從文在此時卻顯得十分膽怯，甚至認為「說話資格不是每一個平民皆有，所以我亦不敢作種種其他妄想。」〔註53〕20世紀20年代日記體小說中出現的這種現象早為同時代評論家們所察覺，阿英在《莎菲女士的日記》發表不久，就明確地指出：「但是，作者不曾指出社會何以如此的黑暗，生活何以這樣的乏味，以及何以生不如死的基本原理，而說明社會的痼疾的起源來」，並對此其進行了尖銳地批判，「作者所表現的人物，對宇宙是不求解釋的，大都是為感情所支配著的小資產階級的個人主義者。他們需要感情，她們需要享樂，他們需要幸福，同時也需要自由。然而，社會什麼都不給與，無往而不使他們失望。她們只有極強烈的感受性，沒有堅強的抗鬥的意志；她們只有理想的欲求，不肯在失敗的事件中加以深邃的原理的探討。」〔註54〕阿英對20世紀20年代作家創作心理的批評是中肯的，造成這

〔註50〕 姜濤：《公寓裏的塔：1920年代中國的文學與青年》，北京：北京大學出版社，2015年，第199頁。

〔註51〕 〔英〕亞當·斯威夫特著，佘江濤譯：《政治哲學導論》，南京：江蘇人民出版社，2008年，第123頁。

〔註52〕 丁玲：《莎菲女士的日記》，《小說月報》，1928年，第19卷第2號。

〔註53〕 沈從文：《不死日記·不死日記》，《沈從文全集·第3卷》，太原：北嶽文藝出版社，2002年，第403頁。

〔註54〕 錢謙吾：《丁玲》，袁良駿編：《丁玲研究資料》，天津：天津人民出版社，1982年，第229頁。

種現象的其中一個很重要的原因在於新文化運動雖然給中國的文化帶來了生機與活力，但這場運動為青年作家帶來的只是一些與過去全然不同的世界觀，而其在方法論意義上對於青年人的指導卻是欠缺的，甚至是混亂的。在這種方法論的欠缺中，青年作家無法找到一個明確的路徑來通往心中的理想，自然也就無力去探究那「深邃的原理」了。

三、從「主義」到實踐

　　事實上，從新文化運動一開始，「主將」們就將視野放在了對西方思想資源的大規模譯介上，並未針對某種思想做出深入的理論性的探討。《青年雜誌》最初幾期的開篇，刊登有一則「社告」，其中提到了這樣幾點：「國勢陵夷，道衰學弊。後來責任，端在青年。本志之作，蓋欲與青年諸君商榷將來所以修身治國之道」，「今後時會，一舉一措，借由世界關係。我國青年，隨處蟄伏研求之時，然不可不放眼以觀世界。本志於各國事情、學術、思潮盡心灌輸，可備攻錯」，「本志以平易之文，說高尚之理。凡學術事情，足以發揚青年志趣者，竭力闡述。冀青年諸君於研習科學之餘，得精神上之援助。」〔註55〕由此可以看出，《青年雜誌》最初的創辦目的在於介紹，新文化運動的先鋒們希望青年可以通過此雜誌瞭解世界上各種思潮，以得到「精神上之援助」，換言之，他們提供給青年的只是種種不同的世界觀，至於哪種世界觀更正確、更具有可行性，這並不是《青年雜誌》編者們所要考慮的問題。對於現實存在著的具體問題，他們則將希望寄託在「研習科學」上，這一點從《青年雜誌》所收錄文章的目錄上就可以看出來。在第一期中，雖有陳嘏所譯的小說一篇，陳獨秀等人所著論述數則，其重點還在於對「法蘭西」「共和國家」「現代文明」等的介紹上。雖然《青年雜誌》以及改刊後的《新青年》在之後的出版中價值傾向日趨明顯，但直到《新青年》編輯部南遷上海，成為上海共產主義小組的機關刊物之前，其所堅持的價值取向都一直都是多元的。在這份雜誌中，「布爾什維主義」「德意志式的軍國主義」「法蘭西式的自由與民主」「新村主義」等都曾經以一種主體間平等的姿態出現過，並無對錯優劣高下之分。

　　「五四」之後以青年學生為主體，發動和參與的社團如雨後春筍。「新民學會」「少年中國學會」，各地的「工讀互助團」、合作主義團體、無政府主義團體等不同的團體，他們所持的理論各不相同，對世界的認識也差異很大，雖

〔註55〕社告：《青年雜誌》，1915 年，第 1 卷第 1 號。

然他們有著相近的目標,即改造中國當下的境況,卻是經由自己和其他社團失敗的教訓而進行著嘗試和摸索。在這一時期,一旦一個新的「主義」被譯介進中國,就會有人去接受它、宣傳它,這種接受當然不是對其來龍去脈做出深入研究的學理探討,而是憑著經驗與熱情做出的比較概括的簡介。李大釗所著的《BOLSHEVISM 的勝利》就是一例:在題目中,作者不顧國內對蘇俄社會主義這一概念的命名和梳理尚未完成,就以拉丁文字母的形式將其介紹進中國,這本身就表現出李大釗對於在青年人群中播撒布爾什維主義種子的焦慮與急迫;在文中,李大釗也明確說道:「Bolshevism 就是俄國 Bolsheviki 所抱的主義。這個主義,是怎樣的主義?很難用一句話解釋明白。」〔註56〕可見,在這種譯介的焦慮下,有沒有將一個「主義」的來龍去脈弄明白並不重要,真正重要的是譯介這一行為本身。郭沫若則是一個更極端的例子,在《女神》集中,他不斷地向各種「主義」致敬,馬克思、列寧、太戈爾等人物在其詩作中層出不迭,其中不少人的主張還是互相牴觸的,而當郭沫若真正開始轉向馬克思主義的時候,《女神》集早已出版了數年。

「主義」的盛行帶給不斷尋求突破的青年們以希望,同時也給他們帶來了諸多迷惑和困擾。較早認識到這個問題的胡適對其思考是深入的:「我因為深覺得高談主義的危險,所以我現在奉勸現在新興論界的同志道:『請你們多提出一些問題,少談一些紙上的主義。』更進一步說:『請你們多多研究這個問題如何解決,那個問題如何解決,不要高談這種主義如何新奇,那種主義如何奧妙。』……我們不去研究人力車夫的生計,卻去高談社會主義!不去研究女子如何解放,家庭制度如何救正,卻去高談公妻主義和自由戀愛!不去研究安福部如何解散,不去研究南北問題如何解決,卻去高談無政府主義!我們還要得意洋洋誇口道,『我們所談的是根本解決』。老實說罷,這是自欺欺人的夢話!這是中國思想界破產的鐵證!這是中國社會改良的死刑宣告!……『主義』大危險,就是能使人心滿意足,自以為尋著了包醫百病的『根本解決』,從此用不著費心力去研究這個那個具體問題的解決法了。」〔註57〕「主義」總是在理念上被提出,但「問題」總要在實踐中被解決,胡適這番在當時飽受爭議的話在今天看來確實耐人尋味。20 世紀 20 年代,確有許多懷抱「主義」的青年人因為理念與實踐的脫節而走向歧途。

〔註56〕 李大釗:《BOLSHEVISM 的勝利》,《新青年》,1918 年,第 5 卷第 5 期。
〔註57〕 胡適:《多研究些問題,少談些「主義」》,《每週評論》,1919 年 7 月 20 日。

　　茅盾在他的回憶錄中曾經提到過他年輕時的一個名叫顧仲起的朋友：他
參加過學生運動，並因此被學校開除，從學校出來之後，在茅盾、鄭振鐸等人
的幫助下，顧仲起前往黃埔軍校學習，並隨軍討伐陳炯明。可見，這位顧仲起
在當時也是一個懷揣「主義」的年輕人，他抱著「主義」來到了黃埔軍校，準
備完成他在學生時代未竟的願望。但是當 1927 年茅盾再次在武漢見到他的時
候，顧仲起的精神狀態卻發生了極大的變化：「我問他對時局有何感想，他說，
他對這些不感興趣，軍人只管打仗。他說：『打仗是件痛快的事，是個刺激，
一仗打下來，死了的就算了，不死就能陞官，我究竟什麼時候死也不知道，所
以對時局如何，不曾想過。』我覺得奇怪，他在上海寫小說時還有一些理想和
反抗思想，何以現在變成這樣了？……顧仲起住在旅館裏，又一次我去看他，
他忽然叫來了幾個妓女，同她們隨便談了一會兒，又叫她們走了。當時軍人是
不准叫妓女的。我問旅館的茶房。茶房說，這位客人幾乎天天如此，叫妓女來，
跟她們談一陣，又讓她們走，從不留一個過夜。原來他叫妓女也是為了尋求精
神上的刺激。」〔註58〕在那個時代，顧仲起的轉變並非孤例。在 20 世紀 20 年
代初，有一位名叫胡人哲的女知識青年在文壇上頗為活躍，並以「萍霞女士」
等筆名在報刊上發表了許多文章，在讀者中影響很大，與魯迅、毛澤東、張挹
蘭、張友松等人交往緊密，從其文章來看，她亦屬於懷有「主義」理想的進步
青年；而在大革命之後，這位萍霞女士卻「嫁給了一名軍閥惡棍，最後死得很
慘」。〔註59〕顧仲起和胡人哲在精神上的轉變標誌了種種「主義」在 20 世紀
20 年代後期的破滅：隨著 20 世紀 20 年代後期時局的變化，「舊時代正在崩
壞，新局面尚未到來的時候，衰頹與騷動使得大家惶惶然」，〔註60〕基於理念
產生的「主義」為理念本身所束縛，不能很好地跟進當下的生活，也無力對周
圍出現的種種新現象作出解釋。原先對於某種價值觀的堅持，已經不足以讓當
時的青年人看清腳下的路該如何走；這時，他們更需要的是方法論意義上的指
導。

　　1928 年，朱自清就曾經在《那裡走》一文中表達出了這樣的焦慮：「我有

〔註58〕茅盾：《創作生涯的開始》，《茅盾全集・第 34 卷》，北京：人民文學出版社，
　　　　1997 年，第 386～387 頁。
〔註59〕參見徐伏鋼：《藏在魯迅日記中的翻譯大家》，徐伏鋼：《蕩起命運的雙槳：徐
　　　　伏鋼新聞特寫選》，新加坡：八方文化創作室，2008 年，第 13 頁。
〔註60〕朱自清：《那裡走》，《朱自清全集・第 4 卷》，南京：江蘇教育出版社，1996
　　　　年，第 236 頁。

時正感著這種被迫逼，被圍困的心情：雖沒有身臨其境的慌張，但覺得心上的陰影越來越大，頗有些惘惘然。」〔註61〕朱自清也很清楚地認識到是什麼造成了這種「惘惘然」，早先的各種主義之所以在新的局面下失語，其根本原因在於它們多產生於一種布爾喬亞式的浪漫理想，它們的運作大多數脫離了社會層面和經濟層面，當面對著 20 世紀 20 年代後期以大革命的方式推動的社會變革的時候，它們所構建的理論體系根本經不住現實的一擊。

隨著大革命的消退，國民政府的所作所為讓更多青年意識到，不僅要確實地知道這社會是病了的，還要知道這社會患的是什麼病，是怎麼患的病，以及該如何醫治這病。這樣一來，原先日記體小說中那種感性的認知世界的方式和對於現象的敘述已經不能夠滿足讀者對於社會以及自身處境更為深入的認知要求了；而日記體小說中對於種種社會現象的片段化的敘述也不能滿足讀者對於小說折射出一種全景式的社會切片的要求。於是，諸如《子夜》這樣具有「社會科學研究」氣質的小說，以其「巨大的思想深度」和「廣闊的歷史內容」迅速吸引了讀者，〔註62〕成為下一個時期小說寫作的主要形式，而相應的，在 20 世紀 20 年代盛極一時的日記體小說也隨之迅速的沒落下去。究其原因，則在於《子夜》這一類小說通過對當時社會的剖析，不但從價值觀方面為讀者提供了方向，更為讀者提供了方法論意義上的參考。《子夜》結尾處紅軍捷報頻傳的消息為讀者們提供了一個出路：在這新舊未明的時代裏，也許只有將理想和主義付諸無產階級革命的實踐，知識青年才能突破個人周圍的種種樊籬，走上一條更寬廣的道路。

事實上，在 20 世紀 20 年代之後，在中國現代文學的花園裏，日記體小說仍是時有出現。在 20 世紀三四十年代，張天翼的《鬼土日記》、茅盾的《腐蝕》、丁玲的《楊媽的日記》等日記體小說也都各有千秋，但是卻始終達不到諸如《狂人日記》或《莎菲女士的日記》那樣與讀者心靈互通的效果了。其原因在於當一種對於社會現象的深刻認知被引進文本之後，日記體小說原先所持有的真實性契約就隨之瓦解，有著理性認知的阻隔，作者和讀者不再能夠通過日記直接袒露自己的內心，達到一種靈魂的共鳴。換而言之，30 年代以後的讀者由於獲得了改造世界的方法論，在接受作者寫作時所持有的理念的時

〔註61〕朱自清：《那裡走》，《朱自清全集・第 4 卷》，南京：江蘇教育出版社，1996 年，第 227 頁。

〔註62〕錢理群、溫儒敏、吳福輝：《中國現代文學三十年（修訂本）》，北京：北京大學出版社，1998 年，第 172 頁。

候，已經從自動轉向為自覺，原先在文學中所重建的那一套契約體系已經過時，並再次被廢棄，而新的契約體系卻是在建立在一種對於理論的把握和方法論的運用之上的。

作家們以日記體小說的形式打破了晚清以來存在於傳統文學領域中的契約，並試圖重建一種以真實為基礎的新的文學書寫範式，這反映了源自於時代的社會心態。日記體小說展現了 20 世紀 20 年代中國社會的獨特精神風貌，到了 20 世紀 30 年代，隨著更新的文學書寫範式的建立以及小說創作理論的日漸成熟，日記體小說逐漸退出了歷史舞臺。可見，日記體小說是真正屬於新文化運動初期的文學，雖然在它的框架下，對於外部世界的認知無論是在理論上還是在方法上都顯得幼稚和欠缺，但是，正是這種衝動、盲目卻又痛苦、真誠的精神，使之成為 1910～1920 年代中國知識青年精神的最真實的體現。基於作者與讀者對於真誠交流溝通與的渴望，新文化運動初期日記體小說曾盛行一時，在這一現象的背後，是一種對文學契約的重建和對寫作方法的探尋。

第二節　讀者通信：《新青年》和新青年之間的對話

一、作為宣傳策略的「讀者通信」

《新青年》雜誌設立「讀者通信」一欄對中國現代文化刊物具有開創性意義。這個欄目的設立，顯示了陳獨秀等編輯對新興文化刊物如何生存等問題的思考，其設置和運營都有一定的策略性。通過讀者通信，《新青年》的編輯與青年讀者時刻保持一種對話的姿態，並不斷地調整自己的辦刊思路，在思想與市場之間找尋著一種平衡。思想與市場之間的這種平衡對新文化的傳播具有十分重要的意義。

讀者「通信」一欄的設立，對於《新青年》雜誌而言，其最顯在的作用是在市場宣傳層面上的。對於 1910 年代出現的絕大多數的報刊而言，在辦刊過程中普遍存在著一種源自於市場銷量的焦慮，這種現象的出現很大程度上是由於發生在清末民初出版界的重大變革。在這次變革中，迅速近代化的出版行業將市場銷量作為一個重要的標準納入了對出版物價值的衡量當中，有時候甚至能夠對出版物的生存起到決定性的意義。即使是以革新為鵠的報刊上，這種對於市場的焦慮仍是時有出現。在晚清興起的種種白話刊物中，林獬所辦的

《中國白話報》可以說是歷史最久、市場份額最大、影響力最廣的一種了，但即使是這樣，林獬也不忘在革新文章結尾處時時為自己的刊物宣傳：「以上三項事業，都是我們百姓要做的。如今地球各國的百姓，沒有一個不曉得這個道理，沒有一回打仗不是因為著這樁事業，就是我們中國自黃帝到現在，也不曉得鬧了多少回數。不過近來大家都得了偏風病，半身不遂，手腳轉動也難，所以這些事業，沒有人去幹，弄得國土也沒有了，政治也像個不治的症，那種族兩字更是烏糟烏糟……我白話道人倒也懂些醫理，你們列位倘患了偏風病，想要醫治，我總歸替你醫的好好，保管你吃了藥，馬上能夠做朱太祖，能夠做成湯武王，能夠做岳飛、文天祥、鄭成功、史可法，這個藥方一時也開不盡，大約都在白話報裏面附送。這個筆資也不要多，你要醫治一個月只要你三角大洋。若要醫治全年的，只要你大洋三塊二角。你道便宜不便宜？」〔註63〕不難看出，林獬在對「文界革命」進行宣傳和實踐的同時，也時刻沒有忘記對市場的關注，這種將廣告植入論說文章之中的宣傳策略也成為清末民初出版領域的一道獨特的風景。

在編輯《新青年》之前，陳獨秀已經與出版界打過多次交道，對其中三昧也是深有瞭解。陳獨秀早年間主持過《安徽俗話報》，在發刊之時，作為主編的陳獨秀雖然一再強調其辦刊的主要目的是「要把各項淺近的學問，用通行的俗話演出來，好教我們安徽人無錢多讀書的，看了這俗話報，可以長點見識」；但同時，陳獨秀也在極力為此刊物募集資金，「本報的本錢全靠各處同鄉捐助，如有關心鄉誼的官紳捐錢幫助本報，凡捐數逾洋五元的敬送本報一年，並將捐助諸公姓氏寫在報後作為收據；各項紳商的告白都可以代登，收價格外便宜，臨時面議。」〔註64〕可見，陳獨秀在興辦刊物的時候，並不是完全沒有市場方面的考量。之於《新青年》，雖然在當事人的回憶中陳獨秀在興辦《新青年》的時候並沒有考慮銷售市場，但是，這並不代表這份意在喚醒青年的刊物在創刊之時就完全抱著一種理想主義的態度。實際上，在 1915 年前後，貧困潦倒之中的陳獨秀之所以敢以一種無所顧忌的態度投入新刊物的創辦之中，並放出「只要十年、八年的工夫，一定會發生很大的影響」〔註65〕這樣和當時其經濟狀況不相符合的話，很大程度上是由於其背後有著職業出版人陳子沛、陳子

〔註63〕白話道人：《做百姓的事業》，《中國白話報》，1904 年，第 3 期。
〔註64〕《開辦〈安徽俗話報〉的緣故》，《安徽俗話報》，1904 年，第 1 期。
〔註65〕汪原放：《回憶亞東圖書館》，上海：學林出版社，1983 年，第 32 頁。

壽等人和群益書社的支持。

　　與興辦《安徽俗話報》的時候不同，陳獨秀在《新青年》辦刊時不再採用撰稿、策劃、經銷「悉由仲甫自任之」〔註66〕的辦刊策略，而是將出版和市場策劃的工作交給了有著大量出版和營銷經驗的職業出版人陳子沛、陳子壽兄弟。陳獨秀之所以選擇由群益書社出版自己的刊物，原因也主要與經濟因素有關。據當事人回憶，陳獨秀本來選擇的出版方是與自己有著諸多淵源的亞東圖書館，但是作為一家新興的出版社，亞東圖書館對於陳獨秀所計劃的在「十年、八年」內才能產生巨大影響的宏偉藍圖自然無力承擔，此時亞東圖書館的經營人汪孟鄒正為「社務乏款，焦急之至」「蕪款未至，焦灼萬分」這樣的事情煩惱，「暫借到洋五百元」都已經使其「真正可感」，〔註67〕又哪裏會能支付再興辦一個新的雜誌所要負擔的高昂費用呢？而此時主持群益書社出版事宜的陳氏兄弟不僅之前在與陳獨秀和亞東圖書館等方面的種種交往過程中顯示出了出色的出版眼光，〔註68〕之於經營方面，群益書社也極其成功。在 1915 年前後，群益書社甚至「連商務印書館也要向他們配不少《辭典》，據說月月結帳，要用笆斗解不少洋錢給他們」，〔註69〕對於《新青年》的出版，群益書社在此時顯然是不二之選。這樣一來，作為主編的陳獨秀只需要在陳氏兄弟安排的大框架下將自己的思想有機地植入就可以了，而那些有關製版、銷售以及如何取得市場利益的最大化等諸多事宜，則是群益書社考慮的問題。可見，陳獨秀在興辦《新青年》的時候並非完全不考慮市場和現實因素，在刊物的具體出版過程中，出現了新的分工，在這種分工之下，有更專業的人士去專門面對市場與發行，而不需要陳獨秀身兼多職了。當然，對於這些於市場利益息息相關的問題，作為出版人的陳子沛、陳子壽兄弟在大多數時候還是要與作為主編的陳獨秀商議後再綜合做出決定，但是由於分工領域的明確以及雜誌的實際歸屬權等因素，這些問題的主導權還是掌握在陳氏兄弟手中。一個最明顯的例子就是在 1918 年年末，在錢玄同的動員下，陳獨秀提出了「《新青年》從六卷起改用橫行」的建議，並受到了《新青年》同人們的贊成，但是，群益書社以「這麼

〔註66〕房秩五：《房秩五回憶〈俗話報〉詩一首》，王樹棣，強重華，楊淑娟，李學文編：《陳獨秀評論選編‧下卷》，鄭州：河南人民出版社，1983 年，第 317 頁。
〔註67〕汪原放：《回憶亞東圖書館》，上海：學林出版社，1983 年，第 32 頁。
〔註68〕參見鄒振環：《作為〈新青年〉贊助者的群益書社》，《史學月刊》，2016 年，第 4 期。
〔註69〕汪原放：《回憶亞東圖書館》，上海：學林出版社，1983 年，第 36 頁。

一改，印刷工資加多幾及一倍」為由，駁回了陳獨秀等人的建議，〔註70〕以致《新青年》直至終刊都是以豎行排版面世。畢竟，在《新青年》創刊之初，陳氏兄弟每月要付出「編輯費和稿費二百元」，〔註71〕在這二百元之外，追求利益的最大化也是無可厚非的事情，更何況依照當時《新青年》每冊分售價格僅為二角的情況來看，陳氏兄弟刊行這份雜誌很可能是一件賠本的買賣，能夠維持收支平衡已實屬不易。〔註72〕

《新青年》讀者「通信」一欄的設立顯示出了群益書店在雜誌創辦早期的一種宣傳策略。對於一份新生的刊物而言，如何與既有的刊物共享讀者市場是一件至關重要的事情，其中最為快捷的方式，就是在形式和思想上模仿既有刊物，使讀者對兩者產生混淆。而對於《新青年》的出版者而言，模仿甚至可以說是其在早期打開市場的一條重要的策略。

有研究者注意到，《新青年》最早名為《青年雜誌》是為了有意識地使自己和一向以「青年」作為刊名的基督教青年會刊物混淆。〔註73〕這一點在《新青年》尚未出版之時顯示得尤為明顯，群益書店在《新青年》尚未發刊之際，曾於《甲寅》雜誌上刊登過一則廣告，在這則廣告上，這份即將面世的刊物甚至不叫《青年雜誌》，而是直接叫《青年》。〔註74〕在1915年的上海，實際上早就存在著一份名為《青年》的刊物，而且該刊還是基督教青年會全國學會的機關刊物，在出版界的影響很大。這樣看來，群益書社的廣告中實際上就是在故意混淆讀者視線，以為即將出版的新刊物打開市場。而《青年雜誌》時期的《新青年》對於《甲寅》的模仿則更是惟妙惟肖：第一，《青年雜誌》的主要撰稿人幾乎都在《甲寅》雜誌上發表過文章，如高一涵、易白沙、謝无量、劉叔雅等人，而作為主編的陳獨秀更是與《甲寅》雜誌的主編章士釗有過數次深度的合作，並在1914年遠赴東瀛協助《甲寅》在日本的編輯出版。因此，僅就作者構成來說，很容易地就能感覺到一種《甲寅》辦刊的延續，由於作者

〔註70〕參見錢玄同：《致〈新青年〉同人》，《錢玄同文集・第六卷》，北京：中國人民大學出版社，2000年，第127頁。
〔註71〕汪原放：《回憶亞東圖書館》，上海：學林出版社，1983年，第32頁。
〔註72〕按照《新青年》的定價來看，每期1000冊的發行量剛好和群益書社支付陳獨秀等人的編輯費用相同，可見，群益書社刊行這份雜誌很大程度上是處於友情以及一種共同的志向。
〔註73〕參見楊華麗：《〈青年雜誌〉改名原因：誤讀與重釋》，《湘潭大學學報（哲學社會科學版）》，2016年，第6期。
〔註74〕參見《甲寅》，1915年，第一卷第九號。

群的重合,《青年雜誌》中許多思想也和《甲寅》雜誌不謀而合。第二,《青年雜誌》的專欄設置也與《甲寅》多有雷同,特別是通信一欄的設置,使得讀者一眼就能看出兩份刊物的淵源。事實上,在刊物上設置「通信」一門,本身就是章士釗一個創舉,〔註75〕在 1915 年前後,「通信」一門甚至一度成為其所辦《甲寅》雜誌的一個顯著風格,在知識界有著較為廣泛的影響。有讀者寫信給章士釗說:「自大記者主持《民立報》以來,僕即見其對於『通信』一門,頗為注意,意在步武歐美諸大週刊、日刊諸報,以范成輿論之中心。然國人研究討論之心,不甚發達,雖亦有應者,而究屬寂寥,是誠可惜。僕當《獨立週報》時代,亦曾妄以管見,填其餘白。今幸大志賡續前志,鍥而不捨,論風之開,僕將以是卜之,而僕所有懷疑,亦有時會相與剖晰,此誠私心狂喜者也」。〔註76〕故此,不難看出,對既有刊物的模仿是群益書社對於新刊物《青年雜誌》在形式上的一個既定策略,設立「通信」一門,則實際上是從屬於這個大的營銷策略之中的。

　　隨著《青年雜誌》的開辦,開設「通信」一門的重要價值也逐步顯露出來。在陳獨秀最初的設想中,「本志特開通信一門以為質析疑難,發抒意見之用。凡青年諸君對於物情學理有所懷疑,或有所闡發,皆可直緘惠示本志。當盡其所知,用以奉答。庶可啟發心思,增益神志」。〔註77〕隨後的辦刊實踐中,陳獨秀的這一設計顯然是成功的。在 1915 年前後,中國的輿論尚未開放,尤其是那些對新思想有著一定瞭解的青年學生而言,由《甲寅》雜誌「通信」一門所開拓出來的言論空間是遠遠不夠的,其原因有二:第一,《甲寅》雜誌的讀者通信實際上是為了那些已經有了一定政治見解的精英知識分子預備的,在其設計中,其設立的目的是在於「使全國之意見,皆得如其量以發表之,其文或指陳一事,或闡發一理,或於政治學術有所懷疑,不以同人為不肖,交相質證,俱一律歡待,盡先登錄。若夫問題過大、持理過精,非同人之力所及,同人當設法代請於東西洋學者以解答之」。〔註78〕對比兩份雜誌關於開設「通信」目的的闡述可以看出,《甲寅》的通信主要傾向於一種學理意義上的探索,章士釗等人甚至已經做好了充分的準備,以「東西洋學者」作為顧問和後援,來

〔註75〕參見楊琥:《章士釗與中國近代報刊「通信」欄的創設——以〈甲寅〉雜誌為核心》,《安徽大學學報(哲學社會科學版)》,2012 年,第 4 期。
〔註76〕李炎:《憲法會議(致〈甲寅〉雜誌記者)》,《甲寅》,1914 年,第一卷第一號。
〔註77〕《社告》,《青年雜誌》,1915 年,第一卷第一號。
〔註78〕《本志宣告》,《甲寅》,1914 年,第一卷第一號。

對那些來信中所涉及的專業性問題做出解釋；而《青年雜誌》則不然，其開設「通信」的目的與其說是「質析疑難，發抒意見」，倒不如說是「啟發心思，增益神志」，在很大程度上，《青年雜誌》的「通信」一門就是一個專門為青年人開闢的空間，它不再於能為青年們的問題做出多麼具有學理性的解釋，但是卻能成為讀者與雜誌編輯之間溝通的橋樑。第二，由《甲寅》這一種雜誌所開闢的言論空間畢竟是有限的，再加上 1915 年雜誌因為章士釗發表了《帝政駁議》一文而被袁世凱政府封禁，知識界竟一時找不到可以發聲的空間，甚至有人戲稱為斷了「吾輩青年的糧餉」。〔註 79〕此時《青年雜誌》上新的言論空間的開闢，迅速彌補了讀者言論空間上的空缺，有讀者來信稱：「內有通信一門，尤足使僕心動。因僕對於耳目所接觸之事物，每多懷疑莫決，師友中亦間有不能答其質問者。今貴雜誌居然設此一門，可謂投合人心，應時之務。僕今後當隨事隨物，舉其所疑，用以奉質。」〔註 80〕這樣一來，《青年雜誌》的名聲就在青年群體中打響了，銷路也得到了拓展，在《新青年》以《青年雜誌》面世的第一卷各期中，讀者來信的數量雖有所波動，但總體上呈現出一種增長的態勢，而且來信讀者的範圍也越來越大，〔註 81〕來信所探討的問題也越來越多元和深入。這些現象無疑說明了「通信」一門在《新青年》的整體營銷策略中起到了十分重要的作用。

可以說，陳子沛、陳子壽兄弟對「通信」一門的設置其主要目的是為了營銷，陳獨秀對於這個專欄的設想是更好地與青年人溝通，這兩點分別構成了《青年雜誌》讀者通信欄的形式和內核。兩方面的緊密結合不但為這份新刊行的雜誌贏得了市場，還在最大程度上將陳獨秀所要「敬告青年」的種種思想切實普及到了青年群體中去。

《青年雜誌》自第二卷起更名為《新青年》，在之後的辦刊過程中，「通信」一門作為一種宣傳的策略，多次在雜誌遇到危機的時候發揮了重要作用。其中，最引人矚目的當屬發生在 1918 年的所謂「雙簧信」事件。這場對新文化

〔註 79〕貴陽愛讀貴志之一青年：《致記者》，《新青年》，1916 年，第二卷第一號。

〔註 80〕張永言：《致記者》，《青年雜誌》，1915 年，第一卷第四號。

〔註 81〕在《青年雜誌》各期中，第一號讀者來信為 2 封，且來信者皆為陳獨秀舊時相識；第二號讀者來信為 2 封，其中有「王珏」一人，似與陳獨秀素無往來；第三號讀者來信 5 封，其中有「李大魁」一人甚至提出了與《青年雜誌》所倡相悖的觀點，亦得到了陳獨秀的悉心解答；第四號讀者來信 3 封；第五號出版於 1916 年 1 月，為新年號，文章收錄較多，疑由於篇幅原因未設讀者通信欄；第六號讀者來信 3 封。

運動意義重大的文化事件，在今天的視角看來，確實是打破了文化界由來已久的沈寂，使新文化運動從小範圍波及到了全社會，〔註82〕但是回歸當時的語境下，其中卻隱含著《新青年》自刊行以來所遭遇的一次重大的危機。

　　1918年前後，《新青年》雜誌在經營上正處於一個十分危急的關頭，在一封寫給許壽裳的信件中，魯迅寫道：「《新青年》以不能廣行，書肆擬中止；獨秀輩與之交涉，已允續刊，定於本月十五出版云。」〔註83〕自發刊以來，《新青年》雖然每月皆能完成群益書社當初制定的每期一千冊的發行量，甚至在此基礎上一度有所增印，但是，正如張國燾所回憶的那樣，《新青年》「每期出版後，在北大即銷售一空」，〔註84〕雜誌的發行對象卻始終突破不了「進步學生」這樣一個相對狹窄的群體。而與此同時，群益書社的情況卻是江河日下：1917年商務印書館對其1907年所刊行的《英華辭典》進行了修訂，以《增廣英華新辭典》為名重新問世並風靡一時，一再重版，這使得群益書社原先可以與之一較高下的英文辭書一下子失去了優勢。據汪原放回憶，「群益過去好，近來聽說也不很好了。他們的《英漢辭典》、《英漢雙解辭典》，不如以前了。……後來商務出了《英華辭典》等等，價錢比群益便宜，內容也很好。群益也急哩。」〔註85〕再加上上海在1912～1918年飛速增長的物價，〔註86〕《新青年》每期一千冊左右的發行量已經成為陳子沛、陳子壽兄弟的一個負擔，陳氏兄弟不得不考慮放棄這個經由自己推向市場的刊物。在這種情形下，陳獨秀等人對於進一步拓展市場的考慮就成為當務之急，「通信」對於市場營銷的作用再一次被凸顯了出來。

　　從排版上來看，王敬軒寄給《新青年》雜誌社的「信」從「通信」一欄中被抽出，單獨放在了「通信」之前一篇，這本身就顯示了《新青年》編輯對於這封信的重視和期望。從內容上看，自《新青年》第四卷改版成為同人刊物起，

〔註82〕　參見錢理群、溫儒敏、吳福輝：《中國現代文學三十年（修訂本）》，北京：北京大學出版社，1998年，第7頁。

〔註83〕　魯迅：《致許壽裳（180104）》，《魯迅全集・第11卷》，北京：人民文學出版社，2005年，第357頁。

〔註84〕　張國燾：《我的回憶・第一冊》，上海：東方出版社，1980年，第40頁。

〔註85〕　汪原放：《回憶亞東圖書館》，上海：學林出版社，1983年，第36頁。

〔註86〕　參見中國社科院上海經濟研究所編：《上海解放前後物價資料彙編1921年～1957年》，上海：上海人民出版社，1958年，第4頁。據書中估算，1912年到1918年間，上海的物價指數有漲有落，但整體上上漲了16.8%。而群益書店在《新青年》一刊上僅僅是能夠維持收支平衡，這平均每期多出的168元對1918年前後生意相對慘淡的群益書店而言也是一筆不小的負擔。

雖然對於讀者來信的回答確是有著一些「悍」化的傾向，〔註87〕但是，像劉半農這樣「逐句答畢」之後還以「不學無術，頑固胡鬧」「生為考語，死作墓銘」的話詈罵讀者的行為卻是從未有過的；〔註88〕而且，仔細看這兩封「雙簧信」，其中的一些細節也是頗為值得玩味的。王敬軒在信中大力吹捧林紓的小說，「林先生為當代文豪，善能以唐代小說之神韻，迻譯外洋小說。所敘者皆西人之事也，而用筆措詞，全是國文風度，使閱者幾忘其為西事，是豈尋常文人所能企及。而貴報乃以不同相詆，是真出人意外。……林先生淵懿之古文，則目為不通，周君謇澀之譯筆，則為之登載，真所謂棄周鼎而寶康瓠者矣。林先生所譯小說，無慮百種，不特譯筆雅健，即所定書名，亦往往斟酌盡善盡美，如云《吟邊燕語》，云《香鉤情眼》，此可謂有句皆香，無字不豔。」〔註89〕這就將在但是頗為流行的林譯小說的作者一下子推向了論爭的前臺。作為《新青年》編輯，劉半農回信的時候在駁斥王敬軒來信之外，還譏諷未曾直接參與此事的林紓為「不辨菽麥」，〔註90〕這與《新青年》一貫的編輯風格是有所背離的。直接參與雙簧信策劃的周作人在之後的回憶中說道：「這封信發表了之後，反響不很好，大學覺得王敬軒有點可憐相，劉半農未免太兇狠了。」〔註91〕而在隨後的一篇回憶「雙簧信」的文章中，周作人卻用了「打擊敵人是目的，凡能達此目的的都可作手段，在平時有人不大贊成，但在戰爭或革命中我想是可以有的。半農的回答欠莊重，多少減了些力量，但暴露對方的可笑情狀，也有宣傳的效力」，〔註92〕這就不禁讓人懷疑這種「欠莊重」的回答是否就是當初《新青年》同人們的題中之義。畢竟，在「雙簧信」刊出之後，《新青年》不僅受到了一批所謂「崇拜王敬軒先生者」〔註93〕的來信指責，還成功地引起了在信中被攻擊的林紓的注意。1918 年前後的林紓，除了之前數十年間在京城積累下的人脈關係以及因翻譯西方小說而得到的文名之外，還「親自組織古文

〔註87〕 參見胡適：《新文學的建設理論》，蔡元培等著：《中國新文學大系導論集》，上海：良友復興圖書公司，1940 年，第 41 頁。

〔註88〕 記者（半農）：《致敬軒先生》，《新青年》，1918 年，第四卷第三號。

〔註89〕 《文學革命之反響──王敬軒君來信》，《新青年》，1918 年，第四卷第三號。

〔註90〕 記者（半農）：《致敬軒先生》，《新青年》，1918 年，第四卷第三號。

〔註91〕 周作人：《王敬軒》，鍾叔河編：《周作人文類編‧八十心情》，長沙：湖南文藝出版社，1998 年，第 462 頁。

〔註92〕 周作人：《王敬軒的信》，鍾叔河編：《周作人文類編‧八卜心情》，長沙：湖南文藝出版社，1998 年，第 463～464 頁。

〔註93〕 崇拜王敬軒先生者：《致陳獨秀》，《新青年》，1918 年，第四卷第六號。

講習會，講解《左傳》《莊子》及漢魏唐宋古文。前往聽講者近百人」，〔註94〕由此不難看出林紓在當時文化界影響力之大。「雙簧信」刊出之後，引得「林琴南出頭與《新青年》為難，先致書蔡子民，在《公言報》公開攻擊，不能取勝，又在《新申報》上發表小說《荊生》，即指徐樹錚，暗示用武力打倒狄莫（胡適）金心異（錢玄同）等，又在《妖夢》裏說那些人都被神道吞吃了。」〔註95〕《公言報》因著其深厚的安福系背景，在北京輿論界有著較大的影響力；而《新申報》的經營者席子佩正是老《申報》曾經的老闆，其所辦刊物在上海也有一定的影響。林紓在這兩份刊物上攻擊《新青年》，無疑是在北京與上海這兩個中國政治、文化、經濟的中心為這份正為銷路發愁的刊物打出了免費的廣告，《新青年》也因此走出了這場停刊的危機。在此之後的一年內，「《新青年》愈出愈好，銷數也大了」，〔註96〕僅在中國北部就「約每期可銷一千五百份」，〔註97〕並且，在雜誌的廣告欄內，開始出現往期過刊的再版廣告，〔註98〕甚至如汪原放所言，《新青年》雜誌在「最多一個月可以印一萬五六千本」。〔註99〕可見，借由「雙簧信」事件，《新青年》雜誌在更廣泛的層面上獲得了讀者的關注，進而徹底打開了市場，在這場思想與市場的博弈中獲得了主動權。

在《新青年》辦刊前期，經營者陳氏兄弟因著其卓越的辦刊眼光和較為進步的思想，與主編陳獨秀之間往往可以在市場與思想方面找到一個平衡點，這個平衡點建立的基礎是群益書社的經濟情況足以維持《新青年》刊物的運作，一旦群益書社在《新青年》雜誌方面資金鏈出現了長時間的斷裂，或是在辦刊理念上出現了較大的分歧，這種兩方的合作也就無以為繼了。時間到了 1920年，這種情況終於還是發生了，作為當事人的汪原放將這次決裂的起源定位在

〔註94〕 山東聊城師院現代文學研究室編：《林紓年譜及著譯（徵求意見本）》，聊城：自印，1981 年，第 72 頁。
〔註95〕 周作人：《王敬軒》，鍾叔河編：《周作人文類編・八十心情》，長沙：湖南文藝出版社，1998 年，第 462～463 頁。
〔註96〕 汪原放：《回憶亞東圖書館》，上海：學林出版社，1983 年，第 32 頁。
〔註97〕《《新青年》編輯部與上海發行部重訂條件》，魯迅大辭典編纂組：《魯迅佚文集》，成都：四川人民出版社，1979 年，第 144 頁；另外，關於此篇是否為魯迅所寫尚有疑問，其主要論爭見周楠本：《一篇新發現的魯迅手稿：《《新青年》編輯部與上海發行部重訂條件》》，《魯迅研究月刊》，2011 年，第 12 期和葉淑穗：《對〈一篇新發現的魯迅手稿〉一文的質疑》，《魯迅研究月刊》，2012 年，第 4 期。
〔註98〕 參見《新青年》，1919 年，第七卷第一號。
〔註99〕 汪原放：《回憶亞東圖書館》，上海：學林出版社，1983 年，第 32 頁。

了《新青年》第七卷第六號的漲價事件上，稱：「只記得陳仲翁認為《新青年》第七卷第六號『勞動節紀念號』（1920 年 5 月 1 日出版）雖然比平時的頁數要多得多，群益也實在不應該加價。但群益方面說，本期又有鋅版，又有表格，排工貴得多，用紙也多得多，如果不加價，虧本太多。」〔註 100〕而陳獨秀卻「對群益不滿意不是一天了」，漲價事件只是一個引子，在他的眼中，「群益欺負我們的事，十張紙也寫不盡」，〔註 101〕陳獨秀認為群益書社「既想發橫財，又怕風波，實在難於共事」，並計劃甩開群益書社獨立「招股辦一書局」。〔註 102〕兩廂對照，不難看出，所謂漲價事件其實只是一個導火索，其真正的原因在於 1920 年前後思想日漸激進的陳獨秀在辦刊過程中多有過激的言論，刊物在《青年雜誌》時期就已經定下的「批評時政，非其旨也」〔註 103〕的方針在辦刊過程中被逐步地打破。這個變動甚至引起了《新青年》編輯部同人的不滿，胡適就曾經指出，「《新青年》差不多成了 Soviet Russia 的漢譯本」，〔註 104〕對於群益書社而言，陳獨秀將刊物政論化的行為也帶來了很多風險，陳子沛、陳子壽兄弟與陳獨秀出現分歧的根本原因是「怕風潮」。〔註 105〕陳獨秀作為一個自然人，一旦出了事可以一走了之，但是群益書社卻需要承擔相應的風險，這才是群益書社與陳獨秀最終分裂的直接原因，為了一份不能為出版方帶來額外的收入的刊物而冒太大風險，這對於職業出版商陳氏兄弟而言無論如何都是不划算的。

可以看出，對群益書店而言，讀者「通信」一門從《新青年》發刊起，就已經被納入其市場營銷的通盤考量當中，雜誌的編輯們則需要在市場的大框

〔註 100〕 汪原放：《回憶亞東圖書館》，上海：學林出版社，1983 年，第 54 頁。

〔註 101〕 《19200519 陳獨秀致胡適》，石中揚：《江上幾峰青——尋找手跡中的陳獨秀》，北京：人民出版社，2015 年，第 93 頁。此書中收錄有陳獨秀書信的影印件，此外，關於信件來歷可參見歐陽哲生：《新發現的一組關於〈新青年〉的同人來往書信》，中共「一大」會址紀念館、上海革命歷史博物館籌備處編：《上海革命史資料與研究·第 10 輯》，上海：上海古籍出版社，2010 年，第 666～677 頁。

〔註 102〕 《19200511 陳獨秀致胡適》，石中揚：《江上幾峰青——尋找手跡中的陳獨秀》，北京：人民出版社，2015 年，第 90 頁。

〔註 103〕 王庸工：《致記者》，《青年雜誌》，1915 年，第一卷第一號。

〔註 104〕 胡適：《致李大釗等〈新青年〉編委》，《胡適全集·第 23 卷》，合肥：安徽教育出版社，2003 年，第 291 頁。

〔註 105〕 《19200519 陳獨秀致胡適》，石中揚：《江上幾峰青——尋找手跡中的陳獨秀》，北京：人民出版社，2015 年，第 93 頁。

架下考慮如何將自己思想的內核植入其中。一旦編輯的思路溢出了與出版商所商議的既定框架，衝突的出現就是不可避免的了。衝突又常常以出資方撤資，刊物無法繼續辦下去為結果，這也是民國初期那些試圖對資本市場進行反思的先驅們在面對資本市場時的一種必然命運。〔註106〕要改變這種命運，像陳獨秀那樣，做出成立屬於自己的出版機關的考慮，〔註107〕則顯得勢在必行。

二、對話與刊物影響的擴大

讀者「通信」一欄的設立，對於《新青年》刊物的發展來說，其意義是多重的。

其中，「通信」一欄最突出的意義莫過於在讀者和《新青年》編輯之間建立起一道橋樑。新文化運動發生前後，時代的風雲變幻使新的思想和語詞不斷地湧入國內，雖然主持《新青年》的陳獨秀、李大釗、陶孟和、周作人等人在興辦雜誌之前的種種政治文化活動中有著相當豐富的經驗，並且不斷地更新著自己的思想，但是編輯同人畢竟只是少數的幾個人，作為個人的知識儲備畢竟是有限的，故而他們對當下青年關心的一些具體問題尚缺乏有效的跟進和瞭解，更何況，圍繞在《新青年》周邊的同人們與新文化運動前後的「青年」們之間有著十餘歲的年齡差異，也就是所謂的「老師一代」，他們與「學生一代」的思想之間是有代溝的，〔註108〕考慮事情的角度和方法也有所不同。

這種現象在陳獨秀以一己之力主持雜誌的時期尤為明顯。1916年，《青年雜誌》曾經刊登了一封署名「輝暹」的青年來信，信中問了六個問題：「一、吸灰塵有何害於衛生？二、常見人顏色鮮豔，而有血色頗為可愛，此果何法使之然歟？三、手指，足趾上之爪，因何自行脫落？四、異族結婚，後嗣多慧健，究為何故？五、運動後不即入浴，乃防何種危險？六、現時各種體操繁多，究以何種於身體之康健為最適當？可否請示其法？」〔註109〕作為編輯，陳獨秀對於這六個問題一一做出解答，對於一些問題，如「吸灰塵有何

〔註106〕不只是刊物，一些社團，如各地工讀互助團舉辦到後期，也常常面臨著一種在資金上無以為繼的境地。

〔註107〕陳獨秀曾經考慮過成立「興文社」，並以此募集股款，以出版新的刊物與群益書社出版的《新青年》分庭抗禮。（參見唐寶林：《陳獨秀全傳》，北京：社會科學文獻出版社，2013年，第283頁。）

〔註108〕參見周策縱等：《五四與中國》，臺北：時報文化出版事業有限公司，1979年，第274頁。

〔註109〕輝暹：《致記者先生》，《青年雜誌》，1916年，第一卷第六號。

害於衛生」等，陳獨秀的回答可以說是詳盡備至，在長篇大論中不時有所發散，甚至還在回答中設問，在自問自答中使答案變得生動活潑；〔註110〕而對於另一些問題，陳獨秀在回答中則常常用到「不外」兩字，在看似武斷的言論背後，實際上是陳獨秀對該領域的知識瞭解得並不充分。青年學生不但有追求知識、追求進步的需求，也有追求外在美的需求，輝暹提出的這些問題，實際上也是青年人所要面對的具有普遍性的問題。但是，身為老資格革命者的陳獨秀原先顯然沒有充分的顧及到這些問題，而讀者對於這些問題的關注也使得陳獨秀等人開始對之前較少關注的領域有了一定的涉足，並將其整合進自己的辦刊思路當中。在接下來的《新青年》第二卷中，陳獨秀對當時中國「青年」的生理狀態做了一個描述，「自生理而言之，白面書生，為吾國青年稱美之名詞。民族衰微，即坐此病。美其貌，弱其質，全國青年，悉秉蒲柳之姿，絕無桓武之態。艱難辛苦，力不能堪。青年墮落，壯無能為。非吾國今日之現象乎？」〔註111〕陳獨秀對青年生理狀態的這種描述，實際上就解決了輝暹提出的第二個問題，也同時將青年的外在審美需求納入了思想啟蒙脈絡當中，也使《新青年》雜誌更加貼近青年關心的重點問題，與青年們不斷對話，成為青年的良師益友。

此篇《新青年》為1916年《青年雜誌》被迫改名為《新青年》之後的第一篇文章，可以看作陳獨秀為《新青年》所做的發刊詞。將此篇與《青年雜誌》的發刊詞《敬告青年》相比，不難看出，在《敬告青年》中，陳獨秀等人只著眼於青年的精神世界，看到了「少年老成」，「見夫青年其年齡，而老年其身體者十之五焉，青年之年齡或身體，而老年其腦神經者十之九焉。華其發，澤其容，直其腰，廣其膈，非不儼然青年也，及叩其頭腦中所涉想、所懷抱，無一不與彼陳腐朽敗者為一丘之貉。」〔註112〕《新青年》一文中，陳獨秀更是注意到了追求外在審美對青年精神的腐蝕，這個轉變和輝暹等人的來信有著很大關係。事實上，在《新青年》以《青年雜誌》刊行的第一卷中，大量讀者來信都是「與生理衛生極有關係」，〔註113〕其中輝暹的對於「顏色鮮豔」的追求是有一定代表性，而另一些青年則與輝暹相反。一位署名「穗」的青年來信直接問陳獨秀，「穗欲習拳術，但未得良師。想滬上定有名人，懇示一二，並告

〔註110〕 參見《記者答言》，《青年雜誌》，1916年，第一卷第六號。
〔註111〕 陳獨秀：《新青年》，《新青年》，1916年，第二卷第一號。
〔註112〕 陳獨秀：《敬告青年》，《青年雜誌》，1915年，第一卷第一號。
〔註113〕 《記者答言》，《青年雜誌》，1916年，第一卷第六號。

姓氏地址為禱。」〔註114〕這類青年所追求的並不是所謂「有血色頗為可愛」的外表，而是一種勇武的氣質。顯然，陳獨秀對於前一種「斯斯文文一白面書生」類型的青年是頗有微詞的，其心中的青年應當是「面紅體壯，若歐美青年之威武陵人」〔註115〕的。從《敬告青年》到《新青年》，陳獨秀對於青年的認識是不斷加深的，在這個過程中，《青年雜誌》第一卷中所收錄的青年來信顯然成為陳獨秀等人瞭解青年思想動向的一個重要途徑。能夠通過通信來廣泛聽取青年的心聲，進而不斷調整自己與青年之間對話的主題和姿態，這也正是《新青年》雜誌常辦常新的一個重要原因。

除了使讀者和編輯直接對話之外，《新青年》的「通信」一欄還給予青年讀者直接評價雜誌中諸多篇什的機會，讀者可以直接就雜誌中的具體文章進行商榷和褒貶。這樣一來，一方面使得陳獨秀等編輯們可以進一步瞭解青年的閱讀習慣和閱讀愛好，另一方面使得一些在文章中尚未的到很好解決的問題在通信中找到了進一步拓展和討論的空間，使得一些仍存在疑義的具體問題得到了充分的研討和解答。如在一位署名「張永言」的青年來信中，對《青年雜誌》第一卷第二號所刊登的《托爾斯泰之逃亡》就多有批評：「貴雜誌第二號《托爾斯泰之逃亡》一篇，重返三四次讀之，不知其用意之所在。托爾斯泰為世界有名之文人，則作斯篇者自非名家不敢動手，顧此篇則實晦塞冗悶，讀之令人不歡，原文果亦如是乎？且斯篇之作，其主旨究何在耶？」〔註116〕《托爾斯泰之逃亡》的譯者署名「汝非」，實為國民革命名宿莫紀彭，談及為雜誌作文的原因，莫紀彭回憶道：此時的《青年雜誌》為陳獨秀以一己之力主辦，「余知獨秀國學造詣甚佳，能背誦整部《文選》，然對西學則所知有限，惟獨秀極力務新，熱心介紹西學，閱及余等主辦之《民聲》雜誌，因來接洽。」〔註117〕作為普通讀者的張永言對其中來由並不知曉，而莫紀彭身為一個老牌革命家，文學並非其所長，其翻譯文筆也確實略顯死板、缺乏生動，況且，「汝非」這樣一個名字對於和20世紀最初幾年的革命少有交集的青年學生而言，也確實顯得尤為陌生。以上種種原因使得張永言對於汝非是否能夠勝任對托爾斯泰的譯介產生了懷疑，故在雜誌上有了以上疑問。而陳獨秀則對這個問題

〔註114〕穗：《致記者》，《青年雜誌》，1915年，第一卷第四號。
〔註115〕陳獨秀：《新青年》，《新青年》，1916年，第二卷第一號。
〔註116〕張永言：《致記者》，《青年雜誌》，1915年，第一卷第四號。
〔註117〕郭廷以校閱，王聿均訪問，謝文孫記錄：《莫紀彭先生訪問記錄》，臺北：中央研究院近代史研究所，1997年，第36頁。

做了如下解答：「托爾斯泰為人，精神偉大，近世罕有。本志取其傳中最後一篇者，以其篤行苦道，老而不衰也。托氏身為貴族，心在田間，棄家殉志，事遠恒情，此其所以為托爾斯泰也。」〔註118〕陳獨秀沒有正面回答張永言的問題，而是巧妙地繞開了來信中提到的文筆問題，將問題的焦點集中在了汝非文中所重點提及的托爾斯泰的思想問題上來，既化解了張永言信中較為尖銳的問題，也告訴了青年閱讀雜誌的方法，即注重思想，而非外在的形式。

可以看出，對於早期《新青年》而言，其重思想的特質與先前許多雜誌重文筆、重辭藻的特點是有所區別的，〔註119〕對於一些讀者而言，適應這種新的閱讀方式並不是一蹴而就的，讀者「通信」一欄成為了讀者和編輯之間互相適應、互相調整的一個重要平臺：《新青年》的編者們在可行的範圍內對於讀者的要求進行了考慮並在編輯方面做出一定的調適，讀者們也在與編者之間的對話中逐漸接受了一種以思想為中心的閱讀方式。這樣一來，《新青年》的銷路被不斷打開，所傳播的新思想也在青年群體中散佈的越來越廣。

除此之外，《新青年》「通信」一欄的開辦還為讀者和讀者之間提供了一個相互溝通的平臺。在清末民初的歷史條件下，不同地域的青年相互溝通是十分困難的，不僅僅是青年，就連陳獨秀和吳虞這種曾經在《甲寅》雜誌上發表文章經歷的「同志」，其交往也僅限於稿件的往來和審閱上，思想的交流相對來說是比較少的。以至於吳虞給《新青年》雜誌寫來信件之後，陳獨秀在回信中的興奮幾乎難以掩飾：「久於章行嚴、謝旡量二君許，聞知先生為蜀中名宿。《甲寅》所錄大作，即是僕所選載，且妄加圈識，欽仰久矣。茲獲讀手教並大文，榮幸無似。」〔註120〕就吳虞一方面來說，此時的他陷入了內外交困的境地，不但其抨擊孔教的文章在北京不能見容，並且由於四川新舊勢力的此消彼長，其在四川的言論陣地也一步一步縮小。這樣困窘的境地下，吳虞只能一再在日記中提醒自己「自誓此後不作有關係政教文字」〔註121〕「以後不作文字投報館，以免生事」。〔註122〕從吳虞寄給《新青年》的信中可以看出，此時的吳虞在言論上已然是走投無路，在四川省內竟無地無人與之能夠溝通，「拙撰

〔註118〕 《記者答言》，《青年雜誌》，1915 年，第一卷第四號。

〔註119〕 即使是名重一時的《甲寅》雜誌，其中許多文章也採用的是駢體或駢散結合的修辭方式，辭藻比起《新青年》來說要華麗很多。

〔註120〕 獨秀：《致又陵先生》，《新青年》，1917 年，第二卷第五號。

〔註121〕 吳虞：《吳虞日記（上）》，成都：四川人民出版社，1986 年，第 119 頁。

〔註122〕 吳虞：《吳虞日記（上）》，成都：四川人民出版社，1986 年，第 189 頁。

《宋元學粹語》，例言引李卓吾語，前清學部曾令趙學政啟霖查禁。癸丑在成都《醒群報》投筆記稿，又由內務部朱啟鈐電令封禁（此次方准啟封）。故關於非儒之作，成都報紙不甚敢刊登。」〔註123〕可以看出，若吳虞此時未曾找到《新青年》這樣的言論陣地，他就此沈寂下來也未可知，更遑論能夠成為後來胡適所說的在「『四川省隻手打孔家店』的老英雄」〔註124〕了。事實上，吳虞在給《新青年》來信之前，對於與其思想接近且曾經共享過同一言論陣地的陳獨秀幾乎是聞所未聞，僅知道他是《新青年》雜誌的「主任」。〔註125〕吳虞所陌生的不僅是陳獨秀，對於當時東南一帶的諸位名家，他基本上可以說是一無所知，只是在朋友之間談論的時候才聽說過這些名字：「飯後李培甫、潘力山來。力山言：『陳獨秀，安徽人，年四十餘，獨立前看《易經》，寫小篆，作遊山詩，獨立後始出而講新學，人之氣象為之一變。長於英文，近於法文亦進。曾遊日本，歸國後充當教習。蓋講法蘭西哲學者。住上海一樓一底，自教其小兒，其長子法文極佳，父子各獨立不相謀也。馬一浮動必循禮，不染世事，常住杭州。謝无量在中華作文，千字四元。梁任公千字三十元，無量不平，遂謝去。家住蕪湖，其眷屬獨與無量在上海。柳亞子偶作小詩小文，乃斗方名士也。』」〔註126〕而事實上，吳虞在日記中提到的這幾位，在滬上一帶皆頗負盛名，他們幾乎與吳虞同時成名，按道理說在革命的共同旗幟下，空氣互通，應是多有耳聞，但是由於交通與信息的閉塞，身處內陸的吳虞多年來竟然對他們一無所知，當時信息之阻礙，交通之閉塞，由此可見一斑。這些思想界的名宿老將尚且如此，青年學生之間的交通更是不在話下了。

　　《新青年》開設的讀者「通信」一欄，則為青年學生提供了一個互通思想的空間，青年可以與曾經刊登於此欄的讀者來信直接對話，互通思想上的有無。例如，《新青年》第二卷第三號中曾刊登一位署名「陳蓬心」的讀者的來信，內容就是針對兩期之前舒新城的一封來信發聲的。舒新城的來信則基於他在夏季參與基督教夏令營的獨特經驗，對社會改良和社會服務等問題有所思考：「去年夏赴長江學生夏令會，見教會各校學生，皆組織有社會服務部，以課餘暇暑，為社會服務。良法美意，甚為感佩。反而求諸國內各校，不惟無此

〔註123〕 吳虞：《致獨秀先生》，《新青年》，1917年，第二卷第五號。
〔註124〕 胡適：《〈吳虞文錄〉序》，胡適：《胡適全集‧第1卷》，合肥：安徽教育出版社，2003年，第763頁。
〔註125〕 吳虞：《吳虞日記（上）》，成都：四川人民出版社，1986年，第272頁。
〔註126〕 吳虞：《吳虞日記（上）》，成都：四川人民出版社，1986年，第281頁。

事實，且無此觀念，愧仄良深。曾國藩曰：『社會風尚，成於一二人。』新城不敏，願提倡社會服務於青年界，冀成風尚，以改良社會。」〔註127〕在來信之時，舒新城所提的問題並沒有引起陳獨秀足夠的重視，作為編輯的陳獨秀只是用「熱忱高見，欽佩良深」〔註128〕這樣的套話回應了舒新城。而舒新城的觀點卻在刊出兩期之後得到了陳蓬心的回應，陳蓬心在來信中說：「有湖南舒新城君投函，願提倡社會服務，以改良社會，熱忱卓見，實獲我心。惟社會服務，千條萬縷，從何入手？鄙意擬請舒君或貴社記者，擬一入手辦法，或一人單獨可行者，或須數人共同行之者，務須簡便易行，俾同志青年，可以著手試辦。鄙人不敏，願為先驅。」〔註129〕在這封來信中，顯然對於之前陳獨秀對舒新城的回覆意猶未盡，在響應舒新城建議的同時，陳蓬心還意在激起陳獨秀等人對此問題的進一步思考。陳蓬心的來信無疑是成功的，之前對於社會服務問題並無太大興趣的陳獨秀在兩位青年對此問題的共同關注下，也逐漸地開始對這個問題有了一定的關注。從他回覆陳蓬心的信中可以看出，陳獨秀對這一問題的回答明顯要比答覆舒新城的時候認真和深入得多：「社會服務，誠為美風，惟國中公共事業不甚發達，習慣未成，難以實舉。鄙人尤有望於青年諸君者，首以『為自己服務，不令他人為己服務』，為第一要義。」〔註130〕雖然陳獨秀對公共服務的回答仍然是一種懷疑的態度，但是，借由《新青年》讀者「通信」一欄，舒新城與陳蓬心兩人之間的對話將陳獨秀也席捲了進來，形成了一個讀者與讀者、讀者與編輯之間的交往系統，將一個原先只屬於舒新城個人對於社會問題的思考變成了一個具有明顯「公共領域」〔註131〕性質的存在，而公共領域的形成有助於將關於這些問題的討論推向更廣闊的言論空間，使問題不斷地深化；同時，青年與青年之間的對話也有助於有著相同或相似社會經歷或求學背景的青年互相激勵，形成一種獨立思考的習慣。

另外，《新青年》讀者「通信」欄的開設，還有助於雜誌的主持者們進一步展開自己的思路。在雜誌的具體創辦過程中，編輯所考慮的事情是方方面面的，有

〔註127〕湖南高等師範英語本科學生舒新城：《致記者》，《新青年》，1916年，第二卷第一號。
〔註128〕《記者答言》，《新青年》，1916年，第二卷第一號。
〔註129〕陳蓬心：《致〈新青年〉記者》，《新青年》，1916年，第二卷第三號。
〔註130〕《記者答言》，《新青年》，1916年，第二卷第三號。
〔註131〕參見〔德〕哈貝馬斯著，曹衛東、王曉珏、劉北城、宋偉傑譯：《公共領域的結構轉型》，上海：學林出版社，1999年，第54頁。

些具體事體囿於雜誌版面或是其他原因，不便在正文中直接展開。於是，「通信」一欄就成了編輯們展開討論這些問題的重要空間。身在美國的胡適曾於 1916 年 2 月通過汪孟鄒交付給《青年雜誌》一篇譯稿，名為《決鬥》，因《青年雜誌》在創辦時所遇到的一系列困難，這些文章遲遲見不到發表，胡適於是來信詢問，之後陳獨秀也曾有過兩封回信。值得注意的是，當陳獨秀將胡適的來信刊登於《新青年》第二卷第二號上的時候，其所做的「記者答言」卻不是答覆胡適的兩封信件中的任何一封。在陳獨秀給胡適的兩封回信中，第一封主要內容是就《新青年》改版所造成的稿件刊出延誤而向胡適致歉；〔註 132〕第二封信作於《新青年》第二卷第二號編輯完成之後，可以看作陳獨秀在雜誌上對胡適的補充，其主要內容是向胡適說明了自己試圖進行文學改革的想法以及編輯中遇到的具體困難。〔註 133〕較之這兩封在當時未曾公開的來信，陳獨秀刊登在《新青年》上的那一封答信更多的是針對胡適來信中所提出的一些具體問題做出商榷和解答。

　　從陳獨秀對於這三封信的安排中可以看出其對胡適來信在內容上的編輯策略：之於沒有被公開發表的那兩封信，其主要內容多與《新青年》雜誌的具體編輯策略與方向有關，這一部分內容在作為編輯的陳獨秀眼中是不宜向公眾公開的，因為其中牽涉到諸多人事的衝突與調和。事實上，陳獨秀甚至都沒有向胡適說明《青年雜誌》改刊的真相，對於在《青年雜誌》改為《新青年》過程中所牽涉到的諸如與陳子沛、陳子壽兄弟、基督教青年會等各方利益之間的平衡，陳獨秀確實沒有向胡適一一道明的必要，而只是輕描淡寫地提道：「《青年》以戰事延刊多日，茲已擬仍續刊。依發行者之意，已改名《新青年》，本月內可以出版。」〔註 134〕而在《新青年》上刊出的回覆胡適的信中，陳獨秀則更多地聚焦於胡適信中所提出的文學革命所需要注意的「八事」之上，並就其中第五項「須講求文法之結構」、第六項「不作無病之呻吟」、第八項「須言之有物」等三項〔註 135〕提出了自己的觀點，並進行了進一步的表述。顯然，陳獨秀將回覆胡適信件的這一部分置於公共場域之下，就是想引起社會各界的廣泛討論，陳獨秀甚至將這一期望直接表現在回覆胡適的信件中：「海內外

〔註 132〕　參見陳獨秀：《致胡適》，中國社會科學院近代史研究所中華民國史組編：《胡適來往書信選·上》，北京：中華書局，1979 年，第 3～4 頁。
〔註 133〕　參見陳獨秀：《致胡適》，中國社會科學院近代史研究所中華民國史組編：《胡適來往書信選·上》，北京：中華書局，1979 年，第 5 頁。
〔註 134〕　參見陳獨秀：《致胡適》，中國社會科學院近代史研究所中華民國史組編：《胡適來往書信選·上》，北京：中華書局，1979 年，第 3 頁。
〔註 135〕　胡適：《致獨秀先生》，《新青年》，1916 年，第二卷第二號。

講求改革中國文學諸君子，倘能發為宏議，以資公同討論，敢不洗耳靜聽？若來書所謂加以論斷，以僕不學無文，何敢何敢！」〔註136〕事實上，早在胡適來信之前，就早有讀者注意到了中國文學的語言問題，讀者沈慎乃來信說：「乃以為語言不通，阻教育之前進。謀教育之前進，必先使語言一致。一致之語言和，即官話耶。故全國上下，竭力提倡官話，為謀教育前進之先導。」〔註137〕陳獨秀本人在早年也曾創辦《安徽俗話報》等白話報刊，意在普及官話。沈慎乃的觀點與陳獨秀早期的觀念基本一致，是一種建立在現代民族國家形式之上的語言改革觀，其改革的目的在於形成一種全國「大一統」式的語言一致。所以陳獨秀在回信中說：「國語統一，為普通教育之第一著。惟茲事體大，必舉全國人士留心斯道者，精心討論，始克集事。此業當期諸政象大寧以後，今非其時。此時所謂官話，即北京話，仍屬方言，未能得各地方言語之大凡，強人肄習，過於削足適履。採為國語，其事不便。」〔註138〕可見，在當時的社會歷史條件之下，陳獨秀和沈慎乃一樣，雖然對早已發現語言與社會思想之間的重要聯繫，但是其探索卻僅限於作為形式的語言上，對語言及其內在所具有的對於思維的決定性影響並沒有很好地開掘，更無力建立一種成體系的語言改革方案。這時，胡適所提出的「八事」，以一種體系性的姿態來面對這個陳獨秀思考已久的問題，而且其所持視角比陳獨秀等人更加犀利，發掘也更加深刻，這正是陳獨秀在編輯雜誌時迫切需要的。但是，胡適的來信也有不適合被放在正文中的原因：首先，胡適在這封信中談及的問題繁雜，許多問題是信手由之，問題之間缺少內在的聯繫；其次，胡適雖然對語言與文學革命之間的關係提出了「八事」，但是卻只提供了一個簡單的構架，並沒有充分展開。這時，雜誌中的「通信」欄則成為安置這些具有巨大潛在價值的通信的空間。

從陳獨秀特意為這封來信所撰寫的第三封回信中不難看出，陳獨秀的目的就是想通過自己對這封信中提出問題的探討來達到拋磚引玉的效果，將讀者的注意力吸引至語言與文學革命這方面來。從此後的事實來看，陳獨秀的這一設想無疑是成功的，在胡適信件刊登不久，就收到了山西籍青年學生常乃惪的回覆：「胡先生以古文之敝，而倡改革說，是也；若因改革之故，而並廢駢體，及禁用古典，則期期以為不可。夫文體各別，其用不同，美術之文，雖無

〔註136〕《記者答言》，《新青年》，1916 年，第二卷第二號。

〔註137〕三馬路中國銀行收稅處沈慎乃：《致記者》，《新青年》，1916 年，第二卷第一號。

〔註138〕《記者答言》，《新青年》，1916 年，第二卷第一號。

直接只用，然其陶鑄高尚之理想，引起美感之興趣，亦何可少者。譬如高文典冊，頌功揚德之文，以駢佳乎，抑以散佳乎？此可一言決矣。」〔註139〕常乃惠對胡適觀點的商榷又進一步引起了陳獨秀的闡發，而關於語言和文學改良問題也在《新青年》雜誌上漸漸浮出了水面，成為呼之欲出的一個討論的重點。之後不久，隨著胡適的《文學改良芻議》在《新青年》第二卷第五號上刊發，這個問題在新文化運動中的意義進一步被凸顯出來。以胡適來信的案例可已看出，《新青年》讀者「通信」一欄，對於編輯思想的展開，以及刊物內容的具體走向實際上有一定的鋪墊作用，很多有價值的思想在通信的往來中不斷地被發掘，也促使思想的提出者將問題引向深入，獲得更為廣泛的社會影響。

　　在新文化運動中，以《新青年》讀者「通信」一欄為代表的編輯和讀者之間的互動是一個比較有特點的文化現象。編輯們利用這一平臺與讀者直接對話，從而瞭解市場和時代對其所編刊物的要求和期望，以獲得一種關於自身位置的確認。讀者對於新興媒體和生產機制的信任和對於輿論空間的嚮往又使其與編輯之間可以形成共識或者合謀，促成了刊物內部的調和，使刊物在市場與思想這兩個維度上能夠維持一種平衡。可以說，經由新文化運動而產生的編讀之間的互動關係對新文化的傳播和發展起到了重要的作用，同時也為此後中國文化刊物的編輯提供了一個很好的實踐經驗。

第三節　擴散中的新文化

一、作為一種資本的文化

　　20世紀20年代初期出現的「工讀主義」思潮雖然只是曇花一現，但是其對於當時身處湘西軍隊中的青年沈從文思想的影響卻是十分深遠的。沈從文對「工讀主義」的接受與工讀互助團的開展之間存在著較大的時間差，也正是這種時間差的存在，造就了沈從文在20世紀20年代文化選擇上的特殊性，也成為其文學世界裏批判消費的基礎。在20世紀20年代初期，對工讀主義的接受和嚮往促使沈從文從湘西走向北京，從一個軍人成長為一名作家，這種思想伴隨了他一生，也成為切入其精神世界的一個重要的入口。從沈從文的經歷中，可以管窺到新文化運動時期受到《新青年》《學燈》等新文化刊物影響的

〔註139〕北京高等師範預科生晉後學常乃惠：《致獨秀先生座右》，《新青年》，1916年，第二卷第四號。

青年人們的思想動向，也可以直觀地看到新文化運動的餘波是如何擴散到文化中心城市之外的地方去的。

　　與「互助社」「少年中國學會」「國民雜誌社」「改造社」等同時期出現的一批社團相比，「工讀互助團」的理論和實踐可以說是最富有理想主義情懷的了，並且其構架所具有的空想社會主義色彩之於那個時代是頗有建設性意義的。「工讀互助團」理念甫一在中國傳播，就立即引起了社會的關注，各界人士借助新興的文化刊物紛紛加入對「工讀互助」的討論，「工讀互助」小組一時間也是遍地開花，呈現出一派生機勃勃的景象。印發有關「工讀互助團」討論的刊物隨著新思想在中國國內的傳播和出版技術的進步被擴散到了各地，使許多尚處於迷茫狀態的青年聽到了遠方朋友的呼喚，尤其是在地理位置偏遠、文化建設邊緣的中國內陸腹地，這種聞所未聞的新思想帶來的衝擊更是巨大。通過對於新思想的咀嚼，青年開始反思自己之前的生活，想像著一種完全不同於以前的個人與國家之間的互動關係。沈從文就是這些青年之中的一員，「工讀主義」的夢催促著他離開湘西，離開這個在新思潮衝擊下日漸萎靡的世外桃源。同時，「工讀主義」思想也在整個 20 世紀 20 年代影響著沈從文的文化選擇，驅使著沈從文不斷對中國文化進行反思，對消費主義進行批判。

　　「工讀主義」是在五四運動時期收到廣泛關注的政治實踐之一。早在五四運動之前，時為少年中國學會骨幹的王光祁就曾經基於托爾斯泰的「泛勞動主義」構想提出了「新農村運動」，提到了「我們提倡半工半讀，使讀書者必做工，做工者亦得讀書」。〔註140〕1919 年，周作人〔註141〕遠赴日本，向武者小路實篤學習「日向新村」的建設，將「新村運動」在實踐上的成就介紹進中國，在短暫的十餘天中，〔註142〕周作人第一次感受到了他所一直倡導的「人的生活」，在 1919 年年底的天津學術演講會上，周作人進一步闡釋了其「新村」設想：「新村的目的，是在於過正常的人的生活。其中有兩條重要的根本上的思想：第一，各人應各盡勞動的義務，無代價的取得健康生活上必要的衣食住。

〔註140〕王光祁：《少年中國學會之精神及其進行計劃》，《少年中國》，1920 年，第一
　　　　卷第六號。
〔註141〕1919 年 3 月 15 日出版的《新青年》第六卷第三號中，載有周作人的《日本
　　　　的新村》一文，通過大量引述武者小路實篤關於「新村運動」的描述，大體
　　　　勾勒了「日向新村」的面貌。
〔註142〕周作人到達「日向新村」的時間是 1919 年 7 月 7 日，離開新村前往東京的
　　　　時間是 1919 年 7 月 16 日。（參見周作人著，魯迅博物館藏：《周作人日記（影
　　　　印本）‧中》，鄭州：大象出版社，1996 年。）

第二，一切的人都是一樣的人；進了對於人類的義務，卻又完全發展自己的個性。現在要說明，這思想的根據，並不由於經濟學上的某種學說，所以並不屬於某派社會主義；只是從良心的自覺上發出的主張，他的影響，也在精神上道德上為最重大。」〔註143〕周作人對於「新村主義」的介紹一時間在「新」青年的群體中反響很大，《新青年》《新潮》《少年中國》等進步刊物都紛紛刊登回應的文章，而北京工讀互助團的成立，更是將這一運動推向了高峰。1919年年底，北京工讀互助團在北京大學附近成立，很快便擴展到四個「互助小組」，同時，上海、武昌、天津、南京、廣州、揚州、甚至在當時稍顯偏遠一些的長沙，都出現了工讀互助性質的組織，其活動也得到了社會各界的廣泛關注，《晨報》《星期評論》《時事新報》等在輿論界較為有影響力的報刊都顯示出了對各地工讀互助團進展情況的強烈興趣，在當時社會上頗有影響力的胡適、戴季陶、李大釗等人都對工讀互助團的利弊做出了較為深刻的分析，其中李大釗、胡適等人還是北京工讀互助團的發起人。

在工讀互助團轟轟烈烈地開展建設活動的同時，其內在卻潛伏著巨大的危機，這導致了工讀互助團在全國範圍內僅僅存在了一年左右的時間就銷聲匿跡了。正如倡導者們所構想的，工讀互助團從本質上來說，是一個聚焦於精神和道德上的團體，是脫離了一定的社會基礎的，〔註144〕有著強烈的烏托邦色彩和自身內在的封閉性。周作人早在遠赴日本考察日向新村的時候就已經發現了其中存在的根本性問題，「新村的農作物，雖略有出產，還不夠自用，只能作副食物的補助」。〔註145〕這種問題被直接移植進了「五四」時期的中國，就顯得更加突出了，因為對此時的中國而言，尚未正常運行的國家機器面臨著更多的現實問題，而這些問題卻是工讀互助團所有意或無意迴避的。

在工讀互助團在全國範圍內消失之後，作為其重要成員之一的施存統對這一年左右的工讀互助生活進行了深入的反思，並倡導青年人面對現實，投向資本家底下的生產機關：「社會沒有根本改造以前，不能試驗新生活，如果有人要試驗新生活，還須跑到世外桃源去！比方新生活裏不用兵，政府徵兵怎麼樣？強盜來搶怎麼樣？新生活裏實行共產，政府要納稅怎麼樣？政府要抽捐怎麼樣？新生活裏主張自由，社會上人闖進來怎麼樣？地皮那裡來？資本那裡取？所做的

〔註143〕周作人：《新村的精神》，《新青年》，1920年，第七卷第二號。
〔註144〕周作人：《新村的精神》，《新青年》，1920年，第七卷第二號。
〔註145〕周作人：《日本的新村》，《新青年》，1919年，第七卷第三號。

工作是不是直接間接受資本家的支配，做資本家的奴隸？……『投向資本家底下的生產機關去！』這句話真用得著！青年朋友呵！我們要改造社會，我們還須投向資本家底下的生產機關去！」〔註146〕戴季陶基於馬克思主義經濟學而做出的分析更是直接點明了工讀互助團必然失敗的原因。戴季陶認為：「在資本家的生產方法以世界的強力壓迫著自由勞動者的時代，無論甚麼人，沒有不受這一個強力的支配。威迫個人的社會生活，妨礙學生的自由思想，為主的並不是家庭，不是官廳，不是學校，只是資本家生產法所代表的財產私有制。在這一種社會組織的下面，要想用很小一部分人的能力，一面作生產的工，一面達求學的目的，在事實上是做不到的。而且以不熟練的工作能力，不完全的幼稚的生產機關，要想獨立回復資本家生產制所侵蝕的『剩餘勞動時間』，更是做不到的。」〔註147〕

時間到了1923年，當曾熱心於「工讀主義」的探索者們早已由烏托邦的迷茫中走出，並開始更加深刻地思考社會變革的各種可能性的時候，〔註148〕一位青年卻被早已是明日黃花的「工讀主義」吸引，不遠千里來到北京，並因此改變了他一生的軌跡，這個青年就是沈從文。通過對《從文自傳》和《從現實學習》的考察，〔註149〕不難發現，沈從文在1923年放棄了即將來臨的

〔註146〕 存統：《「工讀互助團」底實驗和教訓》，張允侯、殷敘彝、洪清祥、王雲開編：《五四時期的社團》，北京：三聯書店，1979年，第423頁。

〔註147〕 季陶：《工讀互助團與資本家的生產制》，張允侯、殷敘彝、洪清祥、王雲開編：《五四時期的社團》，北京：三聯書店，1979年，第406頁。

〔註148〕 例如陳獨秀、毛澤東、李大釗等人已經開始著手發展壯大剛剛誕生的中國共產黨；周作人則發起「文學研究會」，提倡創造一種「為人生」的文學（《文學研究會宣言》，《小說月報》，1920年，第一卷第一號。）；胡適則開始著手對中國的一切歷史文化作出「科學」的整理（《發刊宣言》，《國學季刊》，1923年，第一卷第一號。）。

〔註149〕 《從文自傳》初版於1934年，1943年開明書店出版修訂本；《從現實學習》發表於1946年的《大公報》。發表之後，兩文有多次再版，而當事人多尚存於世，就本書涉及的內容，並未見有指謬；而且在這兩個時期，沈從文曾多次捲入文壇論爭，攻擊沈從文的郭沫若等人也未針對這兩篇文章所提事件的真偽做文章；另外，沈從文本人在1980年接受《新文學史料》採訪時，回憶《從文自傳》的寫作過程，曾經說這部作品的形成是「就個人記憶到的寫下去，既可溫習一下個人的生命發展過程，也可以讓讀者明白我是怎樣環境下活過來的一個人……部分讀者可能但覺得『別具一格，離奇有趣』。只有少數相知親友，才能體會到出入地域的沉重和辛酸。」（沈從文：《從文自傳》，《沈從文全集·第13卷》，太原：北嶽文藝出版社，2002年，第367頁。）所以，本書作者認為，雖然內中不免有文學性的成分夾雜，但是這兩篇自傳仍是有著較高的真實性。

「小紳士」的生活和相對優厚的軍隊俸餉〔註150〕而毅然來到北京這一行動，絕不是一時間的頭腦發熱或是隨波逐流的盲動，其背後有著很明確的指向。沈從文曾在各種場合多次提到了他來到北京是受到了「『五四』運動餘波的影響」，〔註151〕而這「餘波」主要指的就是由北京興起，沸沸揚揚蔓延全國的工讀互助運動。

按照《從文自傳》中的記載，沈從文與新文學的第一次接觸應該是在湘西的報館中，印刷工頭趙奎武〔註152〕「買了好些新書新雜誌，削了幾塊白木板子，用釘子釘到牆上去」，在這些書中，沈從文最多提及的是《新潮》《改造》《創造週報》等。這些書對沈從文思想的改變是極大的，「為了讀過些新書，知識同權力相比，我願意得到智慧，放下權力。我明白人活到社會裏應當有許多事情可做，應當為現在的別人去設想，為未來的人類去設想，應當如何去思索生活，且應當如何去為大多數人犧牲，為自己一點點理想受苦，不能隨便馬虎過日子，不能委屈過日子了。」〔註153〕在這之後，沈從文有著一個頗有意味的舉動——為「工讀團」捐款。從時間上看，沈從文在湘西報館趙奎武處讀到《新潮》《創造週報》《改造》等刊物的時間只有1923年夏天這短短的幾個月，而他竟然在報刊上所宣傳的工讀互助理念的影響下，署名「隱名兵士」，將自己十天的薪餉捐獻給了「工讀團」，並認為這是一次「捐資興學的偉大事業」，〔註154〕可見沈從文對於這一具有烏托邦色彩的政治實踐的傾心。

但是如果翻閱這些報刊，就會發現，自1921年之後，有關「工讀互助團」實踐的報導就基本消失了。從1919年年底，當時最早也是規模最大的北京工

〔註150〕參見沈從文：《從文自傳》，《沈從文全集·第 13 卷》，太原：北嶽文藝出版社，2002 年。

〔註151〕沈從文：《從文自傳》，《沈從文全集·第 13 卷》，太原：北嶽文藝出版社，2002 年，第 367 頁。其作於 1988 年的《自我評述》中也有「一九二二年『五四』運動的餘波到達湘西，我受到新書報的影響，苦苦思索了四天，決心要自己掌握命運，毅然離開家鄉，隻身來到完全陌生的北京。」（沈從文：《自我評述》，《沈從文全集·第 13 卷》，太原：北嶽文藝出版社，2002 年，第 397 頁。）

〔註152〕「趙奎武」一名參見《沈從文年表簡編》，在《從文自傳》中記作「趙奎五」。

〔註153〕沈從文：《從文自傳》，《沈從文全集·第 13 卷》，太原：北嶽文藝出版社，2002 年，第 361～362 頁。

〔註154〕參見沈從文：《一個轉機》，沈從文：《沈從文全集·第 13 卷》，太原：北嶽文藝出版社，2002 年，第 362 頁。

讀互助團成立，到 1920 年 3 月宣布解散，前後僅僅數月時間。〔註 155〕沈從文「捐資興學」所經過的中介《民國日報·覺悟》在這段時間內對「工讀互助團」的活動頗為關注，屢屢提到「工讀互助團」的失敗，而失敗的原因，又多歸結於「經濟的壓迫」。〔註 156〕其中論及上海的工讀互助團，哲民說道：「上海的工讀互助團也不過這兩層困難，所以從第一次開籌備會到今日，一些還沒有切實的表示，就因為經費難籌、會員難招的兩個緣故。我對於這些事情，雖沒有十分研究過，但從經驗上看來，總不出上面所說的兩個難題。」〔註 157〕上海工讀互助團在這一時期確實有籌錢的舉措，他們在刊物上公開求助：「在開始籌劃的時候，約需一千元的費用，若是贊成我們的宗旨、而願意幫助一般青年的人，希望能夠在經濟上贊助贊助為感！」〔註 158〕從 1920 年的境況來看，「工讀互助團」作為一個新生事物，其宣言中所描繪的前景還是頗讓人神往的，而其最大的問題，就是資金的不足，只要解決了資金的問題，其思想主張就指日可待了。這樣看來，1923 年的沈從文看到的很可能就是這一類文字，而對於這之後不久出現的令人洩氣的「工讀互助團解散宣言」以及對於解散了的「互助團」所進行的階級和生產關係維度上的深刻分析並不知曉。〔註 159〕正如有研究者指出的：沈從文始終有一種「哲學的貧困」，他始終關心的是「形態」而不是「動態（演變過程）」，〔註 160〕常常由於對事物缺少發展維度的考慮而陷於靜態觀察侷限之中。在沈從文眼中，「工讀互助團」是一個已經「完型」的運動，而「工讀主義」中「教育和職業合一的理想」是一個已經達成了的目標。這一切都在吸引著沈從文，慫恿沈從文不斷產生對於北京這一「工讀主義」中心的遐想。

在「二十世紀第一個十年的後期，社會進化論、地方自治計劃、西方教育和軍事改革一下子都傳入了湘西，跟著又是文學革命和一九一九年的五四

〔註 155〕 關於北京工讀互助團最後的信息應是 1920 年 10 月 28 日，在《北京大學日刊》上刊登的《快！清潔！》一文，文章實際上是一則「北大工讀互助團第四組底食品部——食勞軒」的廣告，此後，就再無消息了。
〔註 156〕 參見存統、哲民：《投向資本家底下的生產機關去》，《民國日報·覺悟》，1920 年 4 月 11 日。
〔註 157〕 存統、哲民：《投向資本家底下的生產機關去》，《民國日報·覺悟》，1920 年 4 月 11 日。
〔註 158〕 《上海工讀互助團募捐啟》，《星期評論》，1920 年 3 月 7 日。
〔註 159〕 參見《嗚呼工讀互助團》，張允侯、殷敘彝、洪清祥、王雲開編：《五四時期的社團》，北京：三聯書店，1979 年，第 468 頁。
〔註 160〕 參見趙園：《沈從文構築的「湘西世界」》，《文學評論》，1986 年，第 6 期。

運動。」〔註161〕新語詞對於舊語詞的衝擊是顯而易見的，而新舊語詞之間的疊加更使湘西的文化語境光怪陸離，即使是引導沈從文走向文學之路的湘西工人趙奎武，在當時也認為冰心是和魚玄機、隨園女弟子類似的「天下聞名的女詩人」。〔註162〕在這種文化語境下，思想資源的附加值被大大提高，成為一種被「附魅」的存在，文化，尤其是新文化，已經不單單是一種思想的資源，而成為一種帶有資本性質的存在。這種文化上的「魅」，使得沈從文的思想服從於大量佔有新語詞的「五四」文化。「初初注意到時，真發生不少反感！可是，為時不久，我便被這些大小書本征服了。我對於新書投了降，不再看《花間集》，不再寫《曹娥碑》，卻喜歡看《新潮》《改造》了。」在這種服從中，沈從文甚至放棄了自己的主體性，「我崇拜他們，覺得比任何人還值得崇拜。我總覺得稀奇。他們為什麼知道事情那麼多。一動起手來就寫了那麼多，並且寫得那麼好。可是我完全想不到我原來知道比他們更多，過一些日子我並且會比他們寫得更好。」〔註163〕這就使沈從文對於北京有著一種「朝聖」式的想像。在 1923 年之前，沈從文其實還有一次逃離家鄉的舉動，當時沈從文由於被人騙去家中餘款而「必得走到一個使人忘卻了我的存在，種種過失，也使自己忘卻了自己種種癡處蠢處的地方，方能活下去」的境地，他是「本預備到北京的，但去不成」。這一次，沈從文只是溯沅江而上，到了常德就停了下來，他來到常德之後，「到這街上來來去去，看這些人如何生活，如何快樂又如何憂愁，我也就彷彿同樣得到了一點生活意義。」〔註164〕對比兩次沈從文的「離家出走」，不難發現在接觸新文化之前，湘西文化的「自為」沈從文的向心力是巨大的；只有在接觸新文化，原先在生活中形成的「自為」的知識體系被外來語詞強制性的拆散，對於知識結構有否定性所自覺之後，「北京」作為新文化，尤其是「工讀主義」的文化中心，其聖城的意義才被凸顯出來。沈從文在《從文自傳》中對於自己原有知識系統的否定，正是一個具有獻祭意味的行動，在這之後，沈從文將自身置於「五四」文化運動餘波中工讀互助團的敘事

〔註161〕〔美〕金介甫著，符家欽譯：《沈從文傳》，北京：時事出版社，1990 年，第 7 頁。
〔註162〕沈從文：《從文自傳》，《沈從文全集·第 13 卷》，太原：北嶽文藝出版社，2002 年，第 361 頁。
〔註163〕沈從文：《從文自傳》，《沈從文全集·第 13 卷》，太原：北嶽文藝出版社，2002 年，第 362 頁。
〔註164〕沈從文：《從文自傳》，《沈從文全集·第 13 卷》，太原：北嶽文藝出版社，2002 年，第 329 頁。

倫理之下，忘我地，〔註165〕義無反顧地離開了湘西，來到了工讀互助團最先發起的地方——北京。

二、新文化傳播的時差

當沈從文抱著「半工半讀，讀好書救救國家」〔註166〕的夢想來到北京的時候，他所神往的「工讀互助團」運動卻早已偃旗息鼓了。在「五四運動以後第三年」，身邊「剩餘七塊六毛錢」的沈從文，在北京「當真就那麼住下來了」。支持他的就只是一個「信仰」，這「信仰」來自「以為社會必須重造，這工作得由文學重造起始，文學革命以後，就可以用它燃起這個民族被權勢萎縮了的情感，和財富壓瘋扭曲了的理性」的信心，以及之前對「工讀主義」理念的強烈認同。但是，在1923年的北京，沈從文卻體會到了與之前的設想完全不同的殘酷的現實。「先是在一個小公寓濕黴黴的房間，零下十二度的寒氣中，學習不用火爐過冬的耐寒力。再其次是三天兩天不吃東西，學習空空洞洞腹中的耐饑力，並其次是從饑寒交迫無望無助狀況中，學習進圖書館自行摸索的閱讀力。再其次是起始用一支筆，無日無夜寫下去，把所有的作品寄給各報章雜誌，在毫無結果的等待中，學習對於工作失敗的抵抗力與適應力。」〔註167〕經濟的壓力和環境的艱苦使沈從文經歷了其人生中最難熬的一段時期，他本可以聽從那位親戚的建議「在鄉下作老總」，也可以聽從郁達夫的勸告放棄文學，〔註168〕而沈從文還是堅持了一種為別人所不理解的生活方式，這種生活方式的本質是一種文化上的選擇。

在工讀互助團消失兩年後，北京的文化環境已經起了較大的變化，一方面「文學思想運動已顯明在起作用，擴大了年青學生對社會重造的幻想與信心」，另一方面，「那個人之師的一群呢，五四已過，低潮隨來」，「北京城目下就有一萬大學生，畢業後無事可做，愁眉苦臉不知何以為繼。」〔註169〕而沈從文卻抱著一個堅定的「信仰」，這種「信仰」來自一個非親歷者對於工讀互

〔註165〕「忘我」指沈從文的主體意識在此時服從於「工讀主義」的整體意識當中。
〔註166〕沈從文：《從現實學習》，沈從文：《沈從文全集·第13卷》，太原：北嶽文藝出版社，2002年，第375頁。
〔註167〕參見沈從文：《從現實學習》，沈從文：《沈從文全集·第13卷》，太原：北嶽文藝出版社，2002年，第374～376頁。
〔註168〕參見郁達夫：《給一位文學青年的公開狀》，郁達夫著，吳秀明主編：《郁達夫全集·第三卷》，杭州：浙江大學出版社，2007年，第105頁。
〔註169〕沈從文：《從現實學習》，沈從文：《沈從文全集·第13卷》，太原：北嶽文藝出版社，2002年，第374～378頁。

助團的想像性體認。

　　沈從文與工讀互助團之間有著一定程度上的時間差，這讓沈從文並不能很好地瞭解工讀互助團從興起到衰落的短短一年間到底發生了什麼，也無從對其中深刻的社會經濟原因進行思考；〔註170〕就沈從文來京之前所讀到的新文化刊物上記載，工讀互助團在進行實踐的時候，其所要面對的最大的壓力來自於經濟上。這種缺席和對於報刊敘述中的想像導致進京初期的沈從文對於工讀互助團失敗教訓的反思止步於經濟層面。於是，沈從文站在三年前的立場，對1923年的北京文化場域表達了毫不遮掩的失望：「『勤學』和『活動』已分離為二。不學並且像是一種有普遍性的傳染病。許多習文學的，當時即擱了學習的筆，在種種現實中活動，聯絡這個，對付那個，歡迎活的，紀念死的，開會，打架——這一切又一律即名為革命過程中的爭鬥，莊嚴與猥褻的奇異混合，竟若每事的必然，不如此即不成其為活動。……時間於是過去了，『革命』成功了。現實使一些人青春的綠夢全褪了色。我那些熟人，當真就有不少憑空做了委員，娶了校花，出國又回國，從作家中退出，成為手提皮包，一身打磨得光亮亮的小要人。」而沈從文認為自己「並不是為吃飯和做事來北京的」，「喝北風，曬太陽」的生活固然痛苦，「欠公寓伙食賬太多時，半夜才能回住處，欠館子三五元，就不大敢從門前走過」的日子固然窘迫，「有飯吃，有事做，將來還可以」的期許固然有吸引力，但是沈從文仍然堅持著他的「鄉下人的呆想頭」，「為了證實信仰和希望」，走著一條「完全落了伍」的道路，田真逸叮囑沈從文的「可千萬別忘了信仰」則是他「惟一的老本」。換成沈從文自己的話來表述這個「信仰」，就是「我想來讀點書，半工半讀，讀好書救救國家。這個國家這麼下去實在要不得。」〔註171〕

　　但是，沈從文對這「惟一的老本」的理解實際上和工讀互助團起初的設定之間還存在較大的差別。沈從文從新文化刊物上看到「工讀互助」這樣一種政治實踐理念之後，陳渠珍在湘西興辦的一系列工廠和學校又為他提供了與這種理念的表現方式類似的直觀呈現。「皮工廠，帽工廠，被服廠，修械廠，組織就緒已多時日，各部分皆有了大規模的標準出品。第一班師範講習所已將近畢業，中學校，女學校，模範學校，全已在極有條理情形中上課。……在無事不新的

〔註170〕雖然這一時間差可能是由於空間因素造成的，但是這也印證了趙園所說的沈
　　　　從文「哲學的貧困」。(參見趙園：《沈從文構築的「湘西世界」》，《文學評論》，
　　　　1986年，第6期。)
〔註171〕參見沈從文：《從現實學習》，沈從文：《沈從文全集·第13卷》，太原：北嶽
　　　　文藝出版社，2002年，第374頁。

情形中，那分活動實在使我十分羨慕。」〔註172〕在這種狀況下，「工讀主義」對於沈從文的吸引，主要還是其中「新」文化的成分，沈從文期待著被「附魅」的新語詞能夠解釋在新舊文化衝擊之下個人生活中的困惑。「工」和「讀」在沈從文那裡並不是一個合一的概念，相比之下，沈從文更傾向於「讀」，而「工」只是「讀」的支持和一種替代性資源，從沈從文最初為自己設置的命運軌跡來看，「讀書」—「作警察」—「認輸」〔註173〕這樣的線索顯示出了「工」在沈從文思維中的讓步性。而「學」這一維度與「工」相比就顯得的十分突出，沈從文喜歡說自己來北京是「進到一個永遠無從畢業的學校，來學習那課永遠學不盡的『人生』了」。〔註174〕當沈從文在北京西河沿的一家小客店的旅客簿上寫下「沈從文年二十歲學生湖南鳳凰縣人」〔註175〕的時候實際上已經做出了一個文化選擇，這種選擇隨著其住址從酉西會館到沙灘公寓的遷移而進一步得到確認。〔註176〕從這一時期沈從文的小說《老實人》《絕食以後》《怯漢》等也顯示了沈從文對於北海公園等北京城內新的公共文化空間的偏愛，這些民元之後才向公共敞開的新的文化空間同時也是學生聚集的地方。〔註177〕當唯剛先生在《大學與學生》一文中將沈從文的小說《遙夜》當做是「學生」作品的時候，沈從文異常興奮，感到「很自慰」，「想我雖不曾踹過中學大門，分不清洋鬼子字母究竟是有幾多，如今居然便有人以為我是大學生；既有人以為我是大學生，則果有能力返到舊遊地時，便很可扛著大學名義搏去，不必再設法披什麼灰衣上身了。」〔註178〕由此看來，沈從文眼中的「工讀」並不是工讀互助團所說的「人人作工，人人讀書，各盡所能，各取所需」，倒更像是工讀互助團所進行過

〔註172〕沈從文：《從文自傳》，《沈從文全集·第13卷》，太原：北嶽文藝出版社，2002年，第363頁。

〔註173〕沈從文：《從文自傳》，《沈從文全集·第13卷》，太原：北嶽文藝出版社，2002年，第364頁。

〔註174〕沈從文：《自我評述》，《沈從文全集·第13卷》，太原：北嶽文藝出版社，2002年，第397頁。

〔註175〕沈從文：《從文自傳》，《沈從文全集·第13卷》，太原：北嶽文藝出版社，2002年，第365頁。

〔註176〕姜濤：《從會館到公寓：空間轉移中的文學認同——沈從文早年經歷的社會學再考察》，《中國現代文學叢刊》，2008年，第3期。

〔註177〕參見姜濤：《沈從文與20世紀20年代北京的文化消費空間》，《都市文化研究》，2012年，第1期。

〔註178〕沈從文：《致唯剛先生》，《沈從文全集·第11卷》，太原：北嶽文藝出版社，2002年，第39頁。

嚴格分別的「半工半讀學校」的主張，〔註179〕與「工讀互助團的課程是沒有一定的」這一設計相反，沈從文更希望獲得一個學生的身份，而嚴格的課程設計在形成「學生」這一身份認同的過程中的意義是不言而喻的，沈從文之所以沒有走入校園而走入了社會這個永不畢業的學校，在當時只是因為沒有錢。〔註180〕沈從文「過北京本意是讀書，但到了那地方，才知道任何處皆缺少不花錢可讀書的學校，故只在北京小公寓住下。」〔註181〕

　　在飢寒交迫中，沈從文曾經為找尋工作掙扎過。在成為「職業作家」之前，他曾先後在北京及周邊做過許多短工，如《現代評論》做發報員、在京兆尹薛篤弼的秘書室任書記、在香山慈幼院任圖書管理員等，但是他始終不願離開北京的自然邊界，以及北京在當時中國所形成的獨特的文化場域。即使面對待遇相對優厚的甘肅省省府秘書一職，沈從文的這個信念也沒有改變。比較這時沈從文所可能面對的幾種工作，甘肅省省府秘書這一職務無論是在社會地位還是在經濟條件上都要比四處打零工要好得多，《沈從文年表簡編》中對沈從文這一行動的解釋是「珍惜北平的文化環境」，〔註182〕這一點應該是準確的。面對困窘的生活境遇，沈從文也曾經有過動搖，「各方面的測驗，間或不免使得頭腦有點兒亂，實在支撐不住時，便跟隨什麼直系奉系募兵委員手上搖搖晃晃那一面小小三角白布旗，和五七個面黃肌瘦不相識同胞，在天橋雜耍棚附近轉了幾轉，心中浮起一派悲憤和混亂。」但是在當時，北京所具有的「新文化」資源是哪裏也無法替代的，這對沈從文的誘惑甚至超越了對生存本身的關注，所以「到快要點名填志願書發飯費時」，強大的文化向心力又將沈從文帶回了當初的文化選擇，告訴沈從文「可千萬別忘了信仰」，於是沈從文「便依然從現實所作成的混亂情感中逃出，把一雙餓得昏花朦朧的眼睛，看定遠處，藉故離開了那個委員，那群同胞，回轉我那『窄而黴小齋』，用空氣和陽光作知己，照舊等待下來了。」〔註183〕

〔註179〕參見王光祁：《工讀互助團》，《少年中國》，1920年，第一卷第七期。

〔註180〕雖然沈從文曾經投考燕京大學，由於考試被判為零分，被退還報考費，但是這並不能說明沈從文的文化水平不行，況且沈從文之前還有著投考中法大學被錄取的經歷，其最終未能進入校園的最主要原因還是經濟上的窘迫。

〔註181〕沈從文：《從現實學習》，沈從文：《沈從文全集·第13卷》，太原：北嶽文藝出版社，2002年，第372頁。

〔註182〕參見沈胡雛等編：《沈從文年表簡編》，沈從文：《沈從文全集·附卷》，太原：北嶽文藝出版社，2002年，第8頁。

〔註183〕參見沈從文：《從現實學習》，沈從文：《沈從文全集·第13卷》，太原：北嶽文藝出版社，2002年，第376頁。

就這樣，在不斷地堅持和努力下，沈從文終於在 1924 年年底的《晨報副刊》上發表了《一封未曾付郵的信》，邁出了其寫作生涯的第一步。到了 1926年，沈從文由於發表《第二個狒狒》得罪了香山慈幼院的管理者而離開這個使他安身半年有餘的工作，在此之後，就以寫作為生，成為一名職業作家。

三、職業與志業

沈從文本人對他「職業作家」的身份是非常重視的，以至於在半個多世紀以後，他還不無驕傲地回憶道：「我算是第一個職業作家，最先的職業作家，我每個月收入從來不超過四十塊錢。」〔註 184〕

在《沈從文先生自訂年表》中，「簡歷」一欄詳細記錄了作者本人歷次工作的變動，其中記錄有「一九二四～一九二八：寫作（職業）」「一九二八～一九四七：業餘寫作，曾編《大公報》《益世報》等文藝副刊」，〔註 185〕可見，沈從文對作家與作品之間的關係是有著很強的自覺的。是否以創作維持生活，在很大程度上決定著作家的創作姿態，也決定著作家與作品之間的關係：以文學為「職業」，意味著作家和作品之間的關係變得緊張，作家必須以作品的市場為導向，其創作在很大程度上受到消費的鉗制；而「業餘」寫作則不同，作家在寫作時不必太多考慮作品是否為市場所接受，可以更加自由地往來作品和消費之間，成為一種有「餘裕」的文學。1927 年，魯迅曾經在黃埔軍校作了題為《革命時代的文學》的演講，其中對於文學與經濟之間的關係有著深刻的認識。「有人說：『文學是窮苦的時候做的』，其實未必，窮苦的時候必定沒有文學作品的：我在北京時，一窮，就到處借錢，不寫一個字，到薪俸發放時，才坐下來做文章。忙的時候也必定沒有文學作品，挑擔的人必要把擔子放下，才能做文章；拉車的人也必要把車子放下，才能做文章。」〔註 186〕魯迅所舉例子中的生活狀態，沈從文是深有體會的，在「職業」寫作的時候，沈從文必

〔註 184〕 沈從文：《在湖南吉首大學的講演——一九八二年五月二十七日》，沈從文：《沈從文全集·第 12 卷》，太原：北嶽文藝出版社，2002 年，第 397 頁。沈從文說自己是「第一個職業作家」有待查考，但是從 1924 年《一封未曾附郵的信》在《晨報副刊》發表開始，沈從文主要收入就來自稿費，說他是中國新文學的「第一批」職業作家應是不錯的。

〔註 185〕 張兆和整理記錄：《沈從文先生自訂年表》，《吉首大學學報（社會科學版）》，1998 年，第 2 期。

〔註 186〕 魯迅：《革命時代的文學》，魯迅：《魯迅全集·第 3 卷》，北京：人民文學出版社，2005 年，第 439 頁。

須負上市場的犁軛，不斷地調整自己文學創作的步伐，來適應消費的要求，沈從文起初「用一支筆，無日無夜寫下去，把所有作品寄給各報章雜誌」，換來的卻是「毫無結果等待」，原因不單單是沈從文的文化水平不行，更重要的是沈從文當時依照的《新青年》《新潮》《改造》等刊物「所提出的文學運動社會運動原則意見」和「社會必須重造，這工作得由文學重造起始」的觀念在大革命的浪潮衝擊下，顯得有些「過時」。〔註187〕

　　就在沈從文來到北京的同時，給予他文學啟蒙的《新青年》《創造週報》等都發生了重大的改變。《創造週報》於 1924 年停刊，成仿吾對停刊原因的解釋是：「『我們固然很願意竭力於新文學的建築，然而我們自己也要生活』。我們都很年輕，我們熱愛青春的生活，我們不能把我們的有限的生命一齊都丟在一個無底的洞裏。」而「外來的投稿雖然天天增加，然而可以用的很少，從二十號以下便漸漸感到稿乏的痛苦了。這種稿荒一直鬧到了四十號」〔註188〕的事實也表明了《創造週報》的編輯們已經和當時社會的主導潮流產生了很大的差距，以至於「外來」的投稿多半無法通過郁達夫、成仿吾等人的審核。在文章的落款日期上，成仿吾寫下了「國恥紀念日」〔註189〕的字樣，這也是創造社眾人以集體的方式，向著「五四」發出的最後的呼喚。〔註190〕而《新青年》同人們也在激烈的爭論之後各奔東西，雜誌在 1923 年沈從文來京的時候已經南遷，並成為中國共產黨中央正式的理論性機關刊物。那些原先載於這些雜誌令沈從文「發迷的美麗辭令」「以為社會必須重造，這工作得由文學重造開始」的文學啟蒙的主張，在大革命所帶來的「現實」的比照下，「信仰和希望」顯得「動人而空洞」。1924 年前後，投奔革命成為青年所熱衷的選擇，無數曾經為「五四」思想啟蒙吸引的青年人不遠千里翻越尚未通火車的湘粵邊境，來到了革命聖地——廣州，開始了一段全新的生活，顯示出革命背後現代民族國家倫理的強大吸引力。〔註191〕同時，大革命也在文化層面上帶來了一系列帶有消費意味的轉變，人們認為「信仰希望的惟有革命方能達到。革命是要推翻一個當前，不管它好壞，不問用什麼手段，什麼方式。這是一種現實。你出力

〔註187〕　參見沈從文：《從現實學習》，沈從文：《沈從文全集·第 13 卷》，太原：北嶽　　　　　　文藝出版社，2002 年，第 374 頁。

〔註188〕　成仿吾：《一年的回顧》，《創造週報》，1924 年，第 52 號。

〔註189〕　指 1915 年 5 月 7 日，袁世凱政府與日本簽訂「二十一條」。

〔註190〕　創造社在這之後其思想逐漸轉向激進，成為了一個帶有「左翼」色彩的團體。

〔註191〕　參見邢照華：《黃埔軍校生活史 1924～1927》，北京：商務印書館，2014 年。

參加，你將來就可作委員，作部長，什麼理想都可慢慢實現。你不參加，那就只好做個投稿家，寫三毛五一千字的小文章，過這種怪寒傖的日子下去了。」在這種文化氛圍的衝擊下，沈從文「完全落了伍」，「革命一來，把三毛到一元千字的投稿家身份也剝奪了，只好到香山慈幼院去作個小職員。」〔註192〕

嚴酷的現實改變了沈從文既定的創作道路，「工讀主義」的夢已經被擊碎，「在革命成功熱鬧中，活著的忙於權利爭奪時，剛好也是文學作品和商品資本初次正式結合，用一種新的分配商品方式刺激社會時，現實政治和抽象文學亦發生了奇異而微妙的聯繫。我想要活下去，繼續工作，就必得將工作和新的商業發生一點關係。」沈從文於是向著上海「走進第二步路」，〔註193〕可以說，沈從文1928年離京赴滬，是直奔著商業目的去的。但是，文學和市場的合謀已經完全背離了沈從文的初衷，使沈從文在上海三年左右就重返北平，「鄉下人覺得三年中在上海已看夠了，學夠了，因之回到了北平，重新消失於一百五十萬市民群中，不見了。……北平的北風和陽光，比起上海南京的商業和政治來，前者也許還能督促我，鼓勵我，爬上一個新的峰頭，貼近自然，認識人生。」〔註194〕理想和現實之間的巨大差距給沈從文留下了心理創傷，也促使沈從文從最初的「工讀主義」理想走向了更為深刻的對於消費的批判。

二十年後，沈從文回首自己當年在市場的泥沼與消費的大潮中掙扎的時候，做出了這樣的分析：「在革命成功的熱鬧中，活著的忙於權利爭奪時，剛好也是文學作品和商業資本初次正式結合，用一種新的分配商品方式刺激社會時，現實政治和抽象文學亦發生了奇異而微妙的聯繫。我想要活下去，繼續工作，就必得將工作和新的商業發生一點關係。……當時情形是一個作家總得和某方面有點關連，或和政治，或和書店——或相信，或承認，文章出路即不大成問題。若依然只照一個『老京派』方式低頭寫，寫來用自由投稿方式找主顧，當然無出路。」〔註195〕沈從文的這番闡釋帶有很大程度的「事後之明」的意味，畢竟，1943年的沈從文已經不是那個身居北京、貧困潦倒的年輕人了，

〔註192〕參見沈從文：《從現實學習》，沈從文：《沈從文全集·第13卷》，太原：北嶽文藝出版社，2002年。

〔註193〕參見沈從文：《從現實學習》，沈從文：《沈從文全集·第13卷》，太原：北嶽文藝出版社，2002年，第380頁。

〔註194〕沈從文：《從現實學習》，沈從文：《沈從文全集·第13卷》，太原：北嶽文藝出版社，2002年，第382頁。

〔註195〕沈從文：《從現實學習》，沈從文：《沈從文全集·第13卷》，太原：北嶽文藝出版社，2002年，第380頁。

而是一個有著「（昆明市）西南聯合大學副教授」〔註196〕頭銜的中年文學家。比起在自傳性質的《從現實學習》一文中所表現出的對當時文化環境的洞徹和明晰，20世紀20年代的沈從文更多地表達了對於消費文化的親歷感，在對消費文化進行批判的同時，時刻傳達出了一種作家在「工讀主義」文化選擇破滅後，不得不屈尊於消費市場的「切膚」痛感。

　　沈從文抱著「工讀主義」的夢想來到北京之後不久，消費市場就給了他當頭一擊，他曾經幻想著用「手與腦終日勞作來換每日低限度的生活費」〔註197〕而不可得，只好將自己的創作捆綁在迎合市場的基礎之上。在沈從文初登文壇的1925年，其發表作品數量達到了驚人的60餘篇，〔註198〕在作品獲得豐收的同時，沈從文的生活上也略見起色，雖然還是時常捉襟見肘，但是至少已經不會再因經濟問題而想到輕生。〔註199〕然而，沈從文的痛苦並未因此而減少，他登上文壇的姿態與其來北京之前所期望的差距太大了，之前「半工半讀，讀好書救救國家」〔註200〕的夢想已經被「只要莫流血，莫太窮，每月不至於一到月底又恐慌到房租同伙食費用，此為能夠在一切開銷以外剩少許錢，盡媽同九妹到一些可以玩的地方去玩玩」所取代，而且，沈從文認為「這生活算很幸福的生活了。」〔註201〕由於「戲劇」這一體裁的文學作品比較容易發表並且稿酬較高，為了生活，沈從文甚至創作並不擅長的戲劇去賺取稿費，並在兩年之內寫出了近二十篇來，〔註202〕藝術成就自然不高，更遑論其「為人生」的寫作理想了。在被唯剛先生等人贊為「天才」的背後，沈從文卻為自己這樣「工廠化」的寫作方式深深困擾，他不禁捫心自問：「到這世界上，像我們

〔註196〕張兆和整理記錄：《沈從文先生自訂年表》，《吉首大學學報（社會科學版）》，1998年，第2頁。

〔註197〕沈從文：《一封未曾付郵的信》，沈從文：《沈從文全集·第11卷》，太原：北嶽文藝出版社，2002年，第5頁。

〔註198〕參見沈胡雛等編：《沈從文年表簡編》，沈從文：《沈從文全集·附卷》，太原：北嶽文藝出版社，2002年，第8頁。

〔註199〕在《一封未曾付郵的信》中，沈從文曾經提到過，「我不能奮鬥去生，未必連爽爽快快去結果了自己也不能吧？」（沈從文：《一封未曾付郵的信》，沈從文：《沈從文全集·第11卷》，太原：北嶽文藝出版社，2002年，第5頁。）

〔註200〕沈從文：《從現實學習》，沈從文：《沈從文全集·第13卷》，太原：北嶽文藝出版社，2002年，第375頁。

〔註201〕沈從文：《不死日記》，沈從文：《沈從文全集·第3卷》，太原：北嶽文藝出版社，2002年，第406頁。

〔註202〕參見沈從文：《一個天才的通信》，沈從文：《沈從文全集·第4卷》，太原：北嶽文藝出版社，2002年。

這一類人，真算的一個人嗎？把所有精力，竭到一種毫無希望的生活中去，一面讓人去檢選，一面讓人去消遣，還有得准備那無數的輕蔑冷淡承受，以及無終期的給人利用。呼市儈作恩人，喊假名文化運動的人作同志，不得已自己工作安置到一種職業中去，他方面便成了一類家中有著良好生活的人辱罵為文丐的憑證。」〔註203〕

沈從文關於「工作」和「職業」的區別並非個人的創造，而是來自於工讀互助團所秉持的一種理念。1920 年，葉聖陶在《新潮》雜誌上發表了《職業與生計》一文，提到了當時社會上流行的對於職業的大體觀念，「他們以為職業是把來維持生計的，——單單是維持生計的——職業是手段，生計是目的。這一項職業所得的酬報，維持生計的程度較高，便是較好的職業：大家都羨慕著他，想取得他。更從反面推想，有私產可以維持生計的人，就不必有職業。便是現在有職業的人，只消將所得的酬報，儲蓄起來了，到了夠維持將來的生計的時候，也就可以不務職業。總而言之，未有生計問題，才有職業問題，倘沒有生計問題，便沒有職業問題。」〔註204〕然而，《新潮》雜誌是一份面向學生主體而立志於思想啟蒙的刊物，於是，葉聖陶在對這一流行觀點進行批判的同時，也提出了自己關於職業的看法：「職業是有益於人類的，自己所能勝任的，全體為興趣所含濡的，實現我們的理想的一種活動。」〔註205〕葉聖陶的這種與社會流行觀點迥然不同的職業觀並非個例，同一年，在青年群體中影響頗大的少年中國學會也發起了一項調查，起因是由於「現在本會人數漸多，且散居各國者尤眾，通信尚且不易，遑論學術及事業上之互助，即欲互助，亦不知從何助起」。而「夫個人不自知其終身欲究之學術與欲做之事業，則其人必終無成就。團體若不自知其各分子終身欲究之學術與欲做之事業，則其團體必無成就」。文中附調查例表一張，其調查內容有「終身與研究之學術」「終身欲從事之事業」「事業著手之時日及其地點」「將來終身維持生活之方法」「最近住址」〔註206〕等，從表中不難看出，在當時這些青年學生眼中，「終身欲從事之事業」和「將來終身維持生活之方法」是截然不同的。例表中的周太玄、王光祁、

〔註203〕沈從文：《老實人》，沈從文：《沈從文全集・第 2 卷》，太原：北嶽文藝出版社，2002 年，第 65 頁。

〔註204〕葉紹鈞：《職業與生計》，《新潮》，1920 年，第 3 期。

〔註205〕葉紹鈞：《職業與生計》，《新潮》，1920 年，第 3 期。

〔註206〕周太玄、魏時珍、宗白華、王光祁：《會員通信》，《少年中國》，1920 年，第 4 期。

魏時珍、宗白華四人除宗白華兩項皆填的是「教育」之外，其餘三人在「終身欲從事之事業」一欄填的都是與公益或國家建設有關的「平民醫院」「兒童公育」「新村及工讀互助團」等，「將來終身維持生活之方法」一欄填的是與個人經濟密切相關的「醫院助手」「手工藝」等，「教育」這一既有利於國家，又可以維持自己生計的「事業」更是為眾人所青睞。〔註207〕由此仍然可以看出，在「五四」一代學生群體的心中，「職業」和「生計」是完全不同的兩個概念，相對於「生計」的功利化和個人化，「職業」則是崇高的，是與這個時代的啟蒙話語與國家倫理息息相關的。

沈從文所說的「工作」，相當於之前葉聖陶所提到的「職業」；而沈從文所認為的「職業」，相當於葉聖陶所謂的「生計」。從沈從文對於自己身世的歎息中，不難發現，「工讀主義」的理想在已經走上「職業作家」道路的沈從文的觀念中，依然佔有很重要的地位，也再次向讀者們證明了沈從文的堅毅：在任何環境中，都沒有忘記他的「信仰」。

雖然「工讀主義」無論是在理論構架上還是在具體實踐中，都存在著嚴重的侷限性，但是它畢竟是一種富有建設性意義的民族國家政治想像，比起為市場和金錢所佔據的消費文化來說，有著很強的超越性。站在「救救國家」的高度，沈從文發現，看起來錯綜複雜的市場背後，其所仰仗的一套倫理居然如此的簡單，「我因為知道得清清楚楚，我的值一百元或八十元一部的小說稿子，由這些人過手印出以後，第一版是便賺了若干倍錢，對於市儈總覺可敬的。中國有這些善於經營事業的人，正如此時中國有很多的革命家一樣，這都是些有福氣有本領的人、才能利用無價值的精力與無價值的生命，攫到金錢和名位。」沈從文在對消費文化進行智力上的超越之後，卻無可奈何地發現自己仍是無法逃離消費文化的網籠，甚至連嘲笑它的力量都沒有，由是產生的強烈的挫敗感讓沈從文在職業作家的生涯中體會了一種無望，在消費文化的語境中，「說話的資格不是每一個平民皆有，……在他們，只要把書店一開張，自然有那各樣貨色送來給老闆賺錢」，而處於消費食物鏈最底端的沈從文「縱算把身賣了，還有其他窮的靠作文章為活的人，因此我想改業也不成。」〔註208〕

〔註207〕參見周太玄、魏時珍、宗白華、王光祁：《會員通信》，《少年中國》，1920年，第4期。
〔註208〕沈從文：《不死日記》，沈從文：《沈從文全集‧第3卷》，太原：北嶽文藝出版社，2002年，第403頁。

即使是被人稱為「天才」，沈從文也清醒地認識到，這只不過是消費文化本身的一個陰謀，是各個小團體爭奪市場〔註209〕的一個噱頭。於是在 1930 年，當沈從文第一次從「職業作家」所面臨的窘境中抽身出來的時候，〔註210〕他迫不及待地向社會宣稱：「從今天起，這書上的『天才』死去了。」〔註211〕這個宣告中並不帶有悼詞式的悲傷，而是帶有一種新生的歡愉，沈從文在這個宣告中告訴讀者，他將以一種新的姿態繼續寫作。

在沈從文 20 世紀 20 年代之後的作品中，對消費文化的批判一直是一個重要的主體，但與 20 世紀 20 年代相比，那種「切膚」感已經轉化成一種痛定思痛後的思考，這種思考一直延伸進了沈從文後期的創作之中。但是，還是像趙園所分析的，沈從文本身在認識上具有一種「哲學的貧困」，〔註212〕他並不能很好的分辨事物的「形態」和「過程」，再加上「工讀主義」本身在理論上具有的對拒斥消費的維度和長期為消費市場所奴役而帶來的心理創傷，沈從文錯誤地將「國防文學」「抗戰文學」等一些對於民族國家在戰火中重生起過重大的文學運動和 20 世紀 20 年代消費文化相等同，認為這些都是經不起「時間」來「陶冶清算」的「空洞理論」，應時代所需出現的文學思潮只不過是「一個明眼人是看得出的」「活潑背後的空虛」，作家們「事業或職業部門多，念念不忘出路不忘功利」而「搞文學」「充作家」，是「民族自殺的工具」。〔註213〕這也是沈從文在 1948 年前後成為郭沫若等人重點打擊的對象，最終被排斥在文壇之外的一個重要原因。

「工讀主義」和工讀互助團在現代中國的歷史上無疑只是一次曇花一現的政治實踐，在各地工讀互助團紛紛解體之後，其主要參與者紛紛轉向了各種

〔註209〕 參見沈從文：《從現實學習》，沈從文：《沈從文全集·第13卷》，太原：北嶽文藝出版社，2002 年。
〔註210〕 1929 年，沈從文、胡也頻、丁玲三人辦《紅黑》雜誌，目的是為了「擺脫書店老闆的盤剝」，《一個天才的通信》即載於《紅黑》雜誌被迫停刊前的兩期上。而 1929 年《紅黑》雜誌停刊，沈從文在徐志摩和胡適的幫助下，在上海中國公學任教，並兼任上海暨南大學中國小說史課程，同時，大哥沈雲麓接其母親回湘西、與新月社同人日益友善這些事件也使得在這個「最勤快工作的年份」裏，沈從文的經濟狀況大大好轉。
〔註211〕 沈從文：《一個天才的通信》，沈從文：《沈從文全集·第4卷》，太原：北嶽文藝出版社，2002 年，第 325 頁。
〔註212〕 參見趙園：《沈從文構築的「湘西世界」》，《文學評論》，1986 年，第 6 期。
〔註213〕 參見沈從文：《從現實學習》，沈從文：《沈從文全集·第13卷》，太原：北嶽文藝出版社，2002 年。

更切實、更具有建設性的政治實踐中去，對於這次運動和中國思想界的關係也較少有人做過反思性的工作。通過對沈從文 20 世紀 20 年代文化選擇的考察，我們發現了一個在工讀互助團破產之後仍默默堅守「工讀主義」理想的文學青年在面對消費文化時的痛苦與反思。同時提醒我們，在現代中國的文化語境中，新媒介的廣泛傳播以及地域帶來的時間差使得一種思潮可能在其主體已經衰落的時候，其餘波卻在另一個地方生根發芽，在對工讀互助團進行的眾多共時性考察的同時，一種歷時性的研究也是必不可少的。

　　「五四」時代的風雲激蕩將一群青年人的志向和剛剛成立不久的中華民國的「國運」緊緊地聯繫在了一起。在新文化的帶動下，對於個人與國家之間關係的探索成為這個時代具有普遍性的主題，各種社團如雨後春筍般紛紛出現在公眾的視野裏。與舊式文人的雅集或是名士的清談不同，「五四」時期的各類社團的活動普遍具有一種政治實踐的性質，社團中活躍著的青年在進行風格迥異的理論建設的同時，也在身體力行對於重構國家和個人之間關係的想像。由於這一時期許多社團活動的理論資源都是來自「五四」前後大量譯介的西方著作，其在面對民國初期中國錯綜複雜的政治生態的時候，往往並不能很好地解決現實中出現的問題。站在現在的角度反觀歷史，「五四」時期的社團基於自己所仰仗的思想資源所進行的活動，大多帶有浪漫主義的氣息，這使得「理想」成為那個時代大的氛圍，一方面為民國初期中國的建設注入了活力並提供了多種可能性；另一方面，脫離現實基礎的理想一旦介入政治實踐層面，其所要承擔的風險是巨大的。

本章小結

　　站在現代民族國家的角度上，一個獨立自主的現代民族國家為作家的創作提供了堅實的物質保障和安全保障，作家的創作則可以在很大程度上滿足新生國家自身外部宣傳和增強內部凝聚力這兩方面需要。從理論上來看，兩者之間確實是相輔相成的，一方的繁榮會帶來另一方的繁榮，畢竟，從中國新文學產生和發展的過程來看，其與民族國家之間的關係是無人可以否認的，而統一的民族國家又成為文學發展合力的產生根源和重要靶向。有研究者指出，「中國現代文學在中國現代民族國家的創造和建構中發生了重要的作用。與此同時，中國現代文學在主題內容和表達形式上都發生了深刻的、

根本的變化。」〔註214〕新文學自誕生以來，就期望能夠在一個新的、統一的、自主的國家內部進行寫作，而文學的意義正在於此，它可以為人們提供一個可以反思國家問題和想像國家建設方向的空間。在這個反思和想像的過程中，一個屬於新的時代的文學誕生了，建立在虛構基礎上的舊的文學契約被打破，建立在一種心靈真實上的文學契約被重新簽訂。文學不是一種機械性的生產，文學生產的主體是人，正如錢谷融在50年代提出的，在文學中，一切問題的根源都要歸結到作家對人的看法、作品對人的影響上面來。〔註215〕在這個新的文學契約中，文學乃至文化與社會現實的互動性更強，更加傾向於與新文化運動的參與者進行互動，在文本與現實的交互中不斷探尋中國和這一代知識青年們的新的出路。人的本質具有很強的實踐性質，實踐就意味著一種基於自身而對世界進行的探索，這種探索是一種對話性質的存在，並且面對每一個時代發聲。

這樣，以《新青年》為代表的新文化刊物上出現諸如「讀者通信」的欄目則是順理成章的了，一方面，它滿足了青年對參與現代民族國家建設的欲望，青年讀者在這裡找到了一個空間，可以暢談自己從生活中感悟到的、從書本中學習到的、甚至從他人那裡聽說到的各種有關民族國家建設以及自身修養的事情，並將之推至公共領域；另一方面，它成為青年互相認識、互相討論的空間，原本各自為政的青年們終於得以將彼此的思想加以整合和比較。這樣，何種思想、何種理論更適合中國當時的國情，就會一目了然，即使有一些會引起爭議，最終也會在爭議中達成共識。在很大程度上，以《新青年》為代表的新文化刊物正是中華民國這樣一個新生現代民族國家的縮影，兩者是同質異構的。

正是由於其緊緊地與現代民族國家相連，新文化運動才會在短時間內得到了較為廣泛的傳播，雖然由於1910～1920年代的社會經濟、文化條件，新文化運動在推行的過程中在地域上不可避免地存在著時差，但是無論如何，新文化運動的推行都或早或晚地影響到了當時中國最廣泛的青年人們，打破了由時間和空間構成的壁障，使他們意識到自己在中華民國中的位置，意識到了現代民族國家和自己實際上是一體的，從而促進了青年人的啟蒙。

〔註214〕曠新年：《民族國家想像與中國現代文學》，《文學評論》，2003年，第1期。
〔註215〕參見錢谷融：《論「文學是人學」》，北京：人民文學出版社，1981年。

第三章　人際關係的建構與新文化運動的發生

　　人是一切社會關係的總和，一切政治文化活動歸根到底是人的活動，作家也不例外，作家在從事文學生產的過程中面對的種種人事關係都直接或間接地影響著他們的創作，同時也影響著文化生態。文化生態本身就是一種關係，這種關係中最微觀的就是人和人之間的關係。在新文化運動前後的文化生態關心中，作家與作家、作家與親友以及作家與其他人構成了一層層豐富的關係，種種關係相互交織，使新文化運動前後的文化生態呈現出獨特的面貌。

　　究其實質，文化生態是一種由不同關係組成的關係網絡，而人與人之間的關係則是這一關係網絡表層中最細微的部分。本部分試圖以新文化運動前後作家們個人化視野中的人際關係入手，通過作家與作家、作家與親屬、作家與師承等方面的考察來展示一種豐富而交織的人際關係，並探尋這些關係對新文化運動發生所造成的影響。作家個人作為文學生態最小的組成部分，同時又是文學生態所產生結果的最後作用對象，對文化生態的建構承擔著重要的展示作用。在文學生態中行動著的作家，最後需要面對的還是自己的內心，也就是自我，這包括作家對自己社會身份的認知和定位、作家對自己作品的認知和定位，以及作家如何尋找自我。本部分試圖從這些方面入手，研究作家在書信和日記中對自己及他人的定位與認知，從而探尋文學生態對一個個活生生的人的作用，以及人在文學生態中存在並創造的那種主體性精神。

第一節　家庭關係的重構

一、難以走出的舊禮教

人是構成社會的最基本元素，人和人之間的關係也是形成社會生態的最基本的元素。同樣的，在文學生態的構成中，作家和作家之間的種種關係也成為各種關係的源頭，作家之間所產生的那種富有張力的接觸，最終作用於整個文學生態，並在很大程度上影響著作家們的創作以及文學的發展走向。

自晚清以降，建立在現代民族國家基礎上的新的社會觀念逐漸深入人心。原先形成的那一套有關家庭的認知以及在此基礎上建立的家庭與社會的關係，在新的社會組織結構中已經成為即將被淘汰的落後的東西。但是新觀念的形成與舊觀念的崩潰一樣，並不是一蹴而就的事情，通過新文化運動的倡導者和參與者的書信、日記來揣摩和考證其中的一些細節，可以在最大程度上還原這些先行一步的人在邁出這艱難的一步時，心中的興奮與苦痛、希望與掙扎。

1917 年，《新青年》上發表了吳虞的《家族制度為專制主義之根據論》，文中較為系統地考證了古今中外家族制度與專制主義的關係，最後，吳虞得出結論，稱：「六親苟合，孝慈無用，余將以『和』字代之。既無分別之見，尤合平等之規，雖蒙『離經叛道』之譏，所不恤矣！」〔註 1〕此前，恰逢清末民初的亂世，在川中言論界和學界，吳虞以其「非孝」的言論廣受爭議；後來隨著民國政府漸漸步入正軌，新思想也開始在四川傳播開來，吳虞此前飽受非議的言論卻成為其能夠躋身川內名士的資本。相對於新文化運動的其他參與者而言，吳虞的年齡無疑是比較大的，其思想也較為陳舊，在以「非孝」言論成為一家之言後，吳虞也樂得用胡適給他封的「中國思想界的一個清道夫」「『四川省隻手打孔家店』的老英雄」〔註 2〕等稱號自居。但是，讓吳虞始料未及的是，他在積極地向傳統禮教開炮的同時，自身的行為卻一直向著他所反對的方向滑落，這突出地表現在他與自己妻子兒女的關係上。據吳虞日記記載，1917 年其髮妻曾香祖尚在人世之時，其就不少有酗酒狎妓的

〔註 1〕吳虞：《家族制度為專制主義之根據論》，《新青年》，1917 年，第 2 卷第 1號。

〔註 2〕胡適：《〈吳虞文錄〉序》，歐陽哲生編：《胡適文集·第 2 卷》，北京：北京大學出版社，1998 年，第 608、610 頁。

行為，如：「胡玉叔來函云：玉津先生贈子華詩囑轉達。詩曰：『吳又陵先生最賞識陳碧秀，與玉叔有同好云。碧郎風致似雲郎，恰到花時一舉觴。安定門前最清絕，不知人世有滄桑。』」〔註3〕這種舊式文人的行為，出現在川內首先提倡新文化的吳虞身上著實十分弔詭。他在寫給雜誌報刊的祝詞中聲稱著文是為了「本真理以昌言，為斯民之先覺，解弢墮裘，扶微燭幽，一破盲循柴守之陋，黨同妒真之習」。〔註4〕這看似好像要倡導新文化，一改由清末選學帶來的質勝於文的不良風氣，以文學之力改造民眾對世界的認知。但是同時，吳虞又在日記中記述一眾友人對其所賦詩詞的溢贊之詞：「豫波舅來函，稱余詞風流倜儻，良足自娛，容暇再和」，〔註5〕其中流露出的洋洋自得的情緒不可以說不濃重。作為一個提倡新文學、新思想、新道德的蜀中名士，吳虞的行為實在令人懷疑其文化革命立場的堅定性。事實上，如果查閱吳虞此時創作的一些詩文，就會發現，其詩往往作於會飲狎妓之後，這與此時在北京與其聲氣互通的陳獨秀、胡適等人提出的「提倡新文學，反對舊文學」「提倡新道德，反對舊道德」的思路是完全背道而馳的。

更有甚者，吳虞的髮妻曾香祖於 1917 年 7～11 月重病，吳虞感慨「香祖從余二十餘年，備嘗辛苦，安於淡泊，於繁華社會，未嘗伸眉有一日之歡。撫育諸女，心血耗盡，體為虛弱。辛亥以家庭之故，尤極悲慘。」〔註6〕在曾香祖去世後，吳虞也曾痛陳「香祖遂捨我命薄之人與世長辭矣。嗚呼痛哉痛哉！余此後尚有何生趣哉。」〔註7〕然而，無論吳虞在日記中表現地多麼悲切，曾香祖在家庭地位方面都無法與其等量齊觀。事實上，吳虞在曾香祖去世前兩年，就另娶了一房小妾，並且這房小妾的來源還是人口交易。1915年 4 月，吳虞在日記中記載，「李人販來言，前云某姓之女，已賣與陝人，其兄不願，現作罷論。如余要看，可令其來。午飯後令老梁去招呼女同來，言

〔註3〕吳虞：《日記19170205》，中國革命博物館整理，榮孟源審校：《吳虞日記‧上冊》，成都：四川人民出版社，1984 年，第 285 頁。

〔註4〕吳虞：《〈公論日報〉祝詞》，趙清、鄭城編：《吳虞集》，成都：四川人民出版社，1985 年，第 25 頁。

〔註5〕吳虞：《日記19170511》，中國革命博物館整理，榮孟源審校：《吳虞日記‧上冊》，成都：四川人民出版社，1984 年，第 308 頁。

〔註6〕吳虞：《日記19170905》，中國革命博物館整理，榮孟源審校：《吳虞日記‧上冊》，成都：四川人民出版社，1984 年，第 342 頁。

〔註7〕吳虞：《日記19171119》，中國革命博物館整理，榮孟源審校：《吳虞日記‧上冊》，成都：四川人民出版社，1984 年，第 356 頁。

是犀浦北巷子人，二姊已嫁，兄前年入袍，母年六十餘矣，未讀書，不識字。索價百元。余與六十元。」〔註8〕在具體交易這名女子的時候，吳虞為了數十元與人販討價還價甚至激烈，甚至指責人販不滿足其還價的要求為「小人競爭劇烈，何與政學報俱無上下床之別乎？」〔註9〕不但如此，在交易達成之後，吳虞還要求加上「每歲逢年遇節，准其生母來一看，女不回家」等〔註10〕附加條款。

很顯然，吳虞的這次納妾的行為甚至連真正的「納」都很難算得上，而是一次徹頭徹尾的人口買賣活動，而李氏人販所介紹的女子在其心中就是一件價值 60 元的商品。很難想像，這件事的主要參與者竟然是指導妻子曾香祖寫出「遂古之初，人智瞑昧，其視女子僅同奴隸牛馬，供其驅策，比於財產玩物而已。今日女子之耳環髻簪，猶屬當時管轄女子之遺制。可以想見，故為女子者，徒知服勞奔走，依賴男子如天，一切大事，不得與聞，否則牝雞司晨，為家之索矣！蔽聰塞明，等於廢物，男尊女卑，遂成公例」〔註11〕的吳又陵。在這件事中，吳虞的所作所為與其大加批判的男權主義者別無二致，一樣是限制女性的自由以及強行切斷女方與原生家庭之間的關係，一樣是將女子視為財物。更加令人憤懣的是，吳虞的行為發生在已經有人為女權主義搖旗吶喊的中華民國，其行為乃是明知故犯，從這個角度來看，吳虞不但沒有比古人進步，反而更加惡劣。在迎娶李氏之後，吳虞並沒有像對待曾香祖那樣平等的對待她，在日常生活中，吳虞曾多次教訓她，儼然如主僕關係一般，如「李姑娘不聽教訓，余大不喜，非俟改過，斷不賞臉」〔註12〕「李姑娘將余臥毯污穢，蠢而執拗，令人鄙厭」。〔註13〕1915 年 7 月 6 日，曾香祖歸寧，吳虞記載：「午飯後香祖歸寧，叔妊約之也。叔妊言其家中專橫壓抑，

〔註 8〕吳虞：《日記 19150406》，中國革命博物館整理，榮孟源審校：《吳虞日記・上冊》，成都：四川人民出版社，1984 年，第 181～182 頁。

〔註 9〕吳虞：《日記 19150407》，中國革命博物館整理，榮孟源審校：《吳虞日記・上冊》，成都：四川人民出版社，1984 年，第 182 頁。

〔註10〕吳虞：《日記 19150409》，中國革命博物館整理，榮孟源審校：《吳虞日記・上冊》，成都：四川人民出版社，1984 年，第 182 頁。

〔註11〕曾香祖：《女界緣起》，趙清、鄭城編：《吳虞集》，成都：四川人民出版社，1985年，第 414 頁。

〔註12〕吳虞：《日記 19150415》，中國革命博物館整理，榮孟源審校：《吳虞日記・上冊》，成都：四川人民出版社，1984 年，第 184 頁。

〔註13〕吳虞：《日記 19150416》，中國革命博物館整理，榮孟源審校：《吳虞日記・上冊》，成都：四川人民出版社，1984 年，第 184 頁。

涕泗橫流，有錢何益，可哀已。晚香祖歸」；〔註14〕8 日，李氏母親來吳虞處探訪，吳虞記載：「李姑娘之母來，久之乃去，余不喜也。」〔註15〕從一個「可哀」、一個「不喜」中就可以看出，李氏在吳虞家中實在是沒有什麼人權可言，此時，李氏已經嫁入吳虞家中近三個月，其家人來探訪尚且不允許，更遑論獨自外出或者歸寧了。

　　更為人所不齒的是吳虞納李姑娘為妾的動機，雖然吳虞並未在日記裏明言為什麼要在與曾香祖成婚二十餘年之後再納一房小妾，但是在曾香祖去世後，吳虞日記中的一行文字卻能讓我們窺見其中的原因：「香祖先生生於光緒丙子年二月十四日未時，卒於丁巳年十月初五巳時，享年四十二歲，生子一人，女九人，現存女六人：楷、桓、棱、橿、櫻、柚。」〔註16〕曾香祖與吳虞結婚二十年卻只生下一個男孩，而且這名男孩最後還沒有存活下來，這才是吳虞要另行納妾的原因。換句話說，李姑娘是被吳虞帶著強烈的目的性迎娶進門的，在進入吳虞家之後，就已經淪落為吳虞為其家族傳宗接代的工具了。口中義正辭嚴地聲稱「我們不是為君主而生的！不是為聖賢而生的！也不是為綱常禮教而生的！什麼『文節公』呀！、『忠烈公』呀，都是那些吃人的人設的圈套來誆騙我們的！我們如今應該明白了！吃人的就是講禮教的，講禮教的就是吃人的呀！」〔註17〕的吳虞，此時已經被禮教中的家庭觀念和家族義務所捆綁，站在了自己批判的那一面而不自知。

　　如果細究吳虞「非孝」的歷史，就可以發現，其與父親之間不可調和的衝突，很大程度上是由於其父續弦李氏。吳虞稱：「李氏乘小轎來時，士珍叔母在，見其人殊不善之，然家君獨喜焉。十餘年來，李氏欲生子不得，與家君作文書於東獄廟，詛視余夫婦，橫加誣衊，無復人道。……自李氏來，至於宣統改元，家君田房衣服器具，變賣罄盡，約值萬餘金。」〔註18〕縱觀吳虞在迎娶李氏姑娘時的心態，與其父別無二致，可以說，僅就家庭觀念和家族倫理這一

〔註14〕　吳虞：《日記 19150706》，中國革命博物館整理，榮孟源審校：《吳虞日記·上冊》，成都：四川人民出版社，1984 年，第 197 頁。

〔註15〕　吳虞：《日記 19150708》，中國革命博物館整理，榮孟源審校：《吳虞日記·上冊》，成都：四川人民出版社，1984 年，第 197 頁。

〔註16〕　吳虞：《日記 19171120》，中國革命博物館整理，榮孟源審校：《吳虞日記·上冊》，成都：四川人民出版社，1984 年，第 357 頁。

〔註17〕　吳虞：《吃人與禮教》，《新青年》，1919 年，第 6 卷第 6 號。

〔註18〕　吳虞：《家庭苦趣》，趙清、鄭城編：《吳虞集》，成都：四川人民出版社，1985年，第 19～20 頁。

點而言，吳虞較之其稱為「老魔」的父親並無明顯進步。而在處理與兒女之間關係的問題上，吳虞仍是蹈了其父親的覆轍。

吳虞無子，其對眾女兒的態度十分嚴厲。吳虞的日記中，凡是談及女兒的問題，多顯得聲色俱厲。曾香祖病重期間，吳虞回家看到女兒吳楷和吳桓爭吵，認為「乃楷、桓膽敢於余出外，放肆咆哮，置其母生命於不顧，目中尚有餘夫婦耶。余因香祖之病，不可沾氣，抑而不言，然經此閱歷，大夢已醒。楷、桓須知吾性暴烈，其稍和平，乃讀書及經艱難之後。若必攖其怒以試其鋒，則中國社會，家庭、其黑暗有不可言喻者。設香祖因氣而病翻，則以吾暴烈之性，施於專制之家庭，恐楷、桓之脆弱未易當也。」〔註19〕從這段話中可以看出，吳虞不僅將曾香祖與李氏姑娘看作自己的私有財產，還認為女兒也是自己的私產，自己有理由也有權利對她們所做的一切進行嚴格控制。更過分的是，按照吳虞的邏輯，一旦女兒觸碰了自己忍耐的底線，作為家長的他，將有權使用暴力去解決家庭問題，這更是無視子女作為獨立的人的權利。

吳虞表面上對子女的生活瑣事十分上心，實際上，他所重視的並非女兒的生活，而是家庭名譽。吳虞的思路在寫給女兒吳楷的信中表現地更為清晰，他說：「昔年蔣姓之事，至遭斥革，無名信函，屢次侮辱，輕蔑之言，畫滿牆壁，傳至土橋，劉嫂亦聞之，貽累門戶，可謂極矣。蔣姓之後繼以張姓，至今同學有研究之詞，校長有不准戴帽子之事。下流所歸，廉恥掃地。使志淑鄙夷訕笑，騰播曾、雷、白、魏諸家，汝母當抱恨泉壤，亦難以為人矣。今又演許姓投函之舉，若再被校長斥革，豈不快陸慎言之心，短汝父之口。汝等不守規矩，不顧名譽，常遊於後門，私出於戶外，在中華黑暗之社會，慕歐美自由之文明，至今浪子小人，敢於侵犯，所謂人必自侮，而後人侮之，辱沒祖宗，辱沒父母，更何面目立於人世。汝母被汝等氣死，今復氣我，其意何居。若再不謹慎筆墨、鄭重行止，妄與外人通信，吾若知之，斷不能堪。置之死地，不能怪我。罪自由取，奈何，奈何。言盡於此，宜深凜之。」〔註20〕之後又告訴女兒吳桓說：「桓自校歸，渠等於成都尚立足不穩，乃妄思至南京、北京留學，可謂夢夢。由於渠等既無閱歷，不知社會之壞，又自作聰明，不信父母之教，故容易陷溺。

〔註19〕 吳虞：《日記 19170905》，中國革命博物館整理，榮孟源審校：《吳虞日記·上冊》，成都：四川人民出版社，1984 年，第 342 頁。

〔註20〕 吳虞：《日記 19180301》，中國革命博物館整理，榮孟源審校：《吳虞日記·上冊》，成都：四川人民出版社，1984 年，第 373～374 頁。

雖略知一二教科，而名聲既壞，國人輕賤，一身前途，已入悲境，不止貽累門戶，尚何學問之足言乎。」﹝註21﹞吳虞教訓兩個女兒的言論中都提到了幾個共同問題：第一，名聲；第二，父母之教與社會之壞；第三，祖宗或家族。在吳虞眼中，學問和思想都是次要的，作為女孩，最重要的是要守住家族的名譽。女兒吳楷與男同學寫信被校方檢舉揭發，這對一個參與了新文化運動的知識分子來說本應該是一件不足為道的事情，而吳虞卻將這件事情視為十分嚴重的道德事件。他並不是出於女兒安全或者利益來考慮的，而是認為女兒的名聲好壞會直接影響到自己及吳氏家族在川中的名譽。吳虞信件中接二連三地提及的「曾、雷、白、魏」等家以及「志淑」和「陸慎言」等人的看法事關吳虞的面子，而這才是為吳虞所真正重視的。吳虞還認為在損害家族和父母名聲的時候，對女兒使用家法是完全理所應當的，他甚至威脅吳楷要「置之死地」，並認為如果造成這種情況，完全是吳楷咎由自取。吳虞一面在《新青年》等刊物上鼓吹新文化以及歐美文明，卻對其女兒灌輸在中國這種黑暗的社會，歐美文明是不切實際的這種思想，即使其動機真的是為了女兒的安全著想，這種對於歷史的反動仍然是令人鄙夷的。吳虞曾經留學日本，卻阻止女兒開眼看世界，認為這實際上是在「自作聰明」，其對女兒的關懷已經成為阻止女兒思想解放的羈絆。再有一點就是，吳虞將曾香祖的死因歸結到了吳楷與男同學通信上，這種行為的實質就是中國傳統家庭中家長制的虛偽，作為家長的他不敢正視現實，也不敢承認自己的過失，只能將所有的問題都推卸到子女身上。在新文化運動參與者的家庭關係中，吳虞不能不說是一個典型的反面教材。

不僅是吳虞，其髮妻曾香祖實際上也並非如其文章所言，是一位致力於「一掃從來屏息低首、宛轉依附、深閉幽錮、卑賤污賤之戮辱桎梏，發奮而起，以光復神聖之女權，使羅蘭夫人、蘇菲亞、木蘭、秦良玉諸人，不得專美於天壤。則斯報之出世，謂為美利堅之『自由鐘』、批茶女士之『五月花』可也」﹝註22﹞的女界英雄，她實際上也還是一個受到傳統男女觀念和家庭意識束縛頗深的女性，在很大程度上，她在家庭中就是吳虞的合謀，兩人共同限制著女兒自由精神的發展。對於新思想來說，有時候傳播者的思想與自己的行動是

﹝註21﹞ 吳虞：《日記 19180302》，中國革命博物館整理，榮孟源審校：《吳虞日記·上冊》，成都：四川人民出版社，1984 年，第 374 頁。
﹝註22﹞ 曾香祖：《女界緣起》，趙清、鄭城編：《吳虞集》，成都：四川人民出版社，1985年，第 416 頁。

脫節的，吳虞和曾香祖無疑就是這樣一個例子，他們在對外界傳播新文化、新思想的同時，卻由於新思想可能會打破自己在家庭結構中的權威，進而限制新思想在自己家庭內部的傳播和接受，使之在歷史的推進中淪落至更黑暗的深處，這實在不能不說是一種悲劇，而悲劇的起源不僅是吳虞和曾香祖的個人問題，更是這個新舊未明的時代造成的。

二、來自經濟方面的束縛

和吳虞一樣，郭沫若也是由四川走出的新文化運動的重要參與者。從郭沫若的《女神》詩集以及大量同時期佚詩可以得知，其開始文學創作的時間大約是在 1916 年。此時的郭沫若正在日本留學，其與原生家庭之間的交流多通過書信的形式來完成，在這一封封的家書中，不難窺測出遠在四川的父母與親人對郭沫若留學日本期間的重要影響。

留學日本時期的郭沫若與吳虞最大的不同就在於，當吳虞接觸新文化而與父親做鬥爭之時，他在經濟領域早已獨立，而之於他和曾香祖組成的新家庭而言，他則處於中心地位，一切重要事宜都有他操持；而此時的郭沫若一直沒有擺脫原生家庭的影響。雖然郭沫若在赴日留學之前就已經和張瓊華成婚，但是正如其在回憶中所說，所謂「結婚」，也只不過是將婚禮儀式按照程序走完了一遍，「以後的情形我不甚記憶了」，〔註23〕更由於其在結婚五日之後就赴成都求學，〔註24〕此後一直漂泊在外，故而實際上其在留學期間也一直也未曾從原生家庭中走出，所以此時的書信也多是寫給家中父母的。和吳虞不同，郭沫若與父母、家人的關係一直較為融洽，即使他出版了名震一時的詩集《女神》之後，其與父母通信的稱謂一直還是使用「父母大人膝下」或「男跪稟」等較為正式和尊敬的稱呼。郭沫若在處理與家人的關係方面，與他詩集中彰顯出的那種自我崇拜、自我肯定的態度是完全不同的，在家庭關係中，郭沫若還是更傾向於將自己看作傳統家庭的一部分，而非一個破壞者或者顛覆者的形象。在留學日本期間，凡是逢年過節以及父母親生日，郭沫若必會寫信回家請安，如「母親誕日，想姊妹均必歸寧，不知家中是何等的高興。轉眼便是男同七妹的生日了，假如男是在家裏，雞蛋定是不少吃的。而今身居海外，要想吃父母的雞蛋也是

〔註23〕郭沫若：《黑貓》，《郭沫若全集・文學編・第 11 卷》，北京：人民文學出版社，1982 年，第 297 頁。
〔註24〕郭沫若：《黑貓》，《郭沫若全集・文學編・第 11 卷》，北京：人民文學出版社，1982 年，第 306 頁。

吃不成，說起好失悔，又好忍不著便吞起口水來了」。〔註25〕在 1910 年代中葉，大量的知識青年從原生家庭中走出，來到新的經濟文化中心，當他們站在新的生活環境反觀過去的生活時，許多人開始厭惡和唾棄之前在故鄉的那種知識和見聞都相對貧瘠的狀態。《青年雜誌》上的一些來信就說到「偉雖在滬習英文四載，復因家寒力難前進，只得退學。欲自修英文，茫無頭諸，〔註26〕又苦乏相當書報。爰思足下學貫中西，蘊抱崇深，於英文定有深造，務懇指示一切，以便有所遵循。」〔註27〕從這封署名沈偉的青年來信中可以看出，在當時的社會語境下，原生家庭對已經有了一些見識的知識青年而言，意味著一種蒙昧和知識的匱乏。沈偉在家貧退學之後，回到家中想要自學卻缺乏自學資料，家中精神和物質即已雙重貧乏，其周邊也缺乏可以與之共同商討問題的同志好友。這使得沈偉不得不轉向《青年雜誌》的編輯這樣一類雖然對青年的精神生活有著很多指導，但卻不能直接謀面的「朋友」來尋求幫助。從沈偉的經歷來看，對當時的青年來說，回到原生家庭無疑就意味著對新知識接受的停止，也意味著一種新生活模式的結束。而以張揚個性著稱的郭沫若之所以對原生家庭如此迷戀，原因除了家庭成員關係較為和睦融洽之外，還有一點很重要的因素就是經濟。

郭沫若甫一到日本，就感覺到了由中日經濟發展速度差距所導致的經濟上的困頓。在信中他詳細地記下了其在日本數月間的花銷：「此間生活程度頗高。房舍一間，月租二十元上下。吃食儉薔，朝食麵包兩大塊，白糖一碟，牛乳一瓶，午晚兩餐均係菜一盤，飯一小甌，鹹菜一碟而已。」「男所寓處，租僅十五元半，比較尚廉。」「木炭甚貴，每日希些燒炕，需錢一角，足抵吾鄉一月所耗矣。」「單坐電車，兩次需合中國錢九十文，每月乘車需必需一円半錢。」「合入學費、洗濯、浴沐及一切雜費，每月總得三十元之數方可敷用。」「來時帶金條一枚，換得三百六十五元。因由南滿、朝鮮繞道陸行，路費用去一百元。又前月，因初來置辦一切，如桌椅、坐墊、衣履、書籍、夜具及雜用物什之類，便整用七十元。現在，身邊所存尚有百八十餘元之譜。然細細預算，盡可供至陽曆七月之度支。」〔註28〕郭沫若家書中有關自己在日本

〔註25〕郭沫若：《致父母 19141107》，郭沫若著，郭平英、秦川編注：《敝帚集與遊學家書》，北京：中國社會科學出版社，2012 年，第 198 頁。

〔註26〕「諸」疑為「續」字錯訛。

〔註27〕沈偉：《致記者足下》，《青年雜誌》，1915 年，第 1 卷第 4 號。

〔註28〕郭沫若：《致父母 19140213》，郭沫若著，郭平英、秦川編注：《敝帚集與遊學家書》，北京：中國社會科學出版社，2012 年，第 182 頁。

經濟狀況的記載可謂是事無鉅細，涵蓋了衣食住行等各個方面。郭沫若在日本每月的花銷至少為三十元，而同一時期的北京，作為教育部中等官員的魯迅一個月工資為二百二十元，這已經足夠在保證他以及遠在浙江一家老小、日本的羽太家的全部開銷以及購買古書、文物、雜什，乃至宴請友朋之用，〔註29〕郭沫若在日本的生活成本對不算富裕的郭家來說，是如何也無法忽視的重要問題。這使得郭沫若在經濟方面不得不斤斤計較，以至於是否要給家裏寄相片也要考慮再三：「至時攝相片，於金錢上殊有不合算處。男家中舊像頗有，父母對之，已足如在膝下。」〔註30〕

在考取官費留學生之前，郭沫若的花銷大多由其父母和大哥資助，這讓郭沫若感覺到很不好意思，在寫給父母的心中，多次出現諸如「李夢庚頃已抵東。所匯現款合得日銀一百二十餘元；大哥頃亦由北京匯來銀二百元；合計前手中所剩餘款，共得三百五十元足數。計算今年即不能考上官費學校，為數已盡支持至明年暑間。官費誓可到手，家中從此不再匯來，在所望矣」〔註31〕的文字。可見，無論是出於羞愧還是出於想盡快擺脫原生家庭在道德領域給帶來的束縛，郭沫若想達成經濟獨立的願望是非常強烈的。雖然郭沫若在留學日本之後很快地就考取了官費留學資格，在經濟上不再對原生家庭有太多的依賴，但是這些官費僅夠維持日常的吃穿度用，並不能為郭沫若提供堅實的經濟基礎，如果遇到突發事件，他還需要向原生家庭尋求幫助。

郭沫若留學日本期間，中日關係並不穩定，兩國時常交惡，一旦有戰事消息傳來，郭沫若就不免為自己的留學官費擔心。因為一旦兩國交惡，正常的國事外交活動尚不能保證，更何況留學這種建立在兩國友好邦交關係之上的文化活動。郭沫若曾在中國交惡初期寫信給家中，稱：「近日中日交涉事件甚為辣手，一般輿論大是騰湧。吾川地僻，消息不寧，想傳聞溢實，必更加一層喧騷駭異也。男居此邦，日內仍依然上課。留學界雖有絡繹歸國者，然多屬私費生，至官費學生，則並未曾動也。」〔註32〕當中日關係進一步惡化，

〔註29〕參見魯迅：《癸丑日記》，《魯迅全集‧第15卷》，北京：人民文學出版社，2005年。
〔註30〕郭沫若：《致父母19140213》，郭沫若著，郭平英、秦川編注：《敝帚集與遊學家書》，北京：中國社會科學出版社，2012年，第182頁。
〔註31〕郭沫若：《致父母19140621》，郭沫若著，郭平英、秦川編注：《敝帚集與遊學家書》，北京：中國社會科學出版社，2012年，第188頁。
〔註32〕郭沫若：《致父母19150317》，郭沫若著，郭平英、秦川編注：《敝帚集與遊學家書》，北京：中國社會科學出版社，2012年，第208頁。

郭沫若給家中的一封短信中說「交涉險惡，不久便歸。際此機局，自當敬慎，請毋馳念。」〔註33〕全信如此，正文內容竟不如信封及稱呼語加起來多，這在郭沫若寫給父母的家信中是極其罕見的，同時也說明了此時情況之緊急。由於從東京到上海的路途當中耗費甚多，郭沫若於是寫信請求家庭能夠施以援手：「前日交涉吃緊，幾有破裂之勢，此間留學人士均已準備歸國，故於月之七日，乃同吳鹿蘋君趨歸上海。不意竟得和平解決，遂復於十一日趨返日本，往返費用損失殊屬不小。然幸天眷猶存，國家無事，自家雖小受虧損，乃亦不覺其痛苦矣。」〔註34〕郭沫若這封信看似只是陳述其輾轉日本和上海的過程，其實暗含有向家中乞求經濟援助之意。郭沫若已經是官費學生，再向家中所要資費顯得並不那麼理直氣壯，其在以「國家」「國運」的名義兜了一個圈子之後，表達了因為這次失誤的輾轉而導致的經濟困頓，需要家中寄來錢款的意思，但是由於表達得過於隱晦，他的父母在讀信之後並沒有理解。於是，郭沫若在幾天之後又給父母寄出了一封內容相似的信件。「往者，中日交涉吃緊時，男曾返上海一次，以當時岌岌有開戰之勢故也。在滬少留三日，復傳東，計往返須費十日。孟浪之失，深自怨艾。大哥亦有函斥責，不知我二老見男前日歸函時，又憂慮何似也。」〔註35〕兩封信件時間僅間隔兩日，內容又如此一致，後一封信中還故意裝出不經意間提及前一封信內容的樣子，目的就在於引起父母對前一封信內容中有關經濟情況的重視。在後一封信中，郭沫若不但向父母陳述了自己的經濟出現了危機，還詳細記錄了各種花銷，可見郭沫若此時對資金需要的緊迫性。郭沫若留學生涯中遭遇經濟危機並非僅此一次，此後的一年左右，當其經濟狀況再次出現危機，郭沫若又將希望的目光投向了遠在四川的原生家庭。他寫信給父母，說：「國事似稍就緒，學費停止事想不至實現矣。但男自去歲五七，曾返滬一次，書物賣盡，旅費過濫。迄茲一年，補苴之餘，頗形慘淡，恐一旦不測，或染病疾，或生意外事變，手無餘裕，無處乞靈。故敢以匯款為請，為數百金已足，不識家中一時可能抽出否？」〔註36〕鑒於父母

〔註33〕郭沫若：《致父母 19150505》，郭沫若著，郭平英、秦川編注：《敝帚集與遊學家書》，北京：中國社會科學出版社，2012 年，第 212 頁。

〔註34〕郭沫若：《致父母 191505》，郭沫若著，郭平英、秦川編注：《敝帚集與遊學家書》，北京：中國社會科學出版社，2012 年，第 212～213 頁。

〔註35〕郭沫若：《致父母 19150601》，郭沫若著，郭平英、秦川編注：《敝帚集與遊學家書》，北京：中國社會科學出版社，2012 年，第 214 頁。

〔註36〕郭沫若：《致父母 19160916》，郭沫若著，郭平英、秦川編注：《敝帚集與遊學家書》，北京：中國社會科學出版社，2012 年，第 231 頁。

未能一下瞭解前兩封信中的潛臺詞，郭沫若在這封信中把主要內容寫得頗為直豁，以求迅速得到原生家庭的支持。這也可以看出郭沫若留學日本期間，實際上是無法實現真正的經濟自由的，他無法像吳虞一樣完全脫離原生家庭的支持。

從很大程度上來說，這些看似從代表了舊文化的家庭中走出，去學習西方新的先進文化的青年，其實並沒有辦法斬斷與舊式大家庭的聯繫，他們有關自由和獨立的看法很多只是自己的一種想像，如果不真正地達到經濟獨立，這些青年是很難成為真正意義上的「新青年」的。再者，從郭沫若的三封信中可以看出，他在這一時期向家中索要錢財的時候，多次提及了「國家」等帶有民族國家意識的詞語。如果說是郭沫若綁架了這一概念來達到自己的目的，這未免有些太過誅心，倒不如說是此時的青年心中，自己的困頓和國家的積貧積弱是有著很大聯繫的。他們遊學是為了報效國家，是為了「自糊口腹，並籍報效國家」，不為「父母羞」「家國蠹」，〔註37〕他們認為父母對自己學業的支持就是對國家的支持，其自身就具有一種來自於現代民族國家的正義感。而現代民族國家與傳統家庭之間形成的富有張力的場域，也成為這些新青年在走出舊式家庭的時候必須克服的問題，同時也是形成他們性格中複雜一面的重要原因。

郭沫若的原生家庭是一個明顯帶有中國舊式家庭色彩的傳統大家庭。到了郭沫若這一代，除了郭沫若之外，宗族內部還有許多兄弟姐妹，郭沫若在書信中也屢次提到他們。與信件中涉及父母的部分不同，涉及家中的兄弟姐妹時，郭沫若則又是另一番言論，從中可以看到郭沫若對待其他家人關係的基本態度。

作為在郭沫若之前郭家唯一接受了現代文化教育的成員，郭沫若的大哥郭開文對郭沫若的影響是複雜的。一方面，由於文化方面的差異，相較於與家中其他成員談天，郭沫若更喜歡和遠在異鄉的大哥通信商量人生大計；另一方面，由於大哥在民國初年長期跟隨軍閥尹昌衡，而尹昌衡在川內的所作所為又為郭沫若頗為不齒，郭沫若對大哥的職業也常常表示不理解和看不起。這種矛盾的態度，就構成了郭沫若對待大哥的一種基本情緒。

1913 年末，郭沫若考入天津陸軍軍醫學堂，乘船自川內北上，到達北京之後，在北京任職的郭開文成為其唯一的倚靠。郭沫若說：「當時我的長兄橙塢先生在做川邊駐京代表，雖然到日本、朝鮮去遊歷了，但遲早是要回來的，

〔註37〕郭沫若：《致父母 19160916》，郭沫若著，郭平英、秦川編注：《敝帚集與遊學家書》，北京：中國社會科學出版社，2012 年，第 231 頁。

我有這樣靠背，所以便決心跑去找他。這兒又是我一生的第二個轉扭點，我到後來多少有點成就，完全是我長兄賜予我的。」不僅如此，郭開文還給予郭沫若以很大的經濟支持，「長兄送我離國的時候只給了我一條重六兩多的金條，叫我到東京去變換成日幣，作為學費。」〔註38〕更為重要的是，在早年郭沫若為求學方向一事陷入舉棋不定的迷局中時，大哥的意見常常能夠左右其決定。郭沫若在留學日本之初頗為猶豫，而正是大哥郭開文替他做了決定，郭沫若才踏上了遠赴東瀛的路程，郭沫若稱為「我的大哥便決定了讓我到日本去留學。今晚說好，明晚就得動身。」〔註39〕在給父母的家書中，郭沫若也稱：「京地學風壞極，酒地花天，歌臺舞榭，青年子弟最易陷落。大哥決計命男東渡，茲已定明日搭乘京奉晚車，同張君次瑜（大哥同學），由南滿、朝鮮漫遊赴日。十日為期，未為茹苦，請無罣念。」〔註40〕從信件中可以體察到郭沫若東行之倉促，無論是在時間上、物資上，還是在思想上，郭沫若都沒有完全地準備好，一切都是大哥做出的決定，而一向以桀驁難馴著稱的郭沫若對這一決定言聽計從，也顯示了其對大哥郭開文的深信不疑。到達日本之後，郭沫若在信中還提到了「男前在國中，毫未嘗嘗辛苦，致怠惰成性，幾有不可救藥之概。男自今以後，當痛自刷新，力求實際，學業成就，雖苦尤甘，下自問心無愧，上足報我父母天高地厚之恩於萬一，而答諸兄長之培誨之勤，所矢志盟心，日夕自勵者也。」〔註41〕但是，在同一封信中，郭沫若還表示了對大哥工作的不屑，他說：「大哥曾與男兩函，亦言家中、省中均無函至，頗有歸省意。近因約法會議發生，已拍電回川，頗思就此，惟不識能否有效。尹昌衡川邊事已辭職，近因被人控告，……幸大哥近來與彼頗似斷絕不過。輔非其人，前功盡棄，譬如捏一雪羅漢，慘淡經營，維持護恤，煞費苦心，不料一見陽光，頓成一鍋白水也。」〔註42〕郭沫若深知此時的郭開文正處於內外交困的時期，也對

〔註38〕郭沫若：《我的學生時代》，《郭沫若全集·第12卷》，北京：人民文學出版社，1982年，第13～14頁。

〔註39〕郭沫若：《初出夔門》，《郭沫若全集·第11卷》，北京：人民文學出版社，1982年，第351～352頁。

〔註40〕郭沫若：《致父母19131225》，郭沫若著，郭平英、秦川編注：《敝帚集與遊學家書》，北京：中國社會科學出版社，2012年，第179頁。

〔註41〕郭沫若：《致父母19140213》，郭沫若著，郭平英、秦川編注：《敝帚集與遊學家書》，北京：中國社會科學出版社，2012年，第182頁。

〔註42〕郭沫若：《致父母19140213》，郭沫若著，郭平英、秦川編注：《敝帚集與遊學家書》，北京：中國社會科學出版社，2012年，第181頁。

郭開文支持其赴日留學一事頗為感謝，然而，他還是對維持郭開文生計的尹昌衡勢力的垮掉雀躍不已，這只能說明郭沫若對大哥在職業生涯上的選擇真的是非常不認同。尹昌衡在川邊擁兵自立，無疑是破壞了郭沫若心中有關中華民國統一的民族國家想像，對於曾經生活在飽經地方自治所帶來戰亂的四川的郭沫若來說，這顯然是不可接受的。所以，郭沫若對大哥工作一事幾乎是不假思索地加以否定並冷嘲熱諷。除了工作一事之外，郭沫若對大哥的其他決定還是頗為支持的，在留學日本期間，郭沫若對大哥反對其女兒出嫁一事表達了自己的態度：「大侄女今年出閣，大哥意頗不贊成，蓋以家中、手中均甚枯窘，故擬欲致書仲翔，請為緩期云云。然據來書云，頃正新謀別事，尚未到手，如能到手，則前議自作罷論，事不成功，則更擬回川一行也。」〔註43〕在得知大哥成功最遲了女兒婚期之後，郭沫若又給家裏寫信說：「大侄女嫁事改期，甚好。」〔註44〕

當大哥的意見受到全家人反對的時候，郭沫若總能站在大哥一方，並且用自己的智慧來與父母周旋，可見其與大哥郭開文的感情之篤深，但是在國家主義情緒面前，郭沫若也實在無法站在大哥的一邊。從郭沫若與郭開文之間的複雜關係可以看出，兩人之間實際上還是有著明顯的代際痕跡。郭開文是參與了辛亥革命的那一代青年，在以郭沫若為代表的新文化運動的青年粉墨登場的時候，他們或者由於家庭的緣故，或者由於工作的桎梏，革命的熱情已經被各種生活中的煩瑣事宜所掩埋，取而代之的是一種傾向於穩定和安全的心態。作為不同代際的青年，郭沫若與郭開文在思想領域確實難以溝通，但是作為血親，兩人卻能夠在除了思想領域的其他方面達成一致，甚至同盟，這也正是新文化運動前後所能夠看到的特殊的文化景觀。郭沫若心中關於民族國家振興和民眾思想解放的理想在郭開文心中也曾經出現過，但是由於辛亥革命在文化建設領域的天然缺陷，這個夢想終究只能停留在夢想階段，而郭開文也清楚，這一夢想最終要由以郭沫若為代表的新一代青年來達成。這也成為郭開文毫無保留地支持郭沫若在文化選擇領域的各種要求的重要原因，郭開文的革命說到底只是一次未能完成的行動，而這一革命的下一階段將在郭沫若身上

〔註43〕郭沫若：《致父母 19140621》，郭沫若著，郭平英、秦川編注：《敝帚集與遊學家書》，北京：中國社會科學出版社，2012 年，第 188 頁。

〔註44〕郭沫若：《致父母 19140801》，郭沫若著，郭平英、秦川編注：《敝帚集與遊學家書》，北京：中國社會科學出版社，2012 年，第 191 頁。

得以實現，郭開文在此時的郭沫若身上看到了自己青年時代的影子是完全沒有問題的。

　　對於家族中比自己年紀更加幼小的弟妹們，郭沫若顯然有著另一種態度。這些尚在學習積累階段的青年，郭沫若的態度更多的是一種在文化上的指引。在到達日本之後不久，他就寫信試圖讓父母勸說弟弟郭開運同來日本，他說：「元弟近已回家否？今歲畢業後，可急行東渡。如臘初畢業，臘中旬即須起身，家中亦不可少為留連。」〔註45〕他勸說家中允許郭開運和自己一樣東來日本求學，並一再催促：「元弟今年畢業，即速來東，休自誤也。」〔註46〕郭沫若對其父母從來都是十分恭敬的，這種不由分說的態度實在是非同尋常。郭沫若在國內的時候已經輾轉嘉州、成都、天津等地，見識過國內各地的學習環境和風氣，留學日本之後又親眼看到了中國無論是從學習氛圍還是在教學水平上與日本的差距。為了讓自己的弟弟不因國內那些烏煙瘴氣的學術氛圍耽誤了發展，郭沫若不憚用這種近乎命令的方式與父母講話，目的就是為了勸說父母不要因為家庭和親情的因素來羈絆郭開運的前程。

　　而除了關心弟妹輩的學業之外，作為郭氏家族目前為止唯一成功走出過門的例子，郭沫若在思想文化領域無疑已經成為其家族中可以被視為標杆的人物，兄弟們也樂意將子侄輩所做的文章寄給遠在東京的郭沫若，讓其幫助指點、修改，郭沫若也非常願意為此效勞。在為大哥郭開文之子郭少成指導過文章之後，郭沫若專門寫信告訴父母，「少成侄寄來論文，已少加改削，爰復寄歸。學力大有進步，殊可喜。」〔註47〕他還多次在信件末尾問候元弟、少成「書有進步否」。〔註48〕郭沫若對晚輩學業上的要求是非常嚴格的，在收到郭開運寄來的郭少成所做《自愛說》一文之後，郭沫若批評道：「應專就史事及與時事有關合者選擇，使養成融會今古習慣，且免於近於理論而遠於事情之弊。」他認為「令少年作文字，出題必量其力量之所能及與否。力量能及，自有一種勝任愉快之樂，而做出文字亦自勃勃有生機也。力量不及，則費盡九牛

〔註45〕郭沫若：《致父母 19140728》，郭沫若著，郭平英、秦川編注：《敝帚集與遊學家書》，北京：中國社會科學出版社，2012 年，第 190 頁。

〔註46〕郭沫若：《致父母 19140801》，郭沫若著，郭平英、秦川編注：《敝帚集與遊學家書》，北京：中國社會科學出版社，2012 年，第 191 頁。

〔註47〕郭沫若：《致父母 19150601》，郭沫若著，郭平英、秦川編注：《敝帚集與遊學家書》，北京：中國社會科學出版社，2012 年，第 215 頁。

〔註48〕參見郭沫若著，郭平英、秦川編注：《敝帚集與遊學家書》，北京：中國社會科學出版社，2012 年，第 217 頁。

二虎之力，終是死物，否則便成油火文字，終無味也。」〔註49〕已經留學日本的郭沫若無疑是郭氏家族中較早看到世界思想發展的人之一，而正當其時，郭沫若身邊已經圍繞了一批對文學和思想有興趣且在反思中國文化建設的朋友們，〔註50〕故而，郭沫若的文學觀念不僅要比作為學生的郭少成等人先進，甚至要比給這些學生出題的人先進，他一眼就看到了郭少成《自愛說》一文的根本問題所在，問題不僅出在學生不會寫文上，而是出題者的心態以及對於文學的認知沒有跟上時代的腳步，而這一思路上的更新是難能可貴的。不僅是在文學方面，由於郭沫若在日本主業學習的是醫學，他還把一些先進的醫療衛生觀念告訴了郭氏家族。比如，在七妹打算出閣時，郭沫若就寫信力勸父母，說：「說起七妹來，想起元弟前日來函，似乎明年有出閣之說，為免太年輕了，於身體發育上最有妨礙。吾國早婚制度最壞，欲求改良，當自各家各戶自行改良起走。古禮本定的是，男子三十而娶，女子二十而嫁，最是狠完美的制度。近來歐西各國及日本，大抵男女非滿二十以上無結婚者，正與吾國古禮相合。七妹出閣似乎可再緩兩年，不識父母尊意如何也？」〔註51〕郭沫若在此處上引古代制度，下徵現代醫學，詳盡闡釋推遲郭葆貞出閣的理由。雖然由於種種原因，郭沫若父母未能採納其建議，但是僅就內容來看，郭沫若無疑是把一種更先進的、更現代的衛生觀念傳播進了郭氏家族。

　　郭沫若在日本留學，不僅自身的知識和文化水平得到了長足的提高、開眼看到了新的世界，並且還致力於把日本先進的文化理念傳播進中國。雖然郭沫若從根本上來說還是為了其郭氏家族的利益著想，但在這裡也可以看到一個現代民族國家的縮影。作為新青年的郭沫若雖然在經濟上尚無法擺脫對原生家庭的依賴，但是通過對新知識和新思想的掌握，他已經有了一定的資本可以與原生家庭進行相對平等的對話。在這場對話中，以郭沫若為代表的新青年對現代民族國家的新的認識以及其與中國傳統文學、文化、思想在對比中顯示出的異質性因素被迅速傳播，成為從內部瓦解傳統家族制度的巨大推動力量；而這些新青年在與舊式家庭及其制度拮抗的時候表現出的周旋和讓步的姿態，

〔註49〕郭沫若：《致元弟 19150705》，郭沫若著，郭平英、秦川編注：《敝帚集與遊學家書》，北京：中國社會科學出版社，2012 年，第 218 頁。
〔註50〕參加郭沫若：《創造十年》，《郭沫若全集·第 12 卷》，北京：人民文學出版社，1982 年。
〔註51〕郭沫若：《致父母 19141107》，郭沫若著，郭平英、秦川編注：《敝帚集與遊學家書》，北京：中國社會科學出版社，2012 年，第 198～199 頁。

也使得那些較為開明的父母能夠在最大程度上接受新思想、新文化，從而潛移默化地影響其生活範圍內更多的人。

吳虞對待其家族成員的激進和郭沫若對待其家族成員的溫和，構成了新文化運動中參與者處理家庭人際關係的兩個側面。從根本上講，影響這些在文化上的領先者與其原生家庭之間關係的，還是現代民族國家這個宏大的範疇。在辛亥革命之後、新文化運動之前的這段時間裏，參與者已經看到了舊世界的崩塌，卻無法看到新時代的來臨，其內心自然是痛苦的，而捆綁在自己身上無法斬斷的與舊時代以及舊家庭的種種羈絆也成為阻礙其前行的因素，一些像吳虞這樣的辛亥革命參與者就被這些羈絆拖回了自己曾經激烈反對的陣營一邊，但這些羈絆也成為一個人突破口，吳虞大步倒退的同時，以郭沫若為代表的青年則通過這個突破口在奮力突圍，在不斷調整與原生家庭關係的過程中尋找自己在新文化中的位置。

第二節　地方性人際關係網絡的重建

1912 年，魯迅告別了紹興故鄉，一路北上至教育部任職，開始了他「隱默」的十年。在這十年中，雖然魯迅絕少著作，但是卻開始了日記的寫作。魯迅的日記以少言而著名，而在少言的背後，字裏行間我們仍可以察覺初到北京時的種種辛酸。在魯迅的「隱默」時期，日記是瞭解其思想脈絡的重要途徑，通過研究這一時期的魯迅日記，我們可以勾勒出一條周樹人是如何在浙東人際關係網絡中反思自身，進而走出這個文化場域而成為「魯迅」的線索。

一、會館與地方性人際關係

汪衛東在長期的研究中，以思想的角度深入挖掘了由竹內好發現的 1909 ～1918 年，尤其是 1912～1918 年的會館時期（這個時期實際上延續到 1919 年，魯迅正式搬出山會邑館），作為魯迅「罪的自覺」和「文學的自覺」的「無」的原點意義，〔註 52〕認為在魯迅的這個「隱默」的十年裏，其在絕少著述的背後，隱藏的是來自「對民眾的可啟蒙性及中國變革之可能性的絕望」的「對民族危亡的憂心」。〔註 53〕這一認識是深刻的，縱觀魯迅的文學生涯，較之

〔註52〕參見〔日〕竹內好著、靳叢林編著：《「絕望」開始》，北京：三聯書店，2013 年。
〔註53〕汪衛東：《十年隱默的魯迅：論魯迅的第一次絕望》，《理論學刊》，2009 年，
　　　　第 12 期。

在日本時所著的意氣風發、旁徵博引的六篇策論和大量翻譯作品以及在以《狂人日記》為開端一發而不可收的小說和雜文創作,「隱默」十年間,尤其是會館時期,魯迅的創作明顯出現了一條斷裂帶,其文學創作幾乎停滯,在這停滯中,我們看到的是一個「絕望」的魯迅。魯迅似乎在有意識地消耗著他的生命,每日埋頭於古籍的校對工作,正如他自己回憶:「客中少有人來,古碑中也遇不到什麼問題和主義,而我的生命卻居然暗暗的消去了,這也就是我惟一的願望。」以「生命消去」為願望,哀莫大於心死,魯迅正在這「當日自己的寂寞的悲哀」中將一個「切迫而不能已於言」的靈魂「麻醉」。〔註54〕在這一時期,魯迅留下的全部作品僅有幾札金石考證的文字,以及《〈越鐸〉出世辭》《辛亥遊記》《懷舊》《擬播布美術意見書》,但是,他卻開始了另一種創作,即日記。

雖然日記是一種很少公開發表的私人性質的文字,魯迅自己也說:「本來每天寫日記,是寫給自己看的⋯⋯寫的是信札往來,銀錢收付,無所謂面目,更無所謂真假⋯⋯我的目的,只在記上誰有來信,以便答覆,或者何時答覆過,尤其是學校的薪水,收到何年何月的幾成幾了,零零星星,總是記不清楚,必須有一筆賬,以便檢查,庶幾乎兩不含糊,我也知道自己有多少債放在外面,萬一將來收清之後,要成為怎樣的一個小富翁。此外呢,什麼野心也沒有了。」〔註55〕但是,在這本以少言而晦澀著稱的日記中,從魯迅對其生活細節的一些碎片式的記敘裏,我們能找到一些關於他這一時期情緒波動的痕跡。

從時間上,魯迅的日記是從 1912 年 5 月 5 日北上赴任「舟抵天津」〔註56〕開始的,此後一直未曾停過。其內容也正如魯迅自己所說,主要是一些瑣事,諸如收發信件、經濟往來、訪客會友、校對書稿等,私人性極強。但是,在這些隻言片語中,可以發現魯迅在這一時期有著極強的地方主義傾向,同時,這種傾向從魯迅入京始至魯迅從會館遷至八道灣止,並不是一成不變的。從魯迅從剛到北京,並以浙東人自居,到 1918 年 4 月後開始以自己的「絕

〔註54〕魯迅:《〈吶喊〉自序》,魯迅:《魯迅全集・第 1 卷》,北京:人民文學出版社,2005 年,第 437 頁。

〔註55〕魯迅:《馬上日記》,魯迅:《魯迅全集・第 3 卷》,北京:人民文學出版社,2005 年,第 235 頁。

〔註56〕魯迅:《壬子日記》,魯迅:《魯迅全集・第 15 卷》,北京:人民文學出版社,2005 年,第 1 頁。

望」觀照浙東，「在將令下吶喊」，在叫醒那些如他「年青時候似的正做著好夢的青年」〔註57〕的過程中。隨著其國民性批判立場的逐步形成，魯迅也經歷了一個由「浙東的魯迅」到「魯迅的浙東」的變化。經由這一過程，他從魯鎮走了出來，成為了我們現在所熟知的《吶喊》時期的魯迅。而在這一過程中，會館，作為近代中國的特殊公共領域和社會現象，對魯迅的形成起著重要的作用。

　　魯迅的會館時期，其時間從壬子年（1912 年）五月五日到己未年（1919年）十一月二十一日，在這長達七年的時間裏，魯迅多數時候是苦悶和寂寞的，這種苦悶和寂寞很大程度上源於其自身對於北京文化場域的不認同和主動疏離，形成這種現象的原因有很多，但是浙東對於魯迅在這一時期文化身份認同的影響是不可忽視的。

　　初到北京的魯迅在很長一段時間內對家鄉文化情有獨鍾。〔註58〕魯迅在壬子年（1912 年）五月五日晚七時許才抵達北京，當晚就不顧舟車勞頓，急匆匆地去拜訪許銘伯，並得到《越中先賢祠目》一冊。第二天上午，魯迅便「移入山會邑館」〔註59〕。此後很長一段時間內，魯迅在北京的生活，都處於這種由地緣文化而產生的蔭蓋和遮蔽之下。最明顯的就是魯迅在這一時期的交友大多數是一些浙籍人士，尤以浙東人居多。魯迅一到北京就去拜訪的許銘伯先生，即是浙江紹興人，是與魯迅同來北京的許壽裳長兄、許詩荃的父親；另一名同行者是蔡元培之弟蔡谷青，浙江山陰人。〔註60〕魯迅初到京城時交往甚密各位朋友中，除陳師曾為湖南人、齊壽山為河北人之外，幾乎是清一色的浙江人，而又以浙東人居多。加上山會邑館本身就是為越籍旅京人士所設，這樣一來，魯迅雖然身在北京，但實際上仍生活在由浙東人際關係網絡所構建的文化場域之中。再則，對於經濟狀況的書寫向來為文人所不齒，魯迅雖不吝於在日記中記載「書賬」，作品中也常常出現許多關於經濟與啟蒙的深刻分析，但是在會館時期以及之前，

〔註57〕魯迅：《〈吶喊〉自序》，魯迅：《魯迅全集·第 1 卷》，北京：人民文學出版社，2005 年，第 437 頁。

〔註58〕對於初到北京的魯迅來說，故鄉對他的吸引力是巨大的，直到 1936 年，魯迅仍然引用王思任致馬士英書中所言「會稽乃報仇雪恥之鄉，非藏垢納污之地」（原文作「夫越乃報仇雪恥之國，非藏垢納污之地也。」），並表示「這對於我們紹興人很有光彩，我也很喜歡聽到，或引用這兩句話。」

〔註59〕魯迅：《壬子日記》，魯迅：《魯迅全集·第 15 卷》，北京：人民文學出版社，2005 年，第 1 頁。

〔註60〕許世瑋：《關於許銘伯先生》，《魯迅研究月刊》，1998 年，第 4 期。

魯迅對自己的經濟情況的記載並不多。〔註61〕旅外在京的困頓，使得魯迅偶而會向友人借錢，可張口借錢而又肯借的，大多是可信任之友人，錢稻孫、戴蘆舲、許季上、張閬聲、齊壽山等人廁列其間，這一系列友人中，除了齊壽山之外又都是浙江人，而仍以魯迅所謂「越人」居多。〔註62〕這不由讓人想起了在民國初年，北京的公共空間呈現出的那種獨特的景觀：不同地區，不同社會身份，不同經濟境況的各種人群將北京分割成了很多獨立的空間，這些空間彼此是相當隔膜的，〔註63〕這種隔膜是建立在北京這一巨大的文化政治符號所帶給上述各群體的集體想像之上，並在自明朝文官群體而來的旅京人士地緣性集群的基礎上，更加深刻地釐定了彼此的邊界，形成了一個個穩固的地緣文化語境，具有一定的封閉性。魯迅在北京初期的交友正體現了這一點，眾多浙籍精英比較頻繁的集會再加上所居住的會館內帶有明顯地方性色彩轉譯的信息傳播與匯聚，使得魯迅仍舊生活在一個浙東文化語境中。〔註64〕在很長一段時期，魯迅甚至偏執於吳越之別，十分不適應北京的文化語境。〔註65〕

　　況且魯迅並非主動來北京任職。自日本返回國內後，魯迅一直在浙江任教職，直到民國元年，南京臨時政府成立，魯迅應教育總長蔡元培之邀，往南京任教育部部員，後於同年五月隨政府同遷北京赴任。〔註66〕南京國民政府搬遷的原因正是由於袁世凱的要挾，雖然其中有各種政治力量的制衡和拮抗，甚至有著某些歷史性的考慮，〔註67〕但是總體上，南京國民政府中的各部門職員對這個決議頗有怨言。很多甚至是在孫中山「本處各部辦事人員，仍各照舊供職，以待新國務員接理，勿得攜帶推諉，至多曠廢」的敕令下才

〔註61〕參見陳明遠：《何以為生：文化名人的經濟背景》，北京：新華出版社，2007年。

〔註62〕參見魯迅：《魯迅全集·第15卷》，北京：人民文學出版社，2005年；甘智鋼：《魯迅日常生活考證：魯迅借貸情況考》，《魯迅研究月刊》，2006年，第8期。

〔註63〕直到1925年，這種隔膜仍然廣泛的存在，顧頡剛在妙峰山參加過香會之後，不由得感歎：「我們所知道的國民的生活只有兩種：一種是作官的，一種是作師的：此外滿不知道。」而正如他所認識的，「我們若是真的要和民眾接近，這不是說做就做得到的，一定要有相互的瞭解。……現在我們所以不能和他們接近之故，正因兩者之間的情意非常隔膜。」

〔註64〕王日根：《晚清民國會館的信息匯聚與傳播》，《史學月刊》，2013年，第8期。

〔註65〕參見魯迅：《魯迅全集·第15卷》，北京：人民文學出版社，2005年。

〔註66〕曹聚仁：《魯迅評傳》，上海：復旦大學出版社，2006年，第299頁。

〔註67〕參見馬勇：《袁世凱帝制自為的心路歷程》，《學術界》，2004年，第2期；賴繼年：《南京臨時政府北遷之因新探》，《理論月刊》，2011年，第10期。

決定繼續任職的。〔註68〕魯迅隨政府被迫北上，本就有「左遷」之感，而緊接著的唐紹儀和袁世凱的「府院之爭」，內閣制下的幾個部的力量被總統所架空，這更加重了南方政府人員在北京的疏離感。而且這件事情就發生在魯迅赴京就職的前夕，魯迅就職後的不適應在一定程度與之關係頗深。教育部在總統制的專權下，無事可做，魯迅也只好「枯坐終日，極無聊賴」。〔註69〕魯迅後來在對比南京、北京兩地政府的時候也提到「說起民元的事來，那時確是光明的多，當時我也在南京教育部，覺得中國將來很有希望」，〔註70〕及至政府搬到北京，「見過辛亥革命，見過二次革命，見過袁世凱稱帝，張勳復辟，看來看去，就看得懷疑起來，於是失望，頹唐的很了。」〔註71〕再加上袁世凱執政期間對輿論和教育的高壓，魯迅這個曾經在民元高談共和自治和教育建設〔註72〕的青年人無計可施，開始轉向「抄古碑」以避免當局注意。這在北京民初的士林中可謂是另類，「北京文官大小一律受到注意，生恐他們反對或表示不服，以此人人設法逃避耳目，大約只要有一種嗜好，重的嫖賭蓄妾，輕則玩古董書畫，也就多少可以放心。教育部裏魯迅的一班朋友，如許壽裳等等如何辦法，是不得而知，但他們打麻將總是在行的，那麼即此已可以及格了。魯迅卻連『挖花』都不會，只好假裝玩玩古董，又買不起金石品，便限於紙張，收集些石刻拓本來看。」〔註73〕

　　但是這只是事情的一方面，從魯迅日記中不難發現，與其出身、地位相似的諸位友人，皆是金石書畫好手，常常指點古董真偽。魯迅醉心抄碑，除了編書和逃避現實的原因之外，還有主動疏離北京民國政府人員的意思。民國初年，北京國民政府間宴樂捧角風氣甚盛，士人以捧角結成朋黨，〔註74〕而魯迅

〔註68〕參見嚴昌洪：《北京臨時政府的組建過程》，《歷史教學》，2004 年，第 7 期。

〔註69〕魯迅：《壬子日記》，魯迅：《魯迅全集・第 15 卷》，北京：人民文學出版社，2005 年，第 1 頁。

〔註70〕魯迅、許廣平：《兩地書》，魯迅：《魯迅全集・第 11 卷》，北京：人民文學出版社，2005 年，第 31 頁。

〔註71〕魯迅：《〈自選集〉自序》，魯迅：《魯迅全集・第 4 卷》，北京：人民文學出版社，2005 年，第 468 頁。

〔註72〕魯迅：《致張琴孫》，魯迅：《魯迅全集・第 11 卷》，北京：人民文學出版社，2005 年，第 350 頁。

〔註73〕曹聚仁：《魯迅評傳》，上海：復旦大學出版社，2006 年，第 34 頁。

〔註74〕在清末民初，梨園行諸位「老闆」的行狀甚至能使緊張的局勢得到緩解和暫停，如 1917 年譚鑫培的去世就引起了正在為府院之爭焦頭爛額的黎元洪的關注，並「送匾額一方」。

對於捧角一事從來不參與，甚至有人送票至住所邀其前往江西會館去看戲時，也被他拒絕了。〔註75〕這一方面與魯迅的文化選擇有關，魯迅的文化選擇使他不能接受京劇背後的落後文化，進而也對京劇本身毫無好感；另一方面，看戲捧角也在北京士林中形成了一種文化身份的認同，而魯迅對這種認同是不屑一顧的。從上文的分析中，可以看出以階級、審美、地域等劃分的文化身份界限是如此的深刻，以至於不同群體間的隔膜已經到了不可理解的地步，而捧角正是一張文化身份的通行證，積極地參與了北京國民政府官員這一群體的建構，成為群體中身份認同的標誌。魯迅對北京國民政府毫無興趣，自然無心參與這一群體中，所以他也就不必委屈自己，使自己通過捧角進入到這一群體之內。不僅是捧角，魯迅在日記中的另一則事情也清楚的表明了這點：癸丑年五月十一日，「上午得戴蘆舲簡招往夏司長寓，至則飲酒，直至下午未已，因逃歸。」〔註76〕魯迅不合群，不願與北京士林來往而又不得不逢場作戲，最後悄悄溜走的狼狽相躍然紙上。

　　無法很好的融入北京國民政府士人文化場域的魯迅，習慣將自己置身於主要由浙江人構成的圈子中，不但如此，魯迅在這一時期無論是飲食還是住宿，都對北京頗不適應，而這種不適應是以浙江，尤其是越中為參照系的。

　　魯迅初入山會邑館即見「蜒蟲三四十，乃臥卓上以避之」，〔註77〕第二天又是「長班為易床板，始得睡。」〔註78〕再加上春夏之交的北京，氣候與江南大為不同，魯迅在北京度過了很長一段時間不適應的生活。在這段時間裏，魯迅的思鄉之情在日記的很多地方都表現得十分明顯，如壬子年五月八日，魯迅「致二弟信，凡三紙，恐或遺失，遂以快信去。」〔註79〕連信件用紙張數都記敘的這樣清楚，並恐遺失所以寄了快信，魯迅急切想和家裏聯繫上的急切心情可想而知，而「快信」在魯迅初至北京的很長一段時間內都是

〔註75〕參見錢稻孫口述，左瑾、王燕芝、葉淑穗等記錄整理：《訪問錢稻孫記錄》，《魯迅研究資料（第四輯）》，天津：天津人民出版社，1980 年，第 147 頁。

〔註76〕魯迅：《癸丑日記》，魯迅：《魯迅全集·第 15 卷》，北京：人民文學出版社，2005 年，第 62 頁。

〔註77〕魯迅：《壬子日記》，魯迅：《魯迅全集·第 15 卷》，北京：人民文學出版社，2005 年，第 1 頁。

〔註78〕魯迅：《壬子日記》，魯迅：《魯迅全集·第 15 卷》，北京：人民文學出版社，2005 年，第 1 頁。

〔註79〕魯迅：《壬子日記》，魯迅：《魯迅全集·第 15 卷》，北京：人民文學出版社，2005 年，第 1 頁。

存在的，一封封的「快信」寄託著魯迅對家鄉河山的懷念。直到同年 11 月 8
日，「是日易竹簾以布幔，又購一小白泥爐，熾炭少許置室中，時時看之，頗
忘旅人之苦」，〔註 80〕到此，魯迅才算是基本適應周遭環境，而其在山會邑
館中頻繁搬遷，又從側面顯示了即使是這樣，魯迅在京居住也並不愜意。〔註
81〕至於食物，魯迅在會館時期，一直無法習慣北京的飯菜，從魯迅日記對所
用飯菜的評價，我們可以看出魯迅對於越中故地的文化認同，〔註 82〕這是他
「思鄉的蠱惑」。

　　〔註 83〕在壬子年九月二十七日的日記中，魯迅寫道「晚飲於勸業場之小有
天，董恂士、錢稻孫、許季黻在坐，肴皆閩式，不甚適口，有所謂紅糟亦不美
也。」而同一天日記中還記載著「得二弟所寄小包，內全家寫真一枚，又二弟婦
抱豐丸寫真一枚，我之舊寫真三枚，襪子兩雙，德文《植物採集法》一冊，十四
日付郵。」〔註 84〕將這同一天發生的兩件事連起來看，魯迅抱怨小有天飯菜難
吃，就不僅僅是一件適口與否的事情了，而且，魯迅在這之後仍常去小有天宴
請，足以證明並不是其飯菜不好，而是在吃飯之前收到家裏的郵包加重了魯迅對
北京的排斥，即使是在這裡吃到了家鄉的「紅糟」，也覺得「不美」。〔註 85〕而這
一年 12 月 31 日，魯迅難得的對所用茶食有了褒獎之詞，「晚銘伯招引，季市及
俞毓吳在坐，肴質而旨，有鄉味也，談良久歸。」〔註 86〕值得一提的是，魯迅在
會館期間，許銘伯和弟弟許壽裳常常贈送蒸鵝、凍肉、筍乾、火腿、臘肉等紹興
食品，尤其紹興人中秋常食的「蒸鵝」，在魯迅日記中常有「季市烹一鵝招我午
飯」之類的記載，〔註 87〕魯迅也多次還以類似之物，可見，作為魯迅的終身摯

〔註 80〕 魯迅：《壬子日記》，魯迅：《魯迅全集·第 15 卷》，北京：人民文學出版社，
　　　　 2005 年，第 29 頁。
〔註 81〕 參見魯迅：《魯迅全集·第 15 卷》，北京：人民文學出版社，2005 年。
〔註 82〕 在魯迅小說中經常出現的紹酒、油豆腐、茴香豆、凍肉、青魚乾等吃食對於魯
　　　　 迅，有著無可替代的文化吸引力。
〔註 83〕 魯迅：《朝花夕拾·小引》，魯迅：《魯迅全集·第 2 卷》，北京：人民文學出版
　　　　 社，2005 年，第 235 頁。
〔註 84〕 魯迅：《壬子日記》，魯迅：《魯迅全集·第 15 卷》，北京：人民文學出版社，
　　　　 2005 年，第 1 頁。
〔註 85〕 翻閱魯迅日記，不難發現，魯迅在北京並不是很輕易的能吃到紅糟。
〔註 86〕 魯迅：《壬子日記》，魯迅：《魯迅全集·第 15 卷》，北京：人民文學出版社，
　　　　 2005 年，第 36 頁。其中，質指的是食物樸實，旨指的是味道醇美，當是同鄉
　　　　 許銘伯所做家常菜肴，帶有紹興風味，所以自然引出魯迅思想之情。
〔註 87〕 參見魯迅：《魯迅全集·第 15 卷》，北京：人民文學出版社，2005 年。

友，許壽裳對魯迅藉由食物思鄉的感情瞭解得十分深刻。另外，在乙卯年 5 月，日記上記錄了「下午蔡谷青忽遣人送火腿一隻」，〔註88〕其中的「忽」字在魯迅日記關於酬贈方面的記載中是從來沒有過的。向前推溯，魯迅上次收到火腿是甲寅年的 12 月 15 日，算來已近半年，這半年魯迅身處異鄉，想吃故鄉火腿而不得，忽得蔡谷青饋贈，其中驚喜和興奮全在一「忽」字了。在丁巳年日記中，魯迅也不惜花費筆墨特地記上一筆「食春捲」，〔註89〕熟諳越地掌故的魯迅見到春捲自然會將之與故鄉聯繫起來。〔註90〕可見，紹興的生活環境對於魯迅來說，不僅僅是一種鄉愁的寄託，更蘊藏著一種文化上的認同。

事實上，魯迅在日本的行跡也處於一個以地域為區分因素的團體之內。「一般來說，留日學生既不像留美學生那樣多屬於達官富商的子弟，也不像留法學生的勤工儉學那樣經過勞動鍛鍊，絕大多數是沒落地主和城市小資產階級出身。他們到日本留學無非利用少花錢少跑路等便利條件來求得些新知識為祖國效勞，可是冷酷的現實卻給他們很大的刺激和教訓。」〔註91〕鄭伯奇這樣回憶留日學生群體，雖然他的留學與魯迅的留學在時間上相差了十幾年，但是魯迅留學時期的情況也大抵如此，留學生們大多生活在一個以地域和經濟關係為紐帶的人際關係網絡中。

晚清的留日學生之中，有著一種結社辦報的習氣，這一點在平江不肖生的《留東外史》中記述的尤為生動。〔註92〕留日學生所辦報刊較為著名的有《四川》《豫報》《河南》《江蘇》《浙江潮》等，均是以地緣結社發文而形成，具有一定的同人性質。魯迅雖有一段時間就學於仙臺，但大部分時間仍是居於清國留日學生聚集的東京，既然生活在留學的環境下，這種具有明顯地緣政治性的社交方式對魯迅就不會沒有影響。事實上，魯迅在東京的交遊還是頗為活躍的，與當時激進的光復會等組織來往也比較緊密。本來，浙江就是留日運動的發源地，〔註93〕而光復會，在很大程度上就是一個以浙東地緣為

〔註88〕 魯迅：《乙卯日記》，魯迅：《魯迅全集‧第 15 卷》，北京：人民文學出版社，2005 年，第 167 頁。

〔註89〕 魯迅：《丁巳日記》，魯迅：《魯迅全集‧第 15 卷》，北京：人民文學出版社，2005 年，第 301 頁。

〔註90〕 王仁興：《春捲的由來》，《中國食品》，1984 年，第 1 期。

〔註91〕 參見鄭伯奇：《憶創造社及其他》，香港：香港三聯書店，1982 年。

〔註92〕 參見平江不肖生：《留東外史》，北京：華僑出版社，1998 年。

〔註93〕 參見何揚鳴：《論浙江留日學生》，《浙江月刊》，1998 年，第 3 期。

組織方式的社團。〔註94〕另外，魯迅與秋瑾等人也淵源頗深，在有關革命方式的論爭上，還曾產生過較大分歧。〔註95〕魯迅自己也在文章中記載了徐錫麟被捕後，於東京參與浙江同鄉會時的情景。〔註96〕這足見魯迅在當時的浙江留學生界還是比較活躍的。魯迅生活在這樣一個以地緣結合起來的團體之中，所交往的人物也自然以浙江人居多。

1903 年，魯迅身處東京，主要創作精力集中於翻譯西方短篇小說，作品最早多發於《浙江潮》雜誌。沈瓞民曾回憶魯迅選擇《浙江潮》發文的原因，「魯迅是浙江人，……他的好友許壽裳是《浙江潮》編輯之一。」〔註97〕而破產的《新生》，其發起者，也就是魯迅所說的「不名一錢的三個人」（魯迅、周作人、許壽裳），〔註98〕都是浙江紹興人。後來，魯迅隨許壽裳遷居本鄉西片町「伍舍」，同住者皆紹興人。和許壽裳、錢家治、朱希祖、錢玄同、朱宗萊、龔寶銓等八人同求學於來日本興辦《民報》的章太炎，師生皆為兩浙人士。及至後來魯迅與周作人合譯的《域外小說集》因經費缺乏而無法出版的時候，向他伸出援手的蔣抑卮，也同樣是紹興人。

1909 年，魯迅自日本返回中國，在浙江兩級師範學堂任教，其所關注的重點仍是浙江，尤其是以紹興為代表的「越」文化。1912 年，《越鐸日報》創刊於紹興，魯迅欣然任名譽總編輯，並發表《〈越鐸〉出世辭》，其中寫道：「於越故稱無敵於天下，海嶽精液，善生俊異，後先絡繹，展其殊才；其民復存大

〔註94〕 關於魯迅是否加入了光復會的問題，歷來說法不一，但是魯迅與其中人員的緊密關係卻是不可迴避的史實。據周作人記載「當時陶煥卿也亡命來東京，因為同鄉的關係常來談天，未生大抵同來。煥卿正在聯絡江浙會黨，計劃起義。……嘗避日本警吏注意，攜文件一部分來寓屬代收藏，有洋抄本以，係會黨的聯合會章，記有一條云，反犯規者以刀劈之。又有空白票布，紅布上蓋印，又一枚紅緞者，云是『龍頭』。……數月後煥卿移居，乃復來取去。」無論魯迅是否正式參加過光復會，單從陶煥卿能把象徵會首的「龍頭」交付魯迅保管，足見得兩人關係之緊密。
〔註95〕 參見〔日〕永田圭介：《競雄女俠傳：秋瑾》，北京：群言出版社，2007 年。
〔註96〕 魯迅：《范愛農》，魯迅：《魯迅全集·第 2 卷》，北京：人民文學出版社，2005 年，第 321 頁。
〔註97〕 沈瓞民：《回憶魯迅早年在弘文學院的片段》，《文匯報》，1961 年 9 月 23 日。而後來改投《河南》，一方面與許壽裳離開《浙江潮》後，雜誌思想傾向改變有關；另一方面在於《新生》的破產和居住中越館較高的花銷使得魯迅將積累的稿件改投對曾對其經濟有所支持的劉青霞所辦且志趣相投的《河南》雜誌。
〔註98〕 魯迅：《〈吶喊〉自序》，魯迅：《魯迅全集·第 1 卷》，北京：人民文學出版社，2005 年，第 437 頁。

禹卓苦勤勞之風,同句踐堅確慷慨之志,力作治生,綽然足以自理。世俗遞降,精氣播遷,則漸專實利而輕思理,樂安謐而遠武術,鶩夷乘之,爰忽顛隕,全髮之士,繫踵蹈淵,而黃神嘯吟,民不再振。辮髮胡服之虜,旆裘引弓之民,翔步於無餘之舊疆者蓋二百餘年矣。已而思士篤生,上通帝旨,轉輪之說,彌淪大區,國士桓桓,則首舉義旗於鄂。諸出響應,濤起風從,華夏故物,光復太半,東南大府,亦赫然歸其主人。越人於是得三大自由,以更生於越,索虜則負無量罪惡,以底於亡。」〔註99〕對於故鄉越地的讚美溢於紙面,並欲以「越鐸」響震「吾越學界中魚龍曼衍之戲」。〔註100〕除此之外,魯迅從這一時期起,直到移居北京後的很長一段時間,校訂會稽先賢軼文成為他筆耕不輟的一項工作,並終於在 1915 年以周作人的名義刊行,名為《會稽郡故書雜集》,內錄有《謝承會稽先賢傳》《虞預會稽典錄》《鍾離岫會稽後賢傳記》《賀氏會稽先賢像贊》《朱育會稽土地記》《賀循會稽記》《孔靈符會稽記》和《夏侯曾先會稽地志》八篇文章,內容涉及人物先賢、土地風物和遊覽紀略等多方面。在魯迅於北京琉璃廠購書印碑的清單裏,關於故郡越地的書籍比比皆是,尤其是在會館時期,有關浙江,尤其是紹興的書畫更是占到了很大的一個比例。〔註101〕魯迅初入京城,即得許銘伯所贈《越中先賢祠目》一冊,內容為北京越中先賢祠變遷的情況。而他第一次到琉璃廠,便「歷觀古書肆,購傅氏《纂喜廬叢書》一部七本,五元八角。」〔註102〕《纂喜廬叢書》是由浙人傅雲龍所編纂的一部類書,其中收錄了浙江,尤其是越中一帶的物產民俗等資料,魯迅「歷觀」古書肆,購得這樣一部書,一方面是這本書之於其正在編寫的《會稽郡故書雜集》有一定的指導意義,另一方面也顯示出魯迅對越中文化的偏愛。雖然魯迅也曾經揚言要離開紹興,〔註103〕但是一到北京,故鄉越中對他的強大吸引力就再一次展示出來。

這一時期魯迅對越中文化的好感也使得魯迅在日記中常常顯示出對其他

〔註99〕 魯迅:《〈越鐸〉出世辭》,魯迅:《魯迅全集·第 8 卷》,北京:人民文學出版社,2005 年,第 4 頁。

〔註100〕 魯迅:《致許壽裳》,魯迅:《魯迅全集·第 11 卷》,北京:人民文學出版社,2005 年,第 337 頁。

〔註101〕 參見魯迅:《魯迅全集·第 15 卷》,北京:人民文學出版社,2005 年。

〔註102〕 魯迅:《壬子日記》,魯迅:《魯迅全集·第 15 卷》,北京:人民文學出版社,2005 年,第 1 頁。

〔註103〕 由於當時王金發在浙江一帶的管轄使得魯迅來京之前過的也頗不如意,在與許壽裳的書信中提到想要離開浙江。

地域文化的排斥。和我們通常認知的魯迅不同，魯迅從參與《越鐸》的出版到會館時期結束，其思想有著相當濃重的地方主義色彩。上文所引用的《〈越鐸〉發刊詞》中出現「索虜」二字，乃是南人對北人的輕蔑之詞，〔註104〕而「越鐸」之所以出世的目的是為了「無敵於天下」。〔註105〕以越文化振興中國的意圖十分明顯。魯迅在到了北京之後，在壬子年 7 月 30 日的日記中寫道：「下午赴中國通俗教育研究會，傍晚乃散。此會即在教育部假地設之，雖稱中國，實乃吳人所為，那有好事！」〔註106〕同屬浙江的吳越兩種文化在魯迅看來就已經有如此高下優劣之分了，更遑論其他地域的文化了。在同年的 8 月到 10 月，魯迅多次在日記中記載了鄰居「閩客」，「半夜後鄰客以閩音高談，狺狺如犬相齧，不得安睡」「夜鄰室有閩客大嘩」「鄰室又來閩客，至夜半猶大噪如野犬，出而叱之，少戢」「晚鄰閩又噪」，直到 11 月「院中南向二小舍，舊為閩客所居者，已虛，擬移居之，因令工糊壁，一日而竣。」〔註107〕魯迅對鄰居「閩客」如此反感和排斥，一方面是其確實打擾了自己的生活，但更重要的是這個「閩」字。魯迅所居山會邑館，本應是紹興、山陰籍旅京人士聚居之地，而「閩客」以「閩」籍入住，自然是一個很強的異質性的存在。

在這個時期，魯迅初入京華，其與紹興的聯繫多米自這座會館。當時的魯迅是看到月亮就會想起故鄉的旅人，這年中秋前後二日，魯迅在日記中對比了南北兩地風俗的差異，思鄉之情流露其中，「陰曆中秋也。……晚銘伯、季市招飲，談至十時返室，見圓月寒光皎然，如故鄉焉，未知吾家仍以月餅祀之不」「七時三十分觀月食約十分之一，人家多擊銅盤以救之，此為南方所無，似較北人稍慧，然實非是，南人愛情漓盡，即月真為天狗所食，亦更不欲拯之，非妄信已滌盡也。」〔註108〕非但如此，故鄉事即使小如「麻溪壩事」也都在魯迅

〔註104〕《宋書》中有《索虜傳》，唐朝劉知幾所著《史通》中載：「自五胡稱制，四海殊宅。江左既承正朔，斥彼魏胡。故故氏羌有錄，索虜成傳。」《資治通鑑》也記載：「「宋魏以降，南北分治，各有國史，互相排黜，南謂北為索虜，北謂南為島夷。」

〔註105〕魯迅：《〈越鐸〉出世辭》，魯迅：《魯迅全集·第 8 卷》，北京：人民文學出版社，1981 年，第 21 頁。

〔註106〕魯迅：《壬子日記》，魯迅：《魯迅全集·第 15 卷》，北京：人民文學出版社，2005 年，第 13 頁。

〔註107〕參見魯迅：《壬子日記》，魯迅：《魯迅全集·第 15 卷》，北京：人民文學出版社，2005 年。

〔註108〕魯迅：《壬子日記》，魯迅：《魯迅全集·第 15 卷》，北京：人民文學出版社，2005 年，第 22 頁。

的關注視野之內；﹝註109﹞並且此時魯迅每一還鄉復歸，日記裏總會記載身體不適或者「枯坐」，﹝註110﹞由此不難看出魯迅對於故郡越中文化場域的心理依賴。另有一些瑣事，諸如「報中殊無善文，但以其有《越縵日記》，故買存之」「昨今兩夜從《說郛》寫出《雲谷雜記》一卷，多為聚珍版本所無，惜頗有訛奪耳，內有辨上虞五夫村一則甚確」「夜鄰室王某處忽來一人，高談大呼，至雞鳴不止，為之展轉不得眠，眠亦屢醒，因出屬發音較低，而此人邊大漫罵，且以英語雜廁。人類差等之異，蓋亦甚矣。後知此人姓吳，居松樹胡同，蓋非越中人也」「上午次長梁善濟到部，山西人，不了了」。﹝註111﹞這些看似散亂的隻言片語中，共同點在於魯迅對越中風物的深刻體察和對浙東文化的驕傲。從上文的分析中不難看出，魯迅在會館時期結束之前，無論是在紹興、日本、杭州、南京或是北京，實際上一直生活在一個浙東人際關係網絡之內，這一時期的魯迅（尤其是1912年到京赴任之後），和我們以往所認識的魯迅是不同的，在這「隱默」的數年中，魯迅實際上早就心有所屬。在這一時期，魯迅是浙東的魯迅，他的言語之間，都留下了浙東文化場域的深刻痕跡。那麼，僅由此看來，陳西瀅後來攻訐魯迅的「某籍某系」﹝註112﹞也並非完全是捕風捉影。

二、故鄉的退隱與父權的解構

魯迅在《中國新文學大系·小說二集導言》中曾這樣論述鄉土文學：「蹇先艾敘述過貴州，裴文中關心著榆關，凡在北京用筆寫出他的胸臆來的人們，無論他自稱為用主觀或客觀，其實往往是鄉土文學，從北京這方面說，則是僑寓文學的作者」，﹝註113﹞從這個意義上來說，魯迅本人在會館的生活在很大程度上也可以算得上是「鄉土生活」了。魯迅的祖父介孚公進京趕考時就在這裡住過，﹝註114﹞

﹝註109﹞ 魯迅：《癸丑日記》，魯迅：《魯迅全集·第15卷》，北京：人民文學出版社，2005年，第54頁。

﹝註110﹞ 參見魯迅：《魯迅全集·第15卷》，北京：人民文學出版社，2005年。

﹝註111﹞ 參見魯迅：《魯迅全集·第15卷》，北京：人民文學出版社，2005年。

﹝註112﹞ 參見陳源：《西瀅閒話》，石家莊：河北教育出版社，1994年。

﹝註113﹞ 魯迅：《〈小說二集〉導言》，《中國新文學大系導言集》，天津：天津人民出版社，2009年，第123頁。

﹝註114﹞ 參見黃喬生：《魯迅在北京——紹興會館與紹興人》，《北京紀事》，2013年，第1期。介孚公在山會會館的生活最終也以有了家眷而被迫結束，兩代人的際遇相似，但介孚公和魯迅的離開會館無論是在時代上還是在精神上都有著明顯的不同。周作人所著的《魯迅的故家》中記載，「介孚公一時曾住在會館裏，或者其時已有不住女人的規定，他蓄了妾之後就移住在會館的近旁了。」

魯迅自從 1912 年進京，又在這裡開始了其漫長的會館生活，成為「僑寓」在北京的人，在魯迅離開紹興會館之後，許欽文又以「僑寓」的姿態入住這座魯迅曾經沉默過的館所。〔註115〕會館，作為一個特殊時代的產物，在魯迅所在京的1910 年代到 1920 年代，起著無可取代的重要作用。

　　會館的產生，始於明代，「嘗考會館之設於都中，古未有也，始嘉隆間。」〔註116〕及至清朝已經是「或省設一所，或府設一所，或縣設一所，大都視各地京官之多寡貧富而建設之，大小凡四百餘所。」〔註117〕會館的建立的地點，也多圍繞菜市口等商貿區域，可見，工商性質是其建立的最初目的，但由於中國古代科舉制度的規定，北京作為科舉考試的最終考場，在每年的特定時節，會試的舉人都要自南而北進入宣武門，北京有俗諺謂之「臭溝開，舉子來」。這樣，在自《論語》即有之的鄉黨意識的觀照下，本就處於宣南地區的會館就承擔起了以各地域為標誌，分流舉子的功用，故宣南一帶的會館又稱「試館」。從以上分析不難看出，會館的出現，和古代中國以地域文化為紐帶的寓居心態和科舉制度是息息相關的。科舉在中國古代社會是舉子們晉升為統治階級的主要途徑，而會館又是「視各地京官之多寡貧富而建設之」，〔註118〕在當時的社會文化場域下，「君君臣臣，父父子子」，由君臣之間的關係構建起的封建父權秩序成為了會館文化的基礎，會館在很大意義上成為了鄉黨觀念在京都的維繫。及至魯迅的年代，雖然科舉制度已經廢除，但由於交通通訊的不甚便利，會館仍是寓居北京的各色人等和鄉土之間的紐帶，在已經漸漸走進現代社會的京都中，保持著一種基於鄉土意識和封建父權倫理的秩序，這種秩序通過鄉黨之間的複雜裙帶關係所產生的族權體現出了父權倫理的強大性。魯迅其時所居住的山會邑館即是這樣一個所在。

　　魯迅在京期間，在會館裏延續著一種地緣性生活的同時，也深深地為地域而自卑，以至於恥於提及紹興，而稱會館為「S 會館」、紹興為「越中」。周作人在回憶時曾有過這樣的話：「不明白是什麼緣故，有些人不喜歡紹興這名稱，魯迅也是一人，他在文章中常稱這縣館為 S 會館，人問籍貫也總只說是浙

〔註115〕許欽文：《菜市口》，許欽文：《許欽文散文選集》，石家莊：百花文藝出版社，2009 年，第 46 頁。
〔註116〕參見（明）劉侗、於奕正、周損：《稽山會館唐大士像》，劉侗、於奕正、周損：《帝京景物略》，上海：上海古籍出版社，2001 年。
〔註117〕參見（清）徐珂：《清稗類抄選錄》，臺北：大通書局，1984 年。
〔註118〕參見（清）徐珂：《清稗類抄選錄》，臺北：大通書局，1984 年。

江。……前清時因部吏和師爺的關係，紹興人在北方民間少有好感是實情。」
〔註119〕江浙自從明朝文士興盛之後，向為文人淵藪，之所謂「一代學術幾為
江浙皖三省所獨佔」。〔註120〕民初政府北遷之後，魯迅所在的教育部又多為江
浙人所把持。「由於江浙為文化最發達之區，教育界的傑出人物，往往不能捨
江浙二省而他求。因此，教育部此時的高級職員中，包括次長和四位參事中的
三位與三位司長中的兩位，都是籍隸江浙兩省。」〔註121〕但即便如此，浙江
籍內部又有著錯綜複雜的區分，〔註122〕「言兩浙人文，似當統括於江南之自
然區域，而後可以得其錯綜複雜之故。若以行政區域劃分，為方便計故可，為
考鏡學術之源流，竊以為非深刻之論也。」〔註123〕由此可見，紹興人當時在
北京的地位實際上是頗為尷尬的，一方面，教育界主要由他們操持，另一方面
他們又為其他在京人員所蔑視。這樣，會館對以魯迅為代表的紹興籍旅京官員
來說，不僅僅是一個住宿的地方，更是一種文化上和精神上的庇護，而這種庇
護，其基礎則是一種建立在地緣政治上的父權。

　　從周作人等人的敘述中，不難發現，周家與山會邑館的淵源頗深。〔註124〕
北京宣南會館多為四合院結構，本身就具有父權文化的審美基調，〔註125〕況
且其中住客還有像許銘伯這樣的魯迅父兄輩，父權文化的氣息在這座會館彌
漫。遍觀魯迅日記，他一直稱呼許銘伯為「先生」，足見對其尊敬。此外，在
山會邑館中，還有著種種規章和儀禮，無不是父權意識在會館文化中的體現。
「進門往南是一個大院子，正面朝東一大間，供著先賢牌位，這屋有名稱，彷
彿是仰蕺堂之類，卻記不得了，裏邊是什麼樣子我也不知道，因為平時關閉著，

〔註119〕周遐壽：《魯迅的故家》，魯迅博物館、魯迅研究室、《魯迅研究月刊》選編：
　　　　《魯迅回憶錄》，北京：北京出版社，1999年，第1060頁。
〔註120〕梁啟超：《近代學風之地理的分布》，梁啟超：《飲冰室專集之九》，北京：中
　　　　華書局，1972年，第3頁。
〔註121〕王雲五：《蔡孑民先生與我》，陳平原、鄭勇編：《追憶蔡元培》，北京：中國
　　　　廣播電視出版社，1997年，第61頁。
〔註122〕參見桑兵：《近代中國學術的地緣與流派》，《歷史研究》，1999年，第3期。
〔註123〕賀昌群：《江南文化與兩浙文人》，《大公報》，1936年11月3日。
〔註124〕周遐壽：《魯迅的故家》，魯迅博物館、魯迅研究室、《魯迅研究月刊》選編：
　　　　《魯迅回憶錄》，北京：北京出版社，1999年，第1061頁。魯迅祖父做京官，
　　　　正是住在這間會館，「會館在路西，門額是魏龍藏所寫，他是魯迅的父親伯宜
　　　　公的朋友，或是同案的秀才吧，伯宜公曾幾次說起他過。」
〔註125〕參見白晨曦：《天人合一：從哲學到建築》，中國社會科學院，博士論文，2003
　　　　年。

一年春秋兩次公祭，擇星期日舉行。」〔註126〕在周作人日記裏還記載著「七月七日晴，下午客來談。傍晚悶熱。菖蒲漊謝某攜妾來希賢閣下，同館群起責難，終不肯去，久久始由甘某調停，暫住一夕。」〔註127〕其原因在於「攜妾」，「因為這會館是特別有規定，不准住家眷以至女人的，原因是在多少年以前有一位姨太太曾經在會館裏弔死了。」〔註128〕以地緣組織起來的會館，在傳承和保護越中文化的同時，也以一種族權的形式向違背規章者展示著它的權威。在這種類似於宗族意識的地緣政治的組織下，個人之於會館只是從屬地位，是強大族權的「子」，必須服從於通過會館所建構的一整套與故郡越中緊緊相連的話語體系，否則，將受到這一話語體系所形成的文化場域的嚴重排斥，那「菖蒲漊謝某」便是絕好的例子。

魯迅最終並沒有在這「隱默」的會館中將生命「暗暗的消去」，〔註129〕雖然無法確切考證是什麼使魯迅在精神上走出浙東文化場域而自立，但1917年到1919年連續發生的周作人來京、祖屋被賣、錢玄同向魯迅宣傳《新青年》，卻可以被認為是促成魯迅在這一時期思想轉型的重要原因。周作人來京、祖屋被賣可看作其客觀因素；錢玄同等人對魯迅的激勵，可看作其內在的心理動因。

1917年4月1日，周作人自紹興前往北京，在這之前魯迅已經致信蔡元培為周作人活動工作事宜，從此時起，浙東作為一個具有文化色彩的詞語，漸漸開始在魯迅日記裏消失了。〔註130〕這之後沒多久，故鄉祖屋被賣一事更是

〔註126〕周遐壽：《魯迅的故家》，魯迅博物館、魯迅研究室、《魯迅研究月刊》選編：《魯迅回憶錄》，北京：北京出版社，1999年，第1061頁。

〔註127〕周作人：《周作人日記（1917年1月1日～12月31日）》，《新文學史料》，1983年，第3期。

〔註128〕周遐壽：《魯迅的故家》，魯迅博物館、魯迅研究室、《魯迅研究月刊》選編：《魯迅回憶錄》，北京：北京出版社，1999年，第1061頁。這一奇異的規定也為同住山會邑館的錢稻孫所證實，「會館的情況記不清了。我們來時，已叫紹興會館，原來是山會邑館。山會館裏不許住家眷，因為一住家眷就很髒，很雜亂。」雖然所記原因不同，但是這條不近人情的規定卻是被證明是存在的了。

〔註129〕魯迅：《〈吶喊〉自序》，魯迅：《魯迅全集·第1卷》，北京：人民文學出版社，2005年，第437頁。

〔註130〕參見魯迅：《魯迅全集·第15卷》，北京：人民文學出版社，2005年。1917年周作人的來京，似乎帶去了魯迅對故鄉的一部分思念，這之後兩年中，僅有1917年的中秋前後魯迅有過思鄉之情，次年「浙江第五中學同學會」與同鄉聚會一次，另散有幾次提及浙江的食物，比較前些年的日記，越中、紹興等詞出現的頻率大大減少。

切斷了魯迅與故土的精神聯繫。這件事情最早出現是在 1919 年 1 月 16 日致許壽裳的信中：「明年，在紹之屋為族人所迫，必須賣去，便擬攜眷居於北京，不復有越人安越之想」，並且魯迅自言：「僕年來仍事嬉遊，一無善狀，但思想似稍變遷。……而近來與紹興之感情亦日惡，殊不自至〔知〕其何故也」。〔註 131〕這件事對魯迅影響頗深，他不止一次在作品中提及此事。「我這次是專為了別他而來的。我們多年聚族而居的老屋，已經公同賣給別姓了，交屋的期限，只在本年，所以必須趕在正月初一以前，永別了熟識的老屋，而且遠離了熟識的故鄉，搬家到我在謀食的異地去。」〔註 132〕「我是正在這一夜回到我的故鄉魯鎮的。雖說是故鄉，然而已經沒有家，所以只得暫寓在魯四老爺的宅子裏」〔註 133〕而「完全成了生客」。〔註 134〕從這一系列的描述中，不難體會到祖屋的售出，迫使魯迅切斷了與紹興的精神聯繫，而預備將全家從越中前往北京。而山會邑館是不能攜帶家眷共住的，這樣，無論是從主觀還是從客觀上，魯迅都已經做好了走出會館的準備。事實上，整個 1919 年，魯迅都在為賣屋和買房忙碌著，從該年 2 月開始看屋起，到 11 月 29 日全家入住八道灣宅，這一年魯迅的日記幾乎都是圍繞著屋企之事記載的，尤其是 10 月之後，魯迅幾乎隔兩三天就要巡視裝修中的八道灣宅，可見其用心。同時，對照這幾年魯迅在京的書賬，不難發現，其中關於紹興的書籍呈遞減態勢，〔註 135〕這正回應了魯迅在信中對許壽裳提到的「思想似稍變遷」「與紹興之感情日惡」。〔註 136〕魯迅也漸漸地從紹興—山會邑館這樣一個橫跨越中與北京的浙東人際關係網絡中走出來了。

在這一時期，錢玄同的影響也是魯迅走出會館的一個不可忽視的因素。在魯迅執著於與抄古碑的寂寞時，錢玄同成了會館的常客，「從八月起，開始到會

〔註 131〕 魯迅：《190116 致許壽裳》，魯迅：《魯迅全集・第 11 卷》，北京：人民文學出版社，2005 年，第 369 頁。
〔註 132〕 魯迅：《故鄉》，魯迅：《魯迅全集・第 1 卷》，北京：人民文學出版社，2005 年，第 501 頁。
〔註 133〕 魯迅：《祝福》，魯迅：《魯迅全集・第 2 卷》，北京：人民文學出版社，2005 年，第 5 頁。
〔註 134〕 魯迅：《在酒樓上》，魯迅：《魯迅全集・第 2 卷》，北京：人民文學出版社，2005 年，第 24 頁。
〔註 135〕 參見魯迅：《魯迅全集・第 15 卷》，北京：人民文學出版社，2005 年。
〔註 136〕 魯迅：《190110 致許壽裳》，魯迅：《魯迅全集・第 11 卷》，北京：人民文學出版社，2005 年，第 369 頁。

館來訪問，大抵是午後四時來，吃過晚飯，談到十一二點鐘回師大寄宿舍去。查舊日記八月中九日，十七日，二十七日來了三回，九月以後每月只來一回。」〔註137〕正在操辦《新青年》的錢玄同在這個時期頻繁出入魯迅的住所，為魯迅這一潭看似已經沈寂了的死水投入了一顆激起波瀾的石子。魯迅曾是激昂的，他感於越地英傑輩出，故振鐸以勵之。入京之後民國政府一系列的政治鬧劇，使他心灰意冷。〔註138〕魯迅雖然知道《新青年》，但是對其態度一度頗為冷淡，1917 年前後，隨著編輯部前往北京，《新青年》也處於一個轉型期，在第四卷第一號之後的新青年雜誌，在扉頁都寫著「本志自第四卷第一號起，投稿章程業已取消，所有撰譯，悉由編輯部同人公同擔任，不另購稿」〔註139〕字樣，開始從一個綜合性的文化月刊向倡導文學革命和思想革命的機關刊物轉變。改造思想正是魯迅在日本時期一直堅持的道路，「現在經錢君來舊事重提，好像是在埋著的火藥線上點了火，便立即爆發起來了。」〔註140〕「本以為現在已經並非一個切迫不能已於言」的魯迅，「或者也還未能忘懷於當日自己的寂寞的悲哀」，魯迅認為「雖然自有我的自信，然而說到希望，卻是不能抹殺的，因為希望是在於將來，決不能以我之必無的證明，來折服了他之所謂可有，於是我終於答應他也做文章了。」〔註141〕《狂人日記》由此被魯迅創作出來，並且一發而不可收，漸漸地在「將令」下，對著吃人的禮教發起了攻擊，成為吶喊的旗手。而在魯迅的日記裏，浙東人際關係網絡也漸漸地消逝了。

〔註137〕 周遐壽：《魯迅的故家》，魯迅博物館、魯迅研究室、《魯迅研究月刊》選編：《魯迅回憶錄》，北京：北京出版社，1999 年，第 1067 頁。

〔註138〕 參見周遐壽：《魯迅的故家》，魯迅博物館、魯迅研究室、《魯迅研究月刊》選編：《魯迅回憶錄》，北京：北京出版社，1999 年。（注：周作人以及眾多研究者認為是袁世凱的復辟給了魯迅較大刺激，本文作者認為不然，原因有三：其一，袁世凱去世前後，魯迅都沒有對其表現出明顯的敵意，袁世凱在任期間，魯迅還曾因表現優秀獲過嘉禾勳章，袁世凱去世後，魯迅被教育部派去弔唁，魯迅還專門去借了禮服；其二，魯迅在日記中，與袁世凱復辟、退位和去世之日，筆觸並無明顯變化；其三，魯迅開始脫離浙東文化場域的 1917 年後半年，同時也是錢玄同頻繁來訪之時，袁世凱已去世多時，從時間來看，真正是魯迅思想產生變化的應有兩件事，一是張勳的復辟——這與袁世凱復辟性質有著明顯不同，二是馮國璋與段祺瑞的府院之爭。）

〔註139〕 《本志編輯部啟事》，《新青年》，1917 年，第 4 期。

〔註140〕 周遐壽：《魯迅的故家》，魯迅博物館、魯迅研究室、《魯迅研究月刊》選編：《魯迅回憶錄》，北京：北京出版社，1999 年，第 1067 頁。

〔註141〕 魯迅：《〈吶喊〉自序》，魯迅：《魯迅全集·第 1 卷》，北京：人民文學出版社，2005 年，第 437 頁。

魯迅在《狂人日記》創作前後,漸漸地脫離了對他來說具有強烈父權意味的山會邑館,山會邑館在這個意義上就是封建禮教在京的象徵,但必須承認的是,在這之前很長一段時間裏,魯迅對這一點並沒有十分清醒的認識,魯迅在書信中寫道「近來與紹興之感情亦日惡,殊不自至〔知〕其何故也」〔註142〕就是一個很好的證明。魯迅在這一段時間內常在「故鄉的誘惑」和「出走」之間糾結徘徊,這並不是一個一蹴而就的事件,而是經歷了1917~1919年這一段漫長的歷程。在這段時間內,尤其是在《狂人日記》寫作之後,魯迅漸漸地形成了一種擺脫會館父權壓制之後自我的自覺,「浙東的魯迅」變了「魯迅的浙東」,浙東漸漸地從一個文化場域變成了魯迅以自身立場觀照的對象,進入了魯迅的文學世界。〔註143〕

魯迅在1919年年底搬出了山會邑館,在擺脫了地緣影響下的父權之下,也建立了一個屬於自己的父權文化場域,在一系列細節的安排下,完成了一個新的父權制家庭的建構,即八道灣住宅。〔註144〕在將全家接到八道灣宅之後,從日記中,不難看出魯迅此時的心情是欣然自得的:「晨發天津,午抵前門站。重君、二弟及徐坤在驛相迓,徐吉軒亦令劉昇、孫成至,從容出站,下午俱到家。」和前兩天旅途中「甚惡」「大苦辛」形成了明顯的對照,「從容」二字更是寫出了魯迅此時心情的喜悅。此處,魯迅日記里第一次稱住所為「家」,更是證明了魯迅對其重建的「大家庭」的滿意。〔註145〕

決定在八道灣購宅之後,魯迅即做了《我們現在怎樣做父親》一文,在很大程度上可視作魯迅走出會館的宣言和重構大家庭的計劃。魯迅在這個問題上是矛盾的,一方面他聲稱「我作這一篇文的本意,其實是想研究怎樣改革家庭;又因為中國親權重,父權更重,所以尤想對於從來認為神聖不可侵犯的父子問題,發表一點意見。」〔註146〕另一方面,他自己也在積極地建立屬於自己的父權家庭,這也是作為「生活著的人」的魯迅所無法避免的問題。魯迅雖然「自

〔註142〕 魯迅:《190116致許壽裳》,魯迅:《魯迅全集·第11卷》,北京:人民文學出版社,2005年,第369頁。

〔註143〕 這一點在魯迅的作品中有著大量的摹仿式的再現,即如《故鄉》、《在酒樓上》等作品中所呈現出的「歸鄉/出走」的敘述模式。

〔註144〕 參見韓文萍:《魯迅的「大家庭」夢——由八道灣家庭的建立及崩潰看魯迅的代父情結》,《湖北大學學報(哲學社會科學版)》,2006年,第7期。

〔註145〕 參見魯迅:《魯迅全集·第15卷》,北京:人民文學出版社,2005年。

〔註146〕 魯迅:《我們現在怎樣做父親》,魯迅:《魯迅全集·第1卷》,北京:人民文學出版社,2005年,第134頁。

己背著因襲的重擔，肩住了黑暗的閘門」，但是在此時也並未「放他們到寬闊光明的地方去。」〔註147〕魯迅在《我們現在怎樣做父親》中所提到的種種努力和目標實在「是一件極偉大的要緊的事，也是一件極困苦艱難的事」。〔註148〕

魯迅建立了新的父權，就意味著舊的父權結構即將被瓦解。從1917年開始，諸如「越中」「紹興」等字樣在其日記中出現的頻率大大減少，對故鄉風物的思念也基本上消失在其日記中。自遷至八道灣宅起，一直到1923年兄弟失和，魯迅在其日記中竟無一字提及故鄉，這與之前八年的日記迥然不同。可以看出，魯迅在從山會邑館遷出的同時，也揖別了曾經的精神寄託——浙東人際關係網絡。從1920年起，魯迅的日記標題也有著較大的改變，不再用傳統的干支紀年，而改用如「日記第九」這樣的數字直接為日記編號，〔註149〕在這重新建立的大家庭裏，魯迅也希望有一種不同於以往慣常宗法制生活的新概觀，一切都是新的，包括認識時間的方式。正如在《吶喊》中，大多數小說的結尾都有著一個「光明的尾巴」，〔註150〕這種狀況大致一直延伸到1923年，八道灣宅中的那一次爭吵，周氏兄弟自此分道揚鑣，魯迅也從《吶喊》走入了《彷徨》，並經由《野草》，形成了研究者所謂的「真正的魯迅」。〔註151〕在這兩個時間點之間的魯迅日記，則忠實地為我們記錄下了魯迅思想上的變化，魯迅在走出山會邑館之後，交友圈子開始擴大，外地朋友也多了起來，漸漸地從浙東人際關係網絡中走出，開始面向在鐵屋子裏沉睡的人，給他們毀壞鐵屋的希望。〔註152〕

清末民初，中國社會正經歷著一場深刻的變革，科舉制被廢止、君主制政治制度的衰落、實業興國的政治構想等，都使得傳統的城鄉互動關係被打破，〔註153〕日趨全球化的經濟和政治催促著千千萬萬的農村人口湧入城市，尤其

〔註147〕 魯迅：《我們現在怎樣做父親》，魯迅：《魯迅全集·第1卷》，北京：人民文學出版社，2005年，第134頁。

〔註148〕 魯迅：《我們現在怎樣做父親》，魯迅：《魯迅全集·第1卷》，北京：人民文學出版社，2005年，第134頁。

〔註149〕 參見魯迅：《魯迅全集·第15卷》，北京：人民文學出版社，2005年。

〔註150〕 參見魯迅：《〈吶喊〉自序》，魯迅：《魯迅全集·第1卷》，北京：人民文學出版社，2005年，第437頁。

〔註151〕 參見汪衛東：《魯迅的又一個原點——1923年的魯迅》，《文學評論》，2005年，第1期。

〔註152〕 參見魯迅：《〈吶喊〉自序》，魯迅：《魯迅全集·第1卷》，北京：人民文學出版社，2005年，第437頁。

〔註153〕 參見金耀基：《從傳統到現代》，北京：中國人民大學出版社，1999年。

是在一些大城市,人口迅速增長,以至於政府不得不組織移民來對人口進行調控。〔註154〕之前千百年來所形成的經濟模型被打破,現代化進程一往無前地摧毀著傳統社會賴以為生的土地關係,以及建立在這種土地關係上的人們的生活。人與土地的聯繫被日趨現代化的生活方式與經濟方式強行斬斷,人一方面從土地上解放了出來,另一方面也喪失了土地帶給人們的安身立命的意義。〔註155〕人和土地的關係被斬斷,就意味著與以土地關係為維繫的家族關係的破裂。人在很大程度上成為了原子化的人,孤獨漂泊在城市所構建的「水門汀叢林」中,一旦離開,就再也無法回到曾經無法割捨的土地,只能向著更廣闊的社會奔去。〔註156〕正如現代化以來對於時間的認知,從傳統的寄寓輪迴的干支紀年到生硬的、一去不返的一串數字(魯迅日記標題從「己未日記」到「日記第九」正體現了這點)。在眾多用歡呼雀躍以慶祝解除與土地的契約的人群中,魯迅冷靜而切實地感覺到了與故土和浙東人際關係網絡斷裂的痛苦,這種痛苦是現代化的中國裏,每一個覺醒的個體所不能避免的,只有經歷了這樣的痛苦,人才能從蒙昧中走出,成為那一「個」。因著「追悼了過去的人,還要發願:要除去於人生毫無意義的苦痛,」〔註157〕魯迅「自己背著因襲的重擔,肩住了黑暗的閘門」,願意做通往光明的「梯子」。〔註158〕在這一時期,魯迅徘徊於《故鄉》的歸來與離去,在激昂的吶喊聲中,顯示出了超越同時代大多數知識分子的,對傳統中國地域性人際關係網絡的深刻認識。

也可以說,1917 年前後,魯迅才真正從浙東這一具有明顯地緣政治意義的文化場域中走出,成為了中國現代文學上,那獨特的一個。在這之前,他雖然一直在尋找思想革命的路子,卻始終沉迷於地方主義的混沌中,在慶賀「越人於是得三大自由,以更生於越,索虜則負無量罪惡,以底於亡」〔註159〕的

〔註154〕 參見何海燕:《晚清人口問題與對策略論》,《光明日報》,2007 年 7 月 13 日。

〔註155〕 這個人口隨著現代化程度的日益加深而漸漸龐大,以至於從清政府開始不得不設置諸如京師工藝局、北洋工藝局、濟南工藝傳習所等工藝傳習機構來對城市中大量出現的無業者,或者游民來進行分流。

〔註156〕 參見金觀濤、劉青峰:《觀念史研究:中國現代重要政治術語的形成》,北京:法律出版社,2005 年。

〔註157〕 魯迅:《我之節烈觀》,魯迅:《魯迅全集·第 1 卷》,北京:人民文學出版社,2005 年,第 121 頁。

〔註158〕 魯迅:《我們現在怎樣做父親》,魯迅:《魯迅全集·第 1 卷》,北京:人民文學出版社,2005 年,第 134 頁。

〔註159〕 魯迅:《〈越鐸〉出世辭》,魯迅:《魯迅全集·第 8 卷》,北京:人民文學出版社,2005 年,第 41 頁。

同時，卻沒能認識到，封建王朝對於人的束縛並不在於「越人」和「索虜」的關係上，而在於其背後所因襲的父權制度。父權制度使個人從屬於整個家族，家族從屬於地方權力，地方權力則是由父權衍生出來的君權意識的觸肢。這一套嚴密的組織結構嚴重地限制了個人的能動性，使個人成為了鄉土的附庸。而1917 年以來的一系列事件，迫使魯迅從這嚴密的網羅中抽身而出，成為了一個可以和故鄉紹興並置的獨立精神主體，而紹興之於魯迅，則是一個客體性的存在了。在魯迅眾多「離鄉／返鄉」結構的敘事當中，作者急於確立自身主體性而表現出與家族之間的緊張關係是明顯的，正如《故鄉》中所說，「老屋離我愈遠了；故鄉的山水也都漸漸遠離了我，但我卻並不感到怎樣的留戀。我只覺得我四面有看不見的高牆，將我隔成孤身，是我非常氣悶；那西瓜地上的銀項圈的小英雄的影像，我本來十分清楚，現在卻忽地模糊了，又使我非常的悲哀。」〔註 160〕在這之後，魯迅一方面在《我們怎樣做父親》、《娜拉走後會怎樣》等一系列文章和講演中反覆印證著自己選擇的正確性，另一方面也在八道灣積極地建立著一個屬於自己而與故鄉以及會館相抗衡的「大家庭」，〔註 161〕這種狀況保持到了 1923 年，魯迅從八道灣出走，陷入了「第二次絕望」。〔註162〕當魯迅再次從精神危機中走出的時候，在《彷徨》和《朝花夕拾》中，那曾令魯迅痛苦和迷惘的故鄉，才真正寄託了魯迅的精神，成為了魯迅的紹興。

魯迅在 1910～1920 年代對故鄉及其以故鄉為線索構建起來的地方性人際關係網絡的揮別，實際上代表了新文化運動產生的一種心理基礎，只有從以地方性人際關係為代表的已經成為束縛的舊的文化場域中走出，新的文化才能夠得以產生並鞏固。

第三節　文學與自身的構建

一、文體：作為思想波動的呈現

對於魯迅的一生而言，尼采作為一個具有很強建構性的因素，在不同的

〔註160〕魯迅：《故鄉》，魯迅：《魯迅全集・第 1 卷》，北京：人民文學出版社，2005年，第 501 頁。

〔註161〕參見韓文萍：《魯迅的「大家庭」夢——由八道灣家庭的建立及崩潰看魯迅的代父情結》，《湖北大學學報（哲學社會科學版）》，2006 年，第 7 期。

〔註162〕參見汪衛東：《魯迅的又一個原點——1923 年的魯迅》，《文學評論》，2005年，第 1 期。

階段所產生的能量都是巨大的。魯迅本人也毫不避諱尼采之於自己的影響，據孫伏園回憶：「從前劉半農先生贈給魯迅先生一副聯語，是『托尼學說，魏晉文章。』當時的朋友都認為這幅聯語很恰當，魯迅先生自己也不加反對。」〔註163〕在有關魯迅的研究中，其與尼采在內在精神和外在氣質上的聯繫和區別一直以來都是一個重要的議題，早在20世紀30年代末，王元化先生就以洛蝕文為筆名對此進行了系統性的探討，〔註164〕而後續學者對這個問題的開掘也是持續而深入的。對這一領域始終保持著高度關注的是現居澳大利亞的華人學者張釗貽先生，從20世紀80年代中期開始，他就致力於對魯迅和尼采之間的比較研究，開了改革開放之後學界的先河，在其新近出版的《魯迅：中國「溫和」的尼采》一書中，更是匯聚了他二十餘年對於魯迅和尼采之間關係的思索和探尋，具有一定的學術「地標」意義。可以說，目前學界對於魯迅和尼采之間關係的研究已經有了十分豐碩的成果；但是，魯迅和尼采畢竟是相互獨立且極其複雜的兩個主體，兩人思想上的神交也必然是豐富和多側面的，這也使得魯迅與尼采這個學術議題始終將保持著生機和活力，乃至言之不盡。

在目前的研究成果中，關於魯迅和尼采之間的關係這一問題主要是從其思想關聯的層面來論述的，而對譯介過程中魯迅思想方面的具體動態等方面的涉及較少，這很大程度上是因為這兩位文化巨人在精神方面的光芒太熾，使得研究者多將目光轉向內部，在邏輯脈絡的層面上去研究魯迅和尼采，而在一定程度上忽視了實踐層面上的魯迅對於尼采文字譯介的動因以及過程。而事實上，思想和實踐往往是一體兩面的，更像是克萊夫·貝爾提出的「有意味的形式」。〔註165〕思想從來就不是一個自生、自為的存在，它通過實踐被建構，又通過實踐被表達。以魯迅對《查拉圖斯特拉如是說》一書的譯介為例，在1910年代末和1920年代初對此書有過兩次集中的翻譯，通過對這兩次翻譯活動的文本以及魯迅此時生活的周邊進行考察，可以看出魯迅在1920年前後的心路歷程。

〔註163〕孫伏園：《魯迅先生逝世五週年雜感二則》，孫伏園：《魯迅先生二三事》，重慶：作家書屋，1944年，第71頁。

〔註164〕洛蝕文：《魯迅與尼采》，景宋、巴人等著，《魯迅的創作方法及其他》，重慶：新中國文藝社，1939年。

〔註165〕〔英〕克萊夫·貝爾著，薛華譯：《藝術》，南京：江蘇教育出版社，2005年，第8頁。

　　魯迅的一生中，對於尼采所著的《查拉圖斯特拉如是說》有過多次譯介，
在不同時期，其譯介的傾向也是不同的，按照時間線索簡而言之，則可以看作
由抒情到敘事的轉向。

　　據旅日學者李冬木先生考證，魯迅與尼采思想的相遇應是在 1906 年之後
的東京「獨逸語專修學校」，他與尼采著作的初次正面相逢，便是德文原版的
《察拉圖斯忒拉如是說》；〔註 166〕在張釗貽先生的研究中，由於魯迅在日求學
期間正好趕上了由高山樗牛、姊崎嘲風和登張竹風等人掀起的「尼采熱」的餘
波，所以魯迅與尼采在思想上的結緣應該發生的更早。〔註 167〕在日本留學期
間，魯迅曾經部分翻譯過尼采的著作，共有兩處，分別鑲嵌於《摩羅詩力說》
和《文化偏至論》當中，皆較為簡短，現引錄在下：（1）「求古源盡者將求方
來之泉，將求新源。嗟我昆弟，新生之作，新泉之湧於淵深，其非遠矣。—尼
佉—」（《摩羅詩力說》）；〔註 168〕（2）德人尼佉氏，假察羅圖斯德羅之言曰：
「吾行太遠，孑然失其侶。返而觀夫今之世，文明之邦國矣，斑斕之社會矣。
特其為社會也，無確固之崇信；眾庶之於知識也，無作始至性質。邦國如是，
奚能淹留？吾見放於父母之邦矣！聊可望者，獨苗裔耳。」（《文化偏至論》）
〔註 169〕據李冬木先生考證，上列兩條譯文中的第二條實際上並非尼采的原
文，而是日本哲學家桑木嚴翼所著《尼采氏倫理說一斑》一書中對於尼采的歸
納和總結。〔註 170〕而第一條則出自《查拉圖斯特拉如是說》的第三部中「古
老的法版和新的法版」一節。〔註 171〕

　　1920 年前後，魯迅對《查拉圖斯特拉如是說》的翻譯顯然更完整，也更
具系統性。其翻譯共有三處：第一處有研究者認為是在 1920 年，〔註 172〕也有

〔註 166〕 李冬木：《留學生周樹人周邊的「尼采」及其周邊》，《東嶽論叢》，2014 年，
　　　　　第 3 期。
〔註 167〕 張釗貽：《早期魯迅的尼采考——兼論魯迅有沒有讀過勃蘭兌斯的〈尼采導
　　　　　論〉》，《魯迅研究月刊》，1997 年，第 6 期。
〔註 168〕 令飛：《摩羅詩力說》，《河南》，1908 年，第 2 號。
〔註 169〕 迅行：《文化偏至論》，《河南》，1908 年，第 7 號。
〔註 170〕 李冬木：《留學生周樹人周邊的「尼采」及其周邊》，《東嶽論叢》，2014 年，
　　　　　第 3 期。
〔註 171〕 此處以 2007 年錢春綺所譯三聯書店版的《查拉圖斯特拉如是說》作為參照。
　　　　　〔德〕尼采著，錢春綺譯：《查拉圖斯特拉如是說》（詳注本），北京：生活‧
　　　　　讀書‧新知三聯書店，2007 年，第 250～251 頁。
〔註 172〕 姜異新：《翻譯自主與現代性自覺——以北京時期的魯迅為例》，《魯迅研究月
　　　　　刊》，2012 年，第 3 期。

研究者認為是在更早的 1918 年，〔註 173〕但無論如何，其創作時間不會晚於 1920 年 8 月，題為《察羅堵斯德羅緒言》，現收藏於北京圖書館，其內容為以文言譯出的《查拉圖斯特拉如是說》序言部分的第一至第三節。〔註 174〕第二處載於《新青年》第 6 卷第 1 號，是一段關於《查拉圖斯特拉如是說》之《序言》中第三節的譯介，原文如下：「真的，認識一個濁浪。應該是海了，能容這濁浪，便他乾淨。咄，我教你們超人：這便是海，在他這裡，能容下你們的大侮蔑。（《扎拉圖如是說的序言》第三節）」〔註 175〕從語法和措辭所顯示的特徵來看，上述語句的翻譯時間應是在魯迅在本次翻譯活動的第一處和第三處之間，有著很強的過渡性質。第三處則刊登於 1920 年《新潮》雜誌第二卷第五號上，題為《察拉圖斯忒拉的序言》，署名唐俟，其內容為以白話譯出的《查拉圖斯特拉如是說》的序言全文，並在文後附有對該文的解讀。〔註 176〕

將魯迅在 1920 年前後兩個不同的翻譯版本進行對比，可以發現，雖然翻譯的對象都是《查拉圖斯特拉如是說》的序言，但是文本被翻譯之後所呈現出的面貌卻截然不同。最顯在的則是語言形式的不同：在題為《察羅堵斯德羅緒言》的譯文中，魯迅選擇的語言形式是文言，不但如此，魯迅所採用的語言「古奧得很，似乎是擬《莊子》或《列子》」，〔註 177〕而在《新潮》雜誌所刊譯本中，其譯筆則換成了淺近的白話文。再進一步，將鏡頭推近至文本之中，就會發現，在兩篇文章語言形式不同的背後，魯迅對《查拉圖斯特拉如是說》的翻譯在精神向度上還存在著一個由抒情向敘事的轉變。

雖然在整個翻譯活動中，《察羅堵斯德羅緒言》的翻譯時間尚存在疑問，但是研究者普遍有一個共識，即它與《新潮》上的那篇白話文譯文出現的時間應該不會相距太遠，都應該出現在他的「十年隱默」〔註 178〕之後，再加上

〔註 173〕陳暉：《我國尼采譯介萌芽階段的〈查拉圖斯特拉如是說〉譯本分析——以埃文—佐哈爾多元系統論為支撐》，《湖南師範大學社會科學學報》，2013 年，第 3 期。
〔註 174〕〔德〕尼采著，錢春綺譯：《查拉圖斯特拉如是說》（詳注本），北京：生活‧讀書‧新知三聯書店，2007 年，第 3～9 頁。
〔註 175〕唐俟：《隨感錄‧第四十一》，《新青年》，1919 年，第 6 卷，第 1 號。
〔註 176〕〔德〕尼采著，錢春綺譯：《查拉圖斯特拉如是說》（詳注本），北京：生活‧讀書‧新知三聯書店，2007 年，第 3～20 頁。
〔註 177〕徐梵澄：《綴言》，〔德〕尼采著，徐梵澄譯：《蘇魯支語錄》，北京：商務印書館，1992 年，第 1 頁。
〔註 178〕汪衛東：《十年隱默的魯迅——論魯迅的「第一次絕望」》，《理論學刊》，2009 年，第 12 期。

其內容上的契合，可以斷定，在這兩篇譯文之間存在直接的承續關係。作為
《查拉圖斯特拉如是說》的作者，尼采認為自己在創作這部作品的時候，有
著一種「對長跨度韻律的需要」，是一種「自成一體」「自力的充盈的」「縱酒
狂歌」和「自言自語」。〔註179〕而翻譯者們也認為在這部作品中，尼采對於
「對稱」有著執著的追求，「所謂『對稱』者，略同於華文之『駢儷』，多是
一闋一闋詞義之平行，或對反，不必定是字句之對偶」，又何況尼采在寫作的
時候「有時每一母音皆是經過謹慎選擇的」。〔註180〕據許壽裳回憶，他曾經
將魯迅用文言譯出的安特萊夫的《默》和《謾》以及迦爾洵的《四日》與德
文版本進行過對照，「覺得字字忠實，絲毫不苟，無任意增刪之弊，實為譯界
開闢一個新時代的紀念碑」。〔註181〕這其中雖然可能會有對於亡友的溢美，
但是仍可以看出，魯迅的德語水平是足以翻譯文學著作的，而且他對於翻譯
也有著較高的追求。魯迅在翻譯《察羅堵斯德羅緒言》的時候對文體方面的
選擇顯然是刻意的。在這一文本創作之時，其文學活動中，無論是翻譯還是
創作，都絕少出現文言的成分，〔註182〕而這一次重新拾起這套筆墨顯然有著
特殊的用意。

　　據其他翻譯者的經驗，尼采的這本書「以原著的思想及文采而論，實有類
乎我國古代的『子書』。宋五『子』尚不在其列。」〔註183〕魯迅在翻譯時不但
使用文言，而且還使用古奧的文言，其用意也在於此，即在語言的形式上追求
與尼采原作的一致性。對比《新潮》所刊的白話版本，還可以體察到文言作為
一種語言形式其本身所具有的強大的抒情意味。魯迅在翻譯《察羅堵斯德羅緒
言》的時候，語言之所以「古奧」，原因在於在其內部無論是語音或是結構上
都有著一種整飭的傾向，這也正是徐梵澄在談及尼采原文時所謂的「駢儷」。
中國古代對於文本形式和功用之間之關係的認知是比較早的，曹丕在《典論·
論文》中就曾對此有所闡發，他認為「夫文，本同而末異。蓋奏議宜雅，書論

〔註179〕〔德〕尼采著，張念東、凌素心譯：《看哪這人：尼采自述》，北京：中央編
　　　　譯出版社，2000 年，第 111、114、117 頁。
〔註180〕徐梵澄：《綴言》，〔德〕尼采著，徐梵澄譯：《蘇魯支語錄》，北京：商務印書
　　　　館，1992 年，第 4 頁。
〔註181〕許壽裳：《亡友魯迅印象記》，魯迅博物館、魯迅研究室、《魯迅研究月刊》選
　　　　編：《魯迅回憶錄（專著）》上冊，北京：北京出版社，1999 年，第 255 頁。
〔註182〕其中較大篇幅的文言的出現是在《狂人日記》正文之前的「識」中。
〔註183〕徐梵澄：《綴言》，〔德〕尼采著，徐梵澄譯：《蘇魯支語錄》，北京：商務印書
　　　　館，1992 年，第 4 頁。

宜理，銘誄尚實，詩賦欲麗」。而文同之「本」在於「氣」。〔註184〕中國古代
文學變革駁雜，以曹丕之論來將其做一大而化之的概括自然是有所偏頗的，
但是如果站在曹丕所處的歷史高度去俯瞰前代所出現的文學，這一論點則完
全站得住。魯迅的文章被稱作有魏晉之風，他對於曹丕的這一論斷自然會有一
番理解，在那篇著名的《魏晉風度及文章與藥及酒之關係》中，魯迅專門解釋
了這段話：「他說詩賦不必寓教訓，反對當時那些寓訓勉於詩賦的見解，用近
代的文學眼光看來，曹丕的一個時代可說是『文學的自覺時代』，或如近代所
說是為藝術而藝術（Art for Art's Sake）的一派。所以曹丕做的詩賦很好，更因
他以『氣』為主，故於華麗以外，加上壯大。」〔註185〕可以看出，魯迅對於
曹丕的文學觀是讚賞有加的，在魯迅心中，與那些嚴謹的說理文章相比，他更
傾向於那些由「氣」帶動的文字，與兩宋五子偏重於義理的文字相比，他自然
也更喜歡先秦諸子那種混元酣暢的宏論，而這種宏論在抒發政治見解的表象
背後，則更多地體現了一種抒情。故此，在魯迅翻譯《察羅堵斯德羅緒言》之
時，抒情性是他和尼采之間一個重要的契合點。落實在文本上，則可以看到在
文言譯本裏，察羅堵斯德羅一開場的那一大段向著太陽的獨白被魯迅譯為了
「猗汝大星。使汝不有其所照。奚乃汝福邪。汝作面臨吾穴者十年。載使無我
與吾鷹與吾蛇。則汝之光耀道途。其亦勌矣。顧吾儕必期汝於晨。取汝之餘。
而用是祝汝。嘻。吾鬷夫吾知矣。如彼莽蠢。屯蜜有盈。吾能俱睨焉。能判分
焉。」〔註186〕雖然這段文字在整體上並不存在一個固定的韻腳，但是通過句
末的「邪」「矣」「焉」等語氣助詞，其內在所呈現出的律呂是明顯的；並且之
於其中的每一行，如「取汝之餘。而用是祝汝」「如彼莽蠢。屯蜜有盈」等語
句，在形式上都有一種對仗的內在傾向。而更重要的是，由於魯迅在翻譯中有
意整篇使用短句，察羅堵斯德羅在獨白中對十年穴居生活的行動性就被拆散
消解，取而代之的是一種對於這十年的體悟源自內心的感慨。

　　到了《新潮》所刊《察拉圖斯忒拉的序言》那裡，文言變成了白話，短句也
被長句子所代替：「你這大星！倘你沒有那個，那你所照的，你有什麼幸福呵！

〔註184〕曹操、曹丕、曹植著，宋效勇點校：《三曹集》（魏武帝集‧魏文帝集‧陳思
　　　　王集），長沙：嶽麓書社，1992年，第178頁。

〔註185〕魯迅：《魏晉風度即文章與藥及酒之關係》，魯迅：《魯迅全集‧第3卷》，北
　　　　京：人民文學出版社，2005年，第526頁。

〔註186〕魯迅：《察羅堵斯德羅緒言》，人民文學出版社編輯部編：《魯迅譯文集‧第10
　　　　卷》，北京：人民文學出版社，1958年，第773頁。

　　十個年來你總到我的石窟：你的光和你的路，早會倦了，倘沒有我，我的鷹和我的蛇。但我們每早晨等候你，取下你的盈溢而且為此祝福你。喂！我饜足了我的智慧，有如蜜蜂，聚蜜過多的似的，我等候伸出來的手了。我要贈我要分了，直到人間的賢人又欣喜他的愚和窮人又欣喜他的富。」〔註 187〕與上一段的引文作對比，可以發現，這一次魯迅對於尼采的翻譯更加忠誠，甚至有些地方顯得過分拘泥於原文的語法。如「倘你沒有那個」中的「那個」，原文處應是德文「welchen」；而第二句中將「我的鷹和我的蛇」放在末尾，雖然於漢語而言語序較為不當，但是其結構上則與尼采原文完全相同。〔註 188〕這樣的譯法也存在著一個明顯的問題，即對於字句的拘泥與嚴謹不但打破了漢語語境下文本的整體性，還破壞了源自於德語語音系統的文本內在韻律，尼采原著以及其上一個譯本中的那種抒情性被取消，而在內在邏輯分明的長句子間，察拉圖斯忒拉的行動連貫起來，句末的「了」字強調了其已經成為完成時態中被陳述的內容，而整篇譯文也在行動上被賦予了完整的意義，成為了側重於敘述性的文字。但是，之於魯迅本人而言，他顯然更傾向於那種飽含抒情性的譯介方式，否則，他也不必在刊登於《新潮》雜誌的譯文之後附上長長的附言作為文本內在情緒的補充說明了。

　　魯迅在《查拉圖斯特拉如是說》的譯介中呈現出的由抒情向敘事的轉向實際上只是一個外形，而其內在則是魯迅在這一時期為了解決自身問題而做出的努力。

　　如果把魯迅刊登於《新潮》雜誌的《察拉圖斯忒拉的序言》看作其對這一文本譯介的「定稿」的話，魯迅最後對於這種敘事性翻譯文字的選擇是完全合情合理的。這篇譯作所刊登的《新潮》雜誌於國立北京大學出版，其主要參與者羅家倫、傅斯年等人與魯迅、周作人等《新青年》撰稿人多有師生之誼，而且面向的讀者也多為北京各大高校在校學生。在當時的歷史語境下，作為《新青年》雜誌的「子弟刊」，《新潮》雜誌在其刊出過程中多次響應《新青年》眾編輯，發表了《怎樣做白話文》〔註 189〕《我的白話文學研究》〔註 190〕等宣傳白話的文章，不但如此，該刊物還是北京各大高等院校學生進行白話文學實踐的重要陣地，羅家倫的《是愛情還是苦痛》、葉紹鈞的《這也是

〔註 187〕唐俟：《察拉圖斯忒拉的序言》，《新潮》，1920 年，第 2 卷，第 5 號。
〔註 188〕德文部分根據 Createspace Independent Publishing Platform 所提供的版本對照。
〔註 189〕傅斯年：《怎樣做白話文》，《新潮》，1919 年，第 1 卷，第 2 號。
〔註 190〕吳康：《我的白話文學研究》，《新潮》，1920 年，第 2 卷，第 3 號。

一個人！》〔註191〕等後來名重一時的文學作品都最早發表於此，魯迅本人也在此刊物上發表了《明天》〔註192〕等作品。所以，魯迅在對《查拉圖斯特拉如是說》的翻譯上選用白話的形式看起來順理成章，並沒有什麼可以多說的，但是如果詳查魯迅在迻譯這篇文章時的境遇，可以感覺到翻譯這篇文章對於譯者而言也不是那麼輕鬆；魯迅在此之前對《新潮》在稿件方面上的支持並不多，且其形式皆為小說，翻譯作品只此一篇；再者，魯迅曾經在此之前致信《新潮》主編傅斯年，對刊物選稿情況做了一些指導，其中就有「《新潮》裏的詩寫景敘事的多，抒情的少，所以有點單調」〔註193〕的建議。綜合各方面情況來看，魯迅此時為《新潮》雜誌進行側重於敘事的白話體《查拉圖斯特拉如是說》的翻譯顯然並不是偶然。

二、自身問題的發現與解決

如果將《察拉圖斯忒拉的序言》的成型日期看作一個中心，進而來勘察魯迅在此日期前後的活動，可以找尋到一條連接此時魯迅在社會上的活動與翻譯之間的線索。翻閱 1920 年魯迅的創作年表就會發現，這一年對於魯迅而言，在創作上是歉收的，〔註194〕而在這一年 8 月之前，魯迅在文學創作上幾乎是一片空白。原因是多方面的，打開魯迅的日記就會看到，魯迅在這一年裏過得並不太平，其精力主要被兩方面吸引去了，即「買屋」和「看病」。

從 1919 年 2 月 11 日魯迅「同齊壽山往報子街看屋」〔註195〕起，「買屋」一事在未來的很長一段時間裏都在極大的耗散著魯迅的精力，直到 1919 年 8 月 19 日，魯迅「買羅氏屋成」。〔註196〕在這半年左右的時間裏，魯迅日記中

〔註191〕羅家倫：《是愛情還是苦痛？》、葉紹鈞：《這也是一個人！》，《新潮》，1919 年，第 1 卷，第 3 號。

〔註192〕魯迅：《明天》，《新潮》，1919 年，第 2 卷，第 1 號。

〔註193〕魯迅：《對於〈新潮〉一部分的意見》，《新潮》，1919 年，第 1 卷，第 5 號。

〔註194〕參見《魯迅生平著譯簡表》，魯迅：《魯迅全集・第 18 卷》，北京：人民文學出版社，2005 年，第 13 頁。此表中對於魯迅在 1920 年的創作情況只記載了《風波》《頭髮的故事》以及《察拉圖斯忒拉的序言》，對包括翻譯阿爾志跋綏夫的《幸福》等作品失記，但是即便如此，在 1920 年間，魯迅創作的總量也是偏少的。

〔註195〕魯迅：《己未日記》（19190211），魯迅：《魯迅全集・第 15 卷》，北京：人民文學出版社，2005 年，第 359 頁。

〔註196〕魯迅：《己未日記》（19190819），魯迅：《魯迅全集・第 15 卷》，北京：人民文學出版社，2005 年，第 377 頁。

先是反覆出現了諸如「午後看屋」〔註197〕「同 XX 人看屋」〔註198〕「邀 XX 人看屋」〔註199〕的記載，後又為辦理房產轉讓的種種手續奔走於「警察總廳」〔註200〕「市政公所」〔註201〕「浙江興業銀行」〔註202〕等行政、金融部門之間。此後近半年，魯迅一直為遷家至京一事東奔西走，並始終關心著八道灣新宅的裝修情況，「同齊壽山、徐吉軒及張木匠往八道灣看屋工」，〔註203〕「往八道灣視修理房屋」，〔註204〕在「與二弟眷屬俱移入八道灣宅」〔註205〕的 1919 年 11 月，魯迅在 20 天內 8 次前往新宅檢視修繕事宜，〔註206〕不可謂不用心。而這在魯迅看來，只是「凡修繕房屋之事略備具」，〔註207〕也就是說，在入住之後，還有更多的事宜等待他去操辦。於是，整個 12 月間，魯迅都往返於回紹興接母的途中，一路狼狽，以至於在出站之後，遇到重君、二弟、徐坤、劉昇、孫成等友人，不由得感到「從容」；〔註208〕而在接魯太夫人進京之後，魯迅又花了幾乎一個月時間來「添買木器」「買家具」等，〔註209〕一直到

〔註197〕 如魯迅：《己未日記》（19190224、19190312），魯迅：《魯迅全集‧第15卷》，北京：人民文學出版社，2005年，第360、362頁。

〔註198〕 如林魯生等。魯迅：《己未日記》（19190311），魯迅：《魯迅全集‧第15卷》，北京：人民文學出版社，2005年，第362頁。

〔註199〕 如張協和等。魯迅：《己未日記》（19190308），魯迅：《魯迅全集‧第15卷》，北京：人民文學出版社，2005年，第362頁。

〔註200〕 魯迅：《己未日記》（19190723），魯迅：《魯迅全集‧第15卷》，北京：人民文學出版社，2005年，第374頁。

〔註201〕 魯迅：《己未日記》（19190818），魯迅：《魯迅全集‧第15卷》，北京：人民文學出版社，2005年，第377頁。

〔註202〕 魯迅：《己未日記》（19190819），魯迅：《魯迅全集‧第15卷》，北京：人民文學出版社，2005年，第377頁。

〔註203〕 魯迅：《己未日記》（19190918），魯迅：《魯迅全集‧第15卷》，北京：人民文學出版社，2005年，第379頁。

〔註204〕 魯迅：《己未日記》（19191010），魯迅：《魯迅全集‧第15卷》，北京：人民文學出版社，2005年，第381頁。

〔註205〕 魯迅：《己未日記》（19191121），魯迅：《魯迅全集‧第15卷》，北京：人民文學出版社，2005年，第384頁。

〔註206〕 魯迅：《己未日記》（19191101～19191121），魯迅：《魯迅全集‧第15卷》，北京：人民文學出版社，2005年，第382～384頁。

〔註207〕 魯迅：《己未日記》（19191121），魯迅：《魯迅全集‧第15卷》，北京：人民文學出版社，2005年，第384頁。

〔註208〕 魯迅：《己未日記》（19191229），魯迅：《魯迅全集‧第15卷》，北京：人民文學出版社，2005年，第387頁。

〔註209〕 魯迅：《日記第九》（19200107、19200116），魯迅：《魯迅全集‧第15卷》，北京：人民文學出版社，2005年，第393～394頁。

1920 年 1 月 19 日「在越所運書籍等至京」〔註210〕，此事才告一段落。即使是這樣，在之後很長一段時間魯迅的日記裏，仍不時出現「晚庭前植丁香二株」〔註211〕一類的記載。在新宅一切停當之後，魯迅過了兩個月左右的較為安穩的日子，他的日記中時常可見諸如「午宴同鄉同事之於買宅時贈物者」〔註212〕「午後同母親、二弟及豐遊三貝子園」〔註213〕的記載。然而，這種平靜的日子並沒有持續太久。1920 年 5 月 19 日，魯迅在日記中記下「沛周歲，下午食麵飲酒」〔註214〕的後的第三天，被魯迅成為「沛」的周建人之子周豐二突然感染肺炎。〔註215〕此後月餘，病情反覆，魯迅的日記中開始密集出現往返「病院」的記載，〔註216〕並經常是一連數日「上午往部。夜在醫院」，〔註217〕幾乎不得閑暇。其間母親魯太夫人又病，「夜延山本醫士診」。〔註218〕待至 7 月 13 日「沛退院回家」，〔註219〕不兩日，直皖兩系軍閥在京郊混戰，「消息甚急」，魯迅又送「母親以下婦孺至東城同仁醫院暫避」。〔註220〕可以說，在這段時間裏，魯迅一直在為了家庭瑣事而東奔西走，顯得狼狽不堪。

　　從魯迅這一年的經歷中，似乎可以看到他在遷至八道灣新宅之後的 1920 年裏所創作的所有小說的「本事」。在這一年中，魯迅共創作了《風波》《頭髮

〔註210〕 魯迅：《日記第九》（19200119），魯迅：《魯迅全集‧第 15 卷》，北京：人民文學出版社，2005 年，第 394 頁。

〔註211〕 魯迅：《日記第九》（19200516），魯迅：《魯迅全集‧第 15 卷》，北京：人民文學出版社，2005 年，第 400 頁。

〔註212〕 魯迅：《日記第九》（19200314），魯迅：《魯迅全集‧第 15 卷》，北京：人民文學出版社，2005 年，第 398 頁。

〔註213〕 魯迅：《日記第九》（19200425），魯迅：《魯迅全集‧第 15 卷》，北京：人民文學出版社，2005 年，第 401 頁。

〔註214〕 魯迅：《日記第九》（19200516），魯迅：《魯迅全集‧第 15 卷》，北京：人民文學出版社，2005 年，第 402 頁。

〔註215〕 魯迅：《日記第九》（19200519），魯迅：《魯迅全集‧第 15 卷》，北京：人民文學出版社，2005 年，第 402 頁。

〔註216〕 魯迅：《日記第九》（19200519～19200713），魯迅：《魯迅全集‧第 15 卷》，北京：人民文學出版社，2005 年，第 402～406 頁。

〔註217〕 魯迅：《日記第九》（19200526～19200528），魯迅：《魯迅全集‧第 15 卷》，北京：人民文學出版社，2005 年，第 403 頁。

〔註218〕 魯迅：《日記第九》（19200706），魯迅：《魯迅全集‧第 15 卷》，北京：人民文學出版社，2005 年，第 406 頁。

〔註219〕 魯迅：《日記第九》（19200713），魯迅：《魯迅全集‧第 15 卷》，北京：人民文學出版社，2005 年，第 406 頁。

〔註220〕 魯迅：《日記第九》（19200718），魯迅：《魯迅全集‧第 15 卷》，北京：人民文學出版社，2005 年，第 406 頁。

的故事》等兩部小說，這兩部小說的內容都與「剪辮子」一事有關。據周作人所抄錄的與陳獨秀的往來書信中記載，在《風波》一文的誕生過程中，陳獨秀的催促作用很大，此時身在上海的陳獨秀應是不知魯迅此時的境遇，在 3～7月數次來信問詢周作人，說「我們很盼望豫才先生為《新青年》創作小說，請先生告訴他」「豫才先生有文章沒有，也請你問他一聲」〔註 221〕。據魯迅日記記載，《頭髮的故事》一文的創作也與《時事新報》報館的催促有關，〔註 222〕這兩篇文章的誕生都不在魯迅的計劃之內。而魯迅之所以能在短時間內創作出令陳獨秀「實在五體投地的佩服」〔註 223〕的《風波》，其所選主題必定與此階段魯迅生命歷程息息相關，而在魯迅生命的同一階段裏，《頭髮的故事》與《風波》都以「剪辮子」為題材，這就很難說是一種巧合了。

　　返回到魯迅的現實生活就會發現，在此時的魯迅，實際上也在經歷一個「剪辮子」的過程。魯迅的「辮子」來自他自 1912 年赴京以來所深深依賴著的浙東人際關係網絡。遷入八道灣新宅之前，魯迅主要寓居於以浙東籍人士為主的山會邑館，而從本質上，山會邑館是一個有著強烈象徵意味的存在，無論是從建築審美特色還是從儀禮或內部組織形式來看，它都代表了一種父性的權威。據周作人回憶，山會邑館「進門往南是一個大院子，正面朝東一大間，供著先賢牌位，這屋有名稱，彷彿是仰蕺堂之類，卻記不得了，裏邊是什麼樣子我也不知道，因為平時關閉著，一年春秋兩次公祭，擇星期日舉行」。〔註 224〕由於山會邑館「多少年前有一位姨太太曾經在會館裏弔死了」而「特別有規定，不准住家眷以至女人」，〔註 225〕以至於「菖蒲漊謝某攜妾來希賢閣下，同館群起責難，終不肯去，久久始由甘某調停，暫住一夕」〔註 226〕的事件更是令人印象深刻。在這種會館的環境中，個人的主體性被源自封建族權的傳統所壓迫，

〔註 221〕周作人：《實庵的尺牘》，周作人著，止菴校訂：《過去的工作》，石家莊：河北教育出版社，2002 年，第 69～70 頁。
〔註 222〕魯迅：《日記第九》（19200919～19200925），魯迅：《魯迅全集·第 15 卷》，北京：人民文學出版社，2005 年，第 410～411 頁。
〔註 223〕周作人：《實庵的尺牘》，周作人著，止菴校訂：《過去的工作》，石家莊：河北教育出版社，2002 年，第 70 頁。
〔註 224〕周遐壽：《魯迅的故家》，魯迅博物館、魯迅研究室、《魯迅研究月刊》選編：《魯迅回憶錄（專著）》（下冊），北京：北京出版社，1999 年，第 1061 頁。
〔註 225〕周遐壽：《魯迅的故家》，魯迅博物館、魯迅研究室、《魯迅研究月刊》選編：《魯迅回憶錄（專著）》（下冊），北京：北京出版社，1999 年，第 1061 頁。
〔註 226〕周作人：《周作人日記（1917 年 1 月 1 日～12 月 31 日）》，《新文學史料》，1983 年，第 3 期。

使個人必須甘心成為其中的一部分,以一種「子」的姿態去和它保持著精神聯結。魯迅想要接周作人夫婦、魯太夫人等家眷來京,就必須有勇氣去衝破這個由浙東人際關係網絡所構建起的父權和族權的小社會。這就像魯迅小說中的「辮子」一樣,它象徵著一種對於人精神的奴役,不從它以及它周邊的場域內走出,人就不能成為一個獨立的人而存在。魯迅對於新宅的重視是和他自 1917 年開始漸漸脫離曾經深深依賴的浙東文化場域緊緊聯繫著的。1919 年年初,魯迅在寄給許壽裳的信件說:「僕年來仍事嬉遊,一無善狀,但思想似稍變遷。明年,在紹之屋為族人所迫,必須賣去,便擬攜眷居於北京,不復有越人安越之想。而近來與紹興感情亦日惡,殊不自至〔知〕其何故也。」〔註227〕魯迅自山會邑館遷至八道灣新宅這一事件本身不僅僅是地理意義上的位移,其背後更多的是精神層面的變動,而在這個精神主體的建立過程中,魯迅的「代父」情結也是十分明顯的,他通過對新宅的一系列細節性的安排來衝出故鄉紹興所帶來的父權文化場域,並且完成了一個新的父權制家庭的建構。〔註228〕同時,魯迅對於自己在新的家庭中的位置也有著清晰的定義,在其購置新宅之後不久所做的《我們現在怎樣做父親》一文的結尾處,那句充滿格言性質的比喻可以看作他對自己關於新的家庭秩序重建之後的期望:「自己背著因襲的重擔,肩住了黑暗的閘門,放他們到寬闊光明的地方去;此後幸福的度日,合理地做人」。而魯迅本人也認為「這是一件極偉大的要緊的事,也是一件極困苦艱難的事」。〔註229〕可見,魯迅對於自己將要為這幢新宅而付出的種種努力也是心知肚明的。

八道灣新宅對於魯迅精力上的牽制主要來自兩方面,第一是時間和空間上的,第二是精神上的,喬遷之喜和剪掉精神上的辮子交織在一起,導致了自 1919 年下半年到 1920 年 7 月間,魯迅經歷了一段時間的文學「空窗期」。在這之後,魯迅在 1920 年 8 月初有關文學創作的活動顯得格外密集,他與 8 月 5 日連夜創作《風波》一文,7 日將該文付與陳獨秀,10 日夜間「寫《蘇魯支序言》訖,計二十枚」,〔註 230〕從魯迅對所譯文章篇幅的著重記載,不難察覺他本人對於完成這樣一篇長文的滿意與自得。魯迅在屢屢被催稿的一年中竟花費精力

〔註227〕 魯迅:《致許壽裳》(19190116),魯迅:《魯迅全集・第 11 卷》,北京:人民文學出版社,2005 年,第 370 頁。

〔註228〕 韓文萍:《魯迅的「大家庭」夢——由八道灣家庭的建立與崩潰看魯迅的代父情結》,《湖北大學學報(哲學社會科學版)》,2006 年,第 7 期。

〔註229〕 唐俟:《我們現在怎樣做父親》,《新青年》,1919 年,第 6 卷,第 6 號。

〔註230〕 魯迅:《日記第九》(19200805～19200810),魯迅:《魯迅全集・第 15 卷》,北京:人民文學出版社,2005 年,第 408 頁。

去主動翻譯這樣一篇文章其背後必是有其所指的，而他棄自己熟悉的文言譯筆不用，以一種近乎於艱澀的白話譯筆去呈現這篇文章，並加以長長的附言，這本身也足以證明魯迅翻譯這篇文章的目的並不是簡單的把這篇文章推向公眾，而是有著更深刻的指向，即解決自己由「剪辮子」而產生的內在問題。

　　抒情或是敘事，在魯迅的翻譯中實際上代表了兩個不同的向度，即對於社會問題的關注與對自身困境的突圍。魯迅在《新潮》雜誌上刊登譯文的時候，實際上把後者置於前者之中。在魯迅心中，以白話迻譯尼采的文本並不是其所認為的最好的形式，但是卻是他所認為的最合適的形式。在以白話文形式呈現出的查拉圖斯特拉身上，魯迅在這一時期所關注的兩個向度走向了融合。

　　如果將魯迅對《查拉圖斯特拉如是說》的兩次翻譯活動進行對比就會發現，就選題而言，在第一次翻譯活動中，尼采的出現更多的是為了支撐起《摩羅詩力說》和《文化偏至論》的內在邏輯：摘用「古源」和「新泉」的典故，是為了引出「今且置古事不道，別求新聲於異邦，而其因即動於懷古。新聲之別，不可究詳；至力足以振人，且語之較有深趣者，實莫如摩羅詩派」[註231]的議論；而《文化偏至論》中來自桑木嚴翼的一段話則是為了力證「其深思遐矚，見近世文明之偽與偏，又無望於今之人，不得已而念來葉者也。」[註232]也就是說，尼采在魯迅的第一次譯介過程中並不是一個獨立的主體，而是伴隨著論述而產生的論據之一。在第二次翻譯活動中，尼采的著述則以一種本體的形態出現，譯者對《查拉圖斯特拉如是說》序言的翻譯活動本身即構成了其目的。可以看出，在20世紀的最初二十年裏，魯迅對於尼采的理解和情感是不斷加深的，尼采以及查拉圖斯特拉的形象逐漸由論據走向主體，從片段走向整體。1920年前後，魯迅向公眾介紹尼采和查拉圖斯特拉的衝動愈發強烈，這一點從當初《新潮》雜誌上《察拉圖斯忒拉的序言》之後所附的介紹就可以看出來。魯迅在翻譯文字之後還寫了較長的「附言」，其內容涉及此書的創作背景，聲稱「因為只做了三年，所以這本書並不能包括尼采思想的全體；因為也經過了三年，所以裏面又免不了矛盾和參差」。不僅如此，魯迅還詳細地為讀者解讀了所譯序言中的每一節的梗概，並對「察拉圖斯忒拉」與「蘇魯支」的關係以及「遊魂」「小丑」「墳匠」等關鍵意象做出了闡釋。[註233]此時的魯

[註231]　令飛：《摩羅詩力說》，《河南》，1908年，第2號。
[註232]　迅行：《文化偏至論》，《河南》，1908年，第7號。
[註233]　唐俟：《察拉圖斯忒拉的序言》，《新潮》，1920年，第2卷，第5號。

迅對於尼采及查拉圖斯特拉的接受，已經不再是之前那種「格言」式的、觀點摘編式的，而是走向了內化，從一種具有整體意義的精神層面來接受。尼采思想對魯迅的影響是多方面的，這是一個言之不盡的大課題。從魯迅在 1920 年前後對《查拉圖斯特拉如是說》一而再，再而三的譯介中，可以體察到此時的譯介活動中所包含的內在向度是和魯迅留日時期對尼采的譯介有著明顯不同的。再結合之前對於魯迅 1920 年前後周邊語境的分析，可以體察到處此時的譯介活動所包含的向度與留日時期對尼采的譯介有著明顯不同。再結合之前對於魯迅 1920 年前後周邊語境的分析，不難看出，與留日時期側重於提供一種解決社會問題的可能性不同，魯迅此時在對尼采的譯介中主要突出的是將自身由於「剪辮子」而產生的種種問題與批判性的國民精神建構合二為一。

魯迅對於尼采的喜愛是有著其側重點的。據孫伏園回憶，「尼采的超人論，推到極端，再加以有意無意的誤解，在德國，便成了上次大戰前的裴倫哈特的好戰論，和這次納粹主義的侵略論。魯迅先生卻特別歡喜他的文章，例如薩拉圖斯脫拉語錄，說是文字的剛勁，讀起來有金石聲，而他的學說的精髓，則在鼓勵人類的生活，思想，文化，日漸向上，不長久停頓在瑣屑的，卑鄙的，只注意於物質的生活之中」〔註234〕可見，對於魯迅而言，尼采不僅僅是一位思想家，更是一種在精神領域的借鑒。尤其是「薩拉圖斯脫拉語錄」，在魯迅心中，它不只是尼采對於自己哲學思想的闡釋，更提供了一種剛性的、擲地有聲的並且遠高於現實物質生活的精神形式。所以，孫伏園所謂的「魯迅先生確不像一個哲學家那樣，也不像一個領導者那樣，為了別人瞭解與服從起見，一定要將學說組成一個系統，有意的避免種種矛盾，不使有一點罅隙；所以他只是一個作家，學者，乃至思想家或批評家」〔註235〕是中肯的，如果剝離了圍繞在魯迅周邊的重重光環，最後剩餘核心的部分也一定是「文學家」。

魯迅傾心於尼采的思想，但是，文學在他對尼采的接受過程中卻是第一性的。回到「文學家」這一角度，就不難理解為什麼雖然魯迅一生中對尼采的接受向度有著多次的改變，到了晚年甚至對尼采「只是給與，不想取得」〔註236〕

〔註234〕孫伏園：《魯迅先生逝世五週年雜感二則》，孫伏園：《魯迅先生二三事》，重慶：作家書屋，1944 年，第 72 頁。

〔註235〕孫伏園：《魯迅先生逝世五週年雜感二則》，孫伏園：《魯迅先生二三事》，重慶：作家書屋，1944 年，第 73 頁。

〔註236〕魯迅：《拿來主義》，魯迅：《魯迅全集‧第 6 卷》，北京：人民文學出版社，2005 年，第 39 頁。

的觀點有所批判，但是卻始終對尼采在自己文章中的隱現「固守著孤高的態度」。〔註237〕與其構建一個思想上的尼采，倒不如塑造一系列形象上的尼采，這一點對於魯迅而言不但是一種精神向度，更是一種書寫策略。譚桂林先生在研究國民信仰建構過程中的魯迅和尼采之關係後指出：「就一場思想文化活動的啟蒙效果而言，既需要學理的思辨，更需要文學藝術的形象感染。因為學理的影響主要是在知識層，它要通過知識分子這個中介才能向社會滲透，所以它的影響是緩慢的、逐步的，而藝術形象直接訴諸社會各層面的讀者，比較而言其影響則是迅速的、穿透性的，並且在潛移默化中具有持續性的特徵。由此可見，正是因為魯迅精心營構了一系列尼采式的藝術形象，所以他在五四時期進行尼采主義介紹和宣傳的效果，乃是同時代的學者和文化批評家們難以比肩的，他也就理所當然地被稱為『中國的尼采』。」〔註238〕身為文學家的魯迅無力也無意象尼采一樣，完成一個宏大的哲學體系，塑造一個宗教人物式的抽象形象，對於魯迅而言，將尼采內化並以文學作品的形式反芻給讀者才是其所重點注意的。在對國民進行啟蒙的同時，魯迅還面對著一個十分重要的啟蒙對象，那就是自己。事實上，在 1920 年前後，這種「剪辮子」帶來的痛感對於魯迅來說是十分強烈的，從會館走向公寓的他曾經一度陷入了時空的錯置之中。從 1920 年起，魯迅改變了之前慣用的以干支紀年的日記，換成了以「日記第 X」為題，〔註239〕這在很大程度上可以視為魯迅決心衝出由傳統時間觀念構成的網羅的一個標誌。在收入《吶喊》集的時候，魯迅的多篇作於 1919 年的作品都出現了時間上的錯位，〔註240〕這對於每天有記錄日記習慣的魯迅而言，是不正常的。這顯然不是一個巧合，這種時空錯置之下，是剛剛走出會館的魯迅對於一種新的社會組織形式的不適應，象徵著傳統鄉土的干支被象徵著現代都市的數字所衝破，對此時作為啟蒙者的魯迅而言，他本身也許要一種啟蒙來解決上文所及的問題。

魯迅曾在《莽原》雜誌上刊登了一篇文章，題為《怎麼寫》，其中心論點則

〔註237〕增田涉：《魯迅的印象》，魯迅博物館、魯迅研究室、《魯迅研究月刊》選編：《魯迅回憶錄（專著）》下冊，北京：北京出版社，1999 年，第 1412 頁。
〔註238〕譚桂林：《國民信仰建構中的魯迅與尼采》，《江蘇師範大學學報》（哲學社會科學版），2013 年，第 1 期。
〔註239〕魯迅：《魯迅全集‧第 15 卷》，北京：人民文學出版社，2005 年。
〔註240〕主要指《明天》和《一件小事》兩篇，所注明時間均在實際創作時間的基礎上向後推遲了一年。

在於「寫什麼是一個問題，怎麼寫又是一個問題」。在文中，魯迅提及尼采愛看「血寫的書」，而在魯迅看來，在當時中國的語境下，「血寫的文章，怕未必有罷。文章總是墨寫的，血寫的倒不過是血跡。它比文章自然更驚心動魄，更直截分明，然而容易變色，容易消磨」。魯迅關於「怎麼寫」這一問題顯然說了反話：「能不寫自然更快活，倘非寫不可，我想，就是隨便寫寫罷，橫豎也只能如此。這些都應該和時光一同消逝，假使會比血跡永遠鮮活，也只足證明文人是僥倖者，是乖角兒」。而魯迅對於「血寫的文章」還是有所呼喚的，但前提是，那要是「真的血寫的書」，〔註241〕即一種和作者內在生命息息相關的書。魯迅本人在創作中一直將自己的生命與文本緊密捆綁在一起，以他本人在晚年所修的《〈自選集〉自序》中提到的《吶喊》《彷徨》和《野草》為例，〔註242〕在《吶喊》自序中，魯迅稱自己「本以為現在是已經並非一個切迫而不能已於言的人了，但或者也還未能忘懷於當日自己的寂寞的悲哀罷，所以有時候仍不免吶喊幾聲，聊以慰藉那在寂寞裏奔馳的猛士，使他不憚於前驅。至於我的喊聲是勇猛或是悲哀，是可憎或是可笑，那倒是不暇顧及的」；〔註243〕《彷徨》沒有序言，而是用屈原的「朝發軔於蒼梧兮，夕余至乎縣圃；欲少留此靈瑣兮，日忽忽其將暮。吾令羲和弭節兮，望崦嵫而勿迫；路漫漫其修遠兮，吾將上下而求索」作為題記；〔註244〕《野草》的題辭中，魯迅也數次聲稱自己「坦然，欣然。我將大笑，我將歌唱」。〔註245〕三部文集的序言或題記中可以看出，魯迅創作的出發點就在於抒己之情、求己之索，文字出自他的內在生命；在《朝花夕拾》中魯迅聲稱那些記憶「也許要哄騙我一生，使我時時反顧」，〔註246〕《故事新編》中，魯迅也聲稱這本書是其「回憶在心裏出土」後的產物。〔註247〕不難看

〔註241〕 魯迅：《怎麼寫》，《莽原》（半月刊），1927年，第2卷，第18、19期合刊。
〔註242〕 魯迅：《〈自選集〉自序》，魯迅：《魯迅全集·第4卷》，北京：人民文學出版社，2005年，第468頁。
〔註243〕 魯迅：《〈吶喊〉自序》，魯迅：《魯迅全集·第1卷》，北京：人民文學出版社，2005年，第441頁。
〔註244〕 魯迅：《〈彷徨〉題記》，魯迅：《魯迅全集·第2卷》，北京：人民文學出版社，2005年，第3頁。
〔註245〕 魯迅：《〈野草〉題辭》，魯迅：《魯迅全集·第2卷》，北京：人民文學出版社，2005年，第163頁。
〔註246〕 魯迅《〈朝花夕拾〉小引》，魯迅：《魯迅全集·第2卷》，北京：人民文學出版社，2005年，第236頁。
〔註247〕 魯迅：《〈故事新編〉序言》，魯迅：《魯迅全集·第2卷》，北京：人民文學出版社，2005年，第354頁。

出，這種情感上的內在指向性之於魯迅而言，是一條一以貫之的線索。

　　因此，刊登於《新潮》雜誌上的《察拉圖斯忒拉的序言》，雖然是魯迅關
於這一作品譯介的最終形式，但並不是其心中滿意的形式。魯迅在權衡文本接
受者的時候，選擇了白話的形式，這並不代表他對這一形式就是滿意的。通曉
德語的魯迅自然知道尼采想要說什麼，對於《查拉圖斯特拉如是說》來說，語
言形式本身就是其內容的一個重要方面。有翻譯家推斷，「尼采大概吸收了古
希臘、羅馬的辯士和文章家的技巧」，「其文辭之充沛，有時真如長江大河，雄
偉而又深密，實為可驚」。〔註248〕尼采對於語音和韻律的追求是極高的，「凡
此一加朗誦，聲調或剛或柔，有如按譜度曲，睦耳娛心。所以尼采自己，對這
作品有『交響樂』之稱」；〔註249〕並感歎道：「讀歌德（的作品）使人感覺溫
暖，讀尼采，簡直是灼人」；〔註250〕尼采也自詡其寫作風格的技藝是「用文字，
也包括文字的韻律，表述一種狀態，一種充滿激情的內在的緊張——這就是一
切風格的意義」，他是用德語在完成一種「人們不知道」的「事業」，用「偉大
韻律的技藝，圓周句藝術的偉大風格，表現一種超凡的、超人激情的大起大
落」，完成精神上的「凌空翱翔」。〔註251〕從孫伏園對魯迅的回憶中可以看出，
魯迅對於這一點有著充分的認知，並且體悟的十分到位。《察拉圖斯忒拉的序
言》中，魯迅幾乎是逆著其對於尼采的認知而行，其目的就是為了讓讀者更貼
近文本的原貌以及突出白話這種形式，而在魯迅心中，最滿意的還是由文言
譯成的《察羅堵斯德羅緒言》。這個「緒言」向上承接著魯迅在「古奧」文字
和尼采語言之間建立的橋樑，向下寄託著魯迅在其1920年前後所經歷的個人
遭遇，是屬於魯迅的心靈史。

三、翻譯：心靈的對話

　　按照常理而言，魯迅並不需要將這段尼采與自己內心的對話公之於眾，
但是，在1920年前後，魯迅已經從那個給自己帶來太多束縛的山會邑館中走

〔註248〕　徐梵澄：《綴言》，〔德〕尼采著，徐梵澄譯：《蘇魯支語錄》，北京：商務印書
　　　　　館，1992年，第6頁。
〔註249〕　徐梵澄：《綴言》，〔德〕尼采著，徐梵澄譯：《蘇魯支語錄》，北京：商務印書
　　　　　館，1992年，第6頁。
〔註250〕　徐梵澄：《綴言》，〔德〕尼采著，徐梵澄譯：《蘇魯支語錄》，北京：商務印書
　　　　　館，1992年，第6頁。
〔註251〕　〔德〕尼采著，張念東、凌素心譯：《看哪這人：尼采自述》，北京：中央編
　　　　　譯出版社，2000年，第58～59頁。

出，不再滿足於「麻醉自己的靈魂」。他從「鈔碑」的「寂寞」中走出，走向了「做點文章」的道路，〔註252〕那麼，他將自己的情感公之於眾，期望能以之「驚起了較為清醒的幾個人」，以爭取「毀壞這鐵屋的希望」。〔註253〕如果將魯迅未曾刊出的那份《察羅堵斯德羅緒言》看作其內指性的「鈔碑」的話，《新潮》刊出的《察拉圖斯忒拉的序言》在形式上則可以被看作外向性的「做點文章」，而這一「文章」又與魯迅的自身息息相關。雖然《察拉圖斯忒拉的序言》並不是魯迅心中關於尼采文章譯介的最佳版本，但是卻備具了魯迅對於自身問題的思索和對社會問題的希冀。

在現代中國文學之中，高長虹是一個在形式上比魯迅更加「尼采」的人物。通過魯迅對其創作的評價，可以看出 1920 年之後的魯迅對於尼采的一些態度。雖然高長虹一再撇清自己與尼采的精神淵源，但是這種辯解只不過是一種「影響的焦慮」，〔註254〕他自己也毫不諱言「也有朋友很怕我是一個尼采」。〔註255〕1925 年，魯迅在回覆許廣平關於《莽原》雜誌作者問題的信件中對高長虹的創作有過這樣的評價，「長虹確不是我，乃是我今年新認識的，意見也有一部分和我相合，而似是安那其主義者。他很能做文章，但大約因為受了尼采的作品的影響之故吧，常有太晦澀難解處，第二期登出的署著 CH 的，也是他的作品。」〔註256〕這段話看似在批評高長虹的文風，但是如果與許廣平的來信兩廂比照，就會發現，魯迅所謂「晦澀難解」實際上指的是高長虹《綿袍裏的世界》一文中的內向性。許廣平在讀了這篇作品之後覺得：「作者揪住了朋友來開始審判，以為取了他『思想』，『友誼』……甚至於『想把我當做一件機器來供你們使用』。」乃至於反觀自己，「我當時十分慚愧，反省，我是否也是『多方面掠奪者』之一？唉，雖則我不敢當是朋友，然而學生『掠奪』先生，那還了得！」〔註257〕可見，

〔註252〕 魯迅：《〈吶喊〉自序》，魯迅：《魯迅全集・第 1 卷》，北京：人民文學出版社，2005 年，第 440 頁。

〔註253〕 魯迅：《〈吶喊〉自序》，魯迅：《魯迅全集・第 1 卷》，北京：人民文學出版社，2005 年，第 441 頁。

〔註254〕 〔美〕哈羅德・布魯姆著，徐文博譯：《影響的焦慮：一種詩歌理論》，南京：江蘇教育出版社，2006 年。

〔註255〕 高長虹：《曙》，山西省盂縣政協《高長虹文集》編委會編：《高長虹文集》（上卷），北京：社會科學出版社，1989 年，第 499 頁。

〔註256〕 魯迅、許廣平：《兩地書・一七》，魯迅：《魯迅全集・第 11 卷》，北京：人民文學出版社，2005 年，第 63 頁。

〔註257〕 魯迅、許廣平：《兩地書・一六》，魯迅：《魯迅全集・第 11 卷》，北京：人民文學出版社，2005 年，第 59 頁。

魯迅對高長虹文章的評價略有微詞，實際上主要是照顧許廣平的情緒，其本人
對於高長虹還是頗有幾分贊許之意的。再看高長虹所著的《綿袍裏的世界》，全
文的情節極其簡單，就是一個青年去當鋪當綿袍時的所見所想，所謂「綿袍裏
的世界」實際上指的就是自己本身。在這個文本中，劇情的意義幾乎被架空，
主人公的內心活動成為了主線。「脫下綿袍」這一行動可以被看作一個裝置性
的存在，通過卸下外在的束縛，高長虹逼視自己的內心，他審判身邊的朋友、
問候經過的一條狗、感歎人生，甚至極言「吃人是好的」。在文中，高長虹甚至
表露了他創作本文的動機：「我為什麼這樣無聊呢？一件綿袍罷了，何必也要引
到永久的問題上去？我始終喜歡思索永久的問題，朋友的一句假話，無關係的
人的偶然的一次微笑，乃至一剎那的寂寞，都常引我到虛無裏去。這是很危險
的！」〔註258〕高長虹的這篇文章，由於內在情緒的湧動和宣洩過於強烈，以至
於其文字完全是由個人生存經驗而流淌出來的，作為他者的讀者在閱讀之後可
能會有所感，但無法深度切入作者的精神世界中去。魯迅所指的也正是這一點，
他在評價高長虹作品「晦澀難解」的同時，用到了「太」字，也就認為高長虹
文章裏的內向性是有些過度的，如果將這過度加以節制，其文章必會大有長進，
這裡魯迅用來比照的參照系也正是他本人。

　　尼采的《查拉圖斯特拉如是說》在每一個時代，都可以閃耀出智慧的光
芒，但是它的所指的確過於寬泛。換言之，讀者通過閱讀這一文本，所能得到
的更多的是一種觀念，而非方法。對於這種情況，連尼采本人有時也會感覺到
一種茫然，他曾經感慨道：「總之，我不知道說什麼更好，我到底在向誰說話，
就像查拉圖斯特拉所說：他要向誰敘述自己的迷呢？」〔註259〕這種茫然來自
一種語境的缺失：查拉圖斯特拉的言說是不需要具體對象和具體語境的，也正
因為如此，它可以向每一個時代發聲，但它卻不能解決實踐過程中的任何一個
具體問題，從而失去了方法論意義上的針對性。因此，尼采只好將讀者能夠理
解查拉圖斯特拉的希望一直向後延宕，將之置於未來的無限空間內，期望能將
來有人對其進行解讀。他的喟歎中不乏抱怨：「談這個問題的時機還未到來，
因為我的時代也還沒有到來，有幾篇東西會作為遺著出版的。——也許有一
天，人們生活和說教的制度就如同我們認為的那樣，甚至發展到要開設講座，

〔註258〕長虹：《綿袍裏的世界》，《莽原》，1925 年，第 1 期。
〔註259〕〔德〕尼采著，張念東、凌素心譯：《看哪這人：尼采自述》，北京：中央編
　　　　譯出版社，2000 年，第 57 頁。

講授《查拉圖斯特拉》的地步，但是，如果我今天就期待有人會聽取或接受我的真理，那未免與我大相徑庭。因為今天還沒有人聽取，還沒有人懂得接受我的東西，這不僅是可以理解的，而且，在我看來也是理所應當的。我不想被人誤解，因此，我也不要誤解自己。」〔註260〕可以看出，對於這種高度精神化的文學樣式，尼采不但覺得知音難覓，而且他本人也不認為自己可以對之進行全面的解讀。對於《查拉圖斯特拉如是說》，尼采能夠指出讀者在理解上的謬誤，卻無力為通往這位巨人的精神提供一個正確的路徑。所以，不妨為尼采做一個悲觀的推定，即查拉圖斯特拉這個形象一旦被創造出來，就已經是一個不可解的存在了，其原因就在於現實指向性的缺失。

魯迅在繼承尼采的精神高度的同時，特別留意對上述問題進行迴避和克服。從魯迅對於高長虹創作的評價中可以看出，魯迅認為高長虹的創作太過於宣洩情感，而疏於節制，以至於無法將四溢的情感集中於一處，從而使一個本應該有著較高精神維度的題材成為了文學青年在不得志時憤怒的叫囂，甚至淪為謾罵。這並不是身為《莽原》主編與領導者的魯迅所希望看到的。在魯迅心中，真正的尼采式的精神需要通過一定路徑的疏導，才能使抬升至一定高度的精神爆發出驚人的力量，而這一路徑就叫作現實。在回答《北斗》雜誌記者關於「創作不振之原因及其出路」的問題時，魯迅提出了以下建議：「一、留心各樣的事情，多看看，不看到一點就寫。二、寫不出的時候不硬寫。三、摸特爾不用一個一定的人，看得多了，湊合起來的。」〔註261〕也就是說，魯迅是時刻留意現實的，現實是其內向性的生成性因素之一，也是其內向性的歸宿，他不在作品中肆意宣洩情感，而是使情緒在對現實的超克中凝聚，在對現實有明確指向性的同時，獲得一種對於時間和空間的穿透力量，使之可以與每一個時代對話，並在不同時代對它的理解中不斷被賦予新的意義。魯迅在《新潮》上所刊出的《察拉圖斯忒拉的序言》是一個開端：它一方面是魯迅心靈獨白留下的印跡，一方面又想通過自己的文字去影響更多的年輕讀者。這樣一來，留日期間作為社會問題論據的尼采逐漸內化，並與 20 世紀 20 年代作為自身問題解決的尼采合二為一，同時魯迅也將自身問題納入了對於社會問題

〔註260〕〔德〕尼采著，張念東、凌素心譯：《看哪這人：尼采自述》，北京：中央編譯出版社，2000 年，第 51 頁。

〔註261〕魯迅：《答〈北斗〉社關於〈創作不振之原因及其出路〉問》，《北斗》，1932年，第 2 卷，第 1 期。

的整體考量之中。由此，魯迅不僅真正繼承了尼采的「超人」精神，更在 20
世紀中國的歷史語境中完成了對尼采的超越，成為了中華民族獨一無二的
「民族魂」。

　　在魯迅的一生中，對尼采《查拉圖斯特拉如是說》在不同的時期有過兩次
較為集中的翻譯活動，這兩次翻譯活動所呈現出的精神向度是不同的。1920 年
前後，魯迅在第二次翻譯這本書的時候，實際上是為了解決自己由於從會館到
公寓的空間轉換而造成的內在問題。這次翻譯不僅是一次對於尼采著作的譯
介，更是魯迅對自己前期思想的反思，其中，將解決內在問題與揭示社會問題
合二為一也成了魯迅在現代中國語境下對尼采精神的超越之處。魯迅在超越尼
采的時候同時也超越了自我。魯迅對尼采和自我的雙重超越正代表了新文化運
動的參與者與發起者對老我的否定與揚棄，新文化運動不但是一場對舊文化的
宣戰，還是一場對舊自我的宣戰。欲新文化，必新自我；欲新自我，則必先接
受新文化，故而，自我的重新認知和對文化的更新是一體而兩面的。

第四節　經濟因素與文化選擇

一、經濟因素與文化選擇

　　在新文化運動的過程中，在因詩人身份而馳名於中國文壇的郭沫若身上
發生了幾次重大的變化：他從一個膜拜「女神」的「泛神論者」開始逐漸與有
著明顯國家主義傾向的《孤軍》同人〔註 262〕接近，再到與《孤軍》同人分道
揚鑣，轉向接受馬克思主義，這一系列的變化深刻地決定了郭沫若在之後數十
年間的政治命運與文化立場。

　　在短短的幾年中，發生在郭沫若身上的翻轉式的變化是耐人尋味的，其原
因可能來自多個方面，而在種種原因當中，這一時期郭沫若的經濟狀況在其整

〔註 262〕「《孤軍》同人」常被稱為「孤軍派」，雖然「孤軍派」雖然在史料中曾有被
　　　　提及，例如「聽說此一團結，除政學系外，孤軍社、醒獅派及其他國家主義
　　　　派亦都加入。」（羅夫：《湖南反革命勢力的結合（湖南通信九月二十日）》，
　　　　《嚮導週報》，1925 年，第 132 期。）但是該詞卻更多地出自郭沫若本人之
　　　　口；反觀《孤軍》成員內部，其對於這個稱呼是不予承認的。（光晟：《反共
　　　　產和反革命》，《孤軍》，1925 年，第 3 卷第 6 期。）近來，有研究者認為稱
　　　　之為「孤軍派」是不甚恰當的，而「《孤軍》同人」則是一種更合適的說法。
　　　　（參見周文：《郭沫若與「孤軍派」——兼論其對國家主義的批判》，《新文學
　　　　史料》，2016 年，第 2 期。）

個思想轉向的過程中所起到的重要作用是不可忽視的。正如馬克思所言：「物質生活的生產方式制約著整個社會生活、政治生活和精神生活的過程。不是人們的意識決定人們的存在，相反，是人們的社會存在決定人們的意識。」〔註263〕物質生活往往決定了一個人在一定時期內的精神走向和文化選擇，對於20世紀20年代初期的郭沫若來說，其所受到的來自經濟方面的制約則將「無產」一詞的意味深深地刻印在了他的精神世界裏，由經濟方面所引發出來的來自文化方面「無產」感，更是彌漫在他的生活和創作之中，以至於在這段時間裏，郭沫若不得不時刻在這種氛圍中求索和尋找突圍的途徑，這也促使著他在思想上向著一名馬克思主義者的方向轉變。

　　對於郭沫若來說，詩集《女神》是他登上中國文壇的一塊敲門磚，同時這部詩集也在廣大讀者心中建立起了一個有關作者本人的文學形象，時年身在海外的梁實秋曾經高度評價郭沫若收在《女神》集中的篇什，讀這些詩，使他「如在沉黑的夜裏得見兩顆明星，如在蒸熱的炎天得飲兩杯清水」，「如逃荒者得聞人足音之跫然」。〔註264〕而在後世的文學史書寫中，此時的郭沫若也常被稱為「魯迅在本世紀初熱切呼喚、終於出現的摩羅詩人，又是新中國的預言詩人」，他在詩中「熱烈、執著地追求著革命理想，充滿著歷史的樂觀主義精神」。〔註265〕《女神》為讀者展示出的，是一個「大氣的、有感受力的『自我』」，是對「人的主體意識的發現」。〔註266〕對於《女神》詩集創作出版時期的郭沫若來說，這些對其人其文的評價都是準確的——在這一時期，郭沫若不但在文中塑造出了一個「大我」的形象，其本人也是意氣風發，甚至對在這數年間取得豐碩成績的新文化運動也多有微詞。此時的郭沫若幾乎是抱著一種捨我其誰的信念走上了中國文壇，在一封寫給田漢的信中，他說：「他來的信上說：『新文化運動已經鬧了這麼久，現在國內雜誌界的文藝，幾乎把鼓吹的力都消盡了。我們若不急挽狂瀾，將不僅那些老頑固和那些觀望形勢的人

〔註263〕〔德〕卡·馬克思：《政治經濟學批判》；〔德〕卡·馬克思、弗·恩格斯著，中共中央馬克思恩格斯列寧斯大林著作編譯局譯：《馬克思恩格斯全集·第13卷》，北京：人民出版社，1962年，第8頁。

〔註264〕聞一多：《致父母親》；聞一多著，孫黨伯、袁謇正《聞一多全集·第12卷》，武漢：湖北人民出版社，1993年，第7頁。

〔註265〕錢理群、溫儒敏、吳福輝、王超冰：《中國現代文學三十年》，上海：上海文藝出版社，1987年，第138～139頁。

〔註266〕李曉紅、李斌：《經典如何激活——〈女神〉接受方式的探尋》，《郭沫若學刊》，2011年，第3期。

囂張起來，就是一班新進亦將自己懷疑起來了。」他這個意見，我很具同感，所以創刊的建議，我也非常贊成，不消說我們創刊雜誌另外還有更大的目的和使命了。」〔註267〕而在《女神》出版兩年之後，也就是 1923 年前後，這位曾經震撼了整個中國文學界的新詩人卻突然萎頓了下去，在他的詩中再難找尋當年的豪邁，取而代之的是一種失落，曾經為之心心念念並以「女郎」稱之〔註268〕的祖國，此時卻成了「朋友們慘聚」著的「囚牢」；〔註269〕曾經給予詩人無限靈感的自然，此時卻「矛盾萬端」，〔註270〕不但如此，詩人還痛罵自然「厚顏無恥」，並聲稱要把「從前對於你的讚美」「一概取消」，〔註271〕這種發生在郭沫若身上的突兀的轉變不能不使人感到訝異。

如果細查郭沫若在這次轉變前後的行動軌跡，就會發現，1923 年是一個關鍵的時間點。這也正是郭沫若從日本九州帝國大學醫科畢業的一年，郭沫若身上發生的一系列變化的起點也正好集中在他畢業歸國後的一段時間之內。同時，在郭沫若此時創作的詩歌裏，開始大量地出現與經濟有關的詞語，如「階級」「賃家」等，甚至在一些如《歌笑在富兒們的園裏》《黑魆魆的文字窟中》等詩作裏，郭沫若還有意識地採用了一些簡單的階級分析的手法。顯然，對於此時的郭沫若而言，經濟因素是促使他發生轉變的內因，而其外在觸發的機簧則是他從學生到過著「籠城生活」〔註272〕的職業作家這一行為背後身份意識的轉變。所謂身份，指的是「個人在社會中的位置」，也就是「個人在他人眼中的價值和重要性」，〔註273〕實際上，這個概念中，「他人」的範疇時常包含著一種反觀的意味，在很多場合下，通過自己的眼睛，身份這一概念背後所蘊含的豐富的機能性會被更加凸顯出來，並且深刻地影響到自己的行為邏輯和文化選擇。之於郭沫若，也正是如此。

郭沫若赴日求學的過程並非一帆風順，其中屢次遭遇波折和變故。從1919 年起，郭沫若就開始對其所學的醫學專業有了反思，他認為「自己本是

〔註267〕郭沫若：《創造十年》，上海：現代書局，1932 年，第 99～100 頁。

〔註268〕郭沫若：《爐中煤》，《時事新報・學燈》，1920 年 2 月 3 日。

〔註269〕郭沫若：《朋友們慘聚在囚牢裏》，《創造週報》，1923 年，第 8 期。

〔註270〕郭沫若：《愴惱的葡萄》，《創造日彙刊》，1927 年，第 1 頁。

〔註271〕郭沫若：《歌笑在富兒的園裏》；郭沫若：《前茅》，上海：創造社出版部，1928年，第 25 頁。

〔註272〕郭沫若：《創造十年》，上海：現代書局，1932 年，第 242 頁。

〔註273〕〔英〕德波頓著，陳廣興、南治國譯：《身份的焦慮》，上海：上海譯文出版社，2007 年，第 5 頁。

愛好文學的人，受著時代潮流的影響，到日本去學習醫科……在進大學後沒一年工夫，我深深感覺著我自己的學醫是走錯了路」〔註274〕但是，由於安娜的反對，郭沫若棄醫從文的想法一直未能實現，這使他十分痛苦。雖然有成仿吾等人的勸解與開導，但是郭沫若的「煩悶並沒有因而打消」，他甚至一度「狂到了連學堂都不願意進了」，「一天到晚踞在樓上只是讀文學和哲學一類的書籍」〔註275〕的程度。再後來，因著興辦創造社過程中的種種事宜以及各種雜務，郭沫若又數次往返上海和日本之間，屢屢耽誤了學業，以至於其畢業時間要比同級的郁達夫、張資平等人要晚很多。〔註276〕在郭沫若眼中，他是用了「四年零七個月」的時間，把「醫科大學弄畢業了」，〔註277〕以一個「弄」字作為他十年旅日生涯的結尾，不難看出他對自己學生生涯的自嘲和不屑。

　　但即便如此，赴日留學生的身份對於郭沫若來說仍具有重要的意義，這種意義多是來自經濟層面。首先，對於郭沫若那個時代的赴日留學生來說，學生身份最顯在的意義是在每月四十八元的官費，雖然發生過四川經理員張麻子的從中作梗的事件，但是對於當時日本「一斗米要管七塊錢，兩個人一個月至少也要吃十塊錢的米」〔註278〕的消費水平來說，或許會顯得有些局促，卻不會斷絕了留學生們的生計。再加上醫科大學對於本校學生較為完善的福利制度，〔註279〕可以說郭沫若和安娜在這段時間內雖然時常為著「產婆下女」「柴米油鹽」而煩心勞神，但是卻未曾真正陷入經濟上的絕境，更沒有將「詩藝之女神駭到天外去」，〔註280〕甚至在1921～1922年間，郭沫若還經歷過一段較為優游的生活：在往返福岡和上海的途中，郭沫若和友人們看了《格里格里博士》的「影戲」、花錢上了金山寺的塔、在焦山吃了十塊錢的「素酒」。〔註281〕在一封信中，郭沫若向他的父母彙報經濟狀況時說道：「日前奉到北京來款四百元之後，不久又奉到渝城聚興誠匯款，並且自去年十二月起，官費復活，近

〔註274〕郭沫若：《創造十年》，上海：現代書局，1932年，第86～87頁。
〔註275〕郭沫若：《創造十年》，上海：現代書局，1932年，第105頁。
〔註276〕參見郭沫若：《創造十年》，上海：現代書局，1932年，第254～255頁。
〔註277〕郭沫若：《創造十年》，上海：現代書局，1932年，第238頁。
〔註278〕郭沫若：《創造十年》，上海：現代書局，1932年，第53頁。
〔註279〕郭沫若在致父母的信中寫到：「學校自前月十八日放假後，男每日往院中去治療耳疾，本校學生治病，不取分文」。（郭沫若：《致父母親大人膝下（19180702）》，黃淳浩編：《郭沫若書信集・上》，北京：中國社會科學出版社，1992年，第46頁。）
〔註280〕郭沫若：《創造十年》，上海：現代書局，1932年，第82頁。
〔註281〕郭沫若：《創造十年》，上海：現代書局，1932年，第151～172頁。

來男之生活已非常富裕矣。餘款尚有四百元之數現存銀行，可備不時之用。二老請勿過為男慮，家中今後亦請勿再行籌費匯兌也。」〔註282〕可見，學生身份帶來的一系列的官費和資助，對於郭沫若日常生活的影響是巨大的，這使得他不需要為生計奔波、發愁，無需過多地將注意力放在自己所喜好的文學之外。這也是 1920 年安娜產下博孫之後，郭沫若在「沒錢請用人，一切家中的雜務是自己動手」的情況下，仍然有雅興陪同到訪的田漢遊玩福岡周邊名勝的原因之一。〔註283〕其次，學生作為一種社會身份，所具有的特殊屬性還使得這一時期的郭沫若暫時脫離了社會分工，可以以一種「非職業」的態度投入自己想要從事的工作中去，而不需要為了生計去從事一些無關或者有礙自己興趣愛好的工作。

　　中國在晚清之後，隨著社會分工的加劇，現代意義上的「職業」開始出現。一件事情一旦成為「職業」，就意味著從業者只能按照該職業的從業規則去限定自己的行為，並且從業者需要以該職業所能帶來的薪酬來維持自己的生計。〔註284〕學生身份恰恰突破了這種限制，「學生」本身就意味著一種身份上的「業餘」，這就意味著郭沫若在這一時期可以有更多的自由去選擇一種「志業」。所謂「志業」，「不同一般的職業、工作，而是包含著一種內在召喚，在持續不斷以至『終身』的承諾中，具有強烈的價值投入感」，〔註285〕反觀郭沫若的生平，在 1923 年之前的學生時代，他數次往返於中日之間，乃至於為了創辦心中的「純文學刊物」而屢次棄學，這正是對「志業」觀念的經典詮釋。

　　在郭沫若本人的經歷中，「學生」這一身份也確實給了他足夠的時間和空間去完成一些與生計並不相關的事情。1921 年前後，郭沫若與泰東圖書局的合作正體現了這點。雖然郭沫若在許多年後一直對「泰東老闆」趙南公對自己及友人們的「『一椀飯，五羊皮』的主義」耿耿於懷，但就客觀事實而言，儘管受著人情的「羈縻」，但是郭沫若在泰東圖書局確實是以一種「自由人」的身份來從事編輯工作的，郭沫若談及泰東圖書局時，認為自己「不曾受過他的

〔註282〕郭沫若：《致父母親大人膝下（19220111）》；黃淳浩編：《郭沫若書信集‧上》，北京：中國社會科學出版社，1992 年，第 60 頁。

〔註283〕郭沫若：《創造十年》，上海：現代書局，1932 年，第 80 頁。

〔註284〕參見〔德〕韋伯著，馮克利譯：《學術與政治：韋伯的兩篇演說》，北京：生活‧讀書‧新知三聯書店，1998 年；姜濤：《公寓裏的塔：1920 年代中國的文學與青年》，北京：北京大學出版社，2015 年，第 24～59 頁。

〔註285〕姜濤：《公寓裏的塔：1920 年代中國的文學與青年》，北京：北京大學出版社，2015 年，第 25 頁。

聘,也不曾正式地受過他的月薪」,〔註286〕而其所謂趙南公用以「束縛」自己的「精神上的尺度」,也更多地是一種事後的敘述。〔註287〕反觀泰東圖書局方面,趙南公之所以重用郭沫若,實際上更多是因為他的學生身份,以及由於其學生身份而帶來的知識結構的專業和創作時間的充沛,對於郭沫若提及的有關剩餘價值的盤剝,趙南公卻很少有所考慮。

在日記中,趙南公寫道:「沫若來一函,歷敘到東情形。《創造》雜誌大成功,或竟能出月刊;叢書簡直不成功。蓋雜誌短篇,有時間性,可草率從事;叢書係永久性,非有實在學問不能出風頭,故擔任之者鮮也。其敢擔任,張資平有《衝擊期的化石》,郁達夫有《樂園與地獄》《托爾斯太研究》《俄羅斯文藝》。前兩稿均係小說,大概均在暑假著手,成功在暑假後矣,或竟不成亦未可知。」〔註288〕而且,與其使郭沫若留在泰東圖書局直接從事編輯出版工作,趙南公更加看重郭沫若「學生」身份中所蘊含著的豐富的可能性。在趙南公看來,作為學生的郭沫若在泰東圖書局的編輯行為只不過是一種業餘興趣,出於對郭沫若前途的考慮,趙南公甚至更希望他可以回到日本去完成自己的學業:「沫若言仍需返福岡入醫學校,再半年即卒業。現所研究者精神科與小兒科,近世文學實與此兩科有密切之關係,再入醫學非卒業觀念,實研究學問非在學校不可。比如到滬以來,日見墜落,其明驗也。以泰東關係言之,在福岡與在上海相等,信件往來不過十日。而此後對泰東仍積極的相助,自覺在彼與在此無二,不過差此時間耳。」〔註289〕不難看出,在趙南公的主觀意圖中,非但沒有想要「羈縻」郭沫若味道,反而一再建議郭沫若不需要以一種職業編輯的

〔註286〕 郭沫若:《創造十年》,上海:現代書局,1932 年,第 214 頁。

〔註287〕 在郭沫若在《創造十年》中的其他對於趙南公的記錄中,可以感覺到趙南公對郭沫若等人實際上還是頗為優待的,考慮到趙南公及泰東圖書局方面的投入和產出,可以發現,其對於郭沫若等人的厚待並不完全是因為經濟利益。事實上,郭沫若在文中也一再提及趙南公的細心,並且,郭沫若等人在上海時期一系列的人際交往以及工作變遷背後,都有著趙南公奔走的影跡。再加上成仿吾、郁達夫進入泰東圖書局後的出走,從而可以推定,所謂「精神上的尺度」,實際上更多的是由於郭沫若個人內心情緒而造成的。

〔註288〕 陳福康:《郭沫若回憶不完全可信?——趙南公日記摘選評賞》,《中華讀書報》,2016 年 9 月 7 日,第 005 版。

〔註289〕 陳福康:《郭沫若回憶不完全可信?——趙南公日記摘選評賞》,《中華讀書報》,2016 年 9 月 7 日,第 005 版。(此段日記引文中「墜落」一詞應為「墮落」之誤,「太東」一詞應為「泰東」簡寫,且趙南公日記中「泰東」多作「太東」。)

姿態投入刊物的編輯，他甚至都沒有要求郭沫若從日本畢業後回國一定要留在泰東圖書局，或者從事文學事業，趙南公記載道：「沫若言福岡同學約廿餘人，擬將來集合滬上，創一醫院，附設一醫學專門學校，為中國醫學界放一異彩。予言此非一時所能辦到，統候君卒業來滬，再從長計議也。」〔註290〕郭沫若對於這點顯然也是心知肚明的。雖然郭沫若一再聲稱自己在 20 世紀 20 年代初期選擇文學事業的艱難，但是就其職業規劃而言，在畢業後，郭沫若還是傾向於從醫為生。也就是說，學生時代對於即將從學校走向社會的郭沫若來說，是最後可以實現心中抱負的一段時間。不僅是郭沫若，就連安娜也將未來經濟上的希望寄託在郭沫若畢業後的從醫之上。在郭沫若畢業回國的時候，安娜「好像感覺著幸福，因為你已經畢了業，以後的生活好像是只有朝好處走的一樣」〔註291〕也就是說，包括郭沫若本人在內，圍繞著他周邊活動著的人都認為郭沫若作為一個醫學生，是不具有直接參與社會分工的資格的，其在畢業之前是沒有能力，同時也沒有義務去擔負家庭經濟的重任，而也正是因為這樣，郭沫若才有了更多的閑暇和餘裕去從事一些與自己的興趣和志向相關的事宜。可以說，在 1923 年從帝國大學醫科畢業之前，郭沫若在文學上的投入比後來一段時期內更純粹。

在郭沫若走出學校之後，社會身份的迅速轉化使他不得不去正視文學和生計之間的關係，隨之而來的經濟壓力也使得郭沫若在創作時難以再像之前那樣以一種「業餘」的態度去投入文學生產，他必須在創作和稿酬之間尋找最人的剪刀差。據郭沫若的回憶，他畢業回國的時候經濟狀況並非十分的拮据：「那時候我已經有三個兒子，第三子的佛孫生後剛滿兩月。我畢業了，家裏給我匯了三百塊錢來，要我回四川。那三百塊錢便是我唯一的財產。」〔註292〕正是憑著這三百塊錢，郭沫若得以和郁達夫等人過了一段時間的「籠城生活」，「仿吾的那封介紹信不投交，我的著作契約也不締訂」，「意想把民厚南里當成首陽山」，〔註293〕但是這種理想化的生活方式終究是難以實現的，在刊辦

〔註290〕陳福康：《郭沫若回憶不完全可信？——趙南公日記摘選評賞》，《中華讀書報》，2016 年 9 月 7 日，第 005 版。

〔註291〕郭沫若：《創造十年》，上海：現代書局，1932 年，第 239 頁。

〔註292〕此處郭沫若記憶可能有誤，因為按照成仿吾回國的先例來看，留日學生回國時可以領取一筆回國費，再加上平日裏的一些零餘，其手中餘款應遠於 300 元。

〔註293〕郭沫若：《創造十年》，上海：現代書局，1932 年，第 242 頁。

數期《創造週報》之後，這種經濟上的壓力變得明顯起來。「《週報》在開始創辦的時候本很有趣，因為人扣手，又都還是些生力軍；但辦到十幾期上來的時候便覺得有點筋疲力盡了。……還有最感痛苦的便是沒有錢用。泰東依然沒有和我們議正式的薪水，在初我還有錢的時候是用著自己的錢；但我自己的錢因為初帶家眷回上海，不免要新置些東西，用不許久就告罄了。到那時自然也跑到泰東去，十塊五塊地要。說起要錢，雖然是自己應得的報酬，總覺得在討口的一樣，有些可恥。十塊五塊的錢，在上海的幾個人是用不上幾天的。」〔註294〕郭沫若與泰東圖書局之間之所以沒有簽訂正式的協議，老闆趙南公所受政學系政治傾向的壓迫〔註295〕和較為陳腐的「江湖式」經營策略〔註296〕自然是很重要的一方面，但是就郭沫若之前與朋友們所定下的「籠城」策略才是造成這一狀況的根本原因。他們試圖去堅守自己獨立的文藝理想，卻忽視了對抗社會分工而需要付出的代價，以及其中所包含的種種經濟壓力和行動束縛。不久之後，郭沫若以及創造社諸君們在生活上一再陷入困頓，以至於後來的風流雲散，其遠因在郭沫若等人結束學生時代後的文化選擇時就已經埋下了伏筆。在多年之後，當郭沫若回顧自己這段時間「為寫作而寫作」的經歷時，認為這不過只是「幼稚的夢囈而已」，〔註297〕學生生活的結束以及社會身份的驟然改變，使郭沫若感受到一種來自於經濟上的「無產」感所帶來的切膚之痛，也正是因著經濟上的壓迫，郭沫若的目光才會從自己所塑造的「女神」身上移開，在「娟妍的薔薇花下」「青青的田地之中」看到「荒墳」和「蛆湧」。〔註298〕因著這樣一段經歷，郭沫若在1924年之後在思想領域向著馬克思主義傾斜的這一事件更多的具有了一種生存論層面上的意味。

二、變動中的人際關係

雖然早在寫作《女神》的時期，郭沫若就已經對馬克思主義有所耳聞，也曾對列寧等馬克思主義的實踐者有過一些通識性的瞭解，但是，真正使他在思想領域接觸到馬克思主義的，卻是《孤軍》同人中的何公敢和林靈光等人。

〔註294〕郭沫若：《創造十年》，上海：現代書局，1932年，第248～249頁。
〔註295〕張勇、魏建：《泰東圖書局與創造社》，《郭沫若學刊》，2004年，第4期。
〔註296〕鄭伯奇著；鄭延順編：《憶創造社及其他》，北京：生活‧讀書‧新知三聯書店，1982年，第104頁。
〔註297〕郭沫若：《〈盲腸炎〉題記》，上海：群益出版社，1947年，第6頁。
〔註298〕郭沫若：《愴惱的葡萄》，《創造日彙刊》，1927年，第1頁。

　　活躍在20世紀20年代初期的《孤軍》同人的思想駁雜，成員之間在思想與行動上也多有齟齬，然而不少成員對於馬克思主義理論卻是讚賞有加，郭沫若接觸馬克思主義的契機也來自於林靈光等人。〔註299〕但是，對於大多數《孤軍》同人而言，馬克思主義只是一種理論，是一種工具，之於其內在邏輯以及精神內涵而言，《孤軍》同人更看重的其在形式上能夠為之所用。正如郭沫若分析的那樣，「孤軍社的人則歸之於法，以為日本的法律嚴明，憲法早就頒布，人人都有法以為皈依，故國事容易上軌道。滿清末年漫無法紀，民國成立以來雖有約法，但屢經毀棄，等是弁髦。這便是中國之所以不長進，故而他們極力主張恢復約法。只要約法一恢復了，在他們看來，中國的布爾喬治德謨克拉西便可以建立起來，中國便可以順暢地走上日本所走過的路。」〔註300〕在郭沫若的眼中，「『孤軍派』的國家主義，如說得更切實一點，是國家社會主義」〔註301〕也就是說，雖然在《孤軍》同人中不乏日本社會主義經濟學家河上肇的高足，但是在他們眼中，「社會主義」只是一個幌子，其根本還在於把社會改造的希望寄託於執政中的北洋政府對於《中華民國臨時約法》的所謂「法統」的恢復和遵守，如此一來，《孤軍》同人所持的那一套行事準則就和這一階段正期待著在「靜安寺路的馬道中央，終會有劇烈的火山爆噴」〔註302〕的郭沫若之間就產生了明顯的分歧。這種分歧產生的根源在於《孤軍》同人和郭沫若在相同歷史語境下所處的不同社會經濟地位。

　　如果細查《孤軍》同人中主要人物的家庭出身就會發現，在這群看似與當時民國政局格格不入的青年人的背後，實際上是一個個或是豪富，或是權貴的家庭。曾經與郭沫若有著直接筆墨官司的林靈光，出身於官宦之家，其四伯父是在晚清時擔任過雲貴總督和翰林院編修的林紹年。不僅如此，早在1912年，21歲的林靈光就曾親自見到過宋教仁和孫中山等人，雖然所提出的「拿政權同袁

〔註299〕郭沫若曾經在文章中寫到：「我對於馬克思主義，借過靈光先生的書來研究過一下（我翻譯河上肇的《社會組織和社會革命》一書的原本，是靈光先生借給我的。）」（沫若：《共產與共管》，《洪水》，1925年，第1卷第5期。）
〔註300〕郭沫若：《創造十年續篇》，上海：北新書局，1946年，第159頁。
〔註301〕郭沫若：《創造十年續篇》，上海：北新書局，1946年，第158～159頁。這裡的「國家社會主義」和後來希特勒所提出的「國家社會主義」其內涵並不相同，後者更合理的稱呼應是「民族社會主義」。（參見宋鍾璜、方生：《國家社會主義，還是民族社會主義——從〈辭海〉關於國家社會主義的詞條談起》，《人民日報》，1982年1月12日，第005版。）
〔註302〕郭沫若：《上海的清晨》，《創造週報》，1926年，第2期。

世凱交換經濟權和教育權」的意見被宋教仁笑話說「小孩子懂得什麼」，〔註303〕但是能夠與當時位高權重的宋教仁、孫中山等人直接談論時局，也足見林靈光身份的不凡。〔註304〕作為《孤軍》雜誌實際掌門人的何公敢，身世也頗為顯赫，其四伯父何咸德為光緒元年的恩科進士，五伯父則任蘇州知州，並在辛亥革命時率蘇州合城起義支持共和；〔註305〕1920 年，時年 32 歲的何公敢便「幫助陳嘉庚先生創立廈門大學」，又「應商務印書館編譯所所長高夢旦先生的邀請，加入了編譯所」——〔註306〕陳嘉庚在當時已經是一位身家鉅萬的實業家了；高夢旦此時已年近 50，因著其在編譯出版方面的建設和成就，在當時文化界頗有盛名，連郭沫若見到高夢旦都覺得是「好像漢光武訪問嚴子陵，或者是像亞烈山得大王訪問皮匠」。〔註307〕何公敢能夠受到陳嘉庚、高夢旦等人的垂青，一方面是由於其能力突出，另一方面也說明其身份遠高於當時一般的知識分子。

作為《孤軍》「準同人」，郭沫若的家庭情況與《孤軍》主將們頗為不同。在郭沫若對家庭的認知中，「母親就是那樣的一個零落了的宦家的女兒，所以她一點也沒有沾染著甚麼習氣」，父系一脈更是「兩個麻布起家的客籍人」，一直到其祖父一代才出了一個秀才。雖然在郭沫若童年時期，郭家經過其父親的多年經營，「已經是一個中等地主」，但是畢竟身處「偏僻的鄉窩裏」，在地方上尚屬富裕，但是「土地好像並不那麼多」。〔註308〕此外，郭沫若的家庭出身和林靈光、何公敢等人還有著一點很大的不同，就是在林靈光和何公敢的生活環境中，對

〔註303〕 參見林植夫：《林植夫自述》，中國人民政治協商會議福建省委員會文史資料研究委員會編：《福建文史資料·第 13 輯》，福州：福建人民出版社，1988年，第 7～10 頁。

〔註304〕 據林靈光自己回憶，在 1926 年之後，因其父親重病，以至於家道中落，而在這以前，雖然林靈光一再投資失敗，但是其經濟上尚未出現太大壓力，可見其家底之殷實。(參見林植夫：《林植夫自述》，中國人民政治協商會議福建省委員會文史資料研究委員會編：《福建文史資料·第 13 輯》，福州：福建人民出版社，1988 年，第 11～13 頁。)

〔註305〕 雖然何剛德在起義的過程中有著種種被迫和不得已，而且其背後有著何公敢等人的精心策劃，然而何公敢的策反計劃之所以能夠順利施行，其本人的默許也是不可忽視的重要條件，並且就這一行為本身而言，其進步性是不言而喻的。

〔註306〕 何公敢：《憶〈孤軍〉》，中國人民政治協商會議福建省委員會文史資料研究委員會編：《福建文史資料·第 13 輯》，福州：福建人民出版社，1986 年，第130 頁。

〔註307〕 郭沫若：《創造十年》，上海：現代書局，1932 年，第 173 頁。

〔註308〕 參見郭沫若：我的幼年，上海：光華書局，1929 年，第 19～22 頁。

於下層社會的接觸是比較少的。在林靈光對少年時代的回憶裏，更多出現的是其隨四伯父轉任四川、貴州、廣西等地，以及林次薇先生對其進行的民族意識的啟迪；家中長輩對他的期待，「只是想栽培出一個同洋人一樣本事的工程師」。〔註309〕那些受壓迫的和被奴役的勞動者以及無產階級自然是不會進入林靈光的視域之內的。由於出身底層鄉紳家庭，郭沫若對於勞作和底層人民並不陌生，在留學日本之前，他所生活的環境實際上是被勞動群眾包圍著的。雖然由於出身相對優渥，少年郭沫若不曾深度介入勞動群眾的集體當中，但是對於這一群體的生活狀態和生存境遇的耳濡目染，卻使他對勞動群眾始終抱著一種理解之同情。將《孤軍》同人與郭沫若的家庭狀況進行對比，不難發現，兩者雖然在一段時間內有過較為緊密的接觸，但是作為處於不同社會經濟地位層面上的主體，《孤軍》同人與郭沫若對於當下社會現象的體驗和認知都多有不同。

　　雖然此時郭沫若被《孤軍》方面引為「準同人」，但是在他看來，《孤軍》同人的議論「總是有點迂闊」，故而他一向採取「好意中立」的策略。〔註310〕也就是說，雖然郭沫若曾經出於種種原因為《孤軍》高呼過「進！進！進！」，〔註311〕但是就其本意而言，郭沫若卻與《孤軍》同人們頗有離隙，以至於在其為《孤軍》雜誌創作的《黃河與揚子江的對話》刊登之時，《孤軍》同人們在文後需要加上一條「同人附注」，提醒讀者「這篇文稿係舊友郭沫若先生特為『推倒軍閥專號』惠寄本社的文字。……文字裏面雖有鼓吹革命的地方，一見似乎與《孤軍》護法的意思有些出入，然仔細考察起來。沫若先生所謂革命單指撲滅軍閥而言，非調約法也可拋棄，讀者切勿『以辭害意』！」〔註312〕這首詩發表在《孤軍》雜誌1923年的第四、第五期的合刊上，如果將這首詩與同時期其他《孤軍》同人所刊發的文字對比，就會發現存在在郭沫若與《孤軍》同人之間對於時下中國現實的認知差距。

　　在郭沫若眼中，改變中國社會的唯一途徑是發起一場暴力革命，他借由黃河和揚子江之口說道：「人們喲！醒！醒！醒！你們非如北美獨立戰爭一樣，自行獨立，拒稅抗糧；你們非如法蘭西大革命一樣，男女老幼各取直接行動，

〔註309〕 參見林植夫：《林植夫自述》，中國人民政治協商會議福建省委員會文史資料研究委員會編：《福建文史資料・第13輯》，福州：福建人民出版社，1988年，第7～8頁。
〔註310〕 郭沫若：《創造十年》，上海：現代書局，1932年，第202頁。
〔註311〕 若：《孤軍行》，《孤軍》，1922年，創刊號。
〔註312〕 沫若：《黃河與揚子江的對話》，《孤軍》，1923年，第1卷，第4、5期合刊。

把一大群的路易十四弄到斷頭臺上；你們非如俄羅斯產業大革命一樣，把一切的陳根舊蒂合盤推翻，另外在人類史上吐放一片新光。人們喲，中華大陸的人們喲！你們永莫有翻身的希望！」〔註313〕在其他《孤軍》同人的眼中，諸如北美獨立戰爭、法蘭西大革命、俄羅斯產業大革命這樣的流血革命則是遠不足取的，他們認為解決中國動亂的根源在於推倒軍閥，他們也為推倒軍閥制定了一些具體方法。同人中的阮肅清認為：「我國今日擾亂不安的大病根，在乎軍閥的互鬥，軍閥之所以能夠如此作惡，在乎擁有無知無識，可惡而又可憐的兵。所以想求社會秩序之安寧，不得不先推倒軍閥，而想推倒軍閥，又不可不先從裁兵入手。這種主張凡稍為留心時事的人沒有不異口同聲一致贊成。」〔註314〕除此之外，《孤軍》同人內部還有另一種觀點，這種觀點來自范壽康：「所以我們現在要想將權力從軍閥的手中移到人民的掌上，我以為總非我們人民先有實力不可，人民的實力既大，不怕軍閥不將權力奉還我們，即使他們不肯奉還，我們那時候就可用我們的實力去強制他們奉還。」〔註315〕乍看上去，在這兩種觀點似乎存在著很大的差異，但是仔細比照之後，就會發現，這兩種觀點的內在邏輯是同出一轍的，即將推倒軍閥的真正目的在於維持一種穩定的秩序，他們對直接革命的方式向來是不主張的，而是寄希望於裁軍，即軍閥內部的一種自覺性的改變；而所謂人民需要擁有的「實力」，究其本質而言，只不過是一種最後自衛性的東西，只不過是用來制衡軍閥勢力的砝碼，而非一種徹底改變這種狀況的武器。這也就是范壽康在文章結尾處寫有「至於具體的辦法請讀《推倒軍閥的具體方法》」〔註316〕字樣的原因了。

不難看出，無論是在阮肅清還是在范壽康的眼中，推倒軍閥和裁兵只是一種具體的方法和外在的表現形式，想要解決當時中國社會存在的一切問題的根本方法則在於維持民國初期所建立的「法統」，正如《孤軍》同人中的主導人物何公敢後來所總結的那樣，「《孤軍》最簡單、最鮮明的目標，集中在『打倒軍閥』（《孤軍》第一卷第四、五期合刊，出版了『推倒軍閥』專號）；最後的希望，不外是最起碼的法治。因此，我們主張擁護辛亥前後多少志士拋頭顱、

〔註313〕 沫若：《黃河與揚子江的對話》，《孤軍》，1923 年，第 1 卷，第 4、5 期合刊。
〔註314〕 肅清：《推倒軍閥的具體辦法》，《孤軍》，1923 年，第 1 卷，第 4、5 期合刊。
〔註315〕 壽康：《什麼是軍閥，怎樣倒軍閥》，《孤軍》，1923 年，第 1 卷，第 4、5 期合刊。
〔註316〕 壽康：《什麼是軍閥，怎樣倒軍閥》，《孤軍》，1923 年，第 1 卷，第 4、5 期合刊。

灑熱血才換得的『中華民國約法』。這正是當時《孤軍》同人所公認的『孤軍主將』陳慎侯先生的主張。」〔註317〕在《孤軍》創刊號上發表的陳慎侯署名為「說難」的遺作中,集中展現了《孤軍》同人的整體理想與政治旨趣:「『當事派』和『旁觀派』的態度,——我們的立腳地,——黎元洪辭職問題,——馮國璋代理問題,——黎元洪任期的解釋,——孫中山與非常會議,——八年國會的根據,——正在集會的北京國會。我們現在要討論的問題就是:合法的大總統,到底是黎元洪還是孫中山,或者他兩個都不是?合法的國會,到底是六年的國會(民國六年黎元洪所解散的),還是八年的國會(民國八年在廣州集會的),或者兩個都不是?」其在長篇大論之後得出的結論則是:「我們再把總統國會兩個問題合攏起來下個斷語。就是:北方和南方的總統俱不合法。北方和南方的國會議員要想成立的正式國會俱未成立。就是:中華民國的合法國家機關,目下尚不存在,但是還有發生的可能性。這個責任,是在他們議員身上!」〔註318〕作為《孤軍》同人的「主腦」和召集人,陳慎侯的觀點是頗能代表《孤軍》雜誌的整體意見的,而「議員」則是其所要依靠的主要力量;對於《孤軍》同人而言,他們的目光更多的集中在國家機關建構的合法性上,很少將視線往下移,去真正關注那些掙扎在不合法的政府之下的普通民眾的生活。雖然這種情況在調查江浙間齊燮元、盧永祥兵亂的前後有所改觀,甚至還出現了諸如周佛海等人所作的數篇宣揚階級鬥爭的論文,〔註319〕但是對包括周佛海在內的大多數的《孤軍》同人來說,承認和宣揚階級鬥爭的根本目的還為推倒軍閥做出輿論上的準備,其關注點並不在階級本身。對他們來說,從河上肇處學習引進的馬克思主義的理論,只不過是一種便於使用的工具而已,他們對這種理論的借鑒,大多停留在一些簡單的詞彙的移植上,而對馬克思主義包含的有關階級鬥爭的看法,《孤軍》同人有意識地進行了摒棄。就整體而言,「法統」一詞,是《孤軍》同人自始至終苦苦追尋的理想,也是其所要維護的根本;郭沫若所提倡的直接而暴力的革命行動,在他們看來,則從根本上違背了「法統」精神的,及至後來,《孤軍》同人心中的「法統」概念開始向著「國家」概念轉化,自然就會帶有一些國家主義

〔註317〕何公敢:《憶〈孤軍〉》,中國人民政治協商會議福建省委員會文史資料研究委員會編:《福建文史資料‧第13輯》,福州:福建人民出版社,1986年,第131頁。
〔註318〕說難:《南北國會和南北總統那一個是合法的》,《孤軍》,1922年,創刊號。
〔註319〕如周佛海:《國民革命中之階級問題》,《孤軍》,1925年,第3卷,第2期。

的色彩，他們與以曾琦為代表的「中國青年黨」人有著精神上的相通之處也就順理成章了。〔註320〕正如何公敢事後所回憶的那樣，《孤軍》同人「雖然承認兩大階級的存在，……大多數則自命超階級，自己為最公正。實際上。他們並不曾丟掉實行資產階級民主政治的幻想」，〔註321〕他們竭力要維護「法統」，從根源上來說，還在於維護自己所處階級的利益。郭沫若雖然在人事方面與《孤軍》同人多有往來，但是就階級屬性而言，卻與他們有著天壤之別。故而，在1922～1925年間，郭沫若雖然與《孤軍》同人有著較為緊密的聯繫，但在精神上卻始終是貌合神離的。

關於與林靈光、曾琦等一眾舊友之間的決裂，郭沫若本人有一套自己的說辭。但是事實情況卻並不像郭沫若所認為的那樣，僅僅是簡單的思想上的難以互容，其背後還隱藏著有關身份認同的因素。這些因素在此時郭沫若的種種行動中發揮著重要作用，以至於影響到他未來數十年的文化選擇和政治命運，這與他對於河上肇的《社會組織與社會革命》一書的翻譯密切相關。

1924年五六月間，郭沫若因著經濟上的壓力開始翻譯河上肇的《社會組織與社會革命》，在翻譯這本書之後，郭沫若「前期的糊塗的思想澄清了」，世界觀也「初步轉向馬克思主義方面來」，〔註322〕雖然有研究者指出郭沫若此處敘述中有言過其實的成分，認為「一個人的思想不太可能因為一本書而發生質變」，〔註323〕但是郭沫若通過翻譯《社會組織與社會革命》一書，對自己原本混沌的階級意識和無產階級思想進行了系統性的整合，這一事實卻是客觀存在著的。與自詡受到河上肇的親炙的《孤軍》同人不同，郭沫若對於河上肇的馬克思主義思想的理解和接受並不僅限於看似高深的術語和名詞的搬弄，而

〔註320〕何公敢在回憶中提到自己「曾把郭沫若在《到宜興去》一文中所表露的經濟主張摘錄下來，以『國家資本主義的提倡』為題，署上郭沫若的名字，發表在第三卷第三期上。」（何公敢：《憶〈孤軍〉》，中國人民政治協商會議福建省委員會文史資料研究委員會編：《福建文史資料‧第13輯》，福州：福建人民出版社，1986年，第136頁。）可見，對於《孤軍》同人而言，在「法統」或者後來的「國家」觀念的統御之下，任何資源都可以被斷章取義地拿來使用。

〔註321〕何公敢：《憶〈孤軍〉》，中國人民政治協商會議福建省委員會文史資料研究委員會編：《福建文史資料‧第13輯》，福州：福建人民出版社，1986年，第138～139頁。

〔註322〕郭沫若：《郭沫若同志答青年問》，王訓昭、盧正言、邵華等編著：《郭沫若研究資料（上）》，北京：知識產權出版社，2010年，第343頁。

〔註323〕彭冠龍：《〈社會組織與社會革命〉的翻譯與郭沫若思想轉變》，「走向世界的郭沫若與郭沫若研究」學術會議論文集，2014年，中國貴州貴陽。

是進行了進一步的思考。同時，他也發現了河上肇著作中存在的重大缺陷，即「原作者只強調社會變革底經濟一方面的物質條件，而把政治一方面的問題付諸等閒了」。郭沫若認為這一問題的實質是類似於「只講基礎醫學而不談臨床醫學」，即僅研究理論而不考慮事實情況，這「於人類的實際是毫無用處的」。基於這一點，郭沫若還致信河上肇，並得到了他的親自回信。〔註 324〕而《孤軍》同人們卻沉迷於對河上肇的亦步亦趨和對馬克思主義斷章取義的拿來主義當中，直到多年後才驀然醒悟，不由喟歎：「要之，當時我對列寧主義毫無理解，只是跟著人走，這些人認為列寧主義不是馬克思主義，而他們所謂的馬克思主義，又完全是機械論。至少我所跟著走的何公敢是這樣，儘管他是河上肇的徒弟，而當時的河上肇，就不是一個辯證唯物論者啊！」〔註 325〕通過在譯書過程中對馬克思主義的消化和吸收，郭沫若漸漸地找到了自己的精神歸宿，找到了一種能夠解釋自己精神上的困惑的方法論。這樣一來，本來因著社會經濟地位不同就與《孤軍》同人們同床異夢的郭沫若，此時在思想上就與何公敢、林靈光等人漸行漸遠了。

　　郭沫若與林靈光、曾琦等人最早的接觸是因為互為同學的關係。在《孤軍》雜誌最初的發起人中，何公敢、林植夫、薩孟武、郭心崧、范壽康、周佛海等人都有過所謂的「大高」經歷。所謂「大」，指的是日本當時的幾個帝國大學；而所謂「高」，指的是日本官立的高等學校。據何公敢回憶，正是「大高同學」之間的同學友誼維繫了《孤軍》雜誌，「形成了《孤軍》的基本隊伍」。〔註 326〕郭沫若因著在九州帝國大學的求學經歷，自然也成為了「大高同學俱樂部」〔註 327〕中的一員，《孤軍》雜誌得以在泰東圖書局順利出版，更是因著何公敢等人與郭沫若有著同學之誼的緣故。〔註 328〕

　　曾琦與郭沫若之間的同學關係就更早了。雖然郭沫若一再聲稱與曾琦不

〔註 324〕參見郭沫若：《創造十年續篇》，上海：北新書局，1946 年，第 29～30 頁。

〔註 325〕林植夫：《林植夫自述》，中國人民政治協商會議福建省委員會文史資料研究委員會編：《福建文史資料・第 13 輯》，福州：福建人民出版社，1988 年，第 12 頁。

〔註 326〕何公敢：《憶〈孤軍〉》，中國人民政治協商會議福建省委員會文史資料研究委員會編：《福建文史資料・第 13 輯》，福州：福建人民出版社，1986 年，第 134 頁。

〔註 327〕郭沫若：《創造十年》，上海：現代書局，1932 年，第 44 頁。

〔註 328〕何公敢：《憶〈孤軍〉》，中國人民政治協商會議福建省委員會文史資料研究委員會編：《福建文史資料・第 13 輯》，福州：福建人民出版社，1986 年，第 134 頁。

甚相熟,「在成都只和他會過一兩面,沒有打招呼」,〔註329〕但是同為四川人的郭沫若和曾琦早在四川高等學堂的分設中學時就是上下級的同學,因此也稱得上是「舊友」。〔註330〕雖然郭沫若同這些人有著同學的友情,《孤軍》同人和曾琦也常常對剛剛走出校園的郭沫若施以援手,但是這種友情的建立是基於共同的理想和興趣愛好,缺乏共同的經濟基礎作為支撐;一旦走出校園,在不同的社會分工之下,這種友情的基礎將面臨極大的考驗。對於郭沫若來說,當初選擇「籠城生活」就意味著在經濟上終將與《孤軍》同人和曾琦等人分道揚鑣。在郭沫若和郁達夫、成仿吾等人苦苦堅守「純」文學理想而在經濟方面屢屢陷入困頓的幾年中,《孤軍》同人則集中於當時效益較好的商務印書館,他們較為優越的家世、相對發達的人脈關係以及工作性質,使他們在上海的文化話語場域中獲得了一席之地;〔註331〕而曾琦在離開四川之後,更是遍遊列國,積累了豐富的政治經驗和人脈關係,在上海文化界,尤其是四川人較多的領域頗有一些影響力。這樣以來,《孤軍》同人和曾琦與郭沫若之間在經濟和社會地位上的差距就被凸顯出來。

雖然郭沫若對曾琦的「近於病態的矜持和把真正愛國的人當成『國賊』的所謂『國家主義』」〔註332〕並不能認同,並對《孤軍》同人的政治立場始終保持一定的警惕和懷疑,但是不可忽視的是,在這一時期郭沫若的活動軌跡中,這些人的身影一再出現,並且他們對於郭沫若1923年之後的經濟狀況也有較大的幫助。對於敏感的郭沫若來說,由於社會經濟地位的懸殊,這種幫助很容易就會被看作一種「拉攏」。曾琦向郭沫若約稿,本來只是一次正常的舉動,被郭沫若懷疑「不知道是誠心還是客氣」;〔註333〕而在其對郭沫若所撰寫的《中華全國藝術協會宣言》提出慎重修改的意見之後,此宣言第二日果然無法順利見報的事件,郭沫若也覺得曾琦有從中作梗之嫌。〔註334〕如果查考

〔註329〕 郭沫若:《反正前後》,上海:現代書局,1929年,第78頁。
〔註330〕 參見郭沫若:《創造十年續篇》,上海:北新書局,1946年,第50頁。
〔註331〕 參見林植夫:《林植夫自述》,中國人民政治協商會議福建省委員會文史資料研究委員會編:《福建文史資料·第13輯》,福州:福建人民出版社,1988年;何公敢:《憶〈孤軍〉》,中國人民政治協商會議福建省委員會文史資料研究委員會編:《福建文史資料·第13輯》,福州:福建人民出版社,1986年,第134頁。
〔註332〕 郭沫若:《創造十年續篇》,上海:北新書局,1946年,第50~51頁。
〔註333〕 郭沫若:《創造十年續篇》,上海:北新書局,1946年,第157頁。
〔註334〕 郭沫若:《創造十年續篇》,上海:北新書局,1946年,第149頁。

郭沫若與林靈光的文字官司，就會發現其中存在更為明顯的郭沫若個人的情感因素，甚至連郭沫若本人也承認身為學藝大學教師的自己對於身為學藝大學董事的林靈光的文章本意做出了故意的誤讀：在與郭沫若論戰的《讀了〈窮漢的窮談〉並〈共產與共管〉以後質郭沫若先生並質共產黨人》一文中「董事靈光說：『一個人每月坐拿一百五十元的薪水，怕也不配說是『窮漢』罷』。這話如譯得通俗一點，便是：我董事老爺每月賞你百五十塊的大洋，你這不識抬舉的小癟三還要吵『窮』嗎！言外之意是：媽的，你給我滾蛋！是，是，董事老爺，我就滾蛋！正在苦於脫不了身的我，真是得到了一個天來的救星」。〔註335〕就幾次論證文章的客觀內容上來看，善於分析理論的林靈光對於郭沫若的嘲諷很可能只是借著郭沫若領取一百五十元工資的事情來攻擊其「窮漢」的理論和在《窮漢的窮談》一文中的自詡，而未必有什麼弦外之音；而對郭沫若有些「赤化」的言論表示要慎重修改的曾琦，也未必有通天的手眼，能夠使此「宣言」在上海灘的文場上無處存身。

　　正如後來鄧擇生對郭沫若「感情家」〔註336〕的評價一樣，作為一位曾經的「摩羅詩人」，郭沫若無疑一向是感情充沛而流溢的，這也意味著他對於事情的判斷往往是出於自己的情感。在其思想向著馬克思主義轉變的過程中，階級因素作為一個重要的判斷標準，也自然而然地被郭沫若納入其感情的衡量指標之內，這樣一來，很容易就可以還原郭沫若與林靈光及曾琦等人決裂的事實真相了：在這一時期，由於社會分工的不同以及對馬克思主義的「政治經濟學認同」，〔註337〕郭沫若與《孤軍》同人和曾琦在思想上的差距漸漸拉大，但是就郭沫若本人而言，僅憑著一本《女神》和幾期《創造》週報在上海灘的文場上也無法順利地打開局面，因此，郭沫若一時間在經濟和文學活動方面卻又離不開這些人的幫助和扶植，這對天性「凡事都想出人頭地，凡事都不肯輸給別人」〔註338〕的郭沫若而言，自然是一種折磨和壓制。在這中個人境遇當中，馬克思主義關於階級分析的理論與客觀的生存現狀在這位「感情家」的內心世界中進行了交融，使其感受到了文化領域裏「階級鬥爭」的存在以及

〔註335〕郭沫若：《創造十年續篇》，上海：北新書局，1946 年，第 106～107 頁。

〔註336〕郭沫若：《北伐途次（十一續）》，《宇宙風》，1932 年，第 32 期。

〔註337〕李怡：《國家與革命——大文學視野下的郭沫若思想轉變》，《學術月刊》，2015 年，第 2 期。

〔註338〕郭沫若：《黑貓》；郭沫若著，郭沫若著作編輯出版委員會編，《郭沫若全集·文學編·第 11 卷》，北京：人民文學出版社，1992 年，第 294 頁。初版未見此句。

為自身帶來的切膚之痛。

　　與林靈光、曾琦等人的決裂，意味著郭沫若在上海的文化領域內可活動的空間大大減小。郭沫若的名字從與《孤軍》雜誌以及曾琦有關的刊物的言論陣營的名單中刪去之後，他在一段時間內陷入了一種文化危機當中。此時的郭沫若在文章發表、出版以及工作領域都出現了不小的困難以至於在經濟上即將捉襟見肘。郭沫若離開上海學藝大學，曾與他在出版方面有著緊密聯繫的商務印書館自然無法再繼續成為其經濟上的後盾，而林靈光與曾琦等人在上海文場的複雜的人脈關係也使得郭沫若在上海的文學或文化活動顯得十分掣肘：自 1925 年 11 月從上海學藝大學辭職到次年 3 月南下廣州，在這數月間，縱觀郭沫若發表文章的刊物，也只有與其淵源頗深的《洪水》和《創造月刊》。按照郭沫若的回憶：「那一九二六年的初頭，就因為脫離了學藝大學的羈絆，生活雖然苦得一點，但在精神上卻是自由的時期。在那時代的自己的思想之變遷是有點近於突變的。其前，其實也差不多是風雅之士。就因為有舊日的風雅作為保護色，故我說話作文都兩得其自由。說話的機會是相當多的。」〔註 339〕

　　但是，相對郭沫若之前與《孤軍》同人合作的精神「不自由」的時期，這「相當多」的說話的機會卻幾乎不能在正式出版物上與讀者見面，而只得採取演講的形式，這種言論陣地的真空也讓他切身體驗到了一種廣泛存在於文藝領域的資本運作和盤剝，在經濟「無產感」之外更體會到了一種文化上的「無產感」。關於這種「無產感」，郭沫若借郁達夫之口喟歎說：「自己沒有獨立的機關，處處都要受人繼燕式的虐待」，旋即又自我分析道：「那是有點難怪的。在被定性為半封建的中國社會裏，大抵的人都跳不出個人崇拜或行幫意識的那個圈子。所謂文化人──其實是尤其厲害的：因為文化便是意識的表現也。」〔註 340〕雖然這段記載屬於事後多年的補敘，但是其中所蘊含著的階級分析方法，卻是郭沫若在 1925 年前後剛剛接觸並付諸實踐的。經濟上的「無產感」與文化上的「無產感」在此時的郭沫若身上相互交織，進而使其更加確認了之前所理解的那套關於文學和革命關係的看法，即文學領域亦需要一種革命來打破當下的局面，這種革命不會是一種平心靜氣的理論性的探討，而是一種

〔註 339〕郭沫若：《創造十年續篇》，上海：北新書局，1946 年，第 171 頁。「繼燕」
　　　　　《郭沫若全集》中作「繼母」，原版應為編輯錯誤。
〔註 340〕郭沫若：《創造十年續篇》，上海：北新書局，1946 年，第 186 頁。

具有一定暴力性質的文化領域的破壞與重建。這樣一來，與林靈光和曾琦等人的決裂則可以被看作郭沫若自覺實踐新的世界觀的第一次行動。

正如有研究者所言：1926 年的南下革命聖地廣州，是郭沫若「正式完成了從思考到行動的轉變」〔註341〕的重要標誌，這代表了郭沫若對於馬克思主義的自覺追隨。在這一行動的背後，是郭沫若 1923～1925 年做出的文化選擇。在這一過程中，體驗和實踐那種來自於經濟與文化上的雙重「無產感」對於郭沫若文化選擇的意義是顯而易見的，它促使思想動盪中的郭沫若對自己包括翻譯河上肇著作在內的一系列行動進行了系統性的思考，並將這種思考有機地融合進他所獨具的精神氣質當中，從而在生存論意義上確立了他對馬克思主義的選擇和信仰。可以說，1923～1925 年間郭沫若通過雙重「無產」而形成的一套世界觀是其未來幾十年行動和抉擇的基石。

在新文化運動期間，郭沫若的思想發生了數次較大的變動。在這一時期，郭沫若從一個崇拜「女神」的泛神論者轉向了認同以《孤軍》同人和曾琦為代表的國家主義，又在不久之後轉向了對共產主義的信仰。這一系列變化對郭沫若此後數十年的政治命運和文化立場所產生的影響是深遠的。在郭沫若這一時期思想上反轉式的變化背後，是他深切體驗著的一種「無產」感，這種「無產」感不僅源自於經濟領域，更是文化層面上的。這種對於「無產」的體驗促使郭沫若不斷地反思自己在當時文化場域下的境遇和位置，並在很大程度上影響著郭沫若此後思想的走向。郭沫若身上存在著的問題，同時也存在於新文化運動的其他發起者和參與者身上，新文化運動的過程中，經濟因素對這些具體生活在歷史文化語境下的個人的影響是巨大的，有些時候甚至足以影響到他們在文化方面的選擇。

本章小結

人的社會性質導致了人必須生活在一定社會關係所構成的場域之中。長久以來，這種關係的產生和維持所依靠的都是一種自動的、未經理論闡釋過的力量。這種力量源自個人與個人之間那種與生俱來的、帶有動物性色彩的張力。在 1910～1920 年代的中國，不斷湧入的新文化使更多青年認識到了以

〔註341〕劉奎：《郭沫若的翻譯及對馬克思主義的接受（1924～1926）》，《現代中文學刊》，2012 年，第 5 期。

往中國社會賴以正常運行的人際關係中存在著的種種問題，他們義無反顧地逃離由這種人際關係網絡構成的文化空間，從而導致個人與個人之間固有的鏈接方式被打斷，進而以一種新的形式被重新組合，形成了一種新的人際關係結構模式，而這種結構模式相對於之前而言，顯然具有一種「斷裂」的姿態。從作家們的日記或書信等材料中可以看出，大多數作家對於能夠擁有這種新的人際關係形態而高興，他們嘗試用這種新的人際關係來面對身邊的一切，更多的人認識到了自身與家庭並不是束縛於某一種禮教或者禮教的延伸之上的，而是一種更加單子化、更加自由的個體，自身只需對自身負責，作為與自身同質異構的現代民族國家，對自身負責就意味著已經承擔了很大一部分在現代民族國家中的責任。

人與人之間的關係到了最後總要作用於自己。作家書信和日記中關於自我的定位是十分重要的，作家對自己的定位、作家對自己作品的定位、作家對自己與其他人之間關係的思考和反思，都可以映像出一些與新文化運動發生有關的內容。對於自身的反思也正與新文化運動的主旨相符，兩者之間存在的內在聯繫也是值得探討的。很多時候，作家的創作與其對自身文化身份的認知是一體兩面的，作家的創作和現代民族國家密不可分，創作本身也是其反思自身的一種方式，兩者相結合，作家在創作中就能夠將自身這個個體放置在現代民族國家的序列中進行反思，從而在變化的時代中找到自己的位置，切斷與舊式人際關係網絡的聯繫。

但是，由於經濟基礎才是思想意識的根本，新文化運動的參與者在參與這場運動的時候往往還都比較年輕，在經濟上尚不能完全獨立；即使是那些在經濟上已經獨立了的新文化運動的發起者們，也無法完全斬斷與舊時家庭、朋友以及地方性人際關係網絡的一切聯結。所以在很多時候，表現在他們身上的是一種猶豫，他們在理智方面認識到自己應該擺脫來自封建禮教的束縛，但情感方面的因素又使其無法畢其功於一役。這些心理上的波瀾最終會以一種實踐的形式呈現在他們的作品和行動中，這也是新文化運動帶來的獨特的文化景觀之一。

第四章　建構中的新文化運動

　　新文化運動是一個不斷生成和建構中的過程，以新文化運動先驅們的書信和日記為中心，來對其生成過程中的一些具體問題加以考量可以更細節化地貼近歷史的表層。在新文化運動的建構過程中，首先，是一種態度或者情緒上的考量，新文化運動從發生前到發生，從發生到發生之後，其中伴隨著一種時代情緒的波動，或是悲觀，或是樂觀，新文化運動先驅們所持的態度對這場運動的發展實際上有著非常重要的作用。而情緒是會互相影響的，研究新文化運動前後參與者們的情緒應該會對研究新文化運動本身有所幫助。其次，是一種道和術的制衡，新文化運動中，如雙簧信事件及新文化運動的悍化都傳達出了一種傾向，即新文化運除了道之外，還有所謂的「術」，這種「術」，即一種權謀和設計，從產生到發展，以及其內部的變化和被「道」的制衡和批判都會對新文化運動有所影響。再次，是從思想上的新文化運動到後來成為社會實踐的五四運動，在這期間參與者們的思想發生了什麼變化，其書信、日記中有著較明顯的展示，通過對書信、日記進行一種歷史性的考察，以期使研究的整體脈絡更加清晰。最後還可以通過參與者事後在書信、日記裏對新文化運動發生時期的一些追述來重新審視其發生。通過這些新文化運動的發起者和參與者的夫子自道來審視這場運動發生過程中的一些事件，可以視作對宏觀研究的一些補充。

第一節　「道」與「術」：新文化刊物的辦刊策略

一、最初的來信

　　在《青年雜誌》第一卷創刊號上刊登了兩封「讀者通信」，一封署名王庸

工，另一封署名章文治，這可以看作《新青年》與「新青年」的第一次互動，在新文化運動的研究領域中有著一定的意義。由於《青年雜誌》在正式出刊之前所打出的廣告中並沒有關於開設「讀者通信」欄以及編輯部地址的確切信息，〔註1〕這樣一來，刊登出的這兩封信件則一定為陳獨秀的「組稿」，其來源頗具可闡釋性，而對創刊號上刊出的兩封來信的作者考釋的重要性也被凸顯出來。在這兩封信中，第一封信的作者「王庸工」的身份實際上是有進一步研究的價值的。正是由於王庸工寄給《青年雜誌》的信刊登在刊物的第一卷創刊號上，有研究者懷疑這個未曾見諸經傳的年輕讀者就是主編陳獨秀的化名，「王庸工」本人在現實生活中存在的真實性是值得質疑的，他們認為這與其說是一封仰慕陳獨秀的青年寫給陳獨秀的真實的來信，倒不如說是陳獨秀為了刊發《青年雜誌》而採取的具有策略性意義的手段，「為了保證對《新青年》雜誌方向準確、到位的引領，陳獨秀採取了一明一暗、一軟一硬的兩手策略。就『暗』和『硬』而言，『讀者論壇』就是陳獨秀為自己坐穩主撰位置而精心設置的一個暗哨。創刊號上的王庸工和章文治可以說是子虛烏有的暗哨，純粹是為了挑起路標的『故縱』。」〔註2〕

其實，這種懷疑大可不必，原因有以下四點：第一，王庸工並非只給《青年雜誌》寄來過這一封信，在《青年雜誌》改名為《新青年》之後，在第二卷第二號上，還刊登了一封王庸工的信件，信的全部內容如下：「記者足下：讀貴報增益青年知識匪淺，前見第二號達噶爾譯詩注中，言達噶爾氏曾受 Nobel 賞金，不審此種賞金，出自何國何人，是何制度？乞有以見示，敬頌撰安。王庸工白」。〔註3〕從信的內容上看，第二封信與第一封信之間並沒有什麼聯繫，第二封信就達噶爾（泰戈爾）或 Nobel（諾貝爾）賞金一事向編輯的提問的內容屬於基本知識的範疇，是讀者在閱讀中產生問題時向編輯者的正常提問。這和陳獨秀在辦刊之初所為「通信」一門定下的「質析疑難，發抒意見」的功用是相符合的，而作為編輯的陳獨秀對王庸工來信的細緻答覆也正應了他在創刊號中許下的「凡青年諸君對於物情學理有所懷疑，或有所闡發，皆可以直緘惠示本志。當盡其所知，用以奉答。庶可啟發心思，增益神志」〔註4〕的承諾。

〔註1〕參見《甲寅》，1915 年，第 1 卷第 9 號。

〔註2〕張寶明：《「主撰」對〈新青年〉文化方向的引領》，《中國現代文學研究叢刊》，2008 年第 2 期。

〔註3〕王庸工：《致記者》，《青年雜誌》，1915 年，第 1 卷創刊號。

〔註4〕社告：《青年雜誌》，1915 年，第一卷創刊號。

然而，對「主撰」對於刊物辦刊方向的引領而言，這封來自王庸工的信件卻並未造成什麼影響，陳獨秀完全沒有必要用這樣一個筆名來提出這樣一個基礎性的問題。此時陳獨秀的名聲已經早已遠揚在外，其周邊已經聚集了諸如胡適等新文化運動的主要參與者們，《青年雜誌》的「讀者通信」一欄也早成氣候，完全不缺乏讀者來信的稿件，陳獨秀沒有必要給自己寫這樣一封信。第二，陳獨秀雖然有過諸多的筆名和化名，據統計，至少有三十七個，〔註5〕然而遍查陳獨秀所使用過的筆名與化名，多與其姓氏的發音、故鄉的風物以及此時此地的境遇有關，並未見「王庸工」一名的出現，而且，之於陳獨秀 1915 年之前的種種境遇而言，也很難與「王庸工」產生什麼聯繫，故此，王庸工一名並非為陳獨秀所用。第三，通過對 1915 年前後各主要刊物發表文章的查考，並沒有發現以「王庸工」或「庸工」為筆名的篇什，故此可以推定，「王庸工」一名應非筆名，再結合此人與陳獨秀相識的事實，將「王庸工」判定為相識之人互致書信時所署的名字則更為準確。陳獨秀早年間不但積極參與文化活動，參與或興辦《甲寅》《安徽俗話報》等刊物，還直接參加了辛亥革命，在安徽組織岳王會，其人際關係及其複雜，認識的人也比較多，得知陳獨秀要刊辦《青年雜誌》的人也不在少數，出現一個對其辦刊有熱情的青年並不是意料之外的事情。第四，大量證據表明，陳獨秀在《青年雜誌》刊出之時並未對刊物的發展有著長足的計劃，他僅僅是憑著一腔熱情和陳子壽、陳子沛兄弟的資金支持就發行了這份刊物。鑒於此，雖然陳獨秀對「讀者通信」一欄的具體內容和來信形式是有所安排和計劃的，但是如果認為陳獨秀偽造讀者來信，其可能性也不大，此時的陳獨秀沒有必要，也沒有心思去偽造一封來信來闡明自己的辦刊思路。

王庸工寄給《青年雜誌》的信件全文如下：「記者足下：別後聞在滬主持《青年雜誌》，必有崇論閎議，喚醒青年。惟近有驚人之事，則北京楊度諸人發起籌安會，討論國體問題是也。以共和國之人民，討論共和國體之是否適當，其違法多事，姑且不論。倘討論之結果，國體竟至變更，則何以答友邦承認民國之好意？何以慰清帝遜位之心？何以處今總統迭次向國民之宣誓？更可懼者，此邦官民，對於吾國國體變更，莫不欣欣然有喜色。口中雖不以為然，

〔註 5〕 任建樹：《陳獨秀字號筆名化名考釋》，《民國檔案》，1986 年，第 4 期。而據其他研究者統計，陳獨秀的筆名、化名等應超過四十個。（參見吳稚甫：《〈陳獨秀字號筆名化名考釋〉質疑》，《民國檔案》，1991 年，第 3 期。）

心中則以此為彼國取得利益莫大之機會。幾如歐戰發生時同一度態，此誠令吾人不寒而慄者也。切望大志著論警告國人，勿為宵小所誤。國民幸甚，國家幸甚。（後略）王庸工白」〔註6〕由此信件內容可以得出以下幾點信息：第一，王庸工本人和陳獨秀在《青年雜誌》正式排版出刊之前已經相識；第二，王庸工對陳獨秀將要出版《青年雜誌》之事以及其辦刊的大致思路是有所瞭解的。據汪原放回憶，其叔父汪孟鄒在日記中曾經有寫過：「七月五日，星期一，晴。子壽來，告以『青年』事已定奪云云。」〔註7〕這樣看來，陳獨秀將《青年雜誌》的出版之事真正安排停當，應是在 1915 年 7 月 5 日之前；同年 9 月 15 日，《青年雜誌》第一卷的創刊號正式出刊。也就是說，王庸工與陳獨秀的相識，應是在 7 月 5 日之前，就信中的第一句話和陳獨秀當時的行狀來推測，其與陳獨秀見面的地點應該在上海。正是在這段時間內，陳獨秀因為興辦《青年雜誌》一事在亞東圖書館、群益書店以及其他各處往返交涉，其中所涉及的人事極為複雜，需要就雜誌約稿及出版發售其間的許多事宜進行溝通。所以，王庸工與陳獨秀相識的場合，應該就是在其奔走辦刊的過程當中。兩人思想上的交流，使王庸工得知陳獨秀編輯刊物的確切通信地址，也使其能夠在刊物將要正式出版的時候，寄去第一封信。

不過正如那些懷疑王庸工就是陳獨秀本人的研究者所說的，陳獨秀在《青年雜誌》第一期中安排刊發王庸工的信件可能確實有著一些自己的考慮。王庸工的來信明顯沿用的是「甲寅體」，信件中提出「切望大志著論警告國人，勿為宵小所誤」，而陳獨秀在回信中對該要求進行回絕，並認為「尊欲本志著論非之，則雅非所願。蓋改造青年之思想，輔導青年之修養，為本志之天職。批評時政，非其旨也。國人思想，倘未有根本之覺悟，直無非難執政之理由。年來政象所趨，無一非遵守中國之法，先王之教，以保存國粹而受非難。難乎其為政府矣。欲以鄰國之志警告國民耶？吾國民雅不願與聞政治。日本之哀的美敦書，曾不足以警之，何有於本志一文？」〔註8〕從通信中可以得知王庸工對章秋桐所辦的《甲寅》雜誌是十分熟悉的，而《甲寅》雜誌的辦刊特點就是對史事時勢經常進行高談宏論。但是，在 1915 年的時代背景下，陳獨秀已經清楚地認識到了《甲寅》雜誌這種由傳統士大夫點評時勢的做法已經過時，過於

〔註6〕王庸工：《致記者》，《青年雜誌》，1915 年，第 1 卷創刊號。
〔註7〕汪原放：《回憶亞東圖書館》，上海：學林出版社，1983 年，第 31 頁。
〔註8〕記者答言：《青年雜誌》，1915 年，第 1 卷創刊號。

名士風和專業性的議論性內容也使得這份雜誌終究是一份屬於中上層知識分子的刊物，青年人很難置喙其中，也導致《甲寅》很難在青年群體中產生較大的影響。再則，陳獨秀刊行《青年雜誌》的時候，《甲寅》雜誌雖屢遭查封，但是仍然廣泛地發行於市面上，陳獨秀再辦一個新的雜誌其言下之意就是不願意成為第二份《甲寅》，或者《甲寅》雜誌的子弟刊。在這一事件背後，可能有著一些陳獨秀與王庸工關於讀者來信內容及體例的策劃，這對研究陳獨秀在《青年雜誌》創刊時期與青年人之間的互動可能會有一定的啟發意義。

　　《青年雜誌》的創刊號上另一封信來自於一名叫「章文治」的青年，與王庸工的來信相比，章文治的信件則更接近陳獨秀對刊物「讀者通信」一欄中所要收錄來信內容的設想：「記者足下：皖省自二次革命後，學校全毀，韓使來稍規復十之一二。今韓去李來，學界又恐此殘喘難保。青年學子，悵無所之。滬上學校如林，何者最優？希示一二，即當負笈往遊也。餘續白。章文治白」。〔註 9〕相比王庸工的來信，章文治的來信更加落在實處，也更符合陳獨秀對《青年雜誌》「讀者通信」一欄收錄信件的希望。陳獨秀在「記者答言」中也針對章文治的來信內容進行了較為詳盡的解答，推薦了諸如「德人之同濟學校」「美人之約翰書院」「法人之震旦學院」〔註10〕等多所滬上名校。《青年雜誌》創刊號上收錄王庸工和章文治的兩封讀者來信在客觀上形成了一種對比，以較為直觀的方式告訴青年讀者雜誌在之後的辦刊中需要什麼樣的來信，將作出如何的回答。作為名重一時的文化界名人，陳獨秀能在雜誌上直接與青年通信、對話，這對那些渴望在信件中得到思想交涌的青年來說，無疑是一種很大的鼓勵，在很大程度上拉近了主編與讀者由於知識積累和文化程度不同而造成的代溝。這也刺激著青年從更多方面、更多角度閱讀新文化刊物、接觸新文化，不斷拓展著自己的視野。

　　《新青年》雜誌的讀者通信一欄中許多來信人的身份及相關信息較少，如第一卷第四號中署名為「穗」的青年等身份或者思想已不可確考，但是，同時存在著一些如王庸工、章文治這樣的讀者，其身份或者思想尚有跡可循。通過對這些埋沒在歷史敘述背後的青年人的思想進行重新發掘，可以為新文化運動的研究提供一個更全面的角度，使研究者不僅能夠走進著名的作家、思想家的精神世界，也可以對那個時代的青年有更多的瞭解，這樣才能立體地

〔註 9〕章文治：《致記者》，《青年雜誌》，1915 年，第 1 卷創刊號。
〔註10〕記者答言：《青年雜誌》，1915 年，第 1 卷創刊號。

再現新文化運動初期各刊在辦刊過程中所面臨的問題及應對策略，找尋「青年」作為這場運動的主體以及啟蒙對象，其本身在這場運動中發揮出的重要作用。同時，從《青年雜誌》創刊號上選擇王庸工和章文治的兩封有著強烈比照意義的來信可以看出，陳獨秀在《青年雜誌》出刊之前應該已經策劃了一次由青年人寫信給自己的行動，利用其在安徽、上海時積累下來的人脈關係發動了一些不同背景、不同文化程度的青年向這份尚未誕生的刊物寫信，以形成第一期的「讀者通信」。至於具體寫什麼，陳獨秀應該並沒有一個明確的計劃，之所以選擇王庸工和章文治兩人的信件，其很大原因在於王庸工和章文治的信件在內容上分別代表了《青年雜誌》脫身而出的《甲寅》的風格和陳獨秀所希望看到的《青年雜誌》的風格。雖然陳獨秀在《青年雜誌》第一次的「讀者通信」組稿過程中運用了一些策略，目的是帶領讀者更好地切入這樣一份新生的刊物。一些研究者所認為的「讀者通信」一欄只不過是陳獨秀為了拓展市場而採用的一個「陰謀」，其中夾雜著太多個人的私欲和利益的說法〔註11〕也是不足為取的。

作為主編，陳獨秀確實沒有必要將辦刊的細節完全公之於眾，況且以當時陳獨秀和《青年雜誌》的處境而言，他們也確實無「眾」可「公」。據當時和陳獨秀往來密切的汪孟鄒回憶，「民國二年（1913 年），仲甫亡命到上海來，他沒有事，常要到我們店裏來。他想出一本雜誌，說只要十年、八年的工夫，一定會發生很大的影響，叫我認真想法。我實在沒有力量做，後來才介紹他給群益書社的陳子沛、子壽兄弟」「如果介紹到群益，又不同意接受，那麼，仲翁想出的『只要十年、八年的工夫，一定會發生很大的影響』的一個雜誌，就決不能在『民國四年（1915 年）九月十五日』問世了。」〔註12〕可見，陳獨秀在辦刊之初，處境是十分「隔絕」的。由於辛亥革命之後安徽省內的政界鬥爭，陳獨秀此時的身份是一名流亡外省的政治人物，需要不斷隱藏自己的身份，雖然在 1915 年前後其人身安全得到了保證，但是從這一時期陳獨秀行跡資料的闕如〔註13〕就可以看出他對於包括籌辦刊物在內的一切活動還是相當謹慎和秘密的。況且，除了和陳獨秀有著同鄉之宜的汪夢鄒、汪原放叔侄以及對陳獨秀辦刊思路有著一定瞭解的陳子壽、陳子沛兄弟，陳獨秀並無他人可以

〔註11〕參見張耀傑：《北大教授與〈新青年〉》，上海：新星出版社，2014 年。
〔註12〕汪原放：《回憶亞東圖書館》，上海：學林出版社，1983 年，第 31～32 頁。
〔註13〕參見唐寶林：《陳獨秀全傳》，北京：社會科學文獻出版社，2013 年。

商議辦刊，連主要撰稿人都要啟用自己族內的侄子陳嘏。事實上，在陳獨秀主編《新青年》的過程中，不時會遇到種種困難，其中「不足為外人道」的情況還有很多次，而像《青年雜誌》創刊號「讀者通信」一欄語焉不詳的情況也並非孤例。《青年雜誌》在刊行了第一卷之後，由於從封面設計到刊物名稱上多套用了當時上海基督教青年會機關刊物《上海青年》週報的版式，引起了基督教教會方面的不滿，教會與群益書社進行了交涉，《青年雜誌》被迫改名。汪原放回憶：「我的大叔說過，是群益書社接到上海青年會的一封信，說群益的《青年》雜誌和他們的《上海青年》（週報）名字雷同，應該及早更名，省得犯冒名的錯誤。」〔註14〕故而，在《新青年》第一卷和第二卷之間，存在著一段較長的空檔期，此時，與陳獨秀及胡適都有著頗深淵源的汪夢鄒已經向遠在美國的胡適約稿，稱「將來撰稿有需於吾兄者甚多，當求竭力相助。蒙許刻短篇小說，至為感謝無涯」，並承諾將胡適譯作的《決鬥》一詩交付由陳獨秀主持的《青年雜誌》出版，稱「《決鬥》一首，鍊與群益交誼極深，定無異詞」。〔註15〕由於長時間沒有刊登與否的消息，且長時間沒有見到新的一期《青年雜誌》的出版，於是胡適寫信給陳獨秀詢問這件事情：「二月三日，曾有一書奉寄，附所譯《決鬥》一稿，想已達覽。久未見《青年》，不知尚繼續出版否？今日偶翻閱舊寄之貴報，重讀足下所論文學變遷之說，頗有鄙見，欲就大雅質正之。……即祝撰安。」〔註16〕

　　從胡適來信的語氣中不難看出，陳獨秀遲遲未將其譯作發表一事已經使其極大不快，而信末尾「即祝撰安」四字則表明了胡適興師問罪之意，在他心中，《青年雜誌》仍是在按時出版著的，只不過是汪夢鄒與陳獨秀不錄用自己的稿件並且沒有給出任何的解釋和回音罷了。這讓陳獨秀不得不迅速對胡適的信件做出回應，除了刊登《決鬥》一文、胡適來信以及對胡適來信中有關文學改革的部分做了公開回應之外，陳獨秀還另外寄給胡適一封私信，信中多有賠禮道歉的意味：「適之先生左右：奉讀惠書，久未作覆，罪甚罪甚。《青年》以戰事延刊多日，茲已擬仍續刊。依發行者之意，已改名《新青年》，本月內可以出版。大作《決鬥》遲至今始登出，甚愧甚愧。尊論改造新文學意見，甚

〔註14〕汪原放：《回憶亞東圖書館》，上海：學林出版社，1983 年，第 32 頁。
〔註15〕汪夢鄒：《致胡適 19160519》，耿雲志、歐陽哲生編：《胡適書信集·上卷》，北京：北京大學出版社，1996 年，第 2 頁。
〔註16〕胡適：《致陳獨秀先生足下》，《新青年》，第 2 卷第 2 期。

佩甚佩。足下功課之暇，尚求為《青年》多譯短篇名著若《決鬥》者，以為改良文學之先導。弟意此時華人之著述，宜多譯不宜創作，文學且如此，他何待言。」〔註17〕對於胡適這樣一個在當時青年群體中頗有影響的青年作者，陳獨秀作為《青年雜誌》這樣一份在當時影響力十分有限的刊物的主編，一旦將之納入自己的撰稿人群體中，自然是不願意輕易失去的。然而，《青年雜誌》更名為《新青年》以及《新青年》遲遲不見出版的原因涉及太多的行業秘辛，這些都是身為撰稿人的胡適沒必要知道的，也是他不應該知道的，故而，陳獨秀將刊物不能按時出版的原因全歸結於國內混亂的局勢，這一方面能為刊物的延期做出一個較為合理的解釋，另一方面又能在最大限度上團結胡適這樣一個能夠起到重要作用的撰稿人，還能避免將涉及出版社內部的複雜人事公之於眾。在陳獨秀一公一私回覆胡適的兩封信中，可以說作為主編的他是頗費了一番心思的，而其對於胡適的解釋也頗有搪塞之嫌，但陳獨秀這樣做卻不是出於私心，也不是為了推卸責任，而是為了使刊物更好的發展，從陳獨秀辦刊所採用的策略中，可以體會到其為新文化打開一片天地時的篳路藍縷。

二、「雙簧信」：道與術的權衡

在《新青年》辦刊歷史上，另一次較為突出的採取策略的事件則是著名的「雙簧信」事件。按照文學史的經典表述，這次事件的過程是這樣的：「文學革命的主張，在思想禁錮的『無聲的中國』一時還沒有引起廣泛的社會反響，發難者們甚至有點寂寞。於是錢玄同和劉半農在《新青年》上發表了『雙簧信』，即由錢化名王敬軒給《新青年》寫信，模仿舊文人口吻，將他們反對新文學與白話文的種種觀點、言論加以彙集，然後由劉半農寫覆信，逐一辯駁，因而引起廣泛的注意。」〔註18〕事實上，當時《新青年》所面臨的情況遠不止「有點寂寞」這麼簡單。在一封寫給許壽裳的信件中，魯迅寫道：「《新青年》以不能廣行，書肆擬中止；獨秀輩與之交涉，已允續刊，定於本月十五出版云。」〔註19〕此時的《新青年》已經出版了四期，在三年多的運營過程中，

〔註17〕陳獨秀：《致胡適 19160813》，耿雲志、歐陽哲生編：《胡適書信集·上卷》，北京：北京大學出版社，1996 年，第 3 頁。

〔註18〕錢理群、溫儒敏、吳福輝：《中國現代文學三十年》，北京：北京大學出版社，1998 年，第 7 頁。

〔註19〕魯迅：《致許壽裳（180104）》，《魯迅全集·第 11 卷》，北京：人民文學出版社，2005 年，第 357 頁。

雖然銷量一再擴大，但是其無法拓展學生市場以外的利潤空間也成為了這份雜誌從誕生之初就一直無法克服的硬傷。1918 年前後，群益書店由於商務印書館的競爭，主持這個出版機構的陳子壽、陳子沛兄弟感覺到了很大的經濟壓力，故此，群益書店方面曾經一度想停掉這個雖然名聲遠揚但是卻無法為其帶來太多商業價值的刊物。這使當時作為《新青年》輪值編輯的錢玄同、劉半農等人不得不另闢蹊徑，採用一種較為具有策略性的手段來故意挑起讀者與編輯之間的矛盾，通過激化讀者群體之間的關係來進一步獲得銷量，以一種炒作的效應來使雜誌衝出學生群體的固定閱讀圈子。但是這次「雙簧信」事件給《新青年》帶來的不僅僅銷量的擴大，其負面效應也是不少。

最大的負面效應來自讀者，在劉半農回覆「王敬軒」的信件中，也許是由於要故意造勢，劉半農前所未有地對這封讀者來信展開了全方位的批駁，而在結尾處，劉半農對王敬軒的攻擊近乎針對人身的謾罵：「來信已逐句答畢，還有幾句罵人話，——如『見披髮於伊川，知百年之將戎』等，——均不必置辯。但有一語，忠告先生：先生既不喜新，似乎在舊學上，工夫還缺乏一點；倘能用上十年功，到《新青年》出到第二十四卷的時候，再寫書信來與記者談談；記者一定『刮目相看』！否則記者等就要把『不學無術，頑固胡鬧』八個字送給先生『生為考語，死作墓銘！』（這兩句，是南社裏的出品；因為先生喜歡對句，所以特向專門製造這等對句的名廠裏，借來奉敬，想亦先生之所樂聞也！）」[註20] 陳獨秀在創刊號中曾經聲稱設立讀者通信欄的目的在於「改造青年之思想，輔導青年之修養」，在達到這個目的的過程中，對一些與《新青年》辦刊思路或者宗旨相差太遠的青年來信有選擇地進行刊登，並加以規勸和批駁，自然是無可厚非的，然而，劉半農「生為考語，死作墓銘」的說法無異於在詛咒王敬軒早日歸西，而「到《新青年》出到二十四卷」的論斷更是對王敬軒本人極盡嘲諷，這無疑向讀者表明了《新青年》編輯們的專制，在他們的刊物上，是不允許其他和自己相違背的思想發出聲音的。對於青年而言，《新青年》曾經是在《甲寅》之後他們唯一可以互相對話、交通思想並藉由編輯們的回信解決心中疑惑的公共場域，但是，在劉半農回覆王敬軒信件之後，《新青年》讀者通信一欄已經顯示出了拒斥對話的傾向，這使得青年十分不滿，甚至一些青年人主動站到了王敬軒的一邊。

在之後不久的《新青年》第 4 卷第 6 期上，就有一名讀者以「崇拜王敬軒

〔註20〕記者（半農）：《致王敬軒》，《新青年》，1918 年，第 4 卷第 3 期。

先生者」直接致信主編陳獨秀，稱「讀《新青年》，見奇怪之言論，每欲通信
辯駁，而苦於詞不達意，今見王敬軒先生所論，不禁浮一大白。王先生之崇論
宏議，鄙人極為佩服；貴志記者對於王君議論，肆口侮罵，自由討論學理，固
應又是乎？」〔註21〕從來信內容看，此信的作者應該並不是對王敬軒的言論有
多麼的認可，事實上，在《新青年》讀者來信中，王敬軒並不是唯一支持舊文
學的人，往期也有張永言等青年讀者〔註22〕對推行新文化的方式、速度以及適
當與否提出過商榷的意見，王敬軒相對他們而言只是著述篇幅較長而已，並無
太多創見，青年讀者對其也沒有必要稱為「崇拜」，而且從這封來信的內容上
來看，也並沒有為王敬軒所言說的內容辯護。這位讀者對王敬軒的極盡讚美的
目的是為了批評《新青年》編輯對王敬軒來信的不容辯駁的態度。陳獨秀卻回
信說：「本志自發刊以來，對於反對之言論，非不歡迎；而答詞之敬慢，略分
三等：立論精到，足以正社論之失者，記者理應虛心受教。其次則是非未定者，
苟反對者能言之成理，記者雖未敢苟同，亦必尊重討論學理之自由虛心請益。
其不屑辯者，則為世界學者業已公同辯明之常識，妄人尚覆閉眼胡說，則唯有
痛罵一法。討論學理之自由，乃神聖之自由也；倘對於毫無學理毫無常識之妄
言，而濫用此神聖自由，致是非不明，真理隱晦，是曰『學願』；『學願』者，
真理之賊也。」〔註23〕從陳獨秀的「答言」中，很容易看出，陳獨秀對「崇拜
王敬軒先生者」為什麼會給《新青年》編輯寄出這樣一封信是心知肚明的。然
而，他卻將責任完全推卸到了「王敬軒」一方，並進一步稱王敬軒為「妄人」
「學願」「真理之賊」。尤其是「學願」一句，化用儒教根本經典《論語》中「鄉
原，德之賊也」的說法，不但攻擊了王敬軒，而且對所謂「崇拜王敬軒先生者」
也頗有映像之意，這就進一步激化了《新青年》編者和讀者之間的矛盾。

　　在數期之後，又有署名「戴主一」的讀者來信，就辱罵王敬軒一事質問
《新青年》諸編輯：「大志以灌輸青年智識為前提，無任欽佩。列『通信』一
門，以為辯難學術，發抒意見之用，更屬難得。尚有一事，請為諸君言之：通
信既以辯論為總，則非辯論之言，自當一切吐棄；乃諸君好議論人長短，妄是
非正法，胡言亂語，時見於字裏行間，其去宗旨遠矣。諸君此種行為已屢屢
矣；而以四卷三號半農君覆王敬軒君之言，則尤為狂妄。夫王君所言，發抒意

〔註21〕崇拜王敬軒先生者：《致獨秀先生》，《新青年》，1918 年，第 4 卷第 6 期。
〔註22〕參見《青年雜誌》，1916 年，第 1 卷第 6 期。
〔註23〕獨秀：《答言》，《新青年》，1918 年，第 4 卷第 6 期。

見而已，本為貴志特許；若以其言為謬，記者以學理證明之可也；而大昌厥詞，肆意而罵之，何哉？考其事雖出王君之反動，亦足見記者度量之隘矣。竊以為罵與諸君辯駁之人且不可，而況不與諸君辯駁者乎。若曾國藩則沉埋地下，不知幾年矣，與諸君何忤，而亦以『頑固』加之？諸君之自視何尊？視人何卑？無乃肆無忌憚乎？是則諸君直狂徒耳；而以『新青年』自居，顏之厚矣。願諸君此後稍殺其鋒，能不河漢吾言，則幸甚。」〔註24〕

　　相比「崇拜王敬軒先生者」的含蓄，戴主一的來信顯得更為直豁，不僅如此，戴主一的信中綿裏藏刀，先揚後抑地將《新青年》編輯們批評了一通，其信中層次分明且層層遞進，最後使得執筆回信的錢玄同竟無法找到合適的反駁之語，只能揪著戴主一信中提到的曾國藩來做文章，稱「獨至說了曾國藩為『頑固』，乃深為足下所不許」，〔註25〕其不但色厲而內荏，而且頗有些無理取鬧之嫌。再到後來，這場爭論在一名署名「Y.Z.」的讀者來信中被平息了，Y.Z.在來信中直接就點出了《新青年》在辦刊時所存在的問題。「貴志的通信欄，不過一個雄辯場罷了，沒有一些商榷的事情。我想我們中國正有無數青年男女，要與諸君商榷種種要事；你們可以新闢一欄麼？」Y.Z.無疑是支持《新青年》及其諸編輯的，他不但認為「貴記者對於此間的謬論，駁得清楚，罵得爽快；尚且有糊塗的崇拜王敬軒者等出現，實在奇怪得很。願你們再加努力，使這種人不再做夢。」而且還斥責《新青年》在宣傳白話文和革命思想的時候不夠大膽，不夠「專誠」。〔註26〕但就是這樣一位青年，對於「雙簧信」事件之後的《新青年》「讀者通信」欄仍是頗有微詞，認為其自由民主的氣氛不夠，不如另闢一欄。代為做答的劉半農在回信中談及有關王敬軒的事情也隱藏了之前的鋒芒，只是隨筆帶過地寫道：「先有王敬軒後有崇拜王敬軒者及戴主一一流人，正是中國的『臉譜』上注定的常事，何嘗有什麼奇怪？我們把他駁，把他罵，正是一般人心目中視為最奇怪的『搗亂分子』！」而關於「讀者通信」一欄，劉半農的回答也顯得「王顧左右而言他」，他說：「本志的通信欄，本來是『商榷』性質，並不專是『雄辯』。來信所說新聞一欄，似乎可以不必：因為通信欄，固然可以交換意見；便是具體的論文，也可在『讀者論壇』中發表。」〔註27〕至此，由王敬軒引發的《新青年》「讀者通信」欄的危機算是解除，《新青年》

〔註24〕戴主一：《致〈新青年〉諸君》，《新青年》，1918年，第5卷第1期。

〔註25〕記者（玄同）：《答言》，《新青年》，1918年，第5卷第1期。

〔註26〕Y.Z.：《致記者》，《新青年》，1918年，第5卷第3期。

〔註27〕記者（半農）：《答言》，《新青年》，1918年，第5卷第3期。

編輯們在市場上似乎贏得了新的讀者和新的銷量，但是其「讀者通信」欄卻失去了一部分讀者的心，也使得這份刊物越來越同人化，再到後來，所謂「讀者通信」也就淪為正文部分的延伸和補充，失去了其獨立的特殊價值。

在來自讀者方面的危機解除的同時，《新青年》編輯同人中也出現了分裂的朕兆，胡適從一開始就不贊成錢玄同和劉半農搞「雙簧信」這一套，在王敬軒的名字剛一出現的時候，胡適便寫信給朋友任鴻雋，告訴他這個人是一個子虛烏有的人物，但由於《新青年》在青年中良好的聲譽以及真誠的態度，竟導致任鴻雋不相信老朋友的話，稱：「王敬軒之信，雋不信為偽造者。一以為『君等無暇作此』，二則以為為保《新青年》信用計，亦不宜出此。莎菲曾云此為對外軍略，亦似無妨。然使外間知《新青年》中之來信有偽造者，其後即有真正好信，誰覆信之？又君等文字之價值雖能如舊，而信用必且因之減省，此可為改良文學前途危者也（雋已戒經農、莎菲勿張揚其事）。」〔註28〕不難看出，胡適在得知王敬軒為虛構的時候，情緒也是頗為複雜的，在《新青年》編輯部中，胡適也並不認為再有什麼值得信賴的人物，以致他不得不寫信向遠方可以信賴的友人任鴻雋、陳衡哲以及朱經農傾訴心中的痛苦，朋友們雖然表示理解，但是同時也提醒胡適，這種有損《新青年》信用的事情以後是萬萬做不得的。面對日益「悍」化的《新青年》雜誌，〔註29〕胡適對錢玄同等人的不滿最終化為一種情結，在錢玄同再次對來信的讀者張厚載出言不遜之後，胡適氣憤地寫信給錢玄同，說：「至於老兄以為若我看得起張厚載，老兄便要脫離《新青年》，也未免太生氣了。……我請他做文章，也不過是替我自己找做文的材料。我以為這種材料，無論如何，總比憑空閉戶造出一個王敬軒的材料要值得辯論些。老兄肯造王敬軒，卻不許我找張厚載做文章，未免太不公了。老兄請想想我這話對不對。」〔註30〕錢玄同在回信中也自認理虧，沒有正面回應王敬軒一事，只是說「老兄的思想，我原是很佩服的。然而我卻有一點不以為然之處：即對於千年積腐的舊社會，未免太同他周旋了。老兄可知道外面罵胡適之的人很多嗎？你無論如何敷衍他們，他們還是很罵你，又何必低首下心，去受

〔註28〕 任鴻雋：《致胡適》，耿雲志、歐陽哲生編：《胡適書信集・上卷》，北京：北京大學出版社，1996 年，第 14 頁。

〔註29〕 參見胡適：《新文學的建設理論》，蔡元培等著：《中國新文學大系導論集》，上海：良友復興圖書公司，1940 年，第 41 頁。

〔註30〕 胡適：《致錢玄同 19190220》，耿雲志、歐陽哲生編：《胡適書信集・上卷》，北京：北京大學出版社，1996 年，第 24～25 頁。

他們的氣呢？」〔註31〕胡適在回信中稱：「我所有的主張，目的並不止於『主張』，乃在『實行這主張』。故我不屑『立異以為高』。我『立異』並不『以為高』。我要人知道我為什麼要『立異』。換言之，我『立異』的目的在於使人『同』於我的『異』。」〔註32〕

　　胡適在這裡就直接明言了他與以錢玄同為代表的《新青年》編輯們在辦刊思路上不同，錢玄同、陳獨秀、劉半農等人給青年提供的只是「異」，但是並不讓青年知道為什麼要「異」，即他們只提供一種方法論，但是卻不把相應的世界觀帶給讀者，而胡適一上來就是要將世界觀和方法論一起告訴讀者，讓讀者自行選擇優劣。這些嚴重的分歧最終也成為了胡適退出《新青年》編輯同人的重要原因。

　　在胡適身上，新文化運動呈現出的是一種「道」的東西，「真誠」成為胡適在宣揚其思想時的表和裏；而對於陳獨秀、錢玄同和劉半農等人而言，「目的」才是第一位的，其中程序和過程的正義與否，他們並不關心。造成這種情況的原因可能有很多，但胡適和陳獨秀、錢玄同、劉半農等人的生活經歷是一個重要的原因。雖然胡適與劉半農同歲，比錢玄同僅小三歲，但是說到底，錢玄同和劉半農卻是真正投身於辛亥革命並成長起來的一代青年，從經歷上來講，兩人和陳獨秀有著更多的共同之處；而胡適在 1910 年正好出國，遠在美國的他並沒有親眼見識到辛亥革命及革命之後的風雲詭譎。經歷過辛亥風雲的陳獨秀、劉半農、錢玄同等人在辦刊過程中更多注意的是目的的達成，為了刊物的思想能夠傳播，各種手段都可以採用，無怪乎陳衡哲曾經稱錢玄同、劉半農的行為是「對外軍略」；胡適卻注意到了辦刊過程和刊物傳播結果，這使得他不能容忍借由傳播思想為名而對讀者進行的思想綁架和利用。《新青年》在辦刊之時就一直向青年宣揚「真誠」，就具體辦刊過程來看，陳獨秀等人在很多時候為了最終目的卻常常與其宣稱的精神背道而馳。相對而言，胡適的思想更接近於《新青年》所要面對的「新青年」。這也正是那個新舊雜陳的時代帶給啟蒙者的獨特精神色彩，新的和舊的並列雜陳，無法截然分開，從陳獨秀、劉半農、錢玄同等人身上，不難看到胡適在評價自己所做詩歌中「纏腳時代的血腥氣」。其實，早在陳獨秀與王庸工、章文治等人通信的時候，那種屬於辛亥一代青年與新文化

〔註31〕錢玄同：《致胡適 191902》，耿雲志、歐陽哲生編：《胡適書信集・上卷》，北京：北京大學出版社，1996 年，第 25 頁。

〔註32〕胡適：《致錢玄同 191902》，耿雲志、歐陽哲生編：《胡適書信集・上卷》，北京：北京大學出版社，1996 年，第 27 頁。

運動一代青年之間的精神分野就已經十分明顯了，從立論方式到關注重點，兩者都有著明顯的不同，僅憑陳獨秀一個人已經跟不上新出現的青年的步伐，但是《新青年》畢竟為這些青年人們提供了一個最初的公共言論空間，也正是由於這些從辛亥革命走出的青年用他們的一半尚在黑暗中的臂膀肩住了歷史的閘門，新文化運動走出的青年才能在光明中走得更遠。

第二節　新文化運動的情緒化傾向

一、情緒化的辦刊傾向

在較為宏觀的文學史書寫中，五四文學中表現出的情緒化傾向常常被人提及。錢理群先生就認為「在『五四』的『問題小說』和『人生派』寫實小說的作者群中，起初的創作都有一種普遍的主觀抒情傾向，這種傾向到後來才逐漸消退」，並稱這種主觀抒情的傾向是「那個富於個性與青春氣息的時代，給予文學的恩惠，也是中國文人固有的抒情氣質所造成的」。〔註33〕但是，如果回到五四文學的原點，即那個以《青年雜誌》創刊為邏輯起點的新文化運動中去，就會發現，這種情緒化的傾向不僅存在於五四時期具體的文學作品中，而且還彌漫在整個新文化運動的過程之中，並對這場運動造成了很大的影響。

有關新文化運動與五四運動之間的關係，學界歷來有兩種看法。〔註34〕但公允地說，五四運動確實是新文化運動的演進和發展，而作為一種普遍性的傾向，存在於五四新文學中的情緒化元素可以在新文化運動的發起階段找到源頭。可以說，新文化運動參與者的情緒以及情緒化的傾向對五四文學是有著很強的建構性作用的。

何謂情緒？按照辭書上的解釋，「情緒」指「人從事某種活動時產生的興奮心理狀態」。「情緒化」則指的是受情緒支配而不能夠理智地處理事情。〔註35〕作為發起新文化運動的第一人，陳獨秀在創辦《青年雜誌》的之初就有著

〔註33〕錢理群、溫儒敏、吳福輝：《中國現代文學三十年》，北京：北京大學出版社，1998 年，第 56 頁。

〔註34〕參見高全喜：《新文化運動和五四運動是兩檔事情》，《社會科學報》，2015 年 3 月 5 日；李維武：《割裂五四運動與新文化運動有違史實》，《中國社會科學報》，2015 年 4 月 3 日。

〔註35〕參見中國社會科學院語言研究所詞典編輯室編：《現代漢語詞典》，北京：商務印書館，2012 年，第 1062 頁。

很強的情緒化因素。

　　據主持亞東圖書館的汪夢鄒的侄子汪原放回憶，陳獨秀在 1913 年由安徽流亡上海的時候「沒有事，常要到我們店裏來。他想出一本雜誌，說只要十年、八年的工夫，一定會發生很大的影響」。〔註36〕陳獨秀的這一提議顯然完全未曾考慮亞東圖書館的實際運營狀況和汪夢鄒的經濟實力，他建議亞東圖書館「認真想法」，可是此時的亞東圖書館不但在其主營業務的地圖出版方面不甚理想，還肩負著章秋桐主編的《甲寅》雜誌的出版事宜，經濟壓力很大。汪夢鄒常常在日記中寫道「社務乏款，焦急之至」「蕪（蕪湖）款未至，焦灼萬分」，甚至連「暫借到洋五百元」都使其「真正可感」。〔註37〕在寫給胡適約稿的信件中，汪夢鄒也說「時局如斯，百業停滯，吾業尤甚，日夕旁皇，真不知所以善其後」，〔註38〕甚至亞東圖書館不得不緊縮房屋、減少人手，而汪夢鄒也一度兼做雜糧生意。〔註39〕可見，在《青年雜誌》創刊伊始，陳獨秀對這份新生的刊物有的只是滿腔熱情，這種熱情無疑來源於陳獨秀作為一個革命家對剛剛誕生的中華民國以及青年國民的責任感，但是必須承認的是，陳獨秀對《青年雜誌》未來的發展是缺乏計劃的。

　　主持《青年雜誌》並不是陳獨秀第一次僅憑著熱情就去投身出版行業的行動。早在 1904 年，陳獨秀就曾經借由蕪湖科學圖書社之力出版過名重一時的《安徽俗話報》，雖然這份報刊在民間反響強烈，但是陳獨秀激進的辦刊思路卻讓他的友人們頗感不安。在雜誌未曾出版之時，安徽仁裏私立思誠兩等小學堂的教師胡子承在一封寫給汪夢鄒的信中說道：「陳君重甫（即仲輔、獨秀先生）擬辦《安徽俗話報》，其仁愛其群，至為可敬、可仰；然內地風氣至為阻塞，加以專制之官吏，專與學堂、報館為仇，若無保護而行此與內地，恐後禍未可預測耳」。〔註40〕而當《安徽俗話報》刊行了一段時間之後，胡子承再次向出版方科學圖書社表達了自己的擔憂。「至《俗話報》出版以來，同人皆頗歡迎，而局外則多訾議。如『自由結婚』等語，尤貽人口實。其實此時中國人

〔註36〕汪原放：《回憶亞東圖書館》，上海：學林出版社，1983 年，第 32 頁。
〔註37〕汪夢鄒：《夢舟日記》，見汪原放：《回憶亞東圖書館》，上海：學林出版社，1983 年，第 32 頁。
〔註38〕汪夢鄒：《致胡適 19160519》，《胡適書信集·上》，北京：北京大學出版社，1996 年，第 2 頁。
〔註39〕汪原放：《回憶亞東圖書館》，上海：學林出版社，1983 年，第 34 頁。
〔註40〕胡晉接：《致汪夢鄒》，見汪原放：《回憶亞東圖書館》，上海：學林出版社，1983 年，第 13 頁。

程度至『自由結婚』尚不知須經幾多階級；若人誤於一偏，不將『桑濮成婚』概目為文明種子乎？」〔註41〕胡子承的這兩封信顯然出於一番好意，1904 年陳獨秀剛剛結束了在日本的流亡生涯，回國後，他也並未返回安徽，而是長期在上海協助章士釗主編《國民日報》。〔註42〕可以說，陳獨秀對此時安徽省內的政治文化語境是比較陌生的，在這種情況下，他將在海外以及上海看到的新的文化、新的思想譯介至尚未接受新文化、新思想的安徽內地，這一舉動顯然是十分危險的，胡子承的擔心也並非危言聳聽。胡子承希望陳獨秀在辦刊思路上能夠與負責《安徽俗話報》的科學出版社「諸同志」商議，以「更圖改良，立定宗旨」，〔註43〕但是就《安徽俗話報》的出版來看，這一建議顯然沒有獲得陳獨秀的認可，陳獨秀還是以其一腔熱血在這份劃時代的刊物上常為驚世駭俗之語，〔註44〕以至於到後來胡子承只能無奈地說：「重輔兄血性過人，於社事尤為關照，凡是請與酌行也。」〔註45〕

陳獨秀對於主持刊物的情緒化，不但反映在激進的辦刊思想上，還表現在對刊物存亡的態度上。陳獨秀的「血性」來自其對在中國大地上出現一個現代民族國家的渴望，在這種渴望的驅使下，陳獨秀對於刊物的存亡顯得並不是那麼在乎。這使得與之交往甚密的汪夢鄒頗為不解，他曾經與汪原放談及此事，說：「仲甫的脾氣真古怪哩。《安徽俗話報》再出一期，就是二十四期，就是一足年。無論怎麼和他商量，說好說歹，只再辦一期，他始終不答應，一定要教書去了。」〔註46〕可見，出版刊物並不是陳獨秀的理想。在 1904 年前後，由於尚未到革命的時機，興辦《安徽俗話報》只是陳獨秀由日本回國後「蟄伏」的一個表現。在當時的歷史條件下，他只能通過傳播新思想來延續其革命的行動，一旦有了革命的機會，陳獨秀就會立即拋棄手中的刊物投身到具體的革命中去。1905 年，當李光炯的安徽公學遷至安徽並集聚了一大批革命人物的時候，陳獨秀就毅然決然地放棄了已經打開局面的《安徽俗話報》，轉而在安徽

〔註41〕 胡晉接：《致科學出版社（1）》，見汪原放：《回憶亞東圖書館》，上海：學林出版社，1983 年，第 16 頁。
〔註42〕 參見唐寶林、林茂生：《陳獨秀年譜》，上海：上海人民出版社，1988 年。
〔註43〕 胡晉接：《致汪夢鄒》、《致科學出版社（1）》，見汪原放：《回憶亞東圖書館》，上海：學林出版社，1983 年，第 13、16 頁。
〔註44〕 參見唐寶林：《陳獨秀全傳》，北京：社會科學文獻出版社，2013 年。
〔註45〕 胡晉接：《致科學出版社（2）》，見汪原放：《回憶亞東圖書館》，上海：學林出版社，1983 年，第 17 頁。
〔註46〕 汪原放：《回憶亞東圖書館》，上海：學林出版社，1983 年，第 17 頁。

公學主持暴力革命組織「岳王會」。〔註47〕從陳獨秀對待其主持刊物的態度上，不難看出，陳獨秀對於革命只是有一個相對確定的目標，而對其過程，陳獨秀顯然是缺乏計劃的，這也正是其情緒化的表現。

　　《青年雜誌》的辦刊在很大程度上可以視作《安徽俗話報》的繼續。在《安徽俗話報》的發刊詞中，陳獨秀說：「人生在世，糊裏糊塗的過去，一項學問也不懂得，一樣事體也不知道，其不可恥嗎？」並認為辦刊的主要目的是「要把各處的事體說給我們安徽人聽，免得大家睡在鼓裏，外邊事體一件都不知道」以及「把各項淺近的學問，用通行的俗話講演出來，好叫我們安徽人，無錢多讀書的，看了這『俗話報』，也可以長點見識」；〔註48〕而在《青年雜誌》刊登於《甲寅》上的一則廣告中，陳獨秀寫道「本雜誌之主義」就是「與諸君共同研究商榷解決」「在國中人格居何等」「在世界青年中處何地位」「事功學業應遵若何途徑」「自策自勵之方法」等問題，並「解釋平昔疑難而增進其知識」。〔註49〕對比以上兩段具有綱領性質的辦刊文字，不難發現，從《安徽俗話報》到《青年雜誌》，陳獨秀的辦刊思路是一致的，而他重結果、輕過程的辦刊侷限也十分明顯，他在早期辦刊過程中對刊物缺乏明確的定位，很多事宜都是在摸索中前行。在一些寄給胡適的信中，這個問題表現得十分明顯：1916年8月，胡適來信詢問《青年雜誌》在第一卷後遲遲不見出刊一事，陳獨秀用「以戰事延刊多日」來搪塞過去，並向胡適約稿，稱「弟意此時華人之著述，宜多譯不宜創作，文學且如此，他何待言。日本人興學四十餘年，其國人自著之書尚不足觀也。譯文學本極難，況中西文並錄，此舉乃弟之大錯。……足下所譯擺倫詩，擬載之《青年》，可乎？」〔註50〕言下之意是讓胡適多為雜誌提供翻譯稿件；但是在不久之後的10月，陳獨秀在另一封信中又說：「文學改革，為吾國目前切要之事。此非戲言，更非空言，如何如何？《青年》文藝欄意在改革文藝，而實無辦法。吾國無寫實詩文以為模範，譯西文又未能直接喚起國人寫實主義之觀念，此事務求足下賜以所作寫實文字，切實作一改良文學論文，寄登《青年》，均所至盼。」〔註51〕對比兩封信，可以看出，後一封信

〔註47〕參見唐寶林：《陳獨秀全傳》，北京：社會科學文獻出版社，2013年。
〔註48〕三愛：《開辦〈安徽俗話報〉的緣故》，《安徽俗話報》，1904年，第1期。
〔註49〕《廣告》，《甲寅》，1915年，第1卷第9期。
〔註50〕陳獨秀：《致胡適19160813》，《胡適書信集‧上》，北京：北京大學出版社，1996年，第3~4頁。
〔註51〕陳獨秀：《致胡適19161005》，《胡適書信集‧上》，北京：北京大學出版社，1996年，第5頁。

在很大程度上否定了前一封信的觀點，也就是說，在短短的不到兩個月的時間裏，陳獨秀對如何通過文學在中國傳播思想、啟人心智的觀點已經發生了很大的變化，這種變化的根源在於陳獨秀主持刊物時更多地注目於「喚起國人寫實主義之觀念」這樣一個總的目標，而對於如何實現這個目標，他的思路則始終隨著對時勢的理解而變化。

這種不斷變化著的辦刊思路在後來也成為了陳獨秀與負責刊行《新青年》的群益書店走向分裂的重要原因。汪原放回憶，1920 年陳獨秀為了刊行《新青年》的「勞動節紀念號」，與負責群益書店的陳子沛、陳子壽兄弟發生了激烈的爭執，陳獨秀認為「《新青年》第七卷第六號『勞動節專號』（1920 年 5 月 1 日出版）雖然比平時的頁數要多得多，群益也實在不應該加價」，但是群益書店方面則認為「本期又有鋅板，又有表格，排工貴得多，用紙也多得多，如果不加價，虧本太多。」〔註52〕然而，出版方認為是重中之重的問題對陳獨秀來說根本不值一提。革命家的熱情再次使陳獨秀只看到了遠方目標的召喚而無暇顧及腳下的路徑，陳獨秀執意要出版這期紀念專號的後果是從群益書店中分裂出了「新青年社」，代價則是在出版方面失去了一個長期合作的夥伴以及一個有著豐富出版經驗的倚靠，以致這樣一份提倡「勞工神聖」的刊物卻一度因「鬧工資」而陷入停業。〔註53〕這種頗具戲劇性的現象背後，是陳獨秀情緒化的辦刊方式與現代出版業運作方式之間的矛盾。

有研究者認為「《青年雜誌》沒有成熟的辦刊思想，從第 1 號到第 4 號，《青年雜誌》的面目極不清晰，刊發的文章內容散亂蕪雜，沒有形成明確的辦刊宗旨和主導言論，也沒有找到與青年對話的共鳴點」。這種觀點是符合客觀事實的，但是認為「這反映出陳獨秀創辦《青年雜誌》極為急促，沒有思想上的充分醞釀與準備，更沒有成熟的辦刊思想」，〔註54〕卻是值得商榷的。陳獨秀在創辦這份後來在中國思想文化領域產生絕大影響的刊物時，與其說是「沒準備」或者「不成熟」，倒不如說是他將目光投射得太遠，以至於被一種激越的情緒所牽絆；然而，情緒化的辦刊特點給《青年雜誌》帶來的也不僅僅是負面的影響，作為新文化運動的主要刊物之一，從產生伊始就帶有的濃重情緒化色彩也恰恰成為了這份雜誌能和青年人保持共鳴的重要因素。

〔註52〕汪原放：《回憶亞東圖書館》，上海：學林出版社，1983 年，第 54 頁。
〔註53〕汪原放：《回憶亞東圖書館》，上海：學林出版社，1983 年，第 55 頁。
〔註54〕莊森：《飛揚跋扈為誰雄：作為文學社團的新青年研究》，上海：東方出版中心，2006 年，第 14 頁。

　　有研究者注意到「《新青年》為現代中國奉獻了兩個重要的東西：一個是倡導啟蒙文化運動，一個是倡導青春文化運動」，並認為「這個雜誌創刊初期，其關鍵詞並不是『德先生』，更不是『賽先生』，而是『青年』或『青春』」，〔註55〕這個判斷是準確的，正是「青春」使得陳獨秀本來可能會面臨很大問題的情緒化的辦刊理路得到了青年人群的歡迎。

　　翻閱《青年雜誌》及《新青年》中所收錄的讀者來信，不難發現，很多讀者都是抱著滿腔熱情寫信給陳獨秀的。其中包括詢問何處有良師益友的，如「穗欲習拳術，但未得良師。想滬上定有名人，懇示一二，並告姓氏地址為禱」〔註56〕「鄙人實久欲研究哲學者，然自民國元年畢業於師範學校以來，服務於鄉間，因問津之無從，竟數載於茲而未遂就學之志。足下信熱心指導之士，必能大發同情者」；〔註57〕有激揚文字在書信中指點江山的，如「青年學子，偶一不慎，輒為誨淫誨盜之說部所毒害，文字之禍人誠有甚於毒蛇猛獸」〔註58〕「近日邪說橫行，妖氣充塞，青年學子，茫茫然如墜大海」〔註59〕等。在青年的來信中，還有很大一部分是對自身的能力以及《青年雜誌》這樣一份在當時發行量並不是很大的刊物的過高估計，有人認為《青年雜誌》可以使青年人「得出陳陳相因醉生夢死之魔境，而覺悟青年人之責任，及修養身心之方法，以改良個人者改良社會，並改良一切。」〔註60〕有人提議《青年雜誌》「著論警告國人，勿為宵小所誤。」〔註61〕甚至有些青年還認為自己能夠「勉力毅進，一洗今世之頹風。務繼足下之後，使真正之人權，漸次還諸於個人。」〔註62〕自己的著作「他日刊布吾國，必能喚醒一般醉心軍國主義、功利主義者之迷夢」。〔註63〕

　　這些青年的滿腔熱情顯然是不符合當時社會歷史語境的，也是不實際的，但是就其本質而言，他們的豪言壯語和陳獨秀主持《青年雜誌》時的內在動因是一致的，即一種情緒化的驅使。《青年雜誌》讀者群的「青春」性質就意味

〔註55〕魏建、畢緒龍：《〈新青年〉與「新青年」》，《文學評論》，2007 年，第 4 期。
〔註56〕穗：《致記者》，《青年雜誌》，1915 年，第 1 卷第 4 號。
〔註57〕何世俠：《致記者》，《新青年》，1916 年，第 2 卷第 1 號。
〔註58〕李平：《致記者》，《青年雜誌》，1915 年，第 1 卷第 3 號。
〔註59〕李大魁：《致記者》，《青年雜誌》，1915 年，第 1 卷第 3 號。
〔註60〕畢雲程：《致記者》，《新青年》，1916 年，第 2 卷第 1 號。
〔註61〕王庸工：《致記者》，《青年雜誌》，1915 年，第 1 卷第 1 號。
〔註62〕何世俠：《致記者》，《新青年》，1916 年，第 2 卷第 1 號。
〔註63〕李平：《致記者》，《青年雜誌》，1915 年，第 1 卷第 2 號。

著他們的思想尚未完全成熟，比較容易被同樣思想和志向的聲音所吸引。正如當時雖然身在日本卻與國內新文化界聲氣相通的郭沫若詩中所說，其所尋找的是「與我的振動數相同的人」「與我的燃燒點相等的人」。在那個新的傳媒方式尚未真正介入文化傳播的年代裏，《青年雜誌》的「讀者通信」欄可謂是獨此一份，在這種語境下，青年人更願意通過這樣一個媒介來互相敞開心扉，正如郭沫若所說，願意把自己「公開」。〔註64〕雖然這些公開了的「心跡」很多顯得幼稚而不合時宜，但是，這正是青春的情緒在這本頗為情緒化的刊物上找到了共鳴。事實上，《青年雜誌》在陳獨秀的主持下呈現出的情緒化的辦刊傾向不僅沒有受到青年人們的排斥，反而在《新青年》改為六編輯協同辦刊後，許多青年倒開始抱怨這份刊物太過理性。1918 年，在日本留學的張資平就曾經在和郭沫若的對話中涉及了這個問題：「——『中國真沒有一部可讀的雜誌。』——『《新青年》怎樣呢》？』——『還差強人意，但都是一些啟蒙的普通文章，一篇文字的密圈胖點和字數比較起來還要多。』」〔註65〕這次討論的結果是郭沫若、張資平等人決心要創辦一份純文學的刊物。這也說明了在1918 年前後，當《新青年》已經成為青年精神界的一座地標的時候，接受了啟蒙的青年再也不滿足於思想上的突破，開始要向更加自我、更加私人化的情感領域找尋解放的途徑了。

1920 年前後，郭沫若、田漢、宗白華三人將其近一段時間來的通信整合在一起，結集出版了《三葉集》，在一封封的信件中，讀者不難體會到三名青年壓抑不住的情緒，並且與之產生共鳴。田漢在《三葉集》的序言中說道：「此中所收諸信，前後聯合，譬如一卷 Werther's Leiden，Goethe 發表此書後，德國青年中，Werther fieber 大興！Kleebaltt 出後，吾國青年中，必有 Kleeblatt fieber 大興哩！」〔註66〕可見，田漢對三人通信的期許是非常之高的，他認為「三葉」這種形式，即通信的這種形式，將和當年歌德出版《少年維特之煩惱》一樣，引發青年的傚仿和熱潮。事實上，在這之後不久，以郁達夫等人為代表作家的自敘傳小說和書信體小說的興起也證明了田漢的預言。田漢顯然

〔註64〕郭沫若：《序詩》，《郭沫若全集・文學編・第 1 卷》，北京：人民文學出版社，1982 年，第 3 頁。

〔註65〕郭沫若：《創造十年》，《郭沫若全集・文學編・第 12 卷》，北京：人民文學出版社，1982 年，第 46 頁。

〔註66〕田漢：《田漢序》，田壽昌、宗白華、郭沫若：《三葉集》，《郭沫若全集・文學編・第 15 卷》，北京：人民文學出版社，1982 年，第 3 頁。

是察覺到了什麼，才會對三人結集後的書信有如此高的期許，而宗白華所撰寫的序言則解答了這個問題，他說「諸君！我們為什麼要發行這本小冊子？我們刊行這本小書的動機，並不是想貢獻諸君一本文藝的娛樂品，做諸君酒餘茶後的消遣。也不是資助諸君一本學理的參考品，做諸君解決疑問的資料。我們乃是提出一個重大而且急迫的社會和道德問題，請求諸君作公開的討論和公開的判決！」〔註67〕可見，《三葉集》所要解決的問題和這一時期在思想界廣泛討論的新舊文學之爭以及通常意義上的學問沒有什麼關係，他們三人希望自己的討論從理性化的剖析中跳出，只去聽取其他青年發自內心的聲音。就像當年歌德筆下的少年維特一樣，郭沫若、田漢、宗白華等三人更希望看到的是青年互相敞開心扉，以這種書信的形式來彼此分享各自的痛苦和喜樂。雖然此時郭沫若等人有關詩歌創作的討論仍然在現代民族國家意識的統御之下，但是在三人的通信中，帶有理性主義色彩的「國家」、「民族」等詞語已經非常淡化，取而代之的是一些更為情緒化、更為感性的東西。

與胡適在和陳獨秀通信中提到的「嘗謂今日文學之腐敗極矣」「綜觀文學墮落之因，蓋可以『文勝質』一語包之」「年來思慮觀察所得，以為今日欲言文學革命，須從八事入手」等〔註68〕相比，郭沫若等人在通信中有關文學的文字就顯得更為情緒化，「我想我們的詩只要是我們心中的詩意詩境底純真的表現，命泉中流出來的 Strain，心琴上彈出來的 Melody，生底顫動，靈底喊叫；那便是真詩，好詩，便是我們人類底歡樂底源泉，陶醉底美釀，慰安底天國。我每逢遇著這樣的詩，無論是新體的或舊體的，今人的或古人的，我國的或外國的，我總恨不得連書帶紙地把他吞了下去，我總恨不得連筋帶骨地把他融了下去。」〔註69〕胡適認為，文學的內容是第一性的，文學的形式則承載著內容，如果文學要有所革新，則必將以新的形式來帶動新的內容，進而才能傳達出新的思想；而郭沫若則認為，文學的形式或者內容根本就不成為一個問題，他甚至迴避了一切與思想有關的內容，單單地去談論文學中的情感問題。再則胡適和陳獨秀等人討論的內容顯然是經過「年來」這樣較長的一段時間來深思熟慮過的，而在郭沫若寫給宗白華的信中，言及的內容

〔註67〕宗白華：《宗白華序》，田壽昌、宗白華、郭沫若：《三葉集》，《郭沫若全集・文學編・第 15 卷》，北京：人民文學出版社，1982 年，第 5 頁。

〔註68〕胡適：《致陳獨秀》，《新青年》，1916 年，第 2 卷第 2 號。

〔註69〕郭沫若：《致宗白華》，田壽昌、宗白華、郭沫若：《三葉集》，《郭沫若全集・文學編・第 15 卷》，北京：人民文學出版社，1982 年，第 13～14 頁。

都是作者瞬間的想法。郭沫若將這種想法付諸詩化的語言，在很大程度上，郭沫若對其心中詩的理解和他有關詩的言說風格是一致的，這在新文化運動中是難能可貴的。

二、兩代「青年」人的不同情緒

作為新文化與運動的領導者和參與者，在陳獨秀和胡適身上存在著一個很明顯的悖論，即相對於文學理論和文學改良或革命的思想而言，他們在文學創作方面的成績則顯得十分不足。魯迅曾經總結道：「凡是關心現代中國文學的人，誰都知道《新青年》是提倡『文學改良』，後來更進一步而號召『文學革命』的發難者。但當一九一五年九月中在上海開始出版的時候，卻全部是文言的。蘇曼殊的創作小說，陳嘏和劉半農的翻譯小說，都是文言。到第二年胡適的《改良文學芻議》發表了，作品也只有胡適的詩文和小說是白話。後來白話作者逐漸多了起來，但又因為《新青年》其實是一個論議的刊物，所以創作並不怎樣著重，比較旺盛的只有白話詩；至於戲曲和小說，也依然大抵是翻譯。在這裡發表了創作的短篇小說的，是魯迅。從一九一八年五月起，《狂人日記》，《孔乙己》，《藥》等，陸續的出現了，算是顯示了『文學革命』的實績，又因那時的認為『表現的深切和格式的特別』，頗激動了一部分青年的心。然而這激動，卻是向來怠慢了紹介歐洲大陸文學的緣故。」〔註70〕

從魯迅的言辭中可以發現，作為新文化運動的重要參與者，他對於這場運動在小說方面的成就還是不甚滿意的，他認為胡適等人雖然有深思熟慮，甚至分步驟進行的文學主張，但是沒有「實績」卻是他們的硬傷。同時，魯迅敏銳地察覺了，正是一種難以被置於理性範疇的東西導致了青年對自己初期小說創作的「激動」，「表現的深切」一詞中本身就蘊含著一種主觀的成分，而這種所謂「表現」，則是對陳獨秀、胡適等人在參與雜誌文章寫作過程中過於倚重理性化的「論議」的一種反正和調節。

對於此時的青年來說，他們更希望看到的是一種可以與自己內心直接產生聯繫的東西，而並非一種需要通過理性去分析才可以得出的答案。宗白華在給郭沫若的信件中說：「你是由文學漸漸的入於哲學，我恐怕要從哲學漸漸的結束在文學了。因我已從哲學中覺得宇宙的真相最好是用藝術表現，不是

〔註70〕魯迅：《小說二集導言》，《中國新文學大系·導言集》，上海：上海良友圖書印刷公司，1935 年，第 125 頁。

純粹的名言所能寫出的，所以我認將來最真確的哲學就是一首『宇宙詩』，我將來的事業也就是盡力加入做這首詩的一部分罷了（我看我們三人的道路都相同）。」〔註71〕可見，無論是郭沫若還是宗白華，都將感性的文學看作比理性的哲學更加重要的東西。在此時，對於這些被文學感召的青年而言，其最大的理想就是能夠用文學藝術的形式來揭示宇宙的真相，使自己的生命與萬物互通。這顯然並非純粹用某種文學理論以至於文學思想就可以概括和總結的，它更多的是一種情緒，是需要一種感性的因素來驅動的。

　　新文化運動辦刊時期的情緒化和新文化運動所發起的這一代青年人的情緒化之間實際上有很大的關聯。1919 年年初，陳獨秀在《新青年》上刊發了《本志罪案之答辯書》一文，聲稱：「本志同人本來無罪，只因為擁護那德莫克拉西（Democracy）和賽因斯（Science）兩位先生，才犯了這幾條滔天的大罪。……西洋人因為擁護德、賽兩先生，鬧了多少事，流了多少血，德、賽兩先生才漸漸從黑暗中把他們救出，引到光明世界。我們現在認定，只有這兩位先生可以救治中國政治上、道德上、學術上、思想上的一切黑暗。」〔註72〕把這段話看作對此前五卷的《新青年》思想的總結自然是不錯的，但是這種總結卻存在後設和反觀的成分太強的問題。如果回到《青年雜誌》創刊的語境中去，就會發現，陳獨秀在辦刊伊始，並沒有特意去提倡民主與科學，甚至還有意迴避與現實政治直接發生關聯。在《青年雜誌》的創刊號中，刊登了舊日與陳獨秀相識的王庸工寄來的一封信，信中希望陳獨秀能夠對當時的袁世凱政府籌劃復辟、破壞民國一事進行評論。王庸工說：「北京楊度諸人發起籌安會，討論國體問題是也。以共和國之人民，討論共和國體之是否適當，其違法多事，姑且不論。倘討論之結果，國體竟至變更，則何以答友邦承認民國之好意？何以慰清帝遜位之心？何以處今總統迭次向國民之宣誓？更可懼者，此邦官民，對於吾國國體變更，莫不欣欣然有喜色。口中雖不以為然，心中則以此為彼國取得利益莫大之機會，幾如歐戰發生時同一度態，此誠令吾人不寒而慄者也。」〔註73〕可以說，王庸工對袁世凱政府「籌安」以及「籌安」之後會發生什麼認識得十分深刻，不但如此，他還挖掘出了深植於中華民國國民精神深處的自私自利的通性。面對這樣一封有著一定深度的讀者來信，陳獨秀

〔註71〕宗白華：《致郭沫若》，田壽昌、宗白華、郭沫若：《三葉集》，《郭沫若全集·文學編·第 15 卷》，北京：人民文學出版社，1982 年，第 5 頁。
〔註72〕陳獨秀：《本志罪案之答辯書》，《新青年》，1919 年，第 6 卷第 1 號。
〔註73〕王庸工：《致記者》，《青年雜誌》，1915 年，第 1 卷第 1 號。

居然不為所動,在回信中答覆道:「尊欲本志著論非之,則雅非所願。蓋改造青年之思想,輔導青年之修養,為本志之天職。批評時政,非其旨也。國人思想,倘未有根本之覺悟,直無非難執政之理由。」〔註74〕陳獨秀之所以對袁世凱稱帝一事不予置評,在很大程度上還是由於其情緒化的辦刊思路決定的。此時的陳獨秀認為只要繼續他在《安徽俗話報》時期的辦刊理路,以豐富的知識來啟發民眾的心智,就可以達到警醒國民的效果。陳獨秀的想法顯然是固執的和不合實際的,這種想法實際上是把參與辛亥革命的經驗和思路平行移植道了新文化運動中去,卻忽視了《青年雜誌》和《安徽俗話報》所面對的不同的時代語境:《安徽俗話報》辦刊之時,作為一個現代民族國家的中國尚未形成,陳獨秀啟發民智在很大程度上是在創造一個新的語境,新語境與舊語境之間的對比使民眾很容易看出孰優孰劣;而在《青年雜誌》辦刊的時候,中華民國作為一個現代民族國家已經誕生數年,民眾們已經生活在這樣一個現代民族國家的語境當中,再以曾經的方式來啟發民智,對具體的事件而言,其功效顯然不會特別顯著。與其平淡的、博物式的譯介西方思想資源,此時的青年更希望看到的是一些有血性的文字,來從內部鞏固業已形成的現代民族國家的社會語境。陳獨秀辦刊的情緒化顯然沒有跟上湧動著的民族主義情緒。這也正解釋了《青年雜誌》在陳獨秀主筆期間一直沒法很好地打開青年市場的原因:陳獨秀固執地將辛亥革命一代青年的想法帶入新文化運動發生時的青年身上,產生於現代民族國家之前的思路已經不能很好地跟上青年要求對現實世界中種種政治文化事件進行闡釋的要求。

在新文化運動開始興起的年代,北京、上海乃至海外留學生聚集的城市,作為政治文化中心的意義已經被凸顯出來,大批外來的知識青年湧入其中。「內地風氣至為阻塞」的現象也隨著交通的發展和地域的融合被打破,五光十色的新世界使得雜誌這樣一種受到篇幅和文字限制的媒體,再也不能像中華民國產生之前發揮那麼大的作用了。面對這樣一些聞所未聞、見所未見的新生事物,青年更想知道的是這些都是什麼,該怎麼使用;面對隨之而來的種種意料之外的事件,青年在得到正確價值觀指引之前,也更需要的是一種方法論意義上的指導。

1918 年,聞一多在寫給弟弟的信件中提到了「清華第七週年紀念會,園內陳設布置,極精麗華膴之至。有各種成績展覽,有各種演操,有音樂會,有教育

〔註74〕陳獨秀:《記者答言》,《青年雜誌》,1915 年,第 1 卷第 1 號。

研究會，有化妝遊戲，有活動電影。」〔註75〕可以看到，對於此時剛從湖北來到政治經濟文化中心的北京的聞一多而言，上述活動無疑使其充滿了好奇和興趣，但是不久之後，當聞一多看到了《黑衣盜》《毒手盜》等宣傳低級趣味的電影在清華校園裏播放之後，他義憤填膺地在《清華週刊》上發表文章，說：「好片子，多謝你輸入無量的新財寶到我們智囊裏來了。若不是你的泓賜，這些財寶，我們除非鑽進地獄，那能找的這樣齊備？我們整星期囚在這『水木清華』的，但是平淡的世界裏，多虧你常常飼以『五花十色，光怪陸離』的地獄底風光，我們的眼福不小。」〔註76〕聞一多作為同屆青年之中的翹楚，尚不能很好地分辨 20 世紀先進科技帶來的善和惡，更何況那些以「趕時髦」為樂趣的一般青年。同一時期遊學上海的胡適也為十里洋場的繁華所吸引，在他的日記中常有如下的記載：「今日君墨建議，言蜀中每月初二、十六二日常釀賫會飲，今日十六矣，歲莫客懷，無以排遣，遂與李繼堯，李永清，徐子端，仲實，亮孫等七人飲於雅敍園。余素不叫局，同席者乃慫恿仲實令以所叫伎曰趙春閣者轉薦於余，此余叫局之第二次也。」〔註77〕雖然胡適也偶有「壯志隨年逝，鄉思逐歲添」〔註78〕的感慨，但是就其在上海遊學期間所記下的日記來看，其志多在冶遊。即便是之前在蜀中頗有豪言壯語的郭沫若到了東京之後便貪戀房州的山水及海水浴，久久不提學業之事。〔註79〕可見，無論是在北京、上海還是海外的大城市，20 世紀初葉紛至沓來的物質生活給莘莘學子的衝擊十分巨大，他們被眼前物質繁榮昌盛的景象遮蔽了眼睛，很難判斷自己將之於何處，一不留神就會隨波逐流。這時，那些尚還清醒的青年更加需要的是一種內心的共鳴，找到可以一直為伍的同志之輩，無論是文學、哲學或是其他學問，他們需要的不是學理化的探討，而是需要個人化的爭鳴；他們不想對萬物的義理做艱深的追究，而是更傾向於將視線投向身邊正在發生的事情，從中尋找解決自己問題的路徑。

〔註75〕聞一多：《致聞家駟》，聞立雕、聞銘、王克私整理：《聞一多全集·第 12 卷》，武漢：湖北人民出版社，1993 年，第 7 頁。

〔註76〕聞一多：《黃紙條告》，孫黨伯整理：《聞一多全集·第 2 卷》，武漢：湖北人民出版社，1993 年，第 26 頁。

〔註77〕胡適：《日記己酉年十二月十六日》，曹伯言整理：《胡適日記全編·第 1 卷》，合肥：安徽教育出版社，2001 年，第 5～6 頁。

〔註78〕胡適：《日記己酉年十二月三十日》，曹伯言整理：《胡適日記全編·第 1 卷》，合肥：安徽教育出版社，2001 年，第 12 頁。

〔註79〕參見郭沫若：《致父母（1914 年 7 月 28 日）》，郭沫若著，郭平英、秦川編注：《敝帚集與遊學家書》，北京：中國社會科學出版社，2012 年，第 190 頁。

　　陳獨秀顯然也意識到了這個問題。《新青年》發行多期之後，雖然「每期出版後，在北大即銷售一空」，〔註80〕但是其市場卻無法進一步發展，再加上物價飛漲，在 1918 年前後，看似興旺蓬勃的《新青年》雜誌卻由於經費短缺而幾乎陷入停刊的境地。一直無法很好地拓展市場的現實讓陳獨秀意識到了自己所堅持的辦刊思路與時代語境之間的隔閡，從 1918 年《新青年》改為六編輯輪流審稿之後所錄的篇目就可以看出，曾經較為多見的諸如《法蘭西人與近代文明》《卡內基傳》之類的介紹性文字，以及《青年論》《新舊問題》《婦人觀》之類大而化之的論說性文章逐漸減少，取而代之的是更加緊扣時代的《和平會議的根本錯誤》和更加貼近青年心理的《對於梁巨川先生自殺之感想》等文章。這使《新青年》這樣一份以青年為主要讀者的刊物真正開始從陳獨秀心中所認為的青年中走出，開始向生活在時代裏的青年的生活靠攏。從《自殺論》等篇目則可以看出，從自己的情緒化的辦刊思維中走出的陳獨秀也開始注意到青年在這個時代中的普遍化的情緒，深入青年的內心深處，成為青年真正的良師益友。這種由情緒入手感染青年人，再通過理性闡釋引起青年共鳴的做法也成為了《新青年》能在當時的新文化刊物中一直保持領軍地位的重要原因之一。

　　在新文化運動發起和進行的過程中，理性精神的燭照和啟蒙主義的光輝自然是不可抹煞的，但是仍然要注意到，在理性和啟蒙之下，無論是發起者還是具體的參與者，其內心深處情緒化、非理性的成分對這場運動的影響也是巨大的。然而，新文化運動從一開始就瞄準了「青年」這樣一個理性與情緒的矛盾體，正是在青年身上，新文化運動的主將們才能看到個人精神與時代語境之間的共鳴或離齬，這使得新文化運動始終在不斷拓展自己探索的邊界，成為了一個豐富、駁雜而又有著明確方向的獨特存在。也正是由於情緒化和青春傾向，才使得在新文化運動的參與者們身上，始終保持著一種對壓抑自己個性發展的舊時代的衝創意志以及一種酣暢淋漓的元氣，新文化運動不僅解放了人們的思想，更對剛誕生不久的中華民國的文化品格和精神取向有著強大的塑造作用。

第三節　對文學功用的認知

一、作為現實緩衝地帶的文學

　　自晚清詩界、小說界、文界三界革命開始，「文學」作為一個曾經有之，

〔註80〕張國燾：《我的回憶·第一冊》，上海：東方出版社，1980 年，第 40 頁。

而又隨著 20 世紀中國乃至世界民族主義思潮為中國所重新發現的存在，其在
這場民族主義思潮中的價值和作用一直是這場革命的發起者所重點思考的問
題之一。倡導詩界革命的黃遵憲就曾經設想過一種可以在社會結構上向下傳
遞普及思想和文化的文體形式，他認為：「文字者，語言之所從出也。……變
更一文體，為適用於今、通行於俗者……欲令天下之農工商賈，婦女幼稚，皆
能通文字之用」；〔註81〕而倡導小說界革命的梁啟超對文學功用的設想則更加
功利化，他認為：「小說有不可思議之力支配人道」，與黃遵憲相比，與其說梁
啟超看重文體的「新」，倒不如說更看重一種文體本身所固有的能力，梁啟超
發現小說「其淺而易解」「其樂而多趣」故而「人類之普通性」「嗜他書不如其
嗜小說」「故今日欲改良群治，必自小說界革命始；欲新民，必自新小說始」。
相比較之下，黃遵憲對詩界革命的認知顯然要比梁啟超對小說界革命的設想
要「開明」得多：在黃遵憲的設想裏，詩歌作為文學的重要組成部分，其改革
後所要達到的效果並不是在思想或者行動上綁架閱讀的民眾，而是要讓民眾
在對文學作品的閱讀中熟悉文字和語言，進而在本民族語言文字的基礎上形
成一種對民族國家新的認知；而梁啟超則不同，他通過文學對民眾進行的啟蒙
幾乎是強制性的，他站在接受學的視角上意識到了在「人類之普通性」中有著
對閱讀小說的渴求，故而試圖以綁架小說題材來控制民眾對小說的閱讀選擇，
進而以小說足以「支配人道」的「不可思議之力」來操控民眾。梁啟超有關「欲
新一國之民，不可不先新一國之小說。故欲新道德，必新小說；欲新宗教，必
新小說；欲新政治，必新小說；欲新風俗，必新小說；欲新學藝，必新小說；
乃至欲新人心，欲新人格，必新小說」〔註82〕的論斷其實是寄希望於意識形態
的「新」之上的，梁啟超與黃遵憲不同，他並不相信民眾有自我學習、自我更
新的能力，所以普通民眾是否能讀懂他理想中的文學作品並沒有納入他考慮
的範疇之內，其在小說界革命中的主張，更多的是為執政者考慮的。在梁啟超
的眼中，所謂文學，和政治其實是一體兩面的，其對文學的重視實際上是其政
治抱負不得施展的一種代償。自戊戌變法失敗之後，梁啟超遠遁日本，文學則
成為了他與國內清政府政權互動的唯一方式，故而文學之「用」成為了他重點
思考的問題，這不只關係著中國政治的興衰，還關係著梁啟超本人的命運。

〔註81〕（清）黃遵憲撰，王寶平主編：《日本國志・學術志二・卷三十三》，上海：上
　　　　海古籍出版社，2001 年，第 810～811 頁。
〔註82〕（清）梁啟超：《論小說與群治之關係》，《新小說》，1902 年第 1 期。

　　然而，在兩者動機相異的表象之下，黃遵憲和梁啟超在一個方面卻是互通的，即無論是兩者中的任何一個，都把文學看作革命的起點。站在文學史「後設」的角度來看，這一點似乎是順理成章的，但是如果回到當時的語境中來看，這只是問題的「然」，而不是「所以然」，為什麼革命的起點會是文學，這個問題也同樣存在於新文化運動的發生動因中，通過作家的書信、日記來對這個問題進行梳理，可以在最大程度上還原在革命對文學這一特殊的社會活動形式的選擇背後的真實。

　　按照形式主義的觀點來看，「文學作品的靈魂不是別的，而是它的形式……文學作品的內容（也包括靈魂）等同於它文體手法的總和」，「藝術永遠是獨立於生活的，它的顏色從不反映飄揚在城堡上空的旗幟的顏色」。〔註83〕也就是說，對文學作品來說，故事和現實之間存在一定區別，這個區別的實質就在於藝術自身的規律。這一觀點雖然有效地在藝術的自律範圍內解決了文學與現實之間的區別問題，但是它卻迴避了文學與現實之間的聯繫；以艾布拉姆斯為代表的後來者則將這一問題納入了思考範圍，他們認為文學中四個要素「世界」「作者」「讀者」和「作品」之間的關係並不是直接聯繫著的，「作品」是一個中保，而「世界」「讀者」和「作者」是通過這個中保有機地聯繫在一起的。〔註84〕如果結合二者來看，就會發現，出於某種原因，作者會意識到文學作品不能直接表現真實，在這種情況下，作者就不得不在文學的某一個要素上採用陌生化的手段來實現創作計劃的初衷，這樣一來，就不得不對文學在情節上採用陌生化的手段。

　　對現代中國文學的發展而言，這種情況也是明顯存在的。文學提供了一個可以使作者脫離由於批判現實而帶來的政治和人身風險的藝術空間，在這個空間裏，作者可以通過其想像，與讀者在精神上達到最快捷的互通，從而迴避由於直接干預現實而產生的種種問題。在中國文學的發展史上，對這種手段的選擇和使用是有一定的傳統的，孔子認為「《詩》可以興，可以觀，可以群，可以怨」，〔註85〕春秋戰國時期諸子百家中諸如莊子、韓非子等許多流派也多以文學性的故事來諷喻現實政治，而自晉代干寶始創「搜神」一類的文體，以言說傳說、故事來指代現實的文學傳統就一直流傳了下來；到了清代，這種文

〔註83〕劉象愚主編：《外國文論簡史》，北京：北京大學出版社，2005年，第261頁。
〔註84〕〔美〕M.H.艾布拉姆斯著，酈稚牛、張照進、童慶生譯：《鏡與燈：浪漫主義文論及批評傳統》，北京：北京大學出版社，2004年，第2頁。
〔註85〕語出《論語·陽貨》

學傳統在清中期盛行的文字獄的背景下被進一步放大，在政治禁忌的壓迫之下，文學從現實中遁入了想像裏，此時的一些作品，如《鏡花緣》《聊齋誌異》等，都傾向於將現實中所看到的牛鬼蛇神藉由一種詭誕玄奇的手法來表現出來。可以說，清末民初起源於梁啟超等人倡導的「三界革命」而產生的種種文學，正是繼承了這種政治諷喻傳統。在當時的很多所謂「政治小說」中，都可以看到這種言說方式，即：「話表孔子降生後二千五百一十三年，即西曆二千零六年，歲次壬寅，正月初一日，正係我中國全國人民舉行維新五十年大祝典之日。」〔註86〕或者是「話說亞細亞洲東半部溫帶之中，有一處地方，叫做自由村，那村中聚族而居，人口比別的村莊多上幾倍，卻推姓黃的族分最大。村前村後，分枝布葉，大都是黃氏子孫。」〔註87〕再或就是「這人來歷，說也奇怪，聽見他母親並未曾嫁過丈夫，到了七十多歲，忽然發了一個夢，夢見看了一部甚麼蟹行鳥書的冊子和一幅甚麼倚劍美人的圖畫，看了一會，那畫中美人驀地一撲，撲到他身上，便不見了，誰知夢醒起來，身體發病，腹中漸動，過了十個月零十五日，忽然生下一個孩子。」〔註88〕這些小說在敘述上都採用了一種迴避現實的策略，要麼在時間上往很久之後的未來延展，要麼在空間上虛構一個縹緲遙遠的地方，要麼借虛構古今傳奇來諷喻清朝政府，總而言之，他們都在刻意地迴避國家政治層面的內容，試圖以一種想像空間的虛構來代替對意識形態的直接干預。

　　這種現象可以看作一種「傳統」，傳統在形成後必然傾向於穩定，從晚清到民國，這種傳統並不會由於政體的更迭而一下子消失。相反的，在新文化運動的起始階段，這種對國家意識形態迴避的現象依然十分明顯。例如，魯迅在早期就常常翻譯西方科幻小說，其《狂人日記》就以一種「狂人」的視角來進行敘事和言說；到了郁達夫那裡，雖然已經有不少聲音表示文學要「為人生」，但是他還是有不少託古人故事以喻今的作品。背後的原因不但是一種傳統，還和這些作家們在登上文壇前與國家之間的關係有著很大的關聯。

　　曾經於 1920 年前後在中國詩壇掀起一陣「女神」浪潮的詩人郭沫若，

〔註86〕梁啟超：《新中國未來記》，阿英編：《晚清文學叢鈔・小說一卷・上冊》，北京：中華書局，1960 年，第 3 頁。

〔註87〕頤瑣：《黃繡球》，阿英編：《晚清文學叢鈔・小說一卷・上冊》，北京：中華書局，1960 年，第 167 頁。

〔註88〕嶺南羽衣女士：《東歐女豪傑》，阿英編：《晚清文學叢鈔・小說一卷・上冊》，北京：中華書局，1960 年，第 85 頁。

其小說創作與其詩歌創作的起始時間幾乎是同步的。1918 年,在九州大學帝國大學醫學部解剖室的「奇怪的氛圍氣中」,郭沫若「最初的創作欲活動了起來」。〔註 89〕1919 年,郭沫若在《新中國》雜誌上發表了他的第一篇小說《牧羊哀話》,耐人尋味的是,此時在詩歌中情緒高昂並叫喊著要做「二十世紀底亞坡羅」的「運轉手」的郭沫若,〔註 90〕小說中的情緒卻顯得十分低徊婉轉。這篇小說以日本吞併李朝之後的朝鮮為故事背景,由小姐閔佩荑牧羊這一事件,將閔佩荑和尹子英的悲劇性的愛情與朝鮮亡國的遺恨交織在一起。按照郭沫若公開的說法,他「只利用了我在一九一四年的除夕由北京乘京奉鐵路渡日本時,途中經過朝鮮的一段經驗,便借朝鮮為舞臺,把排日的感情移到了朝鮮人的心裏」。小說的「全部情節只是我幻想出來的,那幾首牧羊歌和一首《怨日行》,都是我自己的大作」,「那小說裏面所寫的背景,完全是出於想像」。〔註 91〕這番話大體上是客觀的,在郭沫若留學日本的路途中,確實有經過朝鮮的一段經歷,郭沫若在火車上還目睹了朝鮮的貧窮以及階級的分化:「令人驚異的是漢城的人家有一大半是茅屋。原來朝鮮的舊制要有官職的人才能蓋瓦屋,不然便儘管富裕都只得用茅屋。」〔註 92〕然而,對於《牧羊哀話》這篇小說的創作來說,距離這件「本事」的發生已經過去了五六年的時間,是什麼讓郭沫若又重新拾起這段舊事,並以之為題材開始了小說的創作呢?

在郭沫若回憶自己經由朝鮮遠赴日本的文字中,經常有關於日本人欺壓、歧視中國人的描述,如「男的用我所聽不懂的日本話在和同車的日本人打招呼。次瑜憤恨地附耳對我說:——『這傢伙可惡,他在罵我們,說有討厭的支那人同車,請別的日本人照應他的老婆』」。〔註 93〕「原來日本的頭二等車,每個車廂都有茶房的,有經驗的乘客,一上車便要把三五塊錢的外水給他們,

---

〔註 89〕郭沫若:《創造十年》,《郭沫若全集·文學編·第 12 卷》,北京:人民文學出版社,1982 年,第 57 頁。

〔註 90〕郭沫若:《日出》,郭沫若:《〈女神〉及佚詩》,北京:人民文學出版社,2008 年,第 55 頁。

〔註 91〕郭沫若:《創造十年》,《郭沫若全集·文學編·第 12 卷》,北京:人民文學出版社,1982 年,第 61~63 頁。文中 1914 年實為 1913 年末。

〔註 92〕郭沫若:《初出夔門》,《郭沫若全集·文學編·第 11 卷》,北京:人民文學出版社,1982 年,第 358 頁。

〔註 93〕郭沫若:《初出夔門》,《郭沫若全集·文學編·第 11 卷》,北京:人民文學出版社,1982 年,第 357 頁。

他們便招呼得很周到。我不用說是沒有經驗的，而且又是中國人，自然就不免要小小地受他們的欺負。」〔註94〕在郭沫若的言辭之中，對日本人的厭惡溢於言表。但是，《初出夔門》一篇文章創作於 1935 年，此時距離郭沫若途徑朝鮮已經過去了 20 餘年，時過境遷，即使郭沫若在文中的回憶全部屬實，其對中日關係的看法和情感取向也勢必會產生很大的變化，要在回憶中完全複製郭沫若此情此景的心態實屬強人所難。郭沫若在《初出夔門》中也說道：「我現在卻可以說：『像我這樣的一個無產者，要想進『王道樂土』，是難於一個鏽了的針要想穿進鋼板。』然而我真是可以自豪，在二十幾年前初來日本時，竟偶而取了陸上路線，得到了一個機會在火車上穿過了一次『王道』以前的『樂土』。」〔註95〕這更是明言了郭沫若在創作這篇回憶性文章的時候是包含著明顯的民族情緒的。那麼，想要還原郭沫若在創作《牧羊哀話》時的心裏狀態，就需要考察郭沫若 1913 年赴朝鮮時和 1919 年創作這篇小說時的共時性材料。

在登上去朝鮮的列車之前，郭沫若寄給了家中一封書信，信中寫道：「大哥決計命男東渡，茲已定明日搭京奉晚車，同張君次瑜（大哥同學），由南滿、朝鮮漫遊赴日。」〔註96〕雖然之後數月時間沒有書信往來，但是從到日本以後的信件文字中，郭沫若並沒有表現出對日本源自民族情緒的敵意，相反的，對於這一片以前從未到達過的土地，郭沫若表現出非常濃厚的興趣乃至好感。類似於「春風送暖，斗柄回寅，景物翻新，而男之吸納扶桑風水，不覺歲更月易矣。……此邦俗尚勤儉淡泊，清潔可風。男居此月餘，學業行修雖無增益，努力餐飯，自覺體魄頑健，精神爽活，僅此差足以慰答慈念。獨恨隔在天涯，定省不能，奮飛無翼，遙想玉體康寧，杖履洽吉為禱。」〔註97〕這樣的文字也經常出現在郭沫若的家書之中。可以看出，對於剛到日本的郭沫若來說，日本的風物習俗有著頗多的可取之處。郭沫若還認為日本在飲食和運動方面比國內要強很多，他明顯感到身體和精神都變好了，乃至「日日在海邊浴沐，已能浮水至五六丈遠。風吹日曬，身體全黑，……精神健旺，體魄蠻強，飯食每膳六七碗，比從前甚有

〔註94〕郭沫若：《初出夔門》，《郭沫若全集·文學編·第 11 卷》，北京：人民文學出版社，1982 年，第 361 頁。

〔註95〕郭沫若：《初出夔門》，《郭沫若全集·文學編·第 11 卷》，北京：人民文學出版社，1982 年，第 353 頁。

〔註96〕郭沫若：《致父母（1913 年 12 月 25 日）》，郭沫若著，郭平英、秦川編著：《敝帚集與遊學家書》，北京：中國社會科學出版社，2012 年，第 179 頁。

〔註97〕郭沫若：《致父母（1914 年 2 月 13 日）》，郭沫若著，郭平英、秦川編著：《敝帚集與遊學家書》，北京：中國社會科學出版社，2012 年，第 181 頁。

可觀也。」〔註98〕雖然到了 1914 年的下半年，由於日本與德國交惡出兵山東半島，郭沫若曾一度稱其為「鬼國」，〔註99〕但是得知中國並不會因此向日本宣戰後，郭沫若又稱「中日兩國將來可告無事。男居此間，別無他慮也。」〔註100〕

從這些信件中不難看出，其自傳中所言的對日本人的厭惡對已經到日本有一段時間的郭沫若而言是並不存在的，相反的，在郭沫若眼中，日本是一片比清末民初的中國更加適合生存和更加有生機活力的地方，他不但慢慢適應了日本的學習生活，在精神上慢慢變得有所餘裕，而且還給家中寫信，力勸弟弟郭開運也來日本學習。他建議郭開運「今歲畢業後，可急行東渡。如臘初畢業，臘中旬即須起身，家中亦不可少為留連。以限半年，須考得官費。早一日來東，於語言上得多一分聞見也。（同學中如志願相同，不妨約作同行最佳。）考上官費，便是好算盤，國內無此便宜，而學科不良，校風確劣無論矣。」〔註101〕「元弟今年畢業，即速來東，休自誤也。」〔註102〕甚至郭沫若還對父母說過「元弟可許容再出門讀書否？……元弟天性篤厚，尊重自持，苟志於學，學無不成。比男之輕浮無力，實為遠甚。父母如不忍割慈，則男頗有以身易元弟出門讀書。」〔註103〕可見，郭沫若對日本的文化和學術氛圍還是頗為傾心的。不僅如此，如果細讀郭沫若與父母及郭開運談及赴日留學的信件，還能發現郭沫若在權郭開運東行的時候還著重提到了一個問題，那就是官費。

在郭沫若留學日本的時候，曾經作為家族中重要經濟支柱之一的大哥郭開文因上司尹昌衡「一敗塗地，幾乎有宣布死刑之說」〔註104〕，失去了工作；郭沫若留學日本期間，家中還發生了很多事情，以至於經濟一度拮据，郭開文

〔註98〕郭沫若：《致父母（1914 年 9 月 6 日）》，郭沫若著，郭平英、秦川編著：《敝帚集與遊學家書》，北京：中國社會科學出版社，2012 年，第 194 頁。

〔註99〕郭沫若：《致父母（1914 年 8 月 29 日）》，郭沫若著，郭平英、秦川編著：《敝帚集與遊學家書》，北京：中國社會科學出版社，2012 年，第 193 頁。

〔註100〕郭沫若：《致父母（1914 年 9 月 6 日）》，郭沫若著，郭平英、秦川編著：《敝帚集與遊學家書》，北京：中國社會科學出版社，2012 年，第 194 頁。

〔註101〕郭沫若：《致父母（1914 年 7 月 28 日）》，郭沫若著，郭平英、秦川編著：《敝帚集與遊學家書》，北京：中國社會科學出版社，2012 年，第 190 頁。

〔註102〕郭沫若：《致父母（1914 年 7 月 28 日）》，郭沫若著，郭平英、秦川編著：《敝帚集與遊學家書》，北京：中國社會科學出版社，2012 年，第 191 頁。

〔註103〕郭沫若：《致父母（1916 年 12 月 27 日）》，郭沫若著，郭平英、秦川編著：《敝帚集與遊學家書》，北京：中國社會科學出版社，2012 年，第 236 頁。

〔註104〕郭沫若：《致父母（1914 年 3 月 14 日）》，郭沫若著，郭平英、秦川編著：《敝帚集與遊學家書》，北京：中國社會科學出版社，2012 年，第 185 頁。

還曾因為「家中、手中均甚枯窘」〔註105〕的緣故，打算推遲女兒的婚事。在這種情況下，官費的意義就顯得十分重要，郭沫若在給郭開運的信件中，就數次提到「考取官費」是赴日留學的必要條件。而且，在後來的一些具體事件中，「官費生」和「私費生」的表現是截然不同的。

1915 年，當日本向袁世凱政府提出了喪權辱國的「二十一條」，交涉期間，中日關係一度跌至低谷。在這種外交背景下，許多留日學生紛紛回國，而郭沫若則按兵不動，並在給父母的信件中提及了其沒有回國的原因，即「吾川地僻，消息不寧，想傳聞溢實，必更加一層喧騷駭異也。男居此邦，日內仍依然上課。留學界雖有絡繹歸國者，然多屬私費生，至官費學生，則並未曾動也。」〔註106〕對於官費學生來說，留學事宜涉及國家層面上的問題，其心態要比私費學生有恃無恐，但也正由於涉及國家層面，官費學生在處理一些問題的時候顯得比私費學生要拘謹，涉及到發表文字的問題則更是如此。《牧羊哀話》本就是一篇具有反日情緒的小說，郭沫若談及創作背景時提到了「一九一九年。綿延了五年的世界大戰告了終結，從正月起，在巴黎正開著分贓的和平會議，因而『山東問題』又鬧得甚囂且塵上來了。」〔註107〕據研究者考證，這篇文章中的「悲戀」主題還涉及朝鮮李王朝世子李垠與朝鮮貴族女性閔甲完、日本皇族女性梨本宮方子之間的愛情悲劇與政治婚姻。〔註108〕在這種國際政治背景下，中日關係又趨於緊張，中國國內反日呼聲高漲，此時以官費留學生身份留在日本的郭沫若自然不能直接碰觸敏感話題，同時，郭沫若還在力勸家中晚輩赴日讀書，認為此時是郭開運赴日學習的最後時機，「鹿蘋於九月內還要來的，來時令元弟帶同宗仁、宗益及張侄來留學，甚為妥當也。元弟能來，不消如男一樣再進大學，只須進高等專門，為時甚快，至多只要四五年便可畢業，正可與男同路歸國也。」〔註109〕這就使他更加不能直接抨擊日本政府了。

〔註105〕 郭沫若：《致父母（1914 年 6 月 21 日）》，郭沫若著，郭平英、秦川編著：《敝帚集與遊學家書》，北京：中國社會科學出版社，2012 年，第 188 頁。

〔註106〕 郭沫若：《致父母（1915 年 3 月 17 日）》，郭沫若著，郭平英、秦川編著：《敝帚集與遊學家書》，北京：中國社會科學出版社，2012 年，第 208 頁。

〔註107〕 郭沫若：《創造十年》，《郭沫若全集·文學編·第 12 卷》，北京：人民文學出版社，1982 年，第 62 頁。

〔註108〕 〔日〕藤田梨那：《關於郭沫若〈牧羊哀話〉的背景及創作意圖之考察梗概》，《郭沫若學刊》，2003 年，第 1 期。

〔註109〕 郭沫若：《致父母（1919 年 3 月 31 日）》，郭沫若著，郭平英、秦川編著：《敝帚集與遊學家書》，北京：中國社會科學出版社，2012 年，第 256 頁。

　　縱觀郭沫若此時的創作，不難發現，此時的郭沫若並非是一個會將自己情感深藏的人。在同一時期寫給宗白華討論有關詩歌形式的信中，郭沫若認為「這種詩底波瀾，有他自然的週期，振幅（Rhythm；），不容你寫詩的人有一毫的造作，一剎那的猶豫，硬如哥德所說連擺正紙位的時間也都不許你有」；〔註110〕在其同一時期創作的詩作中，這種情感的外溢則更為明顯。從以上分析中不難看出，對於「二十一條」事件，身在日本的郭沫若是不可能不為之所動的，而他的留學生身份又大大限制了情感在文學上的發揮，所以這種情感必須以另外一種形式流露出來，而朝鮮李氏王朝後裔與日本皇室女子的政治婚姻正好給了郭沫若一個契機，使他能夠以諷喻的形式將心中的鬱結排遣出去。

　　在20世紀初期的中國，文學成為一個可以投射政治的鏡子，通過文學作用於政治，可以在最大程度上避免作家與國家意識形態發生正面衝突，可以說，此時的文學在作家政治理想與國家現實之間形成了一個緩衝地帶，平衡著由於理想和現實之間差距而導致的種種矛盾。

　　本尼迪克特・安德森認為「民族」一詞「是一個不可能享有專利權的發明」，「它變得能夠被廣泛而多樣的，有時候未曾預期的人所盜用」。〔註111〕也就是說，現代民族國家在構建的過程中，各項元素都是可以做多種解釋的，這種解釋有時甚至會把現代民族國家的建設推向了反面，一旦出現這種情況，如果直接作用於現實政治領域，後果必將是嚴重的。民元以來發生的種種「復辟」事件就是這種反向作用危害的體現。如果站在現代民族國家的立場上，文學還可以視作一個試驗場，種種關於民族國家建設的想像都可以在這個試驗場上得到運行，相比於直接作用於國家的生產生活領域，在文學領域內的民族國家想像顯得成本低廉，最重要的是，它不會帶來任何政治風險，所以文學在這一時期成了各類人物關注的對象。

二、作為政治實驗空間的文學

　　1919年，胡適出版了具有劃時代意義的詩集《嘗試集》，在為詩集序言做結論時，胡適說道：「『嘗試成功自古無！』放翁這話未必是。我今為下一轉語：『自古成功在嘗試！』」並稱「我生求師二十年，今得『嘗試』兩個字。作詩做

〔註110〕田壽昌、宗白華、郭沫若：《三葉集》，上海：亞東圖書館，1920年，第8頁。
〔註111〕〔美〕本尼迪克特・安德森著，吳叡人譯：《想像的共同體：民族主義的起源與散佈》，上海：人民出版社，2003年，第81頁。

事要如此，雖未能到頗有志。作『嘗試歌』頌吾師，願大家都來嘗試。」〔註112〕
不難看出，胡適對於自己開創的新詩是非常自豪的。在這部詩集的再版自序中，
胡適又說：「不料居然有一種守舊的批評家一面誇獎《嘗試集》第一編的詩，
一面嘲笑第二編的詩；說《中秋》《江上》《寒江》，……等詩是詩，第二編最後
的一些詩不是詩；又說，『胡適之上了錢玄同的當，全國少年又上了胡適之的
當！』」〔註113〕胡適提到的第一編中幾首詩皆為舊體詩歌，且格律較為整飭，
而第二編中的詩歌多為新詩。胡適在肯定自己為中國現代文學的新詩作出開創
性貢獻的同時，也承認自己的侷限，即他在後來所說的「年年的鞋樣上總還帶
著纏腳時代的血腥氣」。〔註114〕對胡適而言，《嘗試集》中所收錄的詩歌已經是
其在創作白話文或者新詩領域進行探索的極限，但是這種極限不僅在其反對者
處被認為是失敗的，是「受了騙」，在其支持者那裡也是被質疑的。

　　在收到胡適的《嘗試集》後，錢玄同在日記中寫道：「適之之《嘗試集》
寄到。適之此集是他白話詩的成績，而我看了覺得還不甚滿意，總嫌他太文
點，其中有幾首簡直沒有白話的影子。我曾勸他既有革新文藝的宏願，便該儘
量用白話去做才是，此時初做，寧失之俗，毋失之文。」〔註115〕在給胡適的
信件中，錢玄同也說：「惟玄同對於先生之白話詩，竊以為猶未能脫盡文言窠
臼。」〔註116〕對比錢玄同的書信和日記，不難看出，由於「同抱文學革命之
志」，錢玄同對胡適「非敢於尊作故意吹求」，〔註117〕在錢玄同自己看來，胡
適的《嘗試集》二編中那些工於平仄的文字已經不屬於白話詩的範疇，胡適收
錄了這些詩，就等於背離了文學革命，向舊文學的勢力低頭。在為《新青年》
審稿的過程中，錢玄同的這一觀點則更加明顯：「略檢青年諸稿，有劉延陵論
文學二篇，筆雜已甚。又有某氏之論理學稿，推說論理學之名可包名學、因
明、Logic，而 L 不足以盡論理學。這是什麼理，真是胡說亂道。還有一篇文

〔註112〕　胡適：《〈嘗試集〉自序》，歐陽哲生主編：《胡適文集·第9卷》，北京：北京
　　　　　　大學出版社，1998年，第83頁。
〔註113〕　胡適：《〈嘗試集〉再版自序》，歐陽哲生主編：《胡適文集·第9卷》，北京：
　　　　　　北京大學出版社，1998年，第85頁。
〔註114〕　胡適：《〈嘗試集〉四版自序》，歐陽哲生主編：《胡適文集·第9卷》，北京：
　　　　　　北京大學出版社，1998年，第91頁。
〔註115〕　錢玄同：《日記（19191022）》，楊天石主編：《錢玄同日記·上》，北京：北京
　　　　　　大學出版社，2014年，第324頁。
〔註116〕　錢玄同：《致胡適（19170702）》，《新青年》，1917年，第3卷第6號。
〔註117〕　錢玄同：《致胡適（19170702）》，《新青年》，1917年，第3卷第6號。

章是論近世文學的，文理不通、別字滿紙，這種文章也要登《新青年》，那麼《新青年》竟成了毛廁外面的牆頭，可以隨便給什麼人來貼招紙了。哈哈！這真可笑極了。」〔註118〕從錢玄同的言談中可以看出，他對於新文化運動以及《新青年》的期許是頗高的，同時，這也導致了他對白話文改革的態度比胡適要更加激進。按照錢玄同的思路，廢棄文言文和舊體詩是一件可以通過堅決的態度來實現的事情，他認為「我近日想這漢文實在是要不得的東西。論其本質，為象形字之末流，為單音語之記號。其難易巧拙已不可與歐洲文字同年而語矣。」即使不能畢其功於一役，通過「對於漢文限制字數，改變文語，以專讀新編之教科書」等具體行動，也可以在最大程度上限制文言文的發展。

　　雖然錢玄同對白話革命的設想有一定的合理性，但是如果站在民族國家的角度來看，這種設想在實踐上是不現實的：首先，語言承載著思維，它可以被看作民族精神的外在呈現形式，並不是通過強制干預就可以一下子改變的，錢玄同的語言改革思路在後續的歷史中也不斷地反思。早在新文化運動取得「實績」不久的 1923 年，在這場運動中成長起來的青年瞿秋白一語點破新文學中存在著的語言問題，即現實性和民族性的問題。瞿秋白認為由這種語言形式構成的現代中國文學無疑是失敗的，看似成果頗豐的中國文壇實際上只是一片「無邊無際的荒涼的沙漠」，其作品實在乏善可陳，「魯迅先生雖然獨自『吶喊』著，只有空闊裏的回音；周作人先生的『自己的園地』，也只長出幾株異卉，那裡捨得給駱駝吃？」瞿秋白敏銳地看到對於剛剛誕生的中國新文學而言，這種繁榮背後的頹敗的根本原因在於文學革命的路徑出了問題：「文學革命的勝利，好一似武昌的革命軍旗；革命勝利了，軍旗便隱藏在軍營裏去了，——反而是聖皇神武的朝衣黼黻和著元妙真人的五方定向之青黃赤白黑的旗幟，招展在市儈的門庭。文學革命政府繼五千年牛鬼蛇神的象形字政策之後，建設也真不容易。『文學的白話，白話的文學』都還沒有著落。『民族國家運動』在西歐和俄國都曾有民族文學的先聲，他是民族統一的精神所寄。『中國的拉丁文』廢了，中國的現代文還沒有成就。」〔註119〕在瞿秋白看來，限制中國新文學發展的關鍵問題就在於語言，中國文學做出與文

〔註118〕錢玄同：《日記（19180102）》，楊天石主編：《錢玄同日記・上》，北京：北京大學出版社，2014 年，第 326 頁。

〔註119〕陶畏巨：《荒漠裏——一九二三年之中國文學》，《新青年》（季刊）1923 年第 2 期。

言文徹底告別的姿態的同時，也失去了本民族獨有的精神。如果沒有內在的民族精神作為支撐，語言的背後就會是空洞無物的，更遑論中華民族共通的情感和思想了，而情感和思想對文學而言是至關重要的。其次，在錢玄同大力倡導語言革命的年代，中華民國作為一個誕生時間還不及十年的新生現代民族國家，面臨的內憂外患是極其嚴重的。來自語言方面的斷裂式革命無疑會給本來就不甚穩固的中華民國的政治基礎以沉重的一擊。在 1923 年前後，新文化運動的種種努力也如其倡導者意料的那也，終於獲得了來自官方的回聲，可以看到以下條例，即按照課程標準的規定：「（二）第一學年選文：語體文居十之六七，文言文居十之三四。（三）第二學年選文：語體，文言各半。（四）第三學年選文：文言文居十之六七，語體文居十之三四。（五）第一學年語體文法，以一學年為一圓周：授簡易詞性，簡易句法，及簡易標點符號。（六）第二學年文法，以一學年為一圓周，仍以語體為主；但比上學年加詳；並隨時用文言舉例參照。」〔註 120〕這種課程標準的設置雖然從根本上確立了語體文在教學領域的主體性地位，以官方的力量將胡適等人提出的「文學的國語」設想推行下去，但是在形式上對文言文存在的合理性方面也有著較大程度的讓步。原因就在於如果一下子就從語言上改變中華民國國民對世界的認知方式，帶來的一系列變化將是不可預知的，這對於剛成立不久的國家來說顯然是其不想面對也無力承擔的。

在這種情況下，文學作為現實世界的投射，以其可塑性和可假設性成為了現實政治最好的試驗場所，它可以在假設的世界裏以一種「嘗試」的態度來介入現實生活的一些具體事件，從而使讀者在現實生活中找到一種確據和方向。

1915 年，身在美國波士頓的胡適在日記中記載了他與友人討論「意中之輿論家」的結果，其中包括以下幾項：「須能文，須有能抒意又能動人之筆力」「須深知吾國史事時勢」「須深知世界史事時勢。至少須知何處可以得此種知識，須能用參考書」「須具遠識」等。〔註 121〕如果對比後來胡適的《文學改良芻議》中有關文學的認識，就會發現，其在日記中所言各項與後來所提到的文

〔註 120〕　《新訂初級中學各科課程標準：初級中學國文科課程大綱》，《教育叢刊》，
　　　　　 1923 年，第 3 卷第 7、8 集。
〔註 121〕　胡適：《日記 19150127》，曹伯言整理：《胡適日記全編·第 2 卷》，合肥：安
　　　　　 徽教育出版社，2001 年，第 14 頁。

學改良「八事」有著很大的關聯，尤其是其「第八事」——不避俗字俗語，胡適上徵唐宋，認為「吾國言文之背馳久矣」，下引元明，認為「中國文學當以元代最盛」，並遠接「但丁、路得」等西方方言文學改良者的事蹟，〔註122〕言下之意和之前日記中所提到的「遠識」「深知史事時勢」對應。胡適認為文學是培養發現自己「意中之輿論家」的最好方式：其一，通過對文學的書寫，可以促進作者們對於「史事時勢」的瞭解，為「輿論家」的出現做好了知識上的準備；其二，通過建立文學與現實之間的關係，作者們可以自發地通過文學來干預現實，將文學中的理想引入現實政治文化層面，從而對社會起到干預作用；其三，通過言文一致，可以使更多的讀者接收到作者們思想，從而使「輿論家」的「輿論」得以更廣泛地傳播，使文學獲得更廣泛的社會效應。不難看出，胡適也在試圖通過文學在理想與現實之間建立一個緩衝地帶，使兩者不會因為直接接觸而導致劇烈的衝突。

　　胡適不僅是這種文學思想的倡導者，還是其重要的執行者。當面對重大政治事件的時候，胡適的第一反應往往就是拿起筆來，創作一些論說類文字來闡明自己的立場。1915 年日本侵佔山東，胡適在日記中寫道：「自中日最近交涉之起，吾國學子紛紛建議，余無能逐諸少年之後，作駭人之壯語，但能斥駁一二不堪入耳之輿論，為『執筆報國』之計，如斯而已矣。」〔註123〕雖然胡適在此處並未明言，但是可以明顯看出，胡適對於空放豪言壯語的青年是十分不屑的，與那些試圖直接干預政治的言論相比，胡適更重視的是文學的間接輿論導向性，即用一些更實際的文字去潛移默化地影響民眾，乃至影響政治。正如胡適在同一時期寫給美國《新共和國週報》的信中所言：「貴刊記者對於中國國民自治和自我發展能力之估計偏執一端……然余亦要提醒該君，像中國這樣一個泱泱大國，其改革決不會是一蹴而就的。……辛亥革命發生於公元1911 年 10 月，創立共和國至今還不足三載，豈能說已絕無希望！豈能說『以一先進國家之標準來衡量中國，是完全不夠格的』？又豈能說『中國不具備自我發展之能力』？」〔註124〕胡適本人對文學的這種功用所產生的效果也是頗為樂觀的，他說：「吾所投 The New Republic 之書，乃為 Syracuse Post-Standard

〔註122〕 胡適：《文學改良芻議》，《新青年》，1917 年，第 2 卷第 5 號。
〔註123〕 胡適：《日記 19150301》，曹伯言整理：《胡適日記全編·第 2 卷》，合肥：安徽教育出版社，2001 年，第 67 頁。
〔註124〕 胡適：《日記 19150227》，曹伯言整理：《胡適日記全編·第 2 卷》，合肥：安徽教育出版社，2001 年，第 71 頁。

引作社論，則吾書未嘗無影響也。」〔註125〕不難看出，胡適的文學主張和實踐正是向著其心中「輿論家」的目標去的，新文學的倡導者和參與者比舊文學的作家更加明白文學能達到的社會功用，同時也更清楚地瞭解文學的侷限，因此在胡適等人眼中，社會改造和思想改造應該也必將從文學開始，文學則應該以一種富有機能性的面貌參與社會改造和思想改造，以晚清的那樣一種口號式的姿態出現的文學已經不適應這個時代了，故而在文學的新功用的促使下，一場新的文學運動也將發生。

從郭沫若與胡適對於文學功用的認知可以看出，新文學與舊文學的很大一點不同還在於文學家開始對文學的邊界有了新的認知。在他們心中，文學已經不完全是一件抒發個人情緒的事情，而是要建立在現代民族國家的基礎之上。文學在很大程度上為作家提供了一個想像民族國家構建形式和發展過程的空間。在這個空間內，有關民族國家的事宜可以被充分的討論和實驗。從這個角度來說，新文化運動是這一時期知識分子必然選擇的道路，同時也是現代民族國家發展必然選擇的道路。新文化運動與中國現代民族國家的構建是一體兩面的，兩者互相影響並互相促進。

本章小結

1910～1920 年代，在產業革命的推動下，世界經濟、政治格局不斷地發生變化。之於中華民國而言，本身就不甚成熟的政治體系在民眾日漸成熟的現代民族國家意識面前不斷顯示出其落後和保守的一面。新文化運動原本旨在維持和弘揚中華民國以及民國體制之下宣傳的政治理念及國家構思。但是當這場運動正在如火如荼的進行時，其參與者和發起者卻發現中華民國這樣一個政治、經濟、文化的共同體已經走向了新文化的反面，原本的宗旨已經不足以滿足新文化的內在要求。新文化運動的參與者在宣傳新文化的過程中逐漸將自己有關民族、文化乃至國家的個人化構思添加進去，也就成為了他們掌控的新文化刊物所要面對的必然選擇。

在《新青年》的辦刊過程中，陳獨秀等編輯的種種策略和調整是頗能代表新文化運動先驅們在面對風雲變幻時的反應的。在新文化運動起初階段，參與

〔註125〕胡適：《日記 19150301》，曹伯言整理：《胡適日記全編·第 2 卷》，合肥：安徽教育出版社，2001 年，第 77 頁。

者們還能夠較為嚴格的恪守其在刊物發行之初所許下的承諾，但是作為啟蒙者的編輯和作為啟蒙對象的讀者畢竟不是同一代人，年齡的差別以及由此帶來的經濟狀況和社會地位的不同，使得兩者在面對同樣的社會現實時，往往會做出不同的反應。這時候，作為一份公開發表的刊物，編輯們不得不考慮在保證思想性的同時，使用一些市場營銷乃至輿論導向的策略來增加刊物的影響力。當青年讀者的閱讀需求和對世界的認知已經溢出刊物編輯的預期時，固守老路注定是死路一條，而變革則意味著新生。不過，刊物隨著時代不斷改變的過程中，現代化的市場營銷手段中那些不甚光明磊落的元素也往往會被帶入編輯刊物的過程中。這本是無可厚非的，但是之於以真誠為重要元素的刊物而言，引起編輯群體內部乃至讀者中的不滿也是可以料見的。新文化運動在不斷建構過程中所體現出的「道」與「術」實際上都是其內在精神的側面，作為一場旨在改變國民性的文化運動，其變與常都是為了完成這場運動在發起時所定下的目標。那些不變得「道」正是新文化運動最為寶貴的東西；而胡適和陳獨秀等人紛紛打破他們在新文化運動初期關於文化與政治的關係的承諾，逐漸地用一種近乎「術」的方式來介入現實領域，則顯示了新文化運動一經發生，就不再是個固化的、既定的範疇，它是與時俱進的，時刻與新的政治文化語境產生對話，爆發出新的生機與活力。也正是在不斷的實踐和探索之中，新文化運動才能始終保持能動性，啟迪一批又一批的青年從象牙塔走向十字街頭，推動著中國社會的發展。

結　論

　　在現代中國文學研究的領域內，文學史的史觀在一定程度上起著線索性的重要作用，通過不同史觀統御下的文學史而梳理出的文學現象或文學景觀，其面貌和意義都會有著較大的差別。有時候，這種差別甚至使得研究者對一部作品或一個文學現象的評論呈現出完全相悖的多重向度。自新時期以來，在中國現代文學的研究領域中，「現代性」一直是一個具有很強啟發性的概念範疇，一方面，「現代性」在很大程度上糾正了曾經一度風行的以政治概念圖解文學的文學研究範式，將文學史的研究和價值評判標準還原到了文學本身；另一方面，過於龐大、冗雜的「現代性」觀念及理論又將一種新的宏大敘事帶入到了文學研究領域當中，而這顯然又是後續的文學史研究應該著重注意的問題。

　　從現代性文學史觀的視角去看，自啟蒙開始，一切文學寫作都被賦予了現代性的意義。在其提倡者那裡，「現代性」並不僅僅是一個哲學上的概念，其所提供的一系列所指極為發散的宏大範疇，將文學發展的終點延伸進未來的無限空間之中。從現代性的視角去看，新文化運動唯一的中心就成為了救亡和啟蒙，這種認知顯然是充滿了後設色彩的。基於現代性史觀而形成的文學史著作往往也會將注意力放在種種文學現象上，這樣的寫作側重實際上就導致了對於文學史上的各種實驗性現象和作品的評價基於「現代性」標準被抬得過高，抬高這些作品就意味著對其他樣貌的文學作品價值的壓縮。在啟蒙的姿態下，多種對話的可能性消失，成為了現代性與啟蒙的二重奏。「現代性」本身就是一個去中心的、對話性的範疇，其中應包含著多元的主體，是一個

「很複雜的問題」。〔註1〕事實上,如果還原到新文化運動發生的歷史文化語境中去,許多在今天看來極富現代性的文學作品和文學思潮,在當時的影響力是十分有限的,如果將這些現今看起來十分「進化」的內容看作文學史發展的線索,那麼,就難免忽視掉一些雖然沒有那麼「進化」,但是卻深刻地影響著中國現代文學史發展的內容。現代性史觀統攝下的文學史書寫有著明顯的進化論維度,站在目前進化的末端向前看去,無益於「進化」的成分往往會被過濾掉,從而忽視了現代中國文學在發展過程中豐富而多元的一面。

文學是人的創造,最終表現的也是人的生活。在現代性統御下的文學史寫作中,構想了這樣一條「二十世紀中國文學」的研究線索,即「走向『世界文學』的中國文學」「以『悲涼』為基本核心的現代美感特徵」「由文學語言結構表現出來的藝術思維的現代化進程」,〔註2〕不難發現,這些線索雖然極大地推動了中國現代文學研究的步伐,但是過於注重文學審美特質的研究策略卻使歷史中真正「人」活動的痕跡被湮沒了。正如「悲涼」,現代性文學史觀主要強調的是文學作品中體現的那種具有時代氣息的感覺,而作為具體的「人」的悲涼則往往被其忽略。「人」的維度始終在文學史寫作中是缺席的。現代民族國家建構對於現代中國文學的重要性即使是對於文學現代性來說也是不可迴避的。但在現代性文學史觀的指導下,現代民族國家建構和想像並沒有被提到一個決定性的地位上去,這就使得文學本身在現代性上的追求湮沒了文本的生成語境,思潮的意義大於作品的意義,「人」的形象還是一個抽象的符號,並沒有真正凸顯其價值和主體地位。實際上,在歷史中具體的「人」的活動更「能夠明確表示出中國現代文學的本質規定,它可成為中國現代文學的象徵符號,同時能夠投射到中國現代文學的差異互見的各種形態的表層與深層,成為研究主體進行發現和闡釋的重要依據和理性座標。」〔註3〕換句話說,今天的文學史研究既然站在了現代性文學史觀和20世紀中國文學所夯實了的堅實基礎上,就應當在其中反思「人」是如何參與這場文學和文化的大變革的。

〔註1〕汪暉:《我們如何成為「現代的」?》,《中國現代文學研究叢刊》,1996年,第1期。

〔註2〕黃子平、陳平原、錢理群:《論「二十世紀中國文學」》,《文學評論》,1985年,第5期。

〔註3〕朱德發:《現代文學史觀的探索及其意義》,朱德發:《現代文學史書寫的理論探索》,濟南:山東人民出版社,2010年,第182頁。

　　21 世紀以來，一種新的歷史觀越來越為人們所重視，這種新的史學重新定義了時間，將地理時間、社會時間和個人時間同時納入了研究視野。其中，研究者更重視的是「個人時間」，即在歷史大潮中的一種個人化的體驗對於整個歷史的意義。個人化視野下的敘事和在公眾面前表現出的具有表演和自居性質的敘事兩相比較下來，前者所具有的真實性和史料價值自然要高出後者很多。以人民文學出版社和大象出版社為代表，出版界也不失時機地出版或重版了一批人物日記、自敘、口述傳記或以人物的個人化的敘事為主體結構起來的文學掌故或書話性質的材料，掀起了一場口述歷史和傳記文學寫作的熱潮，也讓這種個人化的敘事重新走進了研究者的視野。

　　這種個人化的視野正是對於之前的那種「大寫」姿態下「宏大敘事」的一種補充，高屋建瓴地把握全局自然是不可缺少的，但是文學史對於這一時期的文學生態的描述也同樣需要一種將鏡頭拉近後的微視角觀察，挖掘活生生的人在歷史的建構過程中所起到的作用，還原一種個人和時代之間的生成性的互動關係。人畢竟是一切社會關係的總和，其在歷史中的活動是複雜的。本書的寫作目的正是試圖通過對新文化運動發生前後作家個人在時代大潮中的活動來進行細節化的研究，以期為這一時期文學生態作一些有益的補充，同時也希望能將文學活動和文學史事件真正還原為人的活動，用參與者個人的視角來梳理新文化運動時期個人、國家、文學三者之間的複雜關係。從作家書信、日記中，可以更多地看到一個個活生生的個人在歷史語境中的掙扎與選擇，也會發現這些在後來被看作新文化運動先鋒的青年在做出一些重大選擇和決定時的含混與不純粹。但是，這種是與非、正與反、純粹與混雜、高尚與陰謀乃至信仰與懷疑，都是新文化運動中不可缺少的重要組成部分。這些元素中有些甚至是逆新文化運動的大潮而行的，但是，它們也絕不像有些研究者所提出的，構成了質疑和否定新文化運動的成分。相反的，正是由於這些異質性因素的存在，新文化運動才更顯得其「真」。在那個晦暗不明的時代裏，沒有人能預測歷史的進程，他們做出的決定和選擇都是真誠的，而「真誠」也正是新文化運動最可貴的精神之一。

　　再者，從作家的書信、日記中可以看出，在從新文化運動發生之前到新文化運動蔚然成風的過程中，「實踐」作為一個重要的議題，時常出現在參與者的敘述當中的。新文化運動以「文化」為名的原因，很大程度上是由於其最初並沒有直接干預現實生活和政治的意圖，這場運動之所以在後來越來越對生

活本身和政治文化起到了強大的干預和引導作用，並最終以五四運動這樣一種社會活動的方式達到了頂峰，與參與者此時此地的心態和不斷變化著的對文化、文學以及社會的認知都有極大關係。若要對這些問題進行研究，以書信、日記為載體，更為直接、真實地切入參與者的生活是一條很好的路徑。一個人的性格以及由性格、境遇導致的文化選擇並不是一成不變的，新文化運動的「新」，也正在於它是隨著時代的潮流而不斷變化著的。參與者需要在不斷變幻的時代中始終保持一種與現實積極對話的機能性，這也是新文化運動能夠在很長一段時間內引領中國文化和文學風潮的重要原因，而要捕捉這些參與者們由剎那或者偶然引發的思考，書信和日記則成為一種很好的切入途徑。

總的來說，作家書信、日記為線索和主要研究對象，來研究新文化運動的發生是一項比較有意義的工作。雖然作為現代中國文化、文學起源的這一段時期內一些資料的欠缺，但總體而言其合理性和可行性還都是比較高的。隨著現代中國文學不斷地走向成熟，文學研究中對史料的重視也成了現代中國文學研究的一個共識，本書也希望能夠通過作家書信、日記來進行一種文學史觀上的建構，以期在文學史「宏大敘事」之外，以一種更為微觀和個人化的方式來對本已碩果累累的現代中國文學研究做一些有益的補充。

參考文獻

一、專著類

1. 錢理群、溫儒敏、吳福輝:《中國現代文學三十年》,北京:北京大學出版社,1998 年。

2. 朱德發,魏建主編:《現代中國文學通鑒(1900～2010)》,北京:人民出版社,2012 年。

3. 錢理群:《1948:天地玄黃》,濟南:山東教育出版社,2002 年。

4. 虞坤林:《二十世紀日記知見錄》,北京:國家圖書館出版社,2013 年。

5. 丁易:《中國現代文學史略》,北京:作家出版社,1955 年。

6. 來新夏:《近三百年人物年譜知見錄》,北京:中華書局,2010 年。

7. 劉衍文、艾以主編:《現代作家書信集珍》,北京:漢語大詞典出版社,1999 年。

8. 高長虹著,山西盂縣政協《高長虹文集》編委會編:《高長虹文集》,北京:中國社會科學出版社,1989 年。

9. 余世存編:《非常道:1840～1999 的中國話語》,北京:社會科學文獻出版社,2005 年。

10. 劉樹發主編:《陳毅年譜》,北京:人民出版社,1995 年。

11. 阿英:《阿英全集》,合肥:安徽教育出版社,2003 年。

12. 陳寅恪:《陳寅恪全集》,北京:三聯書店,2009 年。

13. 顧隨:《顧隨全集》,石家莊:河北教育出版社,2000 年。

14. 郭沫若:《郭沫若全集》,北京:人民文學出版社,1982 年。

15. 謝覺哉：《謝覺哉日記》，北京：人民出版社，1984 年。

16. 王瑤：《王瑤全集》，石家莊：河北教育出版社，2000 年。

17. 沈從文：《沈從文全集》，太原：北嶽文藝出版社，2005 年。

18. 茅盾：《茅盾全集》，北京：人民文學出版社，1984 年。

19. 《魯迅研究資料‧第四輯》，天津：天津人民出版社，1980 年。

20. 老舍：《老舍自傳》，北京：京華出版社，2005 年。

21. 田漢：《田漢文集》，北京：戲劇出版社，1986 年。

22. 張向華編：《田漢年譜》，北京：中國戲劇出版社，1992 年。

23. 陳益民，江沛主編：《老新聞》，天津：天津人民出版社，2003 年。

24. 葉聖陶：《葉聖陶集》，南京：江蘇教育出版社，2004 年。

25. 朱自清：《朱自清全集》，南京：江蘇教育出版社，1998 年。

26. 魯迅博物館藏：《周作人日記（影印本）》，鄭州：大象出版社，1996 年。

27. 張聞天著，中央黨史研究室張聞天選集傳記組編：《張聞天文集》，北京：中國黨史出版社，1993 年。

28. 吳宓：《吳宓日記》，北京：三聯書店，1987。

29. 阿英：《阿英日記》，太原：山西教育出版社，1997 年。

30. 沈霞：《延安四年》，鄭州：大象出版社，2005 年。

31. 魯迅：《魯迅全集》，北京：人民文學出版社，2005 年。

32.〔美〕馬克思‧韋伯著，馮克利譯：《學術與政治》，北京：三聯書店，1999 年。

33.〔美〕威廉‧H‧布蘭查德著，戴長征譯：《革命道德：關於革命者的精神分析》，北京：中央編譯出版社，2004 年。

34. 陳平原：《中國小說敘事模式的轉變》，上海：上海人民出版社，1988 年。

35. 王宏志：《重釋「信達雅」：二十世紀中國翻譯》，上海：東方出版中心，1999 年。

36. 謝泳：《逝去的年代──中國自由知識分子的命運》，北京：文化藝術出版社，1999 年。

37. 楊天石：《蔣介石日記解讀》，太原：山西人民出版社，2008 年。

38. 溫儒敏：《新文學現實主義的流變》，北京：北京大學出版社，1988 年。

39.〔美〕阿爾文‧古爾德納著，杜維真等譯：《新階級與知識分子的未來》，北京：人民文學出版社，2001 年。

40. 〔美〕歐‧奧爾特曼、馬‧切默斯著，駱林生、王靜譯：《文化與環境》，上海：東方出版社，1991 年。

41. 朱曉進：《非文學的世紀：20 世紀中國文學與政治文化關係史論》，南京：南京師範大學出版社，2004 年。

42. 古農主編：《日記品讀》，北京：人民日報出版社，2012 年。

43. 古農主編：《日記漫談》，北京：人民日報出版社，2012 年。

44. 古農主編：《日記閒話》，北京：人民日報出版社，2012 年。

45. 古農主編：《日記序跋》，北京：人民日報出版社，2012 年。

46. 唐小兵主編：《再解讀：大眾文藝與意識形態》，北京：北京大學出版社，2007 年。

47. 陳明遠：《知識分子與人民幣時代》，上海：文匯出版社，2006 年。

48. 阿英：《日記文學叢談》，上海：上海南強書局，1933 年。

49. 楊亞林：《文學現代形態的修復與重建——論現代作家對新中國文學的審美期待》，武漢：華中師範大學出版社，2013 年。

50. 李宗剛：《中國現代文學史論》，濟南：山東人民出版社，2015 年。

51. 黃永年：《古籍整理概論》，上海：上海書店，2001 年。

52. 黃永年：《古籍版本學》，南京：鳳凰出版傳媒集團，2005 年。

53. 〔美〕雷‧韋勒克、奧‧沃倫著，劉象愚、邢培明、陳聖生、李哲明譯：《文學理論》，上海：三聯書店，1984 年。

54. 〔英〕雷蒙德‧威廉斯著，吳松江，張文定譯：《文化與社會》，北京：北京大學出版社，1991 年。

55. 〔德〕海德格爾著，郜元寶譯，張汝倫校：《人，詩意地安居》，桂林：廣西師範大學出版社，2000 年。

56. 〔加〕阿爾維托‧曼古埃爾著，吳昌傑譯：《閱讀史》，北京：商務印書館，2002 年。

57. 〔意〕葛蘭西著，國際共運史研究所編譯：《葛蘭西文選》，北京：人民出版社，1992 年。

58. 〔法〕薩特著，施康強選譯：《薩特文論選》，北京：人民文學出版社，1991 年。

59. 〔美〕愛德華‧W‧薩義德著，單德興譯，陸建德校：《知識分子論》，北京：三聯書店，2002 年。

60. 〔英〕安東尼‧吉登斯著，李康、李猛譯，王銘銘校：《社會的構成：結構化理論大綱》，北京：三聯書店，1998 年。

61. 〔德〕卡爾‧曼海姆著，黎鳴、李書崇譯，周紀榮、周琪校：《意識形態與烏托邦》，北京：商務印書館，2000 年。

62. 楊念群、黃興濤、毛丹主編：《新史學——多學科對話的圖景》，北京：中國人民大學出版社，2003 年。

63. 〔德〕埃里希‧奧爾巴赫著，吳麟綬、周新建、高豔婷譯：《摹仿論——西方文學中所描繪的現實》，武漢：百花文藝出版社，2002 年。

64. 《周揚文集》，北京：人民文學出版社，1984 年。

65. 〔美〕諾姆‧喬姆斯基著，寧春岩等譯注：《喬姆斯基語言學文集》，長沙：湖南教育出版社，2006 年。

66. 夏衍：《懶尋舊夢錄》，北京：三聯書店，2006 年。

67. 巴金：《巴金全集》，北京：人民文學出版社，1994 年。

68. 王建開：《五四以來我國英美文學作品譯介史》，上海：上海外語教育出版社，2003 年。

69. 〔美〕本尼迪克特‧安德森著，吳叡人譯：《想像的共同體——民族主義的起源與散佈》，上海：上海人民出版社，2005 年。

70. 豐子義：《馬克思主義社會發展理論研究》，北京：北京師範大學出版社，2012 年。

71. 〔德〕黑格爾著，楊東柱、尹建軍，王哲編譯：《法哲學原理》，北京：北京出版社，2007 年。

72. 毛澤東：《毛澤東選集》，北京：人民出版社，1991 年。

73. 周曉明：《中國現代電影文學史》，北京：高等教育出版社，1987 年。

74. 〔波蘭〕羅曼‧英加登著，張振輝譯：《論文學作品》，開封：河南大學出版社，2008 年。

75. 〔德〕克勞塞維茨著，中國人民解放軍軍事科學院譯：《戰爭論》，北京：商務印書館，1978 年。

76. 〔英〕弗雷澤著，徐育新等譯：《金枝》，北京：大眾文藝出版社，1998 年。

77. 曹伯言、季維龍編：《胡適年譜》，合肥：安徽教育出版社，1986 年。

78. 戴季陶：《三民主義之哲學的基礎》，南京：國民政府軍事委員會，1938 年。

79. 葉青:《三民主義底哲學基礎(上、下)》,上海:時代思潮社,1939年。

80.〔美〕馬斯洛著,成明編譯:《馬斯洛人本哲學》,北京:九州出版社,2003年。

81.〔德〕馬克思‧韋伯著,甘陽等選編,甘陽等譯:《民族國家與經濟政策》,北京:三聯書店,1997年。

82. 蔣光慈:《蔣光慈文集》,上海:上海文藝出版社,1988年。

83. 方銘編:《蔣光慈研究資料》,銀川:寧夏人民出版社,1983年。

84. 李田意編注:《中國共產黨文獻選讀》,紐黑文:耶魯大學遠東出版社,1974年。

85. 丁玲著,張炯主編,蔣祖林、王中忱副主編:《丁玲全集》,石家莊:河北人民出版社,2001年。

86. 金宏宇:《中國現代長篇小說名作版本校評》,北京:人民文學出版社,2004年。

87.〔德〕埃利亞斯‧卡內提著,馮文光、劉敏、張毅譯:《群眾與權力》,北京:中央編譯出版社,2003年。

88.〔美〕肯尼思‧N‧華爾茲著,倪世雄、林致敏、王建偉譯:《人、國家與戰爭》,上海:上海譯文出版社,1991年。

89.〔美〕詹明信著,陳清僑譯:《晚期資本主義的文化邏輯》,北京:三聯書店,1997年。

90.〔英〕克萊爾‧科勒布魯克著,廖鴻飛譯:《導讀德勒茲》,重慶:重慶大學出版社,2014年。

91.〔法〕布瓦洛著,任典譯:《詩的藝術》,北京:人民文學出版社,2009年。

92. 聞一多著,聞立雕、聞銘、王克私整理:《聞一多全集》,武漢:湖北人民出版社,1993年。

93. 范伯群主編:《中國現代通俗文學史》,北京:高等教育出版社,2000年。

94. 李輝主編:《丁玲自述》,鄭州:大象出版社,2006年。

95.〔英〕特雷‧伊格爾頓著,伍曉明譯:《二十世紀西方文學理論》,西安:陝西師範大學出版社,1987年。

96.〔美〕M‧H‧艾布拉姆斯著,酈稚牛、張照進、童慶生譯:《鏡與燈——浪漫主義文論及批評傳統》,北京:北京大學出版社,2004年。

97. 徐開壘:《巴金傳》,上海:上海文藝出版社,2003年。

98. 〔美〕弗雷德里克・詹姆遜著，王逢振、陳永國譯：《政治無意識──作為社會象徵行為的敘事》，北京：中國社會科學出版社，1999年。

99. 劉北成編著：《福柯思想肖像》，北京：北京師範大學出版社，1995年。

100. 〔法〕米歇爾・福柯著，謝強、馬月譯：《知識考古學》，北京：三聯書店，1998年。

101. 中國社會科學院科研局編選：《周揚集》，北京：中國社會科學出版社，2000年。

102. 胡也頻著，茅盾主編，新文學選集編輯委員會編輯：《胡也頻選集》，上海：開明書店，1951年。

103. 錢谷融：《論「文學是人學」》，北京：人民文學出版社，1981年。

104. 南帆：《關係與結構》，長春：吉林出版集團有限責任公司，2009年。

105. 〔美〕克利福德・吉爾茲著，王海龍、張家瑄譯：《地方性知識──闡釋人類學論文集》，北京：中央編譯出版社，2000年。

106. 梁寒冰編著：《中國現代革命史教學參考提綱》，天津：天津通俗出版社，1955年。

107. 〔美〕戴維・米勒著，張之滄譯：《開放的思想和社會──波普爾思想精粹》，南京：江蘇人民出版社，2000年。

108. 〔英〕道格拉斯・W・貝斯黑萊姆著，鄒海燕、鄭佳明譯：《偏見心理學》，長沙：湖南人民出版社，1989年。

109. 〔美〕邁克爾・E・羅洛夫著，王江龍譯：《人際傳播：社會交換論》，上海：上海譯文出版社，1991年。

110. 〔奧〕弗洛伊德著，車文博主編：《弗洛伊德文集》，長春：長春出版社，2004年。

111. 〔法〕羅蘭・巴特著，屠友祥譯：《文之悅》，上海：上海人民出版社，2009年。

112. 〔奧〕弗洛伊德著，林克明譯：《愛情心理學》，北京：作家出版社，1986年。

113. 〔奧〕弗洛伊德著，孫名之譯：《釋夢》，北京：商務印書館，1996年。

114. 陳學明、吳松、遠東編：《社會水泥──阿多諾、馬爾庫塞、本傑明論大眾文化》，昆明：雲南人民出版社，1998年。

115. 〔美〕約翰・菲斯克著，楊全強譯：《解讀大眾文化》，南京：南京大學出

版社，2001 年。

116.〔美〕杜贊奇著，王憲明譯：《從民族國家拯救歷史：民族主義話語與中國現代史研究》，北京：社會科學文獻出版社，2003 年。

117. 潘光旦：《中國之家庭問題》，上海：新月書店，1929 年。

118. 閻雲翔著，龔曉夏譯：《私人生活的變革：一個中國村莊裏的愛情、家庭與親密關係：1949—1999》，上海：上海書店出版社，2006 年。

119.〔美〕馬克‧赫特爾著，宋踐、李茹等編譯：《變動中的家庭——跨文化的透視》，杭州：浙江人民出版社，1988 年。

120.〔德〕恩格斯著，中共中央馬恩列斯著作編譯局譯：《家庭、私有制和國家的起源》，北京：人民出版社，2003 年。

121. 許嘉璐、路甬祥、任繼愈、戴逸、袁貴仁主編：《中華人民共和國日史》，成都：四川人民出版社，2003 年。

122. 查國華：《茅盾年譜》，武漢：長江文藝出版社，1985 年。

123.〔美〕羅伯特‧芮德菲爾德著，王瑩譯：《農民社會與文化：人類學對文明的一種詮釋》，北京：中國社會科學出版社，2013 年。

124.〔英〕埃里克‧霍布斯鮑姆著，李金梅譯：《民族與民族主義》，上海：上海人民出版社，2000 年。

125. 馬新國主編：《西方文論史》，北京：高等教育出版社，2004 年。

126.〔日〕柄谷行人著，趙京華譯：《日本現代文學的起源》，北京：三聯書店，2003 年。

127. 陳堅、陳奇佳：《夏衍傳》，北京：中國戲劇出版社，2015 年。

128. 中央文獻研究室著，逄先知、金沖及主編：《毛澤東傳》，北京：中央文獻出版社，2011 年。

129.〔法〕伏爾泰著，王燕生譯：《哲學辭典》，北京：商務印書館，1991 年。

130.〔英〕羅伯特‧奧迪主編：《劍橋哲學辭典（第二版）》，倫敦：劍橋大學出版社，1999 年。

131.〔德〕馬克思‧霍克海默著，李小兵等譯：《批判理論》，重慶：重慶出版社，1989 年。

132.〔日〕岡澤秀虎著，陳望道譯：《蘇俄文學理論》，上海：開明書店，1933 年。

133.〔法〕弗朗索瓦‧多斯著，馬勝利譯：《碎片化的歷史學：從〈年鑒〉到「新

史學」》，北京：北京大學出版社，2008 年。

134. 曹湊貴：《生態學概論》，北京：高等教育出版社，2002 年。

135. 張正春、王勳陵、安黎哲：《中國生態學》，蘭州：蘭州大學出版社，2003 年。

136. 孫儒泳：《基礎生態學》，北京：高等教育出版社，2008 年。

137. 陳獨秀：《獨秀文存》，合肥：安徽人民出版社，1987 年。

138. 錢玄同：《錢玄同日記（影印本)》，福州：福建教育出版社，2002 年。

139. 沈永寶編：《錢玄同五四時期言論集》，上海：東方出版中心，1998 年。

140.〔美〕王德威著，宋偉傑譯：《被壓抑的現代性——晚清小說新論》北京：北京大學出版社，2005 年。

141. 朱金順：《新文學資料引論》，北京：北京語言大學出版社，1986 年。

142. 劉增傑：《中國現代文學史料學》，上海：中西書局，2012 年。

143. 王富仁：《中國反封建思想革命的一面鏡子：〈吶喊〉〈彷徨〉綜論》，北京：北京師範大學出版社，1986 年。

144. 姜濤：《公寓裏的塔：1920 年代中國的文學與青年》，北京：北京大學出版社，2015 年。

145. 王曉明主編，羅崗、倪偉、倪文尖、薛毅編選：《二十世紀中國文學史論》，上海：東方出版中心，2003 年。

146. 朱德發：《中國五四文學史》，濟南：山東文藝出版社，1986 年。

147. 陳建守：《德／賽先生：五四運動研究書目》，臺北：中華新文化發展協會，2011 年。

148. 岳凱華：《五四激進主義的緣起與中國新文學的發生》，長沙：嶽麓書社，2006 年。

149. 陳方競：《魯迅與浙東文化》，長春：吉林大學出版社，1998 年。

150. 楊早：《清末民初北京輿論環境與新文化的登場》，北京：北京大學出版社，2008 年。

151. 欒梅健：《二十世紀中國文學發生論》，桂林：廣西師範大學出版社，2006 年。

152. 趙稀方：《翻譯現代性：晚清至五四的翻譯研究》，天津：南開大學出版社，2012 年。

153. 李宗剛：《新式教育與五四文學的發生》，濟南：齊魯書社，2006 年。

154. 李宗剛：《父權缺失與五四文學的發生》，北京：人民出版社，2016 年。

155. 張高傑：《中國現代作家日記研究——以魯迅、胡適、吳宓、郁達夫為中心》，北京：中國社會科學出版社，2014 年。

156. 〔美〕加布里埃爾‧A‧阿爾蒙德、小 G‧賓厄姆‧鮑威爾著，曹沛霖、鄭世平、公婷、陳峰譯：《比較政治學——體系、過程和政策》，上海：上海譯文出版社，1987 年。

157. 張耀曾、岑德彰編：《中華民國憲法史料》，臺北：文海出版社，1981 年。

158. 趙清、鄭城編：《吳虞集》，成都：四川人民出版社，1985 年。

159. 中國革命博物館整理，榮孟源審校：《吳虞日記》，成都：四川人民出版社，1984 年。

160. 周作人著，止菴校訂：《魯迅小說裏的人物》，石家莊：河北教育出版社，2002 年。

161. 《鄭伯奇文集》編委會編：《鄭伯奇文集》，西安：陝西人民出版社，1988 年。

162. 歐陽哲生編：《胡適文集》，北京：北京大學出版社，1998 年。

163. 邱權政、杜春和主編：《辛亥革命史料選輯》，長沙：湖南人民出版社，1983 年。

164. 唐明中、黃高斌編著：《櫻花書簡》，成都：四川人民出版社，1981 年。

165. 〔美〕林毓生著，穆善培譯，蘇國勳、崔之元校：《中國意識的危機——「五四」時期激烈的反傳統主義》，貴陽：貴州人民出版社，1986 年。

166. 郭沫若著，王繼權、姚國華、徐培軍等編：《郭沫若舊體詩詞繫年注釋》，哈爾濱：黑龍江人民出版社，1984 年。

167. 譚繼和主編，劉平中、張彥副主編：《尹昌衡研究概覽》，成都：四川人民出版社，2013 年。

168. 耿雲志、歐陽哲生整理：《胡適全集》，合肥：安徽教育出版社，2003 年。

169. 樂山市文管所編：《郭沫若少年詩稿》，成都：四川人民出版社，1979 年。

170. 〔美〕愛德華‧W‧薩義德著，王宇根譯：《東方主義》，北京：生活‧讀書‧新知三聯書店，2010 年。

171. 〔美〕馬泰‧卡林內斯庫著，顧愛彬、李瑞華譯：《現代性的五副面孔》，北京：商務印書館，2002 年。

172. 曹伯言整理：《胡適日記全編（1910～1914）》，合肥：安徽教育出版社，

2001 年。

173. 耿雲志、歐陽哲生編：《胡適書信集》，北京：北京大學出版社，1996 年。

174. 王國維撰、葉長海導讀：《宋元戲曲史》，上海：上海古籍出版社，1998 年。

175. 朱德發：《現代文學史書寫的理論探索》，濟南：山東人民出版社，2010 年。

176.〔法〕菲力浦·勒熱納著，楊國政譯：《自傳契約》，北京：三聯書店，2001 年。

177. 南沙徐枕亞：《雪鴻淚史》，上海：清華書局，1916 年。

178. 蘇州市政協文史委員會編：《蘇州近現代人物·第二輯》，蘇州：古吳軒出版社，2008 年。

179.〔聯邦德國〕哈貝馬斯著，張博樹譯：《交往與社會進化》，重慶：重慶出版社，1989 年。

180. 李文海主編：《民國時期社會調查叢編·宗教民俗卷》，福州：福建教育出版社，2004 年。

181. 田壽昌、宗白華、郭沫若：《三葉集》，上海：亞東圖書館，1920 年。

182. 趙帝江、姚錫佩編：《柔石日記》，太原：陝西教育出版社，1998 年。

183.〔英〕克萊夫·貝爾著，薛華譯：《藝術》，南京：江蘇教育出版社，2005 年。

184.〔英〕亞當·斯威夫特著，佘江濤譯：《政治哲學導論》，南京：江蘇人民出版社，2008 年。

185. 袁良駿編：《丁玲研究資料》，天津：天津人民出版社，1982 年。

186. 徐伏鋼：《蕩起命運的雙槳：徐伏鋼新聞特寫選》，新加坡：八方文化創作室，2008 年。

187. 汪原放：《回憶亞東圖書館》，上海：學林出版社，1983 年。

188. 王樹棣，強重華，楊淑娟，李學文編：《陳獨秀評論選編》，鄭州：河南人民出版社，1983 年。

189.《錢玄同文集》，北京：中國人民大學出版社，2000 年。

190. 張國燾：《我的回憶》，上海：東方出版社，1980 年。

191. 中國社科院上海經濟研究所編：《上海解放前後物價資料彙編 1921 年～1957 年》，上海：上海人民出版社，1958 年。

192. 蔡元培等著:《中國新文學大系導論集》,上海:良友復興圖書公司,1940年。

193. 鍾叔河編:《周作人文類編》,長沙:湖南文藝出版社,1998 年。

194. 山東聊城師院現代文學研究室編:《林紓年譜及著譯(徵求意見本)》,聊城:自印,1981 年。

195. 魯迅大辭典編纂組:《魯迅佚文集》,成都:四川人民出版社,1979 年。

196. 石中揚:《江上幾峰青──尋找手跡中的陳獨秀》,北京:人民出版社,2015 年。

197. 中共「一大」會址紀念館、上海革命歷史博物館籌備處編:《上海革命史資料與研究‧第 10 輯》,上海:上海古籍出版社,2010 年。

198. 唐寶林:《陳獨秀全傳》,北京:社會科學文獻出版社,2013 年。

199. 周策縱等:《五四與中國》,臺北:時報文化出版事業有限公司,1979 年。

200. 郭廷以校閱,王聿均訪問,謝文孫記錄:《莫紀彭先生訪問記錄》,臺北:中央研究院近代史研究所,1997 年。

201.〔德〕哈貝馬斯著,曹衛東、王曉珏、劉北城、宋偉傑譯:《公共領域的結構轉型》,上海:學林出版社,1999 年。

202. 中國社會科學院近代史研究所中華民國史組編:《胡適來往書信選》,北京:中華書局,1979 年。

203. 張允侯、殷敘彝、洪清祥、王雲開編:《五四時期的社團》,北京:三聯書店,1979 年。

204.〔美〕金介甫著,符家欽譯:《沈從文傳》,北京:時事出版社,1990 年,第 7 頁。

205. 郁達夫著,吳秀明主編:《郁達夫全集》,杭州:浙江大學出版社,2007 年。

206. 邢照華:《黃埔軍校生活史 1924～1927》,北京:商務印書館,2014 年。

207. 郭沫若著,郭平英、秦川編注:《敝帚集與遊學家書》,北京:中國社會科學出版社,2012 年。

208.〔日〕竹內好著、靳叢林編著:《「絕望」開始》,北京:三聯書店,2013 年。

209. 陳明遠:《何以為生:文化名人的經濟背景》,北京:新華出版社,2007 年。

210. 平江不肖生:《留東外史》,北京:華僑出版社,1998 年。

211. 〔日〕永田圭介：《競雄女俠傳：秋瑾》，北京：群言出版社，2007 年。

212. 陳源：《西瀅閒話》，石家莊：河北教育出版社，1994 年。

213. 許欽文：《許欽文散文選集》，石家莊：百花文藝出版社，2009 年。

214. （明）劉侗、於奕正、周損：《帝京景物略》，上海：上海古籍出版社，2001 年。

215. （清）徐珂：《清稗類抄選錄》，臺北：大通書局，1984 年。

216. 魯迅博物館、魯迅研究室、《魯迅研究月刊》選編：《魯迅回憶錄》，北京：北京出版社，1999 年。

217. 梁啟超：《飲冰室專集》，北京：中華書局，1972 年。

218. 陳平原、鄭勇編：《追憶蔡元培》，北京：中國廣播電視出版社，1997 年。

219. 金耀基：《從傳統到現代》，北京：中國人民大學出版社，1999 年。

220. 金觀濤、劉青峰：《觀念史研究：中國現代重要政治術語的形成》，北京：法律出版社，2005 年。

221. 孫伏園：《魯迅先生二三事》，重慶：作家書屋，1944 年。

222. 景宋、巴人等著，《魯迅的創作方法及其他》，重慶：新中國文藝社，1939 年。

223. 〔德〕尼采著，錢春綺譯：《查拉圖斯特拉如是說》（詳注本），北京：生活‧讀書‧新知三聯書店，2007 年。

224. 曹聚仁：《魯迅評傳》，上海：復旦大學出版社，2006 年。

225. 《中國新文學大系導言集》，天津：天津人民出版社，2009 年。

226. 〔德〕尼采著，徐梵澄譯：《蘇魯支語錄》，北京：商務印書館，1992 年。

227. 〔德〕尼采著，張念東、凌素心譯：《看哪這人：尼採自述》，北京：中央編譯出版社，2000 年。

228. 曹操、曹丕、曹植著，宋效勇點校：《三曹集》（魏武帝集‧魏文帝集‧陳思王集），長沙：嶽麓書社，1992 年。

229. 人民文學出版社編輯部編：《魯迅譯文集》，北京：人民文學出版社，1958 年。

230. 周作人著，止菴校訂：《過去的工作》，石家莊：河北教育出版社，2002 年。

231. 〔美〕哈羅德‧布魯姆著，徐文博譯：《影響的焦慮：一種詩歌理論》，南京：江蘇教育出版社，2006 年。

232. 〔德〕卡‧馬克思、弗‧恩格斯著，中國中央馬克思恩格斯列寧斯大林著作編譯局譯：《馬克思恩格斯全集》，北京：人民出版社，1962 年。

233. 郭沫若：《創造十年》，上海：現代書局，1932 年。

234. 郭沫若：《前茅》，上海：創造社出版部，1928 年。

235. 〔英〕德波頓著，陳廣興、南治國譯：《身份的焦慮》，上海：上海譯文出版社，2007 年。

236. 黃淳浩編：《郭沫若書信集》，北京：中國社會科學出版社，1992 年。

237. 〔德〕韋伯著，馮克利譯：《學術與政治：韋伯的兩篇演說》，北京：生活‧讀書‧新知三聯書店，1998 年。

238. 中國人民政治協商會議福建省委員會文史資料研究委員會編：《福建文史資料‧第 13 輯》，福州：福建人民出版社，1988 年。

239. 郭沫若：《盲腸炎》，上海：群益出版社，1947 年。

240. 郭沫若：《創造十年續篇》，上海：北新書局，1946 年。

241. 郭沫若：我的幼年，上海：光華書局，1929 年。

242. 王訓昭、盧正言、邵華等編著：《郭沫若研究資料》，北京：知識產權出版社，2010 年。

243. 郭沫若：《反正前後》，上海：現代書局，1929 年。

244. 張耀傑：《北大教授與〈新青年〉》，上海：新星出版社，2014 年。

245. 中國社會科學院語言研究所詞典編輯室編：《現代漢語詞典》，北京：商務印書館，2012 年。

246. 唐寶林、林茂生：《陳獨秀年譜》，上海：上海人民出版社，1988 年。

247. 莊森：《飛揚跋扈為誰雄：作為文學社團的新青年研究》，上海：東方出版中心，2006 年。

248. 《中國新文學大系‧導言集》，上海：上海良友圖書印刷公司，1935 年。

249. （清）黃遵憲撰，王寶平主編：《日本國志》，上海：上海古籍出版社，2001 年。

250. 劉象愚主編：《外國文論簡史》，北京：北京大學出版社，2005 年。

251. 阿英編：《晚清文學叢鈔》，北京：中華書局，1960 年。

252. 郭沫若：《〈女神〉及佚詩》，北京：人民文學出版社，2008 年。

253. 楊天石主編：《錢玄同日記》，北京：北京大學出版社，2014 年。

254. 錢谷融：《論「文學是人學」》，北京：人民文學出版社，1981 年。

二、期刊類

1.《新青年》(《青年雜誌》)

2.《甲寅》

3.《清議報》

4.《申報》

5.《宇宙風》

6.《順天時報》

7.《少年中國》

8.《戰國策》

9.《清華週刊》

10.《新小說》

11.《小說叢報》

12.《洪水》

13.《京報副刊》

14.《共進半月刊》

15.《晨報副刊》

16.《小說月報》

17.《現周評論》

19.《中代》

18.《每國白話報》

20.《安徽俗話報》

21.《民國日報·覺悟》

22.《北京大學日刊》

21.《星期評論》

23.《國學季刊》

24.《創造週報》

25.《新潮》

26.《河南》

27.《浙江潮》

28.《大公報》

29.《莽原》

30.《北斗》

31.《嚮導週報》

32.《孤軍》

33.《時事新報‧學燈》

34.《創造週報》

35.《創造日彙刊》

36.《新小說》

三、論文類

1. 方繼孝：《陳夢家往來書札談》，《收藏家》，2003 年，第 5 期。

2. 言行：《高長虹晚年的「萎縮」》，《新文學史料》，1996 年，第 4 期。

3. 陳思和：《重新審視 50 年代初中國文學的幾種傾向》，《山東社會科學》，2000 年，第 2 期。

4. 孟文博：《郭沫若《〈文藝論集〉匯校本》補正》，山東師範大學學報（人文社會科學版），2012 年，第 6 期。

5. 許紀霖：《近代中國公共領域：形態、功能與自我理解》，《史林》，2003 年，第 2 期。

6. 金宏宇：《新文學作品的異題》，《新文學史料》，2002 年，第 7 期。

7. 程韶榮：《中國日記研究百年》，《文教資料》，2000 年，第 2 期。

8. 錢念孫：《論日記和日記體文學》，《學術界》，2002 年，第 3 期。

9. 趙憲章：《日記的私語言說與解構》，《文藝理論研究》，2005 年，第 3 期。

10. 鄭績：《想像的自我》，《浙江學刊》，2007 年，第 2 期。

11. 劉增傑：《論現代作家日記的文學史價值》，《文史哲》，2013 年，第 1 期。

12. 丁帆：《新舊文學的分水嶺——尋找被中國現代文學史遺忘和遮蔽了的七年（1912～1919）》，《當代文壇》，2011 年，第 s1 期。

13. 魏建：《〈創造〉季刊的正本清源》，《文學評論》，2014 年，第 4 期。

14. 魯迅：《慶祝滬寧克復的那一邊》，《中山大學學報（社會科學版）》，1975 年，第 3 期。

15. 馬良春：《關於建立現代史料學的建議》，《中國現代文學研究叢刊》，1985 年，第 1 期。

16. 樊駿：《這是一項宏大的系統工程——關於中國現代文學史料工作的總體

考察》（上、下），《新文學史料》，1989 年第 1、2 期。

17. 熊玉文：《巴黎和會、謠言與五四運動的發生》，《民國檔案》，2012 年，第 4 期。

18. 周仁政：《情感表現與五四文學——中國現代文學發生史研究》，《文學評論》，2010 年，第 3 期。

19. 朱鴻召：《在人的旗幟下——論五四文學的背景、發生和發展》，《社會科學研究》，1992 年，第 5 期。

20. 譚桂林：《〈新青年〉的信仰觀念與五四新文學傳統建構》，《中國現代文學研究叢刊》，2016 年，第 7 期。

21. 陳廷湘：《重釋五四運動發生的觀念基礎》，《中國現代社會心理和社會思潮學術研討會論文集》，2004 年。

22. 陳方競：《對五四新文化、新文學運動發生根基的再認識（上、下）》，《海南師範大學學報（社會科學版）》，2003 年，第 5、6 期。

23. 張冀：《晚清民初尚武思潮的緣起與五四激進主義發生》，《華中科技大學學報（社會科學版）》，2010 年，第 4 期。

24. 張夢陽：《五四新文學發生背景的理性透視》，《中華讀書報》，2000 年 10 月 25 日，第 011 版。

25. 周倫佑：《五四新文學發生史的一種理解——意象主義詩歌的中國源頭及其對五四新文學的反哺式影響》，《暨南學報（哲學社會科學版）》，2016 年，第 5 期。

26. 李宗剛：《在戰爭語境規範下發生的五四文學》，《東方論壇》，2006 年，第 4 期。

27. 李宗剛：《父權缺失與五四文學的發生》，《文史哲》，2014 年，第 5 期。

28. 李宗剛：《精神導師與五四文學的發生》，《中山大學學報（社會科學版）》，2015 年，第 2 期。

29. 劉克敵：《從蔡元培日記看其人際交往與新文化運動發生之關係》，《海南師範大學學報（社會科學版）》，2013 年，第 6 期。

30. 賴賢傳：《書信、日記魅力管窺》，《嘉應學院學報》，2001 年，第 2 期。

31. 楊緒敏：《明代經世致用思潮的興起及對學術研究的影響》，《江蘇社會科學》，2010 年，第 1 期。

32. 陳福康：《郭沫若回憶不完全可信？——趙南公日記摘選評賞》，《中華讀

書報》，2016 年 9 月 7 日，第 005 版。

33. 宋鍾璜、方生：《國家社會主義，還是民族社會主義——從〈辭海〉關於國家社會主義的詞條談起》，《人民日報》，1982 年 1 月 12 日，第 005 版。

34. 周文：《郭沫若與「孤軍派」——兼論其對國家主義的批判》，《新文學史料》，2016 年，第 2 期。

35. 周文：《文藝轉向與「革命文學」生成——郭沫若赴廣東大學考》，《四川大學學報》（哲學社會科學版），2016 年，第 4 期。

36. 姚丹：《「事實契約」與「虛構契約」：從作者角度談〈林海雪原〉與「歷史真實」》，《中國現代文學研究叢刊》，2003 年，第 3 期。

37. 汪衛東：《十年隱默的魯迅》，《理論學刊》，2009 年，第 12 期。

38. 孫伏園：《五四運動和魯迅先生的〈狂人日記〉》，《新建設》，1951 年，第 4 卷第 2 期。

39. 姜濤：《「菜園」體驗與五四時期文學「志業」觀念的發生——葉聖陶的小說〈苦菜〉及其他》，《勵耘學刊（文學卷）》，2010 年，第 2 期。

40. 鄒振環：《作為〈新青年〉贊助者的群益書社》，《史學月刊》，2016 年，第 4 期。

41. 楊華麗：《〈青年雜誌〉改名原因：誤讀與重釋》，《湘潭大學學報（哲學社會科學版）》，2016 年，第 6 期。

42. 楊琥：《章士釗與中國近代報刊「通信」欄的創設——以〈甲寅〉雜誌為核心》，《安徽大學學報（哲學社會科學版）》，2012 年，第 4 期。

43. 周楠本：《一篇新發現的魯迅手稿：《〈新青年〉編輯部與上海發行部重訂條件》》，《魯迅研究月刊》，2011 年，第 12 期。

44. 葉淑穗：《對〈一篇新發現的魯迅手稿〉一文的質疑》，《魯迅研究月刊》，2012 年，第 4 期。

45. 趙園：《沈從文構築的「湘西世界」》，《文學評論》，1986 年，第 6 期。

46. 姜濤：《從會館到公寓：空間轉移中的文學認同——沈從文早年經歷的社會學再考察》，《中國現代文學叢刊》，2008 年，第 3 期。

47. 姜濤：《沈從文與 20 世紀 20 年代北京的文化消費空間》，《都市文化研究》，2012 年，第 1 期。

48. 張兆和整理記錄：《沈從文先生自訂年表》，《吉首大學學報（社會科學版）》，1998 年，第 2 期。

49. 汪衛東：《十年隱默的魯迅：論魯迅的第一次絕望》，《理論學刊》，2009 年，第 12 期。

50. 許世瑋：《關於許銘伯先生》，《魯迅研究月刊》，1998 年，第 4 期。

51. 甘智鋼：《魯迅日常生活考證：魯迅借貸情況考》，《魯迅研究月刊》，2006 年，第 8 期。

52. 王日根：《晚清民國會館的信息匯聚與傳播》，《史學月刊》，2013 年，第 8 期。

53. 馬勇：《袁世凱帝制自為的心路歷程》，《學術界》，2004 年，第 2 期。

54. 賴繼年：《南京臨時政府北遷之因新探》，《理論月刊》，2011 年，第 10 期。

55. 嚴昌洪：《北京臨時政府的組建過程》，《歷史教學》，2004 年，第 7 期。

56. 王仁興：《春捲的由來》，《中國食品》，1984 年，第 1 期。

57. 何揚鳴：《論浙江留日學生》，《浙江月刊》，1998 年，第 3 期。

58. 沈瓞民：《回憶魯迅早年在弘文學院的片段》，《文匯報》，1961 年 9 月 23 日。

59. 黃喬生：《魯迅在北京——紹興會館與紹興人》，《北京紀事》，2013 年，第 1 期。

60. 桑兵：《近代中國學術的地緣與流派》，《歷史研究》，1999 年，第 3 期。

61. 周作人：《周作人日記（1917 年 1 月 1 日～12 月 31 日）》，《新文學史料》，1983 年，第 3 期。

62. 韓文萍：《魯迅的「大家庭」夢——由八道灣家庭的建立及崩潰看魯迅的代父情結》，《湖北大學學報（哲學社會科學版）》，2006 年，第 7 期。

63. 汪衛東：《魯迅的又一個原點——1923 年的魯迅》，《文學評論》，2005 年，第 1 期。

64. 何海燕：《晚清人口問題與對策略論》，《光明日報》，2007 年 7 月 13 日。

65. 李冬木：《留學生周樹人周邊的「尼采」及其周邊》，《東嶽論叢》，2014 年，第 3 期。

66. 張釗貽：《早期魯迅的尼采考——兼論魯迅有沒有讀過勃蘭兌斯的〈尼采導論〉》，《魯迅研究月刊》，1997 年，第 6 期。

67. 姜異新：《翻譯自主與現代性自覺——以北京時期的魯迅為例》，《魯迅研究月刊》，2012 年，第 3 期。

68. 陳暉：《我國尼采譯介萌芽階段的〈查拉圖斯特拉如是說〉譯本分析——

以埃文—佐哈爾多元系統論為支撐》,《湖南師範大學社會科學學報》,2013 年,第 3 期。

69. 譚桂林:《國民信仰建構中的魯迅與尼采》,《江蘇師範大學學報》(哲學社會科學版),2013 年,第 1 期。

70. 吳辰:《從會館走出的狂人——從日記看魯迅與浙東人際關係網絡》,《魯迅研究月刊》,2015 年,第 6 期。

71. 李曉紅、李斌:《經典如何激活——〈女神〉接受方式的探尋》,《郭沫若學刊》,2011 年,第 3 期。

72. 張勇、魏建:《泰東圖書局與創造社》,《郭沫若學刊》,2004 年,第 4 期。

73. 彭冠龍:《〈社會組織與社會革命〉的翻譯與郭沫若思想轉變》,「走向世界的郭沫若與郭沫若研究」學術會議論文集,2014 年,中國貴州貴陽。

74. 李怡:《國家與革命——大文學視野下的郭沫若思想轉變》,《學術月刊》,2015 年,第 2 期。

75. 劉奎:《郭沫若的翻譯及對馬克思主義的接受(1924～1926)》,《現代中文學刊》,2012 年,第 5 期。

76. 張寶明:《「主撰」對〈新青年〉文化方向的引領》,《中國現代文學研究叢刊》,2008 年第 2 期。

77. 任建樹:《陳獨秀字號筆名化名考釋》,《民國檔案》,1986 年,第 4 期。

78. 吳稚甫:《〈陳獨秀字號筆名化名考釋〉質疑》,《民國檔案》,1991 年,第 3 期。

79. 高全喜:《新文化運動和五四運動是兩檔事情》,《社會科學報》,2015 年 3 月 5 日。

80. 李維武:《割裂五四運動與新文化運動有違史實》,《中國社會科學報》,2015 年 4 月 3 日。

81. 魏建、畢緒龍:《〈新青年〉與「新青年」》,《文學評論》,2007 年,第 4 期。

82. 〔日〕藤田梨那:《關於郭沫若〈牧羊哀話〉的背景及創作意圖之考察梗概》,《郭沫若學刊》,2003 年,第 1 期。

83. 李全生:《布迪厄場域理論簡析》,《煙臺大學學報(哲學社會科學版)》,2002 年,第 4 期。

84. 房福賢:《百年歷史視野中的中國抗戰文學——有關抗戰文學問題的再認

識》，《文藝爭鳴》，2013 年，第 8 期。

85. 曠新年：《民族國家想像與中國現代文學》，《文學評論》，2003 年，第 1 期。

86. 汪暉：《我們如何成為「現代的」？》，《中國現代文學研究叢刊》，1996 年，第 1 期。

87. 黃子平、陳平原、錢理群：《論「二十世紀中國文學」》，《文學評論》，1985 年，第 5 期。

88. 鄧渝平：《五四文學家日記研究》，山東師範大學，碩士論文，2009 年。

89. 劉玲玲：《民國時期教授的生活研究──以〈吳宓日記〉為個案》，東北師範大學，碩士論文，2009 年。

90. 白雪：《葉聖陶日記中的語文教育思想研究》，東北師範大學，碩士論文，2013 年。

91. 吳源：《第一人稱敘事：書信體與非書信體》，黑龍江大學，碩士論文，2004 年。

92. 牛繼華：《近百年來私人書信中稱呼語的社會語言學考察（1919～2006)》，暨南大學，碩士論文，2006 年。

93. 萬宇：《中國現代學人論學書信研究》，南京師範大學，碩士論文，2007 年。

94. 朱斌鳳：《沈從文書信（1949～1988）研究》，〔D〕，華東師範大學碩士論文，2010 年。

95. 周文：《郭沫若〈櫻花書簡〉研究》，山東師範大學，碩士論文，2012 年。

96. 白晨曦：《天人合一：從哲學到建築》，中國社會科學院，博士論文，2003 年。